LES RELIQUES D'AVALON

LES RELIQUES D'AVALON

PHIL RICKMAN

Traduit de l'anglais
par Carole Delporte

City
Poche

Ô mon Dieu, comme
ces mystères sont profonds...

John Dee, *Monas Heiroglyphica*

Publié en Grande-Bretagne par Corvus, une division
de Grove Atlantic Ltd. sous le titre *The bones of Avalon*

Couverture : Studio City
ISBN : 978-2-8246-0292-9
Code Hachette: 51 1973 0
Rayon : Roman / Poche

Collection dirigée par Christian English et Frédéric Thibaud
Catalogues et manuscrits : www.city-editions.com

Dépôt légal : octobre 2015

Imprimé en France par France Quercy - Mercuès - N° 51107/

John Dee

Petit historique

Né en 1527, John Dee grandit sous le règne particulièrement volcanique d'Henri VIII, à la cour duquel son père était employé comme « gentilhomme serviteur ». John avait huit ans quand le roi entérina le schisme avec l'Eglise catholique de Rome, en se proclamant lui-même chef de l'Eglise d'Angleterre réformée et en organisant le pillage systématique des richesses des monastères. Reconnu comme l'un des plus grands mathématiciens d'Europe et expert dans la science de l'astrologie, John Dee fut introduit à la cour sous le règne bref du fils d'Henri VIII, Edouard VI.

Mais Edouard mourut à 16 ans, et Dee eut la chance de survivre au règne court et sanglant de la reine catholique Marie Tudor. Après la mort de Marie en 1558, Elisabeth la protestante monta sur le trône et encouragea l'intérêt prononcé de John pour ce qu'il considérait comme une science, là où d'autres ne voyaient que sorcellerie.

Pris entre les intrigues catholiques et la montée d'un nouveau puritanisme, il ne se sentait pas plus en sécurité que la reine Elisabeth elle-même.

1560 fut… une année difficile.

Matières de l'Ombre

Une appréhension

J'étais sans doute le seul homme ce matin à avoir osé la toucher. Ils s'étaient rassemblés autour de moi dans la ruelle, mais quand j'ai avancé la main vers le cercueil, tous ont promptement reculé.

Un jour terne, au début de l'année. Le ciel tel un chiffon défraîchi, la neige souillée encore agrippée aux pavés. J'avais quitté, peut-être pour la dernière fois, mon logement de New Fish Street et fendu la bise imprégnée des premières fumées matinales. Des relents de bière aigre et de vomi flottaient dans l'atmosphère, pétrifiée d'effroi.

— Docteur Dee…

L'homme qui avait quitté le cercle des spectateurs portait un long manteau noir sur un pourpoint sombre, de bonne facture. Ses cheveux soyeux couleur taupe étaient coupés ras.

— Vous devez vous souvenir de moi, docteur.

Sa voix suave lui donnait un air plus jeune que son apparence ne le suggérait.

— Hum !…

— Je suis arrivé à Cambridge peu avant votre départ.

J'avais approché précautionneusement un doigt de la figure jaunie dans le cercueil. Tous ces gens que l'on est censé reconnaître, de nos jours. Pourquoi ? Un lien fugace se crée, puis plus rien. Quelle perte de temps !

— C'est une université plutôt grande.

— Je crois que vous étiez professeur de grec à l'époque.

Cela nous ramenait donc à 1547 ou 1548. Je n'étais pas retourné à Cambridge depuis lors, ayant décliné – à la profonde consternation de ma mère – plusieurs propositions de postes là-bas. Je levai les yeux sur lui, secouant la tête pour faire amende honorable, car à dire vrai je ne le connaissais pas.

— Walsingham, dit-il.

J'avais entendu parler de lui. Un membre du parlement à présent, environ cinq ans de moins que moi, donc âgé d'une vingtaine d'années. Un homme ambitieux, disait-on, qui voulait gagner les faveurs de William Cecil pour asseoir sa position sociale. Son messager avait tambouriné à ma porte avant huit heures du matin, alors qu'il faisait encore nuit. Cela m'avait profondément agacé, et cela m'agaçait encore à présent.

— Vous avez eu de la chance de me trouver, maître Walsingham. J'allais quitter Londres pour m'installer chez ma mère, à Mortlake.

— Pas de façon permanente, j'espère ?

Je le regardai d'un air soupçonneux. Une semaine plus tôt, le propriétaire pingre de la maison où je logeais, peut-être mû par l'impression, partagée par d'autres, semblait-il, que j'étais un homme aisé, avait fini par augmenter le loyer au-delà de mes moyens financiers. Walsingham semblait au courant de ma situation. Comment était-ce possible ? Il s'était également octroyé en ce lieu une autorité que, à mon sens, en tant que simple membre du parlement, il n'avait aucun droit d'exercer.

Cela dit, l'affaire m'intriguait ; aussi étais-je disposé pour le moment à céder à son bon vouloir.

— De la cire ? dit-il.

Il s'accroupit dans la boue, de l'autre côté du cercueil qui était posé sur un abreuvoir de pierre. Puis il tendit l'index vers le visage figé et le retira aussitôt.

— Voyons cela, dis-je.

Las de toutes ces superstitions, je plongeai les deux mains dans le cercueil et soulevai la chose, arrachant un hoquet à un observateur en retrait, au moment où je penchais la tête pour la humer.

— Cire d'abeille.

— Volée dans une église alors ?

— Je suppose. Modelée à l'aide d'une flamme. Vous voyez les traces de doigts ?

Dans la boîte, la chose était étendue nue sur une étoffe d'un rouge sombre, au liséré doré. Trente centimètres de long, sept centimètres d'épaisseur. Deux trous crénelés pour les yeux, une fente rouge sang en guise de bouche. Une tache sur le renflement de la poitrine et une autre auréole lie-de-vin dans le creux entre les jambes.

— Un cierge d'autel ? demanda Walsingham.

— Possible. C'est vous qui l'avez trouvé ?

— Mon greffier. Je n'habite pas très loin d'ici, au bord du fleuve. Il a d'abord pensé que c'était le bébé mort-né d'une « nonne ». Quand il…

— Est-ce qu'elles ne se contentent pas d'habitude de les jeter dans le fleuve, enveloppés dans un torchon ?

— … quand il a enfin eu le courage de soulever le couvercle, il est aussitôt venu me réveiller.

Je regardai autour de moi : deux prévôts, un couple de prostituées et un vagabond près de l'entrée de la ruelle. Une torche mourante éclairait faiblement la porte d'une taverne, alors que les bâtiments situés de part et d'autre étaient bien fermés et qu'aucune fumée ne s'échappait des cheminées. Des entrepôts, sans doute.

— Trouvé dans cette position ?...

— Non, non. La chose était bien en évidence sur les quais, où n'importe qui aurait pu tomber dessus. Je l'ai fait transporter ici, puis j'ai envoyé des policiers frapper aux portes. Un type se baladant dans la rue avec un cercueil a forcément attiré l'attention.

Je hochai la tête. Un quelconque ivrogne devait encore se trouver dans les parages, à se demander s'il était sain d'esprit ou non. Je reposai l'effigie de cire dans sa boîte et soupesai l'ensemble. C'était plutôt léger – du pin peut-être, sous le tissu.

— Alors, vous m'avez fait venir. Puis-je, hum ! vous demander pourquoi ?

La question resta en suspens. Puis il me répondit par une autre question.

— Docteur Dee, étant donné que nous savons tous les deux qui cette chose représente, comment cela est-il censé fonctionner ?

A ce moment-là, la petite couronne de bois se détacha de la chevelure de paille et chuta dans la boue. Je la ramassai. Grossièrement sculptée, pourtant…

— Et si elle a bien été taillée dans un cierge d'église, reprit Walsingham, pourrait-on considérer que cela renforcerait, disons, son efficacité ?

— Maître Walsingham, avant d'aller plus loin…

Walsingham leva la main, se releva et fit signe aux policiers et aux badauds de s'éloigner.

Puis il se dirigea vers une porte située du côté opposé à l'abreuvoir. Je me relevai et lui emboîtai le pas. Il se pencha vers l'embrasure d'une porte dont le bois s'écaillait et commençait à pourrir.

Un homme attiré par l'humidité et l'ombre, qui à l'évidence pensait la même chose de moi.

— D'après ce que j'ai entendu dire, docteur Dee, vous êtes une sommité dans ce que l'on pourrait appeler les *matières de l'Ombre*.

Le cri d'une mouette déchira l'air au-dessus du fleuve. Walsingham attendait, le visage solennel, les yeux perdus dans leurs orbites caverneuses. J'étais méfiant à présent. Les services que j'avais rendus à la reine n'étaient un secret pour personne, mais j'en avais retiré plus de problèmes que de profits. Quiconque osait écarter les rideaux noirs attirait inévitablement les soupçons du vulgaire. Mais que dire ? Je haussai les épaules et reconnus avoir un intérêt tout académique. J'étais malgré tout réticent à me fier à lui, car il ne m'avait toujours pas expliqué pourquoi une poupée de cire retrouvée dans un cercueil était une affaire qui relevait d'un membre du Parlement.

— Docteur Dee, il m'apparaît qu'en réfléchissant à la provenance de cet artefact, deux directions s'imposent à nous.

Nous ?

— La première... quelque papiste, désireux d'éveiller l'inquiétude. D'où le lieu public.

Il fit un signe de tête en direction des deux policiers.

— Regardez leurs visages. La simple proximité de cette chose leur fait craindre pour leur âme.

— Pas vous ?

A présent, j'avais la certitude que les Walsingham étaient une puissante famille de réformistes, liés aux Boleyn, qui nourrissaient sans doute une profonde haine pour l'idolâtrie sous toutes ses formes. D'où son emploi dédaigneux du terme « nonne » pour désigner une prostituée.

— Et la seconde direction, ajouta-t-il, nous entraîne bien entendu vers Satan lui-même.

Ces questions nocturnes, j'y réfléchis chaque jour. Mais avec une extrême précaution.

Voici ce que je sais. Certains sont doués de capacités propres aux anges. D'autres peuvent voir les morts ou lire les pensées d'autrui. Et d'autres encore ont le pouvoir de modifier l'ordre naturel des choses.

Tout cela je le sais. Pourtant, n'y voyez aucune référence personnelle. Mon approche est purement académique.

La responsabilité de trouver et de dessiner le chemin qui mène à la lumière, en nous et au-delà de nous. Ce qui, je peux vous l'affirmer, n'est jamais simple, car le chemin est semé d'embûches, et nous sommes toujours attirés par des lumières trompeuses. Je les ai parfois suivies, moi aussi, ces lumières trompeuses, mais désormais je me montre plus prudent.

— Nous savons tous les deux, dis-je, que Londres grouille de voyous rusés.

Walsingham renifla.

— Certes. Mais cette chose a-t-elle un pouvoir satanique, oui ou non ?

— Elle a apparemment le pouvoir de susciter la peur et l'angoisse.

Les prévôts conversaient à voix basse. Leurs rires étouffés masquaient une terreur primitive. J'aurais aimé emporter l'effigie avec sa boîte pour l'étudier plus en détail, mais il n'était pas judicieux de lui manifester autant d'intérêt.

— Il est clair que quelqu'un s'est donné beaucoup de mal. Le cercueil est plutôt de bonne facture. La poupée elle-même… presque du grand art. Et pourtant…

— Quoi ?

— Ce qui est étrange, en dehors des empreintes de doigts, c'est qu'il n'y a pas… Je veux dire, normalement, une image de ce genre devrait être piquée d'épingles. Avec l'intention manifeste d'éveiller la souffrance, du corps ou de l'âme, chez la personne qu'elle représente. Or je ne vois rien de la sorte ici.

— On dirait un cadavre dans un cercueil ! Quelle autre signification que… ?

— La mort, certes, mais quel genre de mort ?

— Une prédiction alors ? Un présage ? s'interrogeait Walsingham.

— La qualité de l'étoffe et la facture générale suggèrent… eh bien, une certaine richesse et une intention sérieuse. La grossièreté des yeux et le tranchant de la bouche, plutôt qu'un manque de sens artistique, un simple mépris pour le sujet. Mépris renforcé par cette tache souillée sur le, hum ! sein.

Cela n'avait rien d'un hasard.

— Cela va se savoir, s'inquiéta Walsingham.

— A la cour ?

— Trop de gens sont déjà au courant. Je peux faire jurer le secret à ces hommes – et je m'y emploierai –, mais cela ne durera pas. Des pamphlets pourraient circuler dans les rues avant la fin de la semaine.

— Je suis disposé à rassurer, hum ! qui de droit.

— J'en suis certain, docteur Dee. En attendant, que dois-je en faire ? La faire fondre sur le bûcher ?

— Euh… non, protestai-je en reculant d'un pas. Si j'étais vous, je n'agirais pas ainsi. Pas tout de suite. Je ferais évacuer… sa noirceur intrinsèque. Par un évêque, si possible. Vous connaissez des évêques, maître Walsingham ?

— J'en trouverai un ce soir, s'il le faut.

— Bien. Il saura comment procéder.

Je hochai la tête et m'apprêtais à prendre congé, quand Walsingham ajouta :

— Supposez qu'il y en ait une autre.

— Comme celle-ci ?

— Il pourrait y en avoir un peu partout dans Londres. Un fléau diabolique. Où pourrions-nous vous trouver ?

Je ne pouvais imaginer une telle chose. Multiplier les effigies risquerait d'en réduire les effets insidieux.

— Je pars aujourd'hui, comme je vous l'ai expliqué,

pour me rendre dans la maison de ma mère. Adressez-vous à Lord Dudley ; il m'enverra un messager.

Je pris soin de mentionner Dudley. Même s'il n'était pas en odeur de sainteté dans certains cercles, il portait un nom puissant. Walsingham hocha la tête et se pencha sur le cercueil. Cette fois, il approcha son doigt tout près du visage de cire, comme s'il allait le toucher… mais non.

— Est-ce que c'est du sang ?

Cette ligne tranchante rouge sombre en guise de bouche. Je m'interrogeai à ce propos. Et surtout, le globe rougeâtre entre les jambes. Mais je préférais ne rien dire, de peur que l'intention de figurer une future grossesse fût fausse.

— Si c'est le sang de celui qui a fabriqué cette chose, on pourrait penser qu'il porte l'essence de la haine de son auteur… envers la personne représentée ici. Le sang a toujours été considéré par les anciens comme un moyen de… hum !… matérialiser les esprits.

— Pour les invoquer ?

Je n'avais jamais aimé ce terme.

— C'est une question de volonté. La volonté de l'homme d'accéder à quelque chose provenant d'un autre… niveau d'existence, poursuivis-je.

— Quelque chose de démoniaque ?

— Si la reine est désignée par Dieu…

— *Si* ? Vous en doutez ? interrompit mon interlocuteur.

Une question posée à la légère, paupières mi-closes.

Mon Dieu.

— Non, non, bien sûr que non. Je suppose que la corruption d'un cierge d'autel pourrait être, comme vous l'avez déjà suggéré, une tentative de subvertir le pouvoir de Dieu.

— Briser le lien sacré entre Dieu et la monarchie ?

— Qui pourrait être lui-même considéré comme affaibli par…

— Le sexe de la souveraine ?

Cet homme pensait trop vite à mon goût.

— Mais ce n'est que ma propre…

— *Bien sûr,* s'empressa de dire Walsingham. C'est pour cela que vous êtes là.

Je me tournai vers lui.

— Qui êtes-vous ? *Qu'*êtes-vous ?

— De quoi ai-je l'air ?

— Vous avez l'air… de l'Ombre personnifiée.

Il sourit et hocha la tête, manifestement ravi de cette dénomination.

Quand on me demande comment tout a commencé, c'est cet incident dont je me souviens : le premier exemple de malveillance dont j'ai été témoin, une malveillance subtile, dirigée contre la reine.

Vous devez savoir que cela m'a beaucoup affecté. A ma façon, j'aimais cette femme pour qui j'écarterais les rideaux noirs et chercherais des réponses aux questions les plus illicites.

Car si l'heure est venue de dévoiler les mystères de l'univers, alors j'aime à penser qu'elle a rendu cela possible en affichant une manière de tolérance que nombre d'entre nous croyaient révolue à jamais.

Ceci étant dit, le désir le plus ardent de l'homme n'est-il pas de pénétrer au plus profond de l'esprit de Dieu ? Dieu ne nous met-il pas au défi d'interpréter Son art ?

Silence.

Hérésie, vous dites-vous dans un murmure.

Brûlez-le.

Et j'y avais échappé de peu. Il y a quelques années, sous un autre règne – vous devez en savoir quelque chose –, j'avais failli n'être plus qu'un tas de cendres dans un foyer de terre cuite. Des réminiscences hantent encore mes rêves, tapis dans mon esprit inférieur. Les accusations étaient manifestement injustes, mais quelle importance ?

Pourtant, je survécus, et à présent que le feu sauvage d'une nouvelle aube nappait le fleuve, j'étais assis dans le salon de ma mère et levais les mains – car l'accusation d'hérésie n'était rien d'autre que le reflet d'un esprit obtus à la clairvoyance. Je dois vous informer de ce qui s'est passé. Raconter cet épisode amer avant qu'il ne s'obscurcisse dans ma mémoire et devienne impénétrable au commun des mortels sans mon analyse – on dit parfois que peu d'hommes comprenaient mes écrits, truffés qu'ils étaient de termes scientifiques, de diagrammes et de symboles ésotériques. Le commerce même, affirmeraient certains, du diable.

Aussi relaterai-je cette histoire aussi simplement et directement qu'elle me revient en mémoire.

Je ne vais pas, contrairement à mon habitude, analyser et disséquer chacune de mes phrases pour tenter de dissimuler ma véritable nature… l'homme que j'étais et l'homme que je suis devenu.

Mais avant de commencer, sachez ceci : il y a bel et bien un schéma du tout. Une géométrie universelle, dont nous apprenons à recalculer les angles et les rythmes mouvants, par le biais des mathématiques et de l'étude des étoiles, comme le faisaient les anciens.

Deux voyages duels : au-dessus et en dessous, à l'extérieur et à l'intérieur. J'essaie de les cartographier chaque jour, conscient de n'être, à bien des égards, qu'un simple spectateur.

Impuissant.

Car, bien que certains aient des aptitudes proches de celles des anges, ce ne sont *pas* des anges.

Une leçon que j'ai apprise de la plus cruelle des manières.

PREMIÈRE PARTIE

Pourtant, certains affirment dans moult parties d'Angleterre que le roi Arthur n'est pas mort, mais patiente, par la volonté de Jésus Notre-Seigneur, en un autre lieu, et qu'un beau jour il reviendra dans l'allégresse.

Sir Thomas Malory

I

De peur que ne s'ouvrent les tombes

Mortlake, février

La seule servante de ma mère disparut le soir où nous en avions le plus besoin. La veille de la visite de la reine. Et de la Chandeleur.

Catherine Meadows était une employée sans histoire. Efficace, sobre et, plus important que tout, discrète. La première, et sans doute la seule, que j'autorisais à pénétrer dans ma bibliothèque. Ayant pris son après-midi, elle était partie avant midi.

C'est-à-dire moins d'une heure avant l'arrivée du messager de la reine, qui nous annonça sa visite pour le lendemain. La reine ! Mon Dieu, ma pauvre mère est devenue folle – il y avait tant à faire, et aucune domestique pour se mettre à l'ouvrage !

Cette journée ne serait donc pas sous le signe de la paix. A 18 heures, la lune nimbait le fleuve d'un halo froid et, bientôt, les premières étoiles scintillèrent dans le ciel, mais toujours aucune trace de Catherine Meadows. Bien que travailler tard me convînt davantage, goûtant le calme et la sérénité, à 20 h 30 je fus forcé de refermer mes livres, de souffler mes bougies, de décrocher ma longue redingote brune et de m'aventurer dans la nuit glaciale de février pour partir à sa recherche.

Peut-être, dans quelque vaisseau intérieur de mon être, avais-je la prescience d'une menace imminente. Qui pouvait le dire ? Je souhaitais souvent que ces présages occultes fussent plus clairs et plus directs, mais – amère ironie de la nature – c'était rarement le cas pour moi.

Par cette nuit claire, le dégel s'annonçait, mais le sol restait dur comme du cristal. Le givre s'agrippait aux branches délicates des arbres de notre verger, que je traversais, sans lanterne.

Je marchai vers la sortie du village, en direction de Londres, décidé à visiter une vieille taverne enfumée, où je savais que l'homme que je cherchais passait une heure ou deux chaque soir.

Mais ce soir, il ne se trouvait pas parmi les buveurs, et les hommes au visage de pierre me dévisagèrent, si bien que je me glissai furtivement dehors pour prendre la route de son cottage. Où je le trouvai.

— Ah ! Apparemment, docteur Dee, elle est passée en milieu d'après-midi. A propos de sa grand-mère, la brave femme Carter. Ça a l'air moche.

Autrefois apothicaire, Jack Simm était à l'occasion le jardinier de ma mère. Son cottage, au bord d'un taillis de chênes et de buissons épineux, était une solide bâtisse bien plus douillette et chaleureuse que notre propre maison. Je répugnai cependant à y pénétrer, de peur de finir par passer la nuit au coin du feu.

— Moche comment ?

On craignait toujours le pire. La variole, en général.

— Des problèmes de dos, répondit Jack Simm. Des morceaux de sa colonne se déplacent, à mon avis. Pas vraiment ma partie, cela dit. Je lui ai laissé un baume et j'ai demandé à Catherine de passer un message à Gerald. Le rebouteux.

— Qui est-ce, Jack ?

Une voix de femme avait surgi de l'intérieur lumineux aux senteurs d'herbes.

— Qui est là ?

— Docteur John, Sarah. Ne t'inquiète pas.

L'homme à la barbe blanche, chichement vêtu et sans bottes, s'avança sur le seuil.

— Vous voulez que je vous emmène à cheval jusqu'à leur ferme, docteur John ? Cela ne prendra pas…

— Non, non. Il y a trop de brigands la nuit. Elle sera de retour à la première heure demain matin, j'en suis sûr. Retournez à votre feu, Jack, et à votre femme. Je suis navré de vous avoir dérangés.

Mais Jack Simm avait déjà refermé la porte derrière lui pour me rejoindre au bord de la route. Frottant ses mains l'une contre l'autre, il grimaçait tout en sautillant d'un pied sur l'autre sur le sol verglacé.

— Dieu du ciel ! Je donnerais n'importe quoi pour un peu de chaleur !

— C'est la Chandeleur demain. Les premiers rayons du printemps autrefois.

— Le soleil était plus clément autrefois. Docteur John…, commença-t-il en s'éclaircissant la gorge.

Puis il reprit à voix basse :

— Il y a certaines choses que je ne voulais pas vous dire devant Sarah, une brave femme, mais une vraie commère. Sans le vouloir pourtant. Voilà la vérité. Les Meadows… Une famille religieuse, voyez-vous. Vous me comprenez...

Ces deux dernières années, à la fin de l'été, Jack Simm avait cueilli des herbes pour moi, ainsi que de petits champignons qui, réduits en poudre, engendraient des visions. Nous nous comprenions parfaitement bien.

— Le père, dit-il, c'est toujours le père, pas vrai ?

— Fervent évangéliste ?

— Du genre extrémiste.

— En existe-t-il un autre genre ?

Il n'était autrefois rien d'autre qu'un prêtre. De nos jours, n'importe qui aimait à croire qu'il avait été choisi par Dieu pour délivrer la bonne parole. Jack parlait, avec une certaine consternation, d'Abel Meadows - un type bâti comme un corps de cheminée, qui brandissait sa bible comme une arme.

— Vous voulez dire qu'il a fini par comprendre pour qui sa fille travaillait vraiment ? C'est bien cela ?

— Il est venu ici avant-hier et s'est mis à déblatérer sur la fin du monde, proférant que nous n'avions plus que quelques semaines à vivre. Puis il m'a interrogé sur les habitudes de *madame* Dee.

— *Madame* Dee ? Le maraud !

— J'ai dit, maître Meadows, vous trouverez cette femme à l'église quatre fois chaque dimanche et une bonne heure le week-end.

— Vrai. Merci. Et, euh..., le fils de madame Dee ?

Nous savions tous deux avec quelle pieuse délectation un extrémiste religieux examinerait toute rumeur pernicieuse.

— Il n'a pas prononcé votre nom, dit Jack Simm.

Le fermier était à présent transi de froid, et le sous-bois émettait des craquements sous les pas de quelque créature nocturne. J'ouvris les bras dans l'air glacial.

— Très bien. Que racontent-ils ?

— Ce ne sont que de pauvres ignorants, docteur John.

Jack Simm recula d'un pas en soufflant une bouffée de vapeur d'eau.

— Des incantations.

— Et des divinations ?

— Euh... oui. Et l'invocation des esprits du mal.

Le soir, naturellement, comme si l'obscurité autour de la maison de votre mère se faisait bien plus profonde quand vous êtes là. Ils disent que tous ceux qui craignent pour l'immortalité de leur âme n'ont pas intérêt à s'approcher de chez vous après le coucher du soleil, ni de traverser le cimetière de Mortlake, de peur que les tombes ne s'ouvrent toutes seules. Faites-moi savoir quand vous en aurez assez entendu.

Mon Dieu.

Je secouai lentement la tête. Alors que l'écho des applaudissements des amphithéâtres européens résonne encore dans votre tête, vous rentrez chez vous pour découvrir que vous êtes devenu une figure de crainte et d'opprobre au sein de votre propre voisinage.

— Vous savez ce qui vous a fait du tort ? La chouette.

— C'est un jouet !

— Vraiment ? Deux fois la taille d'une chouette normale, avec des yeux qui s'allument ? Et qui pousse des ouh ouh ?...

Jack agita les bras comme des ailes de chouette.

— Les enfants du village l'aiment bien.

— Ouais, mais leurs parents sont persuadés qu'elle est possédée.

— Tout cela n'est qu'un astucieux mécanisme de poulies et de charnières invisibles..., soupirai-je. Et les yeux, un assemblage de tessons de miroir et...

— Rien de maudit là-dedans ! Mais ils voient ce qu'ils veulent voir, pas vrai ? Tout ce que je dis, c'est qu'ils ne peuvent pas s'en empêcher. Des rumeurs et des commérages, docteur John, rien d'autre.

Les véritables démons. Jack Simm avait abandonné son commerce en ville par crainte de la persécution, durant le règne de Marie, menée par l'évêque Bonner, qui était aujourd'hui – Dieu merci – mon ami.

— Oh ! et Meadows… il dit que vous construisez un temple dédié à l'adoration de la Lune.

— Un observatoire.

— Un temple.

— Pour observer la course des étoiles, soupirai-je. Ou du moins… un jour. Quand j'aurai les fonds nécessaires.

Tous deux se tenaient immobiles, consternés. Je secouai de nouveau la tête, incrédule. Le temple des étoiles, l'adoration de la Lune. Dieu du ciel !

Au bout d'un moment, Jack Simm posa une main rassurante sur mon épaule.

— Bah, écoutez, elle va revenir.

— Catherine ?

— La brave femme a besoin d'argent. Meadows n'a rien du tout, il va se casser les dents. Rappelez-vous : la colère de Dieu ou une épouse vengeresse ?

Je hochai la tête. Une piètre échappatoire, même pour un homme de foi.

— Quoi qu'il en soit, je lui ai répondu… Je lui ai dit que vous travailliez sur des systèmes de navigation secrets pour la marine. Cela lui a rappelé combien vous étiez apprécié par la…

— Jack…

— Quoi ?

Une stalactite se craquela au-dessus de l'entrée.

— Elle vient demain.

— Qui ?

Je ne dis mot. Jack laissa échapper un long sifflement. Signe de son admiration, ou plus probablement de sa compassion.

— Encore ? Ce serait moi, je passerais le reste de la nuit à trembler dans mon coin. Mais je suppose que, comme vous la connaissez depuis l'enfance…

— Elle est encore jeune, Jack.

— Nan, ils grandissent plus vite avec une couronne

sur la tête. Frais comme des roses vus de l'extérieur, mais en réalité ils se fabriquent une vraie peau de lézard. Pour quelle occasion ?

Un mois s'était écoulé depuis l'incident de l'effigie et pas un mot à ce sujet. Ce n'était donc sans doute pas la raison de sa venue.

— Je n'en ai vraiment aucune idée. Elle s'intéresse à mon travail…

— Sur la navigation !

Il avait grimacé.

— Eh bien, il vaut mieux que je rentre. Je ne sens plus mes orteils. Bonne chance à vous, docteur John.

Pour une raison quelconque, Jack Simm me trouvait amusant.

Je voulus reprendre la route, quand mon pied gauche glissa dans une ornière, me faisant trébucher. Un vieil homme s'était cassé la jambe non loin de là la veille au soir et n'avait été retrouvé que le lendemain matin. Mort de froid.

Inutile de se presser, cela dit. Plus le temps de travailler ce soir. Je devrais aider ma mère à préparer la maison pour la visite de la reine… même si je savais qu'elle ne pénétrerait pas à l'intérieur.

Je m'engageai dans la rue principale de Mortlake et passai devant l'école pour enfants pauvres dirigée par des nonnes – bien intentionnées, certes, mais un enfant pauvre avec un peu d'éducation serait tout bonnement vendu par ses parents à la première occasion.

Des bougies éclairaient encore la chapelle de l'école, tout au fond, alors que l'église Sainte-Marie était plongée dans le noir. Une grande église moderne, à peine plus intéressante dans l'obscurité qu'à la lumière du jour.

J'aurais aimé distinguer le clocher, un symbole d'une ambition spirituelle élevée quelconque.

Ces dernières années, peu de gens faisaient preuve de ferveur spirituelle. De nos jours, seul un fou s'agenouillait devant Dieu sans regarder au préalable par-dessus son épaule ou priait longtemps les yeux clos. Tant de confusion. La spiritualité avait disparu. Comment la pensée rationnelle avait-elle pu progresser aussi vite en Angleterre, alors que des hommes zélés comme Meadows mettaient les gens en garde contre l'imminence de l'Apocalypse ? Evénement pour lequel, bien sûr, il n'y avait aucune preuve scientifique.

Demain, la Chandeleur. La fête de la purification de la Sainte Vierge Marie, au cours de laquelle les chandelles étaient purifiées. Dans certaines églises, ce rite était tenu secret.

Je marquai une pause devant le portail. Dans la nuit glacée, les étoiles – l'énergie des étoiles – m'insufflaient leur force. Les astres, brillants, familiers, dansaient dans une complexité formelle aussi satisfaisante à mes yeux que le jardin clos par une grille en fer forgé du paradis. *Mon* jardin.

Un sentiment d'excitation coutumier me submergea, telle une marée provoquée par la lune. Les yeux clos, ouvert à l'interaction de vibrations invisibles, je levai les mains dans l'air palpitant. Des éclats de lumière sacrée, blancs comme la glace, semblaient filtrer à travers mon corps – devenu, dans mon imagination, transparent à la faveur de la nuit bleu acier.

Ainsi, ne vis-je ma mère que lorsqu'elle fut devant moi.

— La tête dans les étoiles, comme toujours ! Quand ce n'est pas dans les livres. Eh bien ? Tu l'as trouvée ?

Jane, la veuve Dee. Une femme corpulente, qui se tenait toujours bien droite, malgré son âge – bientôt soixante ans. Elle leva la lanterne à hauteur de mon visage, comme pour s'assurer qu'il s'agissait bien de moi.

— Non, répondis-je en la débarrassant de la lampe.

Nous nous dirigeâmes vers la maison. Ce n'était pas le moment de lui parler de la folie d'Abel Meadows.

— Mais j'ai appris qu'elle avait des soucis à la maison. Un parent malade.

— La peste ?

Ma mère esquissa un mouvement de recul. Sa respiration s'accéléra.

— Non, mère… rien de tel. Elle est allée chercher l'aide du rebouteux pour sa grand-mère. Elle est sûrement rentrée chez elle trop tard pour revenir ici en toute sécurité.

— Eh bien, elle aurait dû nous envoyer un mot dans ce cas.

Comment ? était la question que j'aurais voulu lui poser, mais la soirée était trop avancée pour argumenter.

— Oui, concédai-je. Cela ne lui ressemble pas de ne pas prévenir.

— Maintenant, je ne trouverai pas le sommeil, déclara ma mère en poussant un soupir de martyre. Nous devrions avoir deux servantes. Comme avant.

Je ne soufflai mot. Il n'y avait rien à dire. J'étais un érudit, mais la rétribution des cours était bien maigre.

— Une fille plus âgée ?

Ma mère resserra les pans de son manteau d'hiver.

— Avec une femme aussi jeune sur le trône, de plus en plus de jeunes filles pensent qu'elles jouissent d'une toute nouvelle liberté et qu'elles peuvent se comporter comme bon leur semble.

Je ne pus réprimer un sourire. Par « jeunes filles », elle entendait « inconstantes », « irresponsables ». Une reine qui riait ouvertement dans les rues bondées le jour de son couronnement et qui saluait la foule. La horde des vulgaires s'écriait en chœur : *Qu'est devenue notre société ?*

Mon propre cœur, je peux vous l'assurer, s'est embrasé le jour de son couronnement, devant le spectacle d'une bonne volonté et d'une spontanéité que je n'avais jamais observées en public, pas même à Noël.

C'était un dimanche, le 15 janvier 1559. Il y a tout juste un an. Le choix de cette date aux auspices favorables avait été déterminé par les cieux et interprété par mes soins, ce qui m'avait littéralement soulagé et épuisé à la fois, car si la journée s'était mal passée…

— De plus, reprit Jane Dee, qui refusait de jeter l'éponge, c'était jour de marché aujourd'hui. Nous n'avons aucun produit frais. Comme si cela ne suffisait pas !

— Nous nous en passerons.

— *Nous nous en passerons ?*

Ma mère, comme frappée d'horreur, laissa l'ourlet de son lourd manteau traîner sur la route.

— Oh oui !… comme si le corps pouvait se contenter de nourriture céleste. Ton pauvre père, paix à son âme, s'il pouvait t'entendre en ce moment…

Exaspérée, elle traversa la route gelée et pénétra dans la maison. A dire la vérité, mon pauvre père - paix à son âme - n'aurait que trop bien compris.

Toutes ces histoires qu'il nous racontait à propos des quantités titanesques de nourriture gaspillées, sous le règne de feu Henri VIII. C'était comme entretenir un fourneau démesuré, fit-il remarquer un jour où il avait bu trop de vin.

Je m'attardai un moment au milieu de la prairie. Pas un mouvement dans la nuit brillante, pas un renard détalant furtivement. Quelques chandelles brillaient encore derrière les vitres givrées de nos voisins. Les demeures opulentes étaient situées à l'écart du fleuve. Notre propre maison, qui n'était pas parmi les plus cossues, reposait partiellement sur pilotis, par crainte des inondations. Je hélai ma mère depuis l'autre côté de la route :

— Tu sais qu'elle n'entrera pas. Elle n'entre jamais.

Lors de sa dernière venue, à l'automne, Elisabeth s'était arrêtée devant notre portail avec sa compagnie, et j'étais sorti pour aller à sa rencontre. Nous étions restés là tous les deux. Quand je lui ai proposé de lui montrer mes livres, elle a refusé. N'avait pas le temps. Devait partir. De royales activités l'attendaient.

Cela dit, étant donné l'ampleur de sa compagnie, si nous avions dû nourrir toutes ces bouches, nous aurions été contraints de nous contenter de pain rassis durant un mois.

— John… fais-tu partie de *notre* monde ?

Ma mère fit demi-tour sur le pas de la porte.

— Ce n'est pas parce qu'elle n'a encore jamais franchi notre seuil que, par un matin d'hiver glacial, elle ne ressentira pas le besoin douloureux de se restaurer et de boire une boisson chaude ! Qui peut le dire ?

Elle renifla.

— Sûrement pas toi, qui te contentes de nourriture intellectuelle.

Toujours dubitative à propos de ma carrière, madame Jane Dee.

Mais qui pourrait vraiment l'en blâmer ?

Jusqu'à plus de 1 heure du matin, je restai allongé sur mon lit, les yeux grands ouverts, l'un des chats de la maison roulé en boule à mes pieds, et je réfléchissais à la nature du temps, au moyen de l'étirer. Une vic ne serait pas suffisante.

Le battement d'un cil, le vacillement de flamme, puis plus rien. Si l'on n'était pas décimé par quelque… erreur de calcul.

A Paris, la semaine où je préparais mon départ, toutes les conversations portaient sur un certain élixir de vie.

Je n'y croyais pas. S'il existait un moyen de prolonger l'existence, il n'apparaîtrait sûrement pas à l'intérieur d'un flacon, mais émanerait d'un processus complexe.

Quand j'avais commencé mes études à Cambridge, à l'âge de quinze ans, j'avais décidé que la façon la plus simple d'allonger le temps était de réduire mes heures de sommeil.

J'étais conscient de la chance qui m'était donnée d'aller à l'université, car père n'était pas riche, contrairement à ce qu'il aimait à faire croire à tout le monde.

J'avais également parfaitement conscience que nous vivions une époque dangereuse et que le roi qu'il servait, tel un immense soufflet, soufflait le chaud et le froid – un froid mortel.

Je ne me faisais aucune illusion : je ne serais pas autorisé à rester longtemps à Cambridge ; aussi m'étais-je plongé corps et âme dans l'étude, réduisant mon temps de sommeil à un peu moins de trois heures par nuit, évacuant toute fatigue par une irrépressible envie d'apprendre.

Depuis, je peux travailler des heures durant sans dormir, quand cela est nécessaire. Mais aujourd'hui je reconnais que c'est en partie parce que… eh bien, parce que j'ai peur. Peur du sommeil, le compagnon de la mort. Et des rêves, qui donnent vie à nos angoisses les plus profondes.

BANG…

Et, par le biais de la sorcellerie, voulut attenter à la vie de Sa Majesté ou de la blesser grièvement.

BANG…

Emparez-vous de lui.

Réveillé en sursaut, le souffle court.

Mon Dieu, c'est une *autre reine.*

Aucune accusation de la sorte ne fut portée contre mon père, mais il fut victime de la chute du protestantisme, durement réprimé par la reine Marie Tudor, la catholique.

On lui prit tout ce qu'il possédait, excepté sa maison. A cette époque, je n'étais pas loin d'être célèbre en Europe grâce à mon enseignement.

A Paris, les gens se massaient même à l'extérieur de l'amphithéâtre, devant les fenêtres ouvertes, pour écouter mes conférences sur Euclide. Des hommes renommés venaient me consulter à Louvain. Alors qu'en Angleterre…

En Angleterre, de retour chez ma mère, je ne pouvais me permettre de bâtir un observatoire, ni même de m'offrir les services de plus d'une servante à plein temps.

C'était un pays arriéré.

L'été prochain, en juillet, j'aurais trente-trois ans. Mon Dieu, j'avais déjà fait la moitié du voyage et il me restait tant à faire, tant à *savoir.*

Les rais froids de la lune qui filtraient à travers les feuillages des arbres éclairaient le mur. Le chat ronronnait. Une odeur de pâtisserie flottait encore dans l'air. Ma mère s'était affairée jusqu'à près de minuit dans la cuisine pour préparer tout ce qu'elle pouvait, au cas où l'unique enfant encore vivant de feu le roi Henri VIII daignerait franchir notre seuil avec la moitié de son intendance. Moi, essayant de l'aider, mais finalement repoussé… Pouvais-je accueillir la reine à Mortlake les yeux cernés et l'esprit alangui par la fatigue ?

Ainsi, je m'endormis et vécus le pire de mes rêves récurrents.

Les mains attachées dans le dos, le corps plaqué contre le bois, les yeux clos, je me demandai quand ils allaient le faire.

L'oreille aux aguets, j'attendais le crépitement… la chaleur…

Un silence. Je pensais : *Ils sont partis. Ils ne vont pas le faire, finalement. J'ai été absous. Je vais être libéré.*

Et j'ouvrais les yeux sur le beau ciel bleu de Londres, percé de ses toits.

Je m'imaginais en train de flotter au-dessus d'eux. De parvenir à me libérer de mes liens pour regarder vers le bas…

… pour voir mes cuisses noircir, se flétrir et se consumer telles des feuilles froissées que, comme Jack Simm et ses orteils gelés, je ne sentais plus. Mes jambes n'étaient plus que des ossements carbonisés. Les restes de mes pieds gisaient non loin de là dans la cendre encore chaude.

C'est à ce moment-là que je me réveillai, allongé sur le plancher où j'avais roulé, terrorisé par le rugissement brusque, la chaleur sifflante et l'atroce prise de conscience que les flammes de l'enfer léchaient mon visage.

II

Lièvres

Enfin, elle est arrivée. Peu après 11 heures, la compagnie dorée apparut sur le fleuve, une flotte de grandes péniches et de larges bateaux. Bannières au vent, ils glissaient dans l'air glacial, baignés de la lumière du soleil qui faisait miroiter les flots. Le froid… et l'excitation, un sentiment souvent lié, d'après mon expérience, à l'anxiété.

Certainement pas aujourd'hui. Le temps qu'on l'aidât à descendre de son embarcation et qu'elle gagnât la rive, les voisins s'étaient massés derrière leurs fenêtres tandis que, emmitouflé dans un pourpoint neuf, je patientais près du portail.

J'avais l'estomac noué. A moins de m'abîmer dans un débat intellectuel et de disséquer des idées, je n'étais pas à l'aise avec les gens, quel que fût leur rang.

Ma mère, à moins d'être invitée à se présenter, resterait dans la maison, avec ses pâtisseries et son vin chaud. Nous n'avions pas fermé l'œil de la nuit, bien que cela n'eût aucun rapport avec la dame qui ôtait à présent l'un de ses gants.

Un parfum de rose m'enveloppa tandis que je me penchais pour lui baiser la main. Ces doigts étaient graciles, pâles comme des perles, lisses comme la glace. Un nombre excessif d'hommes en armes se tenaient derrière elle, les yeux baissés, immobiles.

— Bonjour, John. Votre santé est-elle meilleure à présent ?

Une voix toujours aussi claire et enfantine. Et cependant, se disait-on, légèrement incertaine. Une faille que je retrouvais chez moi. Trop de temps passé avec mes livres, aurait dit mon père, lui-même un Gallois volubile.

— Je me porte très bien, Votre Altesse. Et, euh... j'imagine que vous aussi... ?

Je levai les yeux juste à temps pour capter le léger tressaillement de son visage, le plissement de ses délicates lèvres couleur framboise. Rien qui pût s'apparenter à un sourire.

— Et ce refroidissement ? Allez-vous mieux ?

Le nez haut et les yeux écartés. Sa main était retombée. Au-dessus d'elle, le soleil crayeux tremblotait, tel un jaune d'œuf fraîchement cassé.

— Euh... mon refroidissement ?

— L'indisposition...

Sa voix s'était raffermie à présent, sa bouche ressemblait au bouton de rose charnu de son père ; pourtant, elle n'avait rien du rictus tranchant de la poupée de cire.

— ... qui vous a empêché de vous joindre à nous le week-end dernier.

— Ah ! Bien mieux, oui, merci, madame. Oui, je vais bien mieux.

— C'est toujours inquiétant, un refroidissement.

La reine portait un manteau de fourrure sur une tenue de cavalière, ainsi qu'une toque de fourrure.

— Surtout lorsque l'hiver s'éternise.

— Mieux vaut en effet rester au chaud chez soi, répondis-je prudemment. Enfin, euh... plutôt que de sortir et, euh... frayer avec des gens.

— Ou des ours, dit la reine.

Ses yeux d'un gris profond étaient mi-clos et je pensai *Ô mon Dieu !*

Mon ami, Robert Dudley, s'était moqué de moi à ce sujet.

Ce n'est que le reflet de la vie sauvage, John. Les ours, les chiens sont des tueurs, tout comme nous. Une partie de nous. Nous sommes une race de combattants. Tout ce que nous possédons, nous nous sommes battus pour l'obtenir. Parfois nous sommes les ours, parfois les chiens, selon que nous luttons pour conserver nos privilèges ou en conquérir d'autres.

Je lui fis remarquer qu'une guerre victorieuse dépendait, et avait toujours dépendu, de la ruse, l'intelligence et l'inventivité, plutôt que de la sauvagerie aveugle. Je lui rappelai le mécanisme que j'avais fabriqué dans ce but, un système de navigation qui augmentait la vitesse de nos bateaux et affirmait notre suprématie maritime.

J'affirmai avec passion que nous n'avions rien à gagner à observer le combat d'un ours contre des chiens, seulement notre humanité à perdre.

Dans la guerre, nous nous battons pour l'emporter, non pour le plaisir de prolonger l'agonie.

Dudley haussa les épaules.

Admets-le, John. Tu es un homme de savoir, tu n'as simplement pas le courage de supporter cela.

Eh bien, oui. Les clameurs angoissées, les cris frénétiques, les échos pitoyables de l'antichambre d'Hadès… En effet, je pouvais me passer d'un tel barbarisme.

Mais alors, avec un sourire sincère et légèrement amer, mon ami et ancien étudiant choisit sa cible et plongea son épée en plein cœur.

Tu devrais voir la reine, John. Battre de ses petites mains et s'agiter sur sa chaise à chaque morsure des crocs ensan-

glantés. Oh ! la reine a toujours adoré la mise à mort de l'ours par la meute...

Autrement dit : n'oublions jamais de qui elle est la fille. Les sentiments de pitié et de répugnance que cette tuerie m'inspirait, je pouvais m'en accommoder, voire les museler si nécessaire. Mais ce mépris involontaire manifeste... qui oserait le lui témoigner ?

Ainsi, quand je reçus l'invitation au banquet donné par la reine, avant le spectacle de la mise à mort d'un ours entravé par une meute de chiens entraînés à cet effet, je développai une maladie opportune.

Son parfum colorait l'air. Une senteur de roses printanières, comme si une main royale pouvait altérer le cours des saisons. J'aperçus ma cousine, plus âgée que moi, Blanche Parry, la première dame de la reine, au sein de la compagnie composée des gardes et des courtisans. Elle nous observait de loin, telle une chouette blanche perchée sur une branche. Blanche ne m'avait jamais fait confiance.

— Malheureusement, avec cette affection, je n'étais pas beau à voir, me lamentai-je. Mon nez...

— ... était plongé dans un livre, comme d'habitude, j'imagine, dit la reine.

— Oui, répondis-je humblement. J'imagine que oui.

Un silence.

Puis la reine rejeta la tête en arrière et se mit à rire à gorge déployée, telle une brassée d'oies sauvages qui s'élèverait dans les airs. Après une brève hésitation, la compagnie tout entière se mit à rire à son tour, comme si les gorges avaient été libérées de leur ligature sociale. Seule Blanche Parry continuait de me fixer sans sourire, tandis que la reine posait une main gantée sur mon bras et m'entraînait sciemment à l'écart de sa suite.

— Je ne devrais pas vous taquiner, John.

— Oh ! vous aviez raison.

— Parfois, dit-elle en passant devant le verger, j'ai l'impression que vous me connaissez – grâce à votre art, sans aucun doute – mieux que personne…

Mon art ? Dieu du ciel !

— … et aussi grâce, reprit-elle aussitôt, grâce à l'expérience de l'adversité que nous avons en commun.

Je hochai la tête, reconnaissant de cette remarque. Elle était la fille de son père, Henri VIII, et la sœur de sa sœur, Marie Tudor ; pourtant, elle ne leur ressemblait nullement et avait pris une voie toute différente. Elle était parfaitement consciente, à l'époque, des cartes noires qui avaient été distribuées à Lady Jane Gray, alors seulement âgée de seize ans. Réveillée par les bruissements des fantômes, comme moi par les rugissements des flammes du bûcher. Se sentait-elle en sécurité aujourd'hui ? *Etait-elle au courant de la poupée de cire ?*

— John, un jour, vous m'avez invitée à voir votre bibliothèque.

— Euh… oui, je crois bien, en effet.

J'avais cru à l'époque qu'elle avait mal interprété cette invitation, ou du moins l'avait feint. A vingt-six ans, elle n'avait que quelques années de moins que moi.

— A la vérité, murmura-t-elle, j'ai été fortement conseillée *d'éviter* votre bibliothèque.

— Eviter… mes livres ?

A cause de leur contenu hérétique ?

— Conseillée par quelqu'un qui se souvient de vos efforts pour persuader ma défunte sœur des bienfaits d'une bibliothèque nationale.

— Oh !…

Je respirai de nouveau. Ainsi, c'était donc cela. Cela n'avait pas fonctionné avec Marie, or je pourrais certainement trouver des membres du Conseil privé actuel pour qui l'approvisionnement et la préservation de la

Bibliothèque d'Angleterre seraient considérés comme rentables.

— Il me semblait seulement que c'était une tragédie, dis-je. Tant d'œuvres majeures ont disparu depuis la Réforme. La plupart d'entre elles ont été secrètement vendues à des pères supérieurs peu scrupuleux. Mais il ne fait aucun doute que, euh… le fondateur d'une bibliothèque nationale resterait dans les mémoires comme le plus grand mécène de la connaissance que le pays ait jamais eu…

— Allons, John…

La reine me donna une tape sur le bras. Ses yeux brillaient de joie, sous la toque de fourrure dont s'échappaient quelques boucles d'un rouge doré.

— Cela arrivera. Nous avons suffisamment de fonds pour y parvenir. Cela dit, nous applaudissons vos efforts personnels… Combien de livres avez-vous à présent ?

— Neuf cent… douze.

— Douze, répéta la reine solennellement. Une collection impressionnante.

Je rougis sans doute. Il me semblait ridicule de me rappeler le nombre exact de mes livres.

La plupart étaient éparpillés dans la maison de ma mère, et mon objectif, quand j'aurais assez d'argent, était de bâtir une extension pour abriter les milliers de volumes essentiels supplémentaires.

— John…

La reine, dont l'humeur était changeante, me regardait à présent avec une certaine inquiétude.

— … vous semblez fatigué.

— J'ai travaillé de longues heures durant, Votre Altesse, c'est tout.

— Dans quel but ? Puis-je le savoir ?

La reine avait toujours été fascinée par les matières de l'Ombre, et nous étions hors de portée de sa suite.

Elle et moi étions seuls dans le verger aux murs hauts de ma mère, à quelques mètres de la rive, et le soleil faisait scintiller les perles de glace accrochées aux rameaux des pommiers.

Un moment idyllique, si l'on faisait abstraction des soldats en armes à l'entrée du verger. Il était impossible de semer ces satanés gardes.

— John, l'année dernière, nous avons parlé de la cabale. Vous m'avez donné à penser que l'ancien mysticisme des Juifs... pourrait nous aider à pénétrer les secrets les plus intimes de l'au-delà.

J'hésitai. Mon travail actuel puisait en partie sa source dans la doctrine complexe des Hébreux de la communion avec le royaume des cieux. Mon objectif – qui n'avait rien de secret – était de découvrir dans quelle mesure l'essence des choses terrestres, la composition et la structure de toute matière terrestre, était ordonnancée par les cieux. J'étais à présent en quête d'un code, peut-être un symbole unique, qui pourrait expliquer et définir cette relation. Mais nombre de chandelles se consumeraient avant que je fusse en mesure de publier mes découvertes et d'inscrire formellement le glyphe mystique sur un frontispice.

— Votre Altesse...

— Etes-vous capable de faire appel aux anges, John ?

Après les turbulences religieuses des deux dernières décennies, il était crucial pour la reine que tout lien avec une hiérarchie spirituelle fût placé sous *son* contrôle. Je devais me montrer prudent sur le sujet.

— N'importe qui peut faire appel aux anges. Je pense cependant que, pour que la cabale serve nos intérêts, il est nécessaire de l'interpréter de façon à ce qu'elle soit perçue comme faisant partie intégrante de la tradition chrétienne.

— Oh oui ! C'est une très bonne remarque, mais...

La reine avait entremêlé ses longs doigts et les secouait

à présent, comme pour tenter de démêler quelque pensée essentielle.

— … n'y a-t-il pas une tradition *anglaise*, John ?

— Pour la communion avec les anges ?

— Eh bien, dit-elle en secouant impatiemment la tête, oui.

Une question intéressante pour une femme éduquée, mais la réponse n'était pas sans risque.

— La chrétienté, Votre Altesse, est à l'évidence consciente… que ses origines ne sont pas anglaises, et ainsi…

— Eh bien, j'aurais sans doute dû dire *britannique* alors, puisque nous sommes tous deux de souche galloise ?

Né et élevé en Angleterre, je ne m'étais jamais, honnêtement, considéré comme particulièrement gallois, bien que mon père n'eût cessé de me vanter – à moi et à tous ceux qui voulaient bien l'écouter – notre immense héritage culturel et linguistique.

Ayant appris quelques mots de gallois pour lui complaire, j'avais prévu de l'étudier plus en profondeur, au cas où mon père eût raison. Cependant…

— L'histoire tend à prouver, Votre Altesse, que la tradition de la religion galloise – c'est-à-dire la tradition des bardes et des druides – n'était pas, par essence, de nature chrétienne.

— Mais cela n'a-t-il pas changé quand la parole chrétienne a été délivrée sur nos rives ? Ou quand, comme on le dit, Notre Sauveur est venu en personne en Angleterre ?

— Hum !…

— En compagnie de Joseph d'Arimathie, son oncle.

— Oh !

— Vous savez de quoi je parle, John.

— Bien sûr. Enfin, je l'ai lu dans certains ouvrages.

— Et ces ouvrages, vous les avez dans votre… bibliothèque ?

— Euh… c'est possible. Enfin… Oui, certainement.

— Et Arthur ?... Avez-vous également des livres sur lui ?

— Arth… ?

— Le roi Arthur ? dit-elle avec un sourire. Notre royal ancêtre.

— Oh !… lui. Sans doute. Plusieurs.

— J'aimerais voir ces livres, John.

— Bien sûr. Je serais enchanté…

Soudain, la reine se raidit, comme sous l'effet d'un élancement douloureux. Je crus qu'elle me fixait, mais non, elle fixait l'horizon derrière moi, le regard comme pétrifié. Comme je ne voulais pas me retourner, j'attendis qu'elle reprît la parole. Mais elle ne dit mot. Je toussotai.

— Votre Altesse ?…

La reine cligna des yeux.

— Avez-vous des lièvres dans votre verger ?

— Je… non. Du moins…

Mon Dieu, à qui s'adressait-elle ?

— Votre Altesse a vu un lièvre ?

— Je ne… sais pas.

L'angoisse me submergea, car je n'avais jamais vu le moindre lièvre dans les environs. Pas cette année, en tout cas. Et là où elle regardait, il n'y avait aucun animal. La reine sourit, d'un sourire friable, comme la lune dans l'aube froide et brumeuse. Et le lièvre…

Le lièvre, comme vous le savez – étant donné son étrange comportement, la façon dont il se campe sur ses pattes arrière pour affronter un rival, comme les hommes usent de leurs poings, la façon dont il semble influencé par la lune –, le lièvre peut être considéré comme un présage.

La reine secoua légèrement la tête et déglutit.

— Les livres, dit-elle vivement, vous devriez…

Elle s'interrompit de nouveau, car Blanche Parry avait surgi devant nous.

Elle fronçait le nez, dégoûtée par la puanteur de houblon fermenté qui se dégageait de la bâtisse où la bière était brassée, à une centaine de pas de la maison de ma mère. Blanche, qui rôdait autour de la reine.

— Pas maintenant, John, dit la reine. Vous devriez m'apporter ces ouvrages.

— Certainement.

— Nous souperons ensemble, bientôt.

Elle laissa échapper un rire cristallin.

— Si votre santé le permet.

— Madame, intervint Blanche, si je peux me le permettre, vous avez rendez-vous avec Sir William Cecil à 15 heures.

Blanche m'adressa un bref signe de tête.

— Docteur Dee.

— Bonjour, cousine.

Blanche fronça les sourcils. La reine s'écarta.

— Quel dommage ! dit-elle en souriant. Je venais de dire au docteur Dee que j'espérais visiter l'école avant que nous partions.

Lors de sa précédente visite, elle avait parlé d'inspecter l'école des nonnes pour les enfants pauvres, regrettant ensuite de manquer de temps. De son regard mi-clos, elle me confirma tacitement que notre entretien était terminé, puis s'éloigna sans un mot. Blanche Parry, une femme grêle d'une cinquante d'années, aux cheveux gris et au visage sévère, s'attarda un moment.

— Docteur Dee, Sir William aimerait également s'entretenir avec *vous*, dit-elle sans même me regarder. Demain, à 10 heures, dans sa maison du Strand, si cela vous convient.

Comme si j'avais la moindre possibilité, même en dépit de ma charge de travail, de décliner son offre. Je hochai la tête en me demandant si cette convocation avait un rapport avec la découverte de l'effigie de la reine dans un cercueil. Incident dont je n'avais plus entendu parler depuis. Peut-être avaient-ils réussi à le lui cacher, après tout. Je m'étais discrètement renseigné sur Walsingham, mais personne ne savait s'il était à la solde du Conseil.

Le vent glacial rugit dans les rameaux givrés des pommiers, et je sentis le mouvement invisible des marées. Je demeurai immobile jusqu'à ce que la dernière péniche de la flotte royale eût disparu dans un méandre de la Tamise, puis je regagnai la maison.

Un grand feu brûlait dans l'âtre. J'avais moi-même préparé le foyer, et ma mère avait ajouté nombre de bûches, au cas où la dame nous aurait honorés de sa présence.

Je passai devant les pâtisseries, toutes intactes, et trouvai ma mère assise, abandonnée, dans le petit salon, le regard errant sur la Tamise, par la vitre laiteuse qui en été nous protégerait de la puanteur du fleuve.

— Je suis désolé, dis-je.

Epuisé et abattu, je jetai mon manteau sur le dossier d'une chaise.

— Il fut un temps où dame Blanche Parry aurait passé un peu de temps avec moi.

Ma mère détourna le regard des flots gris-brun, se leva et lissa ses jupes.

— Plus maintenant, apparemment.

— Blanche conserve jalousement sa position à la cour. Ce n'est pas ta faute. C'est en moi qu'elle n'a pas confiance.

— Protéger les intérêts et le bien-être de la reine, dit ma mère. Elle ne devrait rien voir d'autre dans ton attitude.

— Hum ! peut-être est-elle légèrement inquiète quant aux progrès de la science.

— Comment ?

— Dame Blanche qualifierait-elle cela de science, d'ailleurs ?

— Sûrement pas.

Evitant le regard de ma mère, je remarquai que le vernis des panneaux muraux se craquelait, tandis que le brocard rouge des chaises paraissait usé et fatigué. Je notai également que l'une des manches de la robe brun foncé de ma mère avait été reprisée en deux endroits.

Elle ne me demanda pas ce que la reine avait dit ni la raison de sa visite. J'aurais pu lui dire qu'Elisabeth, connue pour ses exigences et son raffinement auprès des hôtes de marque qui la recevaient, était peu encline à pénétrer dans une demeure aussi modeste que la nôtre. Et qu'elle était consciente de notre pauvreté.

Aussi me sentais-je honteux. Inadéquat. J'aurais dû faire mieux. J'étais un enfant unique. Mon père était déterminé à ce que me fût dispensée la meilleure éducation possible, malgré ses modestes moyens.

J'aurais pu devenir évêque, ou même avocat, avec mes qualifications, au lieu de… ce que je suis devenu.

Le fleuve, empli des carcasses animales et sans doute aussi des restes humains rejetés par les entrailles de la cité, brillait d'un éclat morne. Le soleil était cireux et lisse comme le marbre.

Divinateur. C'était ainsi que certains me qualifiaient en cachette, tandis que d'autres me le disaient ouvertement.

III

Sa Seconde Venue

Plutôt qu'un grossier invocateur d'esprits, un divinateur peut, comme vous le savez, être considéré en ces temps plus lumineux comme capable de créer des illusions.

Une expérience que j'avais tentée avec beaucoup de délectation. Un jour, à l'université, j'avais fabriqué pour une pièce de théâtre un gigantesque scarabée qui, à l'aide d'un système de poulies et d'un jeu d'ombres et de lumières, donnait l'impression de voler. J'avais passé des jours entiers dans la crainte et la mystification que cette œuvre m'inspirait.

Rien de mal à cela. Je n'étais qu'un enfant, et le scarabée ne volait pas. Du moins pas comme un oiseau ou un ange.

Mais à présent, j'étais un homme plus exercé à la vraie nature des anges. Je comprenais que des hommes comme Sir William Cecil ne craignaient pas ce qu'ils savaient être des illusions, même s'ils ignoraient comment elles étaient réalisées.

Pas de gel aujourd'hui, seulement une pluie revêche sporadique, au moment où j'embarquai au port de Mortlake, pour aller à mon rendez-vous. Les nuages bas et brumeux s'enroulaient autour des toits, dont le plus élevé était celui de l'église Saint-Paul, à l'ouest. Nous pénétrâmes dans la Cité et traversâmes le quartier fumant de Southpark, qui pétillait de vie et de divertissements : fosse aux ours, coqs, maisons closes, maisons de jeux et théâtres.

Je ne prêtai pas attention aux têtes de criminels et de traîtres empalées sur le London Bridge. A présent que les exécutions de dignitaires de haut rang étaient devenues plus communes, ces carcasses prisées des corbeaux représentaient davantage une attraction grotesque pour les visiteurs qu'un effroyable avertissement pour les habitants de la ville.

Quant à la nouvelle maison de maître Cecil..., j'avais seulement compris qu'elle se situait sur le Strand, où vivait autrefois le très puissant clergé. Mais les bateliers sont de véritables mines d'information, et le mien, qui savait précisément à quel niveau de la berge la maison se trouvait, arrêta son embarcation devant une allée fraîchement pavée.

— C'est pas la plus grande maison du coin, dit-il, mais il a des plans.

— Le secrétaire est l'un de vos amis personnels pour que vous ayez connaissance de ses plans ?

Je m'en voulus aussitôt d'avoir adopté ce ton. Bien que cet homme m'eût déjà servi de batelier à maintes reprises, j'avais le plus grand mal à échanger avec lui ne serait-ce qu'une plaisanterie. L'homme se contenta de sourire. Du moins considérai-je cette bouche édentée comme un sourire – il avait perdu toutes ses dents de devant dans un combat ou les avait vendues à un fabricant de fausses dents, chose que j'aurais aimé lui demander, mais...

— L'un de ses ouvriers a épousé ma fille cadette. Ils

ont reçu des ordres et auront intérêt à ne pas faire d'erreur, car la moindre brique sera inspectée.

Le passe-temps favori de Cecil : concevoir des propriétés. Le courant nous ayant été favorable, quand je découvris la demeure haute de trois étages, derrière les grands échafaudages de bois, j'avais plus d'une heure d'avance. Me présenter maintenant trahirait une impatience doublée d'angoisse.

Je m'éloignai donc du Strand pour déboucher quelques minutes plus tard sur une rue bordée de magasins aux devantures fraîchement repeintes. On y vendait du mobilier, des tapisseries et des lampes de prix.

Pour savoir combien ce quartier était à la mode, il suffisait d'observer la foule des acheteurs, en regard de la rareté des enfants et des mendiants.

Même l'air empestait moins dans cette rue où les femmes exhibaient leurs parfums précieux pour faire étalage de leur statut social plus que pour embaumer l'atmosphère.

La pluie se mit à tomber. Je m'abritai dans l'embrasure de la porte d'un magasin couvert, d'où les cris des colporteurs me parvenaient en sourdine. Ils n'étaient pas nombreux : dans le voisinage d'un homme aussi éminent que Sir William Cecil, les policiers veillaient à l'ordre public. S'il n'avait plu, je me serais éloigné et je n'aurais jamais entendu…

— … l'avenir ! Découvrez l'avenir ! Sachez tout sur la fin du monde ! Les ténèbres et les maladies précéderont… Sa Seconde Venue !

Des proclamations hautes en couleur de l'Apocalypse. Des pamphlétaires. De plus en plus médiocres, ces pamphlétaires.

Omniprésents et scabreux, ils crachaient des comptes rendus de meurtres, d'exécutions et d'adorations du malin grossièrement illustrés. Et des mises en garde sur la fin des temps, à présent, émanant des puritains.

— … rien que pour vous, les nouvelles prédictions terrifiantes du grand voyant de Sa Majesté ! Découvrez les prémonitions du docteur Dee !

Dieu du ciel ! Je quittai aussitôt mon repaire, mais dus reculer devant le passage d'une charrette inattendue, et me retrouvai acculé dans une ruelle aux odeurs d'urine pestilentielles, où la harangue de l'homme semblait me poursuivre.

— Découvrez l'avenir maintenant… *ou ce qu'il en reste* !

Je commençai à me sentir mal à l'aise en voyant une foule se rassembler autour du pamphlétaire. Une foule composée de gens d'apparence respectable, de femmes élégantes, d'hommes vêtus à la dernière mode vénitienne. Tous impatients d'avoir des révélations sur les bouleversements de l'au-delà, de découvrir des terres inconnues remplies d'étranges créatures ailées, ou d'apprendre quelque nouvelle guerre en Europe.

Pure invention, bien entendu, mais nombre de gens étaient enclins à croire tout ce qui était imprimé…

Ne voyaient-ils donc pas que *je n'avais pas écrit cela* ?

Une Seconde Venue ? Mon rôle était de dresser des cartes des étoiles, de déterminer l'influence des planètes sur le monde des affaires, l'équilibre des humeurs. De déterminer des orientations possibles, des opportunités, des auspices. Mais jamais de délivrer des prophéties à part entière. Cela n'aurait été que pure folie, dans l'état actuel de nos connaissances. Pourquoi personne ne m'avait-il rien dit à propos de cela ?

Rumeurs et commérages, docteur John, rien d'autre.

La voix de Jack Simm me revenait en écho tandis que je quittais ma cachette pour m'insinuer dans la cohue. Jack était-il au courant ? Y avait-il d'autres publications de la sorte à propos de sortilèges, de divinations et d'invocations d'esprits dans une maison de Mortlake ? Tout le monde était-il au courant sauf moi ?

La tête dans les étoiles, comme toujours, quand ce n'est pas dans les livres ! Ma mère. *Tout le temps plongé dans tes livres, gamin, n'est-ce pas ?* Même mon père, un jour, en avait été exaspéré, lui qui était pourtant si déterminé à me donner la meilleure éducation possible.

— ... apprenez tout sur la fin des temps et le mal qui se répandra avant lui !

Le vendeur de pamphlets avait le crâne chauve, les lèvres charnues et luisantes.

— Préparez-vous !

Il se retourna, comme s'il savait que j'étais là, recroquevillé dans l'ombre. C'était un type bossu, coiffé d'un chapeau de cuir piqué de deux plumes de paon. Sa marchandise était empilée dans un cageot à ses pieds.

La pluie avait cessé. J'hésitai, ne sachant quelle attitude adopter. Je pourrais porter l'affaire en justice, mais un procès engendrerait le type même de notoriété que je préférais éviter.

Car je serais alors sans doute questionné sur la nature de mes travaux en public et contraint de répondre, de sorte que je me retrouverais une fois encore – ô mon Dieu, non – sur le banc des accusés.

Soyons réaliste : l'homme allait sans doute finir par disparaître, et ses pamphlets, se désagréger dans les caniveaux.

Je m'adossai à la charrette. Une partie de moi se sentait obligée de remplir quelque rôle présumé sur la place publique.

Comme si, tandis que l'esprit de John Dee était accaparé par le contenu de sa bibliothèque, *le divinateur* arpentait les rues en répandant les ténèbres.

— Comment savons-nous qu'il s'agit bien des prédictions du docteur Dee ? s'écria une femme. Comment les avez-vous obtenues ?

— Comment le savons-nous, madame ? cria l'homme aux pamphlets. Comment le savons-nous !

Evidemment, il gagnait du temps.

— En effet, dit un homme vêtu d'une longue gabardine. Quelle preuve avons-nous que le célèbre docteur Dee est l'auteur de ces prophéties ?

Le silence s'installa pendant que le pamphlétaire, sans doute à la recherche d'inspiration, humait l'air. Puis il renifla bruyamment et bomba le torse comme un paon sur une branche.

— Le docteur Dee, monsieur, est un homme qui aime préserver sa vie privée. Moi-même, cependant, qui suis son secrétaire et son éditeur, ai toute autorité pour rendre public les paroles aptes selon lui à aider les hommes et les femmes à se préparer à leur destin. Ce ne sont pas *ses* paroles exactes, comprenez-moi bien, car c'est un homme humble, mais ce sont les mots mêmes des messagers de Dieu qui communiquent avec lui par le biais de *mécanismes intelligents*.

— J'en prends deux, dit un homme.

— Cela fera quatre cents.

Incapable d'en entendre davantage, je m'avançai vers lui, décidé à intervenir.

— Alors vous…

Un goût rance m'emplit la bouche, car je détestais les confrontations.

— … vous êtes l'éditeur du docteur Dee ?

— Depuis de nombreuses années, *l'ami*.

Il parlait du coin de la bouche, sans même me regarder. D'une main, il brandissait un pamphlet et, de l'autre, prenait l'argent. Sur le pamphlet, une gravure grossière représentait un homme vêtu d'une robe noire, avec une barbe couvrant sa poitrine, les mains levées vers des planètes qui tourbillonnaient autour d'un chapeau à large bord. Je vous le jure !

— Quel genre d'homme est-ce ?

— Quoi ?

— Ce docteur Dee.

— Un homme d'une grande érudition.

— Est-ce qu'il ressemble à cette image ?

— Assez, oui. Je…

Le pamphlétaire s'interrompit et se tourna vers moi pour m'observer. Il avait le teint huileux et cireux, et un épais grain de beauté crevait sa joue imberbe. Il ne m'avait manifestement jamais vu et perdit rapidement tout intérêt pour l'homme à la mise humble et dépourvu de couvre-chef que j'étais.

— Donc…, dis-je en frottant ma joue rasée de frais, il doit être vieux, n'est-ce pas, avec cette longue barbe ?

— Si vous n'avez pas les moyens de l'acheter, l'ami, laissez le champ libre aux autres. La vie, comme vous pourriez le lire là-dessus, est trop courte pour être gaspillée.

— Mais vous n'avez pas répondu à ma question. Comment savez-vous que ces… histoires sont du docteur Dee ?

— Et comment savez-vous qu'elles ne le sont pas ?

— Parce que je ne les ai pas…

A ce moment précis, tout le monde s'était tu.

— … écrites.

J'avais parlé à voix baisse, mais c'était comme si j'avais hurlé.

— Qui es-tu, petit ? demanda l'homme aux pamphlets.

J'aurais voulu m'enfuir, mais j'étais pressé de tous côtés. Cette scène me semblait familière. L'annonce de la fin des temps pouvait provoquer une émeute, quand la peur emplissait l'atmosphère telle une fumée suffocante.

— Qui êtes-vous ?

— Il dit qu'il est le docteur Dee, répondit quelqu'un.

Il avait recommencé à pleuvoir, et les hautes bâtisses renvoyaient l'écho du martèlement des sabots des chevaux. Le seul espace libre était devant moi, mais le vendeur de pamphlets l'occupait tout entier, un doigt replet et menaçant pointé sur ma poitrine.

— Ecoutez ce vaurien, bonnes gens ! *Je suis le docteur Dee !*

Quelques rires fusèrent, faibles et mal assurés. Je gardai le silence et passai rapidement en revue le cercle des visages. Ne trouvant personne de ma connaissance, je sortis quelques pièces de monnaie de ma poche.

— Je prends le pamphlet alors.

Le vendeur se pencha vers moi, un pamphlet à la main, puis, au moment où j'allais le saisir, se recula vivement, le regard animé d'une lueur de malice nouvelle.

— Si vous êtes le docteur Dee, vous savez déjà ce qu'il y a d'écrit là-dessus.

Quelqu'un éclata de rire. Je soutins son regard sarcastique.

— Dee est un divinateur, de toute façon, lança un homme à ma gauche.

— Dites-nous une prophétie, suggéra le vendeur avec un sourire en coin. Allez, faites-nous une prédiction.

Je compris alors qu'il n'était pas seul. Deux gamins d'une quinzaine d'années portaient chacun une pile de pamphlets. Ils s'étaient mêlés à la cohue et se tenaient maintenant immobiles, la main de l'un d'eux sur sa ceinture.

— Voyez ce criminel !

Le vendeur exécuta une pirouette pour se tourner triomphalement vers la foule.

— Un jeune imberbe qui ose se faire passer pour le voyant de la reine ! Vas-y, gamin ! Fais-nous une prédiction !

L'humeur de la foule avait commencé à tourner au vinaigre. Un homme se mit à taper dans ses mains, bientôt rejoint par le pamphlétaire qui battait de ses paumes grassouillettes. Puis une voix masculine s'éleva, tranchante comme une pierre fendue.

— La prophétie est un blasphème !

Un objet mouillé m'atteignit à la joue, me faisant tressaillir. Je vis alors que les deux acolytes du vendeur avaient posé leur pile par terre et, attendant l'ordre de me poignarder et de s'enfuir, jetaient des coups d'œil à leur maître.

— Le docteur Dee pactise avec les démons ! cria une femme.

— Je l'ai entendu dire, reprit une autre femme, plus âgée. Il crache sur la sainte Bible.

Quelqu'un se pressa derrière moi et, comme toujours dans un mouvement de foule, je me raidis, guettant les doigts habiles des pickpockets, le reflet furtif d'une dague.

Quelques gentlemen entraînèrent leurs épouses à l'écart. Je jetai un coup d'œil par-dessus mon épaule, à la recherche d'une échappatoire, et me retrouvai nez à nez avec un visage barbu. La barbe se fendit d'un sourire édenté.

A présent, les corps me pressaient de toutes parts, leur haleine de bière me donnait la nausée. Devant moi, le vendeur de pamphlets était entré dans une sorte de frénésie, et les yeux de ses queues de paon vibraient de chaque côté de sa tête.

— Vas-y ! Une prophétie ! Parle-nous de la venue de ton maître des ténèbres !

Je tremblai, à l'unisson des plumes de paon.

Une furie sauvage s'empara de moi.

— Très bien…

J'avais à peine conscience des paroles qui franchissaient désormais mes lèvres.

— Je prédis que d'ici quelques semaines, vous serez enfermé dans le donjon le plus ténébreux du Fleet, vous…

Un bras se coula sous ma gorge. Je me retrouvai la tête en arrière, les deux bras ceinturés dans le dos, la pluie cinglant mon visage. Puis une main gantée de cuir se plaqua sur ma bouche et je fus forcé de me retourner pour faire face à un homme arborant un chapeau de velours noir. Sa cape sombre masquait à peine le scintillement doré de son pourpoint, tel un trésor sur sa poitrine ouverte.

— Virez-moi ce satané imposteur ! cria-t-il.

IV

La stabilité du royaume

Même par une journée morne comme celle-ci, la pièce était inondée de lumière. Un cheval aurait pu passer par les immenses baies vitrées.

Assis derrière une large table de chêne à tréteaux, près d'un modeste feu de cheminée, il me tournait le dos.

— Ce n'est qu'un humble cottage, je le dis à tout le monde. Un lieu intimiste.

Il me servit un verre de vin, qu'il remplit un peu moins que le sien.

— Et bien sûr, personne ne me comprend. Pas même la reine.

Une odeur d'huile de lin et de cire d'abeille flottait au-dessus des étagères. On aurait dit que la maison n'avait de place que pour lui-même, sa femme, ses deux filles et une quinzaine de serviteurs.

Mais il avait déjà fait l'acquisition des propriétés situées de chaque côté de sa demeure et, au printemps, elle serait deux fois plus grande.

En attendant, je pouvais comprendre en quoi cette maison semblait étroite pour un homme de l'envergure de Sir William Cecil, qui à présent tournait son regard limpide et intense vers moi.

— J'aime sincèrement cette jeune femme, Dee. Et la servirai, si Dieu le veut, le restant de mes jours. Mais, Seigneur, elle requiert de constantes attentions. *Oh, je devrai venir souper chez vous, William. Bientôt !* Tout doit être *bientôt* !

— C'est le fait de la nouveauté, répondis-je. Le pouvoir illimité de la monarchie est une intoxication. Et elle, entre tous, sait combien la vie est courte.

— Elle s'en sortira.

Le regard de Cecil s'était partiellement durci, mais il ne fit pas un mouvement.

— D'autant que maintenant, elle est protégée. Pour toujours.

Il portait un peignoir noir sur un pourpoint gris. Difficile de croire qu'il n'avait pas encore quarante ans. On aurait dit qu'une certaine lassitude imprégnait tout son être. Une illusion, je le savais.

Son apparence triste et fatiguée n'était que pure théâtralité. Il adorait ce qu'il faisait et était terriblement doué pour cela. Si doué, si efficace et si chanceux qu'il servait à présent son troisième monarque. Combien pouvaient en dire autant ?

— Vous avez eu une agréable entrevue avec Sa Majesté hier ?

— Le temps qu'elle a duré, oui, Sir William.

Encore tout tremblant après l'incident avec le pamphlétaire, je m'enfonçai dans mon siège. J'occupais un fauteuil confortable en face des grandes vitres de verre fin.

Nous nous trouvions au premier étage, qui avait une vue imprenable sur le fleuve couvert d'une brume formant des volutes bleu-gris.

— Nous avons été interrompus. Par ma cousine.

Une dame qu'il connaissait, j'en étais persuadé, et à qui il avait sans doute personnellement donné l'instruction de s'assurer que ma conversation avec la reine resterait superficielle.

Je devinais que Cecil voulait m'apprendre certaines choses lui-même, et non que cela vînt de la bouche de la reine. Sans doute parce que leurs versions respectives seraient sensiblement différentes.

— Vous avez une cousine, déclara Cecil en haussant un sourcil, qui a interrompu la reine ?

— Blanche Parry, répondis-je avec patience. Sa famille et la mienne sont apparentées. Comme la plupart des familles originaires de la région frontalière du pays de Galles.

Y compris la sienne, les Cecil de Allt-yr-ynys. Nous étions tous issus des mêmes collines.

— Je l'ai entendu dire, fit-il en hochant la tête. Oui, bien sûr. Une femme formidable, Blanche Parry.

Ses yeux étaient mi-clos. Il était secrétaire d'Etat à l'époque du complot qui visait à mettre la pauvre Jane Grey sur le trône d'Angleterre à la place de Marie Tudor. Pourtant, il avait réussi à échapper à la répression.

Puis il avait survécu pour servir la reine Marie, entrer au Parlement, devenir chevalier. De protestant, il s'était fait catholique, puis était redevenu protestant... Qui d'autre pouvait se vanter d'un tel exploit ?

Il prit son verre de vin et y trempa seulement les lèvres avant de le reposer et de se rasseoir confortablement, entrelaçant ses doigts derrière sa tête.

— Etes-vous occupé, John ?

— Jour et nuit, à la grâce de Dieu.

— Un homme emporté par un flot ininterrompu d'illuminations.

Cecil observa les lettres qui avaient été éparpillées sur son bureau, puis leva les yeux sur moi.

— Glastonbury.

— Je vous demande pardon ?

— Une petite bourgade à l'ouest. Autrefois l'île d'Avalon. Célèbre pour son abbaye. Vous la connaissez ?

— J'en ai entendu parler.

Déjà, il établissait des connexions.

— Que savez-vous de ce lieu ?

— Je sais que c'est là où se trouve la tombe du roi Arthur.

Arthur... Avez-vous aussi des livres sur lui ? avait demandé la reine.

Cecil renifla.

La nuit dernière, je m'étais enfermé dans ma bibliothèque pour chercher les livres que j'avais promis d'envoyer à la reine.

Mes étagères étaient une structure rudimentaire de planches supportées par des briques.

J'y dénichai des œuvres de Giraldus Cambrensis et Geoffrey de Monmouth, à partir desquelles Malory avait écrit un tissu d'âneries intitulé *La Mort d'Arthur.*

Cela dit, Geoffrey lui-même n'était guère plus fiable. Son propre récit était en partie fictif, car, pour ce qui concernait le roi Arthur, l'histoire ne fournissait guère de faits.

Cependant, il découvrit quelques bribes de vérités et ne mit pas longtemps à s'intéresser à la ville de Glastonbury, dans l'île d'Avalon, le lieu où Arthur avait été enterré. Une ville qui n'avait plus rien d'insulaire, car la mer s'était retirée il y a fort longtemps, laissant une bourgade entourée de collines, de prairies détrempées et de vergers.

Des vergers.

Par un fait étrange, la reine et moi discutions justement de ce sujet dans le verger de ma mère. Le terme d'Avalon dérivait sans doute de *Afal*, le mot gallois pour « pomme ».

Cette région du Somersetshire, proche du pays de Galles, était riche de pommeraies et pouvait très bien correspondre à l'île mythique où, d'après la légende, le roi Arthur mourant avait été transporté en bateau.

Un charmant conte de fées, si l'on voulait bien y croire. Un conte inspiré, qui renforçait la tradition. Incarnation idéale de la monarchie, avec sa table ronde, où siégeaient les chevaliers, et Excalibur, son épée magique, le roi Arthur était pour nous une figure centrale.

Nous ? Nous les Anglais ? Nous les Bretons ? Les Gallois ?

Puisque nous sommes tous deux de souche galloise, avait dit la reine.

Quand j'étais enfant, mon père me disait que nous, les Dee – ce nom est la traduction anglaise du terme gallois *Ddu*, qui signifie « noir » –, descendions d'Arthur en personne.

Ce que j'avais cru, car qui aurait refusé de croire une telle chose ? Je le crois toujours aujourd'hui, mais dans un sens différent.

A présent, je m'intéresse à la tradition arthurienne, son versant mystique, son essence ancestrale.

En outre, des familles bien plus illustres que la mienne prétendaient également descendre du grand héros britannique.

Notre royal ancêtre, avait dit la reine avec un sourire.

— … s'il ne s'agissait de cette regrettable affaire, il y a vingt ans, disait Cecil à propos du père supérieur de Glastonbury. C'est à cause de lui que la ville a cette réputation fantomatique.

— Mmm. Oui.

— A l'époque de la dissolution, le dernier père supérieur de Glastonbury avait été ligoté sur une claie, traîné à travers la ville, puis pendu et découpé en quartiers. Torturé au préalable, paraît-il, interminablement.

Ce châtiment avait été ordonné par Thomas Cromwell, pour le compte du roi Henri VIII.

Le père supérieur passait pour être un traître récalcitrant.

— Tout cela en pure perte, déclara Cecil, quand on y pense.

Je restai coi. La dissolution des monastères me faisait beaucoup de peine chaque fois que j'y songeais.

Même si je comprenais très bien la nécessité pour le roi de se débarrasser d'une papauté souvent corrompue, la destruction de tant de merveilles et la perte de plusieurs siècles de savoir m'étaient intolérables. Tous ces livres déchirés et brûlés.

La plupart des volumes rescapés dans ma bibliothèque comportaient des pages calcinées.

— Il paraît que Glastonbury ne s'en est jamais remis, dit Cecil.

— Tout comme les autres villes monastiques. N'était-ce pas, de par ses fondations, le plus ancien édifice religieux d'Angleterre ?

Il était probable que Cecil se fût rendu lui-même à Glastonbury, lors d'une visite à son vieil ami Edouard Seymour, duc de Somerset. Mais il n'en dit mot.

Comme la reine me l'avait rappelé, on racontait que le riche marchand qui avait fourni une tombe à son neveu et Sauveur avait voyagé jusque dans ces îles pour son commerce et atteint l'extrême pointe ouest de l'Angleterre.

Et que Jésus, qui d'après certaines sources aurait été son neveu, l'avait accompagné enfant, et ainsi foulé à la fois les Cornouailles et le Somersetshire.

Jésus serait ensuite revenu sur l'île à l'âge adulte pour suivre l'enseignement spirituel des druides. Une légende fascinante, loin d'être authentique. Cependant, d'après une croyance populaire largement répandue, après la crucifixion, Joseph était revenu à son tour, emportant avec lui la coupe sacrée de la Cène qui avait ensuite recueilli le sang sacré de la croix, et que cette coupe, le Saint-Graal, était encore cachée quelque part.

Le récipient le plus précieux, le plus puissant et le plus inspiré de la chrétienté. Les plus purs des chevaliers du roi Arthur se seraient alors lancés dans la quête du Graal, faisant ainsi fusionner les deux grandes légendes de Glastonbury.

Un legs sacré, grâce auquel s'était établi un riche et puissant ordre monastique, prétendument fondé par Joseph d'Arimathie lui-même.

Puis le roi Henri, le Grand Fourneau, avait ordonné sa destruction.

— Vous n'y êtes jamais allé ? demanda Cecil.

— Non.

— Etrange. Je veux dire… étant donné votre fascination manifeste pour les grands mystères spirituels.

Je répondis avec prudence.

— C'est une question de temps, Sir William.

— Le temps, répéta-t-il en souriant. On trouve toujours le temps. Et vous pourriez y être… oh ! d'ici une semaine, je vous l'assure.

Il m'observa d'un air placide. Il était impossible de lire en lui.

— Pourquoi ?

— Pour la stabilité du royaume, bien sûr.

Dénouant ses doigts, Cecil se redressa sur son siège et étira sa colonne vertébrale.

— Pourquoi serais-je là sinon ?

Je me demandais pourquoi il m'avait fait venir ici, dans ses appartements privés, son cottage. Une telle discrétion n'était pas fortuite.

Il s'agissait d'une affaire délicate, officieuse.

Donc risquée.

Par la fenêtre, les volutes brumeuses s'étaient muées en pointes acérées. Avec les ronces enchevêtrées de la religion et les menaces provenant de divers fronts étrangers – la reine d'Ecosse fraîchement remariée au jeune roi de France –, Cecil n'avait-il pas déjà fort à faire, sans en plus vouloir s'intéresser aux *mystères spirituels* ?

— Etes-vous vraiment sûr que je suis l'homme de la situation ?

V

Ossements

Au dehors, la pluie avait cessé, et le soleil hivernal, lourd comme une pièce de monnaie neuve, semblait suspendu au centre de la fenêtre.

Il baignait d'une lumière pâle les reliures des livres des quelques étagères achevées de Cecil. Des ouvrages traitant de politique, de droit et de propriété, mais rien, je le devinais, à propos de mystères spirituels.

Je racontai à Cecil ma mésaventure avec le vendeur de pamphlets, sans cependant relater mon imprudente réaction, ni la façon dont j'avais échappé à une sévère dérouillée. Ou pire.

Tout le temps de mon récit, je me demandais s'il était déjà au courant de ma mésaventure. Cet homme avait des yeux partout dans la ville et au-delà.

Il haussa un sourcil, prit son verre de vin, puis le reposa aussitôt.

— Il y a des vauriens qui racontent dans tout Londres que j'entretiens quatre maîtresses et que je bois deux litres de vin tous les soirs, avant de fouetter mes enfants à coups de cravache. Admettez-le, vous êtes une figure publique à présent. Ou du moins un *nom* public.

— Mais ma mère ne l'est pas. Et elle sera seule à

Mortlake, où il semble que je sois haï et craint par les nouveaux puritains qui craignent que je ne profane les tombes des membres de leur famille.

— Alors, nous *la* protégerons.

Ses mains jaillirent de son peignoir comme des marionnettes.

— J'enverrai des soldats armés à Mortlake aussi longtemps que vous serez parti. Je placerai même un garde devant la porte de votre *bibliothèque*. Qu'en pensez-vous ?

— Eh bien, je ne pense pas qu'il soit nécessaire de…

— Bien. Marché conclu, alors…

— Reste le problème de mon travail. Je suis déjà sérieusement en retard.

Cecil rassembla ses lettres. Sans même me regarder, il ajouta :

Ceci est *votre* travail.

Ces histoires de maîtresses et d'enfants maltraités n'étaient pas tombées dans la conversation par hasard. De nombreuses rumeurs circulaient sur Sir William Cecil, la plupart liées à ses ancêtres. Le fils d'un aubergiste, disait-on souvent, de la même manière qu'on disait de moi que j'étais le fils d'un boucher.

Etait-ce une mauvaise chose que nous vivions à une époque où les capacités peuvent, à l'occasion, prévaloir sur les privilèges de la naissance ?

Je ne le pense pas, et pourtant je crois que l'ascendance a une importance dans des domaines que nous n'avons pas encore sondés.

Pour mon père, c'était simple : il était un Gallois et, maintenant que les Tudor du pays de Galles avaient sécurisé la couronne d'Angleterre, cette nature galloise était un élément d'importance. *Je suis Roland Dee et je suis gallois !* disait mon père, une main sur le cœur, l'autre tendue devant lui, avec un accent si prononcé que c'en était comique.

Parfois, il le répétait même en gallois. Ce qui, je l'imaginais, ne calmait guère les ardeurs du Grand Fourneau, qui la plupart du temps se moquait comme d'une guigne du pays de Galles.

La situation était différente pour son propre père, le premier roi Tudor, Henri VII, qui était venu tout droit de France en Galles de l'Ouest et avait chevauché sur cette terre avec son armée, sous le poids des traditions.

La tradition du roi Arthur. D'après la légende, Arthur n'était pas mort, mais seulement endormi et reviendrait quand sa nation aurait besoin de lui.

De ce fait, avec Henri Tudor renaissait Arthur, ainsi que le sens d'une Grande-Bretagne plus ancienne et plus unie. Henri VII avait épousé Elisabeth d'York, rencontre de la rose rouge et de la rose blanche.

Pour sceller la royale destinée de la famille, il avait même donné à son premier-né, et son héritier, le prénom d'Arthur et l'avait fait naître à Winchester, qui, selon Malory, était autrefois Camelot.

Un coup de maître. Je savais que la nouvelle reine était fascinée par l'histoire de cette tradition familiale et reconnaissait sans le moindre doute son pouvoir émotionnel. *Le roi Arthur. Notre royal ancêtre*, avait-elle commencé.

Et elle en aurait dit davantage si Blanche Parry ne s'était interposée, telle une chouette vigilante parmi les pommiers d'hiver. Blanche ayant été dépêchée, à n'en pas douter, par cet homme, William Cecil, qui de tout temps protégeait la reine.

Parfois, semblait-il, d'elle-même.

— C'est une femme jeune, disait-il à présent. Elle est intelligente, cultivée et a déjà de l'expérience. Et, étant donné l'état précaire du ministère des Finances, elle est d'une extrême prudence. Mais sa jeunesse en fait la proie des grandes romances. Avec tous les problèmes que cela implique. Pour elle.

— Croire qu'elle doit, d'une certaine manière, ajuster la cape d'Arthur… à une femme.

Je ne voyais toujours pas où se situait le problème. Dans la littérature arthurienne, la reine n'avait rien de Guenièvre, encore moins de Morgan la fée, l'enchanteresse du célèbre mythe, mais incarnait plutôt un personnage plus puissant et plus brillant. Je le comprenais parfaitement et n'y voyais pas une idée imprudente ou capricieuse, tant nous vivions une époque étrange.

La pièce était à présent baignée de la lumière du crépuscule hivernal, qui faisait revenir à la vie les deux licornes lumineuses d'une tapisserie, tandis que Cecil vidait son verre de vin sans satisfaction apparente. Je doutais qu'il crût aux licornes.

— Cela dépend… A quel point Arthur est-il mort, selon vous ?

Il était clair que nous parlions désormais de la tombe découverte dans l'abbaye de Glastonbury sous le règne d'un Henri précédant, Henry II Plantagenêt. J'avais lu un certain nombre d'éléments à son propos la veille au soir dans les écrits d'un compatriote de mon père, Giraldus Cambrensis.

Durant l'année 1191, des fouilles réalisées dans l'abbaye de Glastonbury avaient mis au jour une pierre et une croix de plomb attestant apparemment de l'emplacement de la tombe du célèbre roi Arthur.

Trois mètres plus bas, un cercueil de chêne renfermait les ossements d'un homme de très grande taille aux côtés d'un squelette plus petit, sans doute celui d'une femme. Ainsi qu'une mèche de cheveux jaune qui tomba en poussière quand l'un des moines voulut la saisir.

Guenièvre.

Ah ! et c'étaient des moines qui avaient trouvé la tombe. Arthur s'était relevé quand les moines en avaient eu le plus besoin.

— Ils avaient besoin d'argent, me rappela Cecil. Beaucoup d'argent. L'abbaye avait récemment été ravagée par un terrible incendie. Au XIIe siècle, les légendes d'Arthur et de ses chevaliers étaient largement diffusées et racontées aux enfants. Les ossements du roi Arthur étaient le moyen inespéré de faire de Glastonbury un célèbre lieu de pèlerinage.

Naturellement, beaucoup arguèrent que la tombe était fausse, et la prétendue découverte des restes royaux, rien d'autre qu'une supercherie montée de toutes pièces par les moines. Une tromperie d'une valeur considérable pour le roi à l'époque, car elle lui permettait de réduire à néant les espoirs de la rébellion galloise.

— Rien de mieux que des ossements, dis-je à Cecil, pour prouver qu'Arthur était très loin de pouvoir renaître.

— En effet. Près d'un siècle plus tard, les ossements ont été déposés dans une tombe de marbre, devant le grand autel de l'église toute neuve de l'abbaye. Une tombe inspectée au préalable par le roi Edouard Ier qui, après avoir de nouveau écrasé les Gallois à grands frais, avait été enchanté de confirmer la mort d'Arthur.

— Quel roi d'Angleterre aurait négligé une telle opportunité ?

— Ah !

Cecil se leva et fit les cent pas devant les immenses baies vitrées.

— Vous y êtes, dit-il.

— Un roi de la lignée des *Tudor* ?

Au-dessus du fleuve flottait un ciel sans nuages. L'air serait de nouveau glacial ce soir. Je commençais à comprendre où il voulait en venir.

La preuve de la mort d'Arthur était précieuse pour un roi normand, car les Gallois ne pouvaient plus se réclamer de lui. Mais pour un roi *descendant des Gallois*, un roi parti de France pour gagner le pays de Galles et parcourir l'Angleterre à cheval, sous la bannière sacrée d'un Arthur impérissable…

J'étais intrigué. Mes livres ne contenaient rien de tout cela.

— Alors, qu'est-il arrivé à la tombe de marbre noir quand l'abbaye a été dévastée ? demandai-je à Cecil.

— Bonne question.

— Elle a disparu ?

— Jusqu'à la dernière pierre. C'était du marbre. L'abbaye n'est rien d'autre qu'une carrière à présent.

Un bienfait, donc, pour le fils du premier roi Tudor ? Durant les premières années de son règne, Henri VIII avait également tenté de maintenir un lien avec l'immortel Arthur. Son propre visage n'avait-il pas été reproduit sur la table ronde de la cathédrale de Winchester, où son défunt frère, Arthur, était opportunément né ?

— Vous voulez dire que Thomas Cromwell a pris les ossements ?

D'après les rumeurs, Thomas Cromwell aurait acquis une immense collection de reliques sacrées issues des pillages des monastères.

— Si tel est le cas, dit Cecil, il ne les a pas légués à la nation quand son heure est venue. D'après mes informations, à l'époque où la tombe de marbre a été démantelée, les ossements avaient tout bonnement disparu.

— Les moines les ont fait disparaître, devinant ce qui allait se passer ! Peut-être les ont-ils enterrés dans une autre tombe, anonyme ?

— C'est une possibilité, en effet.

— Donc, toutes les preuves de la mort de l'ancêtre spirituel de la reine…

— Envolées.

— Avons-nous une idée de l'endroit où elles sont cachées ?

Cecil ne répondit pas et retourna à son bureau.

— Peut-on imaginer qu'elles soient… entre les mains de quelqu'un ? Et si oui, de qui ?

— Je ne sais pas. La cour de la reine bourdonne de rumeurs à longueur de journée.

Pour la première fois, il paraissait furieux. C'était un homme pragmatique, un survivant. Les hommes politiques modernes tels que Cecil ne se laissaient guère aller à la superstition.

— John, voici ce que je sais. Lors de ma dernière entrevue avec la reine, elle m'a posé deux questions. La première… si je connaissais une grande maison à Glastonbury où elle pourrait… être reçue.

Il était de notoriété publique que Cecil approuvait les lieux de réception de la reine, ce qui soulageait le ministère des Finances oppressé de considérables dépenses domestiques, d'autant que les séjours de Sa Majesté pouvaient durer plusieurs semaines.

Habituellement, les demeures choisies étaient cependant proches de Londres. Glastonbury nécessiterait plusieurs journées de voyage.

— Elle semble avoir pris conscience, sans doute au travers de ses lectures, des qualités mystiques de ce lieu. Elle a parlé de visions – votre domaine d'expertise, pas le mien – et une idée lui est venue. Arthur la fascine. Comme si elle avait brusquement compris son importance.

Le feu de la cheminée agonisait. Cecil aurait dû appeler un serviteur afin de le ranimer, mais il gardait les yeux fixés sur les braises mourantes.

— Et quelle était la seconde question de la reine ?

Son visage s'assombrit. Il passa une main sur sa joue.

— Elle m'a demandé combien coûterait la restauration de l'abbaye de Glastonbury pour qu'elle retrouve son faste originel.

— Cher.

— *Cher* ?

Cecil frappa son bureau du plat de la main.

— Dieu du ciel ! C'était l'édifice religieux le plus imposant et le plus fastueux de tout le pays !

— Ah !

Je me levai, ne comprenant toujours pas son propos. Si le père de la reine s'était réjoui de détruire les preuves, pourtant sujettes à caution, de la mortalité d'Arthur, pourquoi Elisabeth voulait-elle les retrouver ?

— Très bien, dit Cecil, allons droit au but. Si ces ossements existent, nous devons les récupérer. Même s'ils risquent de causer des troubles durant plus de quatre siècles.

Je frissonnai sous mon pourpoint trop léger.

— Sir William… je ne suis jamais allé dans cet endroit. Je ne connais personne là-bas.

— Asseyez-vous, John. Je ne vous demande pas d'aller là-bas avec une épée et une lanterne.

Je me rassis. Cecil joignit les mains.

— Nous nous connaissons depuis de nombreuses années. Nos points de vue diffèrent, je l'admets, mais je pense que nous partageons le même désir de préserver cette reine. Corps et… âme. Et il semble que son esprit, en ce moment, soit troublé.

— Elle s'en est ouverte à vous ?

— Elle ne me parle pas de ces choses-là. En revanche, elle se confie à vous, son conseiller personnel pour ces matières peu… terrestres. Son… Merlin, en quelque sorte.

Je n'aimais guère le tour que prenait cette conversation. Cecil baissa les yeux sur son bureau.

— Nous sommes tous deux conscients de ses forces et de ses… faiblesses.

Son indécision, ses hésitations dans le règlement de certains problèmes, ses incessants revirements. Pour preuve de cet état d'esprit, son incapacité à réconcilier ses comportements contradictoires en matière de religion – elle était incapable, tout comme moi, de renoncer au mysticisme.

— La restauration est hors de question, même si nous avions suffisamment d'argent. L'abbaye de Glastonbury est trop grande et tombe en ruine. Ses pierres ont servi à bâtir de nombreuses maisons à des kilomètres à la ronde. C'est sans espoir. Cependant… si nous avions les ossements en notre possession, nous pourrions satisfaire la reine en créant un lieu de pèlerinage convenable pour Arthur...

— Où ?

— Ici, à Londres.

— Vous voulez que je me rende à Glastonbury… que je localise les ossements d'Arthur… et que je les rapporte ici ?

Il hocha imperceptiblement la tête. Il me demandait bel et bien d'y aller avec une épée et une lanterne !

— Seul ?

— Vous serez accompagné d'une personne en qui nous avons tous deux confiance.

— Qui ?

Tout cela semblait déjà organisé de longue date. La consternation me submergea.

— Pas Walsingham ?

Le regard de Cecil se durcit.

— Je l'ai rencontré quand…

— Je sais parfaitement quand vous l'avez rencontré.

— Travaille-t-il pour vous, Sir William ?

— Francis ? dit-il en se penchant en arrière. Pas

officiellement. Disons que je le mets à l'épreuve. Mais comme ce n'est pas l'homme qui vous accompagnera à Glastonbury, vous n'avez pas à vous en inquiéter.

Inutile de lui exprimer mon soulagement. Walsingham était entouré d'une aura ténébreuse, et cela ne tenait pas seulement à son apparence.

Quels que fussent ses agissements après notre séparation, ce matin-là dans la ruelle près de du fleuve, pas un mot n'avait filtré par la suite à propos de l'effigie. Pas un pamphlet publié, pas même une rumeur.

Mais le soulagement le disputait en moi à l'excitation.

— Et si les ossements sont introuvables ?

— Oh ! ils seront retrouvés. Pas nécessairement tous. Un os de la jambe suffirait, et quelques côtes. Et le crâne, bien sûr, dûment brisé.

— Et vous croyez que la reine sera convaincue qu'il s'agit bel et bien des restes de son… ancêtre ?

— Cela dépendra… de la personne qui l'assurera de leur authenticité.

Le regard gris pâle de Cecil était fixé sur moi.

Voici les ossements d'Arthur, officiellement présenté à Sa Majesté la reine par son Merlin. Mon Dieu, comme vous pouvez l'imaginer, je n'aimais pas du tout cette idée.

VI

Le cœur sacré

Les rameurs avaient été instruits de conduire lentement l'embarcation, qui glissait nonchalamment sur la rivière. Illuminée par la lumière inattendue du soleil de l'après-midi, la Tamise semblait sereine. D'après la légende, c'était un fleuve saint et j'avais lu que les Romains le croyaient sacré aux yeux de leur dieu du Soleil, Apollon. Le fleuve du Soleil. J'aimais cette idée et je voulais bien y croire, bien qu'aujourd'hui les pâles rayons du soleil hivernal fussent éclipsés par les ors et bordeaux brillants du pourpoint de mon compagnon. Un pourpoint qui, par une belle journée d'été, n'aurait pu être admiré que derrière une vitre fumée.

— Où dérivent tes pensées aujourd'hui, John ?

Affalé sur des coussins, à la poupe de la barque basse, il m'observait d'un air amusé.

— J'imaginais que le fleuve était un lac, répondis-je avec amertume, d'où une main de femme émergeait en brandissant une épée magique. Le soleil se reflétait sur sa lame.

Les yeux de Robert Dudley s'arrondirent de façon théâtrale.

— Quel tissu d'âneries, John ! Si un bras de femme

émergeait de cette eau fangeuse, il serait noir de crasse jusqu'au coude !

La réputation de grand romantique de mon ancien élève était, à mon sens, largement surfaite. Sans doute la reine voyait-elle son grand écuyer, le troisième dignitaire du royaume, sous un tout autre jour. Mais la façon dont la reine *voyait* réellement Dudley était une chose à laquelle j'essayais de ne pas trop penser.

— Peut-être pourrions-nous tous nous rendre à Glastonbury.

Il se cala sur les coussins et posa un pied chaussé sur le siège opposé. C'est une bonne idée, qu'en penses-tu ?

— Tous ?

— Toi... moi... la reine ?

Quand il m'avait annoncé qu'il avait dormi avec elle à Richmond la nuit dernière, j'avais supposé qu'il avait voulu dire qu'il avait été reçu, en tant que grand écuyer, dans ses appartements privés du palais. La reine et Robert Dudley étaient amis depuis l'enfance. Mais qui sait ? Qui pouvait réellement savoir ce qui se passait dans le secret des alcôves ?

— Tu ne comprends vraiment pas, n'est-ce pas, Robbie ?

— Bien sûr que si. Je réfléchis seulement au moyen de dérider un peu Cecil.

Dudley lissa sa moustache avec un sourire malicieux.

— A mon avis, reprit-il, la dernière chose qu'oncle William veuille pour Bess est qu'elle se rende dans ces ruines maudites du Somerset et s'installe à la Table ronde sur le... comment appellent-ils ce satané siège où tu poses tes fesses quand c'est ton tour de poursuivre la quête du Graal ?

— Le siège périlleux.

— Voilà, dit-il en se redressant. Et elle le fera, tu le sais. Elle réunira le Conseil et rassemblera ses chevaliers autour d'elle, dans toute sa splendeur. Elle aime tellement les héros : les aventuriers, les conquérants, les navigateurs. Et toi, bien sûr, John, plus que tout autre.

— Allons !

— J'admets que cela m'a turlupiné pendant un temps, quand la reine dérogeait à ses devoirs pour rendre visite à un obscur érudit dans un taudis sur pilotis de la triste bourgade de Mortlake. Puis j'ai compris : John Dee n'est-il pas l'aventurier par excellence ? Un homme prêt… à explorer le monde de l'au-delà ? Waouh !

Le rire de Dudley résonnait comme la cloche d'une cathédrale sur les flots.

Avec son fidèle maître palefrenier, Martin Lythgoe, Dudley m'avait attendu en bas de l'escalier du vestibule encore vide de Cecil, tout en plaisantant avec les gardes. Son propre rendez-vous avec le secrétaire avait eu lieu deux heures avant le mien, ce qui expliquait pourquoi ses compagnons et lui avaient eu tout le loisir d'assister à l'incident avec le vendeur de pamphlets.

Et de venir à mon secours.

Son bateau l'attendait au bord de la rive, avec un panier de provisions. *Nous devrions discuter chez toi, John, au cas où l'homme aux pamphlets et ses sbires te guettent dans quelque ruelle sombre.* Il avait secoué la tête avec incrédulité. *Pourtant, tu as survécu aux fosses d'aisance de Paris et d'Anvers sans moi dans ton sillage pour sauver tes petites fesses désolées.*

Il avait insisté pour me reconduire à Mortlake. Après quoi il retournerait à Richmond auprès de la reine. Sa femme, pendant ce temps, était cantonnée à la campagne.

— Quand partons-nous ? demanda-t-il.

— Je ne l'ai pas encore décidé… Si jamais je pars.

— Oh ! tu iras, John, et tu le sais parfaitement.

— Pour tromper la reine ?

Le mot « tromper » jaillit comme une épée nouvellement forgée de l'eau froide. Je ne me sentais pas à ma place dans ce monde. Et tromper la reine, qui avait sauvé ma réputation et qui était, après tout, la reine…

— Cela ne sera peut-être pas nécessaire, dit Dudley. Nous pouvons trouver les ossements. C'est bien mon intention en tout cas. J'adorerais voir les reliques d'Ar…

Sous mon regard cinglant, qui s'était brièvement porté sur les rameurs et ses acolytes, postés à la proue, il baissa la voix.

— Qui a réellement essayé de les retrouver, hein ? Personne, j'en suis sûr. Nous découvririons sans doute très vite la vérité. En quelques jours à peine. En remuant la fange de quelque ancien moine retors.

— C'est une simple petite distraction pour toi, n'est-ce pas, Robbie ?

Une personne en qui nous avons tous deux confiance, avait dit Cecil. Eh bien, c'était la vérité, du moins jusqu'à un certain point. Je connaissais Dudley depuis longtemps, car, jeune homme, feu son père, John Dudley, duc de Northumberland, m'avait employé comme tuteur pour lui et ses semblables.

Robbie avait très vite développé un vif intérêt pour les mathématiques et l'astronomie, ainsi que d'autres matières qui me dépassaient largement à l'époque et qui me dépassaient sans doute aujourd'hui encore.

— Enfant, j'étais féru des histoires de Malory, dit-il avec ravissement. L'épée figée dans la pierre… le rassemblement des chevaliers – Gauvain, Galahad, Bedivere, Bohort. Et bien sûr Lancelot, qui s'est commis avec la femme d'Arthur… J'admirais la tempérance du roi légendaire.

Dudley sourit. Sa barbe était soigneusement taillée, et sa chevelure, savamment arrangée, comme s'il s'apprêtait à poser pour un portrait. Lui aussi avait évité de peu une exécution publique et avait senti le souffle de la hache qui avait tranché la tête de son père après l'affaire Jane Grey. Mais les inquiétudes qui me taraudaient semblaient, en un certain sens, avoir libéré son esprit.

— Comme j'ai déjà essayé de te l'expliquer il y a dix ans, tu ne dois pas croire Thomas Malory et sa modernisation ridicule. Arthur était un seigneur de guerre tribal.

— Peu importe. Ces légendes recèlent l'essence même de la chevalerie.

Dudley se pencha en avant.

— Tu auras beau me dire tout ce que tu voudras sur les origines d'Arthur, je révère les valeurs qu'il incarne et je serais honoré de rapporter ses ossements. A Londres, le nouveau Camelot.

— Dans ces rues remplies de voleurs, de prostituées et de mendiants, et un fleuve plein de merde ?

— John, il appartient à cette ville, à Westminster ou à Saint-Paul. La reine sera comblée au-delà de ses espérances.

— Comment serait-ce possible ? La lignée des Tudor ne le veut pas mortel.

— Ah ! Le corps peut être mort, mais l'âme vit. Sa tombe sera de nouveau un monument à l'âge d'or auquel nous aspirons. Bess, en particulier. C'est elle qui veut le retour d'Arthur à la gloire. John, nous devons le lui donner.

Au loin, j'apercevais déjà l'église de Mortlake. Il ne me restait que très peu de temps.

— C'est une aventure pour de grands enfants, dis-je. Aucun de nous n'a de temps à perdre. Et cela cache autre chose.

— Quoi ?

— Cecil pense que la reine a l'âme troublée.

— A-t-il dit en quel sens ?

Les yeux de Dudley se plissèrent. J'y lus de la prudence.

— Il a dit qu'elle ne lui parlait jamais de ce genre de choses.

— Et tu penses qu'elle aurait pu s'en ouvrir à moi ?

— L'a-t-elle fait ?

Dudley capta le regard de Martin Lythgoe et lui fit signe de demander aux rameurs de ralentir autant que possible notre progression vers Mortlake.

— Très bien. Faisons un peu d'histoire. En commençant, si tu le veux bien, avec la mort d'Arthur - par le roi, l'oncle de la reine, le prince Arthur, qui aurait été le roi Arthur II. Né à Winchester, que Malory a identifié comme étant l'ancien Camelot. Sa mort prématurée doit être récupérée, si l'on ne veut pas y voir le signe que Dieu refuse la renaissance du roi Arthur sous la bannière des Tudor. Ensuite vient Henri VIII…

— Oui.

Tout aurait été tellement différent, pour nous tous, si Arthur n'était pas mort si jeune, transmettant ainsi sa couronne et - plus fatidique encore - sa fiancée, Catherine d'Aragon, à son frère Henri.

Le regard de Dudley erra sur les flots.

— La reine, comme nous le savons, admire son père. Et il se peut en effet qu'elle ait hérité d'un peu de sa… détermination. Mais elle est également consciente des échecs flagrants de son géniteur. Qui n'a pas réussi, en dépit de six mariages et de la division des Eglises qui s'en est suivie, à donner au royaume un héritier mâle. Bess réfléchit à la brève existence d'Edouard et au long et peu fructueux règne de sa demi-sœur, Marie Tudor. Elle craint un nouveau déclin.

— Inévitablement.

— Et elle est superstitieuse.

Eh bien, personne ne se doutait qu'elle l'était plus

encore que moi. La reine avait besoin de croire que Dieu l'avait choisie pour gouverner cette nation et avait besoin de signes et de présages pour renforcer sa confiance.

L'un de mes rôles était de l'aider à trouver ces signes. Cecil, qui pensait qu'elle risquait de me confier ses conflits intérieurs, s'était assuré, en jouant les intermédiaires dans l'affaire des ossements d'Arthur, qu'elle ne le ferait pas dans un avenir proche.

— Voilà où je veux en venir... Arthur est lié, par Malory et d'autres auteurs, au pape et au Saint Empire romain... Oublie qu'il aurait très bien pu n'être qu'un païen. Que fait Henri VIII ? Il rompt ses liens avec Rome et remplit ses coffres des trésors de l'Eglise catholique. Enfin, il saccage l'abbaye de Glastonbury... où reposent les ossements d'Arthur.

— Quelqu'un suggère-t-il qu'Henri VIII a déshonoré le roi Arthur ?

Dudley haussa les épaules.

— Attirant ainsi la malédiction sur sa lignée ? ajoutai-je.

— Si la malédiction n'était pas déjà à l'œuvre. Il y a quelques années, un appel a été lancé à Marie pour qu'elle restaure l'abbaye de Glastonbury. Malgré sa bonne volonté, il n'y avait pas assez d'argent dans les caisses. Même pour Dieu.

— Donc, aujourd'hui quelque chose, ou quelqu'un, dis-je, a mis dans la tête d'Elisabeth qu'elle pourrait se racheter.

— Et éviter un désastre. Glastonbury, John, tout commence là. Arthur et Jésus-Christ, tout est lié. C'est le cœur sacré de l'histoire.

— Qui lui a mis cette idée en tête, Robbie ?

— Je ne sais pas. Pas moi.

— Cecil a évoqué les visions. De quoi parlait-il ?

Dudley secoua la tête, quand une ombre nous

surplomba. Martin Lythgoe se tenait au-dessus de nous : l'imposante silhouette d'un homme aimable et patient.

— Mortlake, mon seigneur.

Dudley soupira.

— Faites-nous décrire des cercles, voulez-vous, Martin ?

William Cecil avait un certain génie pour associer les hommes complémentaires à l'accomplissement d'une mission particulière.

Voilà deux compagnons aux compétences contrastées, dévoués à la même femme, bien que ce ne fût pas pour des raisons similaires. Dudley était l'homme qui m'avait introduit à la cour et qui m'avait demandé de choisir la date du couronnement.

Deux hommes chargés - ironie de l'histoire - de veiller l'un sur l'autre.

— Alors, quand partons-nous ? demanda-t-il.

— Quand j'aurai fait quelques recherches. Par exemple, si quelqu'un a demandé à Marie de restaurer l'abbaye de Glastonbury, n'a-t-il pas été fait mention des ossements à ce moment-là ?

— Cecil le sait peut-être ?

Je secouai la tête.

— Bonner alors ? Vous êtes toujours amis ?

— Nous aurons besoin de tous les amis possibles. C'est un miracle qu'il soit toujours en vie.

— Grâce à Bess, qui a refusé, louée soit-elle, de ressortir la hache ou le cierge.

— Jusqu'à maintenant.

Dudley renifla.

— Sacré Bonner. Il y a une longue file de gens qui seraient prêts à allumer la mèche.

Il m'observa un moment, sondant de sa langue l'intérieur de sa joue.

— En y réfléchissant, tu dois être le seul homme qu'il

ait jamais épargné. Le type avec qui tu partageais ta cellule… Lui a été brûlé. Es-tu toujours ami avec lui ?

— Pour mes péchés. Et les siens.

— Je ne peux qu'admirer le culot de ce vieux bâtard. Il refuse toujours de reconnaître que la reine est le chef de l'Eglise, alors même qu'elle lui a offert un compromis.

— C'est donc la prison ?

— Oui, à Marshalsea. Pour de bon, cette fois-ci, à moins qu'il ne change de chanson. Si tu penses que cela vaut le coup de lui rendre visite, pourquoi pas ? Mais je ne perdrais pas mon temps à ta place.

— Je pense que cela en vaut la peine.

J'observai une mouette qui décrivait des cercles au-dessus des restes de notre repas de midi, peu après notre réveil.

— Comment va Amy ?

— Amy va bien.

L'expression de Dudley demeurait inchangée.

— Elle préfère la vie à la campagne.

— Tant mieux.

L'espace d'un instant, il faillit sourciller. Puis il posa ses pieds sur le pont et se leva.

— Et toi ? Toujours le nez dans tes livres ?

— Dudley, si un homme ne peut s'assumer seul…

— C'est une piètre excuse, John.

— Donc, nous chevaucherons, bannières hautes…

— Ce n'est pas ainsi que l'on entreprend une grande quête, rétorqua Dudley. Nous jeûnerons plusieurs jours, nous veillerons trois nuits durant, puis nous chevaucherons silencieusement, avec humilité. Nous prendrons quelques hommes avec nous et, à chaque église, nous nous arrêterons pour prier.

— Nous n'arriverons pas à destination avant le milieu de l'été à ce rythme-là.

Dudley étira ses bras.

— L'idée de ne prendre que quelques hommes me plaît. Pour être honnête, passer pour un homme ordinaire, débarrassé du carcan du devoir, est une liberté rare.

Je dus cligner des yeux. Robert Dudley débarrassé des privilèges du pouvoir, c'était comme le château de Hampton Court sans vitres aux fenêtres ni moutons dans les jardins.

— Cecil a prévu de nous faire voyager en tant que simples serviteurs de la Couronne, dont la mission est de faire l'inventaire des vestiges historiques. Nous serons accompagnés d'un homme qui connaît la région. Cecil a prévu cela aussi. Il ne laisse rien au hasard.

— Non.

— Il pense m'éloigner de la cour un moment, dit Dudley.

— Sûrement pas.

— Il ne réalise pas… qu'un homme qui apporterait à la reine un symbole irréfutable de son héritage royal…, qui conférerait à la monarchie une aura mystique…, un tel homme pourrait espérer une récompense.

Il ne plaisantait pas.

— Ce n'est pas la quête du Saint-Graal.

— Peut-être pas pour toi. Mais pour moi…

Le noble profil de Dudley était tourné vers l'horizon. Puis il leva les yeux vers le ciel, où la lune laiteuse attendait son heure.

VII

Stupeur et crainte

Bien que peu sensible à de telles intrusions, ce soir-là, j'avais la désagréable impression de ne pas être seul dans ma bibliothèque.

Cela arrivait de temps à autre. Le plus souvent, j'entendais le froissement de feuilles, comme si les livres discutaient entre eux à voix basse. Le bruissement de la connaissance emplissait l'atmosphère.

Ou le tintement étouffé d'un carillon résonnait au loin, quoique j'eusse l'impression qu'à l'intérieur même de la pièce, on fêtait la nativité d'une idée. Oh ! vous vous direz que j'ai une imagination débordante.

Mais je pense sincèrement que la science, plutôt que d'être enchaînée par des formules rigides, devrait être ouverte à *l'altérité* omniprésente des choses. Ce soir-là, assis à ma table de travail éclairée par deux bougies, une petite coupe de bière près du coude, je réfléchissais à ma théorie de la création, une tentative d'expliquer *mathématiquement*, avec précision et sobriété, les origines et la composition de l'univers… et à la façon de commercer avec les influences cachées qui gouvernent notre monde.

Puis je me surpris à penser à notre gouvernante disparue, Catherine Meadows, aux moments où je rêvais d'être allongé à ses côtés, de trouver chaleur et consolation dans notre étreinte, car Catherine avait tout d'une douce jeune fille qui ne se serait pas…

Ô mon Dieu, qu'étais-je devenu ?

Le docteur Dee pactise avec les démons !

— John…

Je faillis crier, honteux de mes propres pensées. Ma mère se tenait sur le seuil avec un chandelier et un plateau métallique. A la lueur de la chandelle, son visage semblait fin comme du vélin. Elle portait une vieille robe de chambre grise sur sa chemise de nuit.

— Parfois, dit-elle, je n'aime pas la façon dont nos voisins nous regardent.

Les flammèches projetaient des ombres sur les murs de livres et de manuscrits, ainsi que sur le globe fabriqué par mon tuteur et ami, Gerard Mercator. Les bûches s'effondrèrent dans l'âtre.

— Quels voisins ? Pas la brave madame Faldo ?

— Non, je ne connais pas le nom de… ces gens. Tu n'as pas remarqué les regards qu'ils nous lancent ?

Je repensai à l'homme qui m'avait fixé dans la taverne où j'étais allé chercher Jack Simm. Et à ce que Jack m'avait dit. J'aurais rassuré ma mère, mais je me doutais de sa réaction en pensant sans cesse à la proposition de Cecil de poster des gardes devant sa porte.

— Pas question. Je veux vivre ici. Et ne pas être considérée comme… bizarre.

Ma mère pénétra dans la pièce et referma la porte derrière elle.

— Je pensais que tout serait différent quand on t'a confié le rectorat de Upton-upon-Severn.

— C'était il y a bien longtemps.

— Pas si longtemps que cela.

— Mère, c'était une autre époque. Le jeune Edouard

était roi, Seymour son protecteur, l'Acte contre la sorcellerie aboli, j'étais…

— Ta réputation n'était pas entachée par les rumeurs, dit ma mère.

— … inconnu, rétorquai-je. J'étais inconnu, là est toute la différence.

La frontière entre célébrité et notoriété avait toujours été très mince.

Je ne pouvais nier que les quatre-vingts livres par an que me rétribuait Upton étaient utiles, mais je ne serais jamais devenu un ministre du culte. La guérison des âmes, l'idée même d'une telle responsabilité me terrifiait.

— Je ne sais pas ce que tu fais, dit ma mère avec une pointe de désespoir. Je ne comprends plus ce que tu fais.

— J'étudie. Je rassemble des connaissances. Je fais des calculs.

Je ne pouvais voir son expression, mais je la devinais. J'avais intérêt à être plus convaincant.

— J'étudie les mathématiques, dis-je en refermant mon livre. J'ai découvert certains modèles universels. Des modèles ordonnés du monde, qui pourraient résonner en nous. Nous permettre… de changer les choses. J'espère parvenir à comprendre un tant soit peu *pourquoi* nous sommes là. J'espère découvrir un jour, dans une certaine mesure, le but de Dieu…

— En quoi cela change-t-il *ma* vie ? Qui te paie pour savoir de telles choses ?

Je fermai les yeux. Elle avait raison. La reine m'avait maintes fois parlé d'officialiser ma situation, mais rien ne s'était produit. Pas de revenu, pas de titre, pas même une offre de rectorat. Tandis que je demeurais un roturier, des hommes avaient été gratifiés d'un titre de chevalerie ou de noblesse, voire d'une terre, pour des services bien moindres que mon travail sur la navigation.

Mais qui oserait honorer un divinateur ?

Pourquoi tant d'amertume. A quoi servait un titre ? Il ouvrait les portes d'un monde qui ne m'intéressait pas, moi qui ne voulais rien d'autre que me consacrer à mon travail. Je reconnaissais cependant qu'il eût été plus agréable de ne pas avoir de soucis d'argent.

— S'il te plaît, remercie le secrétaire de sa sollicitude, dit ma mère, mais assure-le que je suis parfaitement en sécurité ici.

— Tu ne penses pas ce que tu dis. Tu m'as dit…

— Je n'ai jamais vécu sans domestique. Certes, je croyais que tu serais marié à présent, et qu'une autre femme m'aurait secondée…

— Mère…

— Cela dit… si tu n'es plus ici… peut-être que les choses vont changer.

— Oui. Peut-être.

Les flammes des bougies vacillèrent, faisant danser les constellations et les planètes sur le mur, illuminant mon sablier, ramenant à la vie les yeux de ma chouette.

J'avais l'impression d'être pendu à un arbre rabougri courbé au-dessus d'un abysse. Pas de situation, pas de femme, pas de compagnons.

Aucune famille en dehors de ma pauvre mère, qui ne souhaitait rien d'autre que me voir mener une vie normale. Et que je respectais pour cela.

— Ne veille pas trop tard, dit-elle. Tu n'es plus si jeune.

Des chats. Peut-être que les bruissements provenant des étagères avaient été causés par des chats, qui aimaient se glisser dans la bibliothèque quand j'y travaillais.

Ou bien était-ce la légende d'Arthur qui m'appelait ? Je soupirai, repoussai ma cosmologie et rouvris les manuscrits de Giraldus Cambrensis.

Gérard de Galles était un respectable chroniqueur qui avait largement bourlingué dans ces îles et fourni des descriptions précises des lieux.

La scène était si détaillée qu'on aurait cru que Gérard était présent lors de l'exhumation des ossements d'Arthur à Glastonbury, en 1191.

L'os de la cuisse, posé à côté du plus grand des hommes présents, comme le père supérieur nous le montra, dépassait son genou de neuf centimètres. Le crâne était d'une taille si prodigieuse que l'espace entre les sourcils et les yeux était de la largeur d'une main. Mais sur le crâne apparaissaient une douzaine de blessures qui avaient guéri en laissant des cicatrices, à l'exception de l'une d'elles, une crevasse qui semblait être la cause de la mort.

Gérard n'était probablement pas présent lors de la mise au jour des ossements, mais il n'avait sans doute pas pu inventer cela. Il s'agissait d'un compte rendu. On lui avait montré les ossements. Donc, ils étaient bien réels. Mais à qui appartenaient-ils ?

Si je parvenais à en rapporter quelques-uns ici pour les examiner de près, je pourrais sans doute établir une datation.

Je lus l'inscription sur la croix qui avait été retrouvée au-dessus des restes.

Hic iacet sepultus inclitus Rex Arturius in Insula Avalonia.

Ici repose le célèbre roi Arthur sur l'île d'Avalon.

Suffisamment succinct, mais trop parfait. La dénomination « roi » était peu usitée à l'époque de l'enterrement, et l'inscription était en latin, alors qu'elle aurait dû être écrite en langue galloise ancienne. Cela dit, la croix aurait pu avoir été ajoutée bien après l'enterrement, pour marquer l'emplacement plutôt qu'en guise de mémorial. C'était possible. Tout était possible.

Vraiment, j'espérais qu'il ne s'agissait pas d'une supercherie, sachant que je serais incapable de fermer les yeux sur les preuves d'une machination.

A moins d'y être forcé ?

Grand Dieu, quel nid de guêpes ! Je me tournai vers *The History of Kings of Britain*, un ouvrage écrit par le peu fiable Geoffrey de Monmouth, et lus le récit de la bataille finale d'Arthur avec son traître de neveu, Mordred. Geoffrey prétendait qu'elle s'était déroulée en Cornouailles et que les deux camps avaient subi de grandes pertes.

Après quoi, Arthur avait été transporté sur l'île d'Avalon pour y guérir ses blessures.

Les légendes de Geoffrey étaient très inspirées. Pourtant, n'importe quel érudit ayant quelques connaissances en matière d'histoire pouvait voir qu'il n'était pas digne de confiance.

On retrouvait dans ses textes des bribes d'autres sources – Nennius, par exemple, ainsi que d'anciennes ballades galloises. Des légendes originellement sans lien avec Arthur. Comme si Arthur était le héros idéal, auquel on faisait appel pour combattre les Saxons ou les Romains, selon le bon plaisir de l'auteur. Malory, d'après mes souvenirs, avait choisi les Espagnols.

Je consultai ensuite des manuscrits en français, les premières traductions de Malory, puis le récit de maître Wace, *Roman de Brut*, qui reprenait les légendes de Geoffrey et qui mentionnait – probablement pour la première fois – la Table ronde, où les chevaliers étaient assis sur un pied d'égalité. Les racines mêmes de la chevalerie, tant chérie par Dudley.

Puis je passai en revue ce qui apparaissait comme le premier récit en anglais, écrit par Layamon, un prêtre de

Worcester, qui relatait la disparition d'Arthur, comme si le roi lui-même en était le narrateur.

Et je me rendrai à Avalon, parmi les plus belles des jeunes filles, la plus belle des fées, et elle guérira toutes mes blessures et me soignera grâce à ses dons de guérisseuse, et ensuite je rejoindrai mon royaume et demeurerai parmi les Britanniques avec une joie ineffable…

Puis ceci :

Les Britanniques croient qu'il est toujours vivant, qu'il demeure en Avalon avec la plus belle des fées, et continuent d'attendre le retour d'Arthur.

Aucun homme… ne peut en dire plus sur Arthur. Mais autrefois vivait un homme sage du nom de Merlin. Il disait – et ces paroles étaient vraies – qu'un Arthur reviendrait aider les Anglais.

Notez que cette dernière phrase mentionnait un Arthur. Comme si Arthur était un déguisement dont on pouvait se parer à l'instar d'une armure magique.

Comme si Arthur était britannique. Il est clair que le grand-père de la reine, Henri Tudor, avait trouvé sa source d'inspiration. J'entendais encore la voix feutrée de Sir William Cecil :

Vous êtes son… Merlin, en quelque sorte ?

Un statut auquel je n'aspirais guère. Si un homme avait atteint la communion avec les sphères angéliques, c'était bien Merlin.

Etait-ce une absurde flatterie de la part de Cecil, ou bien une touche d'ironie subtile ? L'Italien Polydore Vergil, il y a environ vingt-cinq ans, n'avait-il pas ridiculisé Goeffrey de Monmouth en l'accusant d'avoir inventé de toutes pièces la légende du roi Arthur ?

J'abandonnai ce récit pour me tourner vers une œuvre moderne : John Leland, antiquaire et voyageur, avait séjourné à Glastonbury pendant le règne d'Henry VIII. Il avait été chargé par Thomas Cromwell de cataloguer les richesses ancestrales d'Angleterre, mais, au final, il avait été davantage absorbé par la cartographie.

J'avais lu entièrement l'*Itinary* de Leland quelques années auparavant, mais n'ayant à l'époque aucun intérêt particulier pour cette ville reculée, j'avais manqué ce qui m'apparaissait maintenant comme une illumination.

Je me rendis il y a quelques années à Glastonbury, dans le Somersetshire, où se trouvait le plus ancien et aussi le plus célèbre monastère de notre pays. J'avais l'intention, grâce à Richard Whiting, père supérieur du lieu, de vivifier mon esprit, de me plonger dans l'étude, quand un désir ardent de lire et d'apprendre m'enflamma…

Mes paumes devinrent moites comme la rosée, tant je connaissais ce désir.

J'allai tout droit à la bibliothèque, qui n'était pas ouverte à tous, afin d'examiner avec assiduité les vestiges des antiquités les plus sacrées…

Leland. Mon Dieu, comment avais-je pu oublier ceci ?

A peine avais-je franchi le seuil que la simple vue des manuscrits les plus anciens me frappa de stupeur et de crainte, de sorte que je m'arrêtai net…

Tout était là. *La Vie de Merlin* de Geoffrey de Monmouth. Les récits de saint Patrick, qui d'après la légende aurait vécu à Glastonbury. Si Leland n'était pas décédé il y a environ sept ans, je l'aurais recherché, car je connaissais sa fascination pour la légende arthurienne, aussi puissante que la mienne pour les matières jumelles de l'astrologie et de l'alchimie.

Il paraissait logique que la plus ancienne et la plus prospère des abbayes possédât d'inestimables récits de la sagesse de tout temps.

Stupeur et crainte. Dieu, je ne connaissais que trop bien cet état d'esprit, et la flamme qu'il ravivait m'emplit brusquement de l'idée du péché. Et si des ouvrages de cette bibliothèque se trouvaient encore là-bas ?

Une autre raison, au-delà des reliques d'Arthur, de faire ce voyage.

J'apaisai les battements de mon cœur en prenant une grande inspiration et laissai ma tête reposer sur mon bras, sur ma table de travail, toutes pensées à présent habitées d'une joie sereine, tant je m'étais astreint à ne pas penser au fait que, plusieurs années avant sa mort, John Leland était devenu fou.

Une chouette émit un cri perçant près de la fenêtre de la grange, et je levai la tête, surpris par l'atmosphère qui, un bref instant, embaumait le parfum des roses d'été.

Je m'étais sans doute endormi sur ma table de travail. Et j'avais rêvé. Depuis quelque temps, je tenais un journal de mes songes pour pouvoir, dans quelques années, réfléchir aux motifs et éventuelles prédictions qu'ils pouvaient contenir.

Je ne retranscrirais pas celui-là, cependant, car j'avais rêvé de la blonde Catherine Meadows, entièrement nue dans mes bras sur sa paillasse, et qui, alors que je lui caressais doucement les cheveux, avait pris les traits de…

Je fixais, les yeux ronds, la faible flamme de la bougie, horrifié et la gorge nouée. Dieu du ciel… Sa Majesté dans mes bras ? Deux heures passées en la dangereuse compagnie de Robert Dudley et qu'était-il advenu de moi ?

Je me secouai et me forçai à sourire. Mon fantasme féminin avait pris les traits de la reine parce que la reine, plus que tout autre femme, était inaccessible à un homme tel que moi. Aussi inaccessible que Guenièvre pour Merlin. Et de ce fait, étant donné ma condition, ce rêve était inoffensif.

L'un des chats se frottait à ma cheville et, dans ma tête, la reine riait encore, me poussait le coude, ses boucles cuivrées nimbant son front de nacre.

Etes-vous capable de faire appel aux anges, John ?

Seulement en imagination, à l'aune de la lecture de milliers d'ouvrages et de manuscrits, de l'absorption des idées et de l'inspiration divine d'autrui. Capable de bien peu de chose, en vérité. Je regrettais que Dudley n'eût pas pris la peine de prendre l'un des pamphlets de l'homme aux plumes de paon, afin que je pusse savoir quelles visions j'étais censé avoir eues.

La dernière bûche s'était éteinte dans l'âtre, et la pièce était aussi glaciale qu'un donjon. Ce froid soudain annonçait-il l'apparition imminente d'un esprit dérangé ?

Je posai mon poing gauche sur ma table de travail pour évacuer l'engourdissement du bras sur lequel j'avais appuyé trop longtemps ma tête.

Dudley avait raison.

Si les ossements d'Arthur étaient bien sur l'île d'Avalon, alors nous devions absolument les retrouver.

VIII

Un asile sans murs

Si un jour vous respirez l'odeur de la chair calcinée – la viande humaine – vous ne l'oublierez jamais.

Oh ! j'ai vu des hommes brûler. Au beau milieu de foules hystériques, alors que j'aurais tant voulu être à mille lieues de là. J'ai vu le moment hideux du rougeoiement de l'enfer, quand les cheveux crépitaient et que la fièvre de la populace explosait en un rugissement rageur, une aubaine pour les pickpockets.

Mais cette vision d'horreur s'évanouissait de l'esprit bien avant que l'odeur n'atteignît les narines… une odeur douceâtre et cuisante qui semblait m'assaillir de nouveau aujourd'hui, au moment où j'étais introduit par l'un des chanoines. Cette fois, ce n'était pas dans le somptueux salon de réception de l'évêque, mais dans une minuscule cellule de pierre, nichée au milieu des quartiers des serviteurs, dans son palais de l'est de Londres.

— Bienvenue dans ma cellule, dit Bonner.

Il avait toujours eu de l'humour, ce prêtre rondouillard, qui avait condamné tant de bougres sur le bûcher, durant les derniers jours du règne de Marie Tudor. Autrefois, c'était un avocat, un homme brillant, rompu aux usages du monde. Aujourd'hui… quoi ? La cellule n'était pourvue que d'une seule fenêtre, haute et grillagée, ainsi que d'un lit bas et étroit, à peine plus confortable qu'une paillasse. Dans un angle, une commode avec un broc et un miroir. Une étagère murale en hauteur contenait une vingtaine de livres. Une chaise, une planche, une cruche, une coupe en pierre, et cette odeur douceâtre… probablement du vin.

Il me désigna l'unique chaise et s'assit sur un coin de son lit. Il était vêtu ce jour-là de l'humble habit des frères.

— Quel est cet endroit, Ned ?

— Le purgatoire ! lança-t-il en éclatant d'un rire sardonique. Une préparation, mon garçon. Je m'exerce.

— Mais vous…

— Marshalsea, je connais. J'y suis déjà venu. Cela aurait pu être pire. Cela aurait pu être le Fleet.

— Pourquoi ne pas avoir simplement prêté serment ? Vous n'êtes pas un inconditionnel de Rome.

— Non, en effet.

— Et la reine, vous ne la détestez pas, n'est-ce pas ?

— Je l'admire énormément, John.

— Et elle a fait des concessions. Elle n'est pas le chef de l'Eglise d'Angleterre, seulement son gouverneur suprême. Il n'y a pas de persécution. Les catholiques peuvent pratiquer leur culte, des messes privées sont données dans des maisons de campagne, et personne n'a été exécuté pour ses pratiques religieuses depuis qu'elle rè…

— *Ecarte-toi de mon chemin, Satan !*

Bonner bondit sur ses pieds en levant un doigt potelé. Puis il retomba sur le matelas et se mit à glousser tout en observant son simulacre de cellule avec un plaisir presque pervers. Je me demandai, l'espace d'un instant, s'il n'était pas atteint d'une maladie mortelle et le savait. Pourtant, il affichait son habituelle santé de fer.

— Donc, reprit-il d'un air radieux. Votre message disait que vous vouliez me parler de la reine Marie et du roi Arthur.

— C'est cela.

Je lui parlai de ma mission à Glastonbury. Lui rapportai toute l'affaire, lui donnai plus de détails qu'à ma propre mère. Comment pouvais-je me confier à un tel homme, me demanderez-vous ? Un homme qui, en tant qu'évêque catholique de Londres, avait menacé, intimidé, tyrannisé tant d'individus, les réduisant sans vergogne à des monticules de membres tremblants et noircis, saturant l'air de la fumée suffocante d'une religion impitoyable. Comment pouvais-je me fier à ce monstre ? Que Dieu me vienne en aide, je ne sais pas pourquoi. Pourtant, je lui faisais confiance. Mon récit terminé, Bonner hocha lentement la tête, les mains placidement pliées sur son imposant giron.

— Dites-moi, fit-il enfin. Le jeune Dudley, il baise la reine ?

— Je ne le lui ai jamais demandé.

— Bien sûr que non, répondit Bonner d'un ton affectueux. Vous êtes le seul homme du royaume qui, bien que proche de lui, ne le lui demandera jamais.

Il m'observa un long moment, puis leva les mains.

— Très bien, oui, une pétition a en effet été envoyée à Marie. Elle ne réclamait pas la restauration de l'abbaye de Glastonbury, mais du site et des bâtiments occupés par un groupe de moines. Donc, cela aurait pu être reconstruit à peu de frais… Et je crois que ce projet a été soutenu par plusieurs évêques, ainsi que par quelques gentilshommes du Somersetshire, qui voyaient là les prémices d'une restauration.

— Alors pourquoi Marie n'a-t-elle pas… ?

— Difficile à dire, John. Peut-être le Conseil privé était-il contre. Ou bien Marie n'a pas vécu assez longtemps pour le réaliser. Après tout, ce lieu était l'écrin précieux de reliques sacrées, qui n'avaient pas toutes été emportées par Cromwell, et la dévote Marie ne pouvait pas s'en désintéresser aussi facilement.

— La pétition mentionnait-elle les ossements du roi Arthur ?

Les yeux de Bonner s'agrandirent.

— Si quelqu'un l'a fait, il s'est montré très imprudent.

— Je ne comprends pas.

— Même les ossements d'un saint celte auraient été considérés comme des reliques sacrées. Arthur est-il un saint ?

— Aux yeux de certains, il était bien plus que cela.

— Non, non, non, dit-il en secouant vigoureusement la tête. Que représentait Arthur, sinon la magie… l'enchantement ? Un roi qui ne mourait pas et attendait dans quelque royaume mystique qu'on le rappelle ? Transporté dans une barge sur l'île d'Avalon par des fées ? Une charmante légende pour Henri Tudor, quand il avait besoin d'invoquer les Gallois, mais n'imaginez-vous pas la pauvre Marie trembler ?

Bonner se pencha en avant et souffla :

— Le mot qui commence par un S, John.

Sorcellerie. Je pensai à Marie, une femme au cœur généreux, tout le monde le disait, mais dont la ferveur religieuse avait été férocement excitée par son entourage, des dresseurs de chiens comme Bonner. Cependant, il m'est rapidement apparu, à la faveur de notre relation, que Bonner, qui clamait publiquement sa haine pour la sorcellerie, trouvait en réalité les sorciers beaucoup moins nocifs que les luthériens. La magie n'était-elle pas au cœur même de l'Eglise romaine ?

— Mais ne considérez-vous pas l'abbaye comme un lieu fondateur de la chrétienté dans ces îles ? Joseph d'Arimathie, l'Enfant Jésus… le Saint-Graal ?

— Dieu vous pardonne, John ! Aucun homme

d'Eglise ne s'intéresse à ces choses. Même les luthériens demanderaient où on les mentionne dans la *Bible*.

— Vous rappelez-vous des noms en particulier sur la pétition donnée par les moines à Marie ?

— Je ne l'ai jamais vue.

— Personne de votre connaissance dans le Somersetshire ?

— Je connais certaines personnes, mais aucune réellement significative en la matière. John, cela n'a jamais constitué une affaire importante aux yeux de Marie. Le projet a rapidement été abandonné et oublié de tous. J'ai bien peur que vous n'ayez perdu votre journée, bien que ce fût un grand plaisir pour moi. Je suis tellement content de ne pas vous avoir fait rôtir.

— Vous vouliez seulement en savoir plus sur l'alchimie, vieux compère. Vous pensiez que je détenais son secret.

Je me trouvais moi-même dans une position extrêmement précaire, ce jour mémorable où l'évêque Bonner avait fait irruption dans ma cellule. Etablir les horoscopes de Marie et de son mari, alors roi d'Espagne, n'était pas, avec le recul, la plus sage des entreprises, mais Marie n'était plus sur le trône à l'époque, et personne n'aurait pu deviner combien son avenir se dégraderait rapidement.

Il y a cinq ans environ, j'avais été arrêté au motif des pratiques impudiques et vaniteuses de calcul et de divination. C'était une belle matinée de mai. Mes appartements avaient été scellés et perquisitionnés, mes livres confisqués, preuves manifestes de mon dangereux intérêt pour les techniques de la sorcellerie et la magie.

Fait étrange, je pensais que cela ne pouvait pas m'arriver. Nombre de mes comparses avaient pourtant déjà fui le pays, par crainte d'être accusés d'hérésie ou de trahison. A cette époque, n'importe qui pouvait être considéré comme une menace pour la réintroduction de l'Eglise romaine en

Angleterre et moi, en tant que divinateur notoire, j'étais une cible évidente pour tous ceux qui à la cour voulaient gagner les faveurs de Marie.

Ainsi, avec les preuves des horoscopes – l'un d'eux pour Elisabeth la protestante, dont la simple existence représentait une menace pour l'équilibre de Marie, sa demi-sœur –, j'avais été arrêté et jeté en prison. La folie régnait.

Mes prévisions étaient bonnes pour Marie et Philippe d'Espagne, avec l'ascension de la Balance le jour même de leur mariage, promesse d'une union heureuse. Et avant que vous ne me posiez la question, non, je ne sais pas ce qui a mal tourné.

La pratique de l'astrologie, même à cette époque, n'était pas une preuve significative de l'adoration du diable. Les charges étaient suffisantes pour me garder un moment en prison, mais il en fallait davantage pour me condamner au bûcher.

On m'accusa ensuite d'avoir tenté d'assassiner la reine par le biais de la sorcellerie. Mais on ne put prouver que je faisais usage d'une quelconque magie, blanche ou noire.

Apparut alors un avocat miteux du nom de George Ferrers, qui s'était illustré en tant que prince des sots, l'organisateur des festivités de Noël à Londres, avec sa compagnie de bouffons et de « magiciens », spécialistes de l'illusion et des divertissements. Apparemment, ce plaisantin avait réussi à survivre, même durant les années noires et austères du règne de Marie.

Sorti de nulle part, Ferrers m'accusa d'avoir rendu l'un de ses enfants aveugles et d'avoir tenté d'en tuer un autre par le biais d'un criminel ensorcelé. Ce n'était sans doute que de la jalousie. Il avait sûrement entendu parler de mes scarabées volants et mes chouettes. Ou bien quelqu'un l'avait payé pour me perdre.

Pour ma défense, je n'avais jamais vu cet homme, pas plus que ses enfants.

— Vous avez beau avoir mené votre propre défense avec un certain aplomb, dit Bonner, les juges ne doivent pas se montrer indulgents envers un homme qui pourrait pactiser avec le diable.

— Merci.

Même si les charges retenues contre moi étaient ridicules et infondées, les réduire publiquement à néant n'avait pas été une mince affaire, et ce fut avec une grande appréhension que, à la fin du procès, j'avais attendu le verdict. Verdict qui, à la fin du mois d'août 1555, ne fut pas favorable. La sentence avait été repoussée après la Noël, le rectorat d'Upton-upon-Severn m'avait été retiré et – aspect le plus sinistre –, je serais soumis à une *investigation religieuse*, menée par l'évêque Bonner lui-même. Un sujet brûlant.

Après avoir congédié le garde, il était venu me trouver en personne dans ma cellule pour me poser une question.

— Dites-moi, docteur Dee…, croyez-vous que l'âme est divine ?

Son ton était amical, pourrait-on dire. Je découvris plus tard qu'il s'intéressait à moi et à mes recherches depuis un moment. Je réfléchis sérieusement à sa question avant de répondre.

A l'évidence, c'était un piège. Si je reconnaissais que l'âme était divine, je me prenais pour Dieu. Dans le cas contraire, je défiais Sa Majesté et risquais d'être accusé de pactiser avec le diable. L'une ou l'autre réponse pouvait me condamner au bûcher.

— L'âme n'est pas… intrinsèquement divine, répondis-je après quelques interminables et angoissantes secondes, mais elle peut *acquérir* la divinité.

Ses yeux se rivèrent aux miens et je crus déceler, à ce

moment précis, une brève lueur de plaisir. Qui s'évanouit aussitôt.

— Dites-moi, docteur, comment l'âme peut-elle acquérir la divinité ?

Je soutins son regard. Devinant à présent qu'il ne recherchait pas les indices théologiques d'une quelconque allégeance protestante. Les gens de Marie cherchaient la preuve d'un complot, avec Elisabeth en son centre.

— Par la prière, répondis-je. Et la souffrance. Ainsi que l'étude.

— De quelle étude voulez-vous parler ?

— De celle de la *Bible*...

Je sentis qu'il attendait autre chose et tentai ma chance.

— Et du savoir sacré des Juifs.

Il ne put alors dissimuler son intérêt et prit une profonde inspiration.

— Et comment peut-on accéder à de tels secrets ?

Durant les mois qui suivirent, nombre de bougies furent réduites à l'état de cire fondue autour de cette question. Je croyais avoir affaire à un homme fruste, or je découvris un homme sincèrement intéressé par la condition de l'âme humaine.

Sauvé du bûcher grâce à la fascination de Bonner pour les matières de l'Ombre... Notre relation s'était muée peu à peu en une amitié inattendue. Il fit même de moi son aumônier, pendant un temps, et nous passâmes de nombreuses nuits à converser de l'alchimie et de la cabale.

Je me levai et saisis le miroir sur le coffre. Il me renvoyait l'image d'un homme pâle, aux cheveux noirs mi-longs, avec dans le regard une lueur qui aurait pu passer pour de la douceur ou de la tristesse, mais que je voyais plutôt comme le reflet d'un homme perdu.

— Dites-moi, Ned, vous qui êtes au courant de tant de choses…

— Je deviens de plus en plus sourd, John.

— … avez-vous eu vent de rumeurs d'actes de sorcellerie… à l'encontre de la reine ?

— Comme les vôtres contre Marie ?

Bonner partit d'un éclat de rire.

— Sous la forme d'une effigie dans un cercueil, poursuivis-je. Fabriquée avec une attention toute particulière pour les détails. Connaissez-vous une personne, ou un groupe, qui pourrait… ?

— Que recherchez-vous au juste, la sorcellerie ou la papauté ? Les Français ne craignent pas autant la sorcellerie que nous. S'ils pensent pouvoir par ce biais évincer Elisabeth pour mettre Marie Stuart en avant, ils n'hésiteront pas à en faire usage.

— Ai-je mentionné les Français ?

— Ce sont toujours ces satanés Français ! Ils la haïssent avec passion. Et avec la reine d'Ecosse Marie Stuart, mariée au jeune roi de France, François II… Ecoutez, parlez à un Français, il vous dira que la reine d'Angleterre est une sorcière. Telle mère, telle fille. Un suppôt de Satan. L'Angleterre, sous l'hégémonie d'Elisabeth, est la fosse d'aisance de la sorcellerie.

— Qui peut croire cela ?

— Comment ? Vous n'y croyez pas ?

Bonner se leva à demi.

— Oserez-vous dire que nous n'assistons pas à un inimaginable renforcement des pratiques superstitieuses – sortilèges, talismans, diseuses de bonne aventure, que sais-je encore –, depuis que nous avons cessé de brûler des gens ? Depuis que la petite Bess a décidé de leur laisser la vie ?

— Ned, c'est simplement…

— Rien d'autre que la vérité nue ! Je ne peux pas croire

qu'un homme de votre talent puisse être aveuglé ainsi. La superstition est partout, John. Cela ne veut pas dire, bien sûr, que le peuple anglais vit dans une peur constante… mais cela fait partie du sortilège. Donc, tout ce qui lie la reine à *ce* monde - effigies et autres - est mauvais signe. Voilà pourquoi elle ne devrait pas se commettre avec le mythe d'Arthur. Vous lui direz cela de ma part.

— On ne m'en donnera pas l'occasion.

— Bien sûr…

Bonner rayonnait.

— Elle ne devrait pas non plus se commettre avec *vous*.

— Hum !…

J'en avais assez.

— La cour de France n'a-t-elle pas son propre… euh… interprète des Ombres ?

— Qui ? Nostradamus ? Un bon catholique, et un prophète dans la tradition de l'Ancien Testament. Les Français ont une fascination morbide pour la moindre de ses paroles… et de ses prophéties en général, depuis qu'il a prédit la mort de leur dernier roi, Henri II, avec force détails.

Je n'ai jamais rencontré Nostradamus, un médecin dont la soudaine et spectaculaire célébrité était largement fondée sur son adoption par la cour française et son usage prétentieux de la poésie dans ses prédictions.

Cependant, bien que son utilisation de l'astrologie fût imprécise et de pure forme, je me sentais obligé de suivre sa carrière et de posséder, dans ma bibliothèque, plusieurs de ses almanachs ainsi que quelques manuscrits que j'avais achetés une bouchée de pain à Louvain, où l'homme était considéré avec mépris par les érudits. Bonner se rassit, l'air enchanté.

— Vous savez, John… j'ai l'intention de profiter de la prison. Un lieu et un temps propices à l'expiation, au travers de la prière, pour toutes les offenses que j'ai faites à Dieu. Prière et silence. Et abnégation.

— Abnégation ?

Il souleva la cruche et en respira l'arôme. Je n'étais pas un expert en vins fins.

— Un conseil, John. Laissez les ossements d'Arthur reposer en paix. Ils ne vous causeront que des ennuis.

— Je ne pense pas vraiment avoir le choix.

— Quant à Glastonbury..., il paraît que depuis la destruction de l'abbaye, cette ville ressemble à Bedlam, l'asile de fous... sans les murs.

L'hilarité de l'évêque Bonner fit trembler le miroir sur le coffre, ce qui ne fut pas sans me rappeler le crépitement du bois sec dans les flammes.

IX

Au service de Sa Majesté

A la fin de cette journée, un nouvel avertissement m'avait été donné. Qui n'était pas sans m'inquiéter.

En milieu d'après-midi, j'étais retourné voir Jack Simm pour lui demander si lui et la brave Mme Faldo pourraient garder un œil sur ma mère en mon absence.

De nouveau, il posa un doigt sur ses lèvres, me signifiant d'un geste que sa femme était à l'intérieur, puis il m'entraîna à l'écart de la maison.

— Combien de temps vous absenterez-vous, docteur John ?

— Trois semaines ? Quatre ? Jack, perdons-nous la raison ? Ma mère dit que des gens du village nous regardent d'une drôle de façon, vous me dites que je suis soupçonné de nécromancie. Suis-je... ?

— Non, vous êtes seulement trop intelligent pour votre propre bien. Nous souffrons tous, par les temps qui courent. Nous voyons des conspirations partout.

— Il y en a même qui se servent de ma notoriété.

Je lui racontai l'épisode du vendeur de pamphlets avec les prophéties du Dr Dee.

— Vous en avez entendu parler ? lui demandai-je.

— Non, mais les gens sont friands de prédictions, même si c'est désormais interdit. Même l'astrologie est illégale, si elle est utilisée pour faire des prédictions à propos de la reine, n'est-ce pas ?

— Cela peut s'apparenter à de la trahison, en effet.

— A moins qu'elles ne viennent de vous, bien sûr.

— Apparemment.

— Attention à ne pas franchir la ligne, docteur John.

— Je sais.

Je m'adossai au tronc noueux d'un chêne. Le pamphlétaire et son chapeau à plumes de paon se confondaient dans mon esprit avec l'image de George Ferrers, prince des sots, un bouffon coiffé d'un chapeau à grelots et armé d'un bâton au bout duquel pendait une pomme de pin.

Quand je racontai à Jack Simm qu'il y avait dans cette foule des gens prêts à me lyncher, il n'en parut pas surpris.

— Ecoutez, la religion génère le désordre. Pour beaucoup de gens ordinaires, la seule certitude est l'existence de l'abominable Satan. Il y a des divinateurs partout qui opèrent dans le plus grand secret.

— Mais… – Bonner aurait-il vu juste ? – pas aussi secrètement qu'autrefois tout de même ?

Jack se pencha pour ramasser un gland noirci.

— J'ai dû abandonner mon commerce quand la rumeur a circulé que je vendais des philtres d'amour. Des hommes âgés venaient me trouver parce qu'ils avaient entendu dire que la poudre de corne de bélier pouvait raffermir leur braquemart. Alors, pourquoi ne tuez-vous pas un bélier pour en confectionner vous-même ? leur ai-je répondu. Ils ont regardé leurs chaussures en marmonnant qu'ils trouveraient autre chose… Vous voyez ? C'est la ligne que je ne devais pas franchir.

Il regarda tout autour de lui, mais, en dehors de freux et autres corbeaux, nous étions seuls. Puis il se planta devant moi en faisant voler une brassée de feuilles mortes.

— Quand vous avez été accusé de tentative d'assassinat sur la reine Marie par le biais des forces des ténèbres, c'était fallacieux. Mais c'est possible, n'est-ce pas ?

— Un meurtre causé par un sortilège ? Il y a eu un précédent.

Je pensais à Henri, seigneur de Neville, fils du comte de Westmorland qui, il y a une douzaine d'années, avait été accusé du meurtre de sa femme et de son père à l'aide de la magie noire, afin de toucher son héritage et payer ses dettes de jeu.

Il aurait embauché un sorcier expérimenté, un homme qui connaissait les sortilèges et la médecine. Je pensais également à la femme qui, paraît-il, pouvait jeter un sort mortel, inscrit en lettres de sang, grâce à des jours et des jours de méditation maléfique.

— Je crois, dis-je avec hésitation, que l'esprit est un instrument puissant qui peut déverrouiller les portes de l'inconnu. Et ainsi libérer des énergies qui peuvent être dirigées vers le bien ou… le mal. Mais si vous me demandez si *moi*, je suis capable de telles choses…

Submergé par le sentiment d'être, malgré mes années d'études, mes connaissances et mes inventions, inutile et impuissant, je scrutai les bois.

— Maître ?

Je me retournai vivement. Elle se tenait au bord du sentier, tel un esprit des bois.

— Catherine…

Elle était enveloppée dans l'un des châles de ma mère.

— Vous êtes revenue ?

— Ma mère a parlé à… madame Dee. Ça va mieux maintenant.

Son visage était sombre, comme une pomme amochée. Je me demandai s'il y avait eu des dissensions entre elle et son père très puritain à ce sujet.

— Votre mère vous fait dire que vous devez rentrer tout de suite à la maison. Vous avez une visite.

— De qui s'agit-il ?

L'atmosphère s'épaissit.

— Quelqu'un de la cour.

Catherine Meadows adressa un sourire timide à Jack Simm.

— Maître Simm.

— Allez-y, me murmura Jack, tandis qu'elle reprenait le sentier en sens inverse. Nous nous acquitterons de notre mission, soyez rassuré.

— Oui, merci, Jack.

Rassuré ? J'étais à mille lieues de l'être.

Cinq chevaux étaient attachés dans la cour, et quatre hommes armés se tenaient près du portail. Je me dis aussitôt que ma chambre et ma bibliothèque avaient été fouillées, scellées et…

Emmenez-le.

Je faillis faire demi-tour, pour gagner du temps, lorsque je reconnus deux hommes de la compagnie de la reine, dont l'un m'adressa un salut respectueux. Je hochai la tête et respirai de nouveau.

Ils n'étaient que quatre. Ce n'était donc pas une personne de très haut rang. En dehors de la reine elle-même, il y avait peu de gens à la cour à qui j'accordais ma confiance.

Je me précipitai dans la maison et les trouvai dans le salon, en train d'admirer le fleuve par la vitre : deux femmes presque du même âge, assises près de la fenêtre, en train de partager une assiette de douceurs.

— Cousine ?…

— Bonjour, docteur Dee, dit Blanche Parry. Je suis venue chercher les livres.

Elle ne prit pas la peine de se lever. Sa tenue sombre et sévère lui donnait l'allure d'une nonne.

— Mais je croyais… que c'était à moi de les lui apporter, les livres.

— Cela sera plus discret si c'est moi qui m'en charge.

Une voix frêle, étrangement haut perchée, comme flûtée.

Je la considérais comme ma cousine, mais je ne savais pas exactement par quel biais nous étions apparentés.

— Vous avez chevauché depuis Richmond… uniquement pour venir chercher des livres ?

— Il vaudrait mieux… que l'on ne vous voie pas trop souvent à la cour.

— C'est ce que pense la reine ?

— C'est mieux ainsi.

Un frisson me parcourut l'échine. Je fixai ses petits yeux perspicaces, cerclés de fines nervures.

Mon père m'avait dit il y a des années, avec une prescience peu commune, que notre parenté avec dame Blanche serait un jour un atout, et il était vrai que la plus âgée des dames de compagnie d'Elisabeth la connaissait depuis la naissance. Elle avait donc accès, plus que quiconque, à son intimité.

— C'est *vous* qui pensez que je dois garder mes distances, rétorquai-je.

Ma mère fronça les sourcils devant ce manque de respect manifeste, mais l'expression de Blanche demeura imperturbable. Imperturbable, tel était le mot d'ordre de Blanche.

— Je suggérais seulement qu'il serait plus judicieux pour la reine de faire preuve de discrétion à votre égard. Vous avez tendance à poser trop de questions, docteur Dee.

— C'est l'une de mes faiblesses.

— Veuillez excuser mon fils, dame Blanche, fit rapidement ma mère. Je me dis parfois que John vit à moitié dans notre monde et à moitié dans son imaginaire alambiqué. Ce qui n'est pas sain du tout, à mon sens.

J'avançai une chaise, mon imaginaire alambiqué me soufflant que cette visite ne concernait pas uniquement les livres.

— Comme vous devez le savoir mieux que personne, dame Blanche, la reine est une femme très intelligente, qui lit des manuscrits en grec depuis qu'elle peut à peine…

— Et je pense qu'un homme aussi intelligent que vous, docteur Dee, coupa Blanche, comprendra qu'il vaut mieux que la reine ne soit pas surprise à s'intéresser de trop près à certains domaines de la connaissance.

Je restai coi. Ma mère se leva.

— S'il vous plaît, excusez-moi, dame Blanche. Je vais vous préparer, ainsi que pour vos hommes, une boisson chaude pour votre voyage de retour à Richmond.

— Merci.

Blanche lui adressa un sourire voilé, comme la brume.

— J'ai été ravie de vous revoir, Jane.

Ma mère hocha la tête et s'éclipsa. Je compris que ce départ avait été convenu à l'avance quand dame Blanche me fit signe de m'asseoir à la place de ma mère, face à la fenêtre qui donnait sur le fleuve.

— J'ai été informée, docteur Dee, que vous étiez au service de Sir William Cecil.

— Il semblerait.

— C'est un homme bon, qui a à cœur de servir les intérêts de la reine.

— En effet. Sa constante vigilance envers la reine est digne de celle d'un grand frère.

— Et c'est… Lord Dudley qui vous accompagne dans le Somersetshire ?

— Un homme qui apporte lui aussi un soutien inconditionnel à Sa Majesté.

— Mais dont la réputation est encore pire que la vôtre, dit ma cousine, si ce n'est pas pour les mêmes raisons.

— Vous ne mâchez pas vos mots.

Je rapprochai ma chaise de la fenêtre. Un soleil fatigué, noyé dans un cratère de nuages filandreux, surplombait le fleuve.

A l'évidence, les relations de Dudley avec la reine, quelles qu'en fussent la nature, étaient une source d'inquiétude pour Blanche, même si elle avait sans doute plusieurs fois transmis des lettres intimes de l'un à l'autre.

Cependant, comme les femmes avec qui Dudley était intime étaient plus nombreuses que les bateaux voguant sur la Tamise, sa réputation n'était pas non plus la raison de la présence de Blanche.

Il y a une chose que vous devez savoir à propos des habitants des régions frontalières : ils n'empruntent que les chemins de traverse, et ce, pour des raisons obscures. Sans doute ce comportement est-il inscrit dans leur nature, étant donné leur méfiance instinctive des étrangers.

Près de la frontière entre l'Angleterre et le pays de Galles, même des parents assez proches peuvent être des étrangers, au fil des générations, et je me résignai à un préambule long et globalement inutile de la part de ma cousine.

— En dehors de ses nombreuses aventures féminines, dit Blanche Parry, Dudley est considéré par certains comme un impie.

— Quoi ?

— A cause de son goût pour les étoiles et autres intérêts du même acabit. Ainsi que du choix de ses... amis.

— Je vois. Vous voulez parler de moi. Grand Dieu, Blanche... ne sommes-nous pas censés vivre une époque éclairée ? Mes travaux s'inspirent directement des œuvres de Platon et Pythagore, Hermes Trismesgistus... Tous d'éminents érudits.

— Et païens.

— Oh !...

— Attendez ! dit Blanche en levant une main. Certains catholiques ne considèrent-ils pas l'Eglise protestante comme une forme de paganisme ?

— Eh bien, si, certains le pensent en effet, mais c'est seulement...

— La reine... La reine, comme vous le savez, est à la recherche, non pas d'un équilibre, mais au moins d'une situation plus sereine, où chacun serait libre d'exercer son culte, tant que cela n'interfère pas entre Dieu et elle.

Les nuages grisâtres donnaient à la Tamise des allures de Styx, et je sentais ma patience faiblir.

— Dame Blanche, vous n'êtes apparemment pas venue ici uniquement pour déguster les fameuses pâtisseries de ma mère. Que voulez-vous me dire que Cecil ne m'aurait déjà dit ?

— Je...

Pour la première fois, ma cousine parut se troubler.

— ... je suis ici pour vous demander de garder à votre esprit, lorsque vous ferez votre rapport à Sir William Cecil, la situation de la reine, et que vous me teniez au courant de vos découvertes.

Cela, je ne m'y attendais pas. Alors que je me demandais comment introduire le mot *Pourquoi ?*, Blanche poursuivit son discours. Les mots se bousculaient dans sa bouche comme les remous de la rivière sur les rochers, déversant dans ce flot langagier toute sa nature galloise.

— ... parce que Sir William, comme vous le savez, est un homme pragmatique qui ne laissera rien interférer avec son jugement politique, pas même sa foi. Vous en êtes conscient, nous le sommes tous, mais la reine s'interroge toujours sur ce qui est bien ou mal aux yeux de Dieu et doit assumer une lourde responsabilité, liée d'une part à l'héritage et aux attentes de son père, et d'autre part à ses sujets, qu'elle chérit tous, hommes et femmes, comme ses propres enfants.

— Oui.

Elle devait en effet assumer de lourdes responsabilités, auxquelles aucun de ses prédécesseurs n'avait ressenti le besoin de faire face. Oui, nous avancions, certes plus lentement que je ne l'aurais souhaité, mais nous avancions bel et bien vers des temps plus éclairés, et la reine était déterminée à faire partie intégrante du processus. Pourtant...

— Dame Blanche... laissez-moi tenter d'expliciter votre dilemme. La question de l'héritage arthurien est un problème potentiellement plus compliqué qu'il ne l'était à l'époque du grand-père de la reine...

— Où il n'y avait qu'une seule Eglise, termina-t-elle.

— Les racines des légendes arthuriennes remontent bien au-delà. Elles peuvent très bien être antérieures au christianisme. Est-ce bien ce que vous vouliez dire par là ?

— Votre famille et la mienne, dit-elle, sont originaires du pays de Galles, où les chants des anciens bardes donnaient de la geste arthurienne des versions qui pourraient en effet choquer les lecteurs de Malory. De plus, à l'époque du premier Henri Tudor, les entrailles de la croyance religieuse n'avaient pas été ouvertes pour être disséquées par tout un chacun comme elles le sont aujourd'hui.

Une idée qui ne devait guère préoccuper Cecil, à moins qu'elle ne risquât de mettre à mal le ministère de la Justice.

Il s'agissait là d'une matière privée. Une matière secrète, débattue dans le huis clos de l'entourage de la reine. Je patientai. Nous touchions au but.

— Des rumeurs circulent à l'étranger.

— Comme toujours.

— La reine s'est longuement entretenue avec Sir Nicholas Throckmorton, l'ambassadeur envoyé à Paris.

— A quel sujet ?

Blanche ne répondit pas. J'avais des soupçons dont elle n'avait pas idée. Pourtant, il y avait bien peu de chose que Blanche ignorât au sujet de la reine.

— En France et en Espagne, dit-elle enfin, la reine est auréolée d'une aura de soupçon. Et aussi de superstition.

— Je sais.

Quand vous voyagez en Europe, vous vous en rendez compte. Les fervents catholiques de France soutiennent tous la reine d'Ecosse, Marie Stuart, récemment mariée au jeune roi François.

— Essentiellement au sujet de sa mère.

Qui, d'après la légende, avait souri lors de son exécution, à l'idée de rejoindre bientôt son maître infernal. Les lèvres d'Anne Boleyn psalmodiaient des prières sataniques au moment où le bourreau avait abattu son épée sur le billot.

Une histoire qui alimentait les rumeurs de Londres et ravissait les pamphlétaires de toute l'Europe, qui se demandaient combien de temps passerait avant que le fruit de l'union maudite entre le Grand Fourneau et la sorcière fût rappelé par le même maître.

— Dans votre jardin, dit Blanche avec hésitation, dans votre verger… qu'a vu la reine ?

— Je ne comprends pas.

— Je pense que si. Avant que j'intervienne, ajouta-t-elle en se penchant vers lui. John, je l'ai déjà vue, la façon dont elle se raidit, dont ses yeux… Que vous a-t-elle dit ?

Je me rappelai avec quelle soudaineté Blanche, incommodée par l'odeur du houblon comme s'il se fût agi du sulfure de l'enfer, avait fait irruption entre nous dans l'allée du verger.

— Que vous a-t-elle dit, John ?

— Elle m'a demandé s'il y avait…

Des lièvres dans notre verger. Je me tus.

Blanche était suspendue à mes lèvres.

— Je n'irai pas plus loin.

J'avais l'impression que mon univers se racornissait et se flétrissait, tel un parchemin rongé par les flammes.

Blanche Parry demeurait parfaitement immobile, comme si son esprit avait temporairement quitté son corps. Combien de temps restâmes-nous ainsi en silence ? Je ne saurais le dire.

Enfin, je lui demandai :

— Qu'avez-vous voulu dire par : « Je l'ai déjà vue » ? Qu'arrive-t-il à ses yeux ?

Comme parcourue d'un spasme, Blanche serra fortement ses mains. Je me détournai.

— Et que voit-elle… dans ces moments-là, demandai-je, retenant mon souffle.

Au dehors, la nuit enveloppait progressivement les arbres et la rivière de son manteau sombre. La corolle lumineuse d'un bateau glissait sur les flots.

— Que voit-elle, Blanche ? répétai-je d'une voix à peine audible.

Les mains crispées sur les bras de mon siège, j'entendis Blanche murmurer dans la pénombre que la reine lui avait avoué avoir vu la silhouette sanguinolente d'Anne Boleyn au pied de son lit, avec sur le visage un sourire voilé, reflet de sa propre déchéance.

DEUXIÈME PARTIE

Chose à peine croyable, une pluie, ou plutôt un déluge de superstitions avait déferlé à l'époque noire de Marie Tudor. On trouvait en tous lieux des reliques votives de saints, des clous qui dans l'esprit fantasque des bonnes gens avaient servi à crucifier le Christ, des fragments de la croix sacrée. Les sorcières et les enchanteurs étaient désormais partout.

John Jewel, évêque de Salisbury, après un voyage dans l'ouest de l'Angleterre, 1559.

X

Reliques

Au crépuscule, une tempête de neige nous rappela brutalement, et avec un mépris manifeste, que nous étions au cœur de l'hiver. Il nous restait encore bien des kilomètres à parcourir, et déjà ma cape n'était plus qu'un haillon trempé. Dudley, qui chevauchait devant moi, observait au loin les arbres frêles comme des arêtes et les collines encore couvertes de leur fourrure d'hermine neigeuse. Puis il leva les yeux sur le ciel coléreux et me regarda par-dessus son épaule.

— Tu ne peux donc rien faire contre cela, John ? Modifier le temps ? Echanger notre ciel contre celui de France ?

Il s'était reculé sur sa selle, ce qui effraya ma monture, que je tentai d'apaiser en lui flattant l'encolure. J'étais plus doué avec les chevaux qu'avec les femmes ; pourtant, Dudley, comme toujours, me donnait le sentiment d'être une faible créature.

Cela dit, j'étais heureux qu'il m'adressât la parole, car je retrouvais enfin le vrai Dudley qui, depuis notre départ de Londres, s'était montré étrangement silencieux, presque taciturne. Quelque chose troublait son esprit. Nous étions six, en comptant l'imposant Martin

Lythgoe. Lythgoe était le palefrenier de Dudley, un homme qu'il connaissait depuis toujours, et qu'il avait emmené à la cour avec lui.

— Dire que tu te prends pour un magicien, me railla Dudley.

— Jamais de la vie.

Penchant la tête pour m'abriter du blizzard, je repris :

— Et tu le sais. Ne pourrions-nous pas trouver une auberge ?

— Il n'y a pas d'auberge ! Est-ce que tu vois une auberge ?

— Je ne vois pas grand-chose.

— Y a-t-il une auberge dans le coin, Carew ? cria Dudley.

— Oui, répondit Peter Carew en amenant sa monture à sa hauteur. Mais passez la nuit là-bas et, au petit matin, vous n'aurez plus à vous soucier de vos bijoux de famille. Quant à ce malheureux…

Carew m'adressa un bref coup d'œil, comme s'il se demandait si j'avais ce genre d'attributs.

C'était un homme massif et musculeux, plus âgé que Dudley d'une bonne vingtaine d'années, et qui arborait pourtant une barbe aussi noire et épaisse que le goudron.

— Bon, alors peut-être pourrions-nous faire une halte ici, en attendant des cieux plus cléments, dit Dudley.

— Mon conseil est de poursuivre notre route pour atteindre Glastonbury ce soir. Vous et moi avons bravé des tempêtes bien plus sévères… et en plus la bataille faisait rage.

Carew se tourna vers moi, les yeux étrécis.

— Je suppose que vous n'avez jamais servi votre pays l'épée à la main, docteur ?

Derrière moi, les deux hommes de Carew avaient dû pouffer de rire, mais je m'abstins de répondre. A la vérité, le froid mordant m'en empêchait. Tandis que

Carew prenait de l'avance, Martin Lythgoe vint se poster à ma hauteur et me dit à voix basse :

— Ces salauds se battent à la moindre occasion, si vous voulez mon avis, docteur John.

Il sourit et s'éloigna, pressant sa monture sur la route blanche.

Mon père m'avait parlé de Carew, qui dès l'enfance avait eu les faveurs de la cour d'Henri. Un enfant qui avait beaucoup voyagé en Europe.

Envoyé par son père, Sir William, en France pour être page, après des années d'absentéisme et de rébellion à son école de grammaire d'Exeter, il avait fini par rejoindre l'armée française.

Puis, après la mort de son maître, il avait rejoint le camp du prince d'Orange. Il n'avait que seize ans lorsqu'il revint en Angleterre, avec des lettres d'introduction de la noblesse d'Orange, destinées au monarque. Ses talents de cavalier avaient impressionné le roi qui en fit, deux ans plus tard, un gentleman de la Chambre privée. *Un grand homme*, disait mon père. *Sir Peter traçait son chemin.* Il avait en effet trouvé sa voie dans l'ouest de l'Angleterre, devenant un membre du parlement de son Devon natal et le shérif de ce comté. A présent, il était un chevalier expérimenté et, en tant que tel, exerçait également une grande influence sur le Somerset.

Sans oublier que – et c'était la raison de sa présence parmi nous – Carew était le propriétaire actuel de l'abbaye de Glastonbury. *Un homme digne d'intérêt*, m'avait affirmé Dudley.

Il ne savait pas précisément comment la reine était parvenue à placer les ruines sacrées entre les mains de Dudley, et il n'était pas certain que la reine le sût elle-même. Mais personne n'aurait mieux gardé les papistes à distance que Carew.

Il faisait presque nuit quand nous chevauchâmes dans les collines surplombant Glastonbury. La neige fondue s'était muée en pluie, puis avait bientôt cessé, dévoilant un fragment de lune, qui nous permit d'entrevoir les célèbres ruines. Nous comprîmes alors pourquoi les prières de restauration étaient tombées dans de sourdes oreilles.

Carew nous avait dit que, étant donné son passé, il fallait à l'abbaye une puissante figure protestante.

A l'époque où Seymour était duc de Somerset, elle était administrée par une communauté de tisserands flamands – des partisans de l'insensé Jean Calvin – qui avaient développé une industrie florissante dans la région.

L'économie de la ville s'était maintenue au temps du jeune Edouard. Mais quand Marie arriva au pouvoir et que l'évêque de Rome fut rétabli, dans le feu et le sang, comme notre guide spirituel, les tisserands avaient fui dans les campagnes.

Tandis que nous descendions la dernière colline, la faucille lunaire se découpa entre les nuages. Dans la pâleur de ses rais, l'abbaye prit les traits d'un fantôme dont les bras de pierre se levaient comme pour étreindre ses côtes craquelées.

Le George était un bâtiment de pierre solide destiné à accueillir les pèlerins, qui devaient autrefois se réjouir d'y trouver une atmosphère chaleureuse. Ce soir, le lieu aurait dû être éclairé, mais les fenêtres du rez-de-chaussée, face à la route, étaient aussi sombres que l'antichambre de l'enfer.

Carew avait envoyé l'un de ses hommes en éclaireur et, le temps d'arriver dans la cour à l'arrière de l'auberge, deux gamins nous attendaient pour prendre soin des chevaux que nous montions depuis Bristol.

— Cowdray ! aboya Carew. Où est ce bon à rien de Cowdray ?

— Je suis là, Sir Peter, je suis là !

Un homme déboula de l'escalier de bois, éclairé par la flamme frêle d'une torche encastrée dans une cavité du mur.

— J'ai fait allumer les feux pour vous, mon seigneur, les grands fours sont en route.

— Pourquoi n'ont-ils pas été allumés plus tôt, au nom du ciel ?

— Sir Peter, nous n'avons eu aucun voyageur depuis deux jours. Nous sommes encore en février.

— Je vous l'avais bien dit, hein ? déclara Carew en se tournant vers Dudley avant d'éclater d'un rire tonitruant. Une vraie verrue, cette ville.

Ville ? La rue principale était apparemment la route d'Exeter, mais je n'avais dénombré guère plus d'une douzaine de bâtisses, en comptant une haute église. Et l'abbaye, dans les ruines de sa splendeur.

— Apportez un tas de bûches, Cowdray, ordonna Carew. Aux premières lueurs de l'aube, demain matin, nous partons pour Exeter. Ces messieurs, en revanche, vont rester plusieurs jours. Voici maître Roberts et docteur John, de la Commission des antiquités de la reine.

Sur l'insistance de Cecil, nous avions décidé de masquer nos identités. Dissimuler la mienne ne me peinait guère, mais je soupçonnais Dudley de se sentir à nu sans sa panoplie de privilèges.

A l'auberge de Bristol, où nous avions passé la nuit précédente, les avances doucereuses qu'il avait faites à l'aubergiste s'étaient soldées par une amère rebuffade. Un simple fonctionnaire… n'avait droit qu'à une maigre ration de bière.

Alors que Carew, même à Bristol, était souvent reconnu. Un homme renommé dans ces contrées de l'Ouest, où sa légende personnelle était largement répandue.

L'anecdote la plus croustillante remontait à l'époque de sa jeunesse à Exeter, où il s'était échappé de l'école, avait escaladé une tourelle de l'enceinte de la ville et menacé de sauter s'il était poursuivi... Son père avait fini par le ramener à la maison, disait-on, attaché à une laisse.

Après avoir passablement dîné de pain et de mouton, dans une petite pièce aux lambris de chêne, Carew fit venir l'aubergiste.

— Fermez la porte, Cowdray. Asseyez-vous sur cette satanée chaise. Nous avons besoin de vos lumières locales.

L'aubergiste était un homme corpulent, aux cheveux roux clairsemés, arborant une barbe de plusieurs jours et un air de profonde résignation. Essuyant ses mains sur son tablier, il s'assit au bout de la table, près de la porte. Quatre chandelles éclairaient la planche de chêne qui faisait office de table d'un halo crémeux, tandis qu'une grosse bûche flambait dans l'âtre - du bois de pommier, sans doute. On ne manquait pas de combustible sur l'île d'Avalon.

Carew était resté debout, dos aux flammes, tandis que dans ses yeux, surmontés de sourcils bruns broussailleux, luisait le reflet des chandelles.

— Ces braves hommes, Cowdray, sont mandatés par la reine pour enquêter sur la disparition de certains documents et objets de l'abbaye.

— Un peu tard pour ça, répondit l'aubergiste, si je peux me permettre.

— Dites ce que vous voudrez, mais si un seul mot de

cette conversation sort de ces quatre murs, je ferai fermer ce taudis minable avant la fin de la semaine. Nous nous comprenons bien ?

— Parfaitement, répondit simplement Cowdray, sans paraître véritablement effrayé. Comme toujours.

Vingt ans s'étaient écoulés depuis que l'abbaye avait été arrachée aux mains graisseuses des moines corrompus, reprit Cowdray. A présent que nous étions revenus à des jours cléments, le Conseil privé pensait qu'il était temps de faire un nouvel inventaire des vestiges.

— Ça fait un bail que les moines ont déguerpi.

— Bon débarras. Tous ?

— Eh bien… la plupart sont partis en ville. Ils ont de bonnes pensions, presque cinq livres par an.

— Où sont-ils à présent ?

— L'un d'eux est maréchal-ferrant. On a besoin de lui ici.

— Une vie certainement plus utile, dit Carew.

— Et vous, vous êtes marié.

— Tout a son revers.

Carew jeta un coup d'œil à Dudley, qui ne répondit pas. Je pensais que Dudley s'était marié par amour, mais mon ami était renommé pour avoir de l'amour à revendre.

— Peut-être devrions-nous dire un mot à ce maréchal-ferrant, maître Roberts ?

— Oh oui, dit Dudley qui semblait avoir l'esprit ailleurs, absolument.

Les pointes de sa moustache avaient été coupées, et son pourpoint avait la couleur de l'eau stagnante. En tant que maître Roberts, sa mise devait être humble et sobre, et il semblait contraindre ses manières.

Même à l'auberge, la veille au soir, ses mouvements étaient hâtifs, comme si plus rien ne l'obligeait à se conduire selon son rang. Il soupira, se leva et but une gorgée de bière.

— Pas mauvaise... cette bière.

— Brassée d'après une recette des tisserands flamands, dit Cowdray. De braves gens, dans l'ensemble. Certains les accusaient d'avoir apporté la maladie du charbon, mais, bon sang, elle était là avant leur arrivée…

— Qu'en est-il aujourd'hui ?

— Quelques morts. C'est à peine si on les remarque encore, avec tout l'argent que rapportent les moutons. Les gens ont peur des croûtes noires, mais encore plus de la famine.

— Nous pensons, maître Cowdray, que certains objets ont été pris à l'abbaye par les moines. Des objets qui ne sont pas nécessairement considérés comme précieux. Des documents, par exemple, dont le docteur D… docteur John a eu connaissance. Et des reliques sacrées.

— De nombreux saints, dit Carew en caressant sa longue barbe nattée de tresses, et de nombreux rois ont été enterrés dans cette abbaye depuis plus de mille ans. C'est ce que disent les pèlerins.

— C'est un fait, répondit Cowdray, et la plupart de leurs reliques ont été récupérées par les hommes de Sa Majesté.

— D'après mes informations, dit Dudley, certaines choses ont été retirées avant la dissolution de l'abbaye. Ce fut l'un des derniers édifices religieux à être démantelé.

Les ténèbres se profilaient à l'horizon. Pour la première fois, Cowdray parut mal à l'aise sous le regard inquisiteur de Carew.

Carew avait été informé par Cecil du but véritable de notre équipée, mais je me demandais ce qu'il savait au juste.

— Ecoutez, répondit l'aubergiste, la tête soudain enfoncée entre ses épaules, cette ville a vécu des temps difficiles. Comme nous tous. En désespoir de cause, de mauvaises actions ont été commises.

— Une ville où ont grandi la superstition et l'idolâtrie, au lieu d'un honnête labeur, ne doit espérer aucune compassion, dit Carew. De quelles mauvaises actions parlez-vous ?

— Des choses ont été dérobées. Des pierres et du plomb, surtout. Du verre.

— Et ?

— Et... c'est tout. Tout ce qui restait. Nous étions censés fermer les yeux.

Oui. Une fois tous les trésors notables récupérés par la Couronne, les gens du coin ont estimé qu'ils pouvaient se servir, en toute logique.

Ce qui les impliquait dans la destruction de l'abbaye. Tout en achetant leur complicité.

— J'ai entendu dire que certaines maisons avaient été bâties avec les pierres provenant de l'abbaye, dis-je.

— Disons plutôt que les pierres ont servi à les réparer, répondit Cowdray.

— Eh bien, c'est terminé à présent, coupa Carew. Ils en ont profité. Mais maintenant que l'abbaye est sous ma responsabilité, s'ils veulent des pierres, ils les paieront. Quiconque sera surpris en train de voler des pierres verra ses doigts broyés par son larcin.

— Personne ne va plus là-bas, dit vivement Cowdray.

— J'espère bien.

— Vous pouvez me croire. Personne n'y va. Sir Edmund Fyche a menacé de châtier sévèrement tout homme qui serait surpris en train de voler des pierres.

Il baissa les yeux et frotta ses mains l'une contre l'autre. Je pensai à quelque chose et me levai de ma chaise, les cuisses encore endolories après notre longue chevauchée.

— Vous avez dit que certains moines étaient partis. Où sont-ils allés ? demandai-je.

— Dispersés. Certains ont trouvé refuge dans des monastères autorisés à poursuivre leur activité. Et d'autres…

— Ah ! s'exclama Dudley en souriant enfin. Et ceux-là ont sans doute offert… des cadeaux aux monastères qui leur ont donné asile ?

— Des reliques, d'après vous ? intervint Carew, qui s'était replacé près du feu et dénouait ses bottes. Un sac plein d'ossements sacrés ? Hé ! Cela paraît logique.

— Je ne sais rien de tout cela, dit Cowdray. Et ceux qui sont restés, en dehors du maréchal-ferrant, travaillent la terre ou enseignent à la nouvelle université.

Un silence.

— L'université ?

Les flammes des chandelles se dressèrent au moment où surgit Carew.

— Qu'est-ce que c'est que ce repaire de papistes ?

— Une université fondée non loin du mont Tor, expliqua Cowdray. Il n'y a aucun papiste à Meadwell, Sir Peter. On la doit à la générosité de Sir Edmond Fyche.

— Ah ! déclara Carew, apaisé, à Dudley. Fyche était un moine – le trésorier – de l'abbaye. Après la dissolution, il a touché un héritage qui lui a permis de bâtir sa ferme. Il a embauché quelques moines aux champs. Mais… une université maintenant ?

— Où peuvent étudier les fils des gentilshommes, dit Cowdray. L'évêque de Wells lui a donné sa bénédiction, mais rien…

— Bourne ? Il est parti. Un bâtard de papiste à jeter au cachot.

— Il est toujours à Wells.

— Pas pour longtemps, dit Carew. Il sera enfermé dans la Tour au printemps.

Et il avait probablement raison. Je ne connaissais pas l'évêque Bourne, mais je savais qu'il avait refusé, comme Ned Bonner, qui l'avait consacré, de prêter le serment de suprématie.

— Sir Edmund n'est pourtant pas papiste, dit Cowdray. Sir Edmund…

— … est un survivant, dit Carew à Dudley. Fyche s'était opportunément rangé du côté de l'Eglise de Rome au cours du règne précédent, quand l'abbaye avait une chance de survivre. Mais il est juge de paix à présent et il a su à quel bord se convertir pour ne pas se brûler les ailes. Cela dit, j'irai inspecter les lieux dès mon retour d'Exeter.

Je ne doutais pas qu'il mettrait sa menace à exécution, mais j'étais soulagé à l'idée que Carew nous quittât le lendemain.

Il ne nous aiderait en rien dans nos investigations s'il passait son temps à porter des accusations virulentes contre une université entièrement légitime qui s'avérait être administrée par d'anciens moines.

— J'ai besoin de dormir un peu, déclara-t-il en prenant ses bottes. Cowdray, dis à mes hommes que nous partons à 7 heures.

— J'ai fait mettre une brique chaude dans votre lit, mon seigneur.

— Bon sang, enlève-moi cette saleté ! Je ne suis pas une femmelette.

Cowdray acquiesça d'un signe de tête, tandis que je me demandais s'il aurait protesté avec autant de véhémence si Dudley et moi n'avions pas été présents. Sans doute pas.

— Voyons les choses du bon côté, dit Dudley d'un ton las. C'est un fervent protestant.

A présent, il était penché sur l'âtre. Son visage famélique et son expression lugubre soulignaient la taille grossière de sa moustache.

— D'après ce que mon père m'avait dit de Carew, dis-je, je l'imaginais comme un simple mercenaire. Peut-être que tu as raison, mais nous nous en sortirons mieux sans lui. Quel est le plan de la journée de demain ?

— Secouer les gens donne parfois de bons résultats. Cependant..., je pense que nous devrions commencer par examiner ce qui reste de l'abbaye. Ensuite, s'il y a un ancien moine docile...

— Le maréchal-ferrant.

— Oui. Tu devrais lui parler.

Dudley frissonnait.

— J'espère que l'aubergiste a mis des briques dans nos lits à nous.

Puis il se tourna vers moi.

— A quoi penses-tu, John ?

C'était la première fois, depuis notre départ de Londres, que nous avions l'occasion de parler seul à seul, et que je pouvais l'entretenir du problème d'Elisabeth relatif à sa mère et aux lièvres. Mais je n'osai pas.

— Je suppose... je me demandais... Et s'il s'agit d'une vaine entreprise ? Et si les ossements étaient déjà à Londres ? S'ils avaient été emportés, sur des instructions spécifiques, par les gens de Cromwell, à l'époque de la dissolution ?

— Nous le saurions. Ou du moins Cecil le saurait.

— Et s'ils avaient tout simplement été détruits ?

— C'est une des nombreuses possibilités. Pour le gros Henri VIII, ils représentaient peut-être simplement la vieille astuce des Plantagenêt pour détruire le mythe d'un immortel héros gallois. Henri les a peut-être vus comme le symbole de la ruine de tout espoir de retour d'un roi Plantagenêt sur le trône. Je…

Dudley passa la main sur son front, moite de sueur.

— Je ne sais pas, John, j'ai l'impression… je suis influencé par le mythe : l'île d'Avalon, la quête du Graal. Mais quand on voit ce misérable champ de ruines…

— Cela nous paraîtra moins lugubre demain matin.

— La gorge me brûle et ma tête semble prête à exploser à présent. Il ne manquait plus que je tombe malade. Tu avais raison. Nous aurions dû nous arrêter dans une auberge pour attendre la fin de la tempête. Ce satané Carew et son entêtement…

— Va te coucher, lui conseillai-je.

Comme l'auberge était vide, nous bénéficiâmes de deux chambres séparées à l'étage supérieur, tandis que nos gens logeaient en dessous. J'écopai d'un vieux lit, de tentures usées et de draps si poussiéreux que je préférai les enlever.

Des draperies trop denses pouvaient vous faire suffoquer si vous vous réveilliez au beau milieu de la nuit d'un rêve étrange.

J'avais apporté quelques livres avec moi, dans mon sac, que je disposai sur la planchette près de la fenêtre, dont la vitre était opaque, remarquai-je. L'unique bougie était ma seule source de lumière.

Agenouillé près de la fenêtre, je priai Dieu de bénir notre mission, puis de veiller au salut de ma mère. Ensuite, je m'étendis sur mon lit et finis par reprendre les draps lourds et poussiéreux pour tenter de me réchauffer. Sans brique chaude, hélas.

Ce dont je me souvins ensuite ne sembla être qu'un songe. Sensible aux bruits de la nuit, je devais dormir depuis une heure environ lorsque j'entendis le grincement d'une porte.

Etendu sur mon lit, l'oreille aux aguets, je distinguai des bruits de pas dans l'escalier, puis de verrous qu'on ôtait.

La curiosité me fit quitter mon lit et me poster à la fenêtre, les draps enroulés autour de moi, car la pièce, dépourvue de cheminée, était glaciale.

La fenêtre jouxtait la pancarte de l'auberge, estampillée de la croix rouge de saint George, que l'obscurité rendait grisâtre. Sous mes yeux se découpait la silhouette d'un homme qui descendait l'allée. Dans les pâles rayons de lune, je le vis s'immobiliser, puis se pencher en arrière, les mains plaquées sur les reins.

— Dudley ?

De l'autre côté de la rue se trouvait le mur de l'abbaye et, au-delà, les célèbres pierres solitaires. Après un moment, l'homme traversa la rue, longea le mur, puis s'évanouit dans l'ombre. Un homme d'action qui n'avait pas trouvé le repos dans la solitude de sa chambre.

... un homme qui apporterait à la reine un symbole irréfutable de son héritage royal... qui conférerait à la monarchie une aura mystique... un tel homme pourrait espérer une récompense.

Ma propre récompense serait de découvrir quelques-uns de ces livres anciens secrètement arrachés à l'abbaye pour être cachés ailleurs.

Des livres que Leland avaient vus et qui l'avaient laissé dans un état de *stupeur et de crainte*. Mais il y avait peu de chance qu'ils fussent dissimulés dans l'enceinte même de l'abbaye.

Aussi ne passai-je guère de temps à me demander si je devais rejoindre Dudley. Il n'avait pas besoin de moi, et j'étais à la fois frigorifié et engourdi, après notre longue chevauchée. John Dee, le divinateur, retourna à ses couvertures miteuses.

J'étais toujours un observateur, séparé du reste du monde par l'écran de mes connaissances.

Soudain, j'eus le sentiment que quelqu'un se trouvait dans ma chambre. Sans doute une illusion due à l'épuisement et la douleur.

XI

Délire

Le jour s'était à peine levé qu'on vint frapper des coups violents à ma porte. Avant que je pusse prononcer un mot, elle était grande ouverte : le serviteur de Dudley, Martin Lythgoe, avait le visage rongé par l'inquiétude.

— Docteur, dit-il, venez immédiatement. Mon maître…

— Quoi ?

— Il a attrapé la mort, monsieur.

Je roulai au bas de mon lit, oubliant combien il était haut, et tombai abruptement sur les genoux. Je levai les yeux sur Martin Lythgoe, un homme de haute stature originaire du Nord. Ses cheveux, désormais striés de blanc, étaient de la couleur de l'orge.

— Malade ?

— La fièvre. Il sue, grogne et se tortille dans son lit.

Cela n'aurait pas dû me surprendre. N'était-il pas évident, la veille, qu'il n'était pas bien ?

— Avez-vous fait chercher un docteur ?

— Mais je pensais que *vous*…

Il me fixait, les mains sur les hanches, se demandant manifestement à quoi je servais si je ne savais pas guérir les gens.

— Non, répondis-je en attrapant ma vieille robe de chambre brune. Je ne suis pas… Enfin, mon doctorat…

Un doctorat de *droit*, si vous voulez tout savoir. Un nouveau marasme où je pataugeais. Je soupirai.

— Je viens tout de suite…

La chambre de Dudley était juste en face de la mienne. Une pièce plus grande, aux larges fenêtres, dont les vitres étaient striées de traînées rouges et pourpres.

Dudley n'était pas étendu sur son lit, mais assis sur le bord, enroulé dans ses couvertures comme un cheval en sueur, les cheveux plaqués sur son front.

— John…

A peine un soupir. Le pot de chambre sur le plancher à ses pieds. Le corps secoué de frissons, il tourna vers moi un regard marbré par la peur.

— Allonge-toi, lui dis-je.

— John, dis à Lythgoe de préparer les chevaux. Si je dois mourir, je ne veux pas que ce soit ici.

— Tu n'as pas besoin de cheval. Tu ne vas nulle part, Robbie, si ce n'est à notre prochain…

Je reculai vivement. Il se pencha brusquement sur son pot rempli d'urine, les mains sur les tempes, et me regarda entre ses doigts.

— Bon Dieu, John… notre mission… elle est maudite, n'est-ce pas ?

Il roula sur son oreiller, le dos arqué, le visage huileux de sueur, tandis que Martin Lythgoe me lançait des prières muettes depuis le seuil. Jamais, pensai-je, il n'avait vu son élégant et célèbre maître aussi vulnérable.

Dieu me vienne en aide, je ne savais pas par où commencer.

Dudley était né sous le signe du Cancer, un signe d'eau, comme moi, et donc soumis à l'action de la lune. Si j'avais eu mes grilles sous la main, ainsi que quelques heures à perdre, j'aurais pu calculer les aspects planétaires qui affectaient les organes de son corps et l'équilibre de ses humeurs. Et si j'avais eu Jack Simm sous la main, nous aurions sûrement pu trouver un quelconque remède. Ce n'était pas la première fois que je regrettais de ne pas être un *vrai* docteur en médecine.

— Quand cela a-t-il commencé ?

— Quoi ?

— Je t'ai vu sortir hier soir.

— Je ne pouvais pas dormir, dit Dudley, luttant contre lui-même, comme s'il pouvait venir à bout de cette maladie par la force de sa volonté.

— Nez pris, peux pas respirer. J'ai pensé à un simple refroidissement… Ah ! j'avais… besoin d'air.

Ce qui n'avait dû qu'empirer son mal, avec ce froid mordant.

— Cette ville a la peste, John ? Tu ferais mieux de me le dire. Elle en a l'air, en tout cas.

— Bien sûr que non.

— C'est juste moi qui l'ai alors ?

— Allonge-toi.

— John, cet endroit est… misérable et…

— Quel endroit ?

— … plus glacé que la nuit. Plus glacé que toutes les nuits.

Un frisson le parcourut de nouveau, tel un coup de foudre, et il se mit à claquer des dents et dodeliner de la tête tout en se frictionnant frénétiquement sous les couvertures. La fièvre faisait luire ses joues rouges.

Cowdray, l'aubergiste, arriva avec un plateau chargé d'une cruche et d'une tasse.

— Du cidre. Ça m'étonnerait qu'un bon cidre comme ça ne vous aide pas.

Je remerciai Cowdray d'un signe de tête tandis qu'il

posait le plateau sur la tablette, à côté du broc d'eau, avant de s'éclipser rapidement. Compréhensible, quand on pensait à toutes les maladies contagieuses qu'un Londonien pouvait apporter de sa ville crasseuse et surpeuplée.

— Des rêves atroces, John.

Dudley extirpa ses mains des couvertures pour prendre son crâne en étau.

— Des rêves sanglants.

— Les rêves ne signifient rien, répondis-je.

Ce qui était faux, je le savais, bien que le sens des rêves demeurât mystérieux.

— S'il s'agissait vraiment de rêves, dit Dudley.

— C'est la fièvre.

Puis je me tournai vers Cowdray :

— Y a-t-il un docteur ici ?

— Autrefois oui, mais il est mort.

Dudley rit amèrement entre ses mains.

— Il y en a quelques-uns à Wells, pour la cathédrale, dit Cowdray. De bons docteurs. L'un d'eux a étudié à Londres. Avec de longues capes, et même parfois des masques. Je pourrais envoyer un de mes gamins là-bas à cheval. Mais ça… vous coûtera cher, m'sieur.

— L'argent n'a pas d'importance, dis-je en le foudroyant du regard. Le temps, en revanche, est précieux. Où iriez-vous, vous-même ?

— J'essaie de ne pas tomber malade, monsieur.

— Vous savez très bien ce que je veux dire.

Ses lèvres se plissèrent. Des hommes de Londres, pensait-il.

Comment pouvait-on se fier à ces hommes, qui risquaient de vous arrêter pour la pratique de médecines alternatives, de remèdes de sorciers ?

— Sir Peter Carew ? demandai-je. Est-il… ?

— Parti. Il y a une heure, avec ses hommes. Avant qu'on découvre l'état de maître Roberts.

— Bien. Aidez-moi. Vous n'iriez pas jusqu'à Wells, si un membre de votre famille était malade ?

Il ne répondit pas. Je versai un peu de cidre dans la tasse et en respirai l'arôme.

— Peut-être pourriez-vous l'allonger un peu avec de l'eau. Il délire assez comme cela. Enfin, si votre eau est potable.

Cowdray accepta de reprendre la cruche, dont il fixa un instant le liquide fermenté.

— Il y a quelqu'un qu'on peut aller chercher. Herboriste et chirurgien.

— Il est bon ?

— Il paraît.

— Il habite loin ?

— Près de Saint-Bénigne. Cinq minutes. A pied.

— Qu'attendez-vous alors ?

Bien entendu, c'était l'homme providentiel du coin.

Le type de guérisseurs qui jouissaient d'une connaissance ancestrale des herbes et des plantes. Des praticiens que, à Londres, Jack Simm évitait comme la peste, de peur d'être pris pour l'un d'eux. Car ils étaient victimes de la persécution orchestrée par ces bureaucrates au nez crochu de l'Université royale de médecine.

La vie était moins dangereuse pour ces hommes ici, où il existait très peu de médecins agréés. Et encore moins de criminels et d'étrangers pour dénigrer les remèdes et autres poudres prétendument magiques fabriquées à partir de pierres et d'os d'animaux.

Je restai auprès de Dudley et envoyai Martin Lythgoe avec Cowdray chercher ce guérisseur, afin qu'il lui décrivît les symptômes et lui donnât l'argent qu'il exigerait pour venir sur-le-champ. Au moins, mes études et mon travail avec Jack m'en avaient appris suffisamment pour juger des aptitudes de cet homme providentiel.

— Carew ?

Dudley s'efforça de se redresser.

— Parti, dis-je en l'obligeant à se rallonger doucement. Pour Exeter.

— Dieu merci ! Il ne pensera pas que je suis une faible femme.

Une quinte de toux l'empêcha de poursuivre. Il avait laissé une grande partie du cidre dilué en arguant que la boisson le rendait malade.

— Les femmes ne sont pas faibles, Robbie. Je pensais que toi, au moins...

— Je sais, dit-il en roulant sur le côté, le visage moucheté par le reflet des taches couleur rouille des vitres. Je le sais, mon Dieu, je le sais. Mais dis-moi, tu dois me dire... comment peut-on gouverner un pays et tenir son rôle de femme ?

— Avoir un homme sûr pour partager le fardeau du pouvoir peut être d'un grand secours.

Je pensais à Cecil, mais Dudley faillit se mettre à pleurer.

— Cela aurait dû être moi..., gémit-il.

Ses yeux s'étaient remplis de larmes.

— ... cela aurait été si bien. Tout ce pour quoi mon père s'est battu, est mort..., John, et si à mon tour je dois mourir...

— Mon Dieu, tu ne vas pas...

Il leva une main moite pour m'arrêter, puis ferma les yeux et prit une profonde inspiration.

Mais sa bouche se tordit en une grimace, et sa gorge devint si sèche qu'il ne parvint pas à articuler un mot.

Puis ses yeux papillonnèrent et se rouvrirent sur un regard vide, défait.

— Elle vient.

— Qui ?

— La mort. Elle vient pour moi. Je ne l'attendais pas si tôt. Mais Dieu sait que je la mérite.

— Alors… de quoi a-t-elle l'air ? La mort ?...

— D'un vieil homme. Un vieil homme triste.

Je restai sans voix.

— Il me domine et me toise avec une pitié terrible. La lune blanche brille à travers lui. La blancheur luit dans ses yeux. Un regard froid. Tellement, tellement… froid.

En plein délire.

— Et il sait, Dieu me pardonne, *il sait qui je suis.*

Les mains de Dudley agrippèrent les couvertures, à tel point que ses jointures blanchirent. J'entendis des cris d'enfants dans la rue.

— Tu délires, Robbie.

— Je peux voir à travers lui, souffla Dudley, les yeux écarquillés, d'un blanc vitreux. Et il… il sait…

Les dents retroussées, le souffle court.

— John, je ne vaux rien.

— Ne…

— Non ! Je dois te le dire. Me confesser ! dit-il en tournant la tête vers moi. Tu as été ordonné, n'est-ce pas, John ?

— Non ! dis-je en sursautant. Non, non…

— L'aumônier de Bonner ? Le recteur de… je ne sais où…

— Non… dis-je en balayant l'air devant moi. J'ai fait tous les serments nécessaires pour obtenir un revenu du rectorat d'Upton. Je ne guéris pas les âmes, alors je te défends de me dire quoi que ce soit !

— Dieu me pardonne, elle n'était pas bien dernièrement.

— *Elle* ?

Ne lui demande pas, ne lui demande pas, ne…

— Qui ? soufflai-je, presque malgré moi.

L'espace d'un moment, il resta silencieux, étendu dans l'aura rougeâtre qui filtrait à travers la vitre opaque, telle une effigie dans sa tombe.

Les secondes s'égrenèrent. Puis les mots cascadèrent de sa bouche, comme les flèches de quelque esprit malfaisant qui aurait pris possession de lui, empoisonnant ses pensées.

— Je me suis surpris à espérer à moitié qu'elle… disparaisse de ma vie.

Se hissant sur un coude, il me transperça du regard, comme si nous n'étions pas seuls dans la pièce.

— On ne peut espérer ce genre de choses *à moitié*, n'est-ce pas ? reprit Dudley avec un faible sourire, où perçait une souffrance proche de l'agonie. J'espérais… qu'elle disparaisse…

— Robbie…

— … dans la nuit. Qu'elle succombe rapidement, dans les heures noires précédant l'aube, d'une maladie quelconque.

— Tu ne sais pas ce que tu dis.

— Sans douleur. Je n'ai jamais souhaité qu'elle souffre.

Je détournai le regard. Priai pour ne pas être là. Pour ne pas comprendre ce qu'il disait.

Je me recroquevillai dans ma bulle, car je savais qu'il avait épousé Amy Robsart, la fille d'un propriétaire terrien, à dix-huit ans, quand il avait compris qu'il n'aurait aucune chance de gagner la main d'Elisabeth.

Mais à présent il était plus proche d'Elisabeth qu'il ne l'avait jamais été, scandaleusement proche, à tel point qu'elle lui avait offert des cadeaux, des terres, pendant qu'Amy…

Amy vivait à la compagne.

— Il sait, murmura Dudley, je peux te dire que le vieil homme le sait.

— Ton père ? L'ombre de ton père hante tes rêves ?

— Pas mon père, et ce n'est pas un rêve. J'ai peut-être la fièvre, mais je sais que… je ne rêve pas.

Sa tête s'enfonça dans l'oreiller comme si elle eût été de plomb. Je devinai qu'il était allé à l'abbaye la nuit dernière pour rechercher une forme d'absolution et de… réconfort. Peut-être le contraire.

— Au lieu de cela, c'est moi qui vais mourir. Et pas pendant la nuit. Là, en pleine lumière, pour que tout le monde puisse me voir.

Sa respiration s'était approfondie.

— Pour que tout le monde puisse me voir.

— Le médecin est en chemin, dis-je, paralysé par l'effroi.

XII

Tour de guet

Quelques instants plus tard, alors que le soleil inondait maintenant la pièce de ses rayons lumineux, malgré l'opacité des vitres, Robert Dudley avait plongé dans un sommeil réparateur.

Réparateur pour moi, du moins.

Encore une fois, je ne suis pas doué pour ce genre d'affaires. Un homme tranquille, un érudit. Un mathématicien et astronome, qui ne comprend rien à la géométrie de l'amour ni aux trajectoires erratiques du désir. Et lorsque ce désir est enflammé par l'ambition, alors que Dieu nous vienne en aide !

Je m'éloignai du lit couvert de miasmes et m'approchai de la fenêtre.

Pour réfléchir à la fièvre qui provoquait la confusion et la maladie qui faussait les sens. Comment un homme capable d'affronter avec bravoure un ennemi visible pouvait-il se muer en enfant apeuré quand l'ennemi était à l'intérieur même de lui ?

Qui n'avait pas, en des moments angoissés, laissé les idées les plus folles s'insinuer dans son esprit ?

Mais maintenant, les pensées imprudentes de Dudley étaient ancrées dans *mon* propre esprit. Et cette démonstration momentanée de culpabilité intérieure, cachée derrière l'arrogance et le badinage habituels, n'était pas près de s'effacer de ma mémoire. Pas plus que les implications de ses aveux.

Il était de notoriété publique que Dudley aspirait à faire partie du Conseil privé et que Sa Majesté avait promis de lui donner bientôt un titre plus honorifique encore que celui de grand écuyer. Je me remémorai le jour précis où j'avais éveillé en lui ce qui deviendrait un réel intérêt pour l'astronomie. *Je veux explorer ce domaine, docteur Dee*, avait-il dit, alors âgé de treize ans – alors que j'en avais vingt et un. *Je veux être parmi les étoiles.*

Et s'il avait réellement vu la mort en face la nuit dernière ?

S'il était mort ?

J'agrippai le rebord de la fenêtre. Et s'il ne mourait pas ? Quand il aurait surmonté la maladie, devrais-je lui rappeler les paroles qu'il avait prononcées au plus profond de son délire ?

Et voyez-vous, le pire de cette histoire... est ceci : avec tous les dangers qui menaçaient la reine Elisabeth, il n'y aurait en effet plus fidèle et plus fiable époux que Robert Dudley lui-même.

Je le savais. William Cecil, au plus profond de lui, le savait lui aussi. Et bien sûr, la malheureuse Amy le savait.

Morose, je me tenais devant la fenêtre de l'auberge des pèlerins, et réalisai que, pour la première fois, j'observais la ville de Glastonbury à la lumière du jour.

Elle bourdonnait d'activité matinale... le ballet familier des charrettes remplies à ras bord, les femmes chargées de paniers, les enfants, les chevaux et les chiens, le bourdonnement des voix.

Perdu dans mes propres pensées, je n'eus pas immédiatement conscience de ce qui ici était incongru, déplacé. Comme si les braves habitants de Glastonbury avaient oublié l'édifice qui se dressait encore au-dessus d'eux, dans toute sa vaine splendeur.

Ce n'était pas Bristol, pas plus que Bath. Glastonbury n'était rien d'autre qu'un bourg, quelques maisons sans âge agglomérées en face d'un mur, derrière lequel brillait l'écrin doré, et vide, de ce qui était autrefois l'édifice ecclésiastique le plus raffiné et le plus opulent de l'ouest de l'Angleterre.

Deux décennies s'étaient écoulées depuis que ses quarante moines s'étaient exilés, après que leur père supérieur fut torturé, tué et découpé en morceaux.

Que penser de cela ? Je ne pouvais nier l'importance de la Réforme, ni le joug de la papauté. Mais la destruction qui s'ensuivit de tant de nobles édifices et la dispersion des trésors, de tous ces livres – sans parler du massacre des hommes qui les conservaient – me bouleversait autant que le sac de Rome par les Barbares. L'abbaye était la raison d'être de cette ville. Aujourd'hui, elle n'en avait plus aucune.

Pourtant, l'aura de l'abbaye brillait encore. Malgré ses toits arrachés, sa nef dénudée et squelettique, sa tour centrale décrépite, envahie de mauvaises herbes. Même en ce jour blême de février, une douce luminosité émanait de ces pierres dorées, expliquant pourquoi certains habitants refusaient de croire que l'abbaye était morte.

Mais où se cachaient ces croyants ? L'esprit était parti, et les gens dans la rue semblaient ignorer la présence persistante du corps. L'un d'eux connaissait-il le secret des ossements d'Arthur ? Avec la maladie de Dudley, c'était à moi de le découvrir. Ce qui aurait été plus simple s'il ne m'avait été aussi pénible de discourir avec les gens du commun.

Posté devant la fenêtre, je secouai la tête, désemparé. Un homme de lettres, incapable de la moindre conversation anodine. Là où Dudley aurait impressionné les hommes et charmé les femmes, je n'éveillerais que les soupçons.

Des bruits de pas dans l'escalier.

Je me détournai de la fenêtre et traversai rapidement la pièce, désireux de discuter avec le médecin de la condition de Dudley hors de sa présence. Mais à peine avais-je franchi ma porte que le médecin passait devant moi sans me jeter un regard et pénétrait dans la chambre du malade.

J'en conçus une amère déception.

Car il semblait que ce fût bel et bien un médecin, et non le guérisseur local tant espéré. Il était vêtu d'une longue cape noire, une capuche plaquée sur son visage pour éviter tout risque de contagion.

Le corpulent Cowdray le suivait de près, un gros sac noir à la main.

Des « renifleurs de pisse », comme on les appelait. Les derniers que je consulterais si j'étais malade. Ils avaient beau faire étalage de documents certifiant leur autorité en la matière, la plupart d'entre eux étaient des ignorants. Pire, ils n'avaient aucune intuition pour guérir les patients.

Avant même que je pusse ouvrir la bouche, Cowdray lui avait résumé la situation et était ressorti de la chambre. La porte se referma derrière lui, et les verrous furent tirés. Je me sentais impuissant, conscient que, dans ma vieille robe de chambre effilochée, je passais pour un simple serviteur.

— Vous voulez peut-être déjeuner, docteur John ? me

dit Cowdray. Ne vous inquiétez pas, votre collègue est en de bonnes mains.

— J'en suis sûr, répondis-je.

Quand la servante m'eut apporté du fromage, du pain et une cruche de bière, je demandai à Cowdray et Martin Lythgoe de partager mon repas. Je ne voulais pas que l'aubergiste s'imaginât que je me considérais supérieur à lui. Ni que quiconque eût peur de me parler.

Dr John, un homme ordinaire.

Quelque chose encouragea apparemment Cowdray à aborder le sujet qui me troublait depuis notre arrivée avec Carew. Il ôta son tablier, s'assit à la table baignée des rayons du soleil matinal et rompit un morceau de pain.

— Vous cherchez quelque chose en particulier ? me demanda-t-il à brûle-pourpoint.

— Mon domaine d'expertise se rapporte aux documents, répondis-je avec prudence. Les manuscrits et les livres.

Cowdray fixa le pain dans son assiette.

— Comme Leland ?

Il ne leva pas les yeux sur moi. Bien sûr, il avait rencontré John Leland, le collectionneur du roi Henri VIII qui arpentait les terres de l'Ouest, et dont la mission était bien plus importante qu'il ne l'avait prétendu. Comme son projet d'inventaire était en fait une simple couverture, je n'avais pas imaginé que nous pourrions être perçus… comme des successeurs de Leland.

Mon Dieu.

— Un type amical, poursuivit Cowdray. Un érudit et un gentilhomme. Rien à voir avec l'idée qu'on se fait de l'Ange de la Mort.

Que répondre à cela ? Je doutais que Leland, tout à son inventaire des trésors monastiques, eût idée, à ce stade de son voyage, de l'utilisation que Thomas Cromwell ferait des informations recueillies après la Réforme de l'Eglise. Un inventaire qui s'avéra fort précieux pour Henri.

— Je n'aurais pas dit ça devant Sir Peter Carew, dit Cowdray, mais les gens d'ici ne sont pas près d'oublier Leland.

Je soupirai.

— L'homme était en mission. Il a dit à tout le monde que le roi voulait tout savoir des grandes œuvres conservées aux confins de son royaume. Dix ans plus tard, il est revenu, mais ce n'était plus qu'un champ de ruines, et il n'a pas semblé s'en rendre compte. Il paraissait heureux de dessiner des cartes. Tout ce que je dis… Vous feriez mieux de ne pas trop parler de votre mission. Vous pourriez être mal compris.

— Je peux vous assurer que les intentions de la reine…

— Bien sûr, puisqu'il ne reste plus rien dans cette ville. Rien d'autre que de la laine et des pommes.

Je ne savais pas quoi dire. Quand Leland était retourné à Glastonbury, quelque quinze années après sa première mission, il avait pour objectif d'établir la topographie de chaque comté du royaume. Une tâche bien trop lourde pour un seul homme, qui semblait avoir précipité sa folie.

Une folie sans doute aussi due à la culpabilité qui l'avait rongé, quand il avait découvert les conséquences tragiques de sa première mission. Tous ces livres, dont la vision première avait fait naître en lui *stupeur et crainte*.

— Qu'est-il advenu des livres de la bibliothèque de l'abbaye ?

Cowdray caressa sa barbe rousse naissante.

— Quelques-uns ont été emportés par les hommes du roi. Ceux aux reliures dorées, j'imagine. Les vieux livres noirs… jetés en tas. Après le départ des moines, il ne restait plus beaucoup de gens qui s'intéressaient aux livres. Du moins à leur lecture.

— Que sont-ils devenus ?

— On peut faire un bon feu avec un livre.

Cowdray esquissa un sourire triste en voyant ma réaction.

— Cela vous fait de la peine, docteur ?

Je n'osai répondre que les livres étaient à mes yeux plus précieux que l'or, et me contentai de hocher la tête d'un air accablé.

— Ecoutez, peut-être que quelques ouvrages ont été sauvés. Peut-être que les moines en ont pris certains. D'autres ont pu être emportés à Wells, ou ailleurs. Et conservés. Personne ne pensait que cette situation était définitive. Les étrangers ne se rendent pas compte du pouvoir que l'abbaye avait autrefois. Son domaine s'étendait à des kilomètres à la ronde, jusque dans les Cornouailles, le pays de Galles. Comme un grand phare, dont la lumière ne s'éteint jamais.

— Vous avez soutenu l'appel à la reine Marie ? demandai-je. De restaurer l'abbaye ?

— Comme tout le monde ici. Pas pour des raisons très religieuses, en ce qui concerne la majorité d'entre nous. On espérait seulement qu'elle retrouve sa prospérité. Oui, on est sur la route d'Exeter, beaucoup de voyageurs passent par ici, s'arrêtent pour la nuit… Personne ne meurt de faim. Mais autrefois, les pèlerins étrangers dépensaient leur argent ici, buvaient tout le vin et le cidre qu'on pouvait leur fournir. Des temps heureux, docteur…, ajouta Cowdray en souriant. J'étais jeune à l'époque.

— Les pèlerins venaient vénérer les ossements des saints. Qu'en reste-t-il ?

— Des pèlerins ?

— Des ossements ?

Il me jeta un regard soupçonneux, qui me donna à penser que la venue de Carew ici nous avait octroyé une certaine garantie.

— Les ossements. C'est pour ça que vous êtes venu ?

— En partie.

— Je ne sais pas où ils sont. Disparus. De la terre, en tout cas.

— Tous ?

— Peut-être. Certaines personnes vous renseigneraient mieux que moi.

— Ont-ils été emportés par les hommes du roi ou bien… mis en lieu sûr ?

Il clignait des yeux à présent, visiblement inquiet, et je n'espérais guère une réponse sincère.

— Ecoutez, repris-je, je suis un simple fonctionnaire. Je ne cherche à persécuter personne. Je ne donnerai aucun nom. Maître Roberts et moi, nous rapporterons seulement une liste de ce qui reste et de ce qui a disparu. Alors, dites-moi… qui pourrait me renseigner à propos des ossements ?

— L'homme aux os ?

Je patientai. S'agissait-il d'une plaisanterie ?

— Benlow, l'homme aux os. Il les collectionne. Les gens lui apportent des ossements et il les achète pour les revendre aux pèlerins. Enfin, c'était ce qu'il faisait autrefois. Apparemment, son commerce n'est plus très prospère aujourd'hui.

— Il est connu pour son commerce ? Sans être… ?

— Inquiété par la loi ? Quel crime a-t-il commis ? On pourrait sûrement lui en trouver, mais personne ne l'a fait.

Cowdray se leva pour ajouter une bûche dans l'âtre.

— Plus il y a d'ossements, plus les pèlerins considèrent cet endroit comme sacré, et ce lieu est le plus saint entre tous.

Il rompit un morceau de pain et y étala du fromage.

— Vous le pensez vraiment ?

— Le Christ lui-même a arpenté ces collines. Vous feriez mieux de le croire.

J'observai les flammes qui léchaient les bûches de pommier dans la cheminée, tandis que les rayons du soleil caressaient le sol dallé.

— Les gens ont dû beaucoup souffrir quand les moines ont été exilés.

Je perçus une lueur de panique dans son regard.

— Tout va bien. Vous avez ma parole…

— Oui, répondit-il en laissant son regard errer par la fenêtre. Le jour où ils ont emmené le père Whiting sur le Tor, c'était la fin du monde. Un homme de bien. On ne peut pas en dire autant de tous les pères supérieurs, je dois le reconnaître, mais c'était un vieil homme bon et doux. Il n'a jamais tourné le dos à la ville.

— Vous… vous avez vu ce qu'ils lui ont fait ?

— Je les ai vus le ficeler à une claie, le traîner dans la rue principale...

Le visage de Cowdray était illuminé par le soleil, mais ses paroles émanaient des ténèbres.

— … sa carcasse rebondissait sur les pavés. Un vieil homme, frappé, battu et découpé en morceaux comme un vulgaire voleur. Pourquoi ?

Je restai sans voix. Je pensais à un homme affable du nom de Barthlet Green qui avait partagé ma cellule dans les appartements de Bonner, avant d'être brûlé sur le bûcher.

— Je ne crois pas qu'il ait compris ce qui lui arrivait, reprit Cowdray. Ou alors il s'en moquait…

Ses yeux étaient clos.

— … bien sûr, il y avait la clameur de la foule, le son des trompettes, comme s'il s'agissait d'une fête. Les gens sont parfois si stupides. Tous suivaient le convoi qui se dirigeait vers le Tor. Je n'ai pas pu le supporter. Je suis rentré à l'auberge et j'ai servi mes clients.

— Le Tor ?

— La colline, docteur, dit Martin Lythgoe. Avec une église au sommet, qui s'est écroulée lors d'un tremblement de terre. Il faisait trop sombre hier soir pour qu'on la voie.

— Bien sûr. C'est là que le père a été exécuté ?

— Certains disent que c'est la colline du diable, répondit Cowdray. C'est pour ça qu'une église a été bâtie au sommet et qu'elle s'est écroulée. Ils disent que, près de chaque lieu saint, le diable choisit un point élevé pour établir sa tour de guet. Et, oui, c'est là qu'ils ont pendu le père Whiting, ainsi que deux moines. Ensuite, ils l'ont détaché et ont découpé son corps en quatre, puis les morceaux…

— Je sais ce que cela implique.

— Pour qu'il ne trouve jamais le repos.

Je levai les yeux en voyant arriver une femme qui s'assit à une petite table près de la porte. A l'évidence, ce n'était pas une servante : elle ne portait pas de tablier et n'avait pas été invitée à entrer.

— Voilà pourquoi les gens ne s'aventurent pas dans l'abbaye après la tombée de la nuit. Pourquoi ils ne volent plus de pierres. Ils verront l'aura du père Whiting briller dans la nef. Puis, s'ils retrouvent leurs esprits, ils laisseront tomber leur butin et s'enfuiront à toutes jambes. Sinon, le père en personne se tiendra devant eux, dans son habit habituel.

Je vis Martin Lythgoe tressaillir. La femme assise

dans le coin de la pièce demeurait immobile, et je me demandai s'il s'agissait de l'épouse de Cowdray. Elle avait de longs cheveux noirs qui flottaient sur ses épaules et portait une robe d'un bleu passé avec un corset lâche autour de la taille.

— Si vous bâtissez un mur avec une pierre volée, dit Cowdray, vous devez vous agenouiller et faire pénitence tous les matins pendant sept semaines. Sinon, votre maison ne sera jamais en paix.

— Un bon moyen parmi d'autres, murmura la femme, pour empêcher les gens de piller l'abbaye. D'autant que cela raffermit les genoux.

Cowdray se tourna vers elle.

— Je… je ne vous avais pas entendue entrer.

— Faites-moi savoir quand votre surdité grandissante méritera une consultation.

— Ah ! Comment va maître Roberts ?

— Il dort. Plus il dormira, plus il aura de chances de guérir.

Soudain, les panneaux de bois de la pièce parurent s'incurver. Au moment où je compris que cette jeune femme était le médecin de Dudley, une voix s'insinua dans mon esprit.

Il me domine et me toise avec une pitié terrible. La lune blanche brille à travers lui. La blancheur luit dans ses yeux. Un regard froid. Tellement, tellement… froid.

XIII

Elixir

Les fantômes… On m'avait souvent posé des questions à propos des fantômes, mais que pouvais-je en dire, moi qui n'en avais jamais vu ?

Aurais-je souhaité en voir un ?

Bien sûr. Mon Dieu, oui. Et pourtant…

Attendez. Laissez-moi vous expliquer ceci simplement, d'un point de vue scientifique, mais sans utiliser de symboles ésotériques, je vous le promets.

Il y a, comme chacun sait, trois sphères : le monde naturel, le monde céleste, ou astral, et le monde supracéleste, où résident les anges. Il existe des preuves, dans certains livres interdits, que des êtres vivants ont exploré, par la pensée, le royaume astral où ils sont demeurés un temps. Pas moi. Je n'y suis jamais allé. Entendez-moi bien : mes propres recherches suggèrent qu'il s'agit d'une expérience malsaine et dangereuse, à cause de ce qu'on risque de rapporter dans le monde naturel. Notre monde. Donc, mes travaux, comme je l'ai souvent affirmé, visent à la communion avec la sphère supracéleste, siège de la vérité et la lumière. Pas des fantômes, que les réformistes cherchent à bannir de nos croyances, tout comme le purgatoire catholique.

Que dire alors des morts qui marchent ? Eh bien… si un être vivant peut explorer un royaume supérieur, il s'ensuit qu'un être mort peut revenir dans un monde inférieur – notre monde – et y séjourner. Suffisamment longtemps, semble-t-il, pour terroriser tous ceux qui apercevraient son ombre. Une peur née de l'idée que la seule raison qui pousserait une femme ou un homme à revenir dans notre monde, dépourvu de corps, est qu'ils l'ont laissé dans un état de déséquilibre qui les empêche de s'élever dans la lumière de Dieu. Et que la présence de cette ombre parmi nous est nécessairement *mauvaise*.

— Laissez-moi vous rassurer, dit le médecin. Il n'y a aucun signe de mort imminente chez maître Roberts. J'ai recherché chez lui tous les symptômes et n'ai rien trouvé de manifeste.

— La variole ?

— C'est plutôt la maladie du charbon qui sévit dans cette ville, et la fièvre peut en être un signe. Mais on la trouve rarement chez un homme de la ville. J'ai tendance à penser qu'il s'agit d'une fièvre moins sérieuse… De plus, il est jeune et vigoureux.

Je hochai la tête, plutôt soulagé.

— Quoique son esprit soit très troublé, ajouta la doctoresse.

Nous étions dans la cour, derrière le George, et les nuages avaient englouti le soleil. L'air était plus chaud qu'à Londres, mais avait encore le tranchant de février. Pourtant, la jeune femme portait son manteau sur un bras et avait remonté la manche de l'autre jusqu'au coude, exposant une peau mouchetée comme un œuf de poule.

— Troublée, madame ?

— Oh ! dit-elle en haussant légèrement les épaules. Il a marmonné des paroles… angoissées. Mais aucune intelligible, ajouta-t-elle aussitôt. Non, rien de clair.

— Des paroles ?

... j'espérais... qu'elle succombe rapidement, dans les heures noires précédant l'aube, d'une maladie quelconque...

Peut-être avais-je pâli.

— Quoi qu'il en soit, dit-elle, ce n'est pas le premier que je vois avec une telle fièvre cette semaine. Mes patients venaient de France ou d'Espagne. Où avez-vous fait halte la nuit dernière ?

Quand elle sut que c'était à Bristol, elle hocha la tête, comme si cela constituait une explication plausible. Dans la cour, un des gamins de Cowdray apportait du foin dans les écuries. La doctoresse me vit observer son bras nu et, fronçant les sourcils, elle déroula sa manche.

— Je le reverrai dans deux jours. D'ici là, il devra garder le lit.

— Et comment me suggérez-vous de l'obliger à faire cela ?

Elle sourit, les dents de devant se chevauchant légèrement. Elle était plus jeune que je ne l'avais cru au premier abord, dans la pénombre de l'auberge. Surtout étant donné son activité. A Londres, je ne connaissais aucune femme qui exerçait la profession de médecin, seulement des femmes avisées qui travaillaient dans l'ombre, et je n'aurais jamais imaginé qu'il pût en être autrement ici.

— Dois-je en déduire que vous l'avez aidé à dormir ?

— Une potion inoffensive, croyez-moi.

— Qui contient ?

— Essentiellement de la valériane et du houblon.

Je hochai la tête. Jack Simm aurait approuvé.

— Les autres ingrédients sont à ma discrétion. Soyez sûr que le repos fera merveille. La viande n'est pas nécessaire – non pas qu'il en ait réclamé –, mais vous devriez vous assurer qu'il dispose d'autant d'eau fraîche que possible. Et d'un grand pot de chambre, car l'urine lui permettra d'évacuer la fièvre. Oh !... et il vaudrait mieux qu'il boive de l'eau de la source sainte.

— Ah ?

En quoi une source pouvait-elle être sainte, voilà la question que je me posais.

— Prier ne suffit donc pas ?

— La source est renommée pour ses vertus tonifiantes. Son eau est rougeâtre, comme... du sang.

— Ou du fer ?

— Ou du fer. La « source sainte », reprit-elle avec une patience infinie, est une simple appellation.

— Et où se trouve cette source ?

— Le fils de maître Cowdray la montrera à votre serviteur.

— J'aimerais bien la voir de mes propres yeux.

Pourquoi avais-je formulé cette requête, je ne le savais pas vraiment.

— Eh bien... je suppose que je pourrais vous y emmener. Ce n'est pas très loin d'ici.

Il ne faisait aucun doute que le temps passé à me guider vers la fameuse source serait ajouté à sa note. Mais j'avais le sentiment que cette balade ne serait pas inutile, car je soupçonnais cette jeune femme d'avoir bien peu de chose en commun avec les renifleurs de pisse habituels.

— Merci. Madame... ?

— Borrow.

Elle défroissa son manteau et le drapa sur ses épaules.

— Eleanor Mary Borrow. Souhaitez-vous que votre serviteur nous accompagne ?

— Ce n'est pas mon serviteur.

Martin Lythgoe était allé s'enquérir de la santé de son maître, me laissant le soin de payer le médecin. Je récupérerais mon argent quand Dudley serait suffisamment remis pour délier sa bourse. Dame Borrow se pencha pour saisir sa sacoche, mais je fus plus prompt.

— Puis-je… vous la porter ?

Elle haussa les épaules.

— Si vous voulez.

A Londres, il aurait été considéré comme inconvenant pour un homme d'accompagner seul une jeune femme qu'il connaissait à peine, mais elle ne semblait pas s'en inquiéter. Sans doute à cause de son statut de médecin, supposai-je.

La sacoche devait contenir des poches intérieures, car les potions, les sangsues et autres fioles ne s'entrechoquèrent pas lorsque je passai la bandoulière sur mon épaule.

— Je n'ai rien à cacher là-dedans, dit-elle, si c'est ce que vous pensez.

— Non, non, je ne…

Même ma piètre tentative de me montrer chevaleresque était mal interprétée.

— Où avez-vous fait votre apprentissage, madame ?

— Oh !…

Elle marchait d'un pas vif en direction du portail.

— … j'ai étudié durant plusieurs années.

— Vous ne semblez pas assez âgée… pour avoir étudié durant *plusieurs* années, répondis-je en croisant brièvement son regard.

Elle s'arrêta devant le portail, la main sur la clenche, et leva sur moi un regard surpris.

— Je n'ai pas l'air d'avoir soixante ans ? Quelle merveilleuse chose que l'élixir de jouvence de mon père !

— Plutôt miraculeux en effet. Quel âge a votre père ?

— Oh !… il ne doit pas être loin des quatre-vingt-dix ans, mais il en fait à peine cinquante.

Se détournant vivement, elle ôta le verrou dont le bruit aurait pu étouffer un rire.

— Vous avez repris l'activité de votre père ?

— Et de ma mère. Même si ma pauvre mère est décédée depuis… un moment.

Le portail ouvrait sur un carré de pelouse où s'ébattaient une demi-douzaine d'oies, le long de la rue principale. Je suivis Eleanor Borrow sur un sentier de terre qui longeait la route.

— Vos deux parents étaient médecins ?

— Mon père l'est toujours - c'est le meilleur de la région. Il serait revenu avec maître Cowdray pour soigner votre ami, mais il a été appelé au chevet d'une vieille femme sur le point de quitter notre monde. Non, ma mère se servait des herbes. Mon père les utilise aussi.

— Et vous en faites pousser ?

— Je les cueille… sur les terres.

Décidément, les membres de cette famille ne ressemblaient en rien aux médecins qui exerçaient à Londres. Il me semblait plutôt que le guérisseur providentiel avait épousé la femme avisée. Ce qui pour moi constituait une bouffée d'air frais. Mais Eleanor Borrow ne pouvait s'en douter. Devant nous, pâle comme la cendre, se dressait une haute et élégante tour. L'église Saint-Jean-Baptiste, supposai-je, d'après mes lectures. Leland la disait *juste et lumineuse*.

— Une fière église, déclarai-je.

— Bâtie par le père Selwood, il y a un siècle.

— Et qui s'en occupe aujourd'hui ?

— Qui s'occupe de quoi que ce soit ?

Elle poursuivit son chemin, ses cheveux bruns libérés de toute coiffe flottant au vent. Nous traversâmes la cour de l'église et émergeâmes en haut de la rue principale, où un boulanger semblait très affairé, tandis qu'un commerçant paraissait peiner à vendre les peaux de mouton entreposées dans sa charrette. Je suivis Eleanor Borrow le long de la rue qui se rétrécissait pour partir à l'assaut de la colline, en passant devant un chantier de construction qui jouxtait le mur de l'abbaye. Sans doute l'idée était-elle de se servir des pierres du mur pour construire de nouvelles maisons, mais personne ne travaillait sur le site. Je me remémorai alors les paroles de Cowdray.

Si vous bâtissez un mur avec une pierre volée, vous devez vous agenouiller et faire pénitence tous les matins pendant sept semaines. Sinon, votre maison ne sera jamais en paix.

Une fois de retour à l'auberge, Eleanor Borrow parut sceptique. Je l'interrogeai de nouveau :

— Le fantôme du père Whiting… vous pensez qu'il rôde par ici ?

— Je n'ai pas dit cela. J'ai dit que certaines rumeurs pouvaient décourager les gens de voler des pierres.

— Mais vous, vous croyez qu'il existe ?

— Cela ne me surprendrait pas. Le pauvre homme avait bien peu de raisons de trouver le repos. Mais comme je ne vais jamais là-bas, cela ne me regarde pas.

— Vous ne semblez pas effrayée.

— Parce que je me souviens du père Whiting. De… Quand j'étais enfant. Je le revois arpenter les rues de la ville, pas très loin d'ici. Il s'arrêtait pour nous parler, à ma mère et moi. Son visage… Je me rappelle son sourire ridé, la douceur de son regard, comme…

Elle leva les yeux sur moi.

— Longtemps, j'ai cru voir le visage de Dieu.

— Quel âge aviez-vous ?

— Trois ou quatre ans.

Des gens nous dépassèrent pour entrer dans l'église Saint-Jean-Baptiste. Au bord de la route, un jeune homme pinçait maladroitement les cordes d'un luth rapiécé, un autre battait un tambour en peau de chèvre, tandis que des poules picoraient autour d'eux. Un bref instant, j'eus la curieuse impression que tous ces gens jouaient un rôle dans une pièce et feignaient de vaquer à leurs activités ordinaires, alors que la vraie vie avait lieu à un autre niveau.

— Au moins, contrairement à l'abbaye, l'église est bien fréquentée. Possède-t-elle une bibliothèque ?

— Je ne sais pas. Elle le devrait ?

— Tout édifice religieux devrait posséder une bibliothèque.

— Pourquoi ?

Pressant le pas, elle s'éloignait à présent du centre de la ville.

— Parce que…

Ma respiration s'accéléra tandis que je m'efforçais de suivre son rythme.

— … c'est seulement par le biais de la connaissance que nous pouvons espérer atteindre…

Les mots moururent sur mes lèvres. Je me sentis brusquement stupide. Et maladroit. Eleanor Borrow s'arrêta à l'orée d'une piste étroite bordée de grands arbres et se tourna vers moi.

— Et la connaissance ne peut être acquise qu'au travers des livres ?

Puis elle entama l'ascension de la piste.

— Eh bien, non, mais le procédé de l'apprentissage en est assurément plus rapide.

— Toute connaissance peut être apprise par ce biais ?

— En majeure partie, oui. D'après mon expérience.

Elle s'arrêta devant un muret doté d'un échalier. Elle s'écarta pour me permettre de grimper sur le muret et de sauter de l'autre côté. Puis je lui donnai la main pour l'aider à me rejoindre. Sa main, nue, était différente de la douceur du gant rose de la reine. Son contact déclencha en moi une sensation gênante, de sorte que je la lâchai dès qu'elle fut au bas de l'échalier et me détournai pour masquer la rougeur qui empourprait mes joues.

— La source est par là, me dit-elle.

Elle pointa du doigt un bois dans lequel s'insinuait un chemin usité, et j'eus le sentiment qu'un rire moqueur grandissait en elle.

Un rire paraissant se traduire par le croassement rauque d'un corbeau, qui m'incita à lever les yeux, avec un mélange d'appréhension et de déplaisir, sur un interstice entre les arbres où apparaissait un monticule semblable à un gigantesque terrier de taupe.

A son sommet, la silhouette noire et effilée d'une tour de pierre se découpait sur les nuages, droite comme la tige d'une pomme.

XIV

La chair mortifiée

Derrière la tour, les nuages étaient d'un blanc étrange et aveuglant, et la colline d'un vert plus vivace que d'ordinaire en février. Cette image troublante me donna une sensation de fracture qui me déplut. Oui, une fracture interne : une partie de moi brûlait de s'élancer jusqu'au sommet, l'autre de fuir à toutes jambes.

— Si proche de la ville, dis-je, et pourtant…

— Mais elle n'en fait pas partie. C'est un lieu à part.

Nous demeurâmes immobiles un moment en silence. Aucun oiseau ne chantait.

La colline était étagée de terrasses, comme les monts des châteaux de la région de ma famille, brûlés et détruits durant les guerres de Glyndwr.

Mais jamais je n'avais vu de colline aussi imposante, aussi pentue, avec cette forme conique si particulière.

Une apparition étrange, comme si elle avait été plantée là, de la main de l'homme – ou des anges – dans un but précis.

De plus, elle m'était vaguement familière.

Sans doute en avais-je vu une gravure dans un livre.

— Alors, c'est un tremblement de terre qui a détruit l'église ?

— Il y a trois cents ans. Seule la tour a résisté. L'église a été rebâtie après la catastrophe, mais elle semble toujours n'être qu'une tour. Après la Réforme et ce qui est arrivé au père Whiting, l'église a été abandonnée, les cloches, volées. Maintenant les gens se posent des questions…

— Lesquelles ?

Ses yeux papillonnèrent.

— Qui a provoqué ce tremblement de terre ? L'église a-t-elle été réduite en poussière par la main de Dieu ? Ou bien est-ce l'œuvre de Satan ?

Elle désigna du doigt la tour, qui paraissait ratatinée en raison de notre proximité de la colline.

— N'est-ce pas là le doigt de Satan ?

— Que voulez-vous dire ?

Un serpent pâle et brumeux s'enroula autour de la tour, jetant sur le blanc du ciel un voile granuleux, telle une bruine de suie. On eût dit que la tour était la cheminée d'un feu qui se consumait dans le cœur de la colline.

— On dirait un menhir. La pierre des druides ? Tout le monde sait que, bien avant la venue de Notre Sauveur, cet endroit était un lieu de culte des druides. On dit même que les compagnons de Merlin se réunissaient ici.

Ma poitrine se serra.

— Le Merlin d'Arthur ?

— On dit aussi que l'intérieur de la colline était le point de rassemblement du roi des fées, qui chevauchait dans le ciel tourmenté avec les chiens de l'enfer issus de la chasse sauvage. Alors, vous voyez, pour les religieux, cette tour est le doigt de Satan.

Eleanor Borrow laissa retomber son bras, puis s'éloigna.

— La source sainte n'est pas loin.

La plupart des sources saintes que je connaissais étaient affublées d'un statuaire, même grossier. Celle-ci n'était nullement ornementée. Des pommiers biscornus formaient un cercle irrégulier autour, et leurs branches s'arquaient au-dessus de la source, comme pour la sertir dans un écrin.

L'eau cascadait et tourbillonnait avec une rare puissance. Je me penchai et recueillis un peu de liquide rougeâtre dans mes mains en coupe.

Elle avait un goût de fer, comme je m'y attendais. Le fer pour la force.

— De nombreuses personnes ont été guéries grâce à elle, dit Eleanor Borrow en s'agenouillant dans l'herbe. Des pèlerins.

— Et des habitants du coin ?

— Oui, aussi. Les remèdes les plus puissants émanent des pierres et des plantes. Mais vous savez maintenant pourquoi cette source devrait s'appeler la « source sainte ».

Je plongeai dans son regard vert et m'efforçai de ne pas cligner des yeux.

— Ce n'est pas le cas ?

— Non, répondit-elle en souriant. On l'appelle la « source du sang ».

— Le sang de qui ?

— Ah !…

Un doigt sur les lèvres. Mon cœur s'emballa.

— Quel genre de docteur êtes-vous ?

— Oh !… certains estiment que je n'ai rien d'un docteur, comparée à mon père, qui a étudié dans de grandes universités. Que sais-je des sangsues et de l'équilibre des humeurs ? Pas grand-chose. J'ai quelques notions de chirurgie. Et je connais les herbes. Ce qui est le plus important, car les plantes recèlent la vie et l'énergie de la rosée. Certaines plus que d'autres. Si on sait où et comment les faire pousser. Et quand.

— Qu'entendez-vous par là ?

J'éprouvais un regain d'intérêt à présent. Eleanor Borrow avait enroulé une mèche de sa chevelure brune autour de son index, ce qui lui conférait un air incroyablement juvénile. Elle avait sans doute un peu plus de vingt ans, mais à ce moment-là, elle paraissait à peine plus âgée que la bonne de ma mère, Catherine Meadows.

Il y avait une certaine… asymétrie dans ses traits qui me donnait envie de les étudier tout à loisir, d'en calculer les proportions.

— Comment déterminez-vous le meilleur moment pour faire pousser les herbes ? demandai-je doucement.

Son expression refléta une légère appréhension, puis ses épaules se détendirent, et elle me répondit tranquillement.

— Certains pensent que le mieux est de planter les graines sous une nouvelle lune et de les récolter au moment d'une pleine lune. Ou bien le contraire. La récolte est plus rentable quand certains corps astraux ont une configuration particulière dans le ciel. Les vertus curatives de certaines planètes peuvent être améliorées en fonction du positionnement de…

Elle s'interrompit en voyant mon expression interloquée.

— Qu'y a-t-il ?

— Où avez-vous appris tout cela ?

— Grâce à ma mère, mais…

Dans son regard brillait une lueur de défiance.

— … j'ai aussi lu des livres.

— Et où avez-vous trouvé ces livres ?

Dans la bibliothèque de l'abbaye, pensai-je, celle qui avait frappé Leland de *stupeur.*

— Passez-moi mon sac, dit-elle. Il y a dedans une fiole que l'on peut remplir pour votre ami. Vous devriez lui en donner avec parcimonie, de petites quantités mélangées à de l'eau ordinaire, pure. Quoique l'eau de Glastonbury ne soit pas vraiment... ordinaire.

— Pourquoi cela ?

A Londres, l'eau était rarement consommée de nos jours.

— Parce que... on dit que l'essence sacrée de ce lieu... imprègne l'eau... souterraine. Même si l'abbaye est en ruine, le lieu lui-même est toujours sacré. Certaines choses ne peuvent être détruites. Des choses qui sont ancrées dans le sol.

— On dit que Notre Sauveur a arpenté ces collines, dis-je en lui tendant le sac. Quand il était enfant.

— Oui.

— C'est pour cette raison que cet endroit est sacré ?

— Ai-je dit « sacré » ?

— Je crois, oui.

— Je voulais dire que ce lieu a un pouvoir. Peut-être à cause de sa source souterraine. Peut-être l'abbaye a-t-elle été bâtie ici à cause de l'inhabituel... Enfin, il semblerait que Notre-Seigneur soit venu ici uniquement parce que...

Elle s'alarma sans doute de mon silence.

— Oh ! Suis-je en train de frôler l'hérésie ?

Pourtant, elle ne paraissait pas s'en inquiéter. Retirant une petite fiole de sa sacoche, elle se pencha pour la remplir du liquide de la source.

Malgré toute l'eau que j'avais bue, ma gorge était sèche. Le soleil avait beau être masqué par les nuages, c'était la première fois qu'il faisait aussi chaud depuis Noël.

Une chaleur suffocante. Pas le moindre souffle d'air. Je me sentais mal à l'aise. Tout, dans cette ville étrange et dysfonctionnelle, me mettait mal à l'aise.

— De quel pouvoir parlez-vous ?

— Je... je ne sais pas. Il remonte sans doute à un lointain passé. Peut-être le ressentirez-vous vous-même, si vous restez ici assez longtemps. Il… il altère le sens des choses.

— On m'a dit que certaines personnes avaient eu des visions.

Elle retira la flasque de la source et la reboucha.

— Qui vous a dit cela ?

— J'ai oublié, répondis-je sans conviction.

Elle rangea soigneusement la fiole dans sa sacoche.

— Je crois qu'on peut en effet dire que des hommes et des femmes ont rapidement sombré dans la folie.

— A cause de quoi ?

— Qui sait ? De ce qu'ils ont vu ou entendu ? Peut-être que personne ne devrait vivre ici. Ce lieu me fait parfois penser à une plaie restée ouverte, qui se gangrène et pourrit. A de la chair mortifiée. Il y a des lieux comme cela, n'est-ce pas ?

— C'est-à-dire ?

— Où les gens peinent à mener une existence normale. Et les moines… les moines recherchent ce genre d'endroit, non ?

— Un moine…

L'excitation m'avait enflammé, tel un charbon ardent dans ma gorge.

— … un moine a le devoir de mettre son esprit à l'épreuve.

— Exactement, dit-elle avec un sourire radieux.

— Mais ils sont tous partis maintenant.

— Auquel cas on pourrait penser…

Elle posa un doigt sur son menton, comme si elle réfléchissait pour la première fois à cette idée.

— … qu'il faut que les moines reviennent pour rétablir l'équilibre.

Puis elle se tut. Je sentais le poids de la colline sur nos épaules humaines, j'avais la sensation que le doigt de Satan égratignait les nuages, un sentiment qui me donnait envie, inexplicablement, de crier.

— L'équilibre ?

— Pour maintenir la paix. Les prières et les chants quotidiens agissent comme un baume. Ils emplissent l'atmosphère.

— N'êtes-vous pas en paix en ce moment ? Le culte de l'église Saint-Jean-Baptiste ne produit-il pas le même effet ?

— Docteur John, ne m'obligez pas à en dire plus.

Je me tus. Elle ne serait pas la première à suggérer que les services anglicans de l'Eglise réformée constituaient un piètre substitut aux vieux rituels qu'elle avait écartés.

— Vous n'êtes pas ici depuis assez longtemps pour connaître cette ville.

— Alors, racontez-moi.

— Les sentiments... Ici, les sentiments sont exacerbés. Quand on essaye de les décrire, cela fait penser à de vieilles querelles amères non guéries, à des disputes, des bagarres de rue...

J'étais frappé par son éloquence et la force de son argumentation. Je repensais à ce que Cowdray avait dit à propos du pouvoir que l'abbaye avait perdu. *Comme un grand phare, dont la lumière ne s'éteint jamais.*

Une lumière apaisante. L'abbaye était là avant la ville, qui avait été bâtie pour la servir.

Et maintenant que la lumière s'était éteinte, la ville était la proie de...

Près de chaque lieu saint, le diable choisit un point élevé pour établir sa tour de guet. Je me croyais passablement qualifié en théologie, mais ce territoire ne m'était pas familier et me donnait l'impression que mes nombreuses années d'expérience avaient bien peu de poids.

Je baissai les yeux sur la source sainte, le liquide rougeâtre, l'eau ferreuse, et sentis de nouveau le poids de l'étrange colline, tel le fardeau d'un bossu.

Il existe des lieux - je le savais - où la terre elle-même nous parlait. Autrefois, les hommes en étaient bien plus proches. Tous les hommes, pas seulement les prêtres. Quand j'y pensais, j'avais parfois le sentiment que même les hommes de Dieu seraient aptes à regagner cette faculté perdue, si la rigidité de leurs croyances ne les empêchait pas d'en faire l'expérience. Je me tournai vers Eleanor Borrow.

— Et les visions ?

Elle tira sa cape sur ses genoux.

— Qui peut distinguer les visions des prémices de la folie ?

— Ou de la possession.

— Oh oui ! La possession existe à Glastonbury. Les démons jouissent d'une rare liberté ici.

— Pourriez-vous... ?

Ma gorge était comme de la terre séchée.

— ... m'expliquer cela ?

— Est-ce important, docteur ?

Elle m'adressa un regard soupçonneux.

— Est-ce important pour votre travail d'inventaire au service de Sa Majesté ?

Comme si elle se réveillait brusquement d'un rêve éveillé... comme si tous deux nous étions victimes d'un sortilège qu'elle devait à tout prix briser.

— Cela m'intéresse, dis-je, c'est tout.

S'emparant de son sac avant que je pusse faire un mouvement, elle s'éloigna entre les troncs de pommier et manqua d'entrer en collision avec le corpulent serviteur de Dudley, Martin Lythgoe.

— Excusez-moi, docteur...

Il avait le visage rouge, les cheveux ébouriffés et la joue égratignée.

— Content d'vous trouver, m'sieur. Mon maître…

Je sursautai.

— Son état a empiré ?

— Non… toujours pareil. Il dormait quand je l'ai quitté. C'est juste qu'il a dit… avant de tomber malade… que je devais veiller sur vous.

— Moi ?

— Et que faire d'autre, avec le maître alité, à part soigner les chevaux et vous laisser partir tout seul. Alors…

Il regarda Eleanor Borrow.

— … pardon, je ne savais pas que vous étiez avec lui, docteur.

S'il me suivait, il devait le savoir, mais je ne relevai pas.

— Martin, je suis un grand garçon.

— Euh… oui, je sais, mais le maître, il pense…

Pourtant, tu as survécu aux fosses d'aisance de Paris et d'Anvers sans moi dans ton sillage pour sauver tes petites fesses désolées.

— Oui, je crois que je sais ce qu'il pense. Martin…

Je le fixai droit dans les yeux en espérant qu'il comprendrait le message que j'entendais lui faire discrètement passer.

— Le docteur Borrow… m'a montré la source sainte… pour puiser de l'eau ferrugineuse. Pour aider maître Roberts à guérir !

— Ah oui, oui, acquiesça-t-il. Pas de problème, m'sieur.

Il lissa son gilet sans manches, puis glissa un regard en coin au Dr Borrow.

— Ben, vu les circonstances, j'imagine que maître Roberts comprendra.

— Les circonstances ?

Martin Lythgoe m'adressa une sorte de… clin d'œil.

Quoi ?

Mes joues s'empourprèrent.

— Je vous laisse, alors, m'sieur.

Il rayonnait.

— Non… Martin…

— M'sieur ?

— Si vous voulez m'aider…, dis-je, m'efforçant de prendre un ton autoritaire, il y a quelqu'un à qui vous pourriez vous adresser. Cowdray a parlé hier soir d'un ancien moine de l'abbaye qui est devenu maréchal-ferrant. J'ai pensé que, comme vous travaillez vous aussi avec les chevaux, vous pourriez trouver une raison plausible de l'approcher.

— Je peux faire ça.

— Vous savez ce que nous cherchons. Les informations que nous récoltons, et dans quel but ?

— Oh !... ouais.

— Et je peux compter sur votre discrétion ?

— M'est avis que vous aurez besoin de nouvelles chaussures pour rentrer à Bristol.

— Voilà une excellente raison pour aller le trouver.

— Bien, alors. J'vais trouver ce type et ensuite je rentrerai à l'auberge, docteur John.

Il lissa ses cheveux ébouriffés en arrière, hocha la tête à l'intention du Dr Borrow et disparut parmi les pommiers, tandis que je luttais pour me composer un sourire d'excuse.

— Mon… activité habituelle étant consacrée aux manuscrits et aux livres, mes collègues pensent que je suis mal à l'aise dans le monde extérieur.

— Je ne vois pas du tout pourquoi ils se disent cela. C'est un mystère pour moi.

Ses lèvres étaient pincées, mais une lueur dansait dans son regard, qui augmenta mon malaise.

— J'aimerais voir l'église.

— L'église ?

— *Cette* église. Sur le Tor. La colline du diable. Peu importe qui est le diable, dans ce cas – Merlin l'enchanteur, le roi des fées, le... pour les catholiques, les protestants sont des démons.

Je parlais toujours trop quand j'étais troublé.

— Mais il n'y a rien là-haut. Juste une tour creuse.

— Pour vous, les ruines d'une église ne sont *rien* ? Et ces terrasses autour de la colline ? On dirait d'anciennes fortifications.

Elle haussa les épaules.

— Les antiquités sont ma partie. Je ne peux négliger celle-ci.

En vérité, je ne savais pas pourquoi je voulais tant aller là-haut, dans ce lieu interdit. Sans doute justement parce qu'il était interdit. Pour prouver que je n'avais pas peur de défier le diable.

Ou simplement que j'étais un homme.

— Très bien, dit-elle en reprenant sa cape. Par ici...

Le sentier s'incurva, rendant l'ascension moins ardue que l'apparence du Tor ne le suggérait.

Ce n'était pas pour autant une promenade agréable, et tout au long de ce chemin humide et pénible, j'imaginai les souffrances que, traîné sur une claie vers une mort certaine, le vieux père Whiting avait pu endurer.

Comme le calvaire du Christ, portant sa croix sur le Golgotha, la colline des crânes. Ou pire. Non loin du sommet, je m'arrêtai et me retournai. Le sentier était dangereusement pentu. Comment avait-on pu bringuebaler un vieil homme jusqu'ici ?

Pas un, mais *trois* hommes.

Pourquoi ? Pourquoi trois ?

Une trinité.

Ici ? Pourquoi une exécution publique sur la plus inaccessible des collines ? S'ils avaient voulu en faire un exemple, un spectacle populaire, le centre de la ville eût été plus indiqué, non ?

La tour se dressait peu à peu devant nous, comme si elle venait de sortir de terre. Et l'incongruité de sa présence me frappa.

Quel homme saint d'esprit bâtirait une église sur cette terre isolée et inhospitalière ? Un château ou une forteresse, oui, mais pas un lieu de culte. A mesure que nous nous rapprochions, je distinguai la teinte gris-brun des pierres, puis aperçus l'ouverture béante qui crevait son flanc, telle une fissure dans une dent, ne laissant que le corps des fondations.

Quand je parvins enfin au sommet, loin derrière le Dr Borrow, j'eus l'impression de grimper sur un nuage. Et debout face à la tour…

— Vous n'avez pas l'impression qu'elle émane plus de l'air que de la terre ? dit-elle.

— Oui. Peut-être.

On eût dit une aiguille qui transperçait les cieux pour creuser un puits de lumière. L'illumination.

Je baissai les yeux, pris de vertige. En dépit du brouillard filandreux, la vue depuis la colline était époustouflante. Non seulement on pouvait admirer la ville, l'abbaye, l'entrelacs des champs cultivés entre les collines, mais aussi les vastes plaines qui s'étiraient à l'ouest jusqu'au méplat gris de la mer, la campagne veinée de canaux étroits, tachée çà et là d'étangs et de lacs, que la mer semblait pouvoir réclamer à tout moment pour refaire d'Avalon une île à part entière. Car je me trouvais sans doute, je le réalisai à présent, au cœur même de ce qui restait de l'île légendaire.

La tanière de Merlin, connue d'Arthur. Un frisson d'excitation parcourut mon corps, telle une cascade dévalant les rochers, et ma tête me sembla soudain aussi légère qu'une plume. Après cet embrasement momentané d'illumination, Dieu du ciel, tous mes sens aiguisés se campèrent au creux de mon ventre, siège de l'esprit inférieur, et une vague d'excitation sexuelle déferla en moi, tandis que les terres se fondaient en une immense palette de verts, de gris et de bruns, et…

… je tombai à la renverse, tandis que la tour semblait s'éloigner de moi pour être avalée par un trou béant au cœur des nuages.

Mon Dieu.

Je me hissai sur les coudes, la tête lourde, l'esprit troublé, honteux qu'une simple ascension eût triomphé de mes forces et manqué de me faire défaillir comme une femme.

Elle traversa la pelouse d'un pas léger et vint se planter devant moi, bras croisés.

— Ne vous alarmez pas, docteur John, vous n'êtes pas le premier à perdre son équilibre ici.

Elle me tendit la main, mais je refusai son aide et me débattis pour me remettre sur pied seul, effort qui me laissa tremblant et en sueur. Au sommet d'une haute montagne, respirer devenait difficile, mais c'était à peine un mont. Je tremblais tant que je craignais d'avoir attrapé le mal de Dudley.

— C'est ma faute, dit-elle. J'aurais dû vous prévenir. Comme je viens de vous le dire, cela arrive…

— Pas à vous. Apparemment.

— Non, en effet, répondit une voix masculine. Les mâchoires du diable se referment sur ses propres enfants.

Je me retournai.

L'homme tournait le dos à la tour.

Son ton, calme et posé, véhiculait un certain ennui, plus typique des villes de Londres et de Cambridge que de ces terres sauvages.

— Si vous jetez une sorcière dans un étang, il paraît qu'elle flotte, ajouta-t-il. Mettez une sorcière dans l'air vicié de l'autel de Satan, et tous les diablotins flottant autour boiront le lait de ses mamelles rances.

XV

Vermine

La brume… Elle s'était épaissie, enveloppant et distordant la tour qui semblait presque vivante, surplombant trois silhouettes, qui paraissaient elles-mêmes avoir été modelées par la nébuleuse blanchâtre. Deux d'entre elles portaient un habit de moine, et leurs mains étaient enfouies dans leurs manches amples.

Eleanor Borrow s'adressa au troisième personnage, un religieux robuste, aux membres noueux comme un arbre, dont la moquerie flottait encore dans l'atmosphère.

— Et depuis quand cette terre vous appartient-elle, Sir Edmund ? lui dit-elle en tournant vers lui un visage blême et cependant dénué de peur. Vous avez passé un accord avec l'évêque de Wells ?

Pas de réponse. La barbe et la chevelure de l'ecclésiastique se fondaient en une masse compacte. Ses cheveux coupés court rejoignaient la naissance de sa barbe, tout aussi soigneusement taillée. Il portait un pourpoint d'un vert sombre sur un pantalon noir et des bottes de bon cuir. A sa large ceinture pendait une épée.

— L'évêque de Wells ne semble guère en mesure de passer le moindre accord, observai-je.

— Et à qui avons-nous l'honneur, jeune homme ?

Je m'attendais à une voix rauque et profonde, et non une voix pincée et aiguë. Ma tenue sombre n'était pas du dernier cri ; pourtant, il était évident que je n'étais pas un paysan.

— Docteur John, répondis-je. De la Commission des antiquités de la reine.

Cette information fut accueillie sans le moindre effroi.

— J'ai été mandaté par le Conseil privé, continuai-je timidement. Si vous souhaitez examiner mes autorisations, elles sont à l'auberge George. Vous le savez, je ne suis pas doué pour ce genre de choses. Je m'étais avancé vers les trois hommes pour leur prouver que je n'étais pas intimidé. Pourtant, je n'en menais pas large. L'herbe était glissante, et je priai pour ne pas me retrouver une fois de plus en fâcheuse posture.

— Et votre nom est ?…

— Fyche. Sir Edmund. De Meadwell. Propriétaire de cette terre.

Il fit un vague signe de main en direction de ses compagnons.

— Voici frère Michael, frère Stephen.

Un visage jeune, marbré d'une barbe grise. Mon esprit établissait des connexions : la veille au soir, Sir Peter Carew nous avait parlé d'un ancien moine de l'abbaye qui s'était servi de son héritage pour créer une ferme, puis fonder une école destinée à l'instruction des fils de bonne famille.

— Docteur John, si vous…

Eleanor Borrow désignait du doigt une clôture battue par les vents au pied de la colline.

— Si vous prenez la peine de consulter les registres, vous découvrirez que la terre détenue par Sir Edmund s'arrête *là*.

— Quel que soit le chemin que vous avez emprunté pour venir ici, vous êtes forcément passé par *mes* terres.

— *Fi !* dit-elle en faisant le dos rond comme un chat. Nous en avons le droit !

— Je vérifierai ses titres de propriété dès mon retour à Londres, dis-je vivement. Cela dit, en tant que membre de la Commission de la reine, je peux prendre, en toute impunité, la voie la plus rapide pour mener à bien ma mission, qui...

— Oui, coupa Fyche, parlez-nous, je vous en prie, de votre mission.

Son accent de l'Ouest dénotait une certaine éducation. *Un survivant*, avait dit Carew. De près, je décelai des fils blancs dans sa barbe.

Sa peau était parcheminée et pourtant lisse. Il devait avoir environ quarante-cinq ans. Je lui expliquai que j'étais chargé d'établir un nouvel inventaire des édifices anciens et de décrire le contenu de leurs vestiges et de leur état de conservation. Fyche inclina la tête.

— Comme Leland ?

Question épineuse.

— En quelque sorte, mais pas avec les mêmes maîtres, bien entendu. Je veux dire que... personne ici ne doit craindre de traîtrise.

Fyche sourit. L'étrange brume tissait des couronnes jaunes autour de ses bottes.

— Et comment le savez-vous, docteur ? Leland était-il *conscient* des conséquences de ses actes quand il a rapporté sa liste à Londres ?

— Je ne sais pas. Leland est mort.

— Après avoir sombré dans la folie, d'après ce que j'ai entendu dire.

Fyche désigna du doigt la tour brisée.

— Comme vous pouvez le voir, cette église, en dépit de sa situation dominante et de sa dévotion à l'archange Michel, n'est plus qu'un tas de ruines. Impossible à restaurer. La Commission de la reine a-t-elle une réponse à cela ?

Si c'était le cas, je ne savais pas laquelle.

— A l'évidence, répondis-je, la nécessité d'une église sur cette colline serait mise en balance avec d'autres facteurs... Par exemple, avec l'église Saint-Jean-Baptiste en ville, quel est l'intérêt d'entretenir un culte ici ?

Le brouillard me piquait les yeux. Le sourire de Fyche s'évanouit.

— Eh bien, pourtant, il est entretenu.

— Quoi donc ?

— Le culte.

Je levai les yeux sur la tour aux flancs percés de coups de couteau, où s'infiltraient des langues de brume.

— La sorcière pourrait vous le dire. Si elle le voulait bien.

Instinctivement, je me tournai vers Eleanor Borrow.

Pour la voir s'éloigner en direction du sentier venteux, son manteau noir serré autour d'elle, sa capuche sur la tête.

Elle ne jeta pas un regard en arrière et je fus envahi par un indescriptible sentiment de... perte.

Puis je fis de nouveau face à Sir Edmund Fyche, mais lui aussi s'était déjà éloigné.

— Venez avec moi, docteur John, si vous avez le temps.

Il me guida vers le point culminant de la colline de Tor. Nous passâmes sous une voûte pour pénétrer au cœur même de la tour, qui était entièrement creuse, à l'image d'une vaste cheminée.

Des branchages et des cailloux crissaient sous nos pieds. Fyche donna un coup de pied dans une pierre.

— Une gorge, commenta-t-il.

Au-dessus de nos têtes, le ciel blanc se déployait comme un drap sur une croix de bois pourrie.

— Un tremblement de terre, à ce qu'il paraît ?

Fyche se pencha et souleva un freux mort en le tenant par une aile noire.

— Quand une église est abandonnée, elle suppure comme un cadavre. Et attire la vermine.

Je ne dis mot, mais me remémorai les paroles d'Eleanor Borrow : *Ce lieu me fait parfois penser à une plaie restée ouverte, qui se gangrène et pourrit. A de la chair mortifiée.*

— Tout un régiment grouillant et rampant. Une infection. Vous la sentez ?

A dire vrai, tout ce que je sentais, c'était l'odeur savonneuse de l'ecclésiaste. Fyche reposa l'oiseau dans les décombres.

— En tant que juge de paix, j'ai le devoir de dissoudre toute assemblée impie. En traitant directement avec les criminels ou en les envoyant devant les tribunaux ecclésiastes.

Je hochai la tête, envahi par une brusque inquiétude. Bien que l'étendue des pouvoirs d'un juge de paix différât d'une ville à l'autre, il ne pouvait être traité à la légère.

Fyche devait avoir de nombreuses relations dans le comté alors que moi, avec Dudley malade et Carew parti pour le Devonshire, je n'en avais aucune.

Pourtant, il serait malvenu de faire machine arrière devant cet homme ou de paraître douter de ma propre autorité.

— Pour revenir à cette histoire de sorcière… Sir Edmund, madame Borrow est seulement le médecin que nous avons fait venir pour soigner mon collègue, qui est alité et a de la fièvre. Rien dans son comportement ne m'a suggéré jusqu'ici la moindre accointance avec le diable.

Il s'abstint de répondre et se dirigea vers la voûte. A l'extérieur, il traversa la pelouse verdoyante et s'arrêta du côté ouest de la colline de Tor, où le paysage était plus dégagé. L'espace boisé qui s'étendait sous nos yeux était piqueté çà et là de fumerolles provenant de hautes cheminées.

— Des rites immondes, dit Fyche. Des pratiques impures.

— Je vois.

J'étais sincère, mais Fyche m'invectiva aussitôt.

— Non ! Vous ne *voyez* pas. Vous ne voyez pas les feux dans la nuit, les ânonnements de la vermine qui vénère la lune. Vous n'avez pas retrouvé le lendemain des nouveau-nés gisant sur la pelouse, la gorge tranchée, pour leurs rites sacrificiels.

— Vous êtes sérieux ?

Je n'en croyais pas un mot, bien sûr, persuadé qu'il s'agissait de délires ecclésiastiques. Mais un religieux doublé d'un juge de paix…

— Pourquoi avoir construit une église ici ? reprit Fyche. Un choix étrange. Il n'y a aucune communauté ici.

— Seulement une colline.

— Une colline, exactement. Et devant l'église, à l'endroit même où nous sommes… il y avait autrefois des pierres. De grandes pierres. Disposées par des hommes.

— Des pierres païennes.

Je hochai la tête, sentant le flot d'une source ancestrale me submerger.

— Le paganisme, dit Fyche. La sorcellerie.

Il baissa les yeux sur le sol, comme si une substance noire et nocive pouvait suinter de sa surface.

— Des esprits égarés prétendent que le roi des fées, Gwyn ap Nudd, avait son antre ici, juste sous nos pieds. D'où l'édification d'une église dédiée à saint Michel, l'ange guerrier, pour refouler les vieilles superstitions.

— Malheureusement sans effet contre les tremblements de terre, commentai-je, d'un ton prosaïque et professoral.

Alors que Dr John pensait *Qu'est-ce que cela veut vraiment dire ?*, le Dr Dee, qui savait combien il était facile de rejeter le paganisme comme une forme de primitivisme, était conscient que ces hommes, ces druides, à leur manière, en savaient bien plus que nous aujourd'hui sur les forces de la terre. Ou du moins avaient expérimenté davantage de magie naturelle, de sciences naturelles. Car ces hommes simples vivaient, peut-être sans le savoir, à l'époque où Pythagore avait entendu la musique des planètes.

— Un tremblement de terre ? reprit Fyche avec un sourire amer. C'est Gwyn ap Nudd qui, de rage, a fait trembler la colline. Voilà ce que disent les paysans. Terrorisés, ils lui vouent obéissance, de peur que leurs taudis ne s'écroulent. Encouragés en cela par les sorcières, qui hantent le Tor d'où elles croient tirer leur pouvoir.

J'observai la vallée voilée de brume. Aucune trace d'Eleanor Borrow. Ma poitrine se serra. Je me frictionnai les bras, soudain désireux de m'éloigner de ce lieu, de cet homme, de réfléchir à la manière dont le Tor risquait de m'ensorceler, *moi*.

Et de la retrouver, *elle*.

— Il m'apparaît que cette colline a été infestée de pratiques païennes depuis l'écroulement de l'église. Ainsi, le meilleur moyen de garder le diable à distance ne serait-il pas de… reconstruire l'église ?

Fyche secoua la tête.

— Peut-être. Quand le temps sera venu. Pas maintenant. Avant même de vouloir restaurer – une nouvelle fois – ces ruines, la terre elle-même doit être purifiée.

— Comment ? Par la bénédiction ?

— Et les prières, trois par jour. J'essaie également d'obtenir des tribunaux d'interdire tous les accès au Tor… jusqu'à ce qu'il soit resanctifié.

— C'est pour cette raison que vous vous entourez de religieux ?

Je cherchai les deux moines des yeux et n'en trouvai qu'un, le plus âgé. Il était assis sur la pelouse à quelques mètres de là et lisait un petit livre, dont je ne pus distinguer le titre.

— Docteur John, dit Fyche, laissez-moi vous ôter un doute. Je suis un homme pieux. La loi des hommes et la loi de Dieu sont, au final, une et indivisible, et je suis appelé à faire respecter les deux.

J'avais des objections à cela, mais Dr John n'en avait aucune.

— Quand j'étais un jeune moine à l'abbaye, lors de ses derniers jours, mes frères plus âgés regardaient vers la colline du Tor et frissonnaient en disant : *Qui repoussera les ténèbres quand nous serons partis ?*

— Ils savaient ce qui allait arriver à l'abbaye ?

— Nous le savions tous.

Fyche respirait péniblement.

— A l'époque, je pensais même avoir plus de chance que mes frères, grâce à mon petit héritage. Je n'avais pas encore compris que ce serait une lourde responsabilité, un fardeau. Dieu… nous confie le rôle qui nous permet de réaliser le mieux Son œuvre.

Le brouillard s'était tant épaissi que la confusion m'envahit. Je commençais à voir en Fyche la renaissance d'un puritanisme étriqué, mais ce n'était pas aussi simple.

— Ce lieu est le plus sacré d'Angleterre. Béni soit Notre-Seigneur, qui l'a investi d'un rare pouvoir spirituel. Que certains tentent de corrompre pour assouvir leurs désirs terrestres et primitifs. En l'absence de l'abbaye, un bastion doit s'élever contre eux, ou la ville ne sera plus qu'un repaire de vermine.

— Oui.

Personne ne pouvait nier la logique de ce raisonnement…

— J'ai retrouvé certains de mes anciens frères, et nous avons prié ensemble. Puis, en réponse à nos prières, d'autres hommes de Dieu nous ont rejoints. Nous en avons conclu que Dieu voulait que nous rassemblions la connaissance perdue.

Un objectif, je l'admettais, proche de ma propre volonté de bâtir une bibliothèque nationale.

— Faisiez-vous partie des frères qui avaient demandé à la reine Marie de restaurer l'abbaye ?

— Ce n'est pas la solution. Les temps changent. Dieu nous montre le chemin.

Alors que les monastères périclitaient, les écoles et les universités survivaient et prospéraient.

En tant que diplômé de Cambridge et de Louvain, je savais qu'un petit groupe d'esprits puissants pouvait avoir une grande influence.

Et à l'occasion, s'avérer être des perturbateurs.

— Les fils de la noblesse venaient de toute l'Europe pour étudier à l'abbaye. Nous projetons de restaurer cette tradition… par d'autres biais, évidemment. Même s'il est vrai que nous avons commencé avec la bénédiction de l'évêque de Wells – qui, comme vous l'avez souligné, docteur John, n'est plus en odeur de sainteté –, je peux vous assurer que tous nos fidèles ont rejeté la papauté et sont prêts à prêter allégeance à la reine et…

— Ce ne sont pas mes affaires, Sir Edmund.

Si sa loyauté avait été sujette à caution, Fyche ne serait pas juge de paix. Et ce n'était pas le rôle du Dr John, l'antiquaire, de remettre en cause son allégeance religieuse.

— Etant donné votre propre mission, dit Fyche, je suppose que le plus important à propos des monastères, ce ne sont pas tant les édifices que les trésors qu'ils renferment et qui ont été semés aux quatre vents. Toute la connaissance et la sagesse recueillies par les moines eux-mêmes et qui devraient être transmises.

Le Dr Dee acquiescerait ardemment. Le Dr John se tut. Le plus âgé des moines était debout à présent et nous observait par-dessus son livre en souriant. Il portait un chapeau noir, et sa barbe était taillée en pointe.

— Il ne peut pas nous entendre, dit Fyche. Frère Michael est sourd et muet. Une histoire étonnante. Un matin, il s'est réveillé d'un rêve béatifique, privé de l'ouïe et de la parole. Depuis, comme il n'y a personne pour le distraire, il n'entend plus que les voix des anges. C'est pourquoi, comme vous pouvez l'imaginer, son jugement moral et spirituel est… d'une valeur inestimable.

— Alors, c'est l'un des hommes qui a des visions ?…

— Personne ne devrait ignorer les paroles des anges.

Je voulus aussitôt en savoir plus. Je me demandais si un jour je serais prêt à sacrifier ma voix et mon audition pour communier avec les esprits des sphères supérieures. Je me remémorai les nuits où j'étais si frustré et si désespéré que j'aurais volontiers signé le pacte sur-le-champ.

— Donc…, dit Fyche en se rapprochant, vous voudriez fouiller mon domaine, docteur John ?

— Sir Edmund…

— Ma ferme ? L'école ? Vous pensez que certains

moines s'y sont réfugiés avec des trésors de l'abbaye ? Que nous servons de la bière dans le Saint-Graal ?

— Et qu'elle se transforme en un vin exquis ?

Ma plaisanterie ne le fit pas rire.

— Il n'y a pas d'or ici, docteur John. Seulement des trésors de connaissance. Et le désir de protéger ce qu'il en reste.

Je reculai d'un pas tout en réfléchissant. Je n'aurais peut-être pas de meilleure occasion de le questionner au sujet des ossements d'Arthur. Soudain, je me sentais à la portée d'un mystère inaccessible.

Oui, le véritable trésor enfoui ici, dans ces terres où les sphères de l'existence pouvaient se fondre les unes dans les autres, était plus précieux que l'or. Mais que pouvait bien contenir, matériellement parlant, ce monticule à la forme conique un peu trop parfaite ? Malheureusement, le Dr Dee devait dissimuler son intérêt pour l'ésotérisme. Alors que Dr John s'inquiétait de cet ancien moine devenu un homme de loi. Quant à l'autre personne en moi…

Oh oui ! Il y en avait une autre. Une troisième personne. Une personne qui, les yeux rivés sur le sentier, voulait le dévaler et s'enfuir.

Car à l'intérieur même de cette troisième entité quelque chose se débattait, tel un oiseau pris au piège.

La brume s'était dissipée, comme si un sortilège avait été brisé, ou qu'un nouveau sort eût été jeté. Et ce fut la troisième personne qui contrôla les tremblements de mes mains au moment de débiter mon mensonge.

— Sir Edmund… même s'il y avait des raisons de vous soupçonner, vous ou vos gens, de cacher un trésor…

Fyche me fixait sans ciller, tel un faucon sur une branche.

— … que pourrais-je faire, si ce n'est faire part de mes soupçons… à un juge de paix ?

Une lueur fugitive brilla dans ses yeux, puis il me sourit. Car il savait maintenant à qui il avait affaire : un serviteur de la Couronne qui ne faisait pas de zèle et était, comme la plupart des gens de son espèce, corruptible.

— Et à présent, si vous voulez bien m'excuser, je vais prendre congé et aller m'enquérir de la santé de mon collègue.

Fyche hocha la tête.

— Si j'étais vous, docteur John, je lui trouverais un médecin qualifié. Si la sorcière lui a donné de la belladone, vous ne pourrez pas le prouver une fois qu'il sera mort.

— Nous avions besoin d'un docteur, répondit humblement le Dr John. Et on nous a dit qu'en dehors de madame Borrow, il n'y avait personne d'autre.

— Alors, faites-moi confiance, docteur John, il aurait mieux valu ne faire appel à personne.

Il m'adressa un au revoir contrit et s'éloigna d'un pas tranquille, tandis que je prenais la direction du sentier. Au lieu d'écouter la troisième personne et de partir à la recherche de Mme Borrow, je décidai de poursuivre ma mission en allant trouver l'homme aux os mentionné par Cowdray.

Mais, à l'orée du chemin, je m'arrêtai brusquement, comme si mes jambes refusaient d'avancer, et me retournai pour héler Fyche.

— Puis-je vous demander, Sir Edmund, quelles preuves vous avez contre madame Borrow ?

Il s'arrêta à son tour.

— Pour ce qui concerne la sorcellerie, ajoutai-je.

A quelques mètres de là, Fyche se retourna, les traits tirés sous l'effet de la réflexion. Puis il vint lentement me rejoindre pour se planter devant moi.

— Docteur John, vous devez vous dire que je suis un homme sévère. Mais nos rôles diffèrent, selon la volonté de Dieu. Avant la dissolution de l'abbaye, j'étais un moine. A présent, je suis père de deux enfants. Un propriétaire terrien. Un juge de paix. Les termes justice et paix sont au cœur même de l'enseignement de Dieu.

Il marqua une pause.

— La preuve principale contre Eleanor Borrow se rapporte aux circonstances de sa naissance.

J'attendis la suite. Les ruines de la tour de l'église miroitaient dans le halo brumeux, tel un spectre. Comme si elle était *faite* de brume. Ou de verre.

— J'ai été obligé, reprit Fyche, de pendre sa mère.

Oui, j'aurais pu l'inciter à m'en dire davantage, mais ma curiosité m'aurait trahi. Je n'étais décidément pas doué pour cela.

Je m'éloignai lentement.

Une fois hors de vue de Fyche et des moines, je me mis à dévaler à toutes jambes la colline du diable, trébuchant sur le sentier que je voyais à peine, noyé dans le brouillard gris-vert où la terre et le ciel se confondaient. Quand je parvins enfin au pied du mont, je m'élançai sur l'échalier et retombai derrière le muret, des échardes perçant la peau tendre et blanche de mes mains d'érudit.

Je criai son nom, un cri de chouette qui résonnait dans ma tête à me rendre sourd.

Eleanor !

Encore et encore…

Nel…

Personne. Seul le flux puissant de l'eau couleur de sang qui courait dans les veines de la terre sacrée.

Je crois qu'en effet des hommes et des femmes ont rapidement sombré dans la folie.

A quelle vitesse ? En deux heures ? Trois heures ? Ou bien s'était-il écoulé des semaines ou des mois entiers, depuis que je l'avais rencontrée, comme pour ces hommes et ces femmes pris dans les rets du monde des fées ?

Je m'écroulai, près de sangloter, sur le sol et aspergeai mon visage et mes yeux d'eau rougeâtre.

Mon Dieu, qu'était-il advenu de moi ?

XVI

Par amour des morts

L'échoppe était remplie de peaux animales, mais aucuns ossements en vue, à tel point que je me demandais si on ne m'avait pas induit en erreur. Elle se trouvait dans une ruelle sale et puante de la rue Madeleine, en face de la loge de l'abbaye. Le ciel s'était obscurci et semblait se gonfler d'eau comme une vessie prête à exploser.

A l'intérieur, cependant, régnait une atmosphère feutrée et paisible. Partout, des peaux et des toisons de mouton, ainsi que des vêtements et des chapeaux encombrants.

Cet homme était-il vraiment Benlow, l'homme aux os ?

Je l'imaginais vieux et décrépit, vêtu de haillons, alors que le type qui me reçut était à peine plus âgé que moi. Grand, soigneusement coiffé et rasé, il portait un habit de bien meilleure qualité que le mien et sans doute au-dessus de ses moyens – étant donné la broche d'argent fichée dans son chapeau, ainsi que la coupe moderne de son pourpoint, rouge comme de la viande fraîche.

Il s'inclina et me désigna un ensemble de vêtements pendus à des crochets le long du mur.

— Un manteau de laine, mon seigneur ?

— De laine ?...

— Vous ne voudriez pas être surpris par le mauvais temps ? Il fera sacrément froid à la fin de la semaine. C'est ce que disent les bergers ; et personne ne prédit mieux le temps qu'un berger.

— J'ai... euh... déjà un manteau.

— En laine ?

— Eh bien...

— J'en étais sûr !

Il bondit sur ses pieds et reprit, d'un ton léger et doux comme une plume :

— Je suppose, mon seigneur, que vous n'êtes pas de nos contrées. Londres, je ne me trompe pas ? Vous êtes arrivé récemment ?

— Une journée seulement.

Dieu, j'avais l'impression que cela faisait un mois !

— Je l'avais deviné rien qu'à l'expression de votre visage ! Eh bien, laissez-moi vous dire, mon seigneur, que les hivers londoniens n'ont rien de comparable, vraiment rien, à ceux d'ici, quand la neige arrive. Je ne dis pas cela pour vous effrayer, mais c'est l'absolue vérité. Et sans laine sur vos épaules, mon seigneur, vous risquez de mourir. Renseignez-vous.

Il m'observait à présent de la tête aux pieds, sans doute pour évaluer la taille du cercueil dont j'aurais bientôt besoin. Son accent était davantage de Londres que de l'Ouest, ce qui expliquait peut-être pourquoi Cowdray me l'avait si chaudement recommandé.

Je demeurai silencieux un moment, puis le regardai droit dans les yeux.

— Aucun homme ne devrait craindre le froid, dis-je posément, si son cœur est empli de l'amour de Dieu.

— Ah ! dit-il, le visage soudain solennel. C'est bien vrai ! Comme vous avez raison, mon seigneur.

— Etes-vous maître Benlow ?

— C'est ce que m'a dit ma mère.

— Eh bien, je suis venu avec un ami.

— Un *ami*… je vois.

— Nous avons chevauché des jours durant, et mon ami…

Ma voix se fêla.

— … est malade.

— Oh !

— Gravement malade.

— Cela m'attriste, mon seigneur, vraiment.

— Et depuis son arrivée, son état empire.

— Oh ! Ce sont de bien tristes nouvelles, dit-il en croisant les bras. Mais, vous savez, on dit qu'un homme de foi est très résistant…

— Parfois, prier ne suffit pas.

— Je l'ai entendu dire.

Je n'étais pas très doué pour cela, vous le savez, mais je tins bon.

— Nous sommes venus ici parce que nous avons entendu parler de… miracles ?

— Et vous n'êtes pas les premiers, en vérité. Glaston est célèbre dans le monde entier pour ses miracles. Notre-Seigneur a posé son empreinte sur cette ville depuis qu'Il a arpenté ses collines, lorsqu'il était enfant, et que son oncle, le vieux Joseph d'Arimathie, a posé les premières pierres de l'abbaye, mais je suppose que vous le savez déjà.

J'acquiesçai.

— Un jour, un pèlerin est venu à l'abbaye… et a prié sur les reliques des saints. Des centaines de saints sont enterrés là. Ils sont tous partis maintenant.

Je retins ma respiration et croisai son regard de biais.

— *Tous* partis ?

— Partis de l'abbaye, dit-il.

— Mais pas nécessairement de…

Je prenais des chemins détournés.

— Maître Benlow, mon ami est un homme extrêmement riche.

— Où réside-t-il, mon seigneur ?

— Au George.

— J'ai entendu dire qu'il y avait un homme alité au George. Il paraît qu'il a la peste.

— Nous ne pensons pas qu'il s'agisse de la peste. Mais il est très faible.

— Savez-vous que deux femmes ont guéri de la peste après un pèlerinage à saint Joseph ? Aussi sûrement que je suis là devant vous. Vous le saviez ?

— Où se trouve… ce lieu de pèlerinage ?

A ma connaissance, il n'y avait aucune preuve que Joseph d'Arimathie ait jamais mis les pieds à Glastonbury, encore moins qu'il ait été enterré ici… De belles légendes...

— Ah ! Peu de gens le savent, et ce ne sont pas les plus loquaces.

— Et vous êtes l'un d'eux, maître Benlow ?

— Et le vicaire de Wells ! Il ne pouvait pas marcher normalement ; il est venu ici en boitillant et a été guéri en un rien de temps ! Un enfant aussi – c'est la vérité – a été emmené ici à l'agonie et s'est… rétabli. Oh ! votre ami est venu au bon endroit.

— Oui.

— C'est juste que ce n'est plus aussi facile de… trouver une relique à vénérer.

C'était la première mention des ossements. Je lui dis que nous aimerions rapporter un objet chez nous, une petite relique bénite que nous pourrions conserver dans notre propre église… discrètement, bien entendu.

— Oh ! cela doit rester secret, mon seigneur !

Il me regarda avec intensité.

— Qu'avez-vous en tête ? Un éclat de la vraie croix ? Une bouteille de l'eau versée du Saint-Graal lui-même ? Ou… un *fragment* ?…

— Un fragment ?

— Un morceau… dit-il en se penchant vers moi, d'une voix vaporeuse… un morceau *du squelette d'un saint.*

Je patientai un instant, de peur de paraître trop pressé.

— Combien ?

— Eh bien, cela dépend de sa taille… et de l'éminence du saint.

— Qui était le plus éminent ici ?

Son regard était fixe. Je sentais sa convoitise.

— Je suis un homme discret.

— Suivez-moi alors, mon seigneur.

Dans la remise sans fenêtre derrière l'échoppe, une seule chandelle brûlait sur une saillie, et l'odeur de la laine nouvelle était couverte par la fragrance presque suffocante de l'encens disposé autour des pieds de l'échelle qui menait au grenier.

— Les agneaux de Dieu, dit Benlow. Pauvres bêtes.

Il gloussa. S'emparant d'un balai, il chassa les touffes de laine du centre du plancher de bois, où se trouvait l'ouverture d'un puits. Il s'arrêta et me scruta à travers la pénombre.

— Et on vous a envoyé ici, n'est-ce pas ?

J'acquiesçai.

— Voyez-vous, je ne fais généralement pas d'affaires en ville. Des gens croient dur comme fer que certains objets ont été subtilisés, si vous voyez ce que je veux dire. Quand le temps est plus clément, en général, je prends la route avec un ami corpulent, naturellement, car les objets saints sont particulièrement convoités dans certaines contrées. Moi-même je pense qu'une relique volée est une relique maudite, et que l'auteur d'un tel forfait ne vivra pas longtemps.

Comme je me penchais au-dessus du puits, il en sortit une courte planche, puis une seconde.

— Passez-moi la chandelle, mon seigneur.

Je distinguai une échelle de bois qui plongeait dans les bas-fonds obscurs.

— Vous devriez passer le premier, me dit Benlow en levant la bougie. Attention à votre tête.

Je m'agrippai fermement à l'échelle, ne sachant quelle était la profondeur de ce puits, mais, après trois ou quatre barreaux, mes pieds touchèrent le sol. Il n'était pas plus profond… qu'une tombe.

Et tout aussi glacial.

L'odeur était également caractéristique. Des relents âcres et épais, humides et terreux, de sorte que je commençais à me demander si je n'étais pas descendu dans une sorte de caveau.

Benlow baissa la chandelle, et je vis que le sol terreux était émaillé d'éclats de dalles. Le plafond de bois était si bas que je ne pouvais me tenir debout.

— Il y a un banc sur votre gauche. Vous feriez mieux de vous asseoir, ou bien vous n'arriverez plus à tenir votre tête droite. Moi-même, je m'assois toujours, ou bien je m'allonge.

Il gloussa.

— Et pas toujours seul.

Son pourpoint épousseté, Benlow me désigna un banc contre un mur qui semblait constitué de gravats et se servit de la chandelle pour allumer deux torches nichées dans des bobèches. M'installant sur le banc inconfortable, je perçus, au-delà de l'odeur de terre humide, d'étranges effluves sucrés.

Tournant la tête vers le halo lumineux, je vis un sourire qui me fit frissonner : un crâne humain était posé à une extrémité du banc, sans mâchoires, comme si les dents étaient plantées dans le bois.

Mon coude cogna une surface dure, et je me retournai pour découvrir, de l'autre côté du banc, un autre crâne. Il était percé.

Puis, quand mes yeux se furent accoutumés à la faible luminosité, je compris que le mur n'était pas composé de gravats, mais de centaines d'ossements tassés les uns sur les autres – des crânes, des pelvis et des mains de squelettes, où avaient été peints des chiffres en rouge et noir. Benlow les examina, puis il fit courir ses doigts sur le mur bosselé et s'arrêta sur un os précis, qu'il arracha de la paroi. Soudain, je m'aperçus que le réceptacle de l'une des torches était – *ô mon Dieu !* – un crâne humain retourné.

Benlow s'aperçut de mon effroi et sourit, faisant apparaître un diadème de petites dents pointues.

— De la mort émane la lumière. J'aime les morts. Pas vous ? Où peut-on trouver pareille compagnie en dehors de ce lieu ? Dites-le-moi, mon seigneur.

Il vint s'asseoir à côté de moi, tenant dans une main un os effilé et incurvé, de couleur marron, qui me fit penser à une branche de saule.

— Vous voyez ceci ? Une côte de saint Patrick. L'un des ossements qui ont protégé son noble cœur. Saviez-vous que saint Patrick était venu ici ? Et que tous les moines irlandais l'avaient suivi ? Et regardez…

Il ouvrit son autre main. Les taches sur sa paume avaient l'air de chiures d'oiseaux.

— Des dents de saint Bénigne, qui a donné son nom à notre église. C'était l'héritier de saint Patrick, vous le saviez ?

— Pourquoi ne sont-ils pas dans l'église ? Où les avez-vous… ?

— Les reliques ? Dans l'église ? Où étiez-vous, mon seigneur ?

Il renifla.

— Le froid va s'abattre sur nous. Je ne crois pas que vous vous soyez présenté ?

— Mon nom est docteur John.

— Un *docteur.*

— Pas en médecine. Dites-moi… et les autres reliques ?

— Mon seigneur, combien en voulez-vous donc ?

Je ne dis mot, me demandant comment aborder le sujet. Il se pencha, et je réalisai alors que les effluves sucrés émanaient de Benlow lui-même.

Son corps et ses vêtements avaient été copieusement aspergés de parfum. Une essence mêlée de sueur. Pris de panique, je me réfugiai à l'extrémité du banc.

Un sourire sournois aux lèvres, Benlow étira ses longues jambes à côté de moi, les mains croisées derrière la tête, la côte de saint Patrick sur ses genoux.

— J'ai… des *apôtres*, murmura-t-il sans me regarder.

— A Glastonbury ?

— De nombreuses personnes célèbres sont venues mourir ici, en état de grâce. Parce que la mort est chose facile ici, où le voile qui sépare les sphères est fin comme la mousseline.

Je répondis sans hésitation :

— Comme le roi Arthur ?

Etait-ce le fruit de l'appréhension ? Toujours est-il qu'un changement se produisit. Un trouble dans l'air. Benlow replia ses jambes, affichant une sérénité de pure façade.

— Il y a une centaine de saints dans ce mur, et tous ces bâtards ne veulent que le roi Arthur !

— De qui parlez-vous ?

Son visage se durcit.

— Qui vous a envoyé ici, mon seigneur ?

— L'aubergiste du George, personne d'autre.

Il se tourna pour me regarder droit dans les yeux.

— Et en quoi Arthur pourrait-il aider votre *ami malade* ?

— Arthur incarne la force et le courage. Mon ami était un soldat.

— Moi, je pense que vous n'avez pas un ami malade.

— Bien sûr que si. Et vous le savez, parce que vous gardez les yeux ouverts, maître Benlow. Comme tous ceux qui pratiquent votre commerce… si particulier.

Il renifla et essuya son nez du dos de la main.

— Et moi qui pensais qu'un si beau jeune homme n'aurait pas été contre un petit jeu entre garçons.

— *Quoi ?*

— Vous voyagez beaucoup, j'en suis sûr. Et vous êtes descendu ici sans épée. C'est toujours un bon test. La plupart de mes clients me disent ce qu'ils cherchent et m'attendent dans la lumière. Alors qu'un homme attiré par les ténèbres et la mort… Je peux vous dire qu'ici, parmi les morts, vous…

— Maître Benlow !

Ô mon Dieu, un chasseur d'hommes ! Louvain en était rempli. Je me calai tout contre le crâne.

— Maître Benlow, qui d'autre est venu ici chercher les restes d'Arthur ?

— Et qui êtes-vous pour me poser cette question ?

— Je suis membre de la Commission des antiquités de la reine.

— Oh ! Pas possible ! s'écria Benlow en riant.

— Et c'est tout ce que vous obtiendrez de moi, j'en ai peur. Maintenant, qui… ?

— Ah ! ah !

Une lueur sauvage dansait dans ses yeux.

— Ecoutez… je ne suis pas Leland. Je ne suis pas venu ici pour vous priver de votre gagne-pain. Ou de vos ossements. Des ossements qui, comme vous le dites, ne sont plus aussi recherchés.

— Excepté les ossements d'Arthur, apparemment.

— C'étaient les Français ?

— Qui ?

— Les prétendus marchands de laine venus de Normandie. Les ossements d'Arthur étaient inestimables aux yeux des Français.

— Je ne sais absolument pas de quoi vous parlez !

— Quelqu'un est venu ici pour retrouver les restes d'Arthur.

Il demeura silencieux, le visage baigné d'une luminescence jaunâtre.

— Vous les avez ?

— Non.

— Vous savez qui les a ? Qui les a pris quand ce lieu de pèlerinage a été démantelé ?

— Je ne peux pas vous aider. Pas avec des ossements.

— Ce qui veut dire ?

Il se leva à demi, haletant.

— Si je vous donne ce que je possède d'Arthur, vous partirez ?

— Cela dépend.

— Attendez…

Il s'évanouit dans l'ombre. Je me raidis et fixai l'échelle, au cas où il voudrait me piéger et m'enfermer ici avec les morts. Mais je l'entendis fouiller la pénombre, écartant sans ménagement les os qui s'entrechoquaient. Tous ces ossements saints qui n'en étaient pas.

Je vis alors que la chambre souterraine était plus grande que je ne l'avais cru et, au plus profond de l'obscurité, je devinai une porte de bois. Une porte ? Où menait-elle ? Nous étions déjà, devinai-je, au-delà des murs de l'échoppe de Benlow.

Comme je n'avais pas totalement perdu la raison, je m'apprêtais à me précipiter sur l'échelle, quand Benlow émergea enfin de l'ombre avec un petit coffret, de facture apparemment moderne et à peine assez grand pour contenir l'os du pied d'Arthur.

— Ecoutez…

A l'intérieur, sur une toison de laine reposait un fragment, non pas d'os, mais de bois.

— Voilà, dit-il.

— Qu'est-ce que c'est ?

— Touchez-le.

Je glissai un doigt dans le coffret. Le bois était dur, probablement du chêne, noirci par le temps.

— Imaginez-vous, mon seigneur, dit-il d'une voix tendue et cajoleuse, un immense hall décoré de bannières et éclairé d'un millier de torches. Ecoutez l'écho de la légende des braves.

— Ne me racontez pas d'histoires, Benlow.

Il referma le couvercle d'un claquement sec et me le jeta.

— Prenez-le, dit-il d'une voix tremblante. Prenez-le et rapportez-le à Londres avec vous. S'il vous plaît. Et ne revenez pas ! Combien d'hommes encore vivants aujourd'hui peuvent prétendre avoir posé la main sur la Table ronde ?

XVII

Garce folle

Minuit était passé depuis environ une heure et demie quand, emmitouflé dans ma vieille robe de chambre marron, je me rendis au chevet de Dudley. Une petite bougie brûlait sur sa table de nuit. Il était étendu sur son lit, immobile, la respiration régulière. Un peu plus tôt, je l'avais vu avaler la moitié de la cruche d'eau sainte, et il semblait avoir recouvré quelque peu ses esprits, car il avait grimacé en sentant son goût métallique.

Discrètement, je lui avais repris la potion que lui avait administrée la doctoresse et l'avait humée. Comme si cela pouvait m'apprendre quelque chose… Comme si j'étais capable de reconnaître l'odeur de la belladone… Insensé, vraiment. J'avais hésité un instant avant de lui en redonner, puis il s'était endormi.

Parfaitement éveillé, assis sur la chaise basse près de la fenêtre crasseuse, je fixais la flamme de la chandelle. Moi, le célèbre mathématicien et astronome, je ne comprenais rien à la géométrie de l'amour et n'avais aucun espoir de tracer la trajectoire du désir… Encore moins la mienne.

Je m'étais réveillé trois fois avant minuit dans le silence de pierre de l'auberge, me tournant et me retournant dans mon lit, apeuré à l'idée d'avoir attrapé la fièvre de Dudley.

Mais à l'évidence, c'était bien plus qu'une simple fièvre. J'avais l'impression que toutes les entraves corporelles de mon enfance baignée dans les livres avaient brisé leurs chaînes en même temps.

Dans mon sommeil, je rêvais de l'émeraude de ses yeux, de l'abandon de ses cheveux noirs, du chevauchement charmant de ses dents de devant. La fille de la sorcière.

Et je me rendrai à Avalon, parmi les plus belles des jeunes filles, la plus belle des fées…

… et elle guérira toutes mes blessures et me soignera grâce à ses dons de guérisseuse…

Sorcellerie... magie noire... divination. Malgré son air d'abandon, d'apathie et de délabrement, j'étais persuadé que quelque chose d'inaccessible à notre propre science habitait cette terre humide, et que les ossements d'Arthur étaient le moindre de ses secrets.

— Je voulais te dire…

Je pivotai vers Dudley. Il me regardait, les yeux globuleux à la lueur de la bougie.

— Comment vas-tu, Robbie ?

— J'ai l'impression d'avoir avalé une épée.

— Cela va passer.

— C'est ce que dit ton médecin ?

Mon pouls s'accéléra. Je m'assis.

— Elle est revenue me voir, murmura Dudley.

— Quand ?

— Je ne sais pas... Bon Dieu, John, c'est une beauté. Si j'avais la force de soulever les draps, je l'aurais mise dans mon lit avant de pouvoir dire…

Incapable de trouver un terme suffisamment grossier, il laissa retomber sa tête sur l'oreiller.

— Au moins, je commence à me dire que je ne vais pas avoir à faire avec le diable… d'ici peu.

— Dommage, dis-je. Agoniser te réussissait plutôt bien. Tu n'as jamais dit autant de vérités depuis que je te connais.

— Qu'est-ce que j'ai dit ?

— Tu disais que tu voulais me dire quelque chose.

— Ah ?

Dudley roula sur le dos, faisant vaciller la flamme de la bougie.

— Oh ! Les ours ? C'était à propos des ours.

— Je ne sais pas.

— Je t'en aurais parlé de toute façon. L'inclination de la reine pour la mise à mort des ours, qui te perturbe tant. Elle remonte à l'enfance, quand nous avions onze ou douze ans. Un jour, un combat a été organisé…

— *Nous* ?

— Bess et moi. Nous avons entendu mon père discuter avec mon oncle de leur sport de la soirée. Nous étions dans les jardins, cachés derrière d'épais buissons. Mon père disait : « Comment divertir les femmes, pendant ce temps, et les filles ? » Voulant dire par là que la mise à mort des ours était un spectacle strictement réservé aux hommes et que les femmes risquaient de défaillir en voyant… les éclaboussures de sang et les chairs sanguinolentes. A la plus grande joie des hommes…

Je me levai et lui resservis un verre d'eau. Il m'observa d'un air sombre.

— Même si certains hommes – la moitié d'entre eux – l'ont oublié. Quoi qu'il en soit, je me souviens d'avoir observé le visage de Bess, alors que nous étions tapis derrière les buissons. Elle avait à peine onze ans, ne l'oublie pas. Je ne lui avais jamais vu un air aussi sévère. Elle a tapé du pied pour qu'ils la laissent assister au spectacle, et ils ont fini par céder. Elle a assisté à la mise à mort… et, même si de temps à autre ses yeux étaient brillants de larmes, elle n'a pas une seule fois détourné le regard. A la fin, elle a applaudi plus fort et plus longtemps que les hommes de l'assistance.

— Je vois.

— J'ai pensé que tu aimerais le savoir.

— Cela explique beaucoup de choses.

Dudley ajouta doucement :

— Je crois que ce que j'ai vu dans ses yeux, ce soir-là, était le sens de sa destinée dans un monde d'hommes. C'était une petite fille… On ne peut qu'admirer son courage.

Je me demandais pourquoi il ne m'avait pas raconté cette anecdote avant. Peut-être se sentait-il redevable envers moi de lui avoir évité, une fois de plus, une mort prématurée. Bien que sa gratitude dût plutôt aller à Eleanor Borrow. La sorcière.

— Mon Dieu, pourquoi ai-je la sensation d'être si faible ? John, je peux à peine traîner mes fesses sur ce satané pot de chambre.

— Eh bien, ne compte pas sur moi pour t'aider.

L'image de Benlow s'insinua dans mon esprit et me fit frissonner.

— Non, bien sûr, dit Dudley avec un faible sourire. Alors, qui est-elle vraiment ?

— La doctoresse ?

— Les doctoresses n'ont pas des seins pareils. Elles ont un visage de cire, manquent cruellement d'humour et… Elle est toujours à l'auberge ?

— Je ne sais pas où elle est. J'ai essayé… de la trouver ce matin.

J'avais demandé à Cowdray où elle habitait, et il avait

envoyé l'un de ses gamins la chercher, en vain. Le gamin est revenu nous annoncer que la maison était vide. Ensuite, j'ai cherché Martin Lythgoe, censé aller parler au maréchal-ferrant, mais il n'était pas encore de retour. Aussi, entouré de fermiers et de producteurs de cidre, avais-je déjeuné seul dans la taverne dépouillée.

— Que faisons-nous dans ce trou pourri, John ? reprit Dudley. Rappelle-le-moi.

— Nous sommes à la recherche des ossements d'Arthur.

— Les avons-nous trouvés ?

— Pas encore. Je… suis allé, sur les conseils de Cowdray…

— Tu as dit à Cowdray pourquoi ?...

— Non. Pas exactement.

— Mon Dieu, John !

— Je suis allé voir un revendeur de reliques. Il possède des montagnes de vieux os… de toutes sortes.

— Qui viennent d'où ?

— Qui sait ? Volés dans des cryptes d'églises, excavés de tombes. Des gens les lui apportent, je suppose, en échange d'un peu d'argent. Après quoi il les vend aux pèlerins crédules en leur racontant qu'il s'agit de reliques de saints.

— C'est une source intéressante, j'imagine, si nous ne trouvons pas les ossements véritables. Même si, ensuite, nous devrons le faire disparaître.

Je le fixai en silence. Etait-ce la fièvre qui le faisait parler ainsi, ou bien était-il sérieux ? Inutile de lui faire part de mes soupçons à propos de Benlow, qui devait en effet savoir où se trouvaient les restes d'Arthur. Une chose était sûre : la simple évocation du roi légendaire avait fait naître en lui une terrible angoisse.

— Je les trouverai, déclara Dudley, si j'arrive à sortir de ce trou.

— Attends encore une journée. Si tu te lèves trop tôt, la maladie reviendra, et ce sera pire, Robbie…

— Trouve-moi une chemise de nuit propre pour demain, veux-tu ? Celle-ci empeste.

J'éloignai la chaise du mur et m'assis en dehors du cercle lumineux de la chandelle.

— Il m'a proposé d'acquérir une contrefaçon.

— Qui ?

— L'homme aux reliques. Il m'a montré un morceau de bois qui d'après lui est un fragment de la Table ronde.

— As-tu entendu dire que certains fragments de la Table avaient été préservés ?

— Pas ici. Un seul, en fait, qui se trouve dans la cathédrale de Winchester. Et nous savons tous à quoi nous en tenir.

Tout le monde avait accepté sans mot dire cette contrefaçon, une supercherie élaborée par un Plantagenêt, Edouard III, qui était fou de Camelot, ou bien encore d'Edouard Ier, qui s'était rendu à l'abbaye de Glastonbury pour voir les restes d'Arthur.

La table de Winchester avait par la suite été trafiquée par Henri VIII qui, à l'époque où il s'était pris d'une grande ferveur pour la légende arthurienne, avait fait graver les traits de son propre visage dessus.

— Ce Benlow… il m'aurait dit que c'était un fragment de la vraie croix, si c'était ce que je recherchais. Glastonbury est un lieu où il est très difficile de démêler le vrai du faux. Surtout pour un étranger. Ecoute, toi-même, tu m'as parlé…

Je m'interrompis. Sans réfléchir, je venais d'énoncer à voix haute un sujet qui m'empêchait de dormir. Trop tard, cela dit.

— Robbie, quand tu es allé à l'abbaye, la nuit dernière, tu m'as dit que tu avais vu…

— Je ne me rappelle pas être allé à l'abbaye.

— Je t'ai vu par la fenêtre. Tu as traversé la rue.

— Tu rêvais.

— Tu m'as dit que tu avais vu un vieil homme qui te regardait de haut, comme s'il était en lévitation, et que la lune brillait à travers lui…

— J'avais la fièvre ! s'écria Dudley en remontant les couvertures sur son menton. Ne me rappelle pas mes fantasmes et mes délires !

— Et à propos de la reine ?

Il me fixa d'un air troublé.

— Est-ce que la reine a des visions ?

— Tu cherches à vivre dangereusement, John ?

— Il paraît que la reine… voit sa mère.

— Qui t'a dit cela ?

Il tenta de se redresser, puis s'affaissa sur son oreiller.

— Quelles horreurs circulent à la cour maintenant ?

— Ce n'est pas une rumeur. Ma source est… une personne discrète.

Dudley ferma les yeux.

— Anne Boleyn. Mon Dieu…

— C'est vrai alors ?

— Cette garce folle.

— Anne Boleyn ?

— On ne pouvait étouffer toutes les rumeurs. Mon père le disait souvent. Mais elle devait aimer cela.

— Les rumeurs de sorcellerie ?

— Elles plaisaient sans doute aussi à Henry VIII. Cela lui donnait de l'importance. L'idée qu'elle ait un doigt en trop, ce genre de choses. Et des grains de beauté. On racontait qu'elle avait un gros grain de beauté en forme de…

Il ferma les yeux.

— Oui, il aimait sûrement tous ces ragots. Pendant

un temps. Même si elle était sa femme. Mais, mon Dieu, si quiconque pense que Bess…

Dudley rouvrit les yeux et me foudroya du regard dans la pénombre.

— Tu sais, à moins de pouvoir vraiment l'aider, tu ferais mieux d'oublier tout cela, John.

— L'aider ?

— Tu ne penses pas pouvoir guérir les âmes, n'est-ce pas ? Ne m'as-tu pas dit cela un jour ?

— La reine Marie…

— Je croyais que tu préférais oublier la reine Marie aussi.

— Tu te souviens de m'avoir dit, il y a quelques années, que Marie avait souvent pressé la princesse Elisabeth de rejeter sa mère et le nid de luthériens que constituent les Boleyn ? Et de l'avoir enjointe à embrasser l'ancienne foi pendant qu'elle le pouvait encore ?

— J'ai besoin de repos, dit Dudley. C'est bien ce que tu disais, non ?

De retour dans ma chambre à coucher, je me postai devant la fenêtre et observai la rue principale de Glastonbury, que les rayons de lune nappaient d'un voile diaphane.

Au-delà, les arches de l'abbaye, le royaume des morts. Je me remémorai les habitants que j'avais vus la veille, ainsi que mon étrange sensation de les voir jouer une pièce de théâtre. Comme si tous savaient que la ville recelait une vie souterraine, qui devait demeurer secrète pour être sauvegardée…

On ne pouvait la mentionner que pour préserver l'avenir, et c'est pourquoi les moines du XIIe siècle avaient mis au jour les ossements d'Arthur.

Les moines. Les gardiens de cette terre sacrée depuis plus de mille ans.

Quel était le sens de tout ceci ? Aujourd'hui ? Les abbayes et les monastères étaient les dépositaires d'un savoir ancestral et ésotérique, et si cette abbaye était la plus ancienne de toutes – la véritable pierre angulaire du christianisme en Angleterre – alors, oui, elle recelait de lourds secrets. Des secrets sacrés.

Quant à la conservation des objets de valeur, l'or et les reliques… eh bien, des plans avaient été orchestrés, des individus soigneusement choisis pour les mettre secrètement en lieu sûr, avant que l'abbaye ne tombât entre les mains du Grand Fourneau.

Il était fort possible que certains de ces objets eussent été emportés en France ou enfouis dans les contrées les plus reculées du pays de Galles.

Cependant…

… un lieu sacré.

Même si l'abbaye est en ruine, certaines choses ne peuvent être détruites. Des choses qui sont ancrées au plus profond du lieu lui-même.

Je repensai au frère Michael, le muet qui accompagnait Fyche, et aux trésors qu'il devait conserver dans son univers silencieux. Et je pensais au père Whiting, le vieil homme sincère qui avait emporté ses secrets dans la tombe, malgré la torture, avant une mort lente et barbare sur l'île démoniaque.

Il me semblait que j'avais eu raison de ne pas interroger Fyche à propos des ossements. L'homme qu'il aurait fallu questionner était le père supérieur lui-même. Un frisson parcourut tout mon être. De l'autre côté de la rue, sous le voile lunaire, le cadavre de l'abbaye semblait agité et violé.

Il était plus de 3 heures du matin. L'anxiété me saisit à la pensée de ma mère et de Catherine Meadows, seules à Mortlake, et je m'agenouillai pour prier pour leur salut.

Ensuite, sachant que, si je retournais me coucher, mes pensées et mes rêves erreraient de nouveau vers la fille de la sorcière, j'ôtai ma vieille robe de chambre brune et revêtis ma tenue journalière.

XVIII

Le premier âge de la lumière

Trois sphères. Le monde naturel, le monde céleste – ou astral – et le monde supracéleste, celui des anges.

Même si ma mère ne m'en avait jamais parlé, j'avais des raisons de penser qu'elle avait autrefois rendu visite un jour à notre voisine, la brave Mme Faldo, qui voyait le visage des défunts dans sa boule de cristal.

Du moins, c'était ce qu'elle prétendait.

Cela s'était produit peu après la mort de mon père ; aussi comprenais-je la démarche de ma mère.

Mais je savais déjà à l'époque que je devais avoir plus d'ambition et viser à communier avec le monde supracéleste, le siège de la vérité et de la lumière, et non de la tromperie.

Donc pas des fantômes. Un fantôme dans le monde naturel est contre-nature.

Faire revenir un esprit défunt dans notre monde est de la nécromancie.

Même s'il s'agit de l'esprit de mon pauvre père.

Ou de l'ombre d'un homme qui était autrefois un homme pieux. J'entendais encore la voix de l'évêque

Bonner, le jour où il était venu me trouver dans ma cellule, pour me poser la question qui me sauverait la vie ou me condamnerait au bûcher.

Dites-moi, docteur Dee..., croyez-vous que l'âme est divine ?

Je lui avais répondu avec sincérité.

L'âme n'est pas... intrinsèquement divine... mais elle peut acquérir la divinité.

Et Bonner de poursuivre :

Dites-moi, docteur, comment l'âme peut-elle acquérir la divinité ?

J'avais poussé mon avantage, et ses petits yeux s'étaient mis à briller de convoitise.

Par la prière, répondis-je. *Et l'étude. La Bible... et le savoir sacré des Juifs.*

J'avais vu juste, devinant ce que Bonner recherchait.

Mais j'avais omis de parler du *martyre.*

Comme de la torture, la pendaison, la noyade et le démembrement.

La nuit était fraîche, sans cependant être glaciale. Enveloppé dans mon manteau sombre, je m'introduisis dans l'enceinte de l'abbaye par le portail qui n'était pas verrouillé.

Je n'aurais jamais imaginé pouvoir pénétrer ce lieu saint aussi facilement. Cela dit, que restait-il à voler, en dehors de quelques pierres ?

J'avais lu tous les ouvrages qui traitaient de l'histoire de l'abbaye. Je reconnus ainsi aisément les vestiges de la grande demeure pillée de l'abbé, sa cuisine distinctive avec son pinacle ornementé, pâle comme la glace sous les rayons de lune, ainsi que la chapelle où les ossements d'Arthur avaient été retrouvés.

L'état de délabrement du lieu me frappa. Ce qui autrefois devait être une pelouse soigneusement entretenue n'était plus aujourd'hui qu'un entremêlement de buissons sauvages, de mauvaises herbes et de branchages noirs qui craquaient sous mes pas. Les murs effondrés alentour étaient telle une carcasse abandonnée aux caprices du temps et des corbeaux. Le lieu exhalait encore l'odeur moite et fétide de son déclin.

Je m'arrêtai pour observer le disque argenté de la lune. Une maison avait été bâtie non loin de là pour la seule et unique visite du grand-père de la reine, Henri VII. A l'époque où, bien sûr, il était venu voir la tombe de marbre noir.

Que lui avait-on dit, à cet homme qui avait chevauché à travers l'Angleterre jusqu'au pays de Galles, sur les traces de la légende du roi britannique immortel ? Avait-il considéré les preuves de la mort du grand Arthur comme une menace pour la crédibilité du prochain Arthur, son fils ?

Mais rien n'indiquait un futur schisme religieux à l'époque, et le roi Henri n'aurait jamais pensé à profaner cette tombe, ni aucune autre. Quoi qu'il en soit, le nouveau roi Arthur… ne vivrait pas. Le prince était décédé avant son père, qui avait rendu l'âme à son tour peu de temps après.

Bouleversé et mélancolique, Henri VII était angoissé à l'idée que sa lignée des Tudor pût, par orgueil, avoir attiré sur elle, non pas la gloire dynastique, mais quelque malédiction ancestrale.

Comme si lui s'était inquiété de sa propre arrogance ! Si cet homme, comparativement économe et prudent, avait des raisons de croire que sa lignée était maudite, que dire de son fils, qui lui avait succédé à la place d'Arthur ? Henri VIII, qui avait provoqué des guerres, bâti palais après palais, édifié des temples dédiés à son règne, puis, pour financer cette folie des grandeurs, avait orchestré la chute et le pillage des abbayes et des monastères. Dès lors, il n'était guère surprenant que la reine craignît le pire et crût être ensorcelée par le diable.

Ensorcelée.

Je fouillai le ciel à la recherche de mes lointaines amies, les étoiles, trouvai les joyaux de la ceinture d'Orion ainsi que les sept étoiles du corps de la Grande Ourse, particulièrement étincelantes ce soir-là.

Je levai mes mains en coupe comme pour les recueillir, telle une poignée de diamants. J'avais la sensation d'être étreint par les murs squelettiques de l'abbaye qui, dans la lumière ambrée du jour, étaient mâtinés de nuances de gris et de blanc.

Ce n'était pas une étreinte amicale. Je perçus un mouvement et me retournai pour voir de petits orbes éclairés par les rayons lunaires.

Jésus...

Des brebis. Les moutons paissaient ici à présent.

Je m'assis sur un muret pour reprendre une respiration régulière, imaginant ces murs illuminés de mille chandelles qui dansaient de concert avec les envolées et les chutes des chants romains.

Cette incandescence embrasait tout mon être quand je me levai et, de la main droite, traçai dans l'air, puis sur le sol, le symbole d'un pentagramme.

Une protection ancestrale, hélas insuffisante.

M'agenouillant au centre du pentagramme imaginaire, parmi les pierres brisées à l'entrée de la nef, je murmurai une prière, invoquant la protection de la cuirasse de saint Patrick, sans doute elle aussi connue d'Arthur.

Le Christ avec moi, le Christ en moi,
Le Christ derrière moi, le Christ devant moi,
Le Christ à mes côtés...

Le souffle court, je m'interrompis, me rappelant avoir eu entre les mains une côte supposée avoir appartenu à la cuirasse de saint Patrick.

Qu'étais-je en train de faire ?

Mais les mots se bousculaient dans mon esprit, comme s'ils entonnaient leur propre litanie.

La magie de la nature.

Je me lève aujourd'hui
Par une force puissante,
L'invocation de la Trinité,
La croyance en la Trinité,
Les Trois en un et l'Un en trois…

Une fois la prière achevée, les yeux clos, je me remémorai les paroles des proches du père Whiting, qui l'avaient connu dans les temps heureux comme dans les temps terribles.

Cowdray : *Je les ai vus le ficeler à une claie, le traîner dans la rue principale. Sa carcasse rebondissait sur les pavés. Un vieil homme, frappé, battu et découpé en morceaux comme un vulgaire voleur…*

Eleanor Borrow : *Je me rappelle son sourire flétri, la douceur de son regard. Longtemps, j'ai cru voir le visage de Dieu.*

Mieux, certes. Mais plus important encore…

Le pauvre homme avait peu de raisons de trouver le repos.

… s'il errait toujours sur cette terre, incapable de trouver le repos, ceci ne serait sans doute pas considéré comme un crime envers Dieu et la nation, que l'on nomme nécromancie.

Ce que, je le jure, je n'avais jamais osé faire. Ce n'était pas mon fort. L'examen des entrailles dégageait une trop forte odeur de putréfaction et de divination. Nécromancie… Le terme lui-même évoquait la mort. Comme si les morts n'avaient d'autre but que d'assouvir les désirs des vivants.

Terrifiant, n'est-ce pas ?

Je me relevai. Après toutes mes années d'études, je ne m'attendais pas à ressentir de la peur. Nos grands-parents se rassemblaient près du feu et bouchaient les fissures des murs pour se protéger des tempêtes.

A l'époque de mon père, les gens croyaient encore qu'un fantôme était un cadavre ambulant, un être putride qui s'était relevé de sa tombe.

Mais nous vivions à présent le Premier Age de la Lumière. Postés derrière des murs de verre avec de grandes lanternes, nous regardions les arbres ployer et les cieux s'embraser.

Nous restions là, dans cet espace protégé et chaleureux, à contempler la force et la violence de la nature.

Ainsi, les ombres ancestrales se dissipaient, et les esprits des morts n'étaient rien d'autre que des éclats de lune.

Je m'emparai d'une pierre froide, engluée de bave de limace.

Peut-être pourrais-je vous aider.

Ecoutez-moi.

Peut-être pourrions-nous nous entraider, vous et moi, père Whiting, deux érudits seulement séparés par l'infime écheveau de la mortalité.

Agenouillé à l'intérieur de mon pentagramme protecteur, dans le foyer froid de notre foi, j'entonnai des mots et des phrases empruntés à des grimoires et rendus inoffensifs, j'avais besoin de le croire, par la prière chrétienne.

Pas d'invocation. Je n'invoquais pas les esprits à la manière des anciens sorciers. Je me contenterais de requérir…

... humblement, au nom du Père, du Fils et du Saint-Esprit, si la Trinité y consent. Dieu de bonté, si Votre volonté est d'aider Votre serviteur le père Whiting à trouver la paix... si je pouvais porter une partie de son fardeau, en échange d'une illumination, alors faites-le apparaître devant moi maintenant... sous une forme non déplaisante.

Une forme non déplaisante. Un élément essentiel. Le dire haut et fort, puis se taire.

Asservie à la volonté de l'homme, l'imagination peut être un outil puissant pour altérer le cours des événements, mais, livrée à elle-même, elle risque d'endommager l'esprit.

L'atmosphère me semblait de plus en plus froide – ou bien était-ce un effet de mon imagination ? Devrais-je, en tant que scientifique, tenter d'écarter ce genre de sensations, de me séparer de mon propre corps, de devenir un observateur ?

Ou bien laisser ces fantasmes m'envelopper d'un nuage sacré dans lequel un esprit, l'essence aqueuse d'un homme, peut graduellement se manifester ?

Le divinateur à l'œuvre. Dieu tout-puissant.

Vous me croyez téméraire ?

Vous qui regardez la scène derrière la vitre, vous qui n'étiez pas là cette nuit-là, dans le boyau glacé de l'abbaye.

Levant lentement la tête, je visualisai son visage sur mes paupières closes ; je voyais son regard où le chagrin le disputait au désespoir, ses mains levées en une bénédiction lasse.

Qui peut différencier les visions des prémices de la folie ?

Sans doute étais-je au bord du précipice de la folie quand, le temps d'un battement de cœur, je sus que je n'étais pas seul.

Je le sus. Comment ? Avais-je entendu un mouvement, un bruit de pas, un craquement de feuilles, un battement d'ailes de chouette ?

Rien de tout cela. Non. Seulement une absence, un vide, une mort, un silence. Une terrible sensation de vide.

J'essayai, Dieu me vienne en aide, de comprendre ce qui se passait. Sans diagrammes ni symboles ésotériques. La peur sourdait en moi et, après avoir murmuré une dernière prière et esquissé un nouveau diagramme à la va-vite, je m'avançai lentement, les yeux grands ouverts, le long de la nef en ruine éclairée des pâles rayons de la lune, en direction du chœur.

Vers ce qu'il y avait là-bas.

XIX

Au-delà du normal

Cowdray revint avec moi à l'abbaye. J'avais tambouriné à toutes les portes du George pour découvrir celle où il dormait - avec une des filles de cuisine, je suppose.

A présent, debout à l'orée du chœur, Cowdray regarda la scène, frissonna, puis la regarda de nouveau, frissonnant de plus belle. Il se signa, puis détourna les yeux, d'un air presque furieux.

— Je vais envoyer un gamin chercher Sir Edmund Fyche. Et des policiers. Ça va faire du bruit.

— Non… attendez.

Une faible lueur. Une flamme brûlant dans l'immensité.

Mon Dieu, mon Dieu, mon Dieu.

— Docteur, c'est…

Les rais de lune creusaient les rides du visage de Cowdray, les noircissaient.

— … c'est… ce n'est pas normal…

— Qu'est-ce qui est normal, selon vous ? dis-je d'une voix tremblante. La façon dont les hommes sont tués *d'habitude* par ici ?

— Avec le sang chaud, au cours de rixes…

Sa voix se fêla.

— … jamais comme ça.

L'homme était étendu, les bras écartés, comme Notre-Seigneur sur sa croix. Des ombres couraient sur des murs comme des ailes d'anges.

— Je dois consulter mon collègue, dis-je. Maître Roberts.

— Il est malade.

— Oui, et il a besoin de repos, cependant…

— Il n'a pas besoin de cela, dit Cowdray. La parole de Dieu…

— En effet.

J'avais vécu des temps violents, vu des hommes exécutés de diverses façons atroces, mais, rien, depuis le bûcher de Barthlet Greene, qui me soulevât à ce point le cœur.

Je me tournai pour lui faire face, ravalant ma bile et mon dégoût, levant ma lanterne bien haut.

Tel un objet sanctifié, le cadavre désignait l'est du doigt, l'endroit où se dressaient autrefois le grand autel et le tombeau de marbre noir.

Le corps d'une bougie fondue était enfoncé dans sa bouche de façon obscène. Je plaquai une main sur ma bouche et mon nez, écœuré par la puanteur - un mélange de graisse froide et de merde.

En se consumant, la cire de la bougie avait sculpté un masque mortuaire sur son visage. Et, à la lueur faiblissante de la flamme, était exposé le spectacle abominable - mon Dieu - de sa poitrine.

Le corps raidi, les organes arrachés luisaient dans une mare de sang noir et poisseux. Je me penchai et vomis de nouveau. C'est alors que je remarquai, pour la première fois, ce qui se trouvait dans sa main gauche.

— Ô mon Dieu, Cowdray…

Dudley disait souvent que Martin Lythgoe faisait partie de la maisonnée depuis toujours. Je le connaissais depuis moins d'une semaine et je pensais que c'était un homme bien. Un homme de cœur.

— Cette ville commence à puer comme l'enfer, dit Cowdray d'un ton venimeux. Allons-nous-en, docteur.

Mais je m'efforçai de regarder de nouveau, pour être bien sûr que dans sa main gauche, même moi - pas un anatomiste, qui n'avait de docteur que le titre - je savais que c'était un cœur qui ne battait plus.

Je suivis Cowdray jusqu'au portail et laissai derrière moi l'abbaye qui, dans cette aube amère, gisait tel le squelette aux côtes écartelées d'un énorme bœuf.

— Vous avez raison, dis-je. Il faut appeler de l'aide.

De nombreuses lanternes éclairaient le site. Fait étrange et pervers, l'abbaye semblait être revenue à la vie.

Je me sentais confus et disloqué, l'angoisse d'une nuit de veille m'enveloppait de son manteau humide tandis que je voyais Fyche examiner la scène du haut de sa monture avant de descendre de cheval pour venir l'étudier de plus près.

— C'est le cadavre de votre serviteur, docteur John ?

Il était arrivé avec trois agents aux premières lueurs de l'aube. En gilet sans manches et bottes cavalières. Il s'empara d'une lanterne et éclaira mon visage, comme s'il cherchait à y lire des traces de culpabilité. Sans doute en décela-t-il.

— Intéressant… c'est vous qui avez découvert le corps, docteur John. Pourquoi étiez-vous dans l'abbaye au fait, à plus de minuit ?

— Je…

Mon Dieu, je n'avais même pas pensé à inventer une excuse.

— Je ne pouvais pas dormir. J'ai eu l'impression que le moment était propice à l'inspection des ruines. Le calme et la sérénité. Sans personne dans les parages.

— Excepté les morts. Vous ne craignez pas les fantômes, alors, docteur ?

— Je ne fais que mon travail.

Tout cela me paraissait soudain bien peu crédible.

— Si vous n'étiez pas un serviteur de la Couronne, dit Fyche, j'aurais supposé que vous étiez venu voler quelque chose.

— Voler quoi ?

— Ou tuer quelqu'un. Mais vous êtes au service de Sa Majesté.

Je restai coi. Deux agents fouillèrent l'extension de la nef à l'aide de lanternes vacillantes.

— Je regrette d'avoir à vous demander ceci, docteur John, mais je vais devoir examiner vos certifications. Les avez-vous ?

— Je vais aller les chercher.

Ma lettre d'autorisation n'émanait pas de Cecil lui-même, ce qui aurait éveillé des soupçons inutiles, mais elle comportait les sceaux nécessaires. Je m'apprêtais à m'éloigner, quand Fyche me retint par le bras.

— Attendez, j'ai encore quelques questions. Quand avez-vous vu cet homme vivant pour la dernière fois ?

— Je… hier après-midi. Peu après notre rencontre sur le Tor.

— Vous et la sorcière ? Il était avec vous et la sorcière ?

— Je l'ai envoyé prendre des nouvelles de son maître.

— Je croyais que c'était vous son maître ?

— J'ai parlé sans réfléchir. Strictement parlant, il est l'employé de mon… de maître Roberts.

— L'homme qui est alité. Et, en dépit de son médecin, pas encore mort.

— Sa santé s'améliore.

— Contrairement à ce malheureux.

Fyche se tourna pour observer Martin Lythgoe.

— La manière dont il a été tué… comment la décririez-vous ?

— Immonde et injuste.

La puanteur s'accentuait, mais Fyche ne fit pas mine de s'éloigner. Il ôta son chapeau et se pencha sur le corps éviscéré de Martin.

— Une mise à mort minutieuse. Ouvert de la gorge à l'aine. Des instruments de boucher, d'après vous ?

— Je suis un fonctionnaire, pas un coroner.

— Ou bien une hache pour briser les côtes. Regardez…

Je ne voulais pas regarder. Au lieu de cela, je levai les yeux sur les côtes de la nef elles-mêmes, à l'endroit où elles s'étaient effondrées, tel un autre corps écrasé.

— Les deux poumons ont été soigneusement détachés, dit Fyche. Et le boyau des intestins, déroulé pour être solidement enroulé autour d'un bras, comme un serpent.

A travers la béance du toit, Vénus, la planète brillante qui apparaissait au point du jour, illuminait le ciel froid.

— Et le cœur placé, tel un sceptre, dans la main gauche. Il est raisonnable de supposer, en conséquence, que le tueur a dû être barbouillé de sang. Donc, qu'est-il arrivé à cet homme ?

— Sir Edmund, on voit très bien ce qui lui est arrivé. Seulement, je ne peux pas vous dire pourquoi. C'était un palefrenier. Il parlait plus aux chevaux qu'aux hommes. Un homme aimable, inoffensif…

— Mais la manière dont il a été assassiné…

— C'est une sorte de… rituel.

Fyche hocha la tête. Des grains blancs mouchetaient sa barbe mi-longue.

— Et un sacrilège aussi, dis-je. Si l'on considère que l'abbaye est toujours sacrée.

— Oh ! elle l'est ! La question est : aux yeux de qui ?

— Vous voyez la main de Satan partout, n'est-ce pas, Fyche ?

Je n'aurais peut-être pas dû prononcer ces mots, mais j'étais éreinté.

— Oui, oui, repris-je en marmonnant, si ce n'est pas un rite satanique, je ne sais pas ce que c'est.

La chaleur de sa lanterne me réchauffait, tant il s'était rapproché.

— Vos mains, dit-il. Montrez-moi vos mains.

— Je…

Je fixai sa barbe grisonnante.

— Quoi ?

— Vos mains. Les deux.

Deux policiers étaient apparus à ses côtés. Humilié, je lui montrai mes mains, qu'il examina à la lueur de la lanterne.

— Merci. Une formalité nécessaire.

Je me contentai de hocher la tête.

— Pour ce que ça vaut, la dernière fois que j'ai été appelé ici, c'était pour un coq retrouvé sur un autel fabriqué à l'aide de pierres. Un sacrilège… mais pas terminé.

— Du sang sacrificiel ?

— Ce n'étaient pas les restes d'une soupe de poulet, docteur John.

— Qui sont ces gens qui commettent de tels crimes contre Dieu ?

— Ceux-là mêmes qui profanent les tombes pour voler des ossements.

Etant donné les circonstances, il sous-entendait sans

doute Arthur, sans pour autant pouvoir le dire à haute voix. Mais je me trompais.

— Il y a une semaine à peine, la tombe d'un homme décédé il y a plusieurs années a été vandalisée dans le cimetière de Saint-Bénigne, de l'autre côté de la rue. De la nécromancie, docteur John. Je vous l'avais dit : cette ville grouille de vermine. Interrogez la femme Borrow.

— C'est une *doctoresse*…

— Vous êtes naïf, docteur John. Et je vais vous dire le fond de ma pensée. Ce malheureux n'aurait-il pas par hasard posé des questions, à votre demande, à propos des trésors que pourrait acquérir la Couronne ? Réveillant ainsi les amers souvenirs d'un autre inventaire, réalisé il y a plus de vingt ans ?

— Leland ?...

— Cet homme n'était-il pas venu cette nuit-là dans l'abbaye pour la même raison que vous ? Pour chercher des reliques ? C'est vous qui l'avez envoyé ici ?

— Non, je… je ne sais pas pourquoi il est venu ici.

— Il s'agit d'une étrange coïncidence alors ?

— Je suppose.

— Eh bien, je n'ai pas d'autre choix que d'envoyer un messager à Sir Peter Carew, à Exeter. L'abbaye étant sous sa responsabilité, il ne nous pardonnerait pas de lui avoir caché un crime de cette nature. Et, ah… n'était-ce pas l'un de vos compagnons de voyage ?

J'acquiesçai, peu soulagé à l'idée que Carew revînt saccager la ville comme un vulgaire pirate.

— Il sera là d'ici un jour ou deux. Et comme moi, il ne laissera pas l'auteur de ce forfait en liberté bien longtemps.

Je cherchai Cowdray des yeux pour étudier sa réaction, mais il s'était éloigné. Je me demandai avec quelle ferveur Fyche s'était récemment converti à l'Eglise réformée.

Certains hommes trouvaient un accomplissement personnel, voire un malin plaisir, à persécuter certaines catégories de gens – qu'il s'agît de catholiques ou de protestants, de juifs ou de sarrasins. Bonner en faisait apparemment partie, même s'il avait refusé de renier sa foi, alors que cela aurait pu lui éviter la prison.

— Je vais faire venir d'autres policiers de Wells ; ensuite nous fouillerons cette ville de fond en comble. Les innocents se sentiront floués, à coup sûr, mais le meurtre d'un serviteur de la reine – même d'un subalterne – n'est pas à prendre à la légère.

Fyche avait une bonne excuse pour éradiquer la vermine. L'atmosphère empestait une odeur de cire fondue mêlée de sang et de merde. Je ravalai ma nausée.

Fyche prit une profonde bouffée d'oxygène, puis bloqua sa respiration pour ne pas sentir la puanteur au moment de se pencher de nouveau sur le cadavre.

C'est alors que je crus voir... Comprenez bien que j'étais épuisé. Je n'avais pas dormi de la nuit, et la nuit précédente avait été très courte.

Ma tête me faisait souffrir, ma vue était brouillée et mon imagination, livrée à elle-même, jouait de drôles de tours à mon esprit. Et qui peut différencier les visions des prémices de la folie ?

La bougie fondue dans la bouche de Martin Lythgoe formait un cône de cire jaune qui avait bavé sur ses lèvres, son menton et ses joues.

Ma première impression – le masque mortuaire – s'évanouit pour faire place à une autre impression, plus dérangeante. Concentrant mon attention sur la mèche noircie dressée sur le cône ambré et nappé de ridules de graisse fondue, je crus voir...

— John... que diable... ?

— Non !

— ... se passe-t-il ?

Je me retournai vivement pour faire face à un Robert Dudley dépenaillé, qui avait pris appui sur un mur délabré, le visage luisant de sueur et le regard vitreux. Je voulus lui crier de partir, mais aucun son ne sortit de ma bouche. Car dans mon esprit flottait désormais l'image d'un cône fondu qui me faisait irrémédiablement penser, je le jure, à une grotesque imitation de la colline de Tor.

Et c'est à ce moment-là… oui, à cet instant précis… que j'eus l'impression – l'une des sensations les plus étranges et les plus intrusives de toute ma vie – que ce lieu, en un sens maudit, commençait à vivre en moi.

TROISIÈME PARTIE

Bien que l'hémicycle de la Lune soit placé au-dessus du cercle solaire et semble supérieur, nous savons que le Soleil est son seigneur et roi. Nous voyons que la Lune, qui se complaît tellement en sa forme et sa proximité, rivalise avec le Soleil par sa grandeur, apparente à l'homme ordinaire ; pourtant la face, ou demi-sphère de la Lune, reflète toujours la lumière du Soleil. Elle désire si ardemment être imprégnée des rayons solaires et transformée en Soleil que, de temps à autre, elle disparaît entièrement des cieux et réapparaît quelques jours plus tard, sous une forme corniculée.

John Dee, *Monas eiroglyphica*

XX

Notre sœur

— Une femme, dit Dudley. Et sept enfants.

La fenêtre était baignée d'un halo rosé, l'aube crémeuse nappant le ciel d'un coulis nacré.

— Cinq garçons et deux filles, ajouta-t-il.

C'était une facette de sa personnalité qu'il dévoilait rarement. Il s'assit, frissonnant de froid et d'angoisse, d'un côté du lit ; il était encore trop faible pour rester debout.

— C'était le lad de mon père quand j'étais petit. Il serait mort pour lui, je le jure, il aurait mis sa tête sur le billot à sa place. La loyauté, John. Une loyauté indéfectible.

Sa respiration était saccadée et sans doute douloureuse, étant donné l'inflation de sa gorge.

— Je me moque de Carew ! s'écria-t-il. Si je trouve ces bâtards le premier, je les découperai en morceaux sur-le-champ, membre par…

Soudain, il se mit à gémir, conscient qu'en réalité, il serait incapable d'abattre un lit de roseaux. Son épée gisait sur le sol, à moitié dégainée, comme s'il n'avait pas eu la force de la soulever.

Je me postai devant la fenêtre et observai la rue principale, où les femmes regardaient un groupe de cavaliers mettre pied à terre devant le portail de l'abbaye – les policiers dépêchés de Wells par Fyche. Ils avaient transporté le corps de Martin, ses entrailles sur ses genoux, dans une dépendance de l'abbaye où Carew pourrait les examiner dès son retour d'Exeter.

Je retournai dans la chambre rose. L'heure était à la confession.

— Je l'ai renvoyé, dis-je. Hier. Il m'avait suivi.

— Ouais. Comme un bon chien de chasse.

Dudley sanglotait, les épaules tremblantes. Je sentis que le meurtre de Martin Lythgoe lui rappelait, dans les ténèbres de la maladie, l'exécution de son père, ainsi que tous les autres assassinats injustes dont il avait été témoin au cours de sa vie.

Enfin, il leva sur moi un regard noyé de larmes, sans honte aucune.

— Pauvre Lythgoe. Il voulait toujours veiller sur quelqu'un. Après la disparition de mon père, c'était moi. Et comme j'étais alité, le malheureux a suivi ta trace.

— Et je l'ai renvoyé.

— Dieu du ciel, John, comment aurais-tu pu savoir ?

— Ici… Pour… s'assurer que tu buvais assez d'eau.

Je sais. Je sais. Mais si je lui avais dit que j'avais envoyé Martin Lythgoe chez le maréchal-ferrant, il se serait traîné dans les rues comme un lépreux pour mettre la main dessus.

— Je ne m'en rappelle pas, dit-il en fronçant les sourcils. Je ne me rappelle pas l'avoir revu ! C'est la dernière fois que je l'ai vu et je ne m'en souviens pas !

— Tu dormais. Comme tu devrais le faire maintenant.

— Je ne peux pas…

Sa tête sombra dans ses mains.

— Je ne peux même pas réfléchir. Que… enfin, pour l'amour de Dieu, que faisait Lythgoe là-bas au beau milieu de la nuit ? A l'abbaye ?

— Cela ne s'est peut-être pas produit au milieu de la nuit. Il était peut-être là depuis plusieurs heures.

Combien de temps faut-il à une bougie pour se consumer ? Quelle était la taille de cette bougie ? Quelqu'un était-il venu après coup pour la lui enfoncer dans la bouche ? Mais seul un esprit dérangé aurait pu commettre un acte aussi ignoble… Et il paraissait impossible, une fois le corps raidi, d'insérer une bougie dans la mâchoire d'un cadavre serrée comme un étau.

— Et toi, John, que faisais-tu là-bas ?

— Je n'arrivais pas à dormir.

— Tu es allé là-bas tout seul… parce que tu n'arrivais pas à dormir ?

Comme s'il n'avait pas agi exactement de la même façon la nuit précédente. Cela dit, j'étais fatigué de ces mensonges et demi-vérités. Je décidai de lui révéler, à haute et intelligible voix, toute la folie de mon entreprise.

— Le père supérieur. Ils ont dit qu'il ne trouvait pas le repos.

— Qui a dit cela ?

— Cowdray. Et s'il y avait une possibilité de voir une chose pareille… je voulais la voir.

Dudley me fixa d'un air incrédule. Je soutins son regard avec peine.

— Bon sang, tout le monde les voit ! La reine, toi… tout le monde sauf moi.

Voilà. Le triste aveu d'un homme simple.

Dans la rue s'éleva le son joyeux d'un cor, puis des éclats de rire. La chasse était lancée.

— Entendons-nous bien, dit Dudley, tu es allé dans

les ruines dans l'intention d'invoquer l'esprit du père défunt ?

— Non ! Je ne fais pas d'invocation. Ne dis pas cela. Je voulais seulement…

Le courage me manquait. Dudley s'affaissa sur son oreiller et fixa le plafond.

— Tu sais quoi ? Si j'étais un fantôme, le dernier homme sur terre devant qui je voudrais apparaître serait John Dee. Il me tournerait autour, m'examinerait sous toutes les coutures, me mesurerait avec ses instruments et me harcèlerait avec ses questions interminables sur la vie après la mort, et…

— Très bien !

— Ne me dis pas que tu espérais que l'esprit t'indiquerait obligeamment l'emplacement des ossements du roi Arthur ?

Pas loin. Je m'affalai sur la chaise près de la fenêtre et lui dis que je regrettais de ne pas y être allé plus tôt, quand Martin Lythgoe était encore en vie.

— Quoi ? Pour qu'ils t'embrochent toi aussi ? A quoi cela nous avancerait-il ?

— J'aurais pu…

Je passai la main sur ma joue piquante.

— J'aurais peut-être pu…

— Faire montre de ton art du combat ? Jeter quelques livres à la tête du tueur ?

Je gardai le silence. Dudley leva les mains en signe d'apaisement.

— Pardonne-moi, John. Qui suis-je pour te dire cela, moi qui suis aussi faible qu'un enfant qui vient de naître ? Si seulement je ne m'étais pas réveillé ce matin avec la conviction que toute cette aventure n'était qu'une machination de Cecil dans le but de m'éloigner de la chambre à coucher de Bess assez longtemps pour lui faire entendre raison…

— Il s'inquiète des rumeurs qui circulent en France, c'est tout.

— Et comment les Français osent-ils nous donner des leçons de morale ? Qu'a dit le juge de paix ?

— Il a parlé de rituel satanique. Cela dit, il voit de la magie noire et de la sorcellerie partout. Il pense aussi que certains habitants de la ville ont conservé d'amers souvenirs de l'inventaire de Leland et de ses conséquences sur Glastonbury. Des vies brisées par la destruction de l'abbaye. Peut-être la crainte d'un nouveau désastre.

— Est-ce une raison pour éviscérer un homme ?

— Je ne…

— Sommes-nous les prochains sur la liste ? Devons-nous nous sauver pendant qu'il en est encore temps ? Suis-je le genre d'homme à fuir une bourgade habitée de mécontents armés de couteaux de boucher ?

Pris d'une soudaine quinte de toux, il s'affaissa sur son oreiller. Je vins me poster près de lui.

— Les temps évoluent. La mort change bien des choses. Peut-être est-il temps pour toi de te rappeler qui tu es. Il te suffit de lever un doigt, d'envoyer une lettre, et deux cents hommes se presseront ici…

— Non. Nous devons en finir.

— Bon sang, Robbie, tu es Lord Dudley, l'héritier de…

— … d'une montagne de haine. Toute l'Angleterre me considère comme un coq arrogant.

Il tourna vers moi un visage couvert de sueur.

— Ils devraient me voir en ce moment, hein, John ?

Je me rappelai ce qu'il m'avait dit sur le fleuve, sa volonté de faire preuve d'humilité, de jeûner durant trois jours, de veiller jusqu'à l'aube, de chevaucher silencieusement et de s'arrêter à chaque église pour prier.

J'avais cru à une plaisanterie, mais nous avions bel et bien fait halte dans un grand nombre d'églises, et il s'était à plusieurs reprises promené seul.

... un homme qui apporte à la reine un symbole irréfutable de son héritage royal..., qui confère à la monarchie une aura mystique..., un tel homme peut espérer sa récompense.

Une quête comme forme de rédemption ? Je ne pouvais pas penser à cela.

— Tu es malade. Repose-toi.

— Il fait jour.

Il passa la main sur son front avec irritation, comme s'il essuyait la poussière de quelque bataille qu'on lui déniait. Je me levai.

— Même toi, tu ne peux combattre la maladie. Laisse-la suivre son cours. Je vais tirer les rideaux.

— Laisse-les ouverts.

J'étais sur le pas de la porte quand il me rappela.

— John...

Il roula sur le côté pour me faire face.

— Le corps de Martin...

— Oui, je... Dois-je trouver un charpentier pour fabriquer un cercueil ? Allons-nous le rapporter à Londres ?

Dudley ferma les yeux.

— Son cœur, souffla-t-il. Nous rapporterons son cœur.

Au pied de l'escalier, je trouvai Cowdray avec un jeune homme d'environ dix-huit ans qui, m'expliqua-t-il, porteur d'une lettre, était venu de Bristol à cheval.

— De Londres, monsieur, dit le jeune homme.

Identifiant immédiatement le sceau, je demandai à Cowdray de lui donner un bon repas agrémenté de bière sur le compte de maître Roberts.

— J'ai aussi trouvé Joe Monger pour vous, dit Cowdray.

— Pardon… qui ?

— Le maréchal-ferrant. Vous me l'avez demandé hier soir.

Hier soir… Un autre temps déjà.

— Il est reparti maintenant, docteur John. Soigner les sabots de mon vieil âne.

— Merci. Je paierai pour cela aussi, alors. S'il vous plaît, ajoutez-le à notre note.

Je fis un signe de tête au messager.

— Merci à vous aussi.

— Pas de réponse, maître ?

— C'est possible. Allez manger. Prenez votre temps.

Ma migraine empirait. Je traversai le corridor empestant la bière. M'adossant à la porte de derrière, qui était surplombée d'une lucarne recouverte de toiles d'araignée, j'arrachai le sceau de cire.

Blanche Parry. Elle avait dû écrire ce message, pour qu'il arrivât si rapidement, peu après notre départ de Londres. Je dépliai la lettre et la levai à hauteur de la vitre.

Etrange. Elle n'était pas écrite avec la formalité et la distance coutumières de Blanche. L'intimité qui affleurait ne cadrait guère avec sa personnalité, et elle s'adressait à moi avec une familiarité que je n'aurais jamais soupçonnée de la part de cette femme sévère et prudente.

Cousin,
Notre sœur n'est pas en bonne forme.
Ses nuits sont tourmentées,
Ses jours agités.
Voilà ce que j'ai appris : notre sœur
A été informée par de terribles prophéties
Qu'elle ne trouverait pas la paix

De Morgan la fée
Tant que son héroïque ancêtre
Ne serait pas enterré dans la gloire.
Je vous supplie donc de vous presser
De trouver une solution à ce sujet
Et de m'envoyer dès que possible
Un mot pour m'informer de vos progrès.

Pour des raisons évidentes de sécurité, elle n'était pas signée, mais les références étaient claires.

Elle ne trouverait pas la paix.

Blanche. Née non loin de ma propre famille, dans la campagne ravagée par les guerres de Glyndwr, qui opposaient le pays de Galles à l'Angleterre, elle vit tant de châteaux en flammes.

Puis elle fut témoin de la grande guerre où Lancaster et York s'affrontèrent, les familles locales prêtant allégeance à l'un, puis à l'autre, les gens luttant contre leurs voisins.

Les habitants des régions frontalières étaient de nature prudente et ne révélaient aucun de leurs secrets, à moins d'être en grand danger.

Mais la dévotion de Blanche à Elisabeth ferait tomber toutes les barrières bien avant cela.

Je vous supplie donc de vous presser…

Je la relus encore deux fois. L'usage du mot « prophéties » raviva dans mon esprit le souvenir de l'homme au chapeau à plumes de paon. *Sachez tout sur la fin du monde !*

Les prophéties. Basées pour la plupart sur du vide. Elles se nourrissent des terreurs nocturnes du sujet et des désirs du prophète lui-même. Ne jamais, jamais les confondre avec la discipline ancestrale de l'astrologie, qui étudie les mouvements du cosmos, à partir desquels des *probabilités* sont établies. Comme mon voisin, Jack Simm, avait tort quand il suggérait que tous les monarques en grandissant se protégeaient d'une peau de lézard ! La peau royale, qui avait en réalité la pâleur et la finesse de la rose, pouvait bleuir à la moindre brise, et le vent de la prophétie soufflait plus fort qu'une tempête de neige.

Ne craignez aucune prophétie, dirais-je, méfiez-vous seulement des prophètes. Même celles qui proclament : *Tant que son héroïque ancêtre… ne trouverait le repos…*

L'ancêtre : *Arthur.*

Et *Morgan la fée ?*

La sorcière de la tradition arthurienne, égérie de la douloureuse sororité qui, dans la légende, avait emmené Arthur sur l'île d'Avalon. Il ne faisait guère de doute que Blanche faisait référence à la mère de la reine. J'avais le sentiment qu'il ne s'agissait pas de son propre code – elle avait peu d'imagination –, mais du phrasé original de la prophétie.

Anne Boleyn. Pauvre et sanglante Anne Boleyn, pas plus sorcière qu'Eleanor Borrow. Dont la mère…

Ô mon Dieu, qu'en savais-je ? Quelqu'un savait-il quelque chose ? La magie – la magie blanche, du moins – n'était souvent rien d'autre qu'une forme de croyance, une approche des fins spirituelles plus ou moins semblables à celles que nous recherchions, nous, chrétiens.

Et, pour un catholique, le luthéranisme notoire d'Anne Boleyn représentait la forme la plus dévoyée de la sorcellerie.

Etait-ce ainsi qu'avait commencé notre quête des restes d'Arthur ? Quelque prophétie lue par la reine ? Elle avait un rare appétit pour la connaissance, mais aussi une grande soif pour les futilités et les rumeurs et, comme je l'ai dit, elle était en proie aux terreurs nocturnes et à l'incertitude, hésitant entre deux eaux, toujours à l'affût de signes.

Jouissant d'une liberté toute nouvelle, Londres grouillait plus que jamais de devins et de charlatans, des hommes et des femmes tissant des toiles mystiques dans le but d'atteindre les confins de la connaissance humaine.

Pourquoi ne m'avait-elle pas consulté ?

Adossé à la porte, j'étais envahi, à l'approche du crépuscule, par un sentiment d'isolement. Avais-je omis quelque chose, quelque chose de si clair et si manifeste que tout le monde en riait depuis des années ? Se pouvait-il que personne ne me fît confiance ? Ne me respectât ?

Un homme admiré à l'étranger, mais craint dans son propre pays et raillé pour son érudition, à une époque où les aventuriers au pourpoint doré brillaient comme le soleil.

Un misérable fonctionnaire qui dessinait des cartes et faisait des *estimations de probabilité.* Pas assez bien. Pas étonnant que cet homme n'eût reçu ni terre ni titre en retour.

Etes-vous capable de faire appel aux anges, John ?

Elle venait parfois me rendre visite chez ma mère, mais ne pénétrait jamais dans la maison.

Mon dos était moite. La reine avait-elle un autre secret, un conseiller plus puissant dans les matières de l'Ombre ? Pourquoi ne m'avait-elle pas parlé des prophéties ni de la perception omniprésente de l'ombre de sa mère ?

Et d'où provenaient les prédictions qu'elle prenait tant au sérieux ? Qui était responsable ? Qui en Angleterre avait accès aux appartements royaux ? Je m'interrogeai à propos de Sir Nicholas Throckmorton, l'ambassadeur de France, avec qui, d'après Blanche, la reine s'entretenait souvent.

Tu cherches à vivre dangereusement, John ?

Contrairement à Robert Dudley, je n'avais aucun goût pour le danger, rarement compatible avec l'étude. Quoi qu'il en soit, comme Carew rentrerait sans doute avant la nuit, le temps jouait contre nous.

Je gagnai ma chambre, pris une feuille de papier et m'installai à ma table pour écrire une note à l'intention de Blanche Parry. Rien de crypté, rien de caché.

Je lui demandais si elle pouvait me fournir le texte complet de la prophétie ainsi que toutes les autres prédictions que la reine avait lues. Et aussi si elle avait une idée de leur origine.

Puis je la glissai dans mon pourpoint, près de ma dague.

XXI

La sorcellerie

Apparemment, Fyche n'attendrait pas l'arrivée de Carew. Une fois dans la cour, sous le ciel bas et écumant, j'entendis la clameur de la rue. Il ne manquait plus que cela.

La ville de Glaston avait été informée que le juge de paix avait formellement proclamé l'ouverture d'une chasse à l'homme, selon la loi anglaise, qui obligeait chaque citoyen à participer à la poursuite du criminel en poussant des cris et des clameurs, de ville en ville. Un meurtrier impie et barbare qui, la nuit passée, au service de Satan lui-même, avait mutilé et assassiné un pieux serviteur de Sa Majesté.

A présent, le silence régnait. L'air était empli de peur, due, sans doute, moins à la présence en ville d'un tueur sanglant qu'à la punition qui serait infligée aux habitants s'il n'était pas arrêté.

— Ce n'est pas l'exercice le plus utile, observa le maréchal-ferrant. Personne ne devrait être obligé d'enquêter sur un crime quand il n'y a pas de félon connu.

C'était tout aussi vrai à Londres. La chasse à l'homme, efficace en certaines occasions, était un instrument émoussé et limité, qui engendrait souvent la confusion et la panique dans la population, rendant la fuite d'un criminel non identifié plus aisée.

— C'est un jour de deuil pour vous, j'en suis navré, dit le maréchal-ferrant.

Le regard triste et morne, l'homme avait des cheveux gris qui lui arrivaient aux épaules. Sa tenue de travail, d'une teinte terreuse, avait vraisemblablement été conçue à partir de son habit de moine, coupé au niveau des genoux. Il reprit sa taille du sabot de l'âne, qu'il pelait comme une pomme. Il ne semblait pas curieux de savoir pourquoi je voulais lui parler.

— Maître, dis-je, si je puis me permettre… le serviteur qui a été assassiné, est-il venu vous voir hier ?

— Peut-être. A quoi ressemblait-il ?

— Grand, cheveux blonds, un accent du Nord.

Il réfléchit en examinant le sabot, puis s'empara d'un petit caillou.

— Non, monsieur. Je n'ai récemment croisé personne correspondant à cette description. Cela dit, j'ai passé toute la journée d'hier à Somerton pour m'occuper de chevaux de trait. Je ne suis pas rentré avant la nuit.

L'âne gris émit une flatulence au moment où maître Monger reposait le sabot à terre. Il se leva et ôta les protections de ses genoux.

— Pourquoi pensez-vous que j'aurais pu avoir affaire à ce malheureux ?

Las, je tardai à répondre. Monger rangea ses derniers instruments dans sa sacoche de cuir, puis flatta affectueusement la croupe de l'âne, qui quitta l'écurie au petit trot.

— Je vous demande cela, docteur John, parce qu'il y a des hommes en armes dans la rue, et que, si vous avez des raisons de croire que j'ai été le dernier à parler à la victime d'un meurtre barbare, ils penseront sans doute la même chose.

Son regard était calme, résigné. Il dégageait une sérénité que j'avais souvent observée à la fois chez les prêtres - sauf chez Bonner, bien sûr - et les hommes proches des animaux. Rarement chez les hommes qui comme moi parcouraient le monde en quête de la connaissance, avec la même ferveur que d'autres pourchassaient les femmes ou s'adonnaient à la boisson.

— Les habitants savent-ils avec quelle sauvagerie il a été tué ?

— Oui, tout le monde est au courant. Sauf peut-être Simeon Flavius, qui est, paraît-il, âgé de quatre-vingt-quinze ans, est sourd et n'a plus toute sa tête.

Le maréchal-ferrant, parfaitement immobile, attendait en silence. De l'intérieur de l'écurie, on entendait les mâchoires de l'âne qui mastiquaient la paille. Je soupirai.

— Nous sommes mandatés par la Commission des antiquités de la reine, comme vous le savez sans doute déjà. Notre mission est de déterminer ce qui a disparu de l'abbaye et ce qui se trouve encore en ville. On nous a dit que certains moines habitaient toujours dans les environs… comme vous. J'avais demandé à Martin Lythgoe de venir vous trouver. C'est tout.

Monger haussa un sourcil gris.

— Vous avez envoyé votre serviteur me parler ? Plutôt que de venir en personne ?

Je pris sa question pour une affirmation et ne lui fis aucune réponse. Monger rouvrit son sac d'instruments.

— Je suis resté à l'abbaye jusqu'à la fin. Jusqu'à ce qu'il ne reste plus aucun objet saint. Et vous vous demandez si par hasard votre serviteur n'aurait pas trouvé chez moi des objets de valeur volés à l'abbaye, ce pour quoi je l'aurais tué…

Il plongea sa main dans la sacoche.

— … et broyé ses côtes avec ceci ?...

— Non !

Me reculant promptement, je palpai mon pourpoint pour sentir le renflement de ma dague, quand sa main émergea du sac… sans tenir quoi que ce fût.

— J'aurais pu le tuer, souffla-t-il. J'ai tous les instruments nécessaires ici. Et je suis plus fort qu'il n'y paraît.

— Vous êtes un moine.

— Un *ancien* moine.

J'acquiesçai.

— Tout comme notre estimé juge de paix. Lui a fait pendre des hommes.

— Et des femmes.

— Oh oui !

Il referma sa sacoche et la posa par terre entre ses jambes.

— Ils arrêteront quelqu'un pour ce crime, c'est certain. Cet horrible meurtre impliquant des gens de Londres. Ils voudront résoudre cette affaire.

— Que voulez-vous dire ? Qu'ils iront jusqu'à obtenir la confession d'un innocent par la force ?

Monger haussa les épaules.

— Ecoutez, je me demande seulement si vous n'avez pas incité notre homme à aller trouver quelqu'un d'autre. Quelqu'un qui, selon vous, aurait eu connaissance d'objets dérobés à l'abbaye. Quelqu'un qui…

— … l'aurait tué par crainte d'être découvert ? Nous en revenons toujours à ce mobile. Mais, pardonnez-moi, Sir Edmund Fyche n'a-t-il pas proclamé, étant donné la mutilation du corps, qu'il s'agissait d'un acte démoniaque ?

— En effet, pourtant…

Les mailles du filet se resserraient. Fyche et Monger venaient tous deux de l'abbaye, et le juge de paix devait être une importante source de revenus pour un maréchal-ferrant. Mais j'étais las de ces joutes verbales.

— … ne serait-il pas possible que Fyche, en disant que cette ville est truffée de sorcières…, exagère ?

Le maréchal-ferrant esquissa un sourire triste qui, ajouté à la teinte terreuse de son habit, suggérait la domination de la mélancolie saturnienne dans son signe de naissance.

— Fyche exagère uniquement dans sa perception de ce qu'est la sorcellerie.

— Ah.

— Vous voulez en savoir plus à ce sujet ?

— C'est-à-dire ?

— Comprendre d'où lui vient cette obsession ?

Je sondai son regard, mais il se détourna et mit son sac en bandoulière.

— C'est jour de marché aujourd'hui. Si vous venez en ville avec moi, vous comprendrez.

Il s'éloigna, et je n'eus d'autre choix que de le suivre. La brise bruissait à mes oreilles. Ce n'était pas la première fois, depuis mon arrivée dans cette ville, que j'avais la sensation que les événements échappaient en quelque sorte à mon emprise. Comme si je n'étais qu'une pièce d'un jeu d'échecs et ne pouvais me mouvoir que dans une seule direction.

Le problème principal étant que je ne savais pas quelle pièce j'étais ni qui – ou quoi – me faisait évoluer sur l'échiquier.

Le jour de marché à Glastonbury n'était plus un événement comme autrefois ; pourtant, une certaine animation régnait sur la place. Des charrettes chargées de lapins, de peaux de mouton et de poissons frais côtoyaient des barils de cidre et de bière. Un forgeron vendait des épées et des pioches. Autant d'éléments essentiels pour Glastonbury, en ces temps troublés.

Pourtant, on trouvait aussi sur une table des pâtisseries colorées, pour ceux qui pouvaient se les offrir, ainsi que des confitures locales. Un groupe de musiciens avec des luths cabossés et des tambours en peau de mouton jouait un air folklorique devant l'église Saint-Jean-Baptiste. Personne ne dansait, cependant. Les gens étaient rassemblés par petits groupes sous le ciel assombri de nuages. Parfois, on entendait dans le lointain les cris des prévôts qui haranguaient la populace. Monger désigna d'un signe de tête une femme frêle près d'une porte. Elle avait un bandeau sur un œil et vendait des confitures sur un plateau.

— Joan Tyrre, expliqua-t-il. Elle est venue s'installer ici il y a trois ans. Elle travaillait au marché de Taunton quand elle a été arrêtée pour être questionnée sur ses relations avec les fées.

— Avec les fées ?...

Incrédule, je me tournai vers lui. Une coulée de soleil liquide trouait les nuages comme du pus suintant d'une blessure empoisonnée.

— Un jour, elle a rencontré un homme étrange au marché qui cherchait à se lier d'amitié avec elle. Elle l'a suivi chez lui... Quand on l'a retrouvée, elle avait perdu la vue.

Je clignai des yeux. Des souvenirs me revenaient en mémoire. Une légende que j'avais entendue quand j'étais enfant : *Si tu vois un homme ou une femme qui n'est pas censé appartenir à ce monde, tu risques de perdre la vue. Ne t'éloigne pas*, me disait ma mère, *tu risquerais d'aller là où tu ne le veux pas et de devenir aveugle.*

A la vérité, je n'avais encore jamais rencontré quelqu'un qui avait réellement subi ce châtiment.

— Au moment de comparaître devant le tribunal, reprit Monger, elle avait recouvré la vue d'un œil.

— Accusée de… ?

— Je ne connais pas la nature exacte des accusations. Converser avec les fées ? Est-ce un crime ou bien cela entre-t-il dans la catégorie grossière de la sorcellerie ? Quelqu'un l'a probablement dénoncée au vicaire local. J'imagine qu'elle a eu de la chance d'échapper à la prison au bout du compte. Et elle le savait, voilà pourquoi elle s'est installée ici.

— Je ne vous suis pas. Pourquoi ici ?

— Je suppose qu'elle pensait quitter Taunton pour une ville où ses talents particuliers ne seraient pas totalement condamnés. On dit que si elle ôte le bandeau de son œil, ce qu'elle voit n'est pas… Ah !… à présent, regardez cette personne là-bas.

Une dame élégante, vêtue d'une cape grise, s'était penchée pour parler à une jeune femme assise sur une marche, un panier de rubans roses sur les genoux, un châle d'un rouge passé masquant ses cheveux et ses épaules. Elle se leva avec son panier, et la femme élégante la suivit dans une ruelle.

— Au fond du panier, dit Monger, sous les rubans, se trouvent des cristaux précieux.

Je gardai le silence. A Mortlake, je conservai cinq cristaux. Sur un étal, j'achetai deux pommes flétries par le froid et en donnai une à Monger.

Puis nous continuâmes notre promenade vers le haut de la ville, où se trouvait une femme, me dit-il, qui grâce à des cartes mystiques originaires de France prédisait l'avenir. Ensuite, il salua un homme avec deux terriers. L'homme lui sourit.

— Suis sorti de chez moi, Joe. Au cas où je tomberais sur un type avec des cornes et la bouche en sang.

C'était un homme de petite taille, le crâne dégarni, une barbe blanche qui recouvrait sa poitrine et de petits yeux qui brillaient comme des billes de quartz. Monger lui rendit son sourire.

— Un peu de discrétion serait la bienvenue aujourd'hui. Même de ta part.

— Ah oui ? Je suis censé traquer le pauvre type qu'ils auront désigné comme coupable de cette boucherie ? Tu sais ce que j'en pense, Joe, hein ? Qu'ils aillent au diable !

Il hocha la tête, frappa ses cuisses, et les terriers se précipitèrent derrière lui pour le suivre dans la foule.

— Comme tant d'autres, ce brave homme s'en tire parce qu'il a une utilité. Fyche l'avait employé pour retrouver la source originelle de Meadwell, et il en a découvert deux.

— Découvert ?

— Grâce à un bâton fourchu qui se met à vibrer en présence d'eau.

— Un sourcier.

— Un *sorcier*, disent certains.

Autrefois, les sourciers étaient considérés comme hors-la-loi, mais leurs pratiques étaient bien trop utiles pour être bannies. Je secouai la tête.

— C'est une science, maître Monger. Une science que nous ne comprenons pas encore. Il y a un homme, du nom d'Agricola, apparemment capable de trouver de l'or dans le sol par des moyens similaires. Vous me direz que c'est impossible.

— Presque tout est possible, répondit Monger, et certaines choses impossibles sont *rendues* possibles… ici. Surtout quand il s'agit d'eau, car nous habitons toujours une île. L'île d'Avalon, en esprit.

A l'image d'un moine jouissant d'une aura protectrice, il poursuivit sa promenade, comme s'il flottait à travers le marché.

— Il n'y a plus rien !

Un vieil homme en tablier se tenait sur le seuil d'une boulangerie et agitait les bras vers la file d'attente à l'extérieur.

— Ces satanés policiers ont tout pris. Regardez, il ne reste rien !

— Des tartes, dit Monger. Maître Worthy cuisine les meilleures tartes au mouton du Somersetshire.

Tandis que la queue se dispersait en maugréant, Monger me guida à l'intérieur du magasin.

— Il ne reste plus rien, Joe, dit le boulanger. J'ai seulement…

— Oui, nous avons entendu. Maître Worthy, j'aimerais vous présenter le docteur John, de la Commission des antiquités de la reine, venu ici pour faire l'inventaire de ce qui reste de l'abbaye.

Le vieux boulanger, dodu et chauve, je le devinais, sous sa casquette, se raidit brusquement.

— Le docteur John veut seulement s'assurer, précisa Monger, que les objets qui n'ont pas été détruits sont… en de bonnes mains. Vous n'avez rien à craindre.

J'observai Monger. Comment pouvait-il être sûr que cet homme n'avait rien à craindre de moi ? Il ne me connaissait pas.

Quelque chose ici ne tournait pas rond.

Le sommet de la tour dressée sur le mont Tor apparut entre deux étals du marché, baigné d'une lumière crémeuse.

— Alors c'est tout ? Ce sont ces gens, les sorciers de Fyche ?

Dans une trouée du mur, dissimulée par un four désaffecté, avaient été cachés plusieurs vieux livres, dont le plus illustre était le premier volume de *Steganographia*, l'œuvre majeure de Johannes Trithemius, feu le père supérieur de Sponheim, qui traitait de la magie et des langages codés. Ce livre ne pouvait provenir que de l'abbaye, et j'aurais pu m'enfermer une semaine dans cette boulangerie avec un tel trésor.

— Emmanuel Worthy se prend lui-même pour un alchimiste, expliqua Monger. Uniquement parce qu'il possède des livres remplis de diagrammes qu'il ne comprend même pas. Mais je pourrais vous en montrer de plus surprenants. Un guérisseur qui soigne les maladies au travers des orteils, selon la vieille tradition égyptienne. Le septième enfant issu d'un septième enfant qui lit l'avenir. Au moins cinq personnes prétendent pouvoir communier avec les morts ici. Oh ! et un homme qui jette des sortilèges grâce au bois de la sainte Croix, quoique celui-ci soit sujet à caution.

— Et tous sont connus de…

— Tous se connaissent, oui. Même s'ils sont disséminés un peu partout dans la ville et les villages alentour, ils forment une communauté. Certains d'entre eux se réuniront plus tard, quand le marché sera terminé. Enfin…

Monger jeta un coup d'œil par-dessus son épaule.

— … d'habitude, ils se réunissent. Ce soir, les choses seront peut-être différentes.

— Etaient-ils déjà présents quand vous étiez moine à l'abbaye ? Vous les connaissiez à l'époque ?

— Certains étaient déjà là. Mais aujourd'hui, ils sont bien plus nombreux. Ou bien je ne les avais pas remarqués parce que nous, les frères pieux, étions majoritaires à l'époque.

J'appris que nombre de ces « chercheurs », comme les appelait Monger, étaient venus à Glastonbury des confins du pays, et certains même de l'étranger. Au temps où l'abbaye était florissante, ils étaient noyés dans la masse. La ville était à l'époque constamment remplie de pèlerins. Ce n'est qu'après la chute de l'abbaye et l'exode des gens aisés et des religieux, que les habitants ont commencé à remarquer la nature des « chercheurs » qui s'étaient installés là… et dont le nombre grandissait de jour en jour. Certains ressemblaient à des miséreux et vivaient dans des camps et des maisons abandonnées. Ils n'assistaient à l'église que par nécessité, pour éviter la persécution, car leurs propres obédiences religieuses appartenaient clairement… à un autre univers.

Toute une communauté d'immigrants qui avait dédaigné les villes lucratives de Bristol et Londres pour vivoter ici. Pourquoi ?

— Pas si simple, objecta Monger.

J'entendais encore Fyche me parler des feux dans la nuit noire, des incantations de la vermine qui vénérait la lune.

J'éprouvais encore une sensation d'étrangeté. Pourquoi Monger me racontait-il tout cela à *moi*, un fonctionnaire de Londres qui appartenait probablement à l'Eglise réformée ? Cela commençait à me rendre nerveux, mais mon intérêt s'était enflammé, et toute prudence avait depuis longtemps été balayée par l'érudit que j'étais.

— Comment avez-vous appris à connaître ces gens, maître Monger.

— Grâce à mon travail, répondit-il sans même me regarder. C'est à l'abbaye que j'ai appris mon métier. Je m'occupais des chevaux des voyageurs et des pèlerins. Bizarrement, les religieux ne s'intéressaient guère à leurs animaux. Au bout d'un temps, on me confia une forge dans les soubassements de l'abbaye et, à présent, j'en possède une de l'autre côté des murs. Cela dit, je m'en tiens toujours aux horaires des moines ainsi que, plus discrètement, à leurs observances religieuses.

— Sans persécution ?

— Un maréchal-ferrant est un homme essentiel dans une communauté. Un bon maréchal-ferrant est intouchable. Et cette ville est toujours catholique, quelle que soit l'Eglise où prient ses habitants. L'abbaye… répand une lumière spirituelle sur la place, un vent de guérison. Ceux qui y pénètrent en s'appuyant sur une canne en ressortent en courant.

— Mais la source s'est tarie…

— Non, non… vous ne comprenez pas, n'est-ce pas ?

Nous avions atteint la fin du marché, et les maisons paraissaient de plus en plus pauvres et délabrées dans les champs et la lande. Quand le maréchal-ferrant se tourna enfin vers moi, son regard gris reflétait une extrême sérénité.

— La source ne s'est pas *tarie*, docteur John. Elle était là avant l'abbaye et elle y sera toujours. Vous ne comprenez donc pas ? Cela a toujours été le lieu même.

Je stoppai ma progression avec le sentiment qu'une brassée d'étoiles s'étaient réfugiées dans mon abdomen. Parfois, je m'imaginais que les lieux où s'élevaient les grandes églises et abbayes recelaient une atmosphère particulière, liée à l'équilibre des collines, des champs et de l'eau, ainsi qu'à leur orientation vers Jérusalem. Je brûlais d'en savoir plus, mais je ne dis mot.

— Comme l'abbaye n'est plus qu'une coquille vide, dit Monger, il faut canaliser ces… énergies qui risqueraient de déborder et de provoquer de malencontreux accidents.

Eleanor Borrow n'avait-elle pas dit une chose similaire à propos des moines qui devaient maintenir un certain équilibre ? Malgré toutes mes connaissances, je me sentais de nouveau comme un enfant devant qui se dressait le savoir humain, telle une chaîne de montagnes lointaine.

— La plupart d'entre nous ne comprenaient pas grand-chose à l'époque, dit Monger, mais si vous considérez que la fonction réelle de l'abbaye est de transformer l'énergie qui se trouvait là en substance sainte, pour la diffuser…, la laisser imprégner les terres…, d'une manne spirituelle…

— Oui.

Je pouvais la voir, l'entendre. La rivière d'un chant géorgien dans sa glorieuse symétrie mathématique.

Ma colonne vertébrale était glacée.

— Comment ce savoir était-il transmis ?

— Par la tradition.

— Ecrite ?

— Certaines traditions… ne sont jamais couchées sur le papier, dit-il avec un sourire.

— Alors comment ?...

Mais il s'était éloigné, les deux mains levées vers le ciel, comme pour donner sa bénédiction aux habitants rassemblés sous nos yeux parmi les étals.

— Ils continuent à affluer. Des gens qui cherchent quelque chose. Des gens qui pensent que grâce au simple fait d'être là, sur ce sol sacré, leurs vies en seront transformées.

— Sacrée ?

— Un terme puissant, dit Monger. Mais toute chose a son côté obscur. Certains ont voulu… accélérer le processus.

— Par la sorcellerie ?

Je pensai à ce que Fyche avait dit à propos du coq dans l'abbaye. Et avant cela sur les nouveau-nés aux gorges tranchées, offerts en sacrifice.

— Par des rituels magiques ?

— Quand une nouvelle religion engendre la confusion, certains se tournent vers les religions anciennes.

Monger balaya placidement du regard les habitants autour de lui. Tel un joueur penché sur un échiquier, où moi-même je serais un cavalier, manipulé et au déplacement étrange, de telle sorte qu'il ne voyait pas clairement l'horizon.

Le maréchal-ferrant tourna son regard gris vers moi.

— Où étiez-*vous*, docteur Dee ? Car c'est sûrement la ville d'Angleterre la plus proche de votre propre cœur.

XXIII

Noir comme le Tor

Parfois je pensais que, malgré tout mon savoir, j'étais toujours un enfant ignorant aux yeux rêveurs. A l'université où j'avais été envoyé, j'élevai mon esprit, mais mes yeux se levaient rarement des pages imprimées.

Or une grande part de mon être était déjà sous-développée, et dès lors j'avais bien peu de connaissances d'un monde négligemment traversé par le vulgaire.

Un enfant âgé de trente-deux ans. Dudley le savait.

Pourtant, tu as survécu aux fosses d'aisance de Paris et d'Anvers...

A la vérité, je n'étais jamais allé dans les fosses d'aisance de Paris ou d'Anvers, m'étant cantonné aux salles de lecture et aux bibliothèques.

A présent, j'errais d'un air hagard dans les rues, comme mis à nu, suivant le maréchal-ferrant jusqu'à une taverne sale et décrépite dans les hauteurs de la ville.

Recroquevillé dans son ventre obscur aux relents de cidre, à côté de la cheminée d'angle noire de suie où brûlait un feu de tourbe, sous le plafond noirci qui semblait nous menacer, j'avais l'esprit tourmenté de questions que je n'avais pas la force de poser.

Noyé dans l'ombre, j'observai la jeune fille d'environ quinze ans remplir les chopes de bière. Debout, Monger attendait son tour derrière deux fermiers, tandis que quatre autres étaient assis à une table.

La seule conversation que je pus percevoir concernait le prix des moutons. Puis Monger revint vers moi, posa deux chopes sur la table et s'assit sur le tabouret à trois pieds en face de moi.

— C'était Nel, dit-il.

— Quoi ?

Monger but une gorgée de bière avec la même retenue que William Cecil affichait pour déguster un verre de vin fin.

— Les gens d'ici suivent votre carrière avec intérêt. Par le biais des pamphlets et autres écrits qui circulent entre les chercheurs.

Pamphlets. Dieu me vienne en aide.

— Cela dit, comme vous avez dû vous en rendre compte maintenant, pour une grande partie de cette ville, le terme *divinateur* n'a rien d'une insulte.

Le feu crachait de faibles flammes jaunes. Ma bouche était sèche, mais je ne pouvais avaler une goutte.

— Un homme en proie à la fièvre, dit Monger, est rarement conscient de ses indiscrétions. Et est enclin, étant donné son état, à appeler son ami par son vrai nom.

— Oh !

Je me forçai à avaler une lampée du cidre fort.

— Un nom ne suffisait pas. De nombreuses personnes portent le même nom. La pauvre Nel avait du mal à en croire ses oreilles au début.

— A qui d'autre l'a-t-elle dit ?

— Seulement à moi, dans l'espoir que je puisse… le confirmer.

— Ce que, apparemment, vous avez fait.

— En prenant quelques risques, effectivement. Car vous auriez très bien pu être un agent de la reine.

— Je suis un agent de la reine !

Dans la pénombre, je crus le voir esquisser un sourire.

— Mais qu'est-ce qu'un petit fonctionnaire aurait pu savoir de l'œuvre d'Agricola, le radiesthésiste ?

Dans de meilleures circonstances, j'aurais pu en rire. Mais à présent, j'avais conscience de toutes les embûches que l'on avait semées sur mon chemin. L'audace d'Eleanor Borrow :

Certains pensent que c'est mieux de planter les graines sous une nouvelle lune et faire la récolte au moment d'une pleine lune… Elle a un pouvoir… Oh ! Suis-je en train de frôler l'hérésie ?

Et Monger… Aurait-il montré la bibliothèque magique d'Emmanuel Worthy à un homme qui aurait pu considérer ces ouvrages comme hérétiques ? M'aurait-il désigné tous les voyants de rue cachés dans le marché de Glastonbury, s'il n'avait pas été sûr de son fait ?

— Même si Nel et moi reconnaissons tous deux que John Dee est un homme de science plutôt qu'un ministre des âmes, nous sommes surpris qu'un homme aussi renommé pour l'étendue de ses connaissances vienne dans notre bourgade… seulement pour rendre compte de ses misérables vestiges.

Les problèmes commençaient. Si je n'assouvissais pas la curiosité du maréchal-ferrant, il pourrait me faire du tort. Dévoiler ma véritable identité à Sir Edmund Fyche, pour qui la distinction entre science et sorcellerie était extrêmement floue.

— Ce n'est pourtant pas loin de la vérité.

Et, dans l'espoir qu'un Dudley enfiévré ne se fût pas présenté comme le grand écuyer royal, j'avais l'intention de lui en dire davantage… quand la porte de planches s'entrouvrit en grinçant et laissa entrer dans la taverne un filet de lumière.

Une ombre apparut devant l'interstice, comme si un œil nous épiait, puis la porte s'ouvrit juste assez pour permettre à une femme de se glisser à l'intérieur. Elle referma vivement derrière elle, quelques mèches de cheveux gris et sauvages s'échappant de sa coiffe.

— J'aurais bien besoin d'un verre, Sal !

La femme au bandeau.

Monger se leva de sa chaise.

— Joan. Par ici !

— C'est toi, frère Joe ? Difficile à dire dans ce trou à rats, même avec deux yeux.

— Une chope de cidre fort pour dame Tyrre ! cria Monger, tandis qu'elle se dirigeait déjà vers notre table, ses mains blanches et osseuses palpant l'air comme s'il s'agissait de mousseline.

— Que se passe-t-il, Joan ?

— Les policiers, à ce qu'on dit. Ils fichent un sacré bazar en ville. Pas la peine de rester au marché aujourd'hui. Mieux valait déguerpir, tu vois.

J'allai chercher une troisième chaise pour elle. Elle scruta la pièce de son œil valide, puis releva ses jupes pour s'asseoir à califourchon sur la chaise sans aucune gêne.

— D'habitude, ils viennent fourrer leur nez au marché, vous leur offrez une prédiction gratuite ou vos seins, et ils deviennent doux comme des agneaux. Mais pas aujourd'hui. Non, pas aujourd'hui.

— Un homme a été assassiné, Joan, dit Monger. C'est sûrement…

— Quel rapport avec les nôtres ? Je l'ai pas tué.

Elle se raidit soudain en m'apercevant dans le renfoncement.

— C'est qui ?

— Un ami. Docteur John, de Londres.

— Qui fait quoi ?

— Il travaille pour la reine, Joan.

— Ah oui ? Bien, mais, Joe, j'vais pas faire confiance à ce type aujourd'hui. Il a un drôle d'air, regarde. Noir.

Elle enlaça son corps de ses bras fins comme des brindilles, comme si la chaleur avait brusquement quitté la pièce.

— Noir comme le sommet du Tor. Quelque chose va se passer. Vous le voyez ? Vous voyez… Oh ! tant pis pour ce type…

Un flot de lumière emplit brusquement la pièce. Aussitôt, les deux fermiers reposèrent leur chope sur la table, se levèrent en silence et se plaquèrent contre le mur.

Deux silhouettes se découpèrent dans la lumière.

— Joan Tyrre ?

— Merde ! dit Joan en retenant son souffle. J'aurais juré que ces salauds m'avaient pas suivie.

— Là-bas !

L'un des deux hommes pointa notre table du doigt. L'autre s'approcha lentement pendant que Joan Tyrre se levait et s'emparait de la chaise pour s'en servir comme d'un bouclier.

— Bon, alors, vous deux, dégagez d'ici, vous savez que j'ai rien fait, écoutez…

Joan s'esquiva en riant et tenta de frapper son adversaire avec sa chaise avant qu'il ne s'en emparât.

— Ça suffit ! Tu n'iras nulle part, Joannie. Tu sais ce qu'on cherche.

— Quoi ? Devant ces gens-là ?

Joan gloussait et se dérobait quand l'homme lança dans sa direction la chaise qui s'écrasa contre le mur derrière elle.

— Où est la femme qui se fait appeler *docteur* ?

Je me raidis.

— Tu étais avec elle tout à l'heure, je le sais. *Où est-elle ?*

— Comment je saurais ça ? dit Joan Tyrre. Comment une pauvre vieille comme moi pourrait payer un docteur ?

— Tu vas nous le dire ou alors…

Il se jeta sur elle, et Joan tenta de l'éviter, en vain.

— Enlève tes sales pattes de là… Ah !

Sa tête bascula violemment sur le côté quand le second homme lui envoya son poing en pleine figure.

La tête de Joan pendait à présent comme celle d'une poupée cassée. Je me levai, mais Monger m'agrippa par le bras, murmurant à mon oreille :

— Vous risquez d'empirer les choses…

XXIII

Le parent pauvre de la médecine

On n'entendait rien d'autre que le goutte-à-goutte d'une chope de bière renversée sur notre table qui frappait les dalles. Etendue par terre, Joan Tyrre gémissait en se protégeant le visage d'un bras. Les deux policiers étaient penchés sur elle.

— La femme docteur, dame Tyrre. Si vous le voulez bien.

Celui qui parlait à présent, et qui l'avait frappée, n'était qu'un gamin, avec une voix d'enfant.

— Je l'ai pas vue, marmonna Joan contre les dalles, son bandeau de guingois. Je le jure devant Dieu.

— Où l'as-tu vue pour la dernière fois ?

— M'en rappelle pas.

— Réfléchis ! dit-il en lui donnant un coup de pied. Ça vient ?

— Très bien ! Bâtards ! Elle est allée voir un type au George.

— Quel type ?

— Le type qui est malade.

— Son nom ?

— Aucune idée !

T'as plutôt intérêt à dire la vérité.

C'est la vérité !

L'homme lui donna un violent coup de pied dans les côtes. Un éclat de lumière argentée leur parvint depuis la porte, éclairant son sourire froid, telle une balafre en travers du visage – un visage qui me semblait familier.

Joan étouffa un râle et n'osa pas faire le moindre mouvement avant leur départ. La porte de la taverne se referma, et les fermiers reprirent calmement leur place, comme si ce genre d'incident se produisait tous les jours. Peut-être était-ce le cas.

— L'homme avec la fièvre ! cria Joan en direction de la porte. J'espère bien, au nom de Lord Gwyn, que vous l'attraperez et crèverez avant demain matin !

Monger l'aida à se mettre sur pied. Elle effleura sa mâchoire douloureuse du bout des doigts.

— Rien de cassé, on dirait. Ça a l'air cassé ?

— Tu dois voir Nel.

— On dirait que tout le monde veut la voir aujourd'hui.

— Alors, où est-elle ?

— Aucune idée, Joe. Loin de cette ville, si elle a un peu de jugeote.

— Qu'est-ce qu'ils lui veulent ?

— Tu crois qu'ils vont me le dire ?

— Elle est vraiment retournée voir le malade au George ?

— Sais pas. Il vient de Londres, hein ? Alors, ils vont pas le massacrer, un point c'est tout.

— Je vois.

Monger se tourna vers moi.

— Elle n'est pas rentrée chez elle. Si elle sait qu'ils la recherchent, elle ne va sûrement pas attirer ces hommes chez son père. Joan, où pourrait-elle être alors ?

— Où est mon verre ? répondit Joan Tyrre.

Elle avala deux chopes de bière sans plus toucher à sa mâchoire. Un hématome apparaissait progressivement, qui prit une teinte verdâtre mêlée de pourpre à la lueur des flammes.

Joe Monger lui avait promis de faire appeler un médecin si jamais elle souffrait d'effets secondaires après la rouste que les deux hommes lui avaient administrée. Il la questionna à propos du nombre de policiers en ville. Elle en avait compté plus d'une douzaine, et d'autres descendaient déjà à cheval les monts Mendip.

— Joan a très bien pu compter le même homme trois fois, dit Monger. Mais cela ne me dit tout de même rien qui vaille. Si l'un de nous était intervenu, ils auraient appelé du renfort. Nous aurions été molestés, arrêtés…, la taverne saccagée.

Il m'invita à le suivre dehors, où nous restâmes un moment à cligner des yeux dans la lumière aveuglante du jour. Les étalages du marché avaient promptement été remballés, les chariots chargés, et tout le monde avait décampé.

Il régnait désormais un silence étrange.

— C'est l'œuvre de Fyche, déclara Monger. Il cherchait depuis longtemps une excuse pour faire déguerpir les… adorateurs des étoiles et des pierres.

— La vermine.

— Pardon ?

Je secouai la tête.

— Alors, si les policiers sont allés au George… ?

— Ne vous inquiétez pas. Cowdray va s'occuper d'eux. Quand ils découvriront que le patient de Nel vient de Londres, ils battront en retraite. Ils n'iront pas loin, mais ils n'oseront pas provoquer une confrontation ouverte en présence d'un officier de la reine.

J'étais encore sous le choc après le terrible traitement que les marauds avaient infligé à Joan Tyrre. Je me sentais responsable, car j'avais dit à Fyche où j'avais vu Martin Lythgoe pour la dernière fois. Il en avait aussitôt déduit qu'Eleanor Borrow était présente. Je relatai à Monger ce qui s'était passé entre Nel Borrow et Fyche sur le Tor.

— C'est la dernière fois que vous l'avez vue ?

— Je l'ai cherchée ensuite, mais…

Je me sentais impuissant. Cependant, comment Fyche pourrait-il raisonnablement prétendre que les atrocités perpétrées sur Martin Lythgoe étaient l'œuvre d'une femme ?

— Maître Monger, dis-je, pourquoi Fyche a-t-il fait pendre la mère de mademoiselle Borrow ?

— Il vous a dit cela ?

— Sans explication.

Monger traversa la rue à grandes enjambées.

— Nous ne sommes pas à Londres, dit-il par-dessus son épaule. C'est plus facile ici.

Décidé à en savoir davantage, je descendis la colline dans son sillage, à travers la foule dispersée, en direction du centre de la ville. Il longea les ruines de l'abbaye, puis dépassa le portail.

— Où allez-vous ?

Il pointa du doigt l'église moderne qui se situait en bas de la ville, et dont la tour était plus modeste que celle de l'église Saint-Jean-Baptiste. Je marchai à son rythme sous un ciel désormais aussi tendu et moucheté que la peau de mouton d'un tambour.

— Parlez-moi de Fyche, maître Monger.

— Je ne le connais pas.

— N'était-il pas à l'abbaye en même temps que vous ?

— Cela n'en fait pas un ami. Le père supérieur était heureux pour moi que je puisse travailler à la forge. Je ne voyais mes confrères que lors de la prière. Les moines ne parlent pas beaucoup durant la prière.

— Il est protestant, maintenant.

— Ou pense qu'il est plus approprié d'adopter cette obédience. Au cours du dernier règne, quand on pouvait encore espérer lever des fonds pour restaurer l'abbaye, il est redevenu un bon catholique. Ce genre de conversion est particulièrement rapide, comme vous le savez.

Nous étions arrivés dans une ruelle étroite située derrière l'église. Les maisons étaient délabrées, mais les fondations étonnamment sèches. A Londres, les gouttières déborderaient de merde.

— Fyche a créé une université pour les moines. Vous n'avez pas été invité à vous joindre à eux ?

— Ils voudraient d'un maréchal-ferrant ? demanda Monger en reniflant. Quelques membres de l'abbaye sont à Meadwell à présent. La plupart viennent d'ailleurs. Des hommes cultivés. De grosses pointures. L'armée de Dieu, vous dirait Fyche, pour combattre l'ascension de démons plus vieux que la chrétienté.

— Des démons ? Joan Tyrre et ses fées ? Des hommes qui trouvent des sources grâce à une baguette fourchue ? Pourquoi craindrait-il ces gens ?

— Qu'est-ce qui vous fait croire qu'il s'agit de peur ?

— Faites-moi confiance, maître Monger, il est toujours question de peur.

Nous parvînmes à la dernière maison, près de l'église. Avec ses colombages, elle était plus grande et en meilleur état que les autres. L'homme posté à l'entrée portait un tablier, passé mais propre, et une calotte parcheminée sur des cheveux blancs et raides.

— Ils sont venus ici, on dirait, dit Monger.

L'homme répondit d'un imperceptible hochement de tête, les lèvres serrées.

— Combien, Matthew ?

— Trois. Avec Fyche en personne.

La voix de l'homme était sèche comme la cendre, son visage tendu et sombre, ses yeux méfiants.

— Nel n'était pas avec toi ?

— Elle a dû sortir tôt, Joe. Je ne sais pas où elle est.

— Mais elle était ici la nuit dernière ?

— Je ne…

Les épaules de l'homme s'affaissèrent.

— Je suis rentré tard. J'ai accouché des jumeaux dans une ferme du côté de Butleigh. J'ai dû ouvrir le ventre pour les faire sortir, sinon ils seraient morts, et leur mère avec eux. Je pensais que Nel serait couchée à mon retour. Mais… elle est sortie avant mon réveil.

Monger se tourna vers moi.

— Voici le père de Nel : le docteur Borrow. Matthew, je te présente le docteur John, un visiteur venu dans notre ville pour des raisons… qui restent à déterminer. Mais apparemment digne de confiance. Qu'a dit Fyche ?

— Pas grand-chose. Il a fouillé toute la maison. Ses hommes ont vidé les placards, répandu le contenu des étagères sur le sol.

Je me rappelai la plaisanterie de sa fille à propos de l'élixir de jouvence : *quatre-vingt-dix ans, mais il en paraît cinquante*. Cet homme avait probablement cinquante ans, mais son regard était dur et sec.

— Et c'est tout ? demanda Monger.

— Non.

Le maréchal-ferrant attendit en silence, les bras ballants.

— Mes instruments, dit le Dr Borrow. Je suis rentré vers 3 heures du matin et me suis mis directement au lit après avoir jeté ma sacoche dans un coin… comme ça, sans réfléchir. C'est là qu'un des hommes de Fyche l'a trouvée. Quand il l'a prise, je ne me suis pas inquiété.

J'avais surtout peur qu'ils ne découvrent certains... livres.

Sans doute les ouvrages dans lesquels sa fille avait appris la science des étoiles. D'autres rescapés de l'abbaye, peut-être. L'expression de Monger se durcit.

— Tes instruments de chirurgie ?

— D'habitude, Joe, je nettoie mes instruments dès mon arrivée. Sortir devant un nouveau patient une lame souillée par le sang d'un autre n'est... jamais utile. Mais j'étais trop épuisé pour penser.

— J'ai peur de comprendre, dit Monger. Tes couteaux de chirurgien... Tu es en train de nous dire qu'ils ont trouvé tes couteaux de chirurgien ensanglantés ?

— Oui, oui, oui... dit Borrow en fermant les yeux. J'ai bien peur que oui.

— Ils t'ont accusé ? D'avoir mutilé cet homme ?

— J'aurais préféré qu'ils m'accusent, *moi*. Ils ont demandé si Eleanor avait déjà pratiqué la chirurgie.

Une boule se forma dans ma gorge.

— C'est le cas ? demandai-je dans un murmure.

— Seulement quand elle n'avait aucune autre solution.

La chirurgie : l'expression la plus médiocre de la médecine, associée à la boucherie dans de nombreux ouvrages.

Je me tournai vers Monger, mais il ne me regardait pas. Le Dr Borrow, en proie au plus grand désespoir, même s'il ne voulait pas le montrer, fixait le bout de ses bottes. C'est alors que les caquetages de Joan Tyrre à propos de la noirceur du mont Tor me revinrent en mémoire.

— J'ai expliqué à Fyche pourquoi il y avait du sang sur les instruments. Il ne m'a même pas écouté. Il a pris le sac et l'a confié à un de ses acolytes en disant qu'il s'agissait de preuves.

— Les preuves dont il avait besoin, conclut Joe Monger.

Comme les choses changent vite quand le cœur vacille, altérant l'ordre du besoin. Quand les gens parlaient de leur cœur brisé, je n'avais jusqu'alors jamais compris quelle émotion ils tentaient d'illustrer.

Ou bien était-ce cette ville, Glastonbury, qui exacerbait les sentiments, et dont l'air semblait affûter les perceptions, comme la meule avec le couteau, aiguisant les couleurs de l'esprit, les saveurs de la bouche, les images qui s'imprimaient sur les paupières closes.

Me reculant dans mon siège, dans la pièce lambrissée du George, j'observai les rayons du soleil qui tentaient désespérément de percer les nuages.

Et à présent son image s'était insinuée dans mon esprit ; je la voyais assise parmi les rochers, près de la source ferreuse, dans le cercle des buissons d'épineux nus : ses yeux couleur d'émeraude, sa robe d'un bleu passé, ses manches relevées révélant, ô mon Dieu, les taches de rousseur de ses bras.

— Comment pourrions-nous arrêter cela ? demandai-je.

Assis en face de moi dans la pièce carrée, Monger garda le silence un long moment.

— *Nous* ? finit-il par dire. Vous êtes bien sûr de vous ?

Je baissai les yeux pour dissimuler la rougeur de mes joues et tenter de bannir de mon esprit son regard vert entêtant, son sourire aux dents de biais, de peur de trahir mes sentiments.

— Je voulais aussi vous demander si vous connaissez un charpentier. Pour fabriquer un cercueil. Ainsi qu'un fossoyeur, et un vicaire.

— Tout cela sera réglé demain. Je vous enverrai ces hommes. Mais je pense que vous allez devoir attendre le retour de Carew pour pouvoir disposer du corps.

Lorsque nous sommes arrivés au George, Cowdray nous a raconté que Fyche était venu en personne et avait insisté pour questionner maître Roberts dans sa chambre. Mais Dudley, de nouveau en proie à la fièvre, avait les yeux globuleux et le visage en sueur.

Sa maladie était si manifeste que Fyche n'avait pas osé s'aventurer dans la chambre, par crainte de la contagion.

— Selon moi, Carew se rangera à son avis, dit Monger. Il n'y a pas de plus fervent réformé dans l'Ouest. Si on fournit à Carew des preuves confondantes, il ne cherchera pas plus loin.

— Carew a un réel pouvoir ici ? Le pouvoir d'un shérif ?

— Autant de pouvoir qu'il le souhaite. Grand chevalier du Devonshire, il possède l'abbaye et ses terres. Il a plus de pouvoir ici, je suppose, qu'il en aurait dans un rôle similaire à Londres, où les chevaliers sont légion.

— C'est une guérisseuse, dis-je, alors que j'avais envie de hurler. Au sens propre. Pas comme ces renifleurs de pisse avec leurs masques. Et la mère de ces jumeaux ? La femme à qui il a sauvé la vie et celle de ses bébés… Elle sera sûrement d'accord pour jurer devant un tribunal que le docteur Borrow a été obligé de lui ouvrir le ventre. Que c'est son sang à *elle* sur les couteaux !

— Si elle survit. De telles opérations tournent souvent mal. Et, même sans cela, elle dira ce que son mari lui ordonnera. Et son mari… Les fermiers des environs de Butleigh sont tous des métayers qui survivent tant bien que mal. Ils jureront, hélas, ce qui conviendra à leur seigneur. Je le connais, lui aussi. J'ai ferré ses chevaux pour la chasse. Et avec qui chasse-t-il ? Avec son voisin, qui n'est autre que le juge de paix local.

— Fyche ?

— On ne sait jamais quand on aura besoin d'un juge de paix, n'est-ce pas, docteur John ?

— Mon collègue, dis-je avec précaution, a une certaine influence. Il parlera à Carew.

Monger parut affligé.

— Vous ne comprenez pas. A l'heure où nous parlons, le poison se répand. Un homme éviscéré et exposé en lieu et place d'un autel ? Les plus vieux habitants du village tremblent déjà derrière leurs portes. Qui sera le prochain ? Alors, Fyche met un nom sur le meurtrier… et certains déclareront devant le juge que, lorsqu'ils ne pouvaient pas payer la note du docteur Nel, leur bétail mourait. Cela ne prendra pas longtemps.

— C'est un *médecin* !

— Un médecin qui s'intéresse d'un peu trop près à la vénération des étoiles et des pierres anciennes.

Je fermai les yeux, me rappelant avec quelle rapidité les écrits apocryphes s'étaient déchaînés contre Anne Boleyn après que son mari l'eut accusée de sorcellerie pour la première fois.

— Vous devez comprendre, docteur John, que ces gens, les chercheurs, ne sont qu'une poignée en comparaison des vieilles familles de Glastonbury. Des familles qui entretiennent la peur religieuse du pouvoir de ce lieu… et qui tourneront le dos au Tor. Qui craignent les désastres qu'une vieille folle comme Joan Tyrre pourrait provoquer.

— Un autre tremblement de terre ?

— Vous pouvez rire, vous, un homme de Londres…

— Si vous pensez que ce genre choses me fait rire…

— Pardon, dit-il en levant les mains. Oui, je sais où réside votre intérêt. Ce que j'essaie de vous expliquer, c'est que la plupart des gens d'ici ne sont pas des hommes de science à la recherche de la vérité. Tout ce qu'ils souhaitent, c'est mener une vie paisible et avoir du pain sur la table. Ils ne se mêlent pas des affaires d'autrui. Quant à cette histoire de trésors, vous ne verrez personne creuser le mont Tor, car on raconte qu'un jour, un homme a pénétré dans la tour avec un marteau, espérant récupérer des pierres, quand la foudre a déchiré le ciel. Un ciel sans nuages. Un éclair a frappé le marteau, et l'homme est mort.

— C'est un fait ou une légende ?

— A Glaston… c'est la même chose. Il paraît que si vous posez vos mains sur un certain contrefort de la tour, vous sentez le choc de la foudre.

— Il doit y avoir une explication à cela.

Je me remémorai ma propre chute sur le Tor.

— Une explication scientifique. Si j'avais le temps de…

— Alors, vous aussi tomberiez rapidement en disgrâce auprès des vieilles familles. Elles n'aiment pas les gens qui explorent l'inconnu. Ce que vous appelez science…

— Je sais.

— Nel était attirée par les chemins… troubles.

— Comme sa mère ?

Monger lui adressa un sourire triste, contrit.

— Cate Borrow a creusé sa propre tombe. Avec de bonnes intentions, certes, mais inexorablement.

Le crépuscule tombait. De l'autre côté des panneaux de chêne, on entendait Cowdray et ses serveuses servir du cidre à des fermiers, et peut-être aussi à un ou deux prévôts. Mais, comme la pièce était réservée aux clients qui restaient pour la nuit, nous étions seuls.

— Racontez-moi, dis-je. Racontez-moi son histoire.

XXIV

Poudre de champignon

Elle était jardinière.

Un hectare de terrain abandonné par la mer, du côté de Wells, où elle se sentait en paix et passait ses journées parmi les fragrances des herbes et des légumes qu'elle cultivait. Carottes, oignons, poireaux, choux et haricots qu'elle vendait au marché de Glastonbury.

Sans oublier les herbes curatives. Derrière le cabinet de son mari, près de l'église Saint-Bénigne, elle se réservait une petite pièce où elle faisait sécher les herbes avant de les broyer. Une femme sans histoire, qui laissait à son mari le crédit des baumes et des onguents qui guérissaient les plaies infectées et les gorges enflées.

— Je la connaissais depuis des années, dit Monger. Quand j'étais à l'abbaye, elle travaillait en cuisine. C'était avant qu'elle n'acquière ses connaissances en médecine et ne passe maître dans l'art des plantes et des herbes… Et qu'elle devienne l'amie du père supérieur. Après la dissolution de l'abbaye, elle a poursuivi ses recherches sur les plantes curatives, moins ouvertement cependant, occasionnellement aidée par une ancienne cuisinière de l'abbaye. Ensuite, sous le règne du jeune Edouard, durant les années de protectorat, le climat plus tolérant permit à Cate d'explorer librement des domaines où les docteurs en médecine s'aventuraient rarement.

Il marqua une pause avant d'ajouter :

— Les remèdes ne sont pas tous physiques.

Il me parla d'un homme - un marchand de laine sans le sou - qui, après la mort de sa femme et sa fille dans l'incendie de sa maison, avait perdu sa foi en Dieu et faillit mettre fin à sa propre vie.

— Il souffrait aussi de fortes migraines, raconta Monger. Non pas qu'il ait noyé son chagrin dans le vin. Mais il vivait un calvaire, frappé par des lumières aveuglantes, sans chambre noire pour atténuer la douleur.

— J'ai entendu parler de ce genre d'affections.

Derrière la paroi, les chopes s'entrechoquaient, et le rire rauque de Cowdray résonna.

— Cate lui a donné de la poudre de champignon à mélanger avec une grande quantité d'eau. Les résultats furent… effrayants. Comme un acte de Dieu. Puissamment mystique.

Un matin saisissant, Monger avait rencontré le marchand de laine sur la colline en forme de poisson à l'est de la ville. Il l'avait vu, les mains levées vers les cieux, chanter la beauté sublime de la création. Parler de couleurs qu'il n'avait jamais vues.

Il avait confié plus tard à Monger, au George, à l'endroit même où nous étions assis, que son esprit n'avait été réveillé ni par la prière ni par la Bible… mais par Cate Borrow et sa poudre de champignon.

— Non seulement elle a fait disparaître ses migraines, mais elle a ouvert son esprit à un monde plus grand, poursuivit Monger d'un air morne.

— Une vision du paradis sur terre.

Ma curiosité était piquée au vif, car on disait la même chose des champignons que Jack Simm m'avait trouvés et que j'avais fait sécher et réduire en poudre en privé.

Submergé par la sagesse des âges, j'avais bu le breuvage tard dans la nuit dans ma bibliothèque, parmi mes livres.

Sans effet, dans mon cas, si ce n'est un léger mal de tête.

— Il pourrait y avoir de nombreuses demandes pour de telles potions, dis-je avec précaution.

— Malheureusement, dit Monger, il y avait - il y a toujours - un risque. Les résultats sont… imprévisibles. En effet, plutôt que de l'exaltation, le patient peut avoir des visions pires que le plus terrible des cauchemars.

L'élixir du paradis et de l'enfer. J'avais entendu des rumeurs à son propos dans l'arrière-pays il y a un an ou deux, mais, comme pour l'élixir de vie, il était difficile d'y croire.

— Les effets étaient si hasardeux, poursuivit Monger, que Cate Borrow dispensait la potion uniquement dans des circonstances extrêmes - comme des migraines épouvantables et pour le cas d'un homme si désespéré qu'il risquait d'aller se pendre dans les bois.

— Donc, en dehors de ce marchand de laine, qui… ?

— Elle-même l'a testée. Avec parcimonie cependant, à très faible dose. Matthew en a pris une fois, pas deux, il vous le confirmera. Quand la poudre était ingérée, Cate s'assurait que le patient ne soit pas seul, de peur qu'il ne se fasse du mal.

— Comment ?

— Je vais y venir.

— Alors ces… visions, dis-je, reprenant le terme de Cecil.

— Je…

Monger hésitait.

— J'ai entendu dire que l'endroit où la potion était ingérée… pouvait en conditionner les effets. Et j'imagine qu'elle affectait également l'humeur de l'homme qui en prenait. Ou de la femme.

Je patientai. Il faisait si sombre à présent que je distinguais à peine l'expression de son visage.

— Joan Tyrre. Quand elle a entendu parler des visions, Joan Tyrre… était tout excitée. Et un jour, à sa manière innocente et imprudente, elle a provoqué la chute de Cate.

Joan Tyrre était elle-même herboriste, en compagnie de Cate, mais les années précédentes, à Taunton, elle menait, de par ses relations avec les fées, une autre existence précaire. Joan prétendait savoir, grâce aux fées, qui était ensorcelé, et elle se proposait alors d'aider les malheureux.

J'avais entendu parler de cette pratique peu recommandable, qui visait les gens pauvres et désespérés, et il était évident qu'il ne faudrait pas longtemps avant qu'elle n'attirât l'attention de l'Eglise.

En effet, sommée de s'expliquer devant le tribunal ecclésiastique, Joan reconnut les faits et jura sa foi en Dieu… tout en pensant à retourner, plus discrètement, à son ancien commerce dans une autre partie de la ville, quand les esprits se seraient apaisés. Mais les fées ne pardonnent pas si facilement une telle trahison et – du moins le prétendit-elle plus tard – elles ne se confièrent plus à Joan.

Cela l'avait aussi laissée presque aveugle. C'est à cette époque-là qu'elle avait décidé de quitter Taunton pour une ville prétendument plus ouverte aux humeurs mystiques : Glastonbury.

— Elle a vu le Tor, dit Monger. Au loin, dans la lumière du crépuscule, le mont paraissait magique. Elle a découvert la légende du roi des fées, Gwyn ap Nudd, qui vivrait toujours en son cœur.

Pensant que le grand Gwyn pourrait répondre à ses

prières pressantes, Joan avait gagné Glastonbury en se joignant à un groupe de voyageurs qui avait assuré sa protection.

Dans un bois au pied du Tor, elle avait fabriqué un abri de fortune à l'aide de branchages et de chaume. C'était l'été et elle avait dormi là plusieurs semaines, priant pour être emportée dans l'antre des fées.

— Alors, les relations entre Joan et les fées… ne sont pas que…

— Le fruit de son imagination ? termina Monger. Beaucoup de gens pensent qu'elle est folle à lier, et pourtant…

Plusieurs semaines passèrent. Joan était glacée jusqu'aux os par les vents de l'automne, et aucune illumination ne réchauffait ses nuits. Joe Monger lui-même l'avait retrouvée un jour évanouie dans son abri, à moitié morte de faim.

Il l'avait ramenée en ville, chez Matthew Borrow, qui lui donna le gîte dans l'antichambre de son cabinet, servant parfois d'hôpital. Une fois qu'elle avait été guérie, les Borrow lui avaient trouvé une place de femme de ménage chez une vieille dame qui partageait sa fascination pour les fées.

Mais Joan était déprimée, et sa vue baissait. Ayant entendu parler de l'expérience de l'ami de Monger, le marchand de laine, elle retourna voir Cate Borrow, au désespoir, et la supplia de lui donner la recette de la poudre qui lui permettrait d'entrer au cœur même du jardin d'Eden, avec son ciel vert comme les pommes et ses forêts bleues comme la mer. Ou, comme *elle* l'avait vu…

— La terre des fées ? demandai-je.

— Cate Borrow, bien sûr, refusa, craignant que Joan, cette femme fantasque, ne se blesse. Mais Joan ne la laissa pas en paix. Elle insistait pour se rendre une dernière fois au sommet du Tor, où elle prendrait une dose de potion, là, devant les ruines de l'église Saint-Michel.

— Une femme intrépide.

— Une folle, oui ! Elle cessa alors de s'alimenter. Se laissa mourir de faim des semaines durant. Si elle vous a semblé maigre aujourd'hui… mon Dieu ! Ses vêtements flottaient autour d'elle, ses cheveux chutaient par poignées. Elle appelait la mort de ses vœux. Au bout du compte… Cate a fini par céder. A condition que Matthew et elle accompagnent Joan sur le Tor et restent avec elle pendant l'expérience. Matthew avait lui aussi résisté le plus longtemps possible, inquiet à la pensée d'une Joan Tyrre hurlant à la lune, en proie à une extase impuissante, dans l'un des lieux les plus exposés de tout le Somerset. Mais il finit par accepter de la faire le soir d'halloween.

Je me reculai, horrifié.

— Oui, dit Monger. Cependant, vous devez savoir que Matthew ne se rend à l'église que pour éviter toute réprimande et est trop heureux d'être appelé au chevet d'un malade en plein milieu d'une messe. Sa science est, dirais-je, assez proche de la vôtre.

— Vous voulez dire qu'il n'a pas foi en Dieu ni dans la spiritualité ?

— Aucune foi, à ma connaissance. Aucune peur non plus. Matthew ne craint que les hommes, et pas de la même façon que les gens d'ici, comme vous pouvez l'imaginer. Le jour d'halloween, la ville s'est illuminée, a fermé ses portes et a résolument tourné le dos au Tor.

— La colline du diable.

— C'était la nuit idéale pour se retrouver seuls là-bas. Ils avaient la certitude que personne ne serait assez fou pour prêter attention aux divagations de Joan Tyrre.

Monger esquissa un sourire triste.

— Sans doute se sont-ils dit que Joan serait trop apeurée pour s'aventurer sur le Tor ce soir-là…, dis-je.

— Exactement. Matthew pensait que si Joan renonçait à son projet maintenant, il serait enfin débarrassé d'elle.

Je m'assis et attendis que Monger me racontât le dénouement de l'histoire, mais il parut réticent et se contenta de dire que Joan ne changea pas d'avis et que tous trois, le soir d'halloween, se rendirent sur le Tor.

A mon sens, après avoir moi-même expérimenté l'étrange atmosphère du Tor, Joan était ou très courageuse, ou complètement folle… ou encore absolument certaine de la proximité d'une autre sphère d'existence. Et de la bienveillance de ses habitants envers elle.

— Tout ce que je sais, reprit Monger, c'est que le lendemain, Joan a prétendu que sa vue – du moins celle de son œil valide – s'était améliorée.

Il haussa les épaules.

— Mais nous n'avons que sa parole sur ce point.

— Vous n'en avez pas discuté avec les Borrow par la suite ?

— Les Borrow n'en ont parlé à personne, jusqu'à très récemment. Matthew, cela va sans dire, demeure convaincu que ce que Joan a vu est entièrement le fruit de son imagination. Le pire, dans toute cette histoire, John…, le pire, ce n'est pas *ce* qu'ils ont vu, mais *qui* les a vus. Tous les trois. Grimper au sommet du Tor, le soir où les morts sont de sortie.

— Qui les a vus ?

— Un métayer, Dick Moulder, qui cherchait une brebis égarée, a déclaré les avoir vus grimper la colline au crépuscule, éclairés par des chandelles, puis se rassembler près des ruines de l'église. Et danser et chanter à la gloire de la lune.

Je comprenais son emphase.

— Vous pensez qu'il n'a rien vu de tout cela ?

— Je pense que quelqu'un les a vus, ou en a entendu parler. Mais je connais Moulder. C'est un homme pieux qui ne se serait jamais aventuré dans les environs du Tor après la tombée de la nuit. La vérité, à mon sens, est qu'ils ont été surpris depuis Meadwell. Mais comme le domaine appartient à Fyche, Moulder a été sommé – ou soudoyé – de les dénoncer. L'histoire a éclaté au grand jour plusieurs semaines plus tard, quand d'autres preuves ont été découvertes pour étayer… un crime plus grave.

Ainsi, voilà toute la tragédie.

Joan Tyrre racontait à tout le monde que la potion de Cate avait amélioré sa vue grâce à quelque vision intérieure dont Monger ne savait rien. Le maréchal-ferrant était seulement certain d'une chose : dans la semaine, un marchand ambulant avait proposé au Dr Borrow de lui acheter pour une somme substantielle une grande quantité de cette poussière de vision qui permettait d'entrevoir le paradis.

Le docteur congédia le marchand, mais l'homme revint un jour où Matthew était occupé avec un patient et que Cate s'affairait dans son potager. Deux jours plus tard, la potion était vendue sur le marché de Somerton, une ville à quelques kilomètres d'ici.

Cela me semblait insensé, car le voleur ne savait pas quelle potion était magique…

— Il a volé tout ce qu'il a pu et a tout revendu. Du moment que c'est bon marché et que cela vient de l'étranger, les gens achètent n'importe quoi. Et si une seule personne avait eu une vision du paradis, cela suffisait à alimenter les rumeurs.

Mais la rumeur qui circula par la suite était tout à fait inattendue.

— Comme Cate me l'avait expliqué un jour, il était

essentiel de bien doser la poudre ingérée : une toute petite quantité de champignon mélangée à je ne sais quoi suffisait. La quantité, répéta Monger en rapprochant son pouce et son index, devait être infime.

D'après le maréchal-ferrant, une petite fiole de potion avait été achetée par le fils âgé de seize ans d'un éminent propriétaire terrain.

Le gamin est sorti cette nuit-là avec des amis pour se distraire. Il n'est jamais rentré.

— Ses compagnons l'ont abandonné, effrayés par son comportement, expliqua Monger. Ils ont parlé de convulsions atroces du corps… d'une sorte de transe. Le gamin criait que des diables le pourchassaient et que ses bras et ses jambes étaient en feu.

J'avais dû frissonner, car Monger me jeta un bref regard.

— On a retrouvé son corps environ une semaine plus tard, empêtré dans des branchages sous le pont. Il s'était jeté à l'eau pour éteindre le feu qui brûlait ses jambes.

Monger me raconta que le marchand avait fui Somerton, mais il avait été pris grâce à une chasse à l'homme. Pour avoir la vie sauve, il avait avoué avoir volé la mixture d'herbes concoctée par Cate Borrow.

— A-t-il été établi que ce comportement a été provoqué par l'ingestion de… poussière de vision ?

Je me rappelais avoir entendu parler d'une affaire similaire en France.

— Bien que personne d'autre n'ait succombé à cette potion, le gamin ne fut que le premier d'une longue liste à se plaindre de membres en feu, de visions d'anges et de monstres dans des univers célestes. Toutes les fioles de Cate Borrow avaient été vendues. Puis, alors qu'elle attendait son procès, on apprit le décès d'enfants.

— Quoi ?

— Des bébés dont les mères, apparemment, avaient

bu de la potion pour apaiser les douleurs qui suivent la délivrance. La colère de Dieu s'était abattue sur eux, se lamentaient les gens.

Le jour même, Cate Borrow avait été arrêtée pour sorcellerie. Peu de temps après, elle était morte.

— Pendue pour avoir concocté une potion à base d'herbes ?

— Pour meurtre.

— Un avocat à peine compétent aurait pu récuser de telles accusations.

— A Londres peut-être.

Sa voix trahissait son amertume. La vitre qui donnait sur la rue principale était couverte de poussière à présent, et le feu mourait dans l'âtre.

Même à Londres… Je repensais à mon propre emprisonnement. Comment, grâce à mes connaissances juridiques, j'avais réussi à discréditer les preuves factices avancées par le roi des fous.

Malgré cela, j'avais failli terminer sur le bûcher et je n'avais échappé au supplice que grâce à la curiosité de l'évêque Bonner.

— J'imagine qu'elle ne pouvait être jugée par Fyche au tribunal du comté… ou bien les choses sont-elles différentes ici ?

— Oh ! elles sont différentes. Tout est différent ici. Mais la loi reste la loi. Un crime passible de la peine de mort ne peut être jugé que par une cour d'assises.

— A Wells ?

— Le procès fut bref. Un autre témoin s'est présenté, que personne n'avait encore jamais vu, et qui a disparu par la suite. Il a prétendu avoir vu Cate Borrow remplir des seaux de terre humide extraite des tombes fraîches. Pour la répandre sur les herbes de son jardin. C'était les heures les plus noires du règne de Marie Tudor. Tout le monde craignait la superstition. Enfin, ils ont fait comparaître Dick Moulder pour qu'il dise qu'il avait vu deux ou trois personnes gravir le mont Tor le soir d'halloween, à la lueur de chandelles, et qu'il avait souvent vu Cate Borrow aller ramasser des herbes sur cette colline.

Ce qui s'est produit alors fut spectaculaire. La voix de Monger se fêla, et son visage habituellement placide prit une expression douloureuse au souvenir de Cate Borrow, debout devant la cour, criant que Moulder avait dû faire erreur, car elle était seule ce soir-là sur le Tor.

Monger devinait qu'elle avait dit cela pour sauver son mari. Et aussi Joan Tyrre, qui avait déjà eu affaire à la justice.

Le silence de mort qui s'ensuivit fut brisé par Dick Moulder, qui vociférait en plaçant ses mains devant son visage comme pour se protéger de Cate Borrow : *Si elle était seule, alors des esprits l'accompagnaient !*

— Et si je vous disais, reprit Monger, qu'à ce moment précis, une bourrasque s'est engouffrée par la porte du tribunal et l'a refermée d'un claquement sec. Un courant froid a soufflé sur la cour, une femme a crié et… Je vous assure que cela aurait suffi pour convaincre le pape lui-même.

— Et la mort du gamin ? Cate n'a tout de même pas reconnu ce crime ?

— Ni avoué ni nié. Elle s'est contentée de se taire. Elle a refusé de répondre à tout autre question et est restée silencieuse, immobile, droite et très pâle. Une pâleur spectrale, comme si elle partait déjà pour l'autre monde. Je me rappelle que Matthew, au désespoir, essayait de croiser son regard, en vain. Elle ne le regardait pas. Elle ne le regarderait plus jamais. C'était cela, le pire.

— Elle ne voulait pas l'impliquer.

— On avait l'impression qu'elle voulait lui dire : *C'est fini. Il n'y a plus rien à faire. Retourne à ton travail. Oublie-moi.*

— Et Eleanor, était-elle… ?

— Elle n'était pas là. Elle avait pour mission, dans l'intérêt de sa mère, de tenir Joan Tyrre éloignée du tribunal.

Le lendemain, Matthew Borrow avait rassemblé un groupe d'anciens de la ville pour aller trouver Fyche, à Meadwell, et le supplier de gracier son épouse.

Ils étaient revenus avec espoir, car Fyche – un ancien moine, Dieu du ciel ! – leur avait dit qu'il ferait son possible. Borrow avait calmé sa fille désespérée, lui assurant qu'ils trouveraient des preuves pour renverser la sentence, qu'ils feraient appel à la reine Marie…

Le jour suivant, à l'aube, Cate Borrow a été pendue à Wells sans cérémonie. Fyche leur annonça qu'il avait évité à la famille de la sorcière de finir sur le bûcher. Il leur permit généreusement de récupérer le corps, du moment qu'il ne serait pas enterré dans un sol sacré.

Cela s'était produit il y a un peu plus d'un an. Inutile de se demander pourquoi Eleanor Borrow ne supportait pas d'être en présence de cet homme.

— Personne en ville ne parvenait à y croire, dit Monger. Une femme si douce, si charitable, qui ne vivait que pour son jardin et les connaissances qu'elle pouvait en tirer. Les remèdes qu'elle tentait de découvrir, les personnes malades qu'elle voulait aider.

— Mais… au nom du ciel, pourquoi a-t-il fait cela ? Pourquoi Fyche voulait-il la mort de cette femme ?

— A mon avis… à cause de la poussière de vision. Il paraît que son fils en a ingéré une fois. Je ne sais pas ce qui s'est passé, mais cela a dû effrayer Fyche. Il a vu là un danger… incontrôlable. Une expérience religieuse en dehors de la discipline de l'Eglise. Si elle était capable de fabriquer ce genre de potion, quels autres talents cachés avait-elle ?

— Il voulait en faire un exemple et ainsi…, avançai-je.

— Je me demande ce qui se trame dans la tête de cet homme.

— Et Eleanor ?

— Elle ne tarda pas à retourner à l'université. Matthew l'avait envoyée, quelques années auparavant, étudier la médecine à Bath. Elle a toujours été… une enfant gaie, rieuse. On savait toujours ce qu'elle pensait. Après cette tragédie… eh bien…

Monger ferma les yeux.

— Vous savez ce qu'il y a de plus triste dans cette histoire ? Avant la dissolution, le juge de paix était le père Whiting, l'ami de Cate.

Je le regardai droit dans les yeux, mais on eût dit qu'un rideau s'était refermé dessus.

— En dépit de ses mystères, de son atmosphère de rébellion spirituelle, cette ville est malheureuse. Alors, docteur Dee, quelle est la véritable raison de votre venue ici ?

XXV

Commerce

Après le départ de Monger, je demeurai un moment sur le seuil de la porte donnant sur la cour arrière, à observer les derniers fils du jour qui tissaient un tapis de nuages lugubres autour de la tour de l'église Saint-Jean-Baptiste. Le ciel était plus sombre qu'il n'aurait dû, à cette époque de l'année… Une tempête s'annonçait. Je rentrai dans l'auberge et m'attardai dans l'obscurité du corridor, tout comme dans mes propres pensées moroses.

Des victimes de la rudesse et de la froideur de Fyche. Le docteur, Matthew Borrow, et le fardeau avec lequel il devait vivre. Se réveiller chaque jour avec le souvenir du visage de sa femme dans ce tribunal, fixe et spectral. Si lointain. Elle ne le regardait pas. Elle ne le regarderait plus jamais. L'agonie d'un non-croyant. Privé de l'espoir de la retrouver un jour au paradis. Pourtant, Borrow continuait à vivre, restait debout la moitié de la nuit pour sauver la vie d'autrui, sans tenir compte de sa propre santé. Il se moquait probablement de devoir bientôt la rejoindre dans la tombe.

Je le revoyais, debout dans cette ruelle, près de l'église. Un homme raide et pâle comme la cendre sous la menace de l'ultime injustice. Que sa fille subît le même destin que son épouse, des mains du même homme.

Le George était plongé dans le silence, les fermiers ayant regagné leurs foyers avant la tempête. Cowdray était sans doute dans ses quartiers avec ses filles de cuisine. Et *elle* était dehors. Nel Borrow, quelque part sous le ciel menaçant.

Je gravis les marches quatre à quatre, puis marquai une pause devant la porte de la chambre de Dudley. N'entendant aucun bruit, j'entrai.

Au moment de refermer la porte derrière moi, un souffle d'air caressa mon cou. Dans la lumière verte distillée par les vitres sales, une longue lame argentée se coula sous ma gorge, maintenue par un bras frissonnant. Elle s'arrêta à un cheveu de ma peau.

Le temps se suspendit, et l'atmosphère se figea dans une terreur effroyable, empreinte d'une odeur de sueur et de maladie.

Je vis la lame de l'épée du soldat trembler sous ma peau, puis se retirer brusquement et frapper le sol avec fracas. Ensuite, un corps tomba de tout son poids sur le lit, dans la pièce sombre comme le sol d'une forêt de pins.

— Dieu du ciel, John ! Tu aurais pu frapper !

Je respirai soudain plus librement.

— Je pensais que tu dormais.

Il avait eu peur de lâcher prise. La faiblesse physique était une condition inconnue de Robert Dudley.

— Je n'arrive plus à dormir. Des rêves infernaux s'insinuent en moi dès que je ferme les yeux. Ma tête est lourde comme un boulet de canon.

— Tu as mangé quelque chose ?

— Un peu de pain. Un goût de pisse.

— La gorge ?

— Mieux. Un peu. Peut-être. Je ne sais pas. Je hais

cette prison ; elle me rappelle la Tour. Tu n'as pas ramené *ta doctoresse* avec toi ?

— Non, elle…

— Quoi ?

— Ça n'a pas d'importance.

Bien sûr que si, cela en avait. Plus que tout autre chose.

— Il nous faut de la lumière, dis-je.

Mon estomac criait famine, mais nous avions déjà perdu trop de temps en dissimulations. Je titubai jusqu'à la fenêtre, où je trouvai deux bougies de bonne cire d'abeille sur leur socle.

Je les descendis au rez-de-chaussée et les allumai à l'aide d'un cierge avant de les rapporter dans la chambre de Dudley. Je plaçai l'une des chandelles sur le rebord de la fenêtre, l'autre sur la table de nuit.

— Je ne suis pas sourd, John.

Il était assis contre la haute tête de lit de chêne, adossé à un oreiller, son épée rengainée en travers de ses genoux.

— Alors, tu as entendu les clameurs en ville ?

— Un meurtre au service de Satan ?

— Robbie, cet homme voit des sorcières et des enchanteurs partout…

— Et il se trompe ?

Il n'y avait pas de réponse simple à cette question. Je m'assis à l'extrémité du lit et fixai la flamme blanchâtre de la bougie. Je lui parlai de Cate Borrow, de son tragique destin.

Dudley se pencha en avant, le visage blême et parcheminé, la barbe emmêlée. Il paraissait bien plus vieux que son âge, un homme dépourvu de toute finesse, de toute prétention ou statut social.

— Il croit que ta doctoresse est une sorcière par hérédité ? N'est-ce pas une bonne raison ?

— Il a fait pendre sa mère sans aucune bonne raison.

— Et tu penses que… ce qu'on a fait à Martin Lythgoe, ce n'est pas une raison ? Cela ressemble à une agression fortuite, un cambriolage, d'après toi ? Quel est ton problème à la fin ? Ce meurtre montre tous les signes d'un sacrifice rituel. Tu as étudié tout cela.

— Oui, mais…

— Un sacrifice de sang, John, est une manière… de demander à un démon de complaire au magicien.

— En théorie.

Oh ! je savais tout de cette théorie, moi qui avais disséqué les rituels décrits dans *La Clé de Salomon* et les grimoires du pape Honorius. Toutes les conjurations impliquant le sacrifice de jeunes coqs et d'animaux de ferme, la croyance que le sang répandu donnait le pouvoir d'invoquer… des esprits qui n'avaient rien des anges avec qui j'aurais tant aimé communier.

Oh ! Glastonbury… Y avait-il ici des réponses à certaines de mes interrogations les plus profondes ? Peut-être. Je ne sais pas. C'était bien trop complexe. Bien trop immense.

Mais Dudley, enfin cohérent, n'en démordait pas.

— Pour provoquer une mort, le sacrifice d'un homme de bien au diable ou à un démon destructeur, dans un lieu sacré… un lieu très sacré… ne serait-il pas un moyen efficace ?

Je ne pouvais nier qu'un sacrifice rituel dans l'abbaye de Glastonbury pouvait être envisagé pour invoquer un démon en substance. Je pensais au sorcier Gregory Wisdom – également docteur en médecine – engagé par Lord Neville pour commettre un meurtre à distance. C'était l'affaire la plus célèbre de ces derniers temps.

Ces histoires d'abus de magie se produisaient souvent autour de nous. Je réfléchis à la façon dont la bougie s'était consumée entre les lèvres de Martin Lythgoe. Etait-ce le fruit de mon esprit perverti ou bien avait-elle vraiment pris la forme du Tor ?

— Et la victime présumée est Fyche lui-même – pour la venger d'avoir pendu sa mère ? Apparemment, cela n'est pas très efficace.

Dudley renifla.

— Alors, cela n'a pas fonctionné. Ou pas encore. Mon Dieu, je ne veux pas que la responsable soit la femme qui m'a guéri de ma fièvre. Je veux seulement que le meurtre de Martin... que l'affaire soit résolue, par le nœud coulant ou l'épée, peu m'importe, et que nous déguerpissions de cette ville puante.

— Et les ossements d'Arthur ?

Il ne répondit pas. Qui pouvait le blâmer, dans son état, et après tout ce qui s'était passé, d'oublier le but même de notre présence ici ?

— Que penses-tu de ceci...

Je sortis la lettre de Blanche Parry de mon pourpoint et la plaçai au-dessus de la bougie de la fenêtre. Au même moment, un éclair déchira le ciel, et le premier grondement de tonnerre nous parvint de l'est.

XXVI

La fée

Ces choses que je prétends découvrir, avec mes configurations astrales et mes cartes du zodiaque… ai-je jamais été capable de prédire ce qui allait se passer ?

Et ceux qui le font, quels livres ont-ils lus auxquels je n'ai pas eu accès ? Existe-t-il une sorte de Saint-Graal de la connaissance qui passe furtivement de main en main ? Je ne sais pas. C'est bien le pire. Moi qui méprise l'ignorance, je ne sais pas.

— Qui a écrit cela, John ?

Le visage de Dudley luisait de sueur à la lueur de la bougie. Je repris la lettre et relus quelques lignes à haute voix.

— *Ses nuits sont tourmentées, ses jours agités… Elle ne trouverait pas la paix auprès de Morgan la fée… tant que son héroïque ancêtre ne serait pas enterré dans la gloire.*

— Très bien, dit Dudley. Qui peut bien l'avoir écrite ?

— Une personne proche de la cour, ou alors cela vient de l'étranger. Il y a des voyants à tous les coins de rue à Londres. L'Europe grouille de prophètes. Surtout après ce qui est arrivé au roi de France.

Dudley se pencha vers la lumière.

— Tu étais là, n'est-ce pas ? En France, quand c'est arrivé ?

— Non, mais on m'a envoyé un compte rendu de la tragédie.

Ecrit par un étudiant qui avait assisté à l'une de mes conférences à Paris. Il me l'avait envoyé avec une copie fidèle de l'horoscope apparemment envoyé de Rome, qui avertissait le roi Henri II d'éviter tout combat singulier dans un espace clos, en particulier au cours de sa quarante et unième année. Et faisait référence à une blessure à la tête qui causerait sa cécité.

— Rome ? Je croyais que tout cela venait de Nostradamus, l'astrologue de la cour de France.

— Non, la prédiction a été réalisée par un Italien, Luca Gaurico. Je ne le connais pas personnellement, pas plus que Nostradamus. En fait, l'astrologue français avait été mandaté par la reine de France pour enquêter sur Gaurico et sa prophétie. Mais le roi avait déjà choisi de se moquer de la mise en garde et de l'ignorer. Toute cette histoire me paraît extrêmement douteuse.

— Oh ! bien sûr. Nous savons tous, John, que tu te contentes de décrire les humeurs de l'univers… et que tu n'oserais jamais prédire l'accident ou la mort. Et que tu ne ferais pas confiance à ces voyants.

Je ne relevai pas le sarcasme et pliai la lettre de Blanche.

— Je croyais que c'était ce que la reine aimait chez moi : une habileté à éviter les faux-semblants, à donner des conseils avisés. Apparemment pas. Il semblerait qu'elle ait un certain penchant pour le sensationnel.

— Bien sûr… C'est pour cela qu'elle m'apprécie autant. Mais que penses-tu de cet astrologue de Rome… A-t-il prédit sa mort ? Est-ce possible ?

Je pensai à l'effigie de cire dans son cercueil, dans cette ruelle de Londres, près du fleuve. Avais-je été négligent et avais-je sous-estimé son pouvoir de nuisance sur la reine ? Avais-je tendance à nier, étant donné mes connaissances livresques, tout ce qui me semblait impossible ?

— A mon avis… c'est possible, mais peu probable. Je crois que certaines personnes voient les étoiles, comme moi, établissent des cartes et ensuite… Dieu lui-même intervient ou bien certaines facultés entrent en jeu, avec un sens caché particulier, qui… ne fonctionne pas chez moi.

— Ton arrogance aveugle me laisse sans voix, dit Dudley.

— La plupart du temps, ce sont seulement des supercheries, pour l'appât du gain.

Et pourtant…

Je me mordillai la lèvre inférieure, conscient de la crainte sourde et du respect suscités par la prophétie qui s'était apparemment réalisée, lors d'une joute équestre donnée pour célébrer le mariage de la fille du roi de France et de Philippe II d'Espagne. Si vous l'avez oubliée… Le roi, qui était en effet dans sa quarante et unième année, bien plus corpulent que notre Henri VIII à cet âge, décida de participer à la joute qui se déroula en ce jour fatal du 30 juin 1556.

Nous disposions d'un compte rendu détaillé de l'événement grâce à Sir Nicholas Throckmorton, le représentant de la reine à Paris, qui avait assisté à l'événement. Throckmorton était aux premières loges. Il avait vu la lance frapper le heaume d'Henri II, le briser, et des éclats avaient transpercé l'œil du roi et s'étaient logés dans son cerveau. Des hommes avaient aidé le roi à descendre de sa monture et ôter son armure.

Sans espoir. La seconde semaine de juillet, le roi de France rendit l'âme dans sa chambre obscure, et bientôt l'Europe tout entière découvrit le pouvoir des prédictions au moyen de l'astrologie.

— Tu penses que cette prophétie n'a jamais été réalisée, n'est-ce pas ? demanda Dudley.

— Elle est trop précise à mon goût. Mais en dehors de cela, cette lettre, dis-je en désignant le message de Blanche, est-elle la seule à ta connaissance qui fait état d'une prédiction liant Arthur à Anne Boleyn ?

— Comment peux-tu être sûr que Morgan la fée fait référence à Anne Boleyn ?

Il n'avait sans doute lu que le livre de Malory, qui amoindrissait le rôle de Morgan l'enchanteresse dans la légende du roi Arthur.

— La fée. Bien que parfois représentée sous les traits de la demi-sœur d'Arthur, dans les premiers récits, elle est un être en partie surnaturel. Et certainement une sorcière.

— Une influence diabolique ? demanda Dudley. Je n'en ai jamais été sûr.

— Pas totalement. Il est vrai qu'elle a été accusée de vouloir ruiner le mariage d'Arthur et Guenièvre. Elle n'est pas digne de confiance, selon les standards humains, et encline à la tromperie.

— Eh bien, c'est Anne, alors.

— Cependant, dans les premiers récits de la légende d'Arthur, le rôle de Morgan était apparemment de mettre à l'épreuve la foi et le courage des chevaliers de la Table ronde. Et, au final, tout revient dans l'ordre, car c'est l'une des femmes qui accompagnent le roi dans son douloureux dernier voyage jusqu'à Avalon. Ce qui nous ramène à l'essence même de cette prophétie… Si les restes d'Arthur retournent à Avalon…

— … alors, la reine ne sera plus troublée par la sorcière.

Je pensais au début qu'il s'agissait de bêtises, de pamphlets futiles. Mais ils s'inspirent de la légende originelle du roi Arthur. Ils pourraient même… quand on y réfléchit… être la raison de notre présence ici. Du moins en partie.

Dudley garda le silence un peu trop longtemps.

Il finit par dire :

— Comment sais-tu que ce n'est pas Blanche qui est à l'origine de tout cela ?

— Je pense connaître un tant soit peu ma cousine. Ecoute, si cette affaire a été montée de toutes pièces pour bouleverser la reine, alors c'est sans doute l'œuvre de quelqu'un qui est au courant. Donc…

Je tentai de croiser le regard de Dudley, en vain.

— Donc, comme tu appartiens à la cour, tu as peut-être entendu parler d'autres prophéties de cette nature ?

— Non.

Sa tête était tournée vers le mur, comme si la lueur de la chandelle était trop lumineuse. Il savait quelque chose. Ce n'était pas un homme fuyant, pas avec moi en tout cas ; aussi me dis-je que l'unique raison de sa dissimulation était de ne pas s'ouvrir à moi de sa relation particulière avec la reine.

— Ou bien la reine souffre-t-elle d'autres sujets de perturbation ? Parce que si quelqu'un…

— Tu sais comment c'est à la cour, dit Dudley en agitant la main. Les rumeurs circulent tout le temps. A propos de nouveaux complots pour placer la reine d'Ecosse sur le trône d'Angleterre. Ou que le règne de Marie est fondé sur un mensonge parce qu'Edouard n'est pas mort.

Je hochai la tête. J'avais entendu parler de cette histoire – prévisible à mon sens –, car elle incarnait le désir ardent du retour d'un Edouard adulte et puissant, ou indiquait qu'il était temps qu'Elisabeth trouve un homme capable de diriger le pays. Sinon, elle devrait prouver qu'une femme pouvait monter sur le trône d'Angleterre, selon la volonté de Dieu. Un bien lourd fardeau. Je décidai de resserrer l'étau en relisant un autre passage de la missive.

— *Ses nuits tourmentées...*

Le tonnerre gronda au loin. Dudley repoussa les draps et se tourna pour me faire face.

— Qu'essayes-tu de me dire ?

— Qu'essayes-tu de me cacher ?

— Je suis malade, répondit-il, geignant comme un enfant. Qu'est-ce qui t'arrive, John ? Tu es un homme paisible, un amoureux des livres. Pourquoi ne laisses-tu pas tomber pour aller en lire un ?

Je me levai et le contemplai, débarrassé de ses atours, de sa moustache, les cheveux emmêlés.

— Je dois le savoir, Robbie. Nous devons comprendre pourquoi nous sommes réellement ici.

Il s'assit et tendit le bras vers le broc d'eau. Mais la cruche était trop lourde pour lui, et il éclaboussa de l'eau partout en voulant se servir un verre. Je la lui pris des mains et remplit son verre, mais il y trempa à peine les lèvres.

Le tonnerre roulait au loin tel un tambour, quand Dudley commença son récit.

— Cela s'est passé un soir... il y a trois semaines... peut-être quatre. J'ai été appelé à la cour de Richmond. Un pli qu'on m'a remis en mains propres, envoyé par une personne que nous connaissons tous les deux.

Blanche, sans doute.

— J'ai été reçu dans la chambre de la reine, à plus de minuit. Ses dames de compagnie avaient été congédiées et je l'ai trouvée... très agitée. Elle avait besoin de réconfort.

— De réconfort, répétai-je.

— Nous avons parlé. Toute la nuit. Oui, parlé.

Hmm. J'attendis, devinant que j'étais le premier à qui il racontait cette histoire, et serais probablement le dernier.

— Bess était... très perturbée, dirais-tu, par les prédictions de l'imminence de sa propre mort.

— Comment ? Par qui ?

— Dieu seul le sait. Des présages. Et pas les premiers. Elle avait exigé d'être informée de la moindre prophétie à son sujet. On ne devait rien lui cacher. Tous les semblants de lettres ou de prédictions lui étaient lus chaque jour. Il s'agissait ce jour-là d'un pamphlet prophétique qui circulait dans les rues, des imbécillités. Elle avait surpris deux de ses dames de compagnie en parler.

Je me sentis brusquement mal à l'aise.

— Qu'est-ce que cela disait ?

— Que sa mort surviendrait... je ne sais pas exactement quand... Mais qu'elle ne devait pas s'inquiéter, car elle ne serait pas seule... qu'elle serait guidée dans l'autre monde... Que celle qui la guiderait veillerait sur elle.

— Ce sont les termes exacts ?

— A peu près. Qu'Anne veillerait sur elle. Tout le long du chemin vers...

— L'enfer ?

Un silence tomba. Un éclair illumina brièvement le mur.

— Tout le monde sait que le fantôme d'Anne Boleyn hante la Tour.

Cette fois, le tonnerre ne brisa pas le silence. Dudley déglutit.

— Tu peux imaginer ce qui s'est passé. La nuit suivante, elle a fait un rêve. Un rêve particulièrement réel. Tu rêves que tu es endormi et que, quand tu te réveilles, tu vois...

— Anne ?

— Ô mon Dieu, oui. Avec ce charmant petit sourire qu'elle arbore dans son portrait. Et un filet de sang autour du cou, comme si elle venait de reposer sa tête fraîchement tranchée sur son cou pour rendre visite à sa fille.

Je hochai la tête. Les images du mythe se formaient dans mon esprit : Anne Boleyn au sourire rusé et placide, au bord de l'abysse.

La bouche de la tête sectionnée articulant des paroles. Il ne fallait pas beaucoup d'imagination pour se représenter le violent trouble de la reine, à la simple idée qu'Anne l'obstinée était là, dans les ombres de la nuit, prête à entraîner sa fille par-delà le seuil de la mort.

— Elle n'a plus voulu dormir seule plusieurs nuits après cela, dit Dudley. Ses dames de compagnie se sont relayées à son chevet jusqu'à l'aube, et des bougies restaient allumées toute la nuit.

— Cela s'est reproduit ?

— Deux fois.

— Et est-ce que… Anne a parlé ?

Dudley secoua la tête, but une gorgée d'eau.

— Bess m'a demandé si elle devait faire appel à John Dee pour créer autour de son lit un cercle protecteur… dans lequel sa mère ne pourrait plus pénétrer. Je lui ai répondu *Pourquoi pas ?*

— Merci de ta confiance.

— Cependant, il semble que quelqu'un d'autre lui ait déconseillé de faire appel à toi. L'archevêque de Canterbury a été convoqué à ta place, pour faire son possible.

— Parker ?

— Il a béni sa chambre.

Je ne lui demandai pas si cela avait fonctionné et me penchai sur la chandelle.

— Donc, cette prophétie à propos de la mort de la reine… a-t-on essayé d'en déterminer l'origine ?

— Dans quel but ? Tu sais comment procèdent ces charlatans. Une petite imprimerie dans une cave de Southwark. Il y avait un nom en bas de la page, biblique. Un prophète… Elijah ou Elisha…

Au moins, ce n'était pas Dee. Pourtant, cette affaire m'inquiétait. J'avais déjà failli me brûler les ailes à cause d'un horoscope royal.

— Ecoute, dit Dudley, sa mère… tu dois comprendre que ce n'était pas nouveau. Quand nous étions dans la Tour, enfants, elle parlait souvent de… enfin, à quoi s'attendre dans un lieu où ton père a fait décapiter ta mère ? Elle grandissait dans un monde lourd de présages et dans l'appréhension et l'omniprésence de ce qu'on pourrait appeler… une mort soudaine.

Le tranchant de la hache fendant l'air. Ou, dans le cas d'Anne, grâce à la miséricorde d'Henri VIII, la lame d'une épée maniée par un maître d'armes.

— Très bien, imaginons ceci, dis-je. Anne… Morgan. Deux femmes considérées comme des sorcières néfastes. Un roi immortel, dont l'aura sacrée et magique est exploitée par la cause des Tudor…

— Jusqu'à ce que cet héritage sacré soit emporté par le désir impie d'Henri pour Anne.

— Par qui il aurait été ensorcelé, comme il l'a dit et redit plus tard avec insistance. Exactement comme Arthur et ses chevaliers ont été envoûtés par Morgan la fée.

Je frissonnai devant la logique imparable de ce scénario.

— Si la reine craint la malédiction de ses ancêtres les plus proches, en tant que fille d'une sorcière et d'un monstre…, la seule manière de briser le maléfice serait apparemment…

— En suivant ce raisonnement, coupa Dudley. Alors, les ossements, une fois retrouvés, devront rester à

Avalon. Et non aller à Londres, comme le veut Cecil. Et la reine devrait venir ici, comme l'a fait Edouard Ier, pour les voir enterrés… dans la gloire.

— Dans une abbaye restaurée à grands frais ?

L'antre de la vermine.

— Je te le dis, John, demain, je sors d'ici.

— De la ville ?

— De ce lit ! Je veux ces satanés ossements. Et quand nous les aurons trouvés, nous n'en référerons pas immédiatement à Cecil, d'accord ?

— Robbie, c'est ton ami, l'ami de ta famille depuis…

— Ne sois pas naïf. Il poursuit ses propres objectifs et souhaite le bon mariage pour elle. Pas un prétendant anglais. Cecil pense que le seul mariage digne d'intérêt est le mariage politique.

— Qui alors ?

— Cela dépend. Je sais qu'il a envisagé l'idée d'une union avec l'Ecosse… pour briser enfin l'emprise de la France à travers Marie Stuart… Et si… si, quand il l'aura déniché, le fiancé étranger découvre que la reine vierge n'est pas…

Dudley fut pris d'une quinte de toux. Le grondement du tonnerre se rapprochait.

… pas vierge.

Je frissonnai de tout mon être.

— Je pense que nous avons trop parlé, dis-je. Dors un peu, repose ta gorge.

Je soufflai la seconde chandelle et fermai la porte de Dudley, en proie à un certain trouble.

Je lui avais caché tant de choses. Par exemple, comment aurait-il réagi en apprenant qu'au moins deux habitants de cette ville savaient qui j'étais réellement, et que l'un des deux était la femme accusée par Fyche du meurtre de Martin Lythgoe ? A qui, dans ces circonstances, pouvions-nous faire confiance ? Que penserait Dudley du maréchal-ferrant qui me semblait être un homme honnête et bien intentionné ?

Mais que savais-je au juste ? Que savais-je de la vie en dehors des livres ?

Je regagnai ma chambre et, tout en me demandant si je n'avais pas commis une terrible erreur d'avoir donné une réponse à la question toute simple de Monger, je m'assis au bord du lit poussiéreux plongé dans la pénombre.

Folie. Pensées nocturnes.

Alors, docteur Dee, quelle est la véritable raison de votre venue ici ?

La pluie cingla les vitres quelques instants, puis cessa brusquement. Je repensai à ce que Monger m'avait dit quand je lui avais avoué ce que nous cherchions ici.

Le plomb est d'abord tombé du toit, puis le verre des fenêtres. La tombe de marbre ? Elle a tout simplement disparu.

Entièrement ? D'un seul coup ?

J'ai entendu dire que la vieille croix avait été vue – celle de la tombe originale –, mais je ne sais pas où elle est maintenant. Je ne crois pas que cela intéresse beaucoup les gens d'ici. Ils ont brisé notre cœur. Des abbayes moins connues sont restées des cathédrales, mais nous sommes trop proches de Wells. Il aurait mieux valu que l'abbaye n'ait jamais été bâtie ici, plutôt que de nous abandonner avec cette plaie ouverte.

Je lui avais demandé s'il était vrai que le père Whiting avait été torturé parce qu'il cachait le célèbre récipient eucharistique de la Cène, le Saint-Graal. Je voulais savoir si Monger croyait en son existence.

Cela dépend de ce que vous entendez par existence. Il peut avoir existé en tant que récipient, fait de métal, d'argile ou de bois. Il a très bien pu se trouver ici. Mais il pourrait également receler une vie spirituelle, un symbole sacré, expérimenté uniquement au travers de visions.

Toujours ces visions. Monger avait secoué la tête, l'air perplexe.

Certains disent que c'est le lieu le plus sacré de ces îles, tandis que pour d'autres ce n'est qu'une ville sordide au passé rempli de vilenies et de tromperies, avec les moines en son cœur pourri.

Autrefois, expliqua Monger, on murmurait, même parmi les moines, qu'il y avait des choses cachées, peut-être même antérieures à la chrétienté. Des rumeurs d'histoires mystiques à moitié païennes… bien qu'elles fussent liées à un Arthur en essence bien différent, qui incarnait le legs magique des anciennes tribus celtiques et des druides.

Où étions-nous donc tombés ?

Je me déshabillai rapidement, à cause du froid, passai ma robe de chambre sur ma chemise de nuit et m'assis sur mon lit. Dehors, le tonnerre rampait telle une bête noire sur les collines, et je ne pouvais m'empêcher de penser à Joan Tyrre et ses rêves de Gwyn ap Nudd sous sa colline hérissée.

J'entendis un bruissement dans la chambre. Des rats, probablement. Oui, sûrement des rats.

XXVII

Une sœur de Vénus

— J'ai pensé à dénuder ma poitrine, dit-elle.

Une bougie tomba à côté d'elle.

La tempête rôdait sur la ville, la bête était à la porte. Les doigts tremblants, je remis la bougie en place pour éviter qu'elle ne tombât de la planchette. Trois chandelles se consumaient à présent, en comptant celle du palier, et leurs fumerolles s'enroulaient en spirale.

Assise sur la chaise près de la fenêtre, elle reprit doucement :

— Il m'est venu à l'esprit que vous voudriez vous assurer que je ne possède pas d'étranges attributs, comme un troisième mamelon…

Elle portait une robe bleue, et ses cheveux flottaient librement sur ses épaules. A la lueur des chandelles, les vitres souillées de la partie basse de la fenêtre avaient pris une teinte de boue sèche.

— … qui me servirait à nourrir mes semblables, comme le disent certains.

— Oui, j'ai entendu dire que… enfin… de quelle façon un tel appendice peut être utilisé.

Je m'écartai du halo lumineux, cherchant à recouvrer mon souffle. Si vous vous posez la question, sachez qu'une seule femme depuis mon enfance m'a offert son sein nu. Eleanor Borrow m'adressa un sourire distant, comme si elle se trouvait au fond d'une immense pièce, une salle de conférences ou un forum au plafond bas où se déroulent des débats culturels.

— Oh ! bien sûr, les livres, méditait-elle, comme pour elle-même. Il a lu cela dans ses livres.

Je maintenais les pans de ma vieille robe de chambre brune d'une main tremblante. Nous n'avions pas reparlé depuis qu'elle s'était enfuie du Tor, où Fyche l'avait qualifiée de sorcière. C'était comme si elle était venue directement de là-bas : une ligne droite, d'une précision géométrique, entre ce point du passé et ce moment présent...

... très bien... c'était une sœur de Vénus, si vous voulez le savoir. Cela se passait à Cambridge, une des rares soirées où j'avais trop bu, dans un effort louable de me rapprocher des autres étudiants, tous plus âgés que moi.

Moi qui manquais cruellement d'expérience et d'assurance... J'étais si intimidé, si maladroit... Ô mon Dieu, comme elle avait ri, cette femme, d'un rire froid et tranchant comme la lame de ciseau se brisant sur les murs des bâtiments qui entouraient l'allée où nous nous trouvions. Un souvenir amer, qui avait sans doute retardé ma progression dans le monde adulte.

— Vous savez qu'ils vous recherchent...

Ma voix n'était qu'un murmure, aussi ténu que le trottinement d'un rat. Un bref instant, la cruelle luminosité fit apparaître la rougeur de mes joues.

— J'essaie de ne pas laisser ces diversions interférer dans mon travail, dit-elle d'un ton sec. Qui, le plus souvent, est affaire de vie ou de mort. Je vous demande pardon si ma visite vous dérange, docteur John, mais la chambre d'un homme ne m'effraie pas... Enfin, j'en ai visité un grand nombre.

Le tonnerre fit trembler les vitres.

— En tant que médecin, bien sûr. Grand Dieu, quelle nuit !

Elle posa une main sur sa poitrine et, soudain, je me revis sur le versant verdoyant du Tor, le ciel et les collines s'effondrant autour de moi comme un château de cartes, et je criais *Eleanor...*

... Nel...

Mon Dieu, elle paraissait si menue à présent, avec ses épaules étroites, ses yeux mi-clos, ses cheveux balayant ses joues.

— Bien, dit-elle enfin, je suis venue prendre des nouvelles de votre ami. J'ai pensé qu'il valait mieux frapper à votre porte d'abord, mais elle était ouverte, alors...

Elle leva sur moi un visage d'un blanc doré sous la caresse de la lumière.

— Comment va-t-il ?

— Il n'est pas encore guéri.

— Alors, il a besoin de moi ?

Elle saisit le sac noir à ses pieds, sur lequel elle avait plié son manteau sombre.

Besoin... Grand Dieu...

— Il dort, répondis-je vivement. Et... sa santé s'est améliorée depuis hier, je vous remercie. Malgré le trouble que lui cause le meurtre de son serviteur.

— Oui, c'est...

Elle s'interrompit. Quelques secondes après le coup de tonnerre, un éclair déchira les cieux, illuminant la pièce comme en plein jour.

Elle tressaillit sous l'explosion du ciel, et je lus alors dans ses yeux ce que sa voix cachait si bien.

Sa voix de médecin habituée à dissimuler les peurs rampantes, les siennes comme celles de ses patients.

Mais ses yeux verts… pour moi, à cet instant, étaient les yeux sauvages d'un animal traqué par une armée de prédateurs.

Et je me sentis soulagé de les avoir vus, car ils n'avaient rien des yeux d'une sorcière. L'obscurité avala de nouveau la chambre. N'avait-elle donc aucun autre endroit où se soustraire à la persécution lancée par Fyche ?

Car, en vérité, était-elle en sécurité ici ?

— Avez-vous vu Monger ce soir ?

— Non, je ne l'ai pas vu de la journée.

Je hochai la tête, devinant qu'elle disait la vérité. Il était temps d'accélérer la chasse. Quoiqu'il ne s'agît pas là de chasse. Car si j'étais le prédateur, alors elle s'était jetée dans l'antre du loup.

Maintenant ma robe de chambre fermée de la main gauche, je lui tendis ma main droite.

— John Dee, dis-je.

Les dés étaient jetés. Le temps des révélations.

Par où commencer ?

Dites-moi, alors, docteur Dee, comment l'âme… ?

L'alchimie.

Nous évoquâmes ce sujet. Nous parlâmes de transmutation, tous deux férus de science, de livres. Nous pensions : il doit exister une formule permettant de transformer un métal quelconque en or solide, et l'homme en un être proche de Dieu. Un secret ancestral, peut-être connu de Pythagore et révélé par Platon. Une matière occulte.

En général, nous étions d'accord sur ce point : il fallait emprunter un périlleux chemin à travers les ténèbres pour atteindre une planète lumineuse et lointaine.

Mais, à la vérité, personne n'atteignait jamais cette lumière. Nous n'en voyions que de brefs éclats, tels des éclairs dans un ciel d'orage. Puis, après avoir vu ces éclairs et fouillé au plus profond de nos êtres pour trouver l'illumination, nous replongions pour toujours, Dieu nous garde, dans l'obscurité la plus profonde.

Nous discutâmes de ces matières universelles, des mystères de l'univers. Puis elle m'expliqua qu'elle était partie tôt ce matin-là pour soigner un enfant malade qui vivait dans une ferme au cœur des marécages, en direction de Wells, quand un messager à cheval venant de la cité lui avait appris le meurtre.

Lorsqu'elle reprit le chemin de Glastonbury, elle eut l'intelligence de progresser avec prudence, consciente que certains individus, sous prétexte de chasse à l'homme, abusaient de femmes seules.

Elle se glissa furtivement dans la ville en empruntant les sentiers des moutons au lieu des routes habituelles. C'est là qu'elle rencontra Joan Tyrre, qui lui annonça la triste nouvelle : elle était recherchée. Elle se retrancha alors rapidement dans les bois et attendit la tombée de la nuit pour se glisser dans la cité, emmitouflée dans son manteau.

Au lieu de rentrer chez elle, elle se dirigea vers l'auberge et, quand elle vit Fyche et ses acolytes en sortir, alla trouver Cowdray, qui lui donna à boire et à manger, puis la cacha dans une chambre du grenier.

Ensuite, elle fit discrètement parvenir à son père un mot pour l'informer qu'elle était en sécurité.

Cowdray, me dit-elle, était un homme bon, même s'il mettait parfois des mois pour lui payer son dû. Son père avait soigné sa femme jusqu'à sa mort, apaisant ses souffrances, et cela, Cowdray ne l'oublierait jamais.

Je l'assurai que mon ami, maître Roberts, serait plus difficile à amadouer. J'étais anxieux, naturellement, à l'idée que Dudley eût trahi sa propre identité en même temps que la mienne. Apparemment, ce n'était pas le cas, mais il n'était sans doute pas passé loin.

— Ce matin, quand votre ami s'est réveillé, il ne savait plus qui il était. Ni qui *moi* j'étais. Une fois, il m'a appelée Amy.

— Bien, murmurai-je.

Me disant qu'au moins, il ne l'avait pas appelée *Bess*.

— Ensuite, dans son délire, il vous a appelé deux fois par votre nom. *Où est John Dee ? Allez me chercher John Dee !*

— Hmm… il doit y en avoir d'autres personnes… qui portent ce nom.

— Pas à ma connaissance. Cela dit, votre ami a des manières étranges. Un homme habitué à donner des ordres et à être obéi au doigt et à l'œil. Mais j'étais moins intéressée par lui que par vous. Je devais découvrir la vérité.

Je souris enfin, me rappelant sa conversation intelligente sur la phytothérapie liée à l'astrologie, durant notre balade à travers la ville, puis au bord de la source sainte. Pendant tout ce temps, elle avait fait naître en moi un sentiment d'exaltation croissant, alors que nous discutions des pouvoirs inhérents au lieu.

Une discussion qui flirtait dangereusement avec l'hérésie.

L'hérésie ! Brusquement, j'eus envie de crier à la lune. De l'embrasser tout entière.

Ou de l'embrasser, *elle*.

— J'ai essayé de suivre vos travaux, évidemment, dit-elle. Du mieux que j'ai pu, grâce aux pamphlets abandonnés par les voyageurs. Certains affirment que vous êtes l'homme le plus intelligent d'Europe, alors que d'autres…

— Je ne sais que trop bien ce que disent les autres.

Cela dit, les deux versions sont des distorsions de la réalité.

— Ah ? Mais tout le monde dit que la reine vous tient en très haute estime. C'est une distorsion, ça aussi ?

Assise, l'air sérieux et un peu guindé, elle fixait ses petites mains posées sur ses genoux. Pourquoi mes mains refusaient-elles de rester en place ?

Je les fourrai sous mes fesses. Sur le lit. Je ne devrais pas être assis sur un lit en compagnie d'une femme, mais elle occupait l'unique chaise. Les chandelles, sur la table que j'avais pris soin de positionner entre nous deux, formaient un halo lumineux aux reflets dorés. Eleanor Borrow se pencha pour fouiller son sac noir.

— Je suppose que vous avez déjà vu ceci ?

Je me levai et saisis le pamphlet froissé qu'elle me tendit, puis le déchiffrai à la lueur des bougies.

La Seconde Venue

Apprenez que la reine a été clairement
Avertie de la fin du monde. Que les prédictions
De l'Apocalypse de saint Jean
Se réaliseront bientôt.
Dr Dee, l'astrologue royal,
A eu pour mission de prédire
La date où l'Angleterre, site
De la Nouvelle Jérusalem
Verra la Seconde Venue
De Notre Sauveur.

Je n'en lus pas davantage.

— Ce sont de pures fantasmagories, dis-je en rougissant. Pardonnez-moi, madame…

— Je suis un docteur, dit-elle en roulant des yeux. Les hommes ne font pas tant de manières quand on leur coupe un pied.

Cette allusion désinvolte à la chirurgie me mit mal à l'aise. Mais je préférais ne pas y penser maintenant. Lui rendant le pamphlet, je me demandai s'il s'agissait de celui de l'homme aux plumes de paon. Ou bien y en avait-il d'autres ? Celui-là n'était-il que la branche d'un grand chêne factice ? Ou – aspect plus perturbant – avais-je manqué un indice dans la course des étoiles ?

— Où avez-vous eu ceci ?

— Par un marchand de laine de passage.

— Eh bien, apprenez que personne ne m'a jamais demandé de prédire la date de l'Apocalypse ou de la Seconde Venue du Christ.

— Non ?

— Vous semblez déçue.

— Bah… docteur John, vous êtes l'astrologue de la reine.

— Du moins, c'est ainsi qu'on m'appelle.

Un silence s'installa. A un moment ou un autre, elle me demanderait ce que l'astrologue de la reine faisait ici, à Glastonbury. A la lumière des faits qui s'étaient produits depuis notre arrivée, notre quête ne me semblait plus aussi secrète.

J'attendis donc que le roulement du tonnerre s'apaisât, puis lui avouai toute la vérité. Je l'informai, sans révéler l'identité de Robert Dudley, que le but de notre mission discrète était de retrouver les ossements qui reposaient dans la tombe du roi Arthur – quel que fût son propriétaire.

Son regard trahit son soulagement, et son corps parut se détendre. Evidemment, elle s'était attendue au pire.

— Mais les ossements ont disparu.

— De l'abbaye, oui.

— De la ville.

Je me rassis au bord du lit.

— Comment le savez-vous ?

— Je…

Elle hésita un moment, puis haussa les épaules.

— Ma mère me l'a dit autrefois.

— Ah ?

— Et maintenant, vous allez me demander comment elle le savait.

Je ne dis mot. Eleanor Borrow prit une profonde inspiration.

— Elle était proche de l'abbaye. C'est-à-dire, du père supérieur. Quand je vous ai dit que je me souvenais du père Whiting, c'était parce qu'il venait souvent chez nous. Ce que mon père, qui n'était pourtant pas un homme pieux, tolérait parce que le père Whiting s'intéressait à la médecine.

— Mais seule votre mère avait la confiance de l'abbé ?

— Et tout ce qu'il lui confiait restait sous le sceau du secret le plus absolu. Elle ne disait rien, ni à mon père ni à moi. Et nous avions appris à ne pas lui poser de questions. Seulement, un soir, mon père nous lisait l'ouvrage de Malory, bien qu'il n'eût que mépris pour sa version de la légende…

— Il avait raison.

— … c'était seulement un divertissement. Nous avons ensuite parlé d'Arthur et de son enterrement à Avalon. De la tombe qui avait été pillée pour son marbre… Ma mère m'a dit plus tard que ce n'était pas grave parce que la tombe était déjà vide au moment du pillage.

— Vous pensez que le père supérieur a mis les ossements en lieu sûr, sachant ce qui allait se produire ?

— Quelqu'un a dû le faire.

— Mais votre mère disait qu'ils n'étaient plus en ville.

— Il me semble que ces mots exacts étaient : *il est inutile de les chercher à Glastonbury.*

— Ce qui suppose qu'elle savait où ils étaient cachés.

— Je ne sais pas. Vraiment pas. Elle ne m'en a jamais reparlé, même si parfois, quand nous étions seules toutes les deux, elle brûlait de le faire.

Tout cela ne nous avançait guère. Mais Eleanor Borrow n'avait pas terminé. Elle hésita quelques secondes, comme si elle se demandait si une confidence demeurait sacrée lorsque les deux parties concernées étaient décédées.

— Ma mère… savait, je pense, où de nombreuses choses secrètes étaient cachées. D'autres vestiges de la légende arthurienne.

Je me rappelai ce que Monger avait dit à propos des merveilles cachées. Mais son sourire était teinté de regrets.

— Je ne parle pas du Saint-Graal. La plupart des gens disent que le Graal n'est pas réel. C'est seulement un symbole.

— Mais… ?

— Mais un jour, elle a mentionné la Table ronde d'Arthur.

— Votre mère croyait qu'il existait des vestiges de la Table ronde ? Ici ? A Glastonbury ?

— Elle l'a dit en passant… Quel est le problème ?

Je lui racontai que Benlow, l'homme aux os, avait voulu me vendre une pièce de bois nichée dans un coffret et prétendait qu'il s'agissait d'un fragment de la Table ronde. Mais j'avais refusé son offre. Elle se mit à rire.

— Vous a-t-il suggéré de baisser votre braguette en échange de son aide ?

— Hmm…

Je soupirai.

— Je suppose que Benlow n'est pas considéré comme l'un des chercheurs d'Avalon.

— Vous avez vu juste.

— Donc, il n'est pas dans le secret des dieux…

— Docteur John, cet homme vendrait les ossements de sa propre mère pour donner du goût à son ragoût de Noël. Quand ma mère parlait de la Table ronde, c'était plutôt dans un sens spirituel, à la façon dont les mystiques parlent du Graal. C'était une femme unique. Elle savait ce qui se passait sous la surface.

— Vous voulez dire sous terre ?

— Je ne sais pas, docteur John, mais je crois que…

Un éclair aveuglant l'interrompit. Puis nous attendîmes la suite. Aussitôt après, la fenêtre tout entière se mit à vibrer.

— … je crois que c'est pour cette raison qu'elle a été assassinée.

XXVIII

Le Grand Tabou

Un pâle monticule de cire fondue avait dégouliné sur la table entre nous. Une odeur de viande de boucher flottait dans l'atmosphère.

Je me penchai en arrière, les mains jointes en prière, les pouces pressés contre mes joues, en pensant *Quand une exécution était-elle un meurtre ?*

Réponse : quand la justice était aveuglée et manipulée. Quand les cordes et les fils de la loi étaient tendus et distordus pour donner la mort. Interrogez-vous : Henri VIII n'était-il pas coupable des meurtres d'Anne Boleyn et de Catherine Howard ?

Tel était le Grand Tabou. Les lois des hommes, élevées au rang de lois de Dieu, n'étaient rien d'autre que des instruments entre les mains expérimentées des puissants.

— Il ne serait guère judicieux qu'on vous entende parler ainsi, dis-je.

— Je le fais rarement. Seulement en présence d'une personne de confiance.

Elle hésita avant de reprendre.

— … bizarrement, un peu comme avec un membre de ma famille.

Je sentis une chaleur intérieure, aussi ténue et étrange qu'un ver luisant.

— Maîtresse Borrow, je…

— Oh ! il existe toutes sortes de parentés. A l'université de Bath, j'ai lu certains de vos écrits. J'ai aussi rencontré des gens qui avaient eu affaire à vous à Louvain, et qui vous ont parlé librement. J'ai l'impression que, pour vous, la connaissance et l'esprit ne font qu'un. Et aussi…, poursuivit-elle en emmêlant ses doigts sur ses genoux, je sais qu'autrefois vous avez failli être condamné à une mort… bien plus atroce que celle de ma mère.

— Ce n'est pas comparable, répondis-je doucement, parce que cela n'est pas arrivé.

Je lui expliquai que Joe Monger m'avait raconté le procès et l'exécution de Cate Borrow, une femme qui partageait apparemment ma propre curiosité sur les limites du monde naturel. Etait-ce ce que sa fille entendait par *un membre de sa famille* ? Je devais admettre que cela me décevait un peu.

— Parlez-moi de Fyche. Pourquoi, après ce qu'il a fait à votre mère, veut-il s'en prendre à vous ?

— Il n'y a pas de mystère. Quand il me regarde, c'est *elle* qu'il voit.

— Vous voulez dire que vous lui rappelez ce qu'il a fait ?

— Non, non !

Elle secoua vivement la tête, faisant danser des mèches de cheveux sur ses joues.

— Cela voudrait dire qu'il regrette la mort de ma mère, ce qui n'est pas le cas. Il voit seulement une autre femme qui a le regard et l'éducation de Cate Borrow.

— Une menace.

— Docteur John, laissez-moi vous parler de cet homme qui était autrefois un moine de l'abbaye. Un homme à qui on a offert cette terre. Ainsi que de l'argent pour construire le domaine qui est dessus.

— Il a hérité cette terre… d'un oncle ?

— Un oncle !

— Non ?

— On la lui a donnée en présent, je parierais n'importe quoi là-dessus.

— Qui lui a fait ce cadeau ?

— Qui fait cadeau de terres, d'après vous ? demanda-t-elle en se redressant vivement. Qui ?

— Maîtresse Borrow…

— Eleanor, dit-elle en rejetant les cheveux en arrière. Nel. Appelez-moi Nel. C'est… plus court.

Une énergie emplit l'atmosphère. J'avais les paumes des mains moites. Et les coups de tonnerre étaient à présent si fréquents que j'avais la sensation d'être à l'intérieur d'un tambour de guerre. Mais mon cœur cognait plus fort encore dans ma poitrine.

— Docteur John…

Elle me regardait droit dans les yeux et je brûlais de lui souffler : *John, juste John*, sans pourtant oser. Ces cheveux rejetés en arrière… Mon Dieu ! Je tirai ma robe de chambre sur mes genoux.

— … si cela peut vous éclairer, sachez que la majeure partie du domaine de Fyche appartenait autrefois à l'abbaye.

— Vous voulez parler des terres que Thomas Cromwell a confisquées pour le compte du roi ? Et que le roi pouvait redistribuer selon son bon vouloir ?

Nous progressions sur un terrain dangereux.

— Mon père en sait plus que moi. La propriété, Meadwell, se situait à la limite des terres de l'abbaye et avait été laissée à l'abandon. Ensuite… Eh bien, tout ce qu'on sait, c'est que quelques années après la dissolution de l'abbaye, la ferme abandonnée a été reconstruite en grande pompe. Et qu'Edmund Fyche, un ancien moine, s'y est installé. Après quoi il est devenu *Sir* Edmund.

— Tout le monde est au courant en ville ?

— Oui, mais cela ne fait aucune différence. Fyche, en plus d'être le représentant de la loi, est considéré comme un bienfaiteur. Si les récoltes sont mauvaises, personne ne souffre de la faim, comme ce fut le cas après la chute de l'abbaye. Aujourd'hui, la majorité des habitants le considère comme une présence bienfaitrice... ou le moindre des maux.

Je hochai la tête. J'aurais pu nommer une douzaine de propriétaires terriens, ici et en Europe, qui avaient acquis une grande popularité malgré leurs écarts de conduite passés. Mais une question demeurait en suspens.

— Pourquoi un généreux donateur aurait-il favorisé un ancien moine ?

— Pourquoi, en effet ?

— Vous pensez que votre mère avait découvert quelque chose ? Elle savait ce que Fyche avait fait pour Cromwell et Henri la bedaine pour mériter une si généreuse récompense ?

Une brusque appréhension me saisit, et je regardai anxieusement tout autour de moi. Inquiet, je me levai, gagnai la porte pieds nus, l'ouvris et marchai à pas de loup pour sonder la cage d'escalier.

Une faible lueur vacillait de seuil en seuil, comme si des hommes s'envoyaient des signaux à l'aide de lampes recouvertes d'un tissu.

Mais il n'y avait pas âme qui vive, et je retournai dans ma chambre, refermant la porte au moment même où le tonnerre éclata. Dans ma tenue de nuit, je me sentais particulièrement embarrassé et regrettai amèrement de ne pas être convenablement habillé. Je tirai de nouveau ma robe de chambre sur mes genoux nus et me rassis sur le lit, plongé dans la pénombre.

— Tout est calme, dis-je. Tout… sauf le ciel.

— Bien.

Jamais je n'avais éprouvé une intimité aussi naturelle avec une femme. Une complicité rare, étant donné la nature trouble des sujets que nous abordions.

— Alors, le père supérieur de Glastonbury a été traîné sur une claie jusqu'au sommet du Tor, pendu devant l'église en ruine, démembré et découpé en morceaux. Et, après cela, l'un de ses subalternes est devenu un homme riche.

— Oui. Pour l'essentiel.

Le tonnerre et les éclairs devaient faire rage, mais je n'entendais plus rien.

— Vous n'avez aucune idée de l'atmosphère qui régnait à l'époque, raconta Nel Borrow. Je n'étais qu'une enfant, mais mes premiers souvenirs sont ceux de la peur et la misère - toutes ces silhouettes voûtées, miséreuses, au regard baissé. Le crâne est resté fiché sur le portail du monastère. Personne ne posait de questions à l'époque, par crainte de subir le même sort.

Je me plongeai dans mes réflexions. D'après mes souvenirs, le père Whiting avait été accusé d'avoir caché des objets aux hommes de Cromwell, dont un calice en or. Et des écrits déloyaux à l'encontre du roi avaient été retrouvés. *Critiques* envers le roi.

Retrouvés par qui ? Qui pouvait le savoir ? Il était sûrement plus difficile pour un étranger de mettre la main sur de tels objets que pour un membre de l'abbaye.

— Fyche a trahi son père supérieur, dis-je en matière de conclusion.

— C'était plus que de la trahison.

Un rôle prépondérant dans les accusations de vol et de trahison. Sans doute, car Fyche avait reçu en échange des terres, de l'argent et une belle situation. Une petite part du plus succulent gâteau monastique d'Angleterre.

A moins… à moins que cette femme unique et charmante ne mentît. Ou fût aveuglée par le chagrin. Grand Dieu, je ne voulais pas croire à l'une de ces deux hypothèses, mais dans ce monde sinistre, il était crucial d'examiner toutes les options, même douloureuses.

— Vous devez aussi vous demander pourquoi il voulait à tout prix voir le père Whiting mort, dit-elle.

— Pour en faire un exemple.

— Ah ? Dans quel but… à ce stade du jeu ?

Elle avait raison. Glastonbury fut l'une des dernières abbayes à être réquisitionnées par la Couronne. Ce n'était pas comme s'il s'agissait d'une dangereuse armée de prêtres rebelles qu'il fallait étouffer par l'intimidation. Le massacre cérémonieux du père, la torture et la mutilation du corps… semblaient des actes gratuits, même à cette époque. Pour les réduire au silence alors. Et masquer l'injustice par un spectacle sanglant ? Encore une fois, pourquoi ? Pourtant, bien que je n'eusse guère de doutes, après le récit de Nel, quant à l'implication de Fyche dans la chute du père Whiting, était-il plausible qu'il eût ensuite pris prétexte de la sorcellerie pour assassiner Cate Borrow, simplement pour faire taire une femme qui nourrissait des soupçons à son encontre ? A l'évidence, elle n'était pas seule à le suspecter, mais personne d'autre n'avait disparu… n'est-ce pas ?

Comme si elle avait lu dans mes pensées, Nel se leva à demi de sa chaise.

— Je suis consciente de ne pas tout savoir…, dit-elle en secouant la tête. Si seulement nous savions où chercher.

Je la vis frissonner. Elle ne détenait aucune preuve véritable contre Fyche et le savait, mais je ne voulais surtout pas qu'elle crût que je me détournais d'elle en un tel moment.

Néanmoins, d'autres questions me taraudaient, des questions que Robert Dudley finirait par lui poser et que je préférais aborder avant lui.

— Quand Fyche a parlé de rites de sorcellerie sur le Tor, de sacrifices de nouveau-nés...

— Il a dit cela ?

Ses yeux s'étaient agrandis de stupeur.

— Il a parlé des gens qui grouillaient comme la vermine sur la colline, qui dansaient et hurlaient à la lune. De nouveau-nés à la gorge tranchée.

— Dieu nous garde, dit-elle en se baissant pour prendre le manteau plié sur sa sacoche. Très bien, je sais d'où cela vient. Un bébé a été trouvé l'année dernière. Un seul. C'est vrai, il y a des gens qui idolâtrent le Soleil et la Lune, si l'on peut appeler cela de l'idolâtrie. Ce ne sont généralement rien d'autre que des prières superstitieuses liées à la pauvreté et au désespoir. Mais aucun rite sacrificiel, docteur John, plus maintenant. Je vous le jure.

— Excepté à l'abbaye ?

A présent, le tonnerre était tel un géant aveugle qui arpentait la rue principale. Nel frissonna de plus belle.

— Non, écoutez... dit-elle en drapant son manteau autour de ses épaules. Ce qui est arrivé à votre serviteur... est abominable..., d'autant qu'il avait l'air d'un homme bien. Mais tout cela a trait à la magie noire, au sacrifice...

— Il semblerait que le lieu le plus approprié à l'invocation d'esprits du mal soit un lieu saint en ruine.

— Au nom de Dieu, docteur John, nous le saurions ! Je vous assure, s'il y avait des gens comme ça ici, nous le saurions.

— *Nous* ?

— Il y a des gens ici...

Son regard erra vers la fenêtre.

— … qui le sauraient.

— Mais il n'y a pas de juge de paix parmi eux.

Elle serra les poings.

— Ecoutez, dis-je, je sais que cela n'a rien à voir avec vous. Cette chasse à l'homme…, toute cette folie.

— Il ne s'agit pas de folie, répliqua-t-elle vivement. Vous ne m'écoutez donc pas ? C'est une machination. Fyche répand ces mensonges, cette fumée, uniquement pour couvrir quelque chose de plus noir. Il se façonne l'image d'un homme pieux qui combat les forces de Satan, mais c'est dans son cœur, je le jure, que réside le véritable mal.

Je ne comprenais pas.

— Nel, nous vivons une époque plus éclairée… relativement. Ce qui est arrivé à votre mère ne se reproduira pas. Les bûchers, et même les pendaisons, pour hérésie ou sorcellerie ne sont plus au goût du jour. La politique est différente. La reine est consciente de l'effet pervers de telles récompenses sous le règne précédent. Elle n'empruntera pas cette même route ténébreuse, et cela se sait dans tout le royaume.

Nel Borrow ouvrit les yeux dans l'écho du tonnerre, et le chagrin que je lus dans son regard me serra le cœur.

— Nous vous aiderons ! m'écriai-je avec désespoir. J'ai quelques notions de droit…

Elle m'observa à travers le rideau de ses larmes, un regard sans mépris, mais aussi sans espoir. Et qui aurait pu l'en blâmer ? J'avais envie de lui dire que mon compagnon était – potentiellement du moins – l'un des hommes les plus puissants du royaume.

Il était en mesure de faire appel aux plus hautes instances. Mais allions-nous le faire ? Je repensai aux soupçons grandissants que Dudley nourrissait à l'encontre de Sir William Cecil. *Il a son propre scénario.* Je pensai au Grand Tabou.

Hélas, il y avait aussi ces couteaux de chirurgien opportunément maculés de sang, comme si les circonstances contribuaient à la machination. Nel Borrow n'était sans doute pas au courant pour les instruments souillés, puisqu'elle n'avait pas revu son père depuis la veille, et le lui dire ne l'aiderait pas.

— Vous avez dit qu'une chambre était à votre disposition ici ? Pour la nuit ?

— Si nécessaire, oui. Mais si on me trouve ici, Cowdray aura des ennuis. Et je ne veux pas lui causer de problèmes.

Elle se leva. Je voulais lui crier *Reste ici et laisse-moi prendre le risque !* Mais je me tus, n'osant même pas me lever, de peur que mes bas instincts ne fussent insuffisamment dissimulés par le vêtement fin qui couvrait mes genoux. Elle commença à nouer son manteau autour de son cou.

— Je ferais peut-être mieux de partir.

— Où irez-vous ? Ils doivent surveiller la maison de votre père.

— Joan Tyrre m'hébergera. Elle vit dans un taudis, mais c'est mieux qu'un donjon.

— Il est tard. Elle doit dormir.

— Oh non, répondit Nel avec un sourire. Pas ce soir, docteur John. Pas avec cet orage. Joan est sûrement devant chez elle en train de surveiller le Tor… guettant l'arrivée du roi des fées et de ses chiens.

— La chasse sauvage ?

Enfant, j'étais terrifié par les histoires des chiens d'Annwn que mon père me racontait. Le roi des fées, avec ses chiens blancs aux oreilles rouges, censé chevaucher dans la tempête à la recherche des âmes égarées.

— Joan a toujours espéré que, par une nuit d'orage, il l'emporterait dans son château et en ferait sa fiancée terrestre.

Nel se mit à rire, révélant ses dents de travers, tandis qu'elle mettait sa capuche.

— Ne partez pas, dis-je.

Elle haussa les sourcils.

— Restez.

Elle leva les yeux vers le plafond de chêne et sourit avec lassitude.

— C'est gentil de la part de Cowdray de m'avoir proposé de dormir là-haut, mais je préfère ne pas rester. La chambre du grenier est…

— Probablement froide et humide. Cependant…

— Et sûrement habitée. Du moins, c'est ce que disaient les pèlerins et les voyageurs. Des portes qui claquent par des nuits sans vent, des pleurs de bébé, des planches qui craquent sous des pas, alors qu'il n'y a personne.

— Hantée ?

— Paraît-il.

J'aurais dû réfléchir avant de lancer :

— Alors, vous resterez ici, dans cette chambre. Moi, je dormirai là-haut.

XXIX

La tempête

Le mur s'illumina brièvement, puis fut de nouveau avalé par l'obscurité, juste avant qu'un coup de tonnerre retentît, d'une puissance et d'une exaltation telles qu'on eût dit qu'il s'était produit juste au-dessus de nos têtes.

Peut-être dans le grenier. Les manifestations du monde spirituel se déroulaient toujours un cran au-dessus de moi. Toujours. J'avais la sensation d'être un clown au déguisement criard et à la folie manifeste.

— Et vous n'aurez pas peur de passer la nuit là-haut ? Seul ?

— Mon expérience de la vie me donne à penser que les fantômes m'évitent.

Elle m'observait, les mains cachées dans les manches de son manteau, sa sacoche à ses pieds. Ayant ôté sa capuche, elle inclina légèrement la tête, comme si elle étudiait un phénomène rare.

— Peut-être parce que vous cherchez trop à les connaître ?

Dans ma tête résonnait la voix de Dudley : *Si j'étais un fantôme, le dernier homme sur terre devant qui je voudrais apparaître serait John Dee.*

— Je crois plutôt que c'est parce que je suis un ennuyeux rat de bibliothèque qui n'a aucune vision.

Je finis par me lever, diminué par cet aveu honteux. J'entendais encore les paroles de Dudley sur la barge : *John Dee n'est-il pas l'aventurier par excellence ? Un homme prêt... à explorer le monde de l'au-delà !*

Ce n'était que pure moquerie. En vérité, je n'étais qu'un imposteur, un homme sans relief qui disposait seulement d'une immense bibliothèque.

La seule fois où Dudley m'avait parlé avec sincérité, c'était le jour où, feignant de vouloir me jeter au cachot, il s'était écrié : *Jetez-moi cet imposteur dehors !*

— Voilà, me lamentai-je. Le secret est éventé. On m'accuse d'invoquer des esprits que je suis incapable de voir. D'autres peuvent sûrement apercevoir les frontières entre les sphères. Moi pas.

Il me semblait que c'était la première fois que je me confiais ainsi à quelqu'un et, dans le silence qui s'ensuivit, je le regrettai. Bien que j'eusse sans doute chuchoté, ma confession m'avait fait l'effet d'un chœur d'instruments à cordes empreint d'amertume.

— Allons, docteur John.

Nel m'observait toujours d'un air curieux. Ses lèvres formaient un charmant bouton de rose. Eprouvait-elle de la pitié ou de l'amusement ? L'un et l'autre sentiment m'agaçaient.

— Vous vous rappelez la première fois que vous avez grimpé le Tor et que...

— ... je suis tombé.

— Mais si je vous avais dit : attention, vous risquez de tomber, à cause des forces étranges à l'œuvre à cet endroit... vous n'auriez sûrement pas trébuché.

Je ne répondis pas.

— Vous réfléchissez trop, reprit-elle. Vous comparez chaque nouvelle expérience à la somme de connaissances qui alourdit votre esprit. En fait, on pourrait presque dire que vous en savez *trop*.

— Vous savez, la plupart du temps, j'ai l'impression de ne rien savoir. Si vous essayez de me dire que, pour explorer les mondes cachés, je dois m'oublier et me débarrasser de tout mon savoir…

— Vous oublier ? Non. Au contraire, vous devriez vous *retrouver*.

— Je ne comprends pas.

Et Dieu sait que je ne comprenais pas !

Un éclair illumina le mur, tel un éclat de rire.

— Eh bien, moi-même j'ai du mal à atteindre cet état plus de quelques minutes. A faire silence en moi pour avoir pleinement conscience de mes pensées, de mes sensations… et ne plus faire qu'un avec les matières terrestres. Me scinder. M'éloigner de la personne que je crois être. Atteindre un état… où je peux ressentir les choses. Comme ils le disent.

— Qui ? Où avez-vous appris cela ?

— Il y a encore des pèlerins qui viennent visiter cet endroit.

— Je veux dire… ce ne sont pas des chrétiens, n'est-ce pas ?

Une observation prudente, juste au moment où le tonnerre éclata de nouveau. Mais l'atmosphère respirait la sérénité. Elle joignit les mains.

— Ai-je parlé de pèlerins chrétiens ?

— Continuez.

— Certains viennent de… contrées lointaines… dont je n'ai même jamais entendu parler. Plus éloignées que la France ou l'Espagne. Des pays plus au sud. Encore plus lointains que l'Arimathie, je suppose.

— De l'Orient ?

— Parfois.

— Des hommes saints ? Des magiciens ?

— Venus sur des… comment appelle-t-on cela ? Des chameaux ? Vêtus de robes…

Elle se mit à rire.

— Enfin, plutôt habillés en haillons et sans monture. Pas des hommes riches, si ce n'est par l'esprit. Nous leur offrons le gîte et le couvert, et ils visitent les lieux. Ils boivent l'eau de nos sources et partagent avec nous… leur mode de vie.

— Est-ce que Fyche… ?

— Grand Dieu, non ! Bien que certains d'entre eux aient déjà visité l'abbaye autrefois. Ils connaissaient le père supérieur et certains moines.

— Ainsi que votre mère ?

— C'est possible.

J'humectai mes lèvres soudain sèches.

— Que faisait-elle pousser, Nel ?

— Elle ramassait des herbes plutôt. Dans les champs, sur les haies. A la recherche de remèdes contre la variole, la maladie du charbon. Son ambition n'avait pas de limites.

— Et la poussière de vision ?

Les premières gouttes de pluie frappèrent les vitres.

— Oh ! Cela…

— Je suis aussi ici pour apprendre…

Elle ne répondit pas.

— Si j'étais venu à Glastonbury quand votre mère était encore en vie, je crois que je l'aurais suppliée, comme Joan Tyrre, de me donner une petite fiole de…

Nel dénoua son manteau qui glissa de ses épaules. Mes mains se mirent à trembler.

Elle se baissa et plongea la main dans son sac noir. Pour en extraire un petit pot de verre.

— Ceci ?

A présent, la tempête faisait rage autour de nous.

Vous pensez que je suis fou de faire confiance à cette femme en toute connaissance de cause ?

Peut-être avez-vous raison. Peut-être avais-je sombré dans la folie cette nuit-là, après toutes ces années d'attente. Le fait est que, dès que j'en avais entendu parler, je savais que, s'il existait encore un peu de cette poussière de vision à Glastonbury, je ne pourrais quitter cette ville sans en faire moi-même l'expérience.

Je n'aurais cependant jamais imaginé que Nel Borrow en transportait un pot partout avec elle.

— Elle est efficace pour les femmes enceintes, expliqua-t-elle, quand la délivrance est difficile. Et pour soulager celles qui saignent trop après la naissance.

— Vous en faites un usage commun ?

— Et aussi pour les maux de tête graves, qui causent des douleurs fulgurantes sans raison apparente.

— C'est votre mère qui l'a découverte ?

— Bien sûr que non. Elle existe depuis la nuit des temps, sous une forme ou une autre. Je suis étonnée que vous n'en ayez jamais entendu parler au cours de vos recherches.

— En fait, je pense en avoir déjà entendu parler.

Tout me revenait en mémoire à présent, alors que Nel Borrow disposait une série d'objets sur la tablette, à côté de la bougie. Mais il ne s'agissait que de rumeurs. Or tout ce qui n'était pas consigné dans des livres était suspect à mes yeux.

Ignis Sacer.

Quand j'étais en France, l'année dernière, j'avais entendu parler d'une épidémie de peste, peu répandue, mais grave. De nombreuses personnes étaient décédées, autant de la maladie que de ses effets sur leur esprit, les survivants ayant évoqué des visions effroyables et exaltantes à la fois.

Le feu sacré.

La maladie les rongeait de l'intérieur. Une terrible agonie, des convulsions, la perte totale du contrôle de leurs mouvements. Une *transe*, d'après Monger, qui décrivait assez justement l'affection qui avait sévi en France, où la rumeur courait que la colère de Dieu s'était abattue sur une communauté qui manquait de foi. Je n'avais rien lu à ce sujet, aussi avais-je considéré ces récits comme les affabulations de gens terrifiés au sein d'une conformité religieuse.

Nel avait drapé la tablette d'un tissu blanc sur lequel elle avait posé un petit couteau et une cuillère en bois, à côté du petit pot. Ainsi qu'une fiole d'eau qui prenait une teinte rougeâtre quand on la secouait, ce qui me donna à penser qu'elle provenait de la « source du sang ».

Elle ajouta un gobelet de cristal et un morceau de papier. Enfin, une pomme et une petite coupe en bois.

Elle ôta le bouchon du pot.

— Qu'est-ce que c'est ? l'interrogeai-je.

— La poudre ? Elle provient d'un champignon. Qui pousse sur les céréales. Il prolifère sur l'orge. Il pend comme une oreille noire. Ma mère le broyait à l'aide d'un pilon avec… d'autres herbes.

— Elle vous a montré comment faire ?

— Non. Jamais. Il m'a fallu une année pour retrouver sa composition exacte. Je voulais soulager les souffrances de notre voisine, Alice, qui avait des migraines terribles. Elle réveillait tout le monde dans la rue avec ses pleurs et ses gémissements la nuit. Des cris étranges aussi, la nuit où elle a pris…

Elle leva les yeux sur moi.

— Vous êtes sûr de vouloir le faire ?

Je hochai la tête avec conviction. C'était maintenant ou jamais, car, une fois que Dudley aurait recouvré ses forces, je ne pourrais plus tenter l'expérience.

— D'autant que cela ne me fera probablement aucun effet.

Je lui racontai qu'un soir, j'avais broyé quelques champignons glanés dans mon verger avec Jack Simm. Des petits champignons qui poussaient en automne.

— Cela se passait à Londres ?

— Dans ma bibliothèque de Mortlake. Je pensais qu'entouré de toute cette sagesse ancestrale, l'effet aurait pu être… Pourquoi souriez-vous ?

— Sans raison, docteur John. Sans raison.

J'aurais pu sourire, moi aussi. Si seulement les paroles de Monger ne m'étaient revenues à l'esprit. *J'ai entendu dire que l'endroit où la potion était ingérée… pouvait en conditionner les effets.*

— Quel est le lieu le plus approprié pour boire ceci ? lui demandai-je, soudain inquiet à l'idée de changer d'avis avant de l'avoir avalée. Dois-je la prendre dehors ?

— Dans la tempête ? Je ne le pense pas. J'ai entendu dire qu'un jour, un homme avait confondu la grêle avec une pluie de flèches.

Elle plongea son regard dans le mien.

— Vous perdrez tout contrôle.

— N'est-ce pas le but de l'expérience ?

— C'est juste que vous me semblez être un homme pour qui la maîtrise de soi…

— … pourrait être la cause, coupai-je, agacé, de toutes mes déficiences. Comme vous l'avez sous-entendu.

L'homme de science que j'étais n'avait-il pas déjà envisagé la possibilité de rapporter un échantillon de cette potion à Londres pour effectuer des recherches ? N'avais-je pas déjà réfléchi à la manière dont les effets pourraient être altérés par les saisons ou la position des étoiles au moment où elle était consommée ? Nel Borrow se pencha sur la planchette et versa une cuillérée de mixture du pot en terre cuite sur la feuille de papier.

— La quantité est si infime qu'elle doit être à peine visible à l'œil non exercé, sinon les conséquences seraient… Dieu sait combien ce gamin de Somerton en avait avalé. Avez-vous entendu parler d'une affliction du nom du « feu de saint Antoine » ?

— Et vous ?

— Oui, mais je ne sais pas pourquoi. Saint Antoine avait-il des visions ?

— Tous les saints sont censés en avoir.

— Oui, mais les visions provenant de l'ingestion d'une potion sont-elles quand même considérées comme sacrées ?

— Je ne sais pas. Elles peuvent passer pour hérétiques.

Un silence tomba. Même la pluie parut cesser. Ou bien était-ce l'impression que j'eus à ce moment-là, dans notre sanctuaire doré ? Nel Borrow plaça la fiole sous la flamme de la bougie, et l'eau prit une teinte ambrée.

— Serait-il possible… que les sens, sous l'action des herbes, soient *éveillés* à la spiritualité ?

Le liquide avait des reflets rouge et or. Les yeux de Nel Borrow étaient d'un ambre vert. L'averse cinglait les vitres à présent, tandis qu'elle pliait la feuille de papier afin de faire glisser la poudre dans la petite coupe de bois. Elle ajouta ensuite un peu d'eau et en versa aussi dans le gobelet de cristal.

Pouvait-on trouver le chemin de la divinité au fond d'un gobelet ? Ou bien était-ce la voie des feux de l'enfer ?

Et que pouvait-on déceler, mon Dieu, au fond de ces yeux verts brillants ?

Elle me tendit le gobelet.

— Ceci est de l'eau de la « source du sang » et ceci… un objet que vous devez tenir.

Une pierre. Un galet d'un brun pâle, provenant sans

doute du lit d'une rivière, à peu près de la taille d'un œuf de poule. Son contact était froid dans ma paume.

— Qu'est-ce que c'est ?

— Je l'ai trouvée dans la tour du Tor.

A l'aide du couteau, elle trancha la pomme en deux.

— Il vous ancrera dans le sol.

Je hochai la tête, serrai la pierre dans ma main et portai le gobelet à mes lèvres.

— Attendez ! lança-t-elle.

Quand je reposai le récipient, quelques gouttes éclaboussèrent la planchette.

— Vous avez peur. Votre main tremble.

— C'est à cause du froid.

— Il ne faut pas le boire quand on a peur, dit-elle en me prenant la main.

Je frissonnai au contact de sa paume chaude et de ses doigts énergiques.

— John... je pense... je ressens que vous n'avez pas besoin de cela. Vous, mieux que quiconque, savez qu'il existe d'autres chemins. Pensez-y.

— Ne suis-je pas celui qui pense trop ?

— Pourquoi ne m'avez-vous rien dit ?

J'aurais tant voulu retourner ma main, serrer la sienne, mais son visage était si solennel. Au lieu de cela, je poussai un long soupir, résigné, brutalement submergé par une succession de mauvais souvenirs.

— Je fais des rêves, murmurai-je. Des rêves récurrents.

Je n'osai continuer. Lui parler de mes cauchemars, de mes bras et mes jambes calcinés par les flammes du bûcher, tels de vulgaires bouts de bois. Je me sentais à l'extérieur de mon propre corps à présent, mais peut-être pas de la manière dont elle l'avait décrit.

La parade des habitants devant l'église Saint-Jean-Baptiste me revenait en mémoire, avec cette impression qu'ils jouaient une pièce, que leurs corps feignaient de mener une vie ordinaire, alors que leur véritable existence se déroulait à un autre niveau. A présent, j'avais la sensation de faire partie de cette pièce. Qu'on m'avait donné les moyens de pénétrer cette autre réalité.

— Ecoutez, insista-t-elle. Il y a d'autres chemins. Nous les chercherons ensemble.

Elle tendit la main pour reprendre le gobelet, mais je me détournai vivement et le bus d'un trait. Jusqu'à la dernière goutte.

Le grondement du tonnerre s'amenuisait à présent, mais il me semblait que la tempête ne faisait que commencer.

XXX

Comme un soleil

Je m'assis au bord du lit et nous conversâmes. Ou plutôt j'écoutai la musique douce et triste de sa voix, tandis qu'elle me contait la façon dont son père s'était jeté à corps perdu dans le travail après l'exécution de sa mère.

Il parcourait la région à cheval nuit et jour pour se rendre au chevet des malades, refusant de passer la moindre minute inutile dans le lit conjugal où sa femme ne s'allongerait plus jamais.

Je ressentais une telle douleur physique dans mon cœur face à cette tragédie que je commençai à pleurnicher, la tête dans les mains.

— Mon Dieu, murmura Nel Borrow, ne pouvez-vous vous affranchir des souffrances du quotidien, docteur John ?

— Des souffrances ? répétai-je en essuyant mes larmes à l'aide de ma manche. Il n'y a pas de souffrances dans le travail. Votre mère peinait-elle à entretenir son jardin ?

— Elle avait… deux cents sortes de plantes, répondit-elle avec un sourire mélancolique. Cela lui demandait beaucoup de patience. Si la vie n'était faite que de labeur et que l'on pût s'y consacrer sans être inquiété…

— Alors, il n'y aurait pas de tristesse pour certains d'entre nous.

Et pas de joie non plus, répliquerait ma mère, qui ne comprenait pas le plaisir enivrant de la connaissance.

— Je me sentais tellement en sécurité dans son jardin, dit Nel. Il donne sur des terres qui courent jusqu'à la mer. De l'autre côté se dressent le Tor et les pinacles effilés et dorés de l'abbaye. C'était un paradis. Avalon.

Je pensais à mon propre jardin dans le ciel, à ses constellations, telles des compositions florales à la symétrie si délicate et mystérieuse qu'elles éveillaient en moi un désir plus profond que la nuit.

— Vous entretenez toujours son jardin ?

— Eh bien… du mieux que je peux. Il contient moitié moins d'herbes à présent. Quand l'abbaye était vivante, ma mère avait de l'aide. Même l'abbé… venait parfois et, ensemble, ils se promenaient dans les champs, le long des marais, de la rivière…, ils ramassaient des plantes…

Pendant qu'elle parlait, j'imaginais la rivière scintiller comme en plein été, des serpents d'eau miroitant au bord des champs, la brume bleu pâle flottant au-dessus de la mer lointaine tel un fantôme.

— … ainsi que maître Leland, de temps à autre.

Je levai les yeux sur elle.

— *John* Leland ? John Leland l'antiquaire ?

Je me pinçai la cuisse pour m'assurer que je n'évoluais pas dans une autre sphère.

— L'homme qui réalisait des inventaires. Des relevés topographiques.

— John Leland travaillait avec votre mère et l'abbé ?

— Pas avec l'abbé. Je pense que le père supérieur se méfiait de lui. Il venait parfois nous rendre visite et faisait quelques pas avec ma mère. Pauvre maître Leland.

Elle soupira, laissant échapper un nuage de buée qui tissa autour d'elle un tapis d'ombres. Son corps légèrement plus clair se découpait sur les forêts sombres de la tapisserie, et je dus détourner le regard. Je ne savais rien de l'intérêt de Leland pour les plantes. Seulement pour les vieux manuscrits et la topographie.

— Ce ne fut pas la seule visite de Leland.

— Il est revenu.

— Je sais. Après la dissolution.

Dissolution. Le mot jaillit de ma bouche, comme un courant bondissant sur des rochers. Je me penchai et laissai l'eau filtrer entre mes doigts.

— Je me souviens de l'une des visites de maître Leland. Je vois encore son visage sans barbe, osseux, telle une statue romaine. Il s'était écrié : *Vous ne comprenez pas, je suis mon propre maître à présent.* Il ne cessait de répéter cela.

— Que voulait-il dire ? Il avait toute sa raison ? Parce que…

— Comment le saurais-je ? J'étais jeune.

Comme maintenant.

Je fixai le cœur de la bougie, où des flammèches se fondaient en une boule compacte et incandescente, tel le disque rond et doré de la lune, et je sentis mon cœur enfler dans ma poitrine comme un bouton de tulipe rougeoyant, près d'exploser.

Assez. Grand Dieu. *Réfléchis.*

Je levai les yeux, ce qui me sembla prendre un temps interminable.

— Vous saviez qu'à la fin de sa vie, Leland était devenu fou ?

Sentant mon corps tanguer, je m'agrippai à la colonne du lit.

— On raconte que son esprit a été dépassé par l'ampleur de la tâche qui l'obsédait : établir la topographie de tous les comtés du royaume.

— Tout ce que je sais, c'est que mon père ne lui faisait pas confiance. Il disait que, la première fois, il était venu inventorier les trésors, la seconde fois… le lieu lui-même.

La pierre bougea au creux de ma paume.

— Et mon père m'a raconté que, lors de sa dernière visite, il voulait retrouver d'anciens moines de l'abbaye. Il est parti à leur recherche.

— Leland ?

J'ouvris la main. La pierre était immobile.

— Mais les moines ne voulaient pas avoir affaire à lui. Ils lui reprochaient d'être en partie responsable du meurtre du père Whiting.

— Que voulait-il des moines ?

Une question cruciale. Que savaient les moines ? Je cherchais une réponse, le dos plaqué contre le tronc dur d'un pommier.

— Je ne sais pas. Ni ce qu'il voulait de ma mère. Tous les trésors avaient disparu depuis longtemps.

Je voulus lire l'expression de son visage, mais il était plongé dans l'obscurité, au plus profond du cercle des arbres et des buissons, loin du halo de la lune.

Dans ma main, la pierre se tortillait et battait la pulsation comme un crapaud.

Disparus depuis longtemps.

J'enroulai un bras autour de l'arbre à côté de moi et vis la froide majesté du Tor surgir devant moi. Il était noyé dans l'épaisse brume marron qui se confondait avec le ciel. A présent, le jour avait chassé la nuit, mais le cœur battant des ténèbres nous surplombait, et je levai les yeux pour voir le ciel submergé de corbeaux croassant, tandis qu'un homme labourait la colline en décrivant des zigzags.

— Quand Leland… ?

Mes paroles furent balayées par les ailes des corbeaux qui tourbillonnaient autour de moi. Je me détournai et couvris ma tête de mes bras.

Mais les oiseaux descendirent en piqué sur moi, arrachèrent la chair de mes mains de leurs becs acérés, puis cherchèrent à me crever les yeux. Je criai et m'affalai sur le sol humide, face contre terre. Un long moment, je demeurai immobile.

Plusieurs heures s'écoulèrent. Je m'émerveillais de la richesse du sol, matière de vie et de mort, de naissance et de décomposition.

De longues heures durant, je réfléchis à la beauté féconde de cet élément, jusqu'à ce que le silence grandît autour de moi, d'une noirceur oppressante que, avec le temps, je ne pouvais plus ignorer. Alors, je me retournai avec appréhension et je le vis là, juste au-dessus de moi. Martin Lythgoe.

Il m'observait avec perplexité, les mains en coupe sous son abdomen pour recueillir le serpent brillant de ses intestins nageant dans une soupe de sang.

Je tentai en vain de me détourner. Je ne pouvais plus bouger.

Car je savais, oui, j'étais certain que c'était moi. C'était *moi* qui l'avais tué. Je l'avais envoyé à une mort certaine. Je l'avais assassiné, aussi sûrement que Cate Borrow avait tué ce gamin de Somerton… Des âmes sœurs… la sorcière et le divinateur. A chercher la connaissance, nous courtisons les ténèbres.

Culpabilité.

Et voulut, par le biais de la sorcellerie, attenter à la vie de Sa Majesté ou de la blesser grièvement...

Je luttai pour respirer.

— Calmez-vous, John, dit-elle. Calmez-vous.

Emparez-vous de lui.

Les mains liées derrière le dos. Le dos contre le poteau. L'anneau de fer rouillé autour de ma poitrine. L'atmosphère troublée de la fumée teintée d'appréhension. Et maintenant, l'odeur de la paille sèche et les craquements affolants du bois friable comme des os, prêts à s'embraser.

Hérésie.

Une bouffée soudaine de gaz âcre dans la gorge. Je ne pouvais plus respirer, ni même tousser, car j'étais enveloppé d'une épaisse fumée. Je tentai de crier, mais l'air était empli de gaz asphyxiants, des craquements du bois et des bourdonnements de la foule.

Attention à ne pas franchir la ligne, docteur John.

Une étincelle, et la paille prit feu.

Le mot en S, John, le mot en S.

L'évêque Bonner, dans son habit de moine, avec son sourire charnu et débonnaire, qui observait, placide, mes vêtements s'enflammer, la chaleur sauvage qui déchirait ma peau, l'agonie atroce et les rigoles de fumée qui s'échappaient de mes manches.

Dites-moi, docteur, comment l'âme peut-elle acquérir la divinité ?

Son rire, tel un carillon de cloches dissonantes, une odeur de porc grillé, riche et grasse, dans l'air.

A travers la prière...

Un murmure dans les sifflements et les éclaboussures de graisse.

... et la souffrance.

Le sourire de Bonner, plus brillant que les flammes, alors que je baissais les yeux sur mes mains, d'un noir charbonneux, la peau flétrie, les doigts fondus et tordus.

Et je criai, criai pour couvrir le rugissement de mes oreilles, la cire fondue, mais il n'y avait aucune échappatoire pour le cri, car ma gorge était asphyxiée par les gaz, la chaleur brûlait mes yeux, qui bouillaient dans leurs orbites, quand, soudain, les étincelles enflammèrent mes cheveux, faisant un petit feu de forêt, puis un grand *Ooooohhhhh…*

… l'extase sauvage de la foule en ce glorieux moment du halo de l'enfer : la tête du divinateur se battant avec rage contre la folie du brasier.

Et la tête se mua en une boule de feu. Comme un soleil.

Comme un soleil.

XXXI

Evanescence

Quand je suis mort, il pleuvait. Une pluie douce, colorée, iridescente dans le ciel de charbon.

Une mélodie lointaine, apaisante, dans l'air chargé d'une vague senteur de pommiers.

Combien d'heures s'étaient écoulées ? Je n'en avais aucune idée, car le temps s'était arrêté. Rien n'était plus pareil et, même si je savais que j'étais mort, je devinais que tout n'était pas terminé pour moi.

Je marchais entre les eaux à présent.

Des eaux claires et douces qui tourbillonnaient sur l'herbe et cascadaient de la colline. Tel un flot musical.

Je marchais pieds nus, des brins d'herbe pelucheux entre les orteils. Les pieds emportés par les flots vers le nid au creux des pommiers, enveloppés des effluves de pommes, des ferments de cidre, ainsi que de tous les fruits de la fin de l'été.

De l'autre côté se dressait le Tor et les pinacles aigus et dorés de l'abbaye…

Je traversai un vieux verger, et les branches des pommiers éraflèrent ma peau nue. Puis, sans prévenir, je me retrouvai dans le ciel. Pas mon corps, mais mon esprit, plus léger que l'air. Je marchais dans le jardin du firmament, parmi les étoiles à portée de ma main, des mondes que je pouvais tenir, mais que je n'osai toucher, ne désirant rien d'autre que d'exister avec eux en paix, baigné de cette sensation d'émerveillement éternelle.

Et, l'espace d'une fraction de seconde, je crus percevoir Son esprit. Sans doute étais-je là depuis des heures, mais il ne me fallut que quelques secondes pour retomber dans le désespoir, pour retourner dans un lieu proche de notre monde, qui pourtant n'en faisait pas partie.

Où je revis la terre, la terre de Glastonbury, imprégnée d'eau claire. Je vis la peau des champs, des bois et des collines, puis le cœur de l'île, les chambres intérieures veinées de courants souterrains, la puissance sourde et grouillante des flots, le moteur de la terre, le tout lié par les restes des saints, les ossements d'Avalon…

Je me reculai, et les contours des terres s'animèrent. Des créatures faites de glaise apparurent… un lion et une colombe… des poissons qui nageaient dans l'herbe. La terre s'inclina, et les créatures formèrent un grand cercle autour de moi.

— *Où es-tu ?*

— Je vole, dis-je.

— *Viens*, dit-elle. *Cela risque d'aller trop loin, trop vite.*

Quand la vision s'évanouit dans un brouillard pastel et que le corps retrouva tout son poids, j'eus la sensation d'avoir été poignardé par le chagrin. C'est alors que j'entendis la mélodie douce et ancienne, un flot d'or liquide, et que je vis l'abbaye depuis le ciel, alanguie près du Tor tel un cadavre doré.

Un paradis. Avalon.

Puis j'entendis ces mots, à peine murmurés, mais parfaitement distincts.

La magie du tout dépend du Soleil et de la Lune. Le Soleil est le père et la Lune la mère, et nous savons que la terre rouge se nourrit des rayons de la Lune et du Soleil.

Le soleil était en moi. Des gaz brûlaient dans ma tête comme dans l'orbe solaire. Et la lune…

… la lune attendait le soleil.

Je marchai vers le sommet du Tor.

Que vois-tu ?

Le ciel.

Et… ?

La tour.

Vas-y. Pose tes mains sur le coin le plus proche, à hauteur de ta poitrine.

J'ouvris mes paumes. La pierre avait disparu. Un frisson parcourut mes bras et ma poitrine. Je vacillai, mais cette fois ne chutai pas.

Je ne chutai pas.

Je savais que la pierre qui se trouvait dans ma main avait été absorbée par le mégalithe dont l'esprit vivait dans la tour du Tor.

Et la tour et la pierre vivaient tous deux en moi, tandis que, aimanté par l'eau de la « source du sang » à ses pieds, je redescendais la colline.

Je roulai et glissai sur la pente, semai mes vêtements derrière moi, et elle m'attendait, sans manteau, sans robe, rien d'autre qu'une évanescence dans l'air limpide.

Limpide. La douceur de l'herbe où nous étions étendus. La douceur des lèvres, de la poitrine, de la chair, l'élévation de la tour, toute l'énergie qui s'engouffrait en elle, tandis que je tombais jusqu'à l'ouverture du puits, dans les buissons… Puis la tour s'enfonça profondément dans le puits, une lumière blanche et fluide, la lumière d'un millier de chandelles, une rivière blanche glissant à travers moi.

Et plus tard, le lever du soleil dans son cœur.

Et je me rendrai à Avalon, parmi les plus belles des jeunes filles, avec la plus belle des fées, et elle guérira toutes mes blessures et me soignera…

QUATRIÈME PARTIE

La superstition requiert la crédulité, exactement comme la vraie religion requiert la foi. La crédulité profonde est parfois si puissante qu'elle se croit capable de réaliser des miracles. Car quiconque croit fermement que sa religion est vraie, même si elle est fausse, élève son esprit en raison même de cette profonde crédulité, jusqu'à ce que cet esprit devienne comme ceux des chefs et des princes de cette religion et semble être capable de réaliser des choses qui ne sont pas perçues par eux comme normales et rationnelles.

Cornelius Agrippa (1486-1535), *De Occulta Philosophia*

XXXII

Le mot

Quand je me réveillai avant l'aube, j'eus l'impression d'avoir dormi des jours entiers. Ou plutôt d'avoir *voyagé* des jours durant. Et je sentais… que mon corps était en un endroit étrange.

M'étirant hors du lit, je perçus la moindre parcelle de mon corps, de la plante de mes pieds au poids au sommet de mon crâne et, entre les deux, la pulsation lente de mon cœur libéré. J'avais la sensation d'être…

Entier. Complet. Uni. Je sentais le poids du soleil en moi, ses rayons sacrés m'ouvraient à une libération douloureuse et languide, tandis que je roulais sur le côté et tendais un bras vers elle.

Rien. Personne.

Quand ma main se referma sur le vide, la terreur m'envahit, comme si mes yeux s'étaient ouverts sur un puits sans fond. Je m'assis et fixai la chaise vide, la planchette débarrassée, le lit désert. J'étais seul dans la pénombre.

Envolée. Elle avait fait opérer sa magie et avait disparu. La panique me submergea : était-ce un rêve ? Une excursion nocturne de l'âme ? Je me laissai retomber sur le lit, ressentant douloureusement son absence.

Puis, la tête enfouie dans l'oreiller, je sentis brusquement sa fragrance, le musc de son corps animal et sauvage, et cessai brusquement de respirer.

Dieu. *Dieu. Dieu. Dieu…*

Je roulai hors du lit, me retrouvai nu, et l'aube froide mordit ma chair. Cependant, pour la première fois, j'accueillis la morsure avec résignation. Je me levai, frissonnant, comme si toutes les étoiles brillaient en moi.

D'autres hommes avaient-ils déjà ressenti cela ? Tous les hommes éprouvaient-ils la même chose après… ? Désormais, l'état du lit et ses effluves me semblaient moins douteux.

Reconnaissant, au bord des larmes, je retournai m'allonger et enfouis mon visage dans son odeur. Quand je fermai les yeux, la poussière m'enveloppa, un déluge d'images de lune, d'eau, de terre et… de feu. Même le feu me faisait du bien.

Jésus !

Je quittai enfin le lit, me dirigeai lentement vers la fenêtre. La touchai. L'étrangeté du verre. Le miracle de sa transparence.

Bien sûr, il ne s'agissait pas seulement d'elle. Mais de la potion qui m'avait clairement ouvert les portes entre mon être intérieur et d'un *ailleurs*. Mais, d'une certaine manière, c'était elle qui avait permis cette initiation, et il y avait un mot pour cela.

Les vitres basses étaient constellées de rouges, de bleus et d'oranges, un éventail de couleurs qui se reflétait dans la flaque d'eau sur le rebord de la fenêtre. Mon regard était attiré par cette vision, tandis que dans mon esprit se formait le mot…

Oh oui, le mot.

Elle nous habite depuis la nuit des temps, toujours incomprise, crainte et décrétée démoniaque par les hommes d'Eglise, ces mêmes hommes qui prêchent que nous devons nous ouvrir aux instances supérieures.

J'observai les toits au lustre rougeâtre. Levai les yeux sur les premiers rais de soleil qui coulaient comme du sirop le long des remparts d'une nuit brumeuse. Tremblai de tout mon être. Et prononçai le mot, le soufflai doucement dans le feu cuivré du jour naissant.

Magie.

A genoux, je priai.

— Vous allez bien, docteur John ? Vous avez l'air...

Cowdray se tenait au pied de l'escalier, avec son tablier de tissu, une barbe grise de trois jours et le regard trouble.

— Merci, je vais bien.

J'entendais sa voix pour la première fois, me semblait-il. On eût dit la voix fragile et immature d'un enfant.

— Personne n'a dormi beaucoup la nuit dernière. C'était la pire tempête de l'hiver, par certains côtés.

Non, voulus-je lui répondre, *ce fut la plus belle des tempêtes.* Pourtant, je savais que ce n'était pas aussi simple. Je descendis les marches avec la sensation de flotter dans un puits de lumière et me dis que je devais contenir la merveilleuse magie de l'instant, au risque de m'abandonner à une forme de folie.

— Avez-vous vu Nel Borrow ?

Ce nom était à présent un nom sacré, une invocation angélique.

— Non, répondit Cowdray dont le visage s'était fermé. Pas hier.

Bien sûr, il l'avait vue, puisqu'il lui avait offert une chambre au grenier, mais sa prudence était méritoire et je ne l'interrogeai pas plus avant. Elle avait dû s'éclipser à la faveur de la nuit, sans un bruit. Voilà ce qu'elle avait fait : elle s'était évanouie.

Mais je la retrouverais. J'avais besoin d'elle à mes côtés, plus que jamais. Et la retrouver était une quête au-delà de toutes les autres, car elle était Circé, Médée, Morgan la fée et… J'avais d'elle une image vivace, son regard baissé sur moi, qui suis entre les grands arbres, à l'orée du sentier qui mène à la « source du sang ».

Et la connaissance ne peut être acquise qu'au travers des livres ?

Je me demandais, devant l'expression légèrement inquiète de Cowdray, si son odeur sauvage m'enveloppait encore, telle une volute de fumée.

— … de Dieu, dit-il.

— Pardon ?

— Une tempête pareille se produit rarement à cette époque de l'année. Les gens disent que Dieu est en colère contre le bourbier de péchés et de paganisme de cette ville.

— Qui dit cela ?

Il m'adressa un sourire contrit et ne répondit pas.

— Maître Roberts a demandé après vous.

— A quel propos ?

— Il est levé depuis une heure. Il vous demande de le rejoindre à l'abbaye. Dans la dépendance, derrière la cuisine de l'abbé, où… se trouve le corps. Le cadavre de votre homme.

Toujours une ombre devant la lumière.

— Maintenant ?

— Je vais préparer votre petit-déjeuner pendant ce temps. Ce n'est pas un homme patient, hein, maître Roberts ?

La maison était apparemment un vestige de l'occupation de l'abbaye par les tisserands flamands, sous le règne d'Edouard.

Les rideaux avaient été soigneusement cloués, les trous du toit rebouchés avec de la paille.

Je m'approchai lentement, dans le froid mordant du petit matin. Mais devant la porte ouverte, mon euphorie fut balayée par la puanteur immonde et agressive de la chair en décomposition.

La cruelle réalité me revint brutalement. Ainsi que ces révélations à la lueur des chandelles.

Ce qui est arrivé à votre serviteur... est abominable..., mais tout cela a trait à la magie noire, au sacrifice...

— Bon sang, où étais-tu passé ?

Dudley se tenait sur le seuil, dans son habit terne, l'air plus désolé que jamais.

— Je me suis réveillé tard... La tempête...

— ... nous a tous empêchés de dormir. Excepté ce malheureux.

Ses yeux brillaient, non pas à cause de la fièvre, mais de la rage intense qui le rongeait, à l'image d'un mécanisme froid. Il fit un pas dehors et passa le dos de sa main sur sa bouche et sa moustache. Des gouttes de sueur perlaient à son front.

— Entre. Entre et jette un coup d'œil.

— Robbie, j'en ai déjà vu plus que je ne peux en supporter. A quelle fin ?

— Non ! explosa-t-il, le visage dur, la mâchoire serrée.

Comme s'il venait de se réveiller d'un long sommeil et était animé par l'urgence, comme s'il avait été giflé par la réalité.

— Regarde-le encore, je t'en prie. Attentivement. Tu connais ces pratiques, tu as étudié l'anatomie.

— J'ai étudié des *livres* d'anatomie...

Des livres, toujours des livres.

— John, écoute-moi. Tu as écarté trop vite la possibilité d'un sacrifice rituel. Or s'il ne s'agit pas de cela, qu'est-ce que c'est ? Qu'est-ce que ce cadavre a à nous dire ?

— Robbie, je doute que tu sois assez en forme pour…

— Je m'en moque ! Entre là-dedans !

Je hochai la tête et, m'efforçant de respirer par la bouche, fis un pas à l'intérieur à contrecœur.

Il n'y avait pas plus de sang que sur un étal de boucher, mais la vue de ces restes humains me plongeait dans un profond désespoir. Il était difficile de ne pas concevoir que l'âme ne s'éteignait pas pour toujours et, après ce que j'avais vu la nuit passée, quelle perte tragique ce serait.

Le corps de Martin Lythgoe était étendu sur un support composé de deux mangeoires désossées. Il était morne et terne.

La bougie avait été ôtée de la bouche et déposée à côté du corps, de sorte qu'elle n'avait plus rien de spectral ni n'évoquait plus le Tor. Seulement une insulte sordide à la vie et à l'humanité.

— Que puis-je…, commençai-je au bord des larmes, secouant la tête, désespéré par mon impuissance. Que puis-je te dire, Robbie… que tu n'aies vu par toi-même ?

Le bras droit couvrait le trou béant de la poitrine, et au creux du coude était logé l'orbe flétri et ratatiné du cœur. Je me rappelai l'image fantomatique de Martin Lythgoe qui m'était apparue à travers la poussière et n'avait pas prononcé un mot. Muet, comme maintenant.

Le bras gauche pendait dans le vide. Dudley souleva le membre délivré de la rigidité mortuaire et examina la main.

— Que fais-tu de ceci ?

Je me penchai avec répugnance, retenant mon souffle.

— Oh !

Je ne l'avais pas remarqué. Le spectacle de la poitrine défoncée et du cœur arraché avait détourné mon attention de marques pourtant clairement visibles – des taches de sang séché au bout des doigts, des ongles cassés et noircis.

— Le doigt du milieu, John. L'ongle a été tordu. Tu vois ?

— Il s'est fait cela en se débattant ?

Je m'agenouillai sur la paille graisseuse afin d'examiner la main froide et marbrée de plus près.

— Ou bien cela suggère-t-il que le corps a été déplacé après la mort ?

— Ces deux hypothèses sont possibles, répondit Dudley. Mais je pense que la véritable cause est bien pire. Regarde encore. Plus près.

— Qu'est-ce que… ?

Des écailles brunes tombèrent dans la paume de ma main. Cela ne ressemblait pas à du sang séché.

— De la rouille, dit Dudley en se baissant à son tour. Cela provient d'un clou en fer. Tu vois ?

— Où ?... Ô mon Dieu !

Toute la longueur du clou était logée sous l'ongle noirci jusqu'à la racine, où la pointe dépassait. Je laissai la main retomber, ébahi d'horreur.

— Enfoncé à coups de marteau, commenta Dudley. Sous l'ongle, jusqu'à ce que la pointe le transperce.

— Alors c'est de la…

— … torture, termina Dudley. Avant de mourir, le pauvre homme a été torturé.

— Pourquoi ?

— Pourquoi torture-t-on les gens ?

— Pour les faire avouer…

— Ah ! ah ! Oui, pour les faire parler.

— De quoi ? Que savait-il ? C'était un étranger ici. Il n'est venu que pour…

— … nous. Il est venu avec nous. Il savait qui nous étions et pourquoi nous étions là.

— Et il a été tué pour cela ?

Dudley me regarda comme si j'étais un enfant, tandis que les yeux de Martin Lythgoe, froids comme des galets, fixaient pour l'éternité les toiles d'araignée plongées dans la pénombre.

— Il nous faut un témoin. Carew est-il arrivé ? Ou bien… cet homme ?

— Fyche ?

Il se façonne l'image d'un homme pieux qui combat les forces de Satan, mais c'est dans son cœur, je le jure, que réside le véritable mal.

— Ne parlons pas à Fyche, répondis-je. Je ne suis même pas sûr qu'il faille en parler à Carew.

Dudley m'observait avec curiosité.

— Crois-moi sur parole.

— Très bien. Va chercher Cowdray alors.

— Non… il y a… quelqu'un de plus qualifié.

J'écartai d'un geste brusque les toiles d'araignée et, manquant d'air, titubai jusqu'à la sortie.

XXXIII

La voie d'un homme

Certes, j'y trouvai un intérêt personnel. Matthew Borrow, un médecin et chirurgien, serait le meilleur témoin pour confirmer les atrocités perpétrées sur Martin Lythgoe. Mais il pourrait également savoir où sa fille se trouvait.

Je me mis à courir.

Nel. Mon corps encore tremblant empreint de son souvenir doux et insaisissable.

L'anxiété.

Le ciel était radieux, sans le moindre nuage, tandis que je m'éloignais en courant de l'abbaye, pataugeant dans l'eau boueuse et rougeâtre qui imprégnait les rues après la tempête.

Une partie de moi voulait continuer à courir, d'une église à l'autre, chacune à une extrémité de la ville, puis au-delà dans les champs détrempés, vers le soleil.

Jusqu'à ce qu'il me parût évident que quelque chose n'allait pas. Je ralentis l'allure.

L'air était plus froid après le passage de la tempête ; pourtant, à 8 heures passées, personne en dehors de moi ne s'était aventuré dans les rues.

Je m'arrêtai et regardai tout autour de moi : les maisons de pierre, les clayonnages, les fumerolles matinales. C'était comme si je voyais la ville pour la première fois, sa configuration éclatée et déstructurée, maintenant que l'abbaye était en ruine. Une planète morte, privée de soleil. La magie du chaos.

Soudain, une effroyable vision me saisit. Brusquement, j'eus l'impression de voir Glastonbury à travers les yeux de Sir Edmund Fyche. De ressentir *ses* émotions. Un vide à présent empli d'une terrible rage.

Sentant qu'on m'observait, je me retournai vivement. Et entrevis des visages mornes sur les seuils des maisons ainsi que des silhouettes fugitives aux fenêtres dont les rideaux retombaient après avoir été furtivement écartés.

Une peur sourde, muette.

Les nouvelles allaient vite dans une petite ville, se propageaient comme le son. Mû par un étrange instinct, je courus vers les ruelles et les allées sombres nichées derrière la solide église de Saint-Bénigne. Là, j'entendis des cris qui s'effilochaient comme des rideaux déchirés. Puis…

— Arrêtez-les !

Le cri aigu d'une femme me guida jusqu'au mur fin d'un clayonnage nu. Je me glissai le long de la paroi et épiai la scène au coin. Dans la pénombre flottaient les fumées des cheminées qui s'éveillaient. Au pied de la tour neuve de l'église, des silhouettes dansaient dans la brume telles des marionnettes.

— Reculez ! ordonna une voix grinçante. Un pas de plus et on vous embarque !

Etouffant un éternuement, j'étudiai la scène : des femmes, des enfants et des hommes âgés étaient alignés dans la rue, comme pour une parade.

Au beau milieu de la route, deux hommes en tenaient un troisième, plus âgé, qui se débattait vainement pour leur échapper. Un homme vêtu d'un gilet de cuir sans manches s'approcha du malheureux par-derrière et lui asséna plusieurs coups de bâton. La victime s'écroula sur les pavés, comme si ses ficelles avaient été sectionnées.

— Mon D… Stop !

A terre, l'homme molesté s'efforça de se retourner. C'était le Dr Borrow. Un pied s'apprêtait à le frapper en pleine tête. Sans réfléchir, je m'avançai vers le petit groupe et m'écriai :

— Arrêtez ! Arrêtez immédiatement ! Au nom de la reine !

Le silence se fit. Le pied se figea dans les airs.

— Reste en dehors de ça, grommela un homme aux dents cassées et à la barbe grise… Dégage de là !

Sa lame était à demi sortie de son fourreau, sous son gilet de cuir.

Tous avaient reporté leur attention sur moi, qui n'en menais pas large, d'autant que je dénombrai cinq agresseurs.

J'étais en très mauvaise posture, car les habitants de la ville ne me connaissaient pas et ne feraient pas un geste pour m'aider.

— On est la loi, mon vieux, dit l'homme au fourreau de cuir. N'essaie pas de te frotter à nous.

Seul au milieu de la rue, je haussai les épaules.

— Et je suis le docteur John, de la Commission de la reine. Je suis venu ici avec Sir Peter Carew. Si cet homme est blessé, vous en assumerez les conséquences. Tous autant que vous êtes ! C'est clair ?

Je surveillai du coin de l'œil Matthew Borrow, qu'ils n'avaient pas relâché.

— Lui, dis-je, laissez-le partir.

Ma voix ne portait pas, mais mon ton fut sans doute convaincant. Je ressentais un calme intérieur inhabituel. Les yeux rivés sur l'homme au gilet de cuir, je gardai le silence un long moment.

— Déguerpissez à présent ! Ou vous retrouverez vos croûtes de pain rassis et vos larcins mesquins avant d'avoir eu le temps de vous en rendre compte.

Etait-ce le ton que j'avais employé ? Un ton que je ne me connaissais pas. Toujours est-il que mon adversaire recula, le regard fuyant, et finit par secouer la tête.

— C'est ta parole, l'ami. Ta parole contre la mienne… et la sienne.

Il pointa le pouce vers ses compagnons.

— Et la leur.

— Votre parole ne vaut rien, dis-je posément. Vous n'êtes rien. Des quantités négligeables.

Je doutais qu'il connût cette expression. Pourtant, malgré ma barbe mal rasée et ma tenue négligée, il vit en moi une menace et une assurance que je ne m'expliquais toujours pas. Il renifla et évita mon regard.

Enfin, il rengaina sa lame, tandis que j'avais l'impression… d'être en dehors de mon propre corps. La poussière s'élevait. C'était comme si je flottais dans l'atmosphère et observais d'en haut ces maisons délabrées et ces jardins à broussailleux.

— Sauvez-vous avant que je ne me souvienne de vos visages.

L'homme au gilet de cuir fit un signe à ses compagnons et me dépassa, non sans me heurter violemment l'épaule, mais je tins bon malgré la douleur et ressentis une certaine satisfaction en voyant mon adversaire trébucher.

Résistant à l'envie de frotter mon épaule endolorie, je guettais toujours les mains de l'homme au gilet de cuir, mais le poignard ne réapparut pas. Je regardai droit devant moi, comme s'il n'existait pas, et vis un jeune homme qui m'observait avec perplexité.

Un moment, je me demandai si je ne l'avais pas déjà vu, mais habillé différemment. Deux femmes, dont l'une était Joan Tyrre, aidaient Matthew Borrow à grimper les marches du perron de sa maison, alors qu'il répugnait clairement à rentrer chez lui. Il scrutait désespérément la rue au-delà de l'église, son bras droit ballant comme un fourreau vide.

Je le rejoignis.

— Docteur Borrow, au nom du ciel, que se passe-t-il ?

Il se mit à tousser. La femme qui accompagnait Joan Tyrre se tourna vers moi.

— Ils sont venus à l'aube, monsieur, et ont tambouriné à la porte en exigeant de fouiller la maison.

— Mercenaires, dit Joan.

— Emmenez-le à l'intérieur, dit la femme. Faites ce que vous pouvez… Je suis là maintenant, Matthew…

Elle avait l'accent du sud du pays de Galles.

— J'habite de l'autre côté de la rue, m'informa-t-elle. Je suis la femme du vicaire. Je les ai vus entrer. Ils ont plaqué le malheureux contre le mur avant même de prononcer un mot.

— Mais ils le connaissent ! Il a probablement soigné leurs…

— Non, coupa la femme. Ils ne le connaissent pas. Ces hommes ne sont pas de Glaston. Les gens d'ici ne les ont jamais vus.

Sans surprise. Lorsqu'une chasse à l'homme était lancée, des hommes parcouraient des kilomètres pour le simple plaisir de la chasse, de la violence, ou pour ce qu'ils espéraient en retirer – un vol par-ci, un viol par-là…

— La ville est truffée de types de ce genre, continua-t-elle. Ils ont passé la nuit dernière à la taverne. Il y en a des douzaines.

— Mercenaires ! répéta Joan Tyrre.

— Des douzaines ?

Je suivis la femme du vicaire le long de la rue.

— Que cherchaient-ils ici ?

Elle m'observa avec méfiance. Une femme corpulente, aux cheveux couleur fauve sous sa coiffe.

— Ce n'était pas une nuit comme les autres, monsieur. Mon mari, le vicaire, est à l'église depuis l'aube. Il prie pour que nos péchés soient pardonnés. Le poids du péché pèse sur nous tous.

— Joe Monger se portera garant pour moi. Que voulaient-ils, madame ?

— Ils ont eu ce qu'ils voulaient ! Mais cela ne leur suffisait pas. Enfin, ils se doutaient pas qu'il ne les laisserait pas faire, et quand il a commencé à courir après elle, ils se sont jetés sur lui. Ce n'est pas sa faute, pauvre homme, si elle a été abreuvée à la mauvaise source.

— Que… ?

— Pourquoi elle est revenue, voilà ce que je ne comprends pas.

— Qui ?...

J'avais l'impression que le ciel se craquelait au-dessus de ma tête. Je posai les mains sur les épaules de la brave femme.

— Dites-moi !

— Ils ont dû surveiller la maison toute la nuit, voilà tout.

Le ciel commençait à s'effriter.

— Vous ne les avez pas vus l'emmener ?

— Dieu…

Elle me fixait, consternée par mon allure, alors que j'aurais voulu la secouer, chasser la fausse piété qui altérait sa raison.

— Dites-moi de qui vous parlez !

Ma tête tout entière s'embrasait, et elle dut lire la folie qui brillait dans mon regard, car elle recula. L'image du jeune homme qui m'était familier se matérialisa de nouveau dans mon esprit, et je réalisai qu'il s'agissait de frère Stephen, le plus jeune des deux moines qui accompagnaient Fyche sur le Tor.

La femme du vicaire replaça ses cheveux sous sa coiffe.

— Elle a dit… Nous l'avons tous entendue. Elle a crié depuis l'escalier qu'elle se rendrait sans résistance s'ils laissaient son père tranquille. Evidemment, dès qu'ils l'ont eue…

Je me tournai pour scruter la rue, où les gens se dispersaient à présent. Ma bouche articulait des paroles inaudibles.

— C'est pas juste qu'un homme soit battu pour les péchés de sa fille. Hein ?

Je la fixai intensément.

— Ses péchés ?

— Elle n'a pas nié les faits. Quand ils l'ont accusée d'être une sorcière et une meurtrière, elle n'a pas démenti. Les gens du coin savaient que ça finirait par arriver… Une jeune femme qui croit pouvoir suivre la voie d'un homme au lieu de se marier et de s'occuper du foyer de son mari.

— Madame, pour l'amour de Dieu, si une femme a des aptitudes…

Mais sur son visage se peignit brusquement une expression vide, une indifférence forcée, mue par un instinct de conservation dont j'avais été témoin bien trop souvent dans cette nation divisée.

Depuis le cœur de la ville me parvenaient des cris de joie et des huées.

XXXIV

Le gant de Vénus

— Vous pourriez être un homme mort.

Fort de sa haute stature et de sa barbe fournie, Sir Peter Carew, chevalier émérite, me toisait avec mépris.

— Vous pourriez être affalé dans une mare de boue à l'heure qu'il est. Vous vous en rendez compte ?

Je ne répondis pas.

— Et tout cela pour un vieil homme et une sorcière ! tonna-t-il. Vos illustres connaissances me semblent très exagérées. Votre cerveau est mou comme de la gelée.

Carew et sa compagnie étaient arrivés à cheval en milieu de matinée, depuis Taunton où ils avaient passé la nuit. Dudley, lui et moi étions seuls dans la pénombre de la salle lambrissée du George, trois chopes de cidre posées devant nous sur la table. Je n'avais pas touché à la mienne. Carew cracha une gorgée de breuvage sur le sol dallé.

— Vous confondez ce trou perdu avec Londres, hein ?

— Etant donné les circonstances, murmura Dudley, je pense qu'on ne peut se tromper sur ce point.

— Ici, la justice ne fait pas de cadeaux, Lord Dudley, croyez-moi.

J'étais en sueur. Enveloppé des lambeaux du manteau de mes illusions, j'avais couru aveuglément à travers les rues, parcourant la ville d'un bout à l'autre, dépassant Saint-Jean-Baptiste, jusqu'à ce que le Tor se dressât devant moi. A demi convaincu que, si je parvenais à les rattraper, je pourrais les arrêter. Et la ramener avec moi. Mais ils avaient disparu. Elle avait disparu et à présent je voulais me jeter sur Carew et lui arracher sa barbe, poil par poil. Le regard de Dudley était rivé sur moi. Dudley qui pensait, sans doute avec raison, que Carew saisirait la moindre opportunité de me battre froid.

J'affichai le plus grand calme.

— Avant la dissolution de l'abbaye, Sir Peter, je crois savoir que la justice était administrée par l'abbé. Combien de sorcières a-t-il arrêtées à l'époque ?

Dudley fronça les sourcils à mon intention.

— Ce n'est pas la solution, poursuivis-je. Fyche lui-même se dit chargé d'une mission divine : contrôler les pratiques religieuses de cette ville, mais c'est une dangereuse…

— Pour stopper la propagation de la sorcellerie, coupa Carew.

Je ne me sentais pas le courage de lancer un débat sur la définition de la sorcellerie.

— Ecoutez, *docteur*, dit Carew. D'après mon expérience, quiconque est accusé de sorcellerie n'est jamais entièrement innocent.

— C'est…

— Entendez-moi bien. Ils réclament justice, dit-il, les mains sur les hanches. De mon point de vue, docteur, la vie et la religion, depuis que nous avons renié l'évêque de Rome, sont simples et équitables. Vous allez à l'église le dimanche, pour passer une heure à prier à genoux en pensant à votre prochaine soirée et – à moins d'être un vicaire ou un évêque – c'est tout. Je n'ai pas de temps à consacrer à un homme ou une femme pour qui ce monde ne suffit pas. Et c'est le cas de cette garce…

Il se détourna d'un air écœuré. L'expression de Dudley, dont les yeux étaient mi-clos, disait clairement : *Ne monte pas au créneau !* Il se leva vivement en entendant une clameur provenant de la rue et alla jeter un coup d'œil par la fenêtre.

— Tout ce que je dis, Carew, dit-il posément, c'est que, si cette femme a employé des démons pour chasser ma fièvre, c'est plus efficace que les sangsues.

Il voulait bien faire, mais l'évocation des démons aggravait les choses. Des éclats de voix nous parvenaient de la rue. Je me levai à mon tour pour regarder par la fenêtre, mais la vitre était opaque.

— Je ne vous croyais pas aussi imprudent, dit Carew. Enfin, quel intérêt pour un homme avec la réputation d'un divinateur d'intercéder pour le compte d'une nécromancienne notoire ?

Je m'assis, durement frappé.

— Personne ici ne sait qui est John, intervint Dudley avec fermeté. Et si sa véritable identité était dévoilée, je suis sûr que cela ne viendrait pas…

— Pourquoi une nécromancienne ? demandai-je.

Carew me fit face, et un sourire illumina sa barbe fournie.

— Vous ne savez donc rien, docteur ?

— Personne ne sait rien à ce sujet, trancha Dudley.

— Même avec le massacre de votre serviteur ? Ah ! mais… vous n'étiez pas au mieux de votre forme, mon seigneur ?

— Ça va mieux, maintenant.

— La nécromancie, insistai-je.

Carew s'assit et croisa les bras.

— Je ne suis pas un expert comme *vous*, docteur,

mais si l'utilisation d'un cadavre mutilé pour invoquer les esprits…

— Quelle preuve avez-vous que cette femme est en cause ?

— Ils ont retrouvé les armes du crime, enfin ! Maculés de son *sang* !

— Oui, mais à qui appartient ce sang ? Les armes sont les instruments de chirurgie de son père. Et il a délivré des bébés ce soir-là.

Carew m'observa avec curiosité.

— Dites-moi : pourquoi vous sentez-vous aussi concerné, docteur ?

Nous étions en terrain miné, mais à présent je m'en moquais.

— Je vais vous dire pourquoi, commençai-je, mais Dudley m'interrompit.

— Non, moi je vais vous le dire, Carew. Parce que nous vivons un âge nouveau. Parce que la reine et Cecil s'inquiètent tous deux de la persécution religieuse.

— La reine, rétorqua sèchement Carew, est encore une jeune femme. Qui un jour apprendra que ce qui est pour vous de la persécution et pour moi une forme de discipline est le seul moyen d'endiguer l'insurrection qui risquerait de la détrôner. Et à l'accusation de sorcellerie s'ajoute une affaire de *meurtre*.

— Un meurtre utilisé pour instaurer une chasse aux sorcières. La sorcellerie est un prétexte facile, très exploité par le passé, comme nous le savons tous. Mais ce sont des temps éclairés, et l'extension de nos connaissances fait que ce que nous considérions autrefois comme l'œuvre du diable…

Dudley s'interrompit pour boire un peu de cidre en grimaçant et s'essuya la bouche.

— Il y a deux jours, je croyais que j'allais mourir et j'ai été guéri par cette femme qui connaît les herbes.

Alors, on peut dire que c'est *moi*. C'est *moi* qui me sens concerné par l'arrestation de cette femme.

Je posai les yeux sur Dudley avec gratitude, mais il ne croisa pas mon regard.

— Et si je vous disais qu'il y en avait d'autres ? dit Carew. D'autres cadavres ? Déterrés de leurs tombes.

— Où ?

— Derrière l'église Saint-Bénigne, d'après ce qu'on m'a dit. Déterrés durant la nuit.

Je me rappelai que Fyche en avait parlé. En utilisant aussi le terme « nécromancie ». Je n'aimais pas ce mot, mais ne devais pas le montrer.

— Et en quoi cela concerne-t-il cette femme ?

— Vous devez parler à Fyche.

L'abbaye est sous *votre* responsabilité, Carew, rétorqua Dudley.

— Et la justice est sous la sienne, rétorqua Carew. Pardonnez-moi, mais je crois que j'ai un cadavre à inspecter, dans mon abbaye.

Nous l'accompagnâmes jusqu'à la dépendance. Je n'entrai pas. Carew parut prendre cet examen du cadavre comme une simple formalité, et Dudley me raconta par la suite qu'il avait décidé de ne pas partager avec lui ses soupçons de torture. Il était à présent d'accord avec moi pour dire que nous ne devrions pas faire de simples suppositions quant aux allégeances de cet homme.

Je ne pouvais m'empêcher de me rappeler le commentaire du pauvre Martin, alors que nous chevauchions à travers le blizzard en direction de Glastonbury. Carew venait de me railler, disant que je ne servais pas mon pays une épée à la main. *Ces gens se battent un peu trop, si vous voulez mon avis, docteur John*, avait répondu Martin.

Plus tard, nous gagnâmes ma chambre à l'étage. Dudley avait demandé à Cowdray de faire nettoyer la sienne de fond en comble pour la purger de toute trace de maladie.

Il paraissait calme, malgré la sueur qui luisait encore à son front, dans la lumière pâle distillée par la fenêtre.

— Très bien, dis-moi tout, soupira-t-il. Sans rien omettre.

Je fermai la porte et m'y adossai.

— Les instruments de chirurgie sont ceux de son père. Il s'en est servi cette nuit-là pour délivrer des jumeaux en pratiquant une césarienne. Cela explique le sang.

— On peut le prouver ?

— Il te le confirmera.

— C'est son père !

— Ce n'est pas une sorcière !

Qui voulais-je réellement convaincre ? La sorcellerie : qu'était-ce au juste ? Où se situait la frontière ?

Dudley passa un bras sur l'une des colonnes de lit, qui s'était muée, une heure environ après l'ingestion de la poudre de vision, en un pommier.

— John, si Fyche est déterminé à prouver qu'elle pactise avec les démons, il le fera. Il est juge de paix. Il connaît les tribunaux, les juges. Il obtiendra ce qu'il veut. Elle sera pendue.

— A moins que quelqu'un…

Je m'interrompis, submergé par la nausée, alors que je me remémorais mes propres paroles pour rassurer Nel la nuit précédente : *Nel, nous vivons une époque plus éclairée… relativement. Ce qui est arrivé à votre mère ne se reproduira pas.*

— Des gens sont pendus pour bien moins que ça. Elle devait le savoir. Bon sang, pourquoi est-elle allée se jeter dans la gueule du loup ? Pourquoi n'a-t-elle pas gagné une autre ville ? Avec ses aptitudes, elle pourrait…

— A cause de son père, dis-je en me levant nerveusement pour me poster à la fenêtre. Voilà pourquoi elle est rentrée chez elle la nuit dernière. Elle s'inquiétait pour son père. Sa mère a été pendue par Fyche, pour des raisons tout aussi ineptes que…

Mais nous devions dépasser ce drame. Je m'agrippai au rebord de la fenêtre et observai la rue principale.

Les badauds s'étaient rassemblés autour d'une boulangerie où des tourtes au mouton fraîches étaient vendues les jours de marché et dont le boulanger étudiait en secret la magie ancestrale et rêvait de changer le plomb en or.

— Carew est un sale bâtard, dit Dudley, mais il sait comment tourne le monde. L'avertissement qu'il t'a donné… n'est pas à prendre à la légère. Si on découvre que tu défends la vie d'une sorcière et que ta véritable identité est révélée, alors tu seras dans un beau pétrin, John.

Il haussa les épaules avant de poursuivre.

— Nous serions tous les deux dans le pétrin, en fait.

Il avait raison. A cause de ses liens avec moi, son propre nom avait fait plus d'une fois l'objet de soupçons, par le biais de rumeurs et de pamphlets, qui n'étaient pas loin d'évoquer la sorcellerie.

Commérages que des hommes de l'acabit de Cecil devaient étouffer. Et avaient étouffés, d'ailleurs. Je me rappelai ce que Dudley m'avait dit la veille au soir à propos de Sir William Cecil, qui lui gardait son amitié, même s'il déplorait son intimité avec la reine.

Quels risques Cecil serait-il prêt à prendre pour protéger Dudley si celui-ci était impliqué dans un scandale lié à la sorcellerie et au meurtre de son serviteur ?

Partout, des pièges. Je m'affalai sur la chaise près de la fenêtre. En l'espace de quelques heures, ma vie avait atteint les sphères les plus éthérées dont j'aurais jamais pu rêver et s'était ensuite brutalement effondrée pour se briser sous mes yeux.

Ma vie… cette existence d'universitaire obscure, noyée dans un dédale de livres. J'enfouis ma tête entre mes mains et, à travers mes doigts, je vis son regard vert rivé sur moi. Dudley était mon ami, le meilleur que j'avais à la cour ; son soutien et son influence m'avaient permis de gagner la confiance de la reine. Devais-je compliquer davantage sa vie en lui rapportant les soupçons dont Nel Borrow m'avait fait part la nuit dernière (que Fyche aurait obtenu sa richesse et ses titres en trahissant son abbé) ?

Une accusation qui n'était étayée par aucune preuve, au-delà des circonstances. Mais à cette époque, les preuves présentées aux tribunaux n'étaient généralement guère plus conséquentes que cela.

— Qu'est-ce que c'est que ça ?

Je n'avais pas remarqué que Dudley avait glissé par terre. Quand je levai les yeux, il était agenouillé sur le plancher et tendait le bras pour attraper quelque chose sous le lit. De nouveau sur pied, il tenait entre le pouce et l'index un objet curieux, avec une expression perplexe, qui se mua bientôt en un sourire malicieux.

— Eh bien, eh bien…

— Qu'est-ce que tu as trouvé ?

Il me montra la chose poisseuse, ratatinée et jaunâtre au creux de sa paume. De forme tubulaire. Un morceau d'un intestin animal, une vessie de brebis peut-être. Cela ne m'évoquait rien.

— John, quel cachottier !

Le visage de Dudley reflétait un plaisir malin, que je ne lui avais pas vu depuis qu'il était enfant, quand il tentait de perturber mes leçons. Je me levai.

— Qu'est-ce que c'est ?

— *Qu'est-ce que c'est ?* répéta-t-il en roulant les yeux. Bon sang, John, depuis combien de temps nous connaissons-nous ?

Je peinais à comprendre. Dudley fit danser le fragment d'organe entre son pouce et son index.

— J'en ai déjà vu à Paris. En fait, j'en ai moi-même utilisé un une fois, pour une occasion particulière… Je ne voulais pas prendre de risques en France, mais c'est une autre histoire.

Il me regarda droit dans les yeux.

— Grands dieux, regarde-toi ! Tu ne t'en souviens pas, hein ? Tu étais ivre ?

— Je n'ai pas été ivre depuis quinze ans, à l'époque où tu…

— Cela dit, je ne suis pas mécontent, en ces temps difficiles, de te surprendre à faire l'usage d'un *gant de Vénus* !

Je retombai sur mon siège.

— *Quoi ?*

Dudley posa l'objet sur la tablette et, sans se départir de son sourire narquois, qui semblait vissé à son visage, s'essuya les mains sur un morceau de tissu. Je gardais le silence. La chose appartenait sans doute au précédent occupant de cette chambre, sinon…

— Qui était-ce, alors, John ? Peut-on savoir ? Une des filles de cuisine aurait-elle été séduite par ton air timide et ta courtoise réticence ?

— Je…

Mes yeux brillaient de larmes.

Dudley dut s'en rendre compte. Il porta sa main à sa bouche, comme frappé de stupeur, puis se retourna vers le lit et enroula un bras autour de l'une des colonnes, comme s'il avait besoin de s'accrocher à quelque chose.

— Oh ! quel idiot je fais… Comment, même avec la fièvre, ai-je pu ne pas voir l'évidence ?

XXXV

Energie noire

Le ciel s'obscurcit peu à peu, plongeant la chambre dans la pénombre, tandis que je lui racontais toute l'histoire.

Je tâchai de n'oublier aucun détail et lui relatai tous les faits, depuis ma première rencontre avec Fyche au sommet du Tor et ce que Monger m'avait appris sur la mère de Nel, jusqu'à ma conversation avec Nel la nuit dernière.

Il ne m'interrompit pas une seule fois. Cela me rappelait l'époque où il était un jeune garçon et moi son professeur : quand le sujet le passionnait, à l'instar de l'astronomie, il restait calmement assis et digérait lentement les faits, qu'il savourait comme s'il s'agissait d'une assiette de douceurs.

Mais ce récit n'avait rien de doux. Seulement l'histoire d'un moine qui avait tiré son épingle du jeu, alors que son abbé, un homme respecté par tous, avait été torturé, tué et démembré. A cause du secret qu'il refusait de révéler ? Je posai cette question à Dudley, qui me répondit par une autre.

— Qui est au courant de tout cela, John ?

— *Personne* n'est au courant. Plus personne n'est en

vie. Si ce n'est quelques suspects. Mais qui oserait en parler ?

— La mort de la mère d'Eleanor Borrow aurait été orchestrée parce qu'elle détenait des preuves contre Fyche ?

— Monger, le maréchal-ferrant, pense que c'est lié à la poussière de vision, mais Nel, elle, en est convaincue, oui.

— Mais cela s'est passé il y a vingt ans ! Il se passait de drôles de choses à l'époque. Quoi qu'il en soit, qu'est-ce que le père Whiting pouvait bien avoir à cacher à Cromwell ?

— Il aurait dissimulé un calice. C'est tout ce que je sais.

— Pas le Graal tout de même ?

— Je ne pense pas. Le calice est censé avoir été retrouvé. Si cela avait été le Graal, le roi Henri VIII en aurait fait bon usage, tu ne crois pas ? Etre reconnu comme le gardien du récipient le plus sacré de toute l'humanité… Mais Cate Borrow savait sûrement quelque chose…, quelque chose qu'elle avait découvert par le biais de son amitié avec l'abbé, et qui devait à tout prix rester secret. Peut-être que c'était quelque chose que *Fyche* voulait, et non Cromwell.

— Etait-il question des ossements d'Arthur ?

— Non, mais…

— Nous savons avec certitude que les ossements, sans doute mis en lieu sûr sur les instructions de l'abbé, ont disparu durant la dissolution. S'il soupçonnait le roi de vouloir les prendre ou les détruire, pour renforcer le mythe de la légende d'Arthur qui vivrait éternellement sous la bannière des Tudor…

— Ensuite, il a dû les cacher. La présence des ossements d'Arthur étant au cœur du statut de l'abbaye de Glastonbury depuis le XIIe siècle.

— Et si Whiting savait où ils étaient, il n'a pas révélé leur cachette, même sous la… torture.

Torture. Nous pensions tous deux à la même chose. Ce clou rouillé planté sous l'ongle noirci de Martin Lythgoe.

— Même face à la plus terrible des morts, Whiting s'est tu.

Dudley me jeta un regard dur.

— Tu m'écoutes, John ?

— Bien sûr.

— Tu sembles… ailleurs.

Je secouai la tête pour essayer d'y voir plus clair. Dans les futurs comptes rendus de cette expérience, il faudrait consigner que les effets de la poussière de vision ne quittaient pas le corps et l'esprit aussi rapidement que le pensait l'expérimentateur. Plusieurs fois j'étais retourné dans un autre monde, perdant alors toute emprise sur le moment présent.

J'étais inquiet. Cela allait-il se reproduire durant le reste de ma vie ? Peut-être Fyche avait-il raison de vouloir en interdire la consommation.

A présent, que devais-je raconter de cette expérience à Dudley ? Quelle serait sa réaction ? Je me rappelai ses paroles sur la barge : *John Dee n'est-il pas l'aventurier par excellence ? Un homme prêt… à explorer le monde de l'au-delà ?*

— Ici, l'atmosphère… est différente de tout ce que j'ai pu connaître. Une atmosphère empreinte à la fois d'énergie noire et… d'espoirs de merveilles. C'est ce qui retient les gens ici et qui fait craindre à Fyche de perdre le contrôle.

— On pourrait dire cela de tout le pays, John. Espoirs et craintes.

— C'est plus fort ici.

— Alors, tu es un mystique.

— Et pas le seul. La magie est venue jusqu'ici de contrées lointaines. Ici. Pas en Angleterre, mais à Glastonbury. A Avalon. Il y avait quelque chose. Je le sais. Je l'ai… ressenti.

— Ressenti comment ?

Je soupirai.

L'acte final… je n'en dis pas un mot. Certaines choses étaient trop intenses et trop personnelles pour être partagées, même avec un ami intime.

Mais les circonstances qui m'avaient mené jusque-là devaient être relatées, même si elles flirtaient dangereusement avec la sorcellerie.

Et ce faisant, je commençais à percevoir les mécanismes d'un rite qui aurait semblé pertinent à Hermès Trismégiste lui-même : un voyage initiatique des ténèbres vers la lumière.

Mes paumes devinrent moites.

J'osais croire que quelque chose ici avait chassé tous les démons de mes nuits – la crainte de la morsure des flammes, l'explosion finale des gaz dans mon crâne. Le souvenir d'un événement qui ne s'était pas encore produit et qui hantait mes nuits depuis des années. Disparu. Annihilé de mon esprit. Et ensuite…

Une brusque chaleur parcourut ma colonne vertébrale.

… du feu à l'eau. Le soleil rencontrait la lune, dotée de toutes ses qualités féminines. J'étais conscient à présent des parallèles cabalistiques, tout comme des voyages moins ésotériques, comme celui qui m'avait fait quitter l'univers livresque pour m'ouvrir à la vie.

Et à l'amour terrestre. Je n'oubliais pas cela.

Mon récit terminé, je me mis à faire les cent pas. Dudley n'avait pas bougé.

— C'est la poussière de vision qui a provoqué le feu de saint Antoine ?

— Je crois bien, oui.

— Bon sang, John, *où* es-tu allé ?

— Je pense que cela peut ouvrir des passages vers l'âme. Et ce… c'est une bonne chose.

Ou bien étais-je possédé par l'énergie noire de la tempête et de l'union impie avec mes propres bas instincts ? Les lieux que j'avais explorés étaient-ils, en vérité, plus proches du diable ou de Dieu ? Etais-je, en fait, ensorcelé ? La frontière était si ténue.

Je fermai les yeux, sous le poids de l'incertitude et de l'angoisse, jusqu'à ce que Dudley reprît la parole. Sa voix trahissait sa compassion.

— C'était la première fois, John ?

Inutile de tourner autour du pot.

— Pour ainsi dire.

Il hocha la tête.

— Et je suppose que maintenant tu penses être… amoureux ?

Une phrase de poète.

— Je…, dis-je, mal à l'aise. La première fois que je l'ai vue… je… ne savais pas encore… comment traduire certaines sensations.

Dudley se mit à rire.

— Eh bien, une femme qui te cuisine aussi bien et qui en plus ne demande pas son reste, assurément, est chose rare. Alors, comment veux-tu jouer cette partie ?

— Jouer ?

— Un terme inadéquat. Pourtant…

— Je pensais… que tu ne voudrais pas la jouer du tout.

— Après ce qui est arrivé à Martin Lythgoe ? Après ce que nous avons vu ce matin ?

— Tu penses que Fyche est derrière tout ça ?

— Si c'est le cas, c'est un homme mort.

— Après un procès en règle, dis-je précautionneusement.

— Ou pas.

— Tu es *Lord* Dudley.

— Et pourrais bientôt devenir comte. Oui, Cecil m'a donné tout lieu de penser qu'à mon retour de cette… mission…, la possibilité d'une nomination au Conseil privé pourrait devenir… plus qu'une possibilité.

— A ton retour…

Aucun de nous ne voulait envisager l'idée que le retour de Dudley à Londres – et dans la chambre à coucher de la reine – pourrait être jugé, dans certains cercles, peu souhaitable, sans aller jusqu'à imaginer…

… *que d'aucuns préféraient peut-être qu'il ne rentrât pas du tout.*

— Certaines affaires ne peuvent aisément être résolues ici, dit Dudley, mais d'autres sont plus simples. Etant donné les circonstances, Dudley n'est jamais venu ici et ne pourrait être tenu pour responsable de l'action… en justice… menée par maître Roberts.

L'espace d'un moment, toute couleur disparut de mon champ de vision, et je jure que tout ce que je voyais autour de Dudley était d'un noir vivace.

— Ta sorcière, ton… enchanteresse… doit être enfermée dans un donjon infesté de rats à l'heure qu'il est.

— Oui.

— Et attendre un juge d'assises.

— Corrompu.

— Inévitablement. Donc, je te repose la question : que comptes-tu faire ?

L'idée de simplement me détourner de toute cette histoire… ne m'était même pas venue à l'esprit.

La première fois que j'avais pensé qu'un sentiment de cet ordre pût grandir en moi, je n'en imaginais pas la profondeur, la façon dont tout mon être en serait altéré.

— Ma mère et mon père, dis-je d'une voix sans timbre, étaient fous de joie quand je suis revenu à la maison avec un doctorat de droit. Ils croyaient que j'avais abandonné les autres matières. Que j'avais enfin recouvré la raison. Et trouvé un métier solide.

— Solide, en effet, quand tu as été accusé de porter atteinte à la vie de Marie, tu as fait preuve d'une rare éloquence face aux juges les plus féroces du pays.

— Et de Bonner. Lui-même était avocat autrefois.

— Quel salaud, ce Bonner…

— Parfois.

— Pourtant, par certains côtés, tu es plus malin que les salauds.

Il s'adossa contre la colonne de lit branlante.

— Tu es en train de dire que tu veux être son avocat ?

— Si elle veut bien de moi… en tant que tel.

— Je parie qu'elle sait qui tu es.

— Mmm.

— Fyche ?

— Sûrement pas.

— Tu es sur le fil du rasoir, John.

— Peut-être le serai-je toujours.

La pénombre avait envahi la chambre, bien qu'il ne fût pas plus de 3 heures.

Aucun de nous deux n'avait mangé ce jour-là, et je me remémorai ce que Dudley avait dit cet après-midi de la Chandeleur, dans la barge : que toute grande quête devait commencer par la prière et le jeûne.

Il se leva, s'approcha de la fenêtre et, soudain, je compris que quelque chose en lui aussi avait changé. Il avait peigné ses cheveux et sa barbe, mais son arrogance avait disparu. Ses bras, dans la lumière verdâtre, pendaient mollement le long de son corps.

— Quand tu m'as quitté pour aller chercher le docteur, je n'ai pas pu rester avec Martin, sachant ce qu'on lui avait fait. Je me sentais impuissant, inutile. Je suis allé t'attendre à l'entrée de l'abbaye. C'est à ce moment-là que j'ai entendu un tumulte et que je les ai vus. Je les ai vus la traîner dans les rues.

— Nel ?

Mes poings se serrèrent malgré moi.

— Ils devaient être neuf. Ils l'avaient enchaînée. On aurait dit… une procession festive. Une foule s'est formée autour d'eux, les gens venant de nulle part. Les hommes juraient. Les femmes lui jetaient des pommes pourries. Des cris. *Meurtrière. Sorcière.* Tu sais…, si tu dis à un groupe de paysans incultes…, si tu leur dis *C'est une meurtrière, une sorcière…* Même s'il s'agit de leur propre sœur, personne ne le nie. J'ai déjà assisté à ce genre de choses.

Je fermai les yeux et je la vis. Je voyais la procession telle qu'il l'avait décrite.

— Sa tête était nue. Sa robe déchirée à l'épaule, découvrant en partie sa poitrine. Elle marchait… avec dignité, du moins, avec autant de dignité que possible, étant donné ses chaînes. La tête droite, elle avait le regard fixe. Mais ils… se comportaient comme si elle risquait de s'enfuir à tout moment, et ne cessaient de la toucher…

— Non…

— Les hommes sont des hommes. Surtout en dehors de Londres.

Tous les muscles de mon corps se contractèrent, mon être tout entier se figea. Quand j'ouvris les yeux, Dudley fixait le plancher.

— Dis-moi, John… ai-je parlé d'Amy ?

— Tu parles parfois d'Amy.

Ce qui était faux.

— Je veux dire, quand j'avais la fièvre.

Il leva les yeux, mais aucune lueur n'enfiévrait plus son regard.

— Je pense avoir parlé d'Amy, mais je ne sais pas si c'était un rêve dû à la maladie… ou des choses que je t'ai dites.

Le silence s'installa, même dans la rue, mais un silence qui hurlait comme un chien à la lune.

— Ça devait être un rêve, répondis-je. Je n'en ai aucun souvenir.

Epuisés par cette conversation, Dudley et moi retournâmes dans la taverne pour nous faire apporter par la servante une collation constituée de pain et fromage. Aucun signe de Cowdray, et les fermiers n'étaient pas encore rentrés des champs.

Nous partageâmes notre repas sans un mot, puis affrontâmes les rues poussiéreuses pour découvrir un nouveau cadavre.

XXXVI

A l'horizon

De la rue principale plongée dans la pénombre sourdait une étrange mélancolie. Les magasins étaient fermés et certains même barricadés, apparemment pas à cause de la tempête.

Trois personnes conversaient devant la boulangerie, sous le ciel terreux. Je reconnus Joan Tyrre et Woolly, le sourcier, et je n'identifiai pas immédiatement Monger, dont les mouvements corporels, habituellement souples et languides, étaient à l'instant rigides et saccadés, tel un moteur actionné par des cordes et des poulies.

Bientôt, je compris qu'il était animé d'une rage sourde. C'était la première fois que je sentais une telle fureur en lui et, en plus de l'absence de lumière et de rires, l'atmosphère vespérale était tendue comme une peau de tambour.

Monger tenait un livre que j'avais déjà vu – *Steganographia*, de Johannes Trithemius. Ou du moins ce qu'il en restait – guère plus, en vérité, que le coffre où il était caché. Les mains de Monger tremblaient. Il fourra le livre sous son bras et nous entraîna vers une petite cour derrière la boutique.

— Dites-le-leur, dit-il à Woolly. Dites-leur ce qui s'est passé.

La barbe blanche et rebelle de Woolly brillait comme la lune, dans la poussière bleu-gris du soir.

— Ils sont venus chercher du pain, ont tambouriné à la porte, réclamé du pain. Des types affamés qui venaient de Taunton pour gonfler les rangs.

— Je n'aurais jamais cru que Taunton avait autant de policiers, commenta Monger. Mais qu'est-ce que je sais du recrutement des policiers, hein ? Je ne suis rien d'autre qu'un maréchal-ferrant.

— Le boulanger a été obligé de laisser ces bâtards entrer. Pendant qu'ils attendaient leur pain, ils ont fouillé la boutique, maître Stephen Fyche en tête.

— Le fils de Fyche, précisa Monger.

— Comment ? dis-je. *Frère* Stephen ?

— Une identité occasionnelle. L'habit monastique est très prisé à Meadwell pour donner l'impression que les hommes là-bas sont, dans la grande tradition de l'abbaye, entièrement dévoués à la prière et à l'apprentissage. La violence et la brutalité du gamin sont une insulte à la robe. Vous l'avez sûrement vu violenter Joan Tyrre.

— Bon sang… il me semblait bien que je connaissais ce visage, mais il faisait si noir.

— Typique d'un fils de juge de paix. Totalement ivre, à vagabonder dans les rues comme un chien enragé, dit Woolly.

Le sourcier avait une paupière mi-close, et la peau autour de son œil bleuissait.

— J'ai suivi la bande à l'intérieur, car j'aimais pas beaucoup leur allure et, après avoir fermé la porte, l'un d'eux a crié : *Oh ! Qu'est-ce qu'on a là ? C'est pas la sainte Bible, hein ?* Un autre a montré les pages couvertes de symboles, et Fyche a lancé : *C'est un grimoire !* C'est ce qu'ils cherchaient.

— C'est pour ça qu'ils sont venus, renchérit Monger.

— Ils ont plaqué le boulanger contre un mur en le traitant de saleté de sorcier, et Fyche a arraché les pages du livre une par une en les agitant sous son nez avant de les jeter dans le four. Deux d'entre eux tenaient le malheureux, qui sanglotait et gémissait comme si on massacrait ses enfants.

— C'étaient ses enfants, ces livres, intervint Monger. Il avait l'espoir de pouvoir les lire un jour.

Je le fixai avec incrédulité.

— Trop tard, maintenant, soupira-t-il.

— Il ne savait pas lire ?

— Son vieux père avait emporté des livres de l'abbaye, expliqua Woolly. Il a été élevé dans la croyance qu'ils contenaient quelque chose de miraculeux. S'il les conservait soigneusement dans sa boulangerie, un beau jour, ils livreraient leurs secrets… et le malheureux trouverait de l'or, je suppose.

— Ça fait vingt ans qu'il les cache, dit Monger, et tout ce qu'il savait, c'était que le titre était un très long mot, donc incroyablement magique et…

Ses mâchoires se contractèrent.

— Bon sang, docteur, qu'est-ce qui se passe ici ?

Woolly toucha son œil.

— Quand ils ont commencé à le frapper, eh bien, j'ai pas pu rester sans réagir. J'ai essayé de leur piquer le livre en me disant que je pourrais m'enfuir avec et qu'il me faudrait pas bien longtemps pour les semer. Mais Fyche m'a attrapé et m'a cogné au visage… Ça aurait pu être pire si…

— Si le malheureux boulanger n'avait pas eu une crise, un peu comme si on pressait son cœur dans un étau.

— Le pauvre homme s'est écroulé, la bouche distordue, les yeux révulsés, et il y en a un qui a crié : *Le visage du démon ! C'est le visage du diable ! Regardez !* Là, ils ont eu peur et ont filé. Le boulanger respirait comme un vieux mouton, alors j'ai pensé qu'il fallait aller chercher le docteur Borrow… Mais il n'était pas chez lui.

— Bâtards, siffla Joan Tyrre, qui sautillait d'un pied sur l'autre, tel un merle déplumé, à la faible lueur de la chandelle vacillant sur un mur de pierre de l'autre côté de la cour.

— Le temps que je revienne, il était raide mort, pauvre vieux, continua Woolly. Il était sûrement déjà malade, mais on l'aurait pas deviné, hein ? Un type en si bonne forme, bien gras, et pas plus de… combien ? Trente-neuf ans ?

Monger, plus calme à présent, désigna Dudley d'un signe de tête.

— C'est votre compagnon de voyage, docteur John, de… euh… la Commission des antiquités ?

— En bien meilleure forme. Maître Roberts… en sait autant que moi.

— Alors, vous devez savoir tous les deux que ce n'est que le début. En tant que juge de paix, Fyche a le pouvoir de régler tout dérèglement de l'ordre public et de mettre un terme aux échauffourées.

— En est-ce une ?

— On peut considérer n'importe quoi comme une perturbation de l'ordre public, même un attroupement provoqué par la mort du boulanger. Je n'arrête pas de répéter aux gens de rester cloîtrés chez eux, mais ils ne m'écoutent pas. Ils ne voient pas ce qui se profile à l'horizon.

— Pardonnez ma naïveté toute londonienne, intervint Dudley, mais qu'est-ce qui se profile à l'horizon ?

Monger marcha jusqu'au portail, jeta un coup d'œil dans la rue, puis revint sur ses pas. L'air s'était refroidi.

— La tempête était un présage. Elle nous prévient que Dieu est las de Glastonbury, une ville prête à renier sa sanctification par Jésus en Angleterre. Si des maisons sont fouillées, des gens battus, c'est parce que la volonté de Dieu est de purifier la ville des croyances impies.

— Et seul le fléau peut apporter à cette ville la rédemption, terminai-je.

— Pour un simple antiquaire, vous avez admirablement saisi l'esprit de la théologie provinciale, docteur John. La moindre assemblée sera dissolue, ses membres seront accusés d'être des sorciers, librement ou sous la contrainte…, les gens dénonceront leur propre voisin.

— Personne ne se bat contre cela ? Le vicaire, de quel côté est-il ?

— Du côté qu'on lui aura assigné. Il y a deux vicaires ici, et l'un d'eux est si ignorant qu'il a besoin de son doigt pour lire.

Comme tant de gens. En ces temps de confusion, si une ville avait besoin d'un ecclésiastique doué d'intelligence et de sagesse, c'était bien Glastonbury.

— Maîtresse Borrow, où est-elle ?

— A Wells. Les assises se dérouleront lundi.

— Quelles sont les charges retenues contre elle ?

— On ne le sait pas encore, mais elles seront forcément passibles de la peine de mort. Fyche se chargera lui-même de l'affaire.

— Et le juge ?

— Quelle importance ? Ils sont tous de mèche.

La nuit tombait à présent ; les derniers nuages luminescents disparaissaient derrière la tour de l'église Saint-Jean-Baptiste. Woolly se tourna vers la boulangerie.

— Il faut qu'on sorte ce malheureux de là. Il est resté dans la chaleur du four toute la journée.

— Attendons la nuit complète pour le déplacer,

proposa Monger en posant la main sur l'épaule de Woolly.

— Glastonbury n'avait vraiment pas besoin d'être de nouveau empoisonné par l'odeur âcre de la putréfaction.

Je repensai à ce que Nel Borrow avait dit à propos de cette ville, qui lui faisait penser à une plaie ouverte… gangrenée et pourrie, mortifiée dans sa chair. Je me tournai vers Monger, mais, dans l'obscurité, je ne pus lire l'expression de son visage.

Plus tard, Dudley et moi retournâmes à la taverne pour tenter d'en savoir plus, mais l'endroit n'était guère fréquentable. L'air empestait la graisse et la bière, et flottait une aura de peur et de violence qui, sporadiquement, se répandait comme une traînée de poudre.

Cowdray servait lui-même les boissons, aucune femme ne traînait dans les parages, et les fermiers et marchands de laine habituels avaient été supplantés par les policiers – une vingtaine d'entre eux étaient présents, et certains visages m'étaient désormais familiers.

Une flopée de soudards qui se poussaient comme des porcs pour se presser devant l'abreuvoir quand leurs récipients étaient vides et auxquels il valait mieux ne pas se frotter.

Je vis un homme tomber sur les mains et les genoux, l'oreille en sang, après avoir reçu un coup de pied en pleine tête.

Ensuite, une querelle éclata entre deux policiers rivaux de Wells et Taunton.

A 9 heures, les bans luisaient de bière et de sang.

Puis je reconnus l'homme aux cheveux gris et aux dents cassées qui avait frappé Matthew Borrow. Il voulut apparemment détendre l'atmosphère en levant sa chope à l'intention de ses comparses.

Un geste qui fut loin de me rasséréner, moi.

— La plus longue que j'ai vue, elle a duré deux heures.

— Pas possible !

— Je te le dis ! Un petit, corpulent, avec un cou de cochon. Il bougeait sans arrêt, se tortillait comme un sac de farine.

— Comment ils ont su qu'il était fait, alors ?

— Ah ! Ben, ils pensaient qu'il était cuit… Ils ont voulu le dépendre et, tout d'un coup, il a fait un grand sourire ! Comme ça… Blahhhhh ! Ça leur a fichu une de ces trouilles. Et, oh ! il avait l'air d'adorer ça. Il continuait de sourire bêtement, et comme il voulait plus s'arrêter, ils se sont pendus à ses jambes… Trois d'entre eux.

— Alors quoi ?

— Eh ben, il a clamsé. Quand même.

— En rigolant toujours ?

— Un cou de taureau, vraiment. Ces types peuvent tenir sacrément longtemps. C'est pas comme les femmes… Pas terrible comme spectacle, en général…

— Il est temps de s'éclipser, je pense, murmura Dudley.

Mais une sorte de volonté de flagellation m'obligea à rester immobile et à endurer cette épreuve.

— Les femmes, ça va trop vite, glapit un autre homme. Elles se débattent pas.

— Ah ! dit l'homme aux dents cassées, pas toujours. Faut voir… Si elles sont maigres, avec des os de moineau, elles peuvent tenir un bon moment. Pas assez lourdes, tu vois, pour que le nœud coulant se resserre.

— John…

Dudley agrippa mon épaule. Je remarquai alors Benlow, l'homme aux os, penché sur sa chope. Il était ivre.

— Elles dansent vraiment bien, cela dit, pour certaines, dit un petit homme avec mélancolie. Avec leurs jambes qui bougent dans tous les sens.

— Tout ce que tu veux, Simeon, c'est mater sous leurs jupes !

— C'est fou tout ce qu'on peut voir sous la jupe d'une pendue ! lança Simeon en éclatant de rire.

Nous quittâmes enfin la salle, et je passai une nuit agitée.

XXXVII

Hérésie

Je n'avais bu qu'une petite bière, mais le lendemain matin, je titubais encore et souffrais d'une migraine aussi vive que la blessure de mon cœur.

La nuit dernière, mes rêves avaient été hantés de visions noires, qui me rappelaient les peintures que j'avais vues dans des pays reculés, où des hommes et des femmes minuscules frappés de folie rampaient tels des insectes démoniaques.

La vermine que Fyche disait avoir vu sur le Tor, grouillait autour de mes pieds et mes chevilles, pendant que, aimanté par le carillon lointain des cloches d'église, je marchais dans l'écrin féerique des montagnes qui entouraient Glastonbury.

Presque impossible à atteindre. Quand j'atteignis enfin la première église, il n'en restait plus que son écho, mêlé aux croassements des corbeaux.

Autour de moi grouillaient toujours les êtres minuscules, certains tailladaient mes bottes à l'aide de haches miniatures, piquaient mes pieds sensibles, tandis que résonnait au loin un autre carillon d'église, au sommet d'une montagne lointaine, que je tentais alors de rejoindre, toujours en vain.

Et ainsi de suite jusqu'à l'aube, où je trouvai Sir Peter Carew en train de boire un pichet de bière dans la taverne, qui empestait encore la sueur et le vomi de la nuit précédente. Quand je lui fis part de mon projet, il me répondit qu'il espérait vivre assez longtemps pour me voir croupir dans les murs de Bedlam.

— C'est votre façon de me dire non, Sir Peter ?

Carew massa le dos rugueux de sa main à l'aide de la paume de son autre main, les doigts fermés en un poing, comme pour me faire comprendre qu'il pouvait employer des moyens plus emphatiques pour me répondre. Nous ne serions jamais amis.

Peut-être avait-il lu l'inscription sur le mur qui suggérait que toutes ces années de suprématie de l'homme guerrier cédaient enfin le pas à la ruse de l'homme pensant. Mais ce n'était pas son époque. Oh non ! A ses yeux, un homme sans goût pour la violence était une femmelette.

Je ne me déroberais pas cette fois.

— Vous n'aurez rien d'autre à faire que de m'autoriser à me rendre à Wells et d'obtenir pour moi une entrevue avec l'accusée.

— Mon Dieu, vous êtes un sale…

Carew se tourna vers la porte où Dudley, en train de se frotter les yeux, venait d'apparaître.

— Dites-le-lui, vous. Dites-lui que c'est pure folie de vouloir défendre la vie d'une sorcière contre Fyche.

— Il est au service de la reine, Carew, répondit Dudley. Pas à celui de Fyche, ni au vôtre.

— C'est une saleté de voyant !

— Même si c'était la vérité, ce serait le voyant de la reine ! Alors, si j'étais vous, je ferais l'effort de considérer sa proposition.

— Dire à Fyche que mon ami de la Commission des antiquités estime qu'il est de son devoir de représenter la femme accusée du meurtre du serviteur de son collègue ?

Dudley sourit d'un air las.

— Pourquoi pas ?

Carew secoua la tête.

— Très bien. Je vous aiderai. Je vous aiderai à vous rendre compte de la faiblesse de votre raisonnement. A vous et au voyant, je vous montrerai quelle vérité vous croyez défendre.

En voulant à tout prix me vendre un manteau, Benlow m'avait prévenu que le plus fort de l'hiver était à venir. Pourtant, ce matin-là semblait faire fi de sa prédiction. Le soleil brillait comme en plein été, et le poète Narcisse fleurissait les bas-côtés.

Comme si l'orage, loin d'exprimer l'ire de Dieu, était le héraut d'un printemps précoce, le fantôme jovial d'une belle journée de mai dansant sur les terres abandonnées de février.

Avais-je senti la présence d'Eleanor Borrow en approchant de son jardin potager ? Sa fragrance sur la colline ? A dire vrai, je sentais son odeur partout, comme si elle incarnait l'esprit de cette ville étrange.

Il ne nous avait fallu que dix minutes de marche pour atteindre son repaire. Nous avions traversé la rue, gagné l'extrémité de la ville, puis franchi un échalier pour suivre un chemin boueux à l'assaut du flanc de la grande colline qui surplombait la ville.

A présent, je me tenais devant un portail de bois et observais la langue de terre encadrée de haies et bordée d'un ruisseau. Les ondulations serrées du courant semblaient parallèles au Tor, dont la haute tour de l'église se découpait dans l'horizon lointain. L'air miroitait de la rosée étincelante de l'alchimie. Et je me sentais…

Je me sentais *nu*. Vide de toute émotion. Près d'abandonner et de fuir Carew et Dudley. Immobile, contemplant les cours d'eau et les étangs nappés des rayons dorés qui couraient jusqu'à la mer, je me sentais empreint d'une grande sérénité.

— Que fait-elle pousser ici ? demanda Dudley.

— Sa mère cultivait deux cents sortes d'herbes différentes, marmonnai-je.

Carew se tourna vers moi.

— Qui vous a dit cela ?

— Je… j'ai oublié. Sûrement Fyche.

— Il n'existe pas autant de variétés d'herbes dans le monde, rétorqua Carew.

— Il y en a bien plus que cela.

Et elles poussaient facilement ici… dans ce lieu protégé, au sol riche et bien irrigué. Je me remémorai les écrits de l'herboriste visionnaire Hildegarde de Bingen, une femme très en avance sur son temps pour ce qui concernait les liens entre la science et la création, ainsi que l'utilisation des plantes pour soigner l'état mélancolique.

Carew me lança un regard de biais.

— Je vais vous montrer les saletés qu'elle fait pousser ici. Attendez-moi.

Il s'éloigna, mais j'ignorai son injonction et gravis la pente douce. Elle marchait à mes côtés, sa robe bruissant dans l'herbe humide. Je suivis la haie brune jusqu'en haut du champ, où se dressait une croix de bois.

Il n'y avait aucun nom inscrit dessus, mais je savais qui reposait là.

Je me sentais tellement en sécurité dans son jardin. Il donne sur des terres qui courent jusqu'à la mer. De l'autre côté se dressent le Tor et les pinacles effilés et dorés de l'abbaye.

Je me retournai lentement et admirai la vue : les hautes arches dessinaient des demi-cercles dorés dans les rayons poudreux. *Un paradis. Avalon.*

C'était la terre de l'abbaye. Presque tout ici, à des kilomètres à la ronde, appartenait autrefois à l'abbaye. Et l'abbé avait confié cette terre à Cate Borrow pour qu'elle continuât ses expérimentations avec les plantes et les herbes. Cet endroit particulier, avec cette vue idyllique de l'abbaye, du Tor et des terres marécageuses en contrebas…, semblait avoir absorbé les influences émanant de ces lieux saints.

Et plus encore. Un carrefour de toutes les énergies de la terre. Une sainteté chrétienne, une sanctification païenne. J'avais l'impression d'être venu ici même quand mon esprit s'était abandonné à la poussière de vision. Que se serait-il passé si j'avais ingéré la potion ici, par une matinée comme celle-ci ?

Peu importait. La poussière de vision n'avait d'autre pouvoir que de dégripper la serrure rouillée, de libérer le passage. Rien de plus. La porte était ouverte à présent… ou du moins entrebâillée.

Le temps se suspendit un long moment, et un désir ardent m'embrasa, comme celui que j'avais expérimenté la fois où je m'étais abîmé dans l'immensité du ciel constellé d'étoiles. Je me rappelai alors les enseignements de l'Eglise : toute vie devait être vécue à la gloire de Dieu, et toute récompense serait attribuée non pas dans ce monde, mais dans le suivant.

Mais les gens d'ici, dans cette ville où le Seigneur et Merlin s'étaient rendus, ne l'acceptaient pas. Sous le dais de la magie ancestrale, qui pouvait les blâmer de croire en la possibilité de trouver – ici même, dans cette vie – une forme de paradis ? Comme si en ce lieu, grâce à la prière et à la connaissance, ils pouvaient obtenir davantage que ce que Dieu, d'après l'Eglise, accordait aux mortels.

Pas de livres, pas de dogme. Seulement vivre en ce lieu.

Telle était l'hérésie d'Avalon.

Ce que Fyche haïssait par-dessus tout.

— La tombe de la sorcière, hein ?

Je pivotai pour découvrir Carew, les mains dans le dos, les yeux pétillants de malice. A ses côtés, Dudley affichait un visage sombre.

— On ne pouvait pas enterrer la vermine dans un sol consacré, apparemment, dit Carew.

— Ou peut-être que cet endroit est plus consacré que n'importe quel cimetière d'église.

Carew grimaça. C'était de l'hérésie pure et simple. Eh bien, qu'il aille au diable ! Il était difficile de croire que la reine eût pu confier l'abbaye à cet homme fruste, aux mains calleuses, qui à présent n'étaient plus derrière son dos. Il nous regardait d'un air mauvais par-dessus sa barbe noire, odieuse imitation de ce qu'il tenait dans ses mains : deux crânes d'un brun terreux, sans mâchoires et aux dents cassées.

— Voilà ce qu'elle cultive, docteur. Elle cultive la mort.

XXXVIII

Ossements anciens et neufs

— Ce n'est pas bon signe, John, murmura Dudley.

Comme s'il était nécessaire de le dire. Carew s'éloigna dans la lumière du jour, avec une démarche d'une légèreté qui contrastait avec son poids. Le printemps flottait dans l'air, mais un printemps morose, à l'image du sourire narquois et de la malveillance de Carew.

Je poursuivis mon chemin à l'assaut de la colline, mettant le plus de distance possible entre Carew et nous… ainsi que le potager, à présent souillé.

Carew avait soigneusement replacé les crânes là où il les avait trouvés. En s'éloignant, il me promit d'envoyer un message à Wells pour m'arranger une entrevue avec la prisonnière. *Je pourrais l'interroger*, me dit-il, *à propos des autres membres des corps enfouis dans le potager.*

— Je sais que les apparences sont contre elle, dis-je à Dudley, et je me doute de ce qu'une cour de justice va en conclure, mais il s'agit d'une machination. Ce n'est pas Nel Borrow qui a apporté ces os ici.

La tristesse m'envahit quand je vis le visage patricien de Dudley afficher son scepticisme.

— Comment le sais-tu, John ? Tu ne le sais pas. Tu ne peux pas le savoir. Ne m'as-tu pas parlé de preuves apportées lors du procès de sa mère, confirmant qu'elle fertilisait son jardin à l'aide de terre prélevée dans le cimetière ?

— Rien de tout cela n'est vrai.

— Tu n'en sais rien, John ! s'écria-t-il en levant les mains au ciel. Si ? Et que faisait cette nécromancienne, sinon concocter la potion qui provoque le feu de saint Antoine, afin d'apaiser les âmes tourmentées et d'enrayer la folie ?

— Non, dis-je en secouant la tête. La poussière de vision est fabriquée à l'aide d'un champignon qui pousse dans les champs de céréales. Pas ici.

— Mais elle est produite par cette femme. Je sais, je sais… Si elle est ingérée par un homme comme toi, elle peut être source de rédemption et de purification. Mais à la fin de la journée, Cate Borrow a été pendue en tant que sorcière et, au lieu d'y renoncer, ton… premier amour… a choisi de suivre les traces de sa mère. Voilà ce qu'ils vont dire…, ce que le juge plaidera. Et même toi, tu ne peux le nier.

— La guérison est une noble voie.

Nous avions pris de la distance et nous rapprochions du sommet qui surplombait la ville et l'abbaye. Nous nous arrêtâmes près d'un buisson d'épineux et je m'assis sur l'herbe.

— Tu penses que Carew a maille à partir avec tout cela ? demanda Dudley.

— Il a une certaine intégrité. Il soutiendra Fyche parce que c'est le représentant de la loi. Si Fyche a piégé l'abbé grâce à de fausses preuves…, eh bien, c'était une époque difficile, et le père Whiting était un riche papiste.

— Mais penses-tu qu'il est impliqué ?

— Dans la machination contre l'abbé ?

— Je pensais plutôt à Cate Borrow.

— Carew n'est pas un stratège. Il a toujours préféré l'action. Bien que je l'aie déjà vu abandonner la partie quand la bataille est vaine. C'est un soldat, un homme pragmatique.

— Je sais d'où viennent les ossements.

— Probablement des tombes profanées dont Carew nous a parlé ?

— Plutôt de Benlow, le vendeur d'os. Je vais me renseigner.

— Tu comptes l'obliger à te dire la vérité ?

— J'espère le raisonner.

— Dans ce cas…

Dudley se leva et épousseta son pourpoint.

— Je vais aller à Butleigh pour parler à la femme qui a été délivrée de jumeaux.

Il caressa sa barbe, tandis que sa moustache commençait à s'étoffer et à boucler de nouveau, comme s'il s'agissait d'un signe de santé recouvrée.

— Tu risques d'éprouver des difficultés.

Je lui relatai la mise en garde de Monger : la femme, à cause de la pression exercée sur sa famille, risquait de refuser de confirmer le témoignage de Matthew Borrow.

— Mon cher John…, déclara Dudley en faisant courir ses doigts dans sa chevelure brillante. Je te jure que la femme qui dira non à Robert Dudley n'est pas encore née.

Nous retournâmes au George, le cœur un peu plus léger en ce qui me concernait. Dudley se rendit à l'écurie pour faire préparer et seller son cheval, tandis que je partais à la recherche de Cowdray, qui m'avait parlé de l'homme qui collectionnait les ossements. Il nettoyait la taverne, dont les fenêtres étaient grandes ouvertes, lavant à grande eau le sol souillé de vomi.

— Un travail de femme, commenta-t-il.

Il me sourit d'un air las et essuya ses mains sur son tablier. Je tirai une chaise et m'assis.

— Vous avez déjà connu une époque pareille ?

— Certains voulaient de la bière gratuite. Je n'avais encore jamais vu cela.

— Et ils l'ont obtenue ?

Il ne répondit pas.

— Ils ont découvert des ossements dans le terrain de Nel Borrow.

— Que voulez-vous que je vous dise, docteur John ? Il y a des os partout.

L'aubergiste rinça sa serpillière dans le seau.

— Le grand Jamey Hawkes. Il a été déterré. Le cercueil fracassé. Les os volés.

— Une tombe ancienne ?

— Quinze..., vingt ans.

— Les ossements...

Je m'interrompis, hésitant.

— Benlow...

— Ah !... dit-il en secouant la tête. Qui sait ? Il avait peut-être besoin d'un nouvel os de la cuisse de saint Dunstan. Il l'a vendu une centaine de fois l'année dernière. Vous savez, j'aurais dû vous avertir de certaines choses à son sujet avant de vous envoyer là-bas, mais je...

— Vous ne me connaissiez pas assez pour me dire que ce type était un escroc ?

— Plus ou moins.

— Son commerce est plutôt risqué.

— Ouais, en effet.

— On peut se dire qu'il a de la chance de n'avoir jamais été inquiété. Dans de nombreuses régions, les tribunaux ecclésiastiques n'auraient pas vu son trafic d'un bon œil. Même ici, à l'époque où...

— Oh ! maintenant, c'est un respectable vendeur de peaux de mouton, docteur John.

— Mais tout le monde sait ce qui se trouve dans sa cave.

— Je suppose que ce que vous voulez me demander, c'est si… certaines personnes d'influence n'auraient pas choisi d'ignorer délibérément une partie du commerce de maître Benlow ?

— En échange de… faveurs ?

— On pourrait dire ça.

— Où se procure-t-il les ossements ? D'habitude ?

— Docteur John…

— Cela ne vous retombera pas dessus, Cowdray, je vous le promets.

— Ah…

Il renifla et essuya son nez du dos de sa main.

— … on peut passer des journées entières à peser ses mots.

J'attendis. La lumière éclatante du soleil qui se déversait par les fenêtres jetait des reflets dorés sur la barbe de plusieurs jours de l'aubergiste.

— Benlow achète la plupart des ossements. Généralement à des habitants très pauvres qu'il envoie déterrer des morts la nuit. Quand il ne le fait pas lui-même, pour son plaisir personnel.

— Son plaisir ?

— Les vieux, les neufs… Il chérit tous les os comme des bijoux.

— Il m'a emmené dans son repaire privé.

— J'y suis allé une fois. Ça m'a suffi. Ce type n'est pas tout à fait saint d'esprit. Il aime… des choses étranges.

— Des hommes ?

— Ce n'est pas le pire, si vous voulez mon avis. Non, il aime *les morts*. Dans une famille pauvre, quand un fils ou une fille meurt…, s'il n'y a pas de problème de contagion, il leur fait une offre pour récupérer le corps. Soi-disant pour le revendre à des étudiants de Bristol pour faire des expérimentations médicales. Mais la vérité..., c'est que la plupart du temps, les corps ne quittent pas son antre. Pas avant longtemps.

— Dieu du ciel.

— Ne vous approchez pas de sa chambre, suivez mon conseil.

Je me rappelai la puissante odeur de l'encens qui brûlait au pied de l'échelle menant au grenier.

Cowdray reprit sa serpillière et la plongea dans le seau.

— Il est venu ici, docteur John. Il a demandé à vous parler.

— Quand ?

— Plusieurs fois hier. Il a dit qu'il pensait que vous seriez retourné le voir.

— Que lui avez-vous dit ?

— Que si vous vouliez le voir, vous saviez où le trouver et qu'il n'avait pas intérêt à s'approcher de mon auberge.

Cowdray souleva la serpillière et la jeta sur le sol, nappant les dalles d'une flaque d'eau.

Je n'allai pas trouver Benlow. S'il avait fourni les ossements qui avaient été enfouis dans le terrain de Nel Borrow, j'étais la dernière personne à qui il avouerait son forfait. Pour ce qui restait de la matinée, je décidai, seul avec mes sombres pensées, d'arpenter les rues de Glastonbury.

Quel moyen de pression pourrais-je exercer sur Sir Edmund Fyche pour l'obliger à retirer les fausses accusations contre Nel Borrow ? Le secret qu'il avait essayé d'extorquer au père Whiting. Quelqu'un devait forcément en connaître la nature.

Mais s'il était trop tard pour retirer les charges qui pesaient sur elle, j'allais devoir me rendre au tribunal – un tribunal étrange dans une ville non moins étrange – et défendre un cas face à un juge d'assises hostile et manipulé par Fyche.

Je m'adossai au mur baigné de soleil de l'abbaye et repensai à ma dernière expérience des tribunaux, quand j'avais dû répondre d'une accusation de tentative d'assassinat contre la reine Marie par le biais de la sorcellerie. L'inculpation reposait sur des preuves infondées, ainsi que ma réputation d'astrologue, à une époque où l'astrologie était considérée par bon nombre de gens comme hérétique. Je me rendais compte aujourd'hui, avec un grand désarroi, que l'affaire d'Eleanor Borrow était, en comparaison, aussi solide que le mur contre lequel je me reposais.

A moins qu'elle ne sût autre chose.

Aux alentours de midi, des claquements de sabots m'incitèrent à retourner rapidement à l'auberge, où Carew et ses comparses venaient de mettre pied à terre. Carew confiait les rênes de sa monture au garçon d'écurie au moment où j'arrivai à sa hauteur.

— Alors, docteur John ?...

Il semblait réjoui, ce qui était mauvais signe.

— Vous arrivez de Wells ?

— En effet. C'était très plaisant. Par une si belle journée, l'idée que ce lieu soit la région d'Angleterre élue par Jésus paraît plus crédible.

Il ne me regardait pas.

— Vous voulez sans doute savoir quand vous verrez la sorcière ?

— Quand ?

— Dis à Cowdray de préparer de la viande ! lança-t-il à l'un de ses serviteurs. Et son meilleur cidre. Pas la pisse de chien qu'il sert d'habitude.

Puis il me jeta un coup d'œil par-dessus son épaule.

— Je regrette..., pas aujourd'hui.

— Alors, quand ?

— Pas demain non plus.

— Carew, bon sang…

— Ni le jour suivant, coupa-t-il en se tournant vers moi, un sourire radieux aux lèvres. En fait, jamais.

J'eus l'impression que mon cœur s'abîmait dans un puits glacé.

— Qu'est-ce que vous dites ?

— Elle ne veut pas vous voir, continua gaiement Carew. La sorcière n'a aucun désir de vous parler. Ni de voir votre visage pâle d'avocat.

— Vous mentez.

J'étais déconfit. L'un des domestiques poussa un profond soupir et s'écarta vivement au moment où un cheval vidait ses intestins. Le visage de Carew avait pâli, comme s'il venait d'être giflé.

— Qu'avez-vous dit ?

Je m'avançai vers lui.

— Vous êtes un salaud, Carew. Comment savoir si vous l'avez vraiment vue ?

Carew fut si vif que je ne compris ce qui m'arrivait qu'une fois allongé par terre à ses pieds, le visage brûlant sous l'effet de la douleur, tandis qu'il frottait son poing. La souffrance me fit comprendre qu'il avait enfin trouvé un bon prétexte pour me frapper, ce qu'il rêvait de faire depuis plusieurs jours.

— Vous le savez, docteur, parce que c'est un homme d'honneur qui vous le dit.

D'un coup de botte, il me fit rouler sur le dos, en plein dans un crottin de cheval frais. Puis il m'enjamba pour se diriger vers l'auberge.

XXXIX

Rien à cacher

Occupé à défaire le bandage du bras cassé d'une femme, le Dr Borrow se trouvait dans son cabinet. Je m'assis et attendis qu'il eût terminé, tandis que nombre de questions se bousculaient dans mon esprit troublé.

— Evitez de porter votre enfant pendant un moment avec ce bras, dit le Dr Borrow à sa patiente. Je ne veux pas vous revoir ici… sauf pour le paiement, bien sûr. Mais si vous n'avez pas d'argent, une semaine de lait devrait suffire.

Il sourit. Je ne comprenais pas comment il pouvait afficher un tel calme. Une cicatrice apparaissait au coin de sa bouche, et ses lèvres étaient enflées, mais je remarquai qu'il évitait de toucher ses blessures.

Après le départ de la patiente, le médecin reboucha le bocal de consoude, la plante enchevêtrée flottant dans sa propre huile brunâtre, presque vivante sous les rais de soleil distillés par la fenêtre sale.

Il rangea le pot sur une étagère, parmi une rangée de flacons de médicaments.

— Vous êtes venu me voir pour un onguent, docteur John ?

— Hum… non.

Je ne pus m'empêcher de porter la main à ma joue encore endolorie.

— J'ai perdu l'équilibre et… Mais ce n'est pas pour cela que je suis là. Je vais aller droit au but, docteur Borrow. Je pense défendre votre fille aux assises.

— Je vois.

— Je suis diplômé en droit. Je hais l'injustice. J'ai demandé à Sir Peter Carew de m'arranger une entrevue avec Nel, pour que nous planifiions sa défense. Il y a une demi-heure, il est revenu de Wells en me disant qu'elle refusait de me voir.

Borrow hocha la tête, du moins en eus-je l'impression. A mes yeux, il était l'exact opposé de Carew.

Un homme adroit et placide dont l'équilibre des humeurs était parfaitement stable, bien qu'un puissant mélange de mélancolie et de flegme affleurât dans ses mouvements et son discours, lesquels n'avaient rien d'expansif.

— Vous savez pourquoi ? demandai-je.

— Elle n'a pas beaucoup d'argent.

— Dieu du ciel, elle a soigné mon ami ! Je ne veux pas d'argent…

— Je vois.

Borrow enroula une bande de ses longs doigts effilés.

— Ne croyez pas que cela tient à vos capacités, docteur John, qui sont, j'en suis sûr, considérables.

Il posa la bande sur l'étagère, puis se tourna vers moi en soupirant – premier signe de fragilité que je vis chez lui.

— Elle ne veut pas me voir non plus. Elle ne veut voir personne…

Il m'observa avec patience. Cet homme luttait jour

après jour contre la mort et les maladies mortelles, et était habitué à conserver son calme face aux réactions des patients, quel que fût le diagnostic.

— Cela n'a aucun sens, docteur Borrow. Pas plus que le refus de sa mère de se battre pour sa propre vie.

— Ah !... Joe Monger vous en a parlé.

Je hochai la tête. Il me désigna le siège du patient d'un geste de la main. Je m'assis, et il se plaça de l'autre côté de la planche de pin montée sur tréteaux.

— Il m'a laissé entendre qu'elle voulait défendre votre réputation, dis-je. Vous laisser en dehors de tout cela.

— Cate... n'a jamais fait grand cas de ses propres aptitudes, contrairement aux miennes. Il est vrai que je projetais d'apporter des preuves en sa faveur et de remettre en cause des assertions sans fondement. Mais je n'en ai pas eu l'occasion.

— Quel argument comptiez-vous avancer ?... Puis-je vous le demander ?

— Je comptais remettre en cause l'accusation insensée de sorcellerie, expliqua posément Borrow, sans aucun signe d'animosité. Je... ne sais pas comment vous voyez les choses, mais la raison me pousse à croire que ces inepties feront partie de l'histoire passée à la fin de ce siècle.

— De quelles inepties parlez-vous ?

— La question de la déité... est épineuse..., mais elle se pose déjà. Le pape a été débouté, et l'Eglise d'Angleterre est gouvernée par une personne laïque - qui plus est, une femme. Une femme ? Quelqu'un aurait-il pu prédire, il y a trente ans à peine, qu'une telle chose se produirait ? Hein ?

— Je suppose que non.

— Tout cela va se disloquer, docteur John. L'humanité recouvrera ses esprits.

— Vous êtes athée.

— Suis-je le seul homme vivant à avoir compris que les plus grands accomplissements de l'homme sont nés de la volonté des individus ? Quand l'éradication de la papauté elle-même de ce pays, de la forteresse religieuse la plus puissante du monde, résulte non pas d'un esprit élevé..., mais d'une histoire de *fesses* ?

Il sourit devant l'absurdité de la situation. Certes, j'avais déjà entendu ce genre de raisonnement dans les recoins de Cambridge et Louvain, mais il venait généralement de jeunes excités.

— Si je vous comprends bien, vous auriez pris la parole dans ce tribunal pour leur dire qu'il ne peut s'agir de sorcellerie, car il n'existe pas de Dieu, donc pas de Satan, et donc... ?

— Je préférerais mener une vie sans histoire, mais... je l'aurais fait, termina-t-il en haussant les épaules.

— Votre femme le savait ?

— Elle connaissait mes principes.

— Mais vous allez à l'église...

— C'est la loi.

— Comment pouvez-vous... je veux dire... cette ville...

— Comment puis-je vivre et travailler dans une ville comme Glaston ? C'est facile. Je suis né ici. Une communauté où peu de gens sont croyants ne fait que souligner sa folie.

— Mais votre femme...

— ... était, j'en ai peur, un exemple parfait de ces femmes qui adhèrent rarement deux jours de suite à la même foi. Je me moquais d'elle, malheureusement. Elle essayait tout le temps de trouver de nouveaux remèdes pour soigner ceci ou cela – et souvent elle y parvenait, ne l'oubliez pas. Elle aurait davantage utilisé ses indéniables compétences si elle n'avait été si souvent divertie par le rêve d'un… d'un âge d'or que nous ne retrouverons jamais, car il n'a jamais existé.

Il s'interrompit et me regarda, l'œil empreint d'une profonde tristesse.

— Mais vous ne vous attendiez sûrement pas à ce que je dise du mal d'elle.

Un silence s'installa, pendant lequel Borrow prit plusieurs bocaux sur l'étagère et les observa à la lumière. Je pensai alors à Nel et me demandai quelle enfance elle avait eue, dans une famille aux opinions aussi extrêmes.

— Pour répondre à votre question muette, dit-il enfin, l'harmonie finissait toujours par l'emporter, grâce à notre croyance commune en l'art de la médecine.

— Et comment vous sentez-vous à présent ?

Il prit une profonde inspiration et expira lentement. Avait-il frissonné ? Le Dr Borrow venait-il de trahir son trouble ? J'avais rencontré d'innombrables hommes et femmes, comme Dudley et la reine, dont un parent avait été exécuté, et certains d'entre eux affichaient cette même placidité, mais même s'il s'agissait d'un signe de résignation…

Il se dissimula de nouveau derrière le masque du guérisseur, dévissa le couvercle de l'un des pots et en ôta le contenu à l'aide d'une baguette en bois. Je décelai chez lui… une qualité que je conférais déjà à Monger. La qualité d'un prêtre.

Chez un athée. Comme si l'athéisme lui avait donné une assurance intérieure à laquelle il pouvait avoir recours, comme d'autres s'appuyaient sur leur foi en Dieu et en l'Eglise.

— Vous savez qu'elle est innocente, dis-je en me levant. Et si vous ne pensez pas qu'elle peut être sauvée par la prière ou la foi en un Dieu juste…, alors que faire ?

Il posa le bocal sur la table et le poussa vers moi.

— Millefeuille et camomille. Ajoutez un peu d'eau froide, trempez un tissu dans le mélange et appliquez-le sur la plaie.

— Je… ?

— Votre visage.

— Merci.

Il me salua d'une main.

— Et à l'avenir, me dit-il, presque gentiment, faites attention où vous mettez les pieds.

Ce baume ne pouvait, hélas, apaiser mon esprit. En descendant les marches pour gagner la sortie, j'étais encore plus troublé qu'à mon arrivée.

L'expression de Matthew Borrow était indéchiffrable. Ce n'était pas encore un vieil homme ; pourtant, il possédait une grande maturité et une parfaite connaissance de soi. Je n'avais jamais rencontré un homme tel que lui.

Un homme qui ne feuilletait jamais le livre de ses rêves à la recherche de sens cachés, pas plus qu'il n'aspirait à mesurer les dimensions de l'univers. Un homme pour qui les matières de l'Ombre n'avaient aucune importance, car elles n'existaient pas.

S'il ne craignait pas Dieu, alors il ne craignait rien. Sa sérénité intérieure était remarquable.

Bien sûr, la colère l'avait emporté quand les mercenaires de Fyche s'étaient emparés de sa fille. Il les avait combattus sans se préoccuper de lui-même et avait été rudement rossé. Avait-il déjà renoncé à voir Nel ? Je ne le croyais pas. Mais, s'il avait quelque chose en tête, il ne voulait pas me mettre dans la confidence.

Savait-il, par hasard, *qui* j'étais réellement ? Ce que je représentais ?

Un homme qui tentait de comprendre l'esprit de Dieu… n'était même pas digne du mépris d'un athée. En proie à la confusion et au désespoir, je dépassai l'église Saint-Bénigne. Ironie du sort, Matthew Borrow habitait juste en face de l'église.

Lui qui n'aimait pas Dieu ni ne craignait Satan. Dans ce chaudron bouillonnant de croyances, pouvait-on voir une forme de pureté ?

Cette idée était si choquante que je me mis brusquement à courir, franchis le coin de la rue à toute vitesse et manquai de percuter un homme qui progressait à grandes enjambées.

— John… où diable étais-tu passé ? Que… ?

— Dudley, grand Dieu… Tu l'as trouvée ?

Je m'adossai au mur de l'église, pantelant, quand deux gamins déguenillés déguerpirent en riant de l'autre côté de la rue, une odeur d'excréments frais dans leur sillage.

— Qu'est-il arrivé à ton visage ? demanda Dudley.

— Peu importe, dis-je en lui montrant le pot d'onguent. De la part du docteur.

— Son père ?

— Elle ne veut pas me parler. Elle ne veut même pas me voir. Ni personne d'autre. La femme de Butleigh… tu lui as parlé ? Elle a accepté de témoigner ?

— John…

— Est-ce que tu l'as trouvée ?

— Retournons-y.

— Quoi ?

— Chez le docteur. J'ai quelques questions à lui poser.

— Au nom du ciel…

Rejetant la tête en arrière, le regard vers le ciel, dont les nuages verdâtres s'effilochaient au-dessus de la côte, et déchiré par les cris des mouettes, je criai à mon tour :

— Tu l'as trouvée ou pas ?

Une femme portant un panier d'œufs traversa rapidement la rue et s'éloigna de nous à pas vifs. Dudley poursuivit son chemin, moi sur ses talons.

— Dis-le-moi !

— J'ai parlé à plusieurs personnes là-bas. Notamment au forgeron, à qui j'ai donné de l'argent en échange de son honnêteté. Il m'a appris que, cette année à Butleigh, il n'y avait pas eu de naissance de jumeaux. Il n'y en a pas eu depuis dix ans.

Je le dépassai, freinant sa progression, la gorge brusquement submergée d'une bile amère.

— Tu l'as cru sur parole ?

— Ecoute-moi, John. Il n'y a eu aucune naissance le mois dernier. Bâtards inclus. Cela m'a été confirmé par le ministre de l'église, qui m'a également indiqué qu'à sa connaissance, aucun enfant n'avait été délivré par le ventre ces dernières années.

Le regard de Dudley brillait de rage.

— Alors, tu veux bien qu'on retourne voir ce satané docteur ?

XL

Un canon différent

Ne vous méprenez pas. Robert Dudley n'était pas du tout comme Carew. Au-delà de son arrogance, mon ami était un homme d'une grande éducation, à l'esprit critique.

Mais il avait encore l'impulsivité de la jeunesse et le tempérament d'un soldat, si bien que, de temps à autre, toute faculté de raisonnement chez lui était balayée. Et quand sa main tremblait sur la garde de son épée, l'air s'épaississait autour de lui.

— Ces couteaux…

Sur le seuil de la porte de Borrow, l'imposante stature de Dudley masquait le soleil. Son ton était glacial.

— Revenez me voir plus tard ! lança Borrow en bouclant sa sacoche et en la jetant sur son épaule. J'ai des malades à voir.

— Je vous verrai en enfer, où vont les putains de menteurs.

L'espace entre eux palpitait, comme dans le silence qui précède la décapitation.

— Qui êtes-vous au juste ? demanda Matthew Borrow.

— Vous savez qui je suis.

— Je sais qui vous *prétendez* être.

La voix de Borrow semblait presque désincarnée.

— Un simple employé de la Commission des antiquités ne dispose généralement pas d'un serviteur. Mon instinct me dit que vous êtes bien plus que cela. Alors, si vous voulez parler de *menteurs*…

Les yeux gris de Borrow ne cillèrent pas. La colère de Dudley ne l'intimidait pas. J'en conçus un faible espoir, car la dernière chose que je souhaitais était d'apprendre que Borrow avait menti à propos des instruments chirurgicaux. Je voulais connaître la véritable raison de la présence de ce sang, une raison qui ne mettrait pas Nel en cause. Une hostilité tacite flottait entre nous. Le docteur referma sa sacoche, et Dudley pénétra dans le cabinet d'un pas décidé, avant de refermer la porte derrière lui, signe qu'il était prêt à donner l'assaut.

— Docteur, demain, c'est dimanche. Le jour suivant, la vie de votre fille se jouera dans un tribunal, où elle sera sommée de répondre des accusations de sorcellerie et du meurtre de mon serviteur. L'a-t-elle tué ?

— Je suis son père.

— Témoignerez-vous en sa faveur au tribunal ?

— Si on me le permet. Je donnerai des preuves de sa bonté et réclamerai qu'elle soit innocentée.

— Et vous direz au juge et au jury d'où provient le sang de vos instruments ?

Un silence.

— Quelle est la vérité, docteur Borrow ?

Pas de réponse.

— Au nom du ciel, docteur Borrow, nous sommes de votre côté ! m'écriai-je. Du côté de votre fille !

Le regard de Dudley trahissait son scepticisme, mais mes propres sentiments étaient enflammés.

— Je vous jure, dis-je avec une passion que je ne parvins à étouffer, que je remuerai ciel et terre pour la faire libérer.

Borrow haussa les sourcils. Je respirai avec peine et ne pus m'empêcher de rougir.

— Ecoutez. Si l'on y réfléchit posément, il ne paraît guère crédible qu'un homme aussi impressionnant ait pu être tué et mutilé par une femme. Le mobile est tout aussi obscur. Mais il n'en reste pas moins que, en l'absence de césarienne à Butleigh, et même de la moindre naissance, votre explication pour le sang sur les instruments…

— … passe pour un mensonge, termina Borrow avec un calme confondant. Oui. Si j'avais été mieux informé, j'aurais trouvé une meilleure explication.

Ô mon Dieu.

Une partie de son récit était vraie, heureusement.

Il était bel et bien rentré tard, éreinté, et avait jeté ses instruments sous l'escalier, où il les rangeait d'habitude, à côté de ceux de sa fille.

Des instruments qui, cette nuit-là, n'avaient vraisemblablement pas servi. Borrow ouvrit une porte pour nous montrer l'endroit en question. C'était un espace exigu niché sous l'escalier de bois.

— Vous n'aviez aucune raison de les sortir le lendemain…

— Pour quoi faire ? Ils n'avaient pas besoin d'être nettoyés, et personne n'a eu besoin d'être opéré ce jour-là.

— Alors, le sang…

— L'un des hommes de Fyche a pris le sac et le lui a donné en disant : *Qu'est-ce que c'est ? D'où vient ce sang ?* Il m'a montré les instruments, et j'ai bien vu qu'il s'agissait de sang… Alors, je lui ai donné… la première explication qui m'est passée par la tête. Mais Fyche ne m'écoutait pas de toute façon. Comme je vous l'ai dit, il avait ses preuves. Il était satisfait.

— Comment savez-vous que les instruments souillés étaient ceux de Nel ?

— Les miens sont toujours à leur place. Intacts.

— Aviez-vous vu les instruments de Nel avant que Fyche ne les réquisitionne ?

— Non, ils sont rapidement passés de main en main et ont été emportés.

— Alors, comment pouvez-vous être sûr que ce sont bien les siens ? Que ce ne sont pas d'autres outils apportés par Fyche pour… pour fabriquer de fausses preuves ?

En prononçant ces mots, je savais bien que j'essayais désespérément de trouver une explication logique à tout cela.

— Dans ce cas… où sont les instruments d'Eleanor ? demanda Borrow. Docteur John, j'apprécie ce que vous essayez de faire, mais j'ai bien peur que votre ami ait raison. Je mens… plutôt mal.

— A-t-elle tué mon serviteur ? demanda abruptement Dudley.

Borrow soutint son regard.

— Bien sûr que non. Une femme ?

— Et alors ?

— Je ne sais pas…

— Aurait-elle pu prêter ses instruments à quelqu'un qui les aurait rapportés couverts de sang ?

— Je ne sais pas !

— A qui aurait-elle pu les prêter, docteur Borrow ?

— Maître Roberts, si je le savais, je n'hésiterais pas à vous le dire. Ce devait être une personne en qui elle avait confiance. Et peut-être que… que c'est pour cela qu'elle refuse de me parler. A moi comme à vous.

— Elle protège quelqu'un ?

Le médecin haussa les épaules. C'était mon dernier espoir de prouver son innocence, mais cette explication était peu probable. Elle aurait prêté ses instruments, puis les aurait rapportés ici, couverts de sang humain ?

— L'auteur du meurtre n'aurait pas nettoyé les armes du crime pour faire disparaître les preuves ? avança Dudley d'un air dubitatif. Il ne les aurait pas d'abord emportés à la rivière ou à une source quelconque ?

La « source du sang », pensai-je avec amertume. Borrow observa Dudley, puis secoua la tête, en proie au pire des dilemmes. Mieux valait se taire plutôt que de voir son mensonge découvert.

— Qui aurait-elle pu vouloir protéger ? répéta Dudley. Pour qui était-elle prête à mourir ? Avait-elle un amant ?

Il ne me regarda pas.

— Un père, dit Borrow, est toujours le dernier à être au courant de ce genre de choses. En particulier un père qui a rarement le temps de bavarder.

Dudley me jeta un coup d'œil. A son regard, je compris qu'il pensait en avoir appris suffisamment et qu'il était temps de prendre congé. Mais je ne pouvais m'y résoudre.

— Est-ce que vous nous avez tout dit ? N'importe quoi qui pourrait nous aider ?

— Docteur John, répondit Borrow avec une pointe d'impatience, comment saurais-je ce qui peut l'aider ?

Je repensais à la nuit d'orage passée dans ma chambre, à ce qui m'était apparu comme un orbe doré.

— Très bien… Réfléchissez à ceci. Nel demeure convaincue que la mort de sa mère a été mise en scène parce qu'elle était soupçonnée de détenir une preuve contre Sir Edmund Fyche… peut-être la preuve qu'il était responsable de la trahison du père Whiting.

— Vous êtes apparemment devenu proche de ma fille en très peu de temps, docteur John.

— Est-ce que cela vous paraît plausible ?

Il réfléchit un moment en silence.

— Non... je ne crois pas. La mort de Whiting, ainsi que son exécution, a été ordonnée par Thomas Cromwell. Fyche n'y était pas mêlé. Je ne crois pas non plus que Cate ait été en possession d'une quelconque preuve. Dans les documents qu'elle a laissés derrière elle, il n'y avait rien... d'intéressant. Et elle ne m'a jamais parlé de quoi que ce soit de...

— Mais, comme vous l'avez dit, vous travaillez nuit et jour. Vous n'avez pas le temps de bavar...

— Ne m'insultez pas, coupa-t-il. Elle m'en aurait parlé. Je ne partageais sans doute pas entièrement les convictions religieuses de Whiting, mais je respectais le centre de connaissance qu'incarnait l'abbaye.

— Votre femme et l'abbé...

— Elle avait une dette envers eux, docteur John, une dette très simple. Enfant, elle n'avait pas eu d'éducation. Les moines... lui ont appris à lire et à écrire.

— Quand était-ce ?

— Quand elle était jeune. Elle a voulu leur rendre la pareille en cultivant des herbes pour eux. Whiting s'intéressait à l'art de la guérison. Cate avait un don rare... pour faire pousser des choses. Je parle d'herbes et de fruits qui n'avaient jamais été cultivés avant. Des graines arrivaient à l'abbaye, souvent de l'étranger, elle les semait et faisait croître des plantes. Elle semblait savoir, par instinct, quel environnement leur convenait.

— Alors, le terrain..., le jardin d'herbes...

— ... lui avait été donné par l'abbé. Il était impressionné par ses capacités. Il pensait que c'était...

Borrow plissa les lèvres.

— ... un don de Dieu.

— Vous dites qu'elle a laissé des documents ? intervint Dudley.

— Ils ont disparu.

— Qu'y avait-il dedans ?

— Si elle avait voulu que je les lise, elle me les aurait montrés.

— Vous n'étiez pas curieux ?

— Il y a certaines matières pour lesquels je n'éprouve aucune curiosité. Car je sais combien il est difficile pour le vulgaire de garder les pieds sur terre. Cate et moi avions des terrains d'entente, des domaines dont nous parlions toute la nuit – les propriétés curatives des plantes, les quantités nécessaires à…

Il balaya l'air d'une main.

— Bah ! Quant à l'idée que ces propriétés curatives aient été distillées dans chaque plante par un *dieu*… comme si elles faisaient partie de quelque plan divin pour bâtir la grande cathédrale de l'univers…

Je vis Dudley cligner des yeux. Je comprenais ce que Monger voulait dire en indiquant que la science du Dr Borrow répondait à d'autres canons que les miens.

— Votre voix est bien solitaire… dans cette ville, dis-je.

— Voilà pourquoi je reste silencieux la plupart du temps. Je ne recherche pas la compagnie des gens. Je ne voudrais pas, docteur John, initier une *religion*.

— Mais vous devez savoir… que les légendes ont un pouvoir ici. Et si on avait le sentiment que votre femme avait connaissance d'un savoir secret…

Comme l'amarre d'un bateau battu par la tempête, son éternelle retenue finit par se craqueler.

— Un savoir ? s'emporta-t-il. Vous appelez cette superstition *savoir* ? Croire qu'il existe ici un grand secret, préservé par les moines…, qui perdurerait, alors que l'abbaye est en ruine ?… Comme si Cromwell et le roi Henri VIII avaient été incapables de découvrir ce *secret* ? Vous croyez vraiment que c'est autre chose qu'un baume pour les dépossédés ? Comme ce ressentiment stupide envers Wells parce que Wells a conservé sa cathédrale et son faste, alors que Glastonbury n'est plus qu'une ruine.

C'était à mon tour de garder mon calme. D'une manière ou d'une autre, j'irais jusqu'au bout.

— Que savez-vous de ce soi-disant secret ?

Il prit une profonde inspiration et soupira.

— Docteur John, comment pourrais-je le mieux vous faire part de mon mépris pour ces inepties ? Si ce n'est en disant que si Cate ne s'était pas laissé entraîner dans cette voie, elle serait toujours en vie aujourd'hui.

— Laissé entraîner comment ?

— L'abbé... Tous ces gens... Ils l'ont jetée dans cette folie et l'ont abandonnée.

— Quelles gens ?

— Tous... tous ceux qui ont arpenté ces collines habillés d'une soutane. C'était une experte pour la culture des herbes, mais elle s'est laissé guider aveuglément sur des chemins imprudents. Et des gens sont morts.

— La poussière de vision ? C'est à cela que vous...

— Vous pensez qu'elle n'a pas été encouragée dans cette voie ? Si ces moines maudits et bercés d'illusions n'aspiraient pas tous à vivre une expérience visionnaire... que ce soit en flagellant leurs propres chairs ou en jeûnant au point de mourir de faim. Toutes ces années passées à essayer de répondre à leurs impossibles désirs... Cela me rend malade.

Il se leva à demi et, le souffle court, posa les deux mains à plat sur son bureau. Dudley restait silencieux, attentif.

— Après sa pendaison, dit Borrow, Fyche est venu

avec ses hommes – comme je m'en doutais – pour retourner toute la maison et prendre possession de toutes ses potions.

— A la recherche de la poussière de vision ?

— Pour que tous les ingrédients de cette mixture responsable de brûlures soient détruits.

— Et qu'est-ce qui l'effrayait le plus, d'après vous ? Les brûlures ou les visions ?

— Il ne s'agissait pas pour lui de visions. Il voyait cette potion comme un moyen d'ouvrir les gens à la possession du démon. Alors, il a tout emporté, tout ce qu'il a trouvé dans son atelier, les fioles, les poids, les potions, les documents, les recettes… Quand elle a su écrire, Cate a pris plaisir à tout consigner. J'aime imaginer Fyche et ses sbires passer des semaines infructueuses à éplucher ses notes pour trouver des… secrets.

— Des secrets, répétai-je en soutenant le regard de Borrow. Les secrets qu'elle avait appris des moines ?

— C'est pour cela que vous êtes là, n'est-ce pas ? Ces antiquités. La reine, ou une personne proche d'elle, a entendu dire que cette ville recelait des secrets, et elle veut à tout prix, de ce fait, les posséder.

Je ne répondis pas.

— Ce que je crois, pour ce que cela vaut, c'est que le seul secret censé avoir été conservé par les moines de Glastonbury visait à créer des richesses.

Je n'étais pas d'humeur à argumenter.

— Alors, Fyche a tout pris ?…

— Tout ce qu'il a pu. J'avais sorti certains documents de la maison. Ils ne m'intéressaient pas, mais ils étaient chers à son cœur et à son âme. Tout cela, à mon sens, la rabaissait. Je n'avais aucun désir de les revoir, mais je ne voulais pas les laisser aux mains de Fyche.

— Que contenaient-ils ?

— Des choses que je n'ai jamais comprises et que je n'ai jamais cherché à comprendre. Trop de vies gâchées.

Je fixai l'étagère chargée de pots. Le soleil avait disparu à présent, les fioles ne brillaient plus. J'entendais la voix de Nel résonner dans mon esprit.

Tous les trésors ont disparu depuis longtemps.

Mais les trésors ne s'évanouissent pas dans la nature, ne se transforment pas en vapeur comme la rosée. Ils changent de mains.

— Quoi que ce soit..., avez-vous pensé à le donner à Nel ?

— Vous pensez que j'aurais... ?

Il m'observait comme si j'étais fou.

— ... placé la source de la déchéance de ma femme entre les mains de ma fille ?

— Quelqu'un l'a fait.

— La poussière ?... Vous parlez de la poussière de vision ? demanda Borrow.

— Elle sait comment la fabriquer. Je suppose que peu de gens ont cette aptitude. La curieuse épidémie du feu de saint Antoine semble avoir été causée par une ingestion accidentelle de moisissure. La personne qui sait quelle quantité doit être mélangée aux autres ingrédients, quels qu'ils soient, pour faire surgir des visions sans blesser le corps... posséderait un précieux savoir, n'est-ce pas ?

— Elle l'a découvert seule, dit Borrow. C'est un dangereux savoir.

— Alors, est-ce l'un des secrets ? N'est-ce pas le genre de secret qui devait se transmettre ici de génération en génération ? Mais peut-être que la fabrication... les détails pratiques... ont été oubliés. A-t-elle aidé les moines à retrouver ce savoir perdu ?

— Ce qui prouverait que la magie légendaire de ce

lieu n'est rien d'autre qu'une forme d'intoxication ? Une idée alléchante, docteur John.

Ce n'était pas du tout ce que je sous-entendais. Je ne voulais en aucun cas diminuer le pouvoir spirituel de ce lieu. Mais je ne lui donnai aucun argument, par crainte de le perdre..., par crainte qu'il ne vît en nous que de vulgaires chercheurs de trésors.

— Alors, ce n'était pas la formule de la poussière de vision ?

Pas de réponse.

— Docteur Borrow, je cherche quelque chose - n'importe quoi - qui nous donnerait un moyen de pression sur Fyche.

— Fyche est ambitieux. Une fois que vous avez compris cela, vous avez la mesure de l'homme.

Je ne disais rien.

— J'ai essayé de le haïr, mais je ne suis pas certain d'en avoir le droit. Fyche voit autour de lui la même folie que moi. A la différence que là où je vois toutes les religions conspirer pour détruire tout espoir de voir l'humanité progresser dans ce monde..., Fyche pense que si les hommes n'embrassent qu'une seule religion et que toute la connaissance est gardée par les hommes de sa propre classe...

— Sa propre classe ?

— C'est-à-dire, pas la...

— ... vermine ?

— C'est un homme intelligent, à sa façon. Il était trésorier de l'abbaye autrefois, et serait sûrement devenu père supérieur s'il n'y avait pas eu la Réforme.

— Je ne le savais pas.

— C'était son secret espoir. Comme je vous l'ai dit, il avait de l'ambition.

Je fis une nouvelle tentative.

— Alors, si ce n'est pas pour la poussière de vision... ?

— Qui sait ? Elle était l'amie de John Leland, vous savez, le…

— Oui. Bien sûr.

— Quand il est mort, il lui a laissé certains documents. Evidemment, il est mort fou et a laissé un terrible chantier derrière lui. Des années ont passé avant qu'on ne vienne les réclamer.

— Et où… que contenaient-ils ?

— Des insanités. Des idées folles. De l'occultisme. Cet homme était esclave de toutes ces imbécillités. L'astrologie, l'alchimie… J'ai pris peur quand je l'ai vu passer autant de temps à les étudier. Les lire pendant des heures, au cours des… dernières semaines de sa vie.

Cela m'intriguait.

— Vous savez ce qu'il y avait dedans ?

— Je regrette, mais j'avais des choses bien plus…

— Puis-je les voir ?

— Impossible.

Borrow éclata d'un rire lugubre. Dudley se pencha vers lui.

— Docteur Borrow… ce n'est pas le fameux trésor, n'est-ce pas ?

— Ce sont des idioties.

— Si ni Fyche ni votre fille ne possède ce… trésor…, alors qui l'a… ?

Borrow secoua la tête tristement, puis se rassit, joignant ses longues mains effilées en une parodie de prière.

— Cate, dit-il, c'est Cate qui les garde près d'elle.

XLI

Qui craint pour l'immortalité de son âme…

La troisième fois que je me réveillai, je restai allongé à fixer le plafond et les poutres qui, à la lumière des rais de lune, me faisaient penser aux barreaux d'une prison.

La prison de ce monde.

Je demeurai étendu sur mon lit, immobile, jusqu'à ce que le poids sur ma poitrine fût si intense que je crus me scinder en deux et poussai un cri, tout en me propulsant hors du lit pour m'abîmer dans l'impitoyable froidure.

A présent, j'étais parfaitement réveillé. Posté devant la fenêtre, je contemplai la rue vide et le fantôme grisâtre de l'abbaye qui affleurait à peine dans la brume lunaire.

Puis je tombai à genoux et priai.

Si seulement, au moins cette fois, je parvenais à connaître l'esprit de Dieu. Je lui demandai, en substance, si ce troisième réveil était une citation à comparaître dans une noirceur plus profonde encore.

Cette idée me saisit avec une telle acuité qu'elle ne fut chassée que par l'image de Nel Borrow, allongée dans un donjon malodorant et à demi inondé, en proie au froid, à l'humidité et au désespoir, incapable de trouver le sommeil.

Ayant autrefois subi le même sort, je ne pouvais supporter une telle pensée et décidai que je devais faire quelque chose. J'abandonnai mes prières devant la coquille vide de l'abbaye et laissai les larmes se déverser de mon corps comme si je me vidais de mon sang.

Le sang.

De quel sang s'agissait-il ? A *qui* appartenait-il ?

Fyche, qui montrait en jubilant à Borrow son sac rempli de preuves.

Ensanglantées. Cela pouvait être le sang d'un cochon, d'un poulet. *Grand Dieu.*

Je me levai et commençai à me mouvoir lentement, puis, pris d'une frénésie soudaine, j'enfilai ma vieille robe de chambre brune.

Et je m'engouffrai dans la chambre de Dudley.

Dans ma hâte, je n'avais pas pensé qu'il pouvait avoir son épée à portée de main.

Pas cette fois, heureusement. Là, il dormait.

— Robbie ?

Pas très profondément.

— Eh bien, eh bien... dit-il sans faire le moindre mouvement. John Dee. Tu en as mis du temps !

— Ecoute, les couteaux de chirurgie. Ils ne les ont pas emportés.

— Les couteaux ?

— Fyche. Il ne les a pas apportés. Les instruments étaient bien ceux de Nel, et le sang... le sang était peut-être celui de Martin Lythgoe, mais ils...

— Où veux-tu en venir ?

— Ils n'ont pas fait venir les instruments... Ils ont apporté le *sang*. Le sang qu'ils ont dû répandre sur... n'importe quoi... pendant leur fouille de la maison. Un tissu, qui sait ? Une bouteille de sang. Et la découverte des instruments… devait apparaître comme un signe divin.

— John…

Voilà comment procédait Fyche. Il piégeait les gens – l'abbé et le calice, Cate Borrow et le faux témoin… Fyche *fabriquait* des preuves.

— Quand cela t'est-il venu à l'esprit ?

— A l'instant. Je n'arrivais pas à dormir.

— Alors, tu as pensé à partager ce fardeau avec moi. Si généreux de ta part.

— Au cas où… j'oublierais.

— Oh ! allons ! Tu ne pourras jamais le prouver et nous savons tous les deux pourquoi tu es là.

Il s'était levé de son lit, dont les couvertures avaient glissé, et, dans la faible luminosité distillée par la lune, je vis qu'il était habillé de pied en cap.

— Va chercher ton manteau, mon vieux. Si on doit le faire, autant le faire avant le lever du soleil.

Je ne vous demande pas d'aller là-bas avec une épée et une lanterne, avait dit Cecil.

Il nous fallut un bon moment pour trouver une épée. Cowdray avait dû mettre sous clé ses meilleures armes. La seule qui restait était vieille et rouillée, et sa poignée ébréchée.

Nous ne pouvions rien espérer de mieux, et cela conférait un certain sens poétique à notre équipée qui, assurément, ne serait pas sans embûches.

Mais non, il n'y avait aucune poésie dans cette entreprise.

— Tu aurais au moins pu te préparer, me sermonna Dudley.

— Je ne savais pas.

— Bien sûr que si. Nous le savions tous les deux. Seulement, nous n'osions pas évoquer l'indicible.

Nous nous remîmes à parler quand les maisons furent derrière nous, l'atmosphère recelant une douce odeur de pomme fumée. J'avais déniché une vieille lampe à huile, que j'allumai au feu de la taverne avant notre départ. Je la masquai d'un tissu jusqu'à ce que nous fussions dans les hauteurs de la ville, sous la lune cireuse enveloppée de brume, dans l'air vibrant d'humidité.

Nous trouvâmes l'échalier sans difficulté.

Dudley posa un pied dessus, puis se ravisa. Un rire nerveux lui échappa.

— Tu sais quelle heure il est ?

— L'aube est encore loin, c'est tout ce qui importe, mais si tu veux vraiment le savoir…

Je levai les yeux sur la lune. Peu d'étoiles étaient visibles, mais je repérai Jupiter au sud.

— … je dirais qu'il n'est pas loin de minuit.

A Londres, la milice, accompagnée de chiens, devait surveiller les rues. Minuit, gare à vos portes,

Vos feux, vos lumières et Dieu vous souhaitent bonne nuit.

Bonne nuit. Quel réconfort ! A Glastonbury, il n'y avait que nous et les chouettes, et je ne trouvai de réconfort nulle part. J'étais un citadin, en particulier après la nuit tombée, même à Mortlake…

Ils disent que ceux qui craignent pour l'immortalité de leur âme n'ont pas intérêt à s'approcher de chez vous après le coucher du soleil, ni de traverser le cimetière de Mortlake, de peur que les tombes ne s'ouvrent…

Mon Dieu, si Jack Simm pouvait me voir en ce moment, près d'embrasser la souillure de la nécromancie.

— On est bientôt dimanche, c'est ce que je voulais dire. Nous allons faire cela le jour du Seigneur !

— Oui.

— J'aurais bien demandé la bénédiction de Dieu, mais je crois que cela serait un blasphème.

La croix de bois n'était pas tout à fait là où je le croyais, mais l'obscurité faussait mes repères. Je levai les yeux sur la croix et me demandai combien de fois Nel s'était agenouillée là, puis imaginai les sentiments d'horreur et de révulsion qui la saisiraient si elle savait ce que nous nous apprêtions à faire.

Le gentilhomme de noble naissance et le divinateur de basse condition. Mon Dieu, pardonnez-moi.

Conscient que je devais faire le premier pas, je posai la lanterne sur la pelouse, empoignai les bras de la croix et tirai dessus. Elle n'était pas profondément enfoncée dans la terre et glissait facilement, avec un peu d'aide.

— C'est humide ?

— C'est plein d'eau partout ici.

Je déposai la croix à côté de la tombe, scrutai les alentours. Les bois entourant le jardin d'herbes étaient telles les ombres d'une armée dans le silence qui précède la bataille.

J'entendais des gémissements. Des animaux en chasse, ou les âmes sans repos des gens dont les squelettes avaient récemment été éparpillés sur cette terre comme du crottin de cheval. Je levai l'épée et baissai les yeux sur la pelouse, dans le halo épais de lumière.

— Et s'il avait menti ? dis-je. Ce ne serait pas la première fois.

— Oh ! il ment bien. L'une des compétences de sa profession. *Bien sûr, vous allez guérir…* La question importante était : quel genre d'homme enterre les documents les plus personnels sans même y jeter un coup d'œil ?

— Un homme qui sait ce qu'il y a dedans. Ou croit le savoir. Un non-croyant amer. Un homme bouleversé par la perte et durci par la colère. Un homme qui blâme sa femme pour ses malheurs.

— Et nous, que croyons-nous trouver dans ces papiers ?

— Peut-être rien d'intéressant. Ou alors la raison véritable qui a poussé Fyche à persécuter Cate et Eleanor Borrow.

D'un champ voisin nous parvint le braiment d'une vieille brebis. On pouvait l'interpréter comme un encouragement ou une malédiction.

— Vas-y ! lança Dudley.

— Je plantai l'épée dans la tombe de Cate.

XLII

Ames sœurs

Dans ma réflexion sur la mortalité, j'avais observé le fossoyeur qui creusait les tombes de Mortlake. La terre du cimetière était sèche, pauvre, émaillée de fragments d'os brisés – enterrement après enterrement, mort après mort… A Avalon, c'était différent. Ici, la terre était riche et meuble, pleine d'humus, chaude et fertile.

Tous deux novices dans ce genre de labeur, nous nous arrêtâmes pour nous reposer après un demi-mètre. Ma gorge était sèche comme de la paille, mais nous n'avions pas pensé à apporter de la bière ou du cidre, aucun de nous deux n'étant des travailleurs de force.

— Si Martin Lythgoe était là… soupira Dudley.

— Alors nous, nous ne le serions pas.

— Très juste.

Quelque chose remua dans les herbes. Nous baissâmes les yeux sur le sol juste au moment où détalait un lapin. Non… un lièvre nocturne. Il bondit et disparut sous la haie, dans la brume de sa propre mythologie.

Cette nuit entre toutes les nuits, je ne cherchais aucun présage.

— Comment ramènerons-nous son cœur à Londres ? demanda Dudley. Je n'ai jamais fait ce genre de choses.

— Il nous faut une cassette de bois. Un peu comme un reliquaire. J'aurais bien suggéré d'aller trouver Benlow, mais ce qu'il nous donnera… Eh bien, on ne saura pas ce qu'il y avait dedans avant. Nous ferions mieux d'en parler au vicaire de Saint-Jean ou Saint-Bénigne. Ils ne nous feront pas de cadeaux, mais c'est comme cela que ça marche.

— En temps normal, j'aurais donné des ordres, un simple geste de la main, et ce serait fait.

Dudley plaça ses paumes au creux de ses reins et se pencha en arrière.

— Dieu, regarde-moi… Dehors à minuit, les mains dans une tombe. La grande quête. Dis-moi où dans les légendes de Malory les chevaliers du roi Arthur en sont réduits à déterrer les morts.

Il ôta son chapeau au moment où une chouette blanche planait au-dessus de sa tête dans un silence gracieux.

— Tu sais qu'elle m'a donné une abbaye ? Un monastère plutôt.

— Un autre ?

— Je te donne un monastère, m'a-t-elle dit. William se chargera des documents.

— Quand cela s'est-il passé ?

— Il y a dix ou quinze jours… Le pire, c'est que je ne me souviens même plus du nom de ce satané endroit. C'est juste un monastère, quelques hectares de terre. Ce n'est que quand je suis venu ici et que j'ai marché plusieurs heures parmi des gens pour qui une miche supplémentaire de pain gris graveleux…

— Tu parles du village de Butleigh ?

— Ils n'avaient pas peur de moi. Une vieille femme a donné de l'eau à mon cheval, m'a offert du cidre et une part de tarte. Elle se serait retranchée derrière ses rideaux si elle avait su…

Il me regarda par-dessus la fosse.

— C'était étrange… Je ne pensais pas qu'ils avaient des *existences*. Je pensais qu'ils ne vivaient que pour me servir. Soudain, je les ai enviés. Toute ma vie a été gouvernée par les circonstances et la recherche de gratifications. Un monastère ou une part de tarte, qu'est-ce qui est le plus… ?

— Chut.

Dudley se retourna vivement. Personne. Les moindres murmures étaient portés par le silence de la nuit.

— Désolé, dit-il.

— Cela ne durera pas, tu sais.

— Oh non. Quelques jours dans ce village et je me lasserais de cette vie quotidienne ennuyeuse. Mais juste pour quelques heures… peut-être était-ce le fait d'avoir été libéré de cette fièvre…

Les dents de Dudley luisaient dans la luminescence.

— Autrefois, je t'enviais… d'être libre de voyager à l'étranger, d'étudier et de repousser les limites de la religion.

— Maintenant, je suis un locataire dans la maison de ma propre mère, près du fleuve. La seule aspiration qui me reste est d'en hériter un jour et de la remplir de livres.

— Allons, John, tu sais bien que tu es promis à une destinée plus élevée. Tu m'as certainement appris… Enfin…, rien d'utile…

— Je t'ai enseigné les mathématiques. L'arithmétique te permettra de calculer le nombre d'acres que ta famille a acquis au fil des générations et… Nous gagnons du temps, n'est-ce pas ? Nous retardons le moment fatidique.

— Bien sûr, dit-il en grimaçant, avant de me donner l'épée. A ton tour.

Il leva la lampe au niveau du monticule de terre que

nous avions eu la présence d'esprit de placer du côté de la ville, pour masquer notre lumière.

Je me mis à creuser avec fureur, mes mains d'homme lettré déjà calleuses. Plus nous nous enfoncions, plus le sol et les pierres bougeaient facilement, du moins me semblait-il. Comme si nous nous embourbions un peu plus profondément dans notre péché, nous abîmant dans l'enfer.

Dudley lança d'en haut :

— Est-ce qu'ils reviennent… les morts ?

— Je pense que cela arrive parfois.

— Mais tu n'en as jamais vu ?... Je veux dire de tes propres yeux ?

— Et toi… à l'abbaye ?

— La fièvre… On fabrique ses propres fantômes.

— Et peut-être que, par le biais de la magie, on fabrique les fantômes que les autres voient.

Je reculai pour m'écarter de la pataugeoire.

— Qui d'autre a vu l'ombre d'Anne Boleyn aux côtés de la reine ? Qui ?

— Elle a besoin d'un homme auprès d'elle. Et pas seulement Cecil.

Non, non, *non*. Pas maintenant.

Je continuai à creuser hardiment. Débarrassé de mon pourpoint et de ma chemise, j'étais déjà trempé de sueur, et mes bottes étaient maculées de boue.

Pourtant, conscient qu'il y avait des terrains plus glissants que celui-ci, je me jetai à corps perdu dans la tâche, jusqu'à ce que je fusse pantelant et qu'un rugissement résonnât à mes oreilles.

J'aurais pu jurer que nous étions surveillés, que les mouvements furtifs que je percevais dans les herbes et les haies n'étaient pas ceux de lapins, mais d'humains.

Emparez-vous de lui.

— Dis-le, John. Dis-moi simplement ce que tu penses.

Je levai l'épée au-dessus du trou.

— Tu sais bien qu'il n'y a aucun avenir de ce côté-là.

Et la replongeai dans la terre.

— Tu es marié.

— Pour le moment.

— Non…, quoique tu en dises… *Ô mon Dieu !*

L'épée avait heurté un objet dur.

— Elle ne va pas bien, dit Dudley.

Je retirai l'épée de la fosse. J'aurais voulu la jeter dans les buissons et m'enfuir en courant.

Pourtant, je ne fis pas un geste. A la lisière du jardin, une ombre bougea et je me redressai aussitôt, mes sens en alerte.

— Les gens croient que je la cache à la campagne, continua Dudley. La vérité, c'est que quelque chose ne va pas… Elle est… malade.

Amy. Sa femme.

— Que veux-tu dire ?

— Eh bien…, cela dépend. Des douleurs. Des faiblesses.

— Dans sa tête, peut-être ? avançai-je.

— Je ne crois pas. Nous en avons parlé. Elle m'a dit… *Je crois que je vais mourir bientôt.* Comme si elle l'avait appris, de Dieu.

— Et les médecins ?

— Elle en a vu. Plusieurs. Ce sont des clowns, John. Ils ne savent pas par où commencer.

Moi non plus. Maintenant la lampe en hauteur, je ne pouvais voir son visage, mais je l'imaginais en sueur et enfiévré. Je me suis surpris à espérer à moitié qu'elle… disparaisse de ma vie… On ne peut espérer ce genre de choses à moitié, n'est-ce pas ?

— Tu l'aimes ? dis-je, au désespoir. Tu aimes Amy ?

— Toujours. C'était un mariage d'amour. Combien d'hommes de mon rang ont eu cette chance ?

Dudley s'assit sur le monticule de terre, les jambes pendant dans la fosse, au-dessus de moi.

— Cela m'a bouleversé, la façon dont elle m'a regardé la dernière fois. Comme si elle pensait que c'était son destin. Pour le bien de notre pays.

— Elle a parlé à… ?

— Je ne sais pas. Je n'ose même pas y penser. Je m'agenouille dans ma propre chapelle, habité par une haine de soi, et je crie à Dieu…

Il se pencha dans la lumière vacillante.

— John, je ne sais pas pour quoi je prie. Je ne peux pas dire que cela ne sert pas ma propre ambition, mais je sens qu'il y a *autre chose…*

Une hulotte poussa un cri à travers la vallée. Des chouettes. Les esprits des morts.

S'il Vous plaît, Seigneur, pas de présages.

— J'ai demandé à Dieu si je pouvais… connaître Sa volonté. Savoir ce qui était bien… ou ce que cela voulait *me dire.*

— Aide-moi, dis-je.

Je venais de buter sur une pierre plate.

— Bess et moi…, nous sommes des âmes sœurs. Nous sommes nés le même jour, à la même heure.

Il s'agissait d'une légende entretenue par Dudley lui-même. Je ne savais pas si c'était vrai. Il m'avait demandé un jour de réaliser un horoscope conjoint de la reine et lui, mais je m'étais dérobé.

— Nous nous allongeons, nous parlons, nous rions toute la nuit et nous refaisons le monde. Nous parlons de tout ce que nous devrions faire… Oh ! pour l'amour de Dieu, *c'est plus que de l'amour.*

— Aide-moi, s'il te plaît.

Je plongeai les mains dans le sol détrempé. La pierre gisait dans l'eau.

— Donne-moi de la lumière.

— Ce n'est pas bien, dit Dudley. C'est un sacrilège.

— Oui.

Je ne savais pas s'il parlait de ce que nous faisions ou de ce qu'il disait. Tout était mal. Dudley se mit à plat ventre au bord de la fosse, la lampe à bout de bras, de sorte que j'aperçus quelque chose sous la pierre qui me parut être le squelette d'une main.

Je détournai vivement le regard et creusai une rigole pour évacuer l'eau.

— Très bien, sors d'ici, dit Dudley. Je vais le faire. Mon âme est une cause perdue.

Trois pierres plates couvraient le corps, soit pour le protéger des animaux qui creusaient des galeries, soit pour indiquer son emplacement, afin qu'un jour un autre corps fût enterré par-dessus. Dudley les souleva une par une et me les passa.

Dessous, on voyait une fine couche de terre sous laquelle affleuraient des lambeaux de tissu.

Les vestiges de son linceul.

Dudley creusait la tranchée à l'aide de l'épée, écartant les mottes d'argile pour élargir le trou et pouvoir se tenir debout, à côté du corps, comme s'il s'agissait d'un catafalque terreux. Une flaque d'eau noirâtre. L'eau stagnante d'une tombe.

Ne rien faire me semblait encore pire, car je ne pouvais plus trouver refuge dans le labeur. Sans mon pourpoint, mes bras et ma poitrine étaient frigorifiés, mes mains paralysées, et ma sensation d'être espionné devenait intolérable. Je sentais des ombres ramper dans le champ d'ossements derrière moi, prêtes à se redresser quand…

Un frisson parcourut tout mon être. La flamme vacilla derrière le verre laiteux.

— Aaaahhhh !

Dudley se recula brusquement, comme si deux bras l'avaient empoigné. Puis l'odeur me saisit.

— Ô mon Dieu.

— Ce n'est rien. J'ai senti pire odeur, John. C'était seulement… inattendu.

— Ecoute… s'il te plaît… il vaudrait mieux que ce soit moi… Les documents sont sans doute partis en poussière de toute façon. Pourris depuis longtemps. Nous perdons sûrement notre temps.

Au bout de quelques instants, Dudley escalada la fosse.

— Oui, dit-il avec un soulagement manifeste. Il vaut mieux que ce soit toi.

Je ne vis son visage qu'une fois.

Une odeur… de moisi plutôt que de putréfaction, après tout ce temps. Pourtant, je m'efforçais de respirer par la bouche. Le verre de la lanterne embué dispensait une faible lueur, pâle comme la lune. Ou la veilleuse d'une table de nuit.

Elle reposait sous mes yeux, dans son linceul en décomposition. Petite et courbée.

Et maintenant ?

Je n'avais pas osé demander à Borrow : *Où sont-ils ?* Plaqués contre son cœur ?

C'était l'endroit le plus probable, et je priai pour avoir raison, approchant la lampe de ce qu'il me semblait être le milieu du corps.

Mais entre les mains, détachées du tronc, à la peau décomposée et aux os ternes, il n'y avait rien, si ce n'est des lambeaux de tissu humides et une substance visqueuse et luisante, telle la pulpe d'un fruit pourri.

A quoi m'attendais-je ? Guenièvre ? Des os fins et une chevelure dorée, qui seraient partis en poussière au moindre contact ? Les yeux, autrefois sûrement verts, avaient disparu ; les mâchoires étaient tombées et les dents perforées de trous noirs. Puis soudain, le noir complet.

— Tu les vois ? demanda Dudley.

— La lampe est morte. Noyée.

— J'ai vu quelque chose, dit-il. Je pense que c'était sous... Elle doit avoir la tête dessus, comme un oreiller.

— Tu en es sûr ?

— Non, mais... tu vas devoir soulever sa tête pour le savoir.

— Je ne vois rien !

— C'est peut-être mieux comme ça. Je peux le faire si tu...

— Non... non.

Je pris une profonde inspiration. Cela me rappelait les hoquets que j'avais suscités en soulevant l'effigie de cire de son petit cercueil, non loin des rives de la Tamise.

Dr Dee, l'autorité pour ce qui concerne les matières de l'Ombre. Dieu du ciel...

Je fermai les yeux, comme si cela pouvait me faciliter la tâche. Mais ce qui me frappa, en cet instant d'angoisse glorieuse, ce furent des images de moments oubliés.

Effacés depuis la nuit de l'orage, où j'avais suivi la rivière d'un blanc aveuglant. Où mon cœur s'était embrasé, Nel Borrow dans mes bras, le divinateur et la sorcière, deux âmes sœurs.

Plus que de l'amour. Mon cœur saignait.

— John, es-tu... ?

— Oui !... m'écriai-je. Je le fais.

Je plongeai mes mains dans sa chevelure, qui au lieu de se réduire en poussière, s'enroula autour de mes doigts, la peau putride du crâne se détachant par plaques visqueuses, puis j'enfonçai mes doigts dans les orbites qui abritaient autrefois ses yeux. Des yeux qui avaient vu pour la dernière fois la lumière du jour au bout d'une corde.

Si elles sont maigres, avec des os de moineau, elles peuvent tenir un bon moment.

Avec un abominable craquement osseux, je soulevai sa tête. Plus lourde que vous ne pouvez l'imaginer. Le poids de la mortalité.

Car il ne s'agissait pas là de vie après la mort.

XLIII

Dessins d'enfants

Dans la petite salle lambrissée du George, nous avions fermé les rideaux sur les vitres tachées de graisse, ravivé les braises mourantes à l'aide de bois de pommier, empilant bûche sur bûche, puis déniché d'autres bougies que nous avions toutes allumées, pour enfin nous asseoir dans un cocon chaud et lumineux.

Pourtant, je frissonnais encore. Voilà sans doute l'illustration de l'âme frigorifiée.

— Si tout est pourri... dit Dudley en dénouant ses bottes trempées dans un coin de la salle, je vais avoir du mal à trouver cela drôle.

Mes mains étaient rougies, gercées, couvertes d'entailles et d'égratignures. Je tentais de les réchauffer au-dessus du feu quand nous entendîmes des pas dans l'escalier. L'instant d'après, Cowdray nous avait rejoints. Il se tenait sur le seuil, les mains jointes sur son ventre rebondi, des poches bleuies sous les yeux.

— Nous ne sommes pas des voleurs, aubergiste, dit Dudley. A moins que nous ne teniez compte de ces quelques bûches.

Cowdray jeta un coup d'œil à la table, puis détourna le regard, car elle était encore recouverte de poussière tombale. Et il nous observa, *nous*. Nous empestions la mort.

— Je vous ai vus sortir hier soir. Alors, je suis venu voir si vous aviez besoin de quelque chose.

— Vous ne dormez jamais ?

— Pas tant que je ne suis pas sûr que je vais me réveiller, maître Roberts.

— Qui peut vraiment en être sûr ? Quelle heure est-il, maître Cowdray ?

— Trois heures passées. Je me serais levé dans une heure ou deux, de toute façon. Vous avez besoin de quelque chose ?

— Un petit… un petit pichet de bière serait… le bienvenu, dis-je sans parvenir à masquer le tremblement de ma voix. Et un peu… d'intimité, s'il vous plaît.

— Je pense qu'il veut dire que, si vous croisez Carew, inutile de nous l'envoyer, renchérit Dudley.

— Je vais vous chercher de la bière. Et Sir Peter séjourne à Meadwell.

— Vraiment ?

— En fait, Sir Edmund et lui sont partis après la messe, pour Wells.

— Pour assister au procès.

— Lundi matin, oui.

— Cowdray…

Il se tourna vers moi. Des plaques de terre séchées maculaient mes manches.

— Si vous nous avez vus partir, vous avez peut-être vu quelqu'un nous suivre ?

Dudley fronça les sourcils, mais je me moquais de sa désapprobation. Etant donné notre état, que pouvait bien penser Cowdray ?

— Non, docteur. Personne.

Il jeta un coup d'œil à l'objet qui se trouvait sur la table avant de partir.

Un objet d'environ trente centimètres de long et de quelques centimètres de large, pas plus épais que mon poignet, et qui dégageait une odeur pestilentielle.

Souillé de l'indicible.

— Il sait qui nous sommes, dis-je. Bon sang, il *sait*...

— Non, rétorqua Dudley. Il sait seulement qui *nous ne sommes pas*. A présent, ouvre-le.

Nous rapprochâmes la table du feu, puis je retournai l'objet. Une sorte de pochette. Elle était en cuir et semblait avoir été scellée à l'aide de cire.

Dudley resta à distance.

— C'est ce à quoi tu t'attendais ?

— Je ne sais pas vraiment à quoi je m'attendais.

M'emparant de ma dague, je tranchai la bande de cire. Nous avions replacé les pierres plates une par une, remblayé la tombe, puis tassé la terre pour l'aplanir du mieux possible, avant de remettre la croix à sa place, en nous servant de la poignée de l'épée comme d'un marteau.

Après quoi, en dépit du froid, de la peur d'être épié et d'un besoin irrépressible de fuir à toutes jambes, je m'étais penché un long moment au-dessus du cours d'eau qui bordait le jardin pour frotter mes mains dans l'eau glacée et laver mon visage des éclaboussures de boue.

— Si on découvre que c'est une saleté de *Bible*... maugréa Dudley.Je dépliai précautionneusement les rabats.

— C'est un carnet de notes, déclarai-je. Recouvert de peau.

Je m'assis et l'examinai sans oser le toucher. Il n'y avait rien sur la couverture. Les pages étaient brunies, humides, et certaines collées ensemble.

— Pas trop endommagé, John ? Lisible ?

Je fis glisser la lame de ma dague entre deux pages. Et je vis des diagrammes et des notes manuscrites.

— Lisible, alors ?

— Laisse-moi le temps de…

Plissant les yeux, je remarquai que certains croquis avaient été grattés et raturés, comme sous une impulsion rageuse. Je feuilletai quelques pages supplémentaires - il y en avait une vingtaine au total –, dont certaines étaient blanches.

— Plus de la moitié des pages sont recouvertes de fragments de cartes. Certaines s'étalent sur deux pages. Et d'autres…, dis-je en faisant pivoter le carnet, sont à une échelle différente.

— Mais qu'est-ce que ça représente ?

— Je… je n'en ai aucune idée, répondis-je en levant les yeux sur mon compagnon.

— Donc, l'homme le plus intelligent du monde…

— Parfois, il faut des mois…, des années…

— Que, bien sûr, tu as.

— Attends…

Un mot clairement identifiable me sauta aux yeux : *Tor.*

Pas au milieu de la page, mais dans le coin supérieur droit. Puis, plus loin, *Abbaye*.

Je rassemblai les bougies et les disposai en cercle autour du carnet, comme si leur symétrie pouvait traduire le contenu de ces feuillets.

— Il s'agit d'un plan de la région où nous nous trouvons… une partie du moins.

— Une carte au trésor ?

Je haussai les épaules. Peu à peu, je reconnus d'autres noms de lieux : *Glastonbury*, bien sûr. Ainsi que *Meare*, puis une flèche pointée sur Wells. Les collines étaient représentées, les routes, les rivières, ainsi que des lignes ondulées pour suggérer les zones marécageuses. Dans des cercles tracés à l'encre apparaissaient des formes diverses, parfois grossières, parfois plus abouties. Des symboles également – une croix, une cloche, un petit crâne. Une flèche indiquant le nord.

Je me rassis et me mis à réfléchir. Dudley me fixait intensément, comme s'il attendait le début de l'exposé, de la révélation.

Mes mains me faisaient mal. Mon cerveau était froid.

— Dessinés par Leland ? avança Dudley.

— On dirait que c'est son écriture, en effet. J'ai plusieurs de ses manuscrits dans ma bibliothèque. Et j'en ai vu bien d'autres. J'en ai même recopié certains, quand j'étais jeune et que j'étudiais les arts de la géographie et la chorographie. Et on sait qu'il travaillait avec Cate Borrow.

— Sur un plan de la région ? Quelque chose en rapport avec son itinéraire ?

— C'était sa mission.

Je tournai et retournai les pages. Elles contenaient peu de mots, et uniquement des noms de lieux ou des indications topographiques – *haie, cours d'eau, pierre, limite*. Ainsi que des dessins des éléments.

— C'est incomplet. Une simple esquisse. Le squelette d'une carte.

— Alors, pourquoi continuait-elle à l'étudier ?

— Peut-être travaillait-elle, elle aussi, dessus. Elle espérait sans doute qu'il reviendrait un jour.

— Et ensuite il est devenu fou.

— Abruti de travail. A ce qu'il paraît. L'ampleur de la tâche qu'il s'était assignée – cartographier toute l'Angleterre et établir sa topographie – était au-dessus de ses forces. Il s'employait à noter les détails des moindres collines, vallées et rivières du pays… tout ce qu'il jugeait nécessaire de faire figurer. Il n'avait pas réalisé qu'une vie n'y suffirait pas.

Je compatissais. Combien de fois m'étais-je réveillé la nuit, paniqué à l'idée que la brièveté de la vie rendait impossible l'accès à un savoir encyclopédique. Pas étonnant que Leland, comme moi, eût été attiré par l'alchimie et l'astrologie, dans l'espoir que des influences célestes pussent nous guider vers un quelconque élixir.

— Peut-être était-il sur le chemin de la folie quand il a écrit ceci, suggéra Dudley. Il s'est mis à gribouiller ses propres cartes comme s'il s'agissait de dessins d'enfants.

— Quoi ?

— Des animaux.

Je levai les yeux sur lui.

— Tu te moques de moi ?

— Enfin, que vois-tu *là* ? Regarde. Il se pencha et souligna le contour d'un dessin du bout du doigt. Voilà un chien… et là un oiseau, avec une queue en éventail. Tu vois ?

— Robbie, va te chercher une bière.

Leland. Un homme inspiré. Qui connaissait la magie des cartes. De vastes étendues de terres et de mers réduites aux dimensions d'une page, pour que le regard pût les voir d'en haut.

Tandis qu'à la base, Leland, comme moi, avait étudié Platon, Pythagore et au-delà, le très grand Hermès Trismégiste, de l'Egypte ancienne.

Un homme inspiré. Inspiré par la folie.

Dudley quitta la pièce pour se rendre à la taverne, m'abandonnant à l'examen du carnet, page après page, dans une frénésie silencieuse. Je l'inclinai au maximum, manquant de brûler le papier diaphane à la flamme des bougies.

Je découvris un second dessin du Tor. Cette fois, l'un de ses flancs, qui semblait être vu du dessous, avait été esquissé d'une encre épaisse et semblait faire partie d'une forme bien plus grande, que Dudley avait confondue avec un oiseau à la queue en éventail. A l'intérieur de cette représentation, les contours des champs étaient à peine visibles.

Peut-être que si j'étais chez moi, dans ma bibliothèque, avec tous les ouvrages de Leland à ma disposition, je pourrais découvrir quelque chose.

Ou peut-être avais-je déjà compris qu'il n'y avait rien à en tirer. Les gribouillages insignifiants d'un homme brisé, torturé par la culpabilité, après le pillage des trésors de Glastonbury par Cromwell.

Dudley déposa un pichet de bière et deux chopes sur la table - deux chopes en étain, remarquai-je, dont nous étions gratifiés pour la première fois.

— Ce serait peut-être plus clair si tu arrachais toutes les pages et les remettais ensuite ensemble... dit Dudley.

— S'il avait voulu procéder ainsi, il l'aurait fait lui-même.

En vérité, je détestais abîmer les livres.

— J'ai besoin de temps, Robbie.

— Tu n'as pas de temps, répondit Dudley en buvant une lampée de bière. Ça me dépasse. Je ne pense pas être un imbécile, mais ça me dépasse de penser qu'un homme puisse passer sa vie à représenter des terres comme s'il volait au-dessus, tel un oiseau.

— C'était un processus long et complexe qui l'a obligé à beaucoup voyager. Robbie..., tu as été très malade. Tu ferais mieux de te reposer. Pourquoi ne vas-tu pas dormir jusqu'à l'aube ?

Il me regarda de haut, un sourire pincé aux lèvres.

— Ça veut dire que tu préfères être seul, n'est-ce pas ?

— Ne t'ai-je pas dit que je ne t'avais rien appris d'utile ?

Je ris, d'un rire sans doute un peu triste.

Ma déception quant à notre trouvaille devait se lire sur mon visage.

Lorsque je me réveillai, deux heures plus tard, la tête avachie sur la table, soutenue par un bras, trois bougies s'étaient consumées en une bouillie cireuse. Je me dégoûtais. Les bûches étaient rouges et cendreuses dans l'âtre, et je pensais à Nel, dans son donjon de Wells, qui n'avait plus qu'un jour à vivre avant d'être traînée devant un juge décidé à la pendre et un jury satisfait de lui-même, composé de fidèles pieux.

Mes vêtements, entièrement couverts de boue séchée, s'étaient raidis. A la faveur des premières lueurs vacillantes au nord-est, je me levai et allai uriner. J'entendais les pépiements matinaux des oiseaux, ainsi que les ordres que Cowdray criait à ses serveuses. Dans la cour, l'âne me regardait d'un air absent depuis l'entrée de son écurie.

La lune et une poignée d'étoiles étaient encore visibles, réminiscences de mon jardin nocturne.

Mon jardin.

John Dee… L'aventurier par excellence… Un homme d'une grande connaissance et d'une profonde érudition… Son Merlin.

Quel imbécile… Quel naïf je faisais. Je n'étais rien, je n'allais nulle part. Rien d'autre qu'un collectionneur d'ossements raté.

XLIV

Dépravée

Je fis un brin de toilette et, emmailloté dans mon pourpoint de rechange, par-dessus une vieille chemise déchirée, je me traînai jusqu'à l'église.

Dudley n'ayant pas encore émergé de sa chambre, je m'y rendis seul : Dr Dee, le spécialiste des matières de l'Ombre, se jetait à la merci d'un Dieu dont il était déterminé, avec une arrogance indicible, à lire l'esprit. Dr Dee, l'amoureux transi, vaincu par le chagrin, souillé par le péché, espérait vainement l'absolution.

Le ciel matinal se voila rapidement de mauvais augures : une traînée rose jeta un voile poudreux sur la colline avant le lever du soleil, aussitôt avalé par un manteau de nuages denses qui étouffèrent Glastonbury et noyèrent l'horizon.

Le commencement de la fin du monde, dit le vicaire. Grand Dieu, qu'est-ce que j'espérais trouver ? La sérénité, la force d'âme et l'espoir de la rédemption ?

Saint-Bénigne était une église de moindre importance. Fyche et Carew, je m'en doutais, se rendraient à l'église Saint-Jean, plus impressionnante, et je n'avais aucune envie de tomber sur l'un ou l'autre. Les fermiers et leur famille étaient descendus des collines, et l'église était pleine. Moi-même, je me tenais debout, tout au fond, reclus dans l'ombre.

Comme l'enfer, l'église était plongée dans l'obscurité. Pas de bougies sur l'autel, pas de communions prévues, pas d'éléments mystiques. Et chez ce vicaire gallois corpulent résonnait la voix d'Abel Meadows.

— A la fin des temps, il est prédit que les anges de la lumière et les anges des ténèbres se livreront une grande bataille, et le champ de cette bataille est l'âme de l'humanité - vos âmes, mon âme. En chacun de nous..., chacun de nous..., cette bataille finale se déroulera. Vous donnerez-vous, corps et âme, à Dieu ?

Penché sur son pupitre, le vicaire, haletant, balaya l'ensemble de la congrégation du regard. Je vis des hommes pâlir, une femme se tordre les mains. Une menace planait dans l'atmosphère.

— Ou bien sacrifierez-vous votre âme ? Comme certains l'ont déjà fait, même s'ils n'en avaient pas conscience, en abandonnant leur foi aux sortilèges et aux talismans ? En buvant les potions du chaudron d'une sorcière. En suçant le sirop de Satan...

De rage, je me plaquai contre le mur en me disant que l'abbé Bere, l'érudit qui avait bâti cet édifice, abhorrait ce prêcheur.

— Isaïe dit : *Maintenant, la cité fidèle est devenue une prostituée ! Elle était remplie d'équité, habitée de justice, et maintenant, les assassins y pullulent.*

Les yeux exorbités, le vicaire agita un doigt menaçant au-dessus de son pupitre.

— Il ne nous reste plus beaucoup de temps, je vous le dis, pour nous purger, nous-mêmes et notre ville, de tous nos péchés, non-croyants comme mauvais croyants... Plus beaucoup de temps avant que la fin du monde annoncée par la Bible ne vienne. Et alors, ceux qui ne se seront pas repentis, ceux-là devront embrasser les ténèbres éternelles !

Un tumulte autour d'une femme qui s'était évanouie sur les dalles. Je remarquai Matthew Borrow – sans doute là uniquement pour éviter une amende – qui, le visage vide d'expression, plissa les yeux pour tenter de voir ce qui se passait et aider cette femme. Un profond sentiment de culpabilité m'étreignit à l'idée de ce que nous avions fait à sa pauvre épouse défunte, et cela pour rien. Désormais, j'étais décidé à l'éviter.

— La voix de Dieu a résonné dans le tonnerre ! rugit le vicaire. Oui, Dieu a déchiré la nuit de sa voix puissante, nous a ordonné d'éradiquer et de détruire le diable avant la fin des temps. Et nous ne devons tourner le dos à nos devoirs, sans quoi Notre-Seigneur…

Il pointa du doigt des visages un à un.

— … Notre-Seigneur le saura. Je vous le dis, sauvez votre âme pendant qu'il en est encore temps !

Je fus le premier à quitter les lieux.

Monger me rejoignit à la porte de l'église, toujours vêtu de sa robe de moine raccourcie. Il alla droit au but.

— L'homme ne fait que répéter la doctrine de Fyche. Fyche veut que les habitants viennent assister en masse à la pendaison de Nel et qu'elle ait soif de vengeance. Seule une mort…

— Comment peuvent-ils se retourner contre elle ? Tous ces gens qu'elle a soignés ?

— Des gens qui pensaient avoir été guéris par Dieu ? Des gens qui vivent maintenant dans la terreur d'avoir été touchés par Satan ? Une sorcière cachée parmi eux durant tout ce temps, le rejeton d'une autre sorcière. Il suffit de les écouter : *Oh ! comment avons-nous pu ne pas voir ce qu'elle était vraiment ? Comment avons-nous pu nous laisser abuser par ses manières douces ?* Ceux qu'elle a soignés craignent à présent d'avoir été guéris par la main trompeuse d'un démon.

Alors qu'en réalité, ils étaient trompés par un homme qui, à mes yeux, n'avait que la robe d'un prêtre.

— La femme qui s'est évanouie ? reprit Monger. Vous savez pourquoi elle a défailli ? Elle avait été traitée par Nel pour une affection de la gorge et est maintenant convaincue que sa voix a changé, s'est approfondie, comme si un démon s'exprimait à travers elle. Vous voyez ? Bah… Assez de cette tourbe. Il paraît que Nel ne veut pas vous voir ?

Quand je confirmai la rumeur, Monger plissa les lèvres et me guida vers le bas de la rue, d'où l'on voyait les verts pâturages se confondre au loin avec la rivière limpide à la surface grisâtre.

— Cela n'a aucun sens, docteur John. Je pensais que Nel et vous aviez… des terrains d'entente.

— Moi aussi, Joe…

Il se détourna. La pluie se mit à tomber.

— Voilà que cela recommence. Une perversion du destin. Comme si elle avait hérité d'une malédiction.

— Oui.

— Peut-être que cela vous aiderait si je me rendais à Wells. Mais si elle ne veut voir ni son père ni vous, que pourrait faire un simple maréchal-ferrant ? Pouvez-vous plaider son innocence aux assises sans son consentement ?

— Cela ne sera pas facile, mais je vais essayer.

— En votre nom propre ?

— C'est là le principal problème.

Mais une autre difficulté se profilait à présent.

— Joe… Aidez-moi. Sur quoi travaillait Cate Borrow avant d'être arrêtée ?

— Je ne sais pas. Un tas de choses. Elle vivait pour son travail.

— C'est-à-dire ?

— Une recherche de longue haleine. Matthew et elle essayaient depuis des années de trouver un traitement contre la maladie du charbon, ou sa cause.

— Je pensais plus à la topographie. Elle travaillait avec Leland, n'est-ce pas, à l'époque ?

Monger commença à marcher en direction de la rivière, la tête penchée - pour éviter la pluie, pensais-je d'abord, quand je me rendis compte que la pluie lui fouettait le visage. C'est de moi qu'il se détournait. Je courus pour le rattraper.

— C'est important. Cate Borrow possédait quelque chose - ou *savait* quelque chose - que Fyche voulait à tout prix. C'était en rapport avec son travail avec Leland.

— Vous devriez interroger Matthew.

— Je l'ai déjà fait. Leland lui a laissé un... des documents. Il les a enterrés avec sa femme parce qu'elle aurait détesté qu'ils tombent entre les mains de Fyche.

— Cela me semble être une affaire privée. Je ne sais rien de tout cela.

— Que faisait un antiquaire avec une herboriste ?

Il accéléra l'allure, à tel point que je crus un moment qu'il allait enjamber la rivière.

— Quelque chose en rapport avec les cartes, insistai-je.

Monger s'arrêta net, à quelques centimètres de l'eau, et fixa les flots, comme s'il pouvait voir l'ombre de l'épée d'Arthur, Excalibur, emportée par Sir Bedivere.

— Leland nous a tous interrogés. Tous ceux qui avaient été à l'abbaye et qui habitaient encore la ville. Il voulait savoir quel secret l'abbé avait refusé de révéler sous la torture, ce qui l'avait condamné à une mort atroce.

— Et vous lui avez dit… quoi ?

— Nous ne lui avons rien dit. Nous ne savions rien. Ceux qui auraient pu le savoir sont partis depuis longtemps.

— Partis où ?

— Un peu partout. Certains à Bristol, d'autres à Londres… et même en France, pour les plus dévots d'entre eux. Où ils pouvaient pratiquer leur foi sans craindre des persécutions. Cependant, quelqu'un a dû dire à Leland que l'abbé passait beaucoup de temps avec Cate.

— Alors, c'est comme ça que Leland a rencontré Cate ?

— Non, ils… ils se connaissaient déjà. Lorsqu'il était venu faire l'inventaire des antiquités. Je pense qu'il est reparti insatisfait, et Matthew et elle ont attendu son retour. Quand il est revenu en 1545, hélas, c'était un autre homme. Un homme possédé. Devenu une nuisance pour lui-même, selon moi.

Je vois encore son visage sans barbe, osseux, telle une statue romaine. Je me rappelle qu'il s'était écrié : « Vous ne comprenez pas, je suis mon propre maître à présent ! »

Soudain, tout cela devint logique. Leland avait voulu assurer Cate qu'il ne travaillait plus pour la Couronne, que tout ce qu'elle pourrait lui dire ne serait pas répété.

— Quand vous dites possédé…

— Simplement qu'il était enthousiasmé par cette ville et ses particularités…

Je me rappelai ce que Nel avait dit à propos de son père : le docteur pensait que la première visite de Leland visait à collecter un trésor, la seconde à collecter le *lieu* lui-même. Cela faisait peut-être simplement référence aux caractéristiques de la ville, mais étant donné l'intérêt de Leland pour les matières de l'Ombre…

— Ce secret que Leland croyait détenu par les moines…, vous croyez que Cate le connaissait ?

— Difficile à dire. Elle était certainement plus proche de l'abbé que n'importe qui d'autre en dehors de l'abbaye… et même à l'intérieur.

Il essuya la pluie qui dégoulinait sur son front – à moins que ce fût de la sueur ? – de la manche brun foncé de sa robe.

— Je dois vous quitter, docteur John. Je rends visite à ma vieille mère tous les dimanches.

— Joe… qu'est-ce que vous ne me dites pas ?

— Rien qui puisse vous aider. Rien que je sache.

Il commença à s'éloigner, mais même si je ne le connaissais pas depuis très longtemps, je savais que cela ne lui ressemblait pas. Je restai immobile. Après une dizaine de pas, il se retourna, hésita un moment, puis cria brusquement :

— Parlez à Joan. La dernière masure sur la gauche, en haut de la ville, après la taverne.

Puis il se retourna, trébucha, tira sa capuche sur sa tête et se mit presque à courir sous la pluie, toute sérénité disparue.

Pourquoi ?

La maison de Joan Tyrre était sans doute autrefois, il n'y a pas si longtemps, une écurie ou un abri à moutons, bâti à l'aide de bûches dépareillées et de gravats, avec deux portes et des poules picorant dans la paille. A l'intérieur, une autre porte était calfeutrée de bandes de laine grise, probablement arrachée aux haies et aux ronces. Elle ouvrait sur le lieu de vie de Joan.

— Un shilling ? dit-elle. C'est dimanche et je travaille pas, normalement. De quoi ça a l'air, monsieur de Londres ?

Elle ôta sa boule de cristal d'une niche au-dessus de la cheminée. Je me demandais comment une femme aux talents aussi limités que les siens en était venue à ce commerce.

C'était une boule de bonne qualité, presque aussi transparente que la mienne. Je voulus lui expliquer que je n'allais pas l'embêter avec une lecture aujourd'hui.

— Six pennies, alors ?

— Maîtresse Tyrre…

Je sortis un nouveau shilling de ma poche et le plaçai sur les planches de la mangeoire qui faisait office de table. L'endroit était plus propre que je ne l'avais espéré, et une puissante odeur émanait de la marmite de fer au-dessus du feu crépitant qui dégageait une épaisse fumée.

— Ahhhhh ! dit Joan en m'adressant un sourire sans dents.

Elle posa alors sa boule de cristal pour ôter le châle qui lui recouvrait les épaules et dénouer le vêtement décoloré qui cachait sa poitrine.

— *Voilà* ce que…

— Non ! Je… je veux… je veux juste vous parler.

— Parler ?

— Parler.

Joan s'installa sur les peaux de mouton qui tapissaient son banc.

La lumière filtrait à travers les interstices des rideaux et les trouées entre les chevrons.

— Vous êtes pas facile avec les femmes, hein ? Je sens une grande… timidité chez vous. Vous êtes pas très doué, hein ? Pas très ?

— Non.

— Y a une femme. Une femme dans l'histoire, aussi sûre que je respire.

— Maîtresse Tyrre, je ne sais pas ce que vous avez entendu dire…

Joan enroula de nouveau son châle autour de ses

épaules osseuses, réajusta le bandeau sur son œil et me scruta à travers la fumée.

— Joe Monger, il a dit que vous allez aider Nel.

— Je ferai tout ce que…

Je déglutis.

— Vous êtes un homme bien. Je le sens. Un homme honnête. Si seulement plus de gens le savaient, et un joli minois comme ça. Mais le plus triste…

Elle hocha lentement la tête.

— Le plus triste…, c'est qu'ils le sauront jamais…, la majorité d'entre eux. Maintenant…

Elle prit le shilling et se rassit d'un air satisfait, bras croisés.

— Tu me demandes ce que tu veux, mon garçon.

— Parlez-moi des fées, dis-je, pris d'une soudaine inspiration.

D'où m'était venue cette idée, je ne saurais le dire. Parfois, on a la prescience de ce qui pourrait ouvrir la porte.

XLV

Œil

Les fées étaient réelles. Aussi réelles que les gens dans la rue. Que sa propre famille. Et très proches. Elles les entendaient depuis... oh ! depuis très longtemps, peut-être depuis ses saignements mensuels.

Les voix des fées.

— Quel genre de voix ? lui demandai-je.

Joan était perchée comme un oiseau d'hiver sur une clôture.

— Des voix d'hommes, de femmes. Qui me disent de faire des choses..., qui m'attirent des ennuis avec ma mère. Voilà ce que font les fées : elles te testent, elles te poussent à donner le meilleur de toi-même. Je savais des choses...

Elle se pencha, exhalant une fragrance de menthe.

— ... des choses que je n'étais pas censée savoir. Des choses que les gens font.

Elle était heureuse de me parler de tout cela. Fait incroyable, personne n'avait eu l'idée de l'interroger sur ce sujet auparavant.

Elle se posta devant sa marmite qui mijotait et, à l'aide d'une grande cuillère en bois, goûta la mixture avant de revenir vers moi, le visage éclairé par la faible lueur des flammes.

— Ma mère, elle m'a jetée dehors, dit-elle fièrement. Elle disait que je savais trop de choses. Voilà.

— Parce que vous lui avez raconté des choses ? Que les fées vous ont dites ?

— Des choses que je *savais.*

Joan approcha son visage du mien, me scrutant de son œil valide, ce qui me fit tressaillir.

— Seulement, je disais que c'étaient les fées. Tu vois ? C'est ce que j'avais le mieux appris à faire. Toujours dire que ce sont les fées. Comme ça, on vous laisse tranquille.

— Mais vous saviez...

— Bah... J'étais jeune. Je me disais moi-même que c'étaient les fées. Plus facile. Mais c'était faux, monsieur de Londres. Mais à la fin, c'était plus pareil. Vous mettez tout sur le dos des fées, les fées n'aiment pas ça et après... vous avez de gros ennuis.

Sa comparution devant le tribunal ecclésiastique de Taunton avait été une douloureuse épreuve.

Toutes ces accusations qu'on lui avait jetées à la figure. Ce que les fées risquaient de lui faire si elle tombait sous leur emprise.

Elles pouvaient lui prendre la vue. Alors, elle a tout avoué devant Dieu, et elles l'ont laissée partir. Mais les gens avaient peur d'elle. Ils la pointaient du doigt dans la rue. Laissaient des tas de fumier devant sa porte.

Des rats morts.

Et les seuls qui venaient la voir désormais étaient de mauvaises personnes, qui voulaient se servir des fées pour faire du mal à d'autres gens, pour se venger. Une fois ou deux, elle était si mal en point qu'elle avait pris leur argent. Et ensuite, chaque fois que des gens disparaissaient sans raison apparente..., les fées étaient rendues responsables.

Joan ôta son bandeau. Dessous, rien d'autre qu'un morceau de peau flasque et flétrie.

— Ils ne me laissaient pas en paix. Ils criaient : *Fais-le ! Fais-le !* M'envoyaient dans les bois, sur le mont des Fées, et là, au sommet, avec un beau bâton pointu... Ahhhh !

Joan serra son poing osseux et le lança dans son œil ruiné.

Mon Dieu !

— Je devais m'enfuir, monsieur de Londres. Dans la nuit, je me suis sauvée avec tout ce que j'ai pu emporter.

Voilà ce qui s'était passé avant sa fuite vers la ville que Joe Monger disait la *plus ouverte aux humeurs mystiques* : Glastonbury. Une ville où votre amitié avec les fées vous ouvrait la porte de certaines maisons.

Bien sûr, même à Glastonbury, on la croyait un peu folle, cette femme au squelette d'oiseau qui s'était construit un abri de fortune sur le Tor. La différence étant que, ces gens voyant grandir en leur sein différents types de folie, ils la considéraient inoffensive.

Comme Cate Borrow, qui l'avait prise sous son aile et lui avait trouvé du travail chez une vieille dame possédant quelques biens.

Décédée peu de temps après, la brave femme avait laissé à Joan un peu d'argent, suffisamment pour vivoter quelque temps sans faire mauvais usage de ses dons.

Mais après, Joan, encouragée comme toujours par les voix dans sa tête, s'était de nouveau tournée vers les fées. Et vers le Tor, où vivait le roi des fées. Et, ayant entendu parler au marché de la poussière de vision, elle était allée trouver Cate Borrow, comme Joe Monger me l'avait dit.

— Pourquoi serais-je venue ici, si ce n'est sur l'ordre de Lord Gwyn ?

Joan gloussa, puis retourna vivement auprès de sa marmite pour goûter une nouvelle fois la mixture.

Lorsqu'elle se rassit, je ne fis rien pour la presser. Souvent, des talents inhabituels se cachent chez ces rebuts de la société. Quand j'étais à Cambridge, l'un de mes audacieux tuteurs m'avait emmené dans une masure dans les plaines du Nord, pour consulter un vieil homme au regard sauvage prétendant avoir le don d'invoquer l'esprit de Hereward l'Exilé, qui parlait par sa bouche en vieux saxon. Le taudis empestait, et l'homme n'avait clairement plus toute sa tête... Pourtant, je l'entendis parler d'une voix jeune et je connaissais suffisamment l'anglo-saxon pour traduire ses paroles de jubilation à l'idée d'avoir échappé aux Normands en devenant presque invisible à la faveur des marécages.

Et ainsi, sur le Tor, le soir d'halloween :

— Que s'est-il passé ? demandai-je doucement. Pouvez-vous me le raconter ?

— Je sais pas.

Son œil avait pris un angle étrange.

— Je sais pas, répéta-t-elle.

— Joe Monger m'a parlé... Est-ce qu'il...

Vous êtes un homme bien. Je le sens.

— Il ne s'est rien passé, maître, dit Joan. Vous comprenez ? Rien.

J'insistai.

— Le fermier... Moulder ? Il a dit au tribunal, pendant le procès de Cate, que vous hurliez à la lune. Quelque chose comme ça. C'était avant que Cate ne dise qu'elle était seule, et Moulder a dit au juge que les autres devaient être des esprits.

— On était juste elle et moi. On a jamais hurlé. On est restées calmes. Calmes comme la mort. Elle m'a appris à m'asseoir, c'est tout.

— Et la potion ?

— La potion, maître ?

— La potion de poussière de vision ?

— Elle me l'a jamais donnée. Vous comprenez ?

L'œil de Joan bougeait dans tous les sens à présent.

— J'ai jamais pu l'avoir !

— Alors que… ?

— On s'est assises et on a parlé. Parlé et parlé jusqu'à l'aube. Comme j'ai jamais parlé de toute ma vie.

— A propos de quoi ?

— Des fées. Des voix. Elle m'a dit que les voix n'étaient pas celles des fées. Que les voix étaient seulement des voix. Que Lord Gwyn et ses semblables ne racontaient rien aux gens comme moi. Que si je voulais parler à quelqu'un, je ferais mieux de m'adresser au seigneur Merlin, qui avait conversé avec les fées toute sa vie.

— Qu'est-ce que vous avez pensé de tout cela ?

— Je savais pas quoi en penser. Là-haut, sur la vieille tour, c'était vraiment calme, le soir d'halloween. Elle m'a fait asseoir. Elle m'a dit que toutes les étoiles étaient sorties, mais je n'en voyais aucune. Mes yeux… étaient vraiment mal à l'époque. J'ai grimpé au sommet en me tenant au bras de dame Cate. Je voyais même pas le chemin. Et puis on s'est assises là, et elle m'a parlé de ce que Merlin voyait : les gens et les créatures dans les étoiles.

— Les créatures ?... Oh ! les constellations.

— Quoi ?

— Peu importe, continuez.

— Elle parlait… et je les voyais dans ma tête. Les voix anciennes… J'entendais toujours les voix, mais très lointaines. Je me sentais vraiment en paix. Ensuite, je me rappelle seulement que c'était l'aube, avec la brume, une brume blanche et épaisse, tout autour de la colline, et quand on a regardé en bas, on ne voyait que du blanc, comme si on était sur…

— Une île ? Comme autrefois.

J'étais avec elle, mon Dieu, j'étais là.

— Les cieux brillaient comme de l'or au-dessus de nous, je le voyais à travers mes larmes. Oh ! j'ai pleuré, monsieur de Londres. Toutes les larmes de mon corps, comme si la « source de sang » coulait à flots. J'ai jamais pleuré comme ça, même quand j'étais un bébé. Et dame Cate, elle m'a enveloppée de ses bras, et je me sentais brisée… brisée. Et puis elle a dit : *Regarde, regarde, Joan.*

Joan se leva de sa chaise et contempla les flammes.

— La brume s'est évanouie et elle a dit : *Regarde, Joan, tous les poissons, l'aigle, vois les étoiles.*

— En bas ?

Je sentais les rouages de mon cerveau s'échauffer, mon esprit tourner comme une turbine.

— Alors, Joan ? Vous les avez vues ?

Joan Tyrre fixa la volute de fumée qui montait en spirale vers le plafond.

— Non, maître. Mais j'ai vu bien plus que ça.

Je luttais pour ne pas quitter la maison sur-le-champ, retourner au George en courant et reprendre le carnet de Leland.

La vérité sort de la bouche des fous et des enfants.

Il y a un chien… et un oiseau avec une queue en éventail ?

Oui, et aussi des gentilshommes. Mon Dieu !

— Qu'est-ce que c'est que ça ?

Joan avait jailli de sa chaise et s'était jetée sur la porte, qu'elle ouvrit brutalement.

— Sors de là ! Sors de là, sale bâtard !

Je la rejoignis à la porte. Benlow se tenait au milieu de l'écurie extérieure, parmi les poules qui s'éparpillèrent en battant des ailes. L'homme leva les mains pour protéger son visage au moment où Joan jetait un objet dans sa direction.

— Encore en train de m'espionner ? hurla Joan. Sale limace ! Dehors !

Il s'était retranché vers la porte, des brins de paille piquetés dans son pourpoint vert marbré de jaune.

— Je suis venu vous trouver, mon seigneur. Revenez me voir. Je peux vous aider, je peux vous aider à trouver ce que vous cherchez.

— C'est un sale bâtard de menteur ! Vous avez rien à faire avec lui !

— Je peux vous aider, répéta Benlow d'une voix rauque. Je sais qui vous êtes et je peux vous aider.

— Dehors ! Dégage de ma maison !

Joan Tyrre fendit l'air comme une tornade et attrapa une faucille rouillée. Elle tenta de donner un coup à Benlow qui l'esquiva en baissant la tête.

— Je suis sérieux, mon seigneur. Venez me voir.

Après son départ, Joan se tourna vers moi, la faucille serrée contre sa poitrine.

— Ne l'approchez pas, maître. Un sale bâtard. L'approchez pas.

— Oui, je vais tâcher de l'éviter.

Je m'étais trompé. Mais comment aurais-je pu le savoir au moment de mon illumination ?

Je réprimai mon excitation, décidé à recueillir des informations.

— Cate Borrow, dis-je.

— Elle m'a rendu mon œil.

Je hochai la tête.

— Elle et le seigneur Merlin. Il voit tout maintenant, cet œil. Mieux que deux yeux, dit Joan, la prunelle brillante dans la pénombre. Une sainte, cette femme. Elle m'a rendu mon œil, elle a perdu la vie. Une martyre !

— Et elle ne vous a jamais donné la poussière de vision.

— Inutile. Elle avait sa propre magie.

— Qu'a dit Matthew Borrow ?

— Le docteur ? Elle a dit de rien lui raconter.

— Mais il le savait, puisqu'il était là. Non ?

— Le docteur n'était pas là.

— Mais Joe Monger a dit… N'étiez-vous pas *trois* sur le Tor ?

— Le docteur n'était pas là. Juste nous deux et le seigneur Merlin.

— Maîtresse Tyrre. Qu'a dit Nel de tout cela ? Elle sait que vous n'avez pas pris la poussière de vision ? Elle le savait depuis le début ?

— Maîtresse Cate, elle a dit d'en parler à personne. Alors, je l'ai jamais fait. Jusqu'au soir de l'orage, car tout était différent.

— La tempête ? La tempête de la semaine dernière ?

— Elle est venue me trouver.

— Nel… est venue ?

Joan Tyrre m'hébergera. Elle vit dans un taudis, mais c'est mieux qu'un donjon.

J'avais cru, étant donné la tournure des choses, qu'elle était allée tout droit chez son père, mais Joan m'apprit qu'elle ne l'avait quittée qu'à l'aube.

— Comment allait-elle ? Quelle était son humeur ?

— Son humeur ? Oh ! heureuse. Ils étaient tous après elle, mais je l'avais pas vue aussi heureuse depuis qu'elle était petite. On s'est assises et on a parlé pendant au moins deux heures…

— Et vous lui avez tout raconté à propos du Tor.

— Elle voulait savoir pourquoi j'étais pas dehors, à la recherche du vieux Gwyn, alors je lui ai tout dit sur Merlin et dame Cate.

Joan se mit à rire.

— Elle croyait que, quand je parlais de Merlin, je parlais du docteur.

— Et vous lui avez dit… le secret de Merlin ?

Elle m'observa longuement, la tête penchée sur le côté.

— Le trésor de Merlin, expliquai-je. La vision du paradis.

Mais elle ne comprenait pas ce que je disais.

Je lui pris le bras.

— Merci, Joan, merci pour tout.

Elle rayonnait.

— Cela va venir, maître ! N'ayez crainte !

— Euh ?

— Ce sera difficile au début, mais vous finirez par y arriver. Regardez. Vous vous marierez…

Elle compta sur ses doigts.

— … une… deux… trois fois ? Dieu du ciel, trois fois ! Et la troisième…, écoutez-moi bien, la troisième ce sera avec la meilleure de toutes, et vous savez quoi ?

Elle se pencha vers moi, son œil semblant concentrer toute la lumière de la pièce.

— Elle est même pas encore née ! Pas née ! De la viande toute fraîche. Pensez-y, monsieur de Londres.

XLVI

Vision de paradis

Au loin, la mer aux reflets d'un gris métallique évoquait un plastron abandonné sur un champ de bataille, et la terre… avait-elle changé pour toujours ?

Et moi ?

Je n'avais pas dormi depuis plus de vingt-quatre heures, ni avalé le moindre quignon de pain. A présent s'offrait à moi une vision à laquelle je n'étais pas sûr de croire. Etais-je en plein cœur d'une immense illusion ou à un tournant de ma vie ?

Dudley et moi nous trouvions au sommet du Tor. Il était évident que Fyche pouvait nous voir, mais je m'en moquais comme d'une guigne.

— Je vois les poissons, dit Dudley. Est-ce que je vois les poissons ? Quant à l'aigle…, cela me paraissait plus clair dans le carnet.

— Il est également décrit comme un phénix et représente d'une certaine manière le Verseau, le porteur d'eau. Suis les courbes des collines, vois comme elles s'incurvent. Pense au récipient plutôt qu'au porteur.

Il ne voyait rien. Pas plus que moi, en vérité, bien que mon âme fût déjà enflammée.

Pour connaître la vérité, il nous fallait nous élever bien davantage. Voler comme… des aigles.

Je vole.

Viens. Cela risque d'aller trop loin, trop vite.

La vision du paradis. Entrevue lorsque j'étais léger comme l'air et que je marchais dans mon jardin nocturne, les mains tendues vers les étoiles. Dans ces moments d'abandon, je croyais presque ressentir Son esprit. Vraiment ? Cela s'était-il vraiment produit ou bien ma mémoire me jouait-elle des tours ?

— John ?

— Pardon ?

Peu d'hommes du rang de Dudley auraient été aussi réceptifs à cette réflexion, pourtant je regrettais de ne pas être avec *elle* à cet instant précis. Elle qui, écoutant la confession de Joan Tyrre un soir d'orage, avait sans doute compris certaines choses, forgé des liens.

Ensuite, au mépris du danger, elle était allée trouver son père, s'était glissée dans les rues à l'aube pour lui demander ce que *lui* savait du grand secret… Matthew Borrow, un homme athée et pragmatique qui accordait si peu de crédit à ce secret qu'il l'avait enterré avec sa femme, considérant que c'était une source d'ennuis inutile. Le secret de Merlin. Enterré.

Plus maintenant.

Assis sur le plateau étroit du Tor, peut-être à l'endroit même où Joan et Cate Borrow s'étaient installées, j'avais les plus grandes difficultés à rester en place.

Si seulement j'avais été un divinateur, j'aurais pu inviter l'esprit de John Leland à se joindre à nous. Au moins, j'étais en possession de son carnet. Je pouvais tenter de sonder son esprit.

Ainsi, nous commençâmes à parler d'Arthur, qui d'après certaines sources descendrait de Brutus de Troye, le premier roi de Bretagne. Leland nourrissait une véritable passion pour Arthur. A chaque étape de son voyage, il découvrait d'autres empreintes du héros et affirmait même que les œuvres en terre retrouvées autour des collines de Cadbury – à une journée de cheval d'ici – en faisaient, de façon certaine, le site du célèbre Camelot arthurien.

— On comprend mieux pourquoi il a passé tant de temps dans le Somersetshire, commentai-je, et pourquoi il est revenu ici après la chute de l'abbaye. C'était pour Arthur.

— Les ossements d'Arthur, peut-être ?

— Rien d'aussi prosaïque. La ville recèle toute la magie du roi légendaire. C'est le lieu même où il a été transporté dans une barge, par des fées, pour mourir ou reposer sous terre jusqu'à ce que son pays ait besoin de lui. Et à l'endroit même où nous sommes assis vivait son magicien, Merlin, qui est venu avant Arthur et lui a notamment donné la Table ronde. Est-ce que tu commences à comprendre maintenant ?

— Pour être honnête, non.

— Nel Borrow a dit que sa mère ne savait rien du Saint-Graal, mais aussi que Cate pensait qu'une partie de la Table ronde se trouvait encore ici. Clairement, elle appartenait à la légende locale, car Benlow, l'homme aux os, m'a proposé d'en acheter un fragment.

J'étirai le bras vers un carré de terre nue, grattai le sol, puis fis glisser la poussière entre mes doigts.

— En fait, *ceci* en fait partie.

Je pris le carnet relié, l'ouvris et feuilletai les pages jusqu'à la fin, où le dessin de ce qui m'était apparu comme un serpent me faisait à présent plutôt penser à un cygne au bec ouvert.

— Voici les créatures des étoiles… les signes du zodiaque – Poisson, Verseau, Balance… Je pourrais tous les dessiner dans mon sommeil. Oui, ils ont l'air différents ici, les formes ne sont pas celles que leur ont données les récents astronomes. Voilà pourquoi il m'a fallu tant de temps pour le découvrir. Ce sont d'anciennes versions.

— Sur le… *sol* ?

— Les signes du zodiaque inscrits sur le sol… Des signes géants…, dans un cercle d'au moins trois cents mètres de diamètre. Marqués par des traits physiques du paysage – les courbes des collines, les lits des rivières, les routes, les champs, les haies. Voilà… le grand secret de Glastonbury, passé par Merlin le druide, jalousement gardé par les moines.

— Mais qui… ?

— Je ne sais pas. Les peuples anciens. Les Bretons. Peut-être des gens qui vivaient ici à l'époque de Pythagore. Ou encore avant, quand Hermès Trismégiste marchait sur la terre. Les modélistes du paysage, peut-être avec l'aide du cosmos lui-même…

— Calme-toi, John, tu vas avoir une attaque.

— Pardon.

Je déglutis et me penchai, les mains sur les genoux, respirant avec peine.

— Un… un miroir céleste. La terre ici…, la terre sacrée. Grand Dieu, c'est incroyable…

— Ça va aller, mon ami, dit Dudley. Si c'est bien *ici*. C'est juste que je ne vois pas comment ils ont pu faire une telle chose. Si personne ne peut le voir entièrement, même du haut du plus grand sommet…

— Toi aussi, lui rappelai-je, tu pensais qu'il était impossible qu'un homme puisse cartographier la terre, tracer les courbes des collines, les contours des côtes… Le fait est que…, s'il existait un endroit d'où l'on pouvait voir l'ensemble du cercle, il n'y aurait pas de secret. Son pouvoir réside dans la *connaissance* de son existence… *Au-dessus* comme *au-dessous*.

Bien sûr, cela ne pouvait être aussi visible aujourd'hui qu'il y a plusieurs siècles. Les collines s'étaient érodées, les rivières creusées ou asséchées.

— Mais quand il fallait modifier les chemins et les routes, objecta Dudley, changer les directions des rivières ou détourner les cours d'eau…, trop de gens auraient dû être dans la connivence, et ce ne serait pas resté un secret…

Je secouai la tête.

— Réfléchis : qui possède cette terre, pour la majeure partie ? L'abbaye. Qui décrète ce qui doit être conservé ? Qui décide du tracé des routes, du drainage des champs ? L'abbé. Les fermiers et les maçons ne font qu'obéir aux recommandations de l'abbé.

— Tu es en train de me dire que c'est le fameux secret que le père Whiting ne voulait pas révéler ?

Je haussai les épaules.

— Mon Dieu !

— C'est aussi, d'après moi, le secret qui a rendu Leland fou. Cela ne combine-t-il pas les deux grandes passions de la vie de cet homme : la topographie et…

— … Arthur, acheva Dudley en se levant. Seigneur, mon Dieu, John, sur quoi sommes-nous tombés ?

— Nous ne sommes tombés sur rien. Nous avons creusé pour le découvrir.

Je baissai les yeux sur le carnet… Ces formes abruptes : les dessins de la folie ? A mon sens, j'étais sur la même voie que Leland, celle qui menait tout droit à l'asile de Bedlam.

— Réfléchissons à la chronologie. On ne sait pas quand cela a été créé, mais on peut supposer que c'était avant le Christ.

— Alors pas d'abbaye…

— Bon sang, Robbie, c'est la *raison* d'être de l'abbaye. Si c'était une merveille de l'ancien monde, l'île des étoiles, alors, cela justifie certainement l'histoire du Seigneur emmené ici quand il était enfant. Il devait y avoir une école ici, où la connaissance était enseignée par les druides.

— Merlin ?

— Merlin, en effet. Selon toute probabilité, un druide. L'homme le plus qualifié pour révéler à Arthur, quand il serait en âge, le grand secret céleste… En d'autres termes, *lui présenter la Table ronde.*

— Mais Arthur vient avant ou après le Christ ? Je veux dire, Malory…

— Malory écrit des histoires, pas l'Histoire. On se moque de la chronologie ; le zodiaque correspond aux deux versions. Arthur est venu mourir dans le lieu le plus sacré d'Angleterre, le Christ est venu enfant y apprendre les mystères de l'astrologie. Joseph d'Arimathie a fondé l'abbaye pour préserver le grand zodiaque.

— Mais à la chute de l'abbaye…

— C'est alors que les ténèbres se sont abattues sur ce lieu. En supposant que le secret du zodiaque était détenu par l'abbé et peut-être un ou deux de ses plus fidèles moines… Il se peut qu'il s'agisse des deux malheureux exécutés avec lui.

— Ici, ajouta Dudley en jetant un coup d'œil par-dessus son épaule. Là où nous sommes assis.

Je ne pouvais m'empêcher de ressentir l'agonie du père Whiting. Traîné jusqu'ici sur une claie. Pendu. Détaché avant qu'il ne meure pour être démembré.

J'observai Dudley, dont le visage était tendu à l'extrême, et je savais qu'il ne pensait pas seulement à Whiting, mais aussi à Martin Lythgoe.

Aucun d'eux ne reposait en paix.

— On peut supposer, dis-je, que Fyche ne faisait pas partie des moines dans le secret. Mais, comme il aspirait à devenir le nouvel abbé, il était suffisamment impliqué pour savoir qu'il y avait un secret. Qu'il ferait n'importe quoi pour le découvrir.

— Pour lui-même ?

— Pour lui-même.

Dudley se leva pour contempler la ville baignée de la luminosité gris pourpre du soir.

— Tu crois que Fyche a torturé Whiting ?

— Ou l'a fait faire.

Je me levai et, le regard baissé, vins me poster à côté de lui.

— Je ferais n'importe quoi pour le prouver.

— Mais même si tu le pouvais… C'était il y a plus de vingt ans. Une époque douloureuse. Des atrocités étaient commises chaque jour. Et les papistes étaient pires encore. Je ne verserais pas beaucoup de larmes sur un papiste. De plus, qui accuserait Fyche aujourd'hui ? Et de quoi ?

— Cela nuirait à sa réputation, avançai-je.

— Il était encore moine à l'époque, n'est-ce pas ?

— Et alors ? Il vient d'une famille riche. Cela ne devait pas être trop difficile de susciter l'intérêt de Thomas Cromwell.

— En l'appâtant avec cette rumeur de secret ?

— Ce ne fut peut-être pas nécessaire. Cromwell ne cherchait que des preuves de la trahison de l'abbé. Qui mieux qu'un moine de l'abbaye aurait pu lui en fournir ?

Je repensai à la nuit où Nel Borrow m'avait fait part de sa conviction quant à la culpabilité de Fyche, qui aurait trahi son abbé et ensuite…

C'était plus que de la trahison.

— Apparemment, Cromwell a été satisfait par les preuves qui attestaient que le père Whiting dissimulait un calice et possédait des documents compromettants pour le roi.

— Fyche espérait apprendre le grand secret et le garder pour lui ?

— N'aurais-tu pas fait la même chose ?

— Je ne suis pas sûr que j'aurais torturé un vieux moine pour l'obtenir.

— Il a fait pendre une femme innocente et il veut en pendre une autre.

— Et Lythgoe ? Est-ce que Lythgoe… ?

— Je crois que j'en ai dit assez.

Le couteau s'enfonçait dans la plaie. Comme si accuser Fyche était nécessaire…

Un silence s'installa. Même les corbeaux avaient déserté la tour. Puis les épaules de Dudley se détendirent, et il se tourna pour fixer le ciel, là où le soleil était censé briller.

— Est-ce le centre de la carte des étoiles ?

— Non, je n'y ai pas encore réfléchi. Mais je vais le faire.

— Comment Leland l'a-t-il découvert, d'après toi ?

— Je ne sais pas, soupirai-je. Nous ne le saurons sûrement jamais. Mais lui, plus que tout autre, étudiait les motifs du paysage. Il voyageait constamment. Il a parlé à beaucoup de gens - des nobles, des soldats comme des paysans. Il avait également accès à la bibliothèque de l'abbaye.

Crainte et stupeur, me rappelai-je. Crainte et stupeur, en effet.

— Nel et Monger ont tous deux affirmé que Leland avait interrogé différents moines de l'abbaye. D'après Monger, le seul qui aurait pu être dans le secret est parti depuis longtemps…, mais Leland l'a peut-être retrouvé.

— Et entre-temps, il avait conversé avec Cate Borrow, l'amie proche du père Whiting. Persuadé que Whiting, sachant qu'il risquait d'emporter le secret du zodiaque dans la tombe, en avait livré au moins une partie à Cate.

Cela ne semblait pas impossible.

Mais Cate à Leland ? D'après ce que je savais d'elle, elle n'aurait jamais trahi la confiance de son abbé.

— John ?...

— Mmm ?

— Quelqu'un approche.

Des voix. Des rires.

— Si c'est Fyche, je…

Dudley n'avait pas d'épée, mais je vis sa main se porter à l'endroit où elle pendait habituellement.

— … je n'ai pas encore fait la connaissance de l'homme.

— Pas maintenant. Il vaudrait mieux l'éviter.

Je scrutai les alentours pour trouver une échappatoire.

— Il voudra savoir pourquoi on est là. Et nous ne voulons pas lui donner le moindre indice. Pas tant que nous ne serons pas prêts.

Les voix venant clairement du côté de Meadwell, j'entraînai Dudley vers le sentier. Si nous poursuivions notre descente, nous risquions d'être vus, aussi valait-il mieux couper le flanc du Tor.

Mieux encore : attendre un moment, hors de vue du sommet. Dans la poussière épaisse, nous nous aplatîmes sur une terrasse herbeuse qui appartenait autrefois aux remparts alambiqués du Tor. Je prêtai l'oreille, cherchant à reconnaître la voix de Fyche.

Les voix trahissaient l'effort et la tension. Plusieurs hommes semblaient progresser lentement vers le sommet en traînant une masse derrière eux. Cela me rappela aussitôt le père Whiting sur sa claie. Pas étonnant que le vieil homme hantât encore cette ville. Il devrait la hanter pour toujours.

Les hommes s'interpellaient tout en poursuivant leur labeur. Quelques bribes de phrases me parvinrent.

— … c'est là ?
— Un peu trop… hors de… ombre… la tour.
— … pas d'ombre… heure.
— … visible, rappelle-toi.
Des pas foulèrent le gazon, se rapprochant de nous. Je m'aplatis contre la pente, la tête enfouie dans les herbes. Dudley fit de même, avec cependant plus de réticence. Lord Dudley courbait la tête devant une seule femme et devant aucun homme. En levant les yeux, j'aperçus une paire de bottes de cuir brillant à quelques mètres à peine. Je retins mon souffle.
— Tenez bon ! cria une voix au-dessus de moi. Tenez bon !
Quand les bottes s'éloignèrent, je risquai un œil à travers les herbes hautes et vit frère Stephen, le fils de Fyche.
— Un peu plus à gauche ! cria-t-il. J'ai dit à gauche, idiot !
Sur une zone plane, devant la tour brisée de l'église Saint-Michel, deux hommes soutenaient les deux bras d'un gibet de bois.

XLVII

Petite Ourse

Je finis par m'endormir, tout habillé, la tête sur le bras, en travers de la table de ma chambre. Et le rêve recommença… Guidé par le carillon des cloches par-delà les monts, je marchais sur la colline. Mais cette fois, mes pas suivaient un motif précis sur le sol, que je savais être la représentation magique qui m'ouvrirait les portes de l'âme. Quand je parvins au sommet du Tor, le son des cloches résonnait dans la tour vide.

Mais leurs carillons étaient douloureusement discordants et si puissants que je me jetai sur le sol et couvris mes oreilles de mes mains, me roulant dans l'herbe, à l'agonie. Je roulais, encore et encore, incapable de trouver la paix dans l'ombre ténébreuse, en forme de T, du gibet. Je me réveillai dans l'aube noire de mes propres tourments, empuanti de bière, Robert Dudley sur le pas de ma porte, une bougie à la main.

— Mon Dieu, John, tu as l'air d'un vieux chien malade.

Il me considéra d'un air de pitié, puis ouvrit la fenêtre.

— Combien de temps as-tu dormi ?

— Cinq…, six… ?

Dudley soupira.

— Minutes, j'imagine ?

Je me retournai, le carnet de Leland, poisseux de bière, sous le bras.

— Je veux décrypter ce livre.

— Et si quelqu'un en est capable, c'est bien toi.

Dudley fronça son nez patricien en respirant l'odeur rance des chandelles mortes.

— Viens, vieux frère… Wells ?

L'idée même de ce périple faisait de cette journée la plus pénible de toute ma vie. Plus pénible encore que ces longues journées passées à Hampton Court, dans l'attente de mon procès pour sorcellerie.

Je me demandais ce que Dudley avait ressenti le matin du procès de son père, sachant quelle en serait l'issue. Nous n'en avions jamais parlé.

— Il y a du pain et du fromage sur la table en bas, dit Dudley.

— Je ne pourrais rien avaler.

La nuit dernière, j'avais demandé à Cowdray s'il y avait eu une… pendaison sur le Tor ces dernières années. Pas depuis l'abbé, m'avait répondu Cowdray.

Tous les autres, y compris Cate Borrow, avaient été pendus à Wells. Il m'avait observé avec compassion, sans ajouter un mot.

Mais il était clair que, même durant la nuit, l'érection du gibet sur le Tor n'était pas passée inaperçue.

Comment aurais-je pu trouver le sommeil ?

— Et les chevaux… sont prêts, ajouta Dudley.

— Oui.

— Tu es toujours convaincu que… ?

— Oui. Grand Dieu, oui.

Je me levai, à l'agonie. Wells était telle une boule de canon dans ma gorge. Je m'emparai du carnet de Leland. Toute la nuit, j'avais étudié ses notes dans les moindres détails, dessinant mes propres cartes, concentrant toute mon attention sur ce monde merveilleux. Je secouai la tête, l'esprit confus, me rappelant combien mon triomphe était vain.

— Euh, Robbie… dis-je en écartant mes cheveux de mes yeux fatigués. Pour ce que cela vaut, je pense savoir où se trouvent les ossements d'Arthur.

Nous chevauchâmes sous la bruine et le ciel argenté dont les nuages s'enroulaient telles des anguilles dans une baignoire, comme mus par une énergie noire. Nous étions pratiquement seuls sur la route.

En dehors de charrettes de marchandises, quelques cavaliers étaient vêtus comme si c'était un jour de fête. Je ne les connaissais pas. Des marchands de laine et des petits propriétaires terriens, devinais-je, prenant prétexte des assises pour passer une journée à la taverne.

Glastonbury, à la pointe de l'aube, était morose. Pendant que nous attendions les chevaux que le fils de Cowdray avait préparés, Benlow avait traversé la rue Madeleine et s'était approché de moi, mais s'était ravisé en apercevant Dudley. Je l'avais rattrapé en courant, empoigné et secoué par les épaules tout en le plaquant contre le mur d'une maison.

Vous croyez pouvoir m'aider ?

Oh ! je peux vous aider, mon seigneur, comptez sur moi…

Benlow avait gloussé, mais sa voix était devenue rauque. Il avait l'air mal en point. En sueur. Peut-être avait-il abusé de la boisson, bien qu'il ne dégageât aucune odeur de bière.

S'il vous plaît… venez avec nous à Wells. Venez dire aux assises que vous avez fourni les ossements qui ont été disséminés dans le jardin d'Eleanor Borrow.

Au tribunal ? Devant Sir Edmund ? Je suis peut-être malade, mon seigneur, mais je ne suis pas fou.

Quel est votre problème ?

Il avait secoué la tête tandis que j'insistais :

Nous pouvons vous protéger.

Mon seigneur, je ne quitterais pas Wells vivant.

Alors… vous ne pouvez pas m'aider.

Je peux vous dire où trouver plus de reliques d'Arthur. Je sais où sont ses ossements.

J'en doute, maître Benlow.

Je vous le jure.

Frustré, je l'avais relâché, et Benlow s'était évanoui dans sa propre ombre.

Quand les autres voyageurs nous eurent dépassés, Dudley ralentit l'allure, et nous chevauchâmes côte à côte.

— Quel est ton plan, John ?

Je ne pensais qu'à cela depuis une heure, mais je n'avais eu aucune illumination.

— Tout dépend des témoins qu'ils vont citer. Est-ce qu'on peut les interroger ? Qui, par exemple, va témoigner à propos des os disséminés dans le jardin de Nel ? Quel médecin, en l'absence de Matthew Borrow, décrira les blessures infligées à Martin Lythgoe ?

— Si tu avais été son avocat officiel, tu saurais tout cela. Que se passera-t-il si elle refuse publiquement que tu la représentes ? Tu y as pensé ? Si elle dit à la cour qu'elle ne veut pas de toi ?

— Et mener sa propre défense ? C'est interdit. Elle ne peut qu'appeler des témoins à la barre.

— Et si aucun témoin ne se présente… Je veux dire, même si elle veut bien de toi, comment vas-tu t'y prendre ?

— Je n'en sais pas assez pour discréditer les témoins qu'ils vont présenter.

— Les discréditer aux yeux de qui ? Pour que cela fonctionne, il faudrait un juge compatissant, un jury honnête.

— Cela nous aiderait, en effet.

Dudley ôta son chapeau.

— Je pense que Carew dirait : *On n'est pas à Londres…*

Deux kilomètres nous séparaient de Wells. Une ville qui ne ressemblait pas du tout à Glastonbury, avec sa brillante cathédrale et la somptueuse demeure de l'évêque, cerclée de douves. A notre arrivée, le soleil brillait. Du moins autant qu'il pouvait briller, en une journée si funeste.

Dudley ralentit l'allure à l'approche des marécages, à environ un demi-kilomètre de la cité.

— La cour d'assises, d'après Carew, occupe la moitié d'un bâtiment situé sur la place du marché. L'autre moitié abrite un magasin de laine.

— Au moins, ils ont le sens des priorités.

— Oui. Euh… John… étant donné qu'il nous reste peu de temps pour discuter… je…

Tu voudrais savoir où se trouvent les ossements d'Arthur.

C'est pour cela que nous sommes là.

— Oui.

Nous étions entourés de bandes de terre planes et humides, qui avaient pris la teinte verdâtre de la moisissure. Nous mîmes pied à terre au bord de la route, et je présentai à Dudley mes conclusions, résultant de trois ou quatre heures de travail.

— Ils sont à peu près au centre du zodiaque terrestre. Tu m'as demandé hier soir s'il s'agissait du Tor. Je pensais que non et je ne m'étais pas trompé. Puis j'ai compris quelle pouvait être la signification de ce centre. Je me suis alors assigné la tâche de le découvrir, grâce aux cartes en notre possession.

— Et ?

— D'après mon analyse, le centre se situe près du

village de Butleigh. Où tu... sembles être une figure populaire. Un crâne est esquissé à cet endroit.

— Continue.

— Le cœur du zodiaque céleste est l'étoile Polaire. L'axe autour duquel tourne la grande roue. Une position d'une importance cosmique considérable. Elle figure parmi les étoiles d'Ursa Minor.

Je levai les yeux en entendant des bruits de sabots. Un couple de cavaliers venaient vers nous, suivis d'une charrette et de plusieurs autres hommes à cheval.

— La Petite Ourse, dit Dudley.

— Exactement.

— Et ?

Les cavaliers ralentirent en nous apercevant. L'un d'entre eux était l'homme aux cheveux gris et aux dents cassées qui avait supervisé l'arrestation de Nel Borrow et le passage à tabac de son père, avant de retourner à la taverne du George où il avait palabré sur les pendaisons. Comme il allait droit sur nous, je me tournai vivement vers Dudley.

— Comment dit-on « ours » en gallois ?

— Comment le saurais-je ?

— *Arthur*, murmurai-je. Le terme gallois pour « ours » est *Arthur*.

— Dieu du ciel !

— Tu vois ?

— Au centre de sa propre Table ronde ?

— Peut-être.

— Sainte Croix...

— Dégagez le passage, vous deux ! lança l'homme aux dents cassées.

— Hé ! vous n'avez qu'à passer votre chemin, *vous* !

Parvenu à notre hauteur, l'homme se pencha comme s'il voulait gifler Dudley.

Je remarquai la crispation du visage de mon compagnon, dont le bras droit avait décrit une diagonale familière pour s'emparer de son épée. Mais, au dernier moment, il fit un écart et nous laissa sur le bord de la route, à regarder passer le convoi. Une douzaine d'hommes environ encadraient la charrette, sur laquelle se tenait une statue brisée.

Dans ma poitrine, une montagne se brisa.

Alors que la charrette poursuivait son chemin, je me mis à courir après, comme si mes jambes étaient propulsées par une fureur, une énergie noire, malgré la pluie battante. Des bras tentèrent de m'empoigner, mais je les repoussai avec la force du désespoir.

Un homme me héla :

— Qui es-tu ?

— C'est un clerc de Londres, répondit l'homme aux dents cassées sur sa monture. Il croit être…

Je hurlai dans la direction de la charrette :

— Où allez-vous ?

Je haletai, tant le convoi avait forcé l'allure.

Elle était enchaînée, et une femme corpulente se tenait derrière elle. Le visage de cendre, immobile comme la pierre. Pas de manteau, les cheveux emmêlés. Les bras nus, piquetés de taches de rousseur, avec la chair de poule.

— Stop !

— Pourquoi ?

— Je suis son avocat !

Les rires fusèrent sous l'averse.

Dans un moment d'incertitude, je me dis qu'il restait un espoir de la sauver, quand je vis le poids du regard de l'un des cavaliers sur moi, le regard de frère Stephen, le fils de Fyche. Il ne portait point de robe monastique, mais un pourpoint lie-de-vin, ainsi qu'une courte cape et un chapeau noir à larges bords.

Je m'agrippai au bord de bois de la charrette et croisai, l'espace d'une seconde, les grands yeux de Nel Borrow. Une seconde seulement, avant que mes bras fussent violemment tirés derrière mon dos et qu'une dague se glissât sous ma gorge palpitante. C'est alors que frère Stephen mit pied à terre.

— Non, non, dit-il, ce n'est qu'un clerc inoffensif. Vous allez le faire mourir de peur.

Je fus violemment repoussé et, haletant, je regardai la charrette s'éloigner, tandis que Stephen Fyche se tenait devant moi, les yeux vides d'expression.

— Je ne comprends pas. Le procès ne peut pas être terminé.

— Quel procès ?

Un visage fin et rusé et une voix traînante, sûre de son pouvoir. Du haut de ses dix-huit ans.

— Je me rends compte que vous prêtez un certain intérêt à cette femme qui a guéri votre collègue. Mais je vois qu'il est en pleine possession de ses moyens à présent. Ce pour quoi je suis certain que vous êtes reconnaissant.

Je ne dis mot.

— Inutile de vous acharner. La femme a décidé hier de nous épargner les désagréments d'un procès et s'est confessée au juge, à la première heure ce matin.

Stephen Fyche jeta un coup d'œil à la charrette qui s'éloignait derrière lui.

— Comme vous pouvez l'imaginer, cela n'a pas pris longtemps.

XLVIII

Cœurs noirs

Mon rire, s'il s'agissait bien d'un rire, dut paraître à moitié hystérique. A moitié dans ce monde, à moitié dans le purgatoire, ce même purgatoire qui, comme nous l'avaient expliqué les protestants réformés, n'existait plus. Ils pouvaient réorganiser l'univers à leur gré, démolir une cathédrale d'un claquement de doigts.

Lorsque nous fûmes de retour au George, une lettre m'attendait, provenant à l'évidence de Blanche Parry. Je déchirai aussitôt le scellé, dans la taverne, sous les yeux de Dudley et Cowdray.

Elle commençait ainsi : *Anwyl Sion…*

L'expression de mon visage fit soupirer Dudley.

— Qu'est-ce qui ne va pas encore ?

Je lui mis la lettre sous le nez. Mon père, comme vous le savez, était gallois jusqu'à l'os. *Bien plus utile,* disait-il, *bien plus utile, la langue galloise, gamin, que le latin ou le grec, avec toutes les personnes vivantes qui le parlent, la richesse de cette tradition orale, barde…*

— Tu veux dire que tu ne parles pas cette langue ? demanda Dudley.

— Blanche doit supposer que je la parle.

Anwyl Sion. Mon cher John. Je n'en savais pas plus.

— Bon Dieu, John, il doit bien y avoir quelqu'un ici capable de la lire.

— Comme ce bâtard de vicaire de Saint-Bénigne ?

J'avais dû hurler.

— Ce n'est pas vraiment l'homme à qui je pensais confier son contenu. Qui doit être d'importance, sinon pourquoi l'avoir écrite dans cette... vieille langue cryptée ?

Je me tournai vers Cowdray.

— Pouvons-nous lui faire confiance ?

Je m'en moquais presque.

— Y a-t-il quelqu'un qui parle gallois ici et qui n'est pas à la botte de Fyche ?

— Je vais y réfléchir, dit Cowdray.

— Ne réfléchissez pas trop longtemps, maître Cowdray.

Les yeux clos, je rejetai la tête en arrière et serrai les poings. Puis je me raidis. Cowdray me fixait d'un air vide, les yeux las, le teint de plomb. Dieu, de quoi j'avais l'air.

— Je ferais mieux de vous dire, dit Cowdray avec hésitation, ce qu'ils ont raconté hier soir. Les mercenaires de Fyche. A propos d'une... pendaison.

— J'imagine qu'ils n'ont pas l'intention de la différer, dit Dudley.

— Demain, à l'aube.

L'air me manquait.

— Cela ne laisse pas beaucoup de temps pour la grâce royale, dit Dudley avec amertume.

Pris d'une quinte de toux, je me pliai en deux. Tandis que je m'efforçais de réfléchir à l'heure qu'il était, au temps qu'il nous restait, Dudley détourna le regard, conscient de mes efforts pour cacher ma frustration.

— La ville est divisée, poursuivit Cowdray. En temps de crise, nous avions autrefois l'autorité de l'abbaye.

Nous acceptions la sentence de Dieu sans protester. Mais maintenant, avec les vicaires…

Je fixai Dudley, sans doute le plus sincère protestant de la pièce.

— Continue, mon brave, dit Dudley.

— Tous les gens soignés par Nel, son père, sa mère. Aujourd'hui, on leur dit qu'elle incarne tous les maux de cette ville. Deux avis, maître Roberts, voilà ce qu'il faudrait.

— En effet, murmurai-je.

— Une chose est sûre, maître : ils ne vont pas former une bande armée pour partir à l'assaut de Meadwell. Une place mieux armée que l'armurerie royale.

— Je n'arrive pas à croire qu'ils aient l'intention d'organiser une exécution sur le Tor, plutôt que dans un lieu… discret.

— Mon Dieu ! criai-je. Elle servira d'exemple ! Exactement comme pour la mort de Whiting avec les papistes. Un exemple pour tous ceux qui voudraient s'écarter du chemin de la Bible, quelle que soit la version en vigueur actuellement. Et nous… nous n'avons que la fin de la journée et une nuit pour l'arrêter.

— Seul Carew peut l'arrêter, John. Enfin, pas la gracier, mais différer son exécution assez longtemps pour que nous puissions organiser une intervention… en haut lieu. S'il accepte, bien sûr.

— Mais Carew…

Cowdray jetait des coups d'œil par-dessus mon épaule. En me retournant, je vis Monger sur le seuil, qui hochait la tête, hésitant à entrer.

— … Carew sait que le procès est une imposture.

— Bien sûr, mais quand il s'agit de sorcières, il n'est pas contre une justice sévère. C'est le navigateur qui parle en lui. Il les pend au grand mât et les jette à la mer. Pour ébranler ses positions, nous devons remettre en cause les fondements mêmes de cette affaire. Si… si nous réussissions à prouver qui a réellement tué Martin Lythgoe, alors…

— Et la torture, dis-je, n'oublie pas cela.

— Tu crois que je pourrais l'oublier, hein ? Tu crois vraiment que je pourrais l'oublier un jour ?

Le regard enflammé, Dudley était frappé de l'humeur colérique, tandis que se coulait en moi la bile noire de l'automne.

— Pour commencer, si on parvient à démontrer à Carew, sans aucun doute possible, que les ossements ont été disséminés dans le potager de…

— Tu comptes arracher la vérité à ce sale vendeur d'os ? Vraiment ?

Monger s'éclaircit la gorge. Dudley l'observa.

— L'homme aux os est malade.

— Quelle issue d'après vous ?

— Sans doute fatale.

— Qu'est-ce qu'il a ?

— On pense que c'est la maladie du charbon.

Cowdray retint son souffle. Monger haussa les épaules.

— Il n'y a guère de doute. Matthew l'a vu. Il a des grosses pustules, noires au centre.

— Saletés de peaux de mouton ! lança Cowdray. Un fermier a dû lui vendre des peaux bon marché d'un troupeau gâté. On pourrait penser qu'il n'est pas du genre à se laisser berner. Enfer, on ne veut pas de cette fichue maladie en ville.

— En tout cas, il veut que vous alliez lui parler, reprit Monger. Alors, ne tardez pas. Gardez simplement vos distances.

Un silence s'installa dans la pièce. Benlow n'avait pas

l'air en forme ce matin, mais j'avais mis cela sur le compte de la boisson.

— Je vais y aller, répondis-je. Il voulait me voir plus tôt dans la journée. Il a dit qu'il pouvait m'indiquer la localisation des ossements d'Arthur. Bien essayé, j'ai pensé…

Je regardai Dudley, qui ouvrit la main pour signifier qu'il était un peu trop tard pour se montrer suspicieux. Je me tournai vers Monger.

— Nous avons des raisons de croire que les ossements d'Arthur ont été enterrés à Butleigh. Dans un bois ? Près d'une église ?

— Il y a un bois près de l'église de Butleigh, dit Monger. Mais ce n'est pas un bois ancien.

— Ce n'est pas grave. Une vingtaine d'années suffiraient, à supposer que les ossements ont été déplacés avant l'arrestation de Whiting. Peut-être ont-ils planté des arbres autour de la tombe ?

— Pouvez-vous nous aider dans ce domaine, maréchal-ferrant ? demanda Dudley.

— Non, mais je connais des gens à Butleigh qui pourraient le faire, si on leur donne une bonne raison. C'est un petit patelin.

— Vous pourriez les convaincre ? Venir avec nous ?

— *Nous* ? dis-je.

— S'ils sont bien là, nous devons les trouver rapidement, dit Dudley. Nous en occuper tout de suite et ne plus perdre de temps. Et pour demain…

Il m'observa quelques instants, puis détourna le regard, comme s'il n'était pas loin de penser que j'allais faire échouer notre mission par quelque acte insensé.

— Prenons douze hommes, dit-il à Cowdray. Ne dérangeons pas Carew avec ça. Je le verrai plus tard.

— Une douzaine… ?

Je le regardai sans comprendre, puis reportai mon regard sur Cowdray, qui acquiesça d'un signe de tête.

— Oh ! pour l'amour de Dieu, John…

Dudley se laissa tomber sur une chaise, l'air peiné.

— Tu ne crois pas que j'allais venir ici sans couvrir nos arrières ?

— *Quoi ?*

— Pourquoi crois-tu que Carew nous témoigne autant d'animosité ? Parce qu'il rechigne à gaspiller autant d'hommes entraînés pour surveiller les petits culs d'hommes qu'il…

Dudley poussa un profond soupir avant de terminer.

— … eh bien, disons que moi, il ne m'aime pas beaucoup, et toi, il te méprise.

— Combien ?

— D'hommes ? Je ne sais pas. Au moins vingt. Je veux dire… ce n'est pas toute une armée.

Comment avais-je pu croire un instant que cet homme et moi vivions dans le même monde ?

— Laisse-moi essayer de comprendre… Tu es en train de me dire que des hommes en armes surveillent nos moindres faits et gestes depuis notre arrivée ?

Je pivotai brusquement vers l'aubergiste.

— Vous le saviez ?

— La garde… a été doublée après l'assassinat de votre serviteur, répondit Cowdray. Sir Edmund Fyche était inquiet. Il ne s'attendait pas à cela.

— Mais il s'attendait à ce que nous éprouvions des difficultés ?

— Il ne savait pas ce qui allait se passer, dit Dudley. Aucun de nous ne le savait. Quelques hommes sont venus en éclaireurs, sur ordre de Cecil. Il semblerait que je sois… finalement… considéré comme une personne d'une certaine valeur pour… l'Angleterre. Et sans doute toi aussi, dans ton domaine si particulier.

— Une demi-douzaine d'hommes dorment dans mes caves, renchérit Cowdray. Ils sortent la nuit pour surveiller les alentours. Personne ne les a remarqués, étant donné que la ville est désertée le soir, depuis le décret de la chasse à l'homme.

— Et, hum !… quand Carew est allé à Exeter, dit Dudley, en fait il n'est pas allé plus loin que Wells. Maintenant, tu sais tout.

— Gentil de ta part.

— John… écoute… si un homme passe son temps à regarder par-dessus son épaule, c'est bien toi. Tu dois te connaître.

— Je suis instable, c'est cela ?

— J'ai simplement pensé qu'il n'aurait pas été judicieux de… t'inquiéter avec ça.

— *Qui* pense que cela n'aurait pas été judicieux ? Toi ? Carew ? Cecil ? Tu vas le dire à Fyche maintenant ?

— Fyche ne sait rien de tout cela, coupa Dudley. Tu vois ? Tu recommences. Voilà pourquoi on ne t'a rien dit. Aurais-tu creusé une tombe en sachant que tu étais surveillé ? Cela dit… ajouta Dudley en levant les mains au ciel, ils n'étaient que deux à nous suivre. Et avaient reçu l'instruction de rester au pied de la colline. Ils n'ont pas vu ce que nous faisions.

Pour moi, l'humiliation était aussi palpable qu'une personne de chair et de sang présente dans cette taverne empestant le cidre. J'avais envie de partir, de prendre le temps de réfléchir. Sur le pas de la porte, je me remémorai les paroles que Dudley avait prononcées ce fameux après-midi, sur la barge de la Tamise, et me retournai pour les lui jeter en pleine figure :

— Pour être honnête, passer pour un homme ordinaire, débarrassé du carcan du devoir, est une liberté rare.

— Simple figure de style. Ou quelque chose de ce

genre. Tu as raison. Tu es mon ami. J'aurais dû te le dire. Mettons-le sur le compte de la fièvre.

— Va donc chercher tes maudits ossements.

Tournant les talons, je quittai la taverne et m'enfonçai dans l'après-midi grisâtre. Je n'avais toujours rien dans le ventre, mais ce n'était pas le moment. Au moins, j'avais rempli ma mission : décoder le carnet de Leland. Si les ossements d'Arthur n'étaient pas à Butleigh, alors les moines de Glastonbury n'étaient pas aussi malins que je le pensais. Au moins, j'étais libre à présent de consacrer ce qu'il me restait d'énergie à ce qui m'importait le plus. La pluie avait cessé et, malgré le ciel froid, la journée s'annonçait chaude pour la saison.

Des lumières sauvages dansaient dans ma tête tandis que je descendais la rue principale.

A moitié au purgatoire, à moitié à l'asile de Bedlam.

CINQUIÈME PARTIE

Oh ! Glastonbury, Glastonbury…, écrin des carcasses de tant et tant de personnes rares et célèbres…, comme cette affaire est lamentable !

John Dee

XLIX

Diversion

Des bougies partout.

Une illumination digne d'une cathédrale dans l'ossuaire de Benlow. Des bougies bon marché, d'autres en cire d'abeille, bon nombre se consumant dans les crânes des anonymes qui passaient pour des rois et des saints.

— Je les ai toutes allumées, dit Benlow. Je veux partir dans la lumière.

La cave tout entière vacillait dans la luminosité d'un blanc doré. Quelque part, un encens interdit brûlait et se mêlait à l'odeur sucrée et nauséeuse qui imprégnait l'atmosphère. A croire que les ossements eux-mêmes, comme on le disait parfois des reliques saintes, étaient devenus odorants.

— Je voulais que vous m'emmeniez à Londres, gémit Benlow. J'allais vous le demander. Avant que cette sorcière ne se mette entre nous.

Assis sur son banc, il avait revêtu un pourpoint doré et était coiffé d'un chapeau de velours. Il caressait le crâne du roi Edgar, disait-il, le bon Saxon. Les ombres et les lumières dansaient autour de lui, comme si nous avions été emportés dans la sphère astrale où rien n'était à l'état solide.

— Comment puis-je vous faire confiance ? Sachant que votre commerce n'est fondé que sur des mensonges.

— Plus de mensonges, mon seigneur. Des silences, peut-être, mais plus de mensonges.

— Les silences n'aident personne.

— Personne ne m'aide.

— Vous pourriez faire le bien.

— Qu'est-ce que le bien ? demanda-t-il en se penchant vers moi. Dites-moi ce qu'est le bien ! Vous ne pouvez pas ! Personne n'en sait rien ! A quel Dieu recommander mon âme ? Dois-je pleurer Sa Mère ? En ai-je le droit ? A-t-il le droit d'avoir une mère ?

Benlow éclata de rire, puis fut pris d'une quinte de toux. Il couvrit sa bouche de sa main, puis baissa les yeux sur sa paume.

— Combien de temps avant que je ne crache du sang ?

Il se poussa à une extrémité du banc.

— Asseyez-vous avec moi. Vous avez peur ? Peur que je vous donne les pustules noires ?

D'un pas hésitant, je traversai la cave, faisant craquer des fragments d'os sous mes pas. Je m'assis à l'autre extrémité du banc et dus tendre l'oreille pour entendre les paroles de Benlow, dont la voix n'était plus qu'un murmure, un souffle ténu.

— Qui êtes-vous ?

— Je suis John Dee.

Il soupira.

— Le divinateur royal.

— L'astrologue et consultant royal.

— Divinateur, admettez-le.

— Non, ce serait un mensonge.

— Tout n'est que mensonge. La vie est un mensonge. Dites-moi : quel Dieu est un mensonge ? Ou bien le sont-ils tous ? Tout le monde ment dans cette ville. Vous, vous êtes un homme sage. Dites-moi quelque chose de vrai. Dites-moi une vérité et je vous rendrai la pareille. Donnant donnant. Les gens marchandent tout le temps avec moi.

— Oh ! il y a une vérité. Au cœur des choses, maître Benlow, réside la vérité.

— Comment le savez-vous ?

— Je suis un mathématicien et je peux en voir la géométrie. Je peux déterminer la géométrie de la terre et du ciel.

— Bien, bien… Vous êtes un homme intelligent. Le plus intelligent de toute l'Europe, paraît-il.

— Cela aussi, c'est un mensonge. Mais… assez intelligent.

Mes mains devinrent moites.

— A votre tour, maître Benlow.

— Je ressuscite les morts. Sur commande.

— Dites-moi quelque chose que je ne sais pas.

— Que savez-vous ?

— Je sais que c'est vous qui avez fourni les ossements qui ont été répandus dans le jardin d'Eleanor Borrow. Que vous avez creusé certaines tombes de l'église Saint-Bénigne. Sur commande, comme vous dites.

— Exact.

— Je sais aussi que vous accomplissez certaines tâches pour le compte de Sir Edmund Fyche et qu'en contrepartie, il vous autorise à poursuivre votre commerce. Sans être inquiété.

Benlow se pencha de nouveau en respirant bruyamment. Il s'empara de la petite fiole qu'il avait posée sur le crâne du roi Edgar.

— Le docteur Borrow m'a donné ceci.

— Pour votre… maladie ?

— Incurable… Il m'a dit que cela m'aidera à dormir quand j'en aurai besoin.

— Vous vous reposerez mieux avec la conscience claire.

— C'est ce qu'on dit. En quoi tout cela vous concerne-t-il, docteur Dee ?

— La fille du docteur Borrow va être pendue. Sans raison.

Il tourna son visage vers moi. Un visage couvert de sueur.

— Vous l'aimez bien, n'est-ce pas, mon seigneur ?

— Oui.

— Elle ne m'a jamais jugé. Je pourrais en témoigner.

Il ferma les yeux.

— Dites-moi autre chose.

— Vous ne m'avez encore rien dit. Le marché ne tient pas.

— Votre serviteur... était un bel homme, grand et costaud.

— Et un homme bon.

— Je l'ai suivi, reprit Benlow. Je suis souvent les gens. En particulier les hommes. Je n'ai rien de mieux à faire, et suivre un bel homme...

— C'était quand ?

— Il vous suivait, *vous*, en fait, à ce moment-là. Quand vous êtes allés vous promener avec la fée Eleanor sur le Tor, à la « source du sang », il vous a suivi, et je l'ai suivi.

— Vous espériez apprendre quelque chose. Une information que vous pourriez monnayer auprès de Fyche.

— Le commerce des reliques n'est plus ce qu'il était.

— Où est-il allé ?

— Quelle drôle de voix il avait. Je le comprenais à peine.

— Vous l'avez entendu parler ? Quand était-ce ?

— Près de la « source du sang ». Vous me testez, docteur Dee ? Vous l'avez envoyé trouver Joe Monger. Seulement, il n'y est jamais allé. Il a continué à vous suivre en gardant ses distances, surtout quand vous avez entrepris l'ascension du Tor, tous les deux. Je suis resté en retrait, car tout est visible sur le Tor. Je vous ai vu parler à Fyche ; les vieux moines étaient là avec le fils cruel de Fyche ; et quand vous êtes parti, votre homme les a suivis.

— Il a suivi Fyche ?

— Tout le long du trajet jusqu'à Meadwell. Il a escaladé le mur pour examiner les lieux, puis il a franchi le portail. C'est là que deux types lui sont tombés dessus et lui ont tordu le bras derrière le dos.

— Qui était-ce ?

— Deux serviteurs. L'un d'eux avait un marteau. Ils devaient être en train de réparer une clôture. J'ai gardé mes distances. Je ne suis pas entré. Puis Stephen Fyche est arrivé et…

Benlow frappa le crâne du plat de la main.

— Racontez-moi un… secret.

Je commençai à lui expliquer comment j'avais fabriqué les chouettes qui semblaient voler, mais cela ne parut pas lui suffire, probablement parce qu'on pouvait en démonter les mécanismes. Alors, je lui parlai des sphères – terrestre, céleste et supracéleste. Il m'observa, le regard trouble.

— Où vais-je aller, une fois mort ?

— Où aimeriez-vous aller ?

— Nulle part, répondit-il. J'aimerais vivre ici. Libéré du corps et de ses maladies.

Il souleva le crâne.

— Un récipient vide, n'est-ce pas ? Si le crâne n'est pas telle une coupe où on y a versé le fluide vital…

— Peut-être le fluide s'évapore-t-il… dans les airs.

— Oui.

Après un silence, il reprit.

— Stephen Fyche… est un gamin cruel. Il aime faire

souffrir les gens. Trois hommes l'accompagnaient. Ils ont traîné votre grand compagnon dans les bois. Je n'entendais pas très bien, mais ils savaient qui il était. Ils voulaient lui faire avouer vos véritables identités et le but de votre voyage. Il a refusé, bien sûr. Longtemps, il a tenu bon. Trop longtemps. Je leur aurais dit ce qu'ils voulaient entendre sans réfléchir. Parce que, moi, je sais de quoi Stephen Fyche est capable. Ce qu'il faisait aux animaux dans les champs quand il était petit. Des chevaux. Pour se distraire.

Benlow raconta qu'après avoir commencé à vouloir faire parler Martin, ils ne s'arrêtèrent qu'une fois leur but atteint. Mais ils étaient allés beaucoup trop loin. Trop vite.

— Stephen était hystérique. *Faites-lui ceci, essayez cela… Poussez-vous, je vais le faire.* Quand enfin votre homme leur a révélé vos identités, il était tellement mal en point, tellement amoché… je ne pouvais plus le supporter. Et maître Stephen a dit qu'il valait mieux en finir. Je ne suis pas resté pour assister au spectacle, mais ses cris faisaient vraiment pitié.

— Vous étiez près ?

— Caché dans les buissons, ce qui était suffisamment pénible. Mais je suis capable de rester immobile pendant de longues périodes. Immobile comme les morts.

Il sourit.

— Je suis très soigné, mon seigneur. Je peux creuser une tombe et tout remettre en ordre sans que personne ne s'en aperçoive. Sauf si on me demande expressément le contraire, comme avec le grand Jamey Hawkes.

Je me souvenais de cette histoire.

— Près de l'église Saint-Bénigne ? Benlow… Comment pourrais-je vous convaincre de répéter tout cela à Sir Peter Carew ? Ce qu'ils ont fait à Lythgoe. Ce qui est arrivé aux ossements de Jamey Hawkes.

Il s'efforça de rire. Mais son rire lui resta en travers de la gorge. Littéralement.

— Vous êtes malade, dis-je.

— C'est allé si vite... En pleine santé... Il y a une semaine, j'étais en pleine santé. Dieu me vienne en aide...

— Venez avec moi.

— Cet homme est un porc.

— Vous voulez voir Nel Borrow pendue ?

— Je ne le verrai pas.

Il se pencha et exhala un souffle, à peine un râle. Puis il posa la main sur mon genou. Je m'exhortai à ne pas bouger.

— Je n'aurais jamais cru que je rencontrerais un jour un homme aussi célèbre que vous, mon seigneur. Je vous aurais demandé de m'emmener à Londres. C'était mon plan. Un marché. Je vous aurais tout dit si vous m'emmeniez à Londres.

— Vous pouviez aller à Londres quand vous le vouliez.

— Mais pas avec... avec des recommandations. On ne va pas à Londres comme cela. On y va *avec quelqu'un*. C'est trop tard maintenant.

Il me fixa, se rapprochant de plus en plus, comme s'il craignait de me voir disparaître de son champ de vision.

— Verrai-je le roi Edgar quand je serai mort ? Est-ce qu'il m'attendra ?

Il semblait avoir oublié que ce n'était pas le roi Edgar, qu'aucun de ces ossements n'avait appartenu à des gens de renom.

— Dans la sphère céleste, tout est possible... lui répondis-je.

— Vous y croyez vraiment ? Vous savez toutes ces choses, avec votre science et votre magie ?

— Certains pensent que vivre ici peut être d'un grand

secours. Je ne voyais pas très bien comment c'était possible, mais… aujourd'hui, j'ai découvert pourquoi ce lieu était plus sacré qu'aucun autre. Mais vous le savez déjà, vous qui m'aviez dit que la mort venait plus facilement ici.

… où le voile qui sépare les sphères est fin comme la mousseline. La chose la plus mémorable qu'il m'ait dite.

— Vous savez pourquoi ? ajoutai-je. Je peux vous le dire.

Et je lui révélai – le temps ne m'échappait-il pas ? – le secret que les moines avaient conservé et que John Leland avait tenté de décrypter. Je sortis le carnet de mon pourpoint et lui montrai les dessins. Lui expliquai le zodiaque. Le miroir du paradis.

— Ah ! dit Benlow en me souriant. C'était donc cela. Où avez-vous trouvé ceci, mon seigneur ?

— Je ne peux pas vous le dire.

— Où l'avez-vous *déterré* ?

Ses ongles s'enfonçaient dans mon genou au moment où je bondis, me cognant douloureusement la tête contre le plafond, et je vis alors les pustules sur son cou. Les pustules au cœur noir.

— Quelqu'un a dû l'enterrer, dit Benlow. Dommage qu'ils ne m'aient pas laissé prendre les ossements. J'aurais pu lui faire un brin de toilette. La rendre de nouveau jolie.

En quelques minutes, j'avais fui ce temple de la mort et je courais à présent vers le George comme si j'étais poursuivi par tous les démons de l'enfer.

L

Emanation

Je trouvai Cowdray dans l'obscurité de la salle lambrissée, en train de remplacer les chandelles consumées.

— Où est Monger ?

— Parti avec maître Roberts. A Butleigh. Je pensais que vous le saviez.

— Bien sûr.

M'affalant sur une chaise, je pris ma tête entre mes mains.

— Merde.

Cowdray posa les bougies.

— Laissez-moi vous apporter un peu de viande, docteur John.

— Non… pas le temps. Mais un peu de bière ?...

— Ecoutez, je voulais vous dire… commença-t-il en défroissant son tablier. Je n'avais pas compris que vous n'étiez pas au courant de certaines choses…, que Carew et votre ami ne vous avaient pas tout dit. Je suis le genre d'homme qui… Enfin, je dois faire tourner cette auberge, vous comprenez ?

— Cowdray, je ne vous blâme pas de la malhonnêteté de mes compagnons. L'argent que vous gagnez pour l'entretien des hommes de Carew est une aubaine. C'est seulement que… quelque chose ne tourne pas rond ici. Quelque chose ne tourne pas rond du tout.

Je voulais lui dire ce que Stephen Fyche avait fait à Lythgoe. Je voulais le hurler dans les rues.

— Docteur John ?...

Le regard de l'aubergiste se plissa pour scruter la pénombre derrière moi. Je me retournai vivement.

Dans le coin le plus obscur, à la gauche de la fenêtre, était assise une femme aux longs cheveux argentés, libres, sans coiffe. Je ne l'avais jamais vue. Devant elle, sur la table, une feuille, de l'encre et du papier.

— Maîtresse Cadwaladr, dit Cowdray. Elle parle le gallois.

J'inclinai respectueusement la tête. Avec prudence cependant.

— Mon frère était moine à l'abbaye de Strata Florida, dit dame Cadwaladr. Je suis venue avec lui ici il y a quelques années et je suis restée. J'étais cuisinière à l'abbaye.

— Après quoi, reprit l'aubergiste, elle a travaillé avec Cate Borrow dans son jardin potager. Si cela peut vous aider.

Si un homme passe son temps à regarder par-dessus son épaule, c'est bien toi. Tu dois savoir qui tu es.

— Merci, murmurai-je. Merci, Cowdray.

Mon cher John,

Je vous écris dans votre propre langue au cas où cette lettre serait interceptée, ce que je crains. J'ai conscience que vous ne parlez pas le cymraeg, mais je pense que vous parviendrez à déchiffrer ce pli en entier.

Je crois que les prophéties ont été rapportées à notre sœur grâce aux bons offices de son correspondant en France. La source semble en être le propre consultant

de la famille française. Je ne connais pas les circonstances exactes de tout ceci, si ce n'est qu'elles ont apparemment été obtenues dans le plus grand secret.
Voici la dernière prophétie dans son intégralité. La traduction du français à l'anglais, puis au gallois, ne rendra pas, je l'espère, son sens trop confus.
Notre sœur n'est pas mieux.

Je levai les yeux.

— Je suis navrée que votre famille ne soit pas en bonne forme, dit dame Cadwaladr. Mais ce que j'ai lu, je l'oublierai.

— Merci.

Je fixai la traduction.

Deux noms transpiraient.

Son correspondant en France : Sir Nicholas Thockmorton, l'ambassadeur de la reine. Je l'avais rencontré une fois, brièvement, mais je savais qu'il était proche de la famille Dudley. Et qu'il venait d'une famille catholique, même s'il était un inconditionnel protestant. Il était également considéré comme un conseiller de confiance de la reine et la tenait bien informée des plans orchestrés par la puissante et hargneuse famille De Guise pour s'assurer que la fille de Marie de Guise, Marie reine des Ecossais, à présent reine de France, devînt aussi un jour reine d'Angleterre.

Quant au *propre consultant de la famille française*, cela ne pouvait être que Nostradamus. A peine croyable.

Michel de Nostredame. Cet homme avait jeté un long et sinistre voile sur ma carrière depuis le début. Agé de quelque vingt-cinq ans de plus que moi, adoré de la cour française et révéré par plus de la moitié de l'Europe… pour avoir fait ce que j'étais incapable de faire. Je ne l'avais jamais rencontré et n'avais jamais cherché à le faire. Si l'on me le demandait, je dirais que je doutais de ses prophéties, délivrées par le biais de quatrains prétentieux… tout en me demandant secrètement si le frauduleux personnage avait reçu quelque don divin dont je n'étais pas doté.

Il était connu pour être un astrologue, mais, si ses prophéties étaient lues dans les cieux, alors lui et moi n'observions pas les mêmes étoiles.

Je lus les vers, soigneusement transcrits par dame Cadwaladr :

Dans la terre de la grande religion divisée
La sorcière morte continuera de hanter sa fille
Jusqu'à ce qu'elle baise les os du roi de tous les Bretons
Et les enterre de nouveau dans la gloire.

Explicite. La sorcière morte n'était pas Morgan la fée.

Dans quel ordre tout ceci s'était-il produit ? Quand la prédiction avait-elle été envoyée ? La reine se croyait-elle hantée *avant* ou *après* la lecture de cette missive ? Quoi qu'il en soit, Nostradamus, s'il s'agissait bien de lui, devait savoir précisément ce qu'il faisait, le lien de sorcellerie présumé entre la reine et sa défunte mère faisant partie des rumeurs populaires qui circulaient en France. Dès lors, s'agissait-il d'une prophétie montée de toutes pièces pour déséquilibrer la reine et troubler son esprit ? Que se tramait-il donc ? *Réfléchis…* L'effigie de cire, les rumeurs que Walsingham avait étouffées avant qu'elles n'atteignissent la cour… Le pamphlet prédisant la mort de la reine qui avait réussi à pénétrer son intimité. Comment avait été orchestré ce mélange de sorcellerie et de plans machiavéliques ?

Et pourquoi la reine n'avait-elle pas été conseillée sur ce qui ressemblait à une subtile et permanente agression de ses sens, de son esprit supérieur et inférieur, pendant son éveil comme son sommeil ?

A moins qu'elle ne fût mal conseillée, sciemment ou non.

La réponse se cachait-elle dans cette phrase : *si ce n'est qu'elles ont apparemment été obtenues dans le plus grand secret.*

A l'évidence, nous avions des espions en France à tous les niveaux de la société. L'un d'eux avait-il mis la main sur les quatrains non publiés de Nostradamus, en rapport avec la reine d'Angleterre ? Si cette strophe avait été obtenue *dans le plus grand secret*, sa crédibilité en était forcément accrue.

La reine était superstitieuse ; or rien ne pouvait entacher la renommée de Nostradamus, qui jouissait d'une grande respectabilité en France. J'avais entendu à plusieurs reprises qu'on lui attribuait la terrible prophétie de la mort du roi Henri II lors du tournoi de chevalerie, alors qu'elle provenait d'Italie.

Si Nostradamus disait que l'atmosphère était délétère, les Français restaient chez eux, les fermiers différaient les récoltes. Notre propre archevêque, Parker, avait, paraît-il – bien qu'il le niât –, refusé l'office de Canterbury à cause d'une prophétie de Nostradamus.

Les prédictions publiées par l'astrologue concernant la reine étaient si acrimonieuses qu'on y décelait le venin de l'Eglise catholique. *Il n'est jamais rien arrivé de plus tragique à l'Angleterre*, avait-il écrit, au moment où l'accession d'Elisabeth au trône avait été avérée. Il avait fait également référence à *sa malheureuse ascendance* : Anne.

Les renseignements venant de France étaient transmis à la reine par le biais de Sir Nicholas Throckmorton, un homme qui n'était pas tout à fait au-dessus de tout soupçon. Bien que protestant patenté, il venait d'une puissante famille catholique et… Dieu, j'étais si confus. Cecil était-il au courant de ceci ?

— Vous semblez perturbé, docteur John, dit dame Cadwaladr. Et, si je puis me permettre, épuisé.

Cowdray nous avait laissés seuls avec un petit pichet de bière.

— Ça va, répondis-je.

Inutile de faire davantage de conjectures. Je discuterais de tout cela avec Dudley, qui connaissait Throckmorton bien mieux que moi.

— Quand maître Cowdray m'a demandé mon aide, il m'a dit que vous étiez devenu proche d'Eleanor.

Je levai les yeux, surpris. C'était, je dois le dire, une femme mûre d'une grande beauté, et le niveau de sa traduction en disait long sur son intellect.

— Nous ne nous connaissons que depuis peu de temps, mais nous avions… beaucoup de choses en commun. J'espérais être son avocat durant le procès. J'ai été peiné d'apprendre qu'elle ne voulait pas me voir.

— Je comprends que cela soit difficile à accepter. Vous pensez qu'on vous a menti à ce propos ?

— Cela m'a traversé l'esprit. Mais… non. Je crois qu'on l'a persuadée, d'une manière ou d'une autre, de…

— Se confesser ? Comment aurait-on pu la *persuader* de renoncer à la vie ?

— Je ne sais pas.

Maîtresse Cadwaladr joignit les paumes et toucha ses lèvres du bout des doigts.

— Tout ce qui a trait à la sorcellerie semble s'affranchir des règles habituelles. La confession de sa mère fut la même. J'ai travaillé avec Cate dans son jardin. J'ai cultivé des herbes pour les cuisines de l'abbaye et, plus tard, nous avons toutes deux étudié les travaux de sainte Hildegarde de Bingen sur les propriétés curatives des plantes.

— Cela veut-il dire que vous étiez son premier lien avec l'abbaye ?

— En un sens. Avant son mariage, elle travaillait avec moi comme aide aux cuisines. Mais quand, bien plus tard, elle est devenue l'amie de l'abbé, je ne prenais pas part à leurs discussions.

— J'aurais aimé vous connaître avant, dis-je.

— Oh !...

Elle semblait mal à l'aise.

— Voilà plusieurs années que j'ai cessé de jardiner, reprit-elle. Plus personne ne s'en souvient.

Décevant. J'allais lui demander si elle savait dans quoi Cate Borrow s'était engagée avant son arrestation. Mais ma question suivante fut sans doute motivée par une sorte d'instinct.

— Maîtresse Cadwaladr, pourquoi avez-vous cessé de travailler avec elle ? Si ce n'est pas une question indiscrète.

— C'est une question que je considère habituellement comme indiscrète. Je n'en ai jamais parlé. Je suis une personne réservée et je ne serais jamais venue ici, en temps normal. Mais... les circonstances sont loin d'être normales, n'est-ce pas ?

Elle embrassa de nouveau ses doigts, comme si cela l'aidait à prendre une décision. J'entendis alors le martèlement des sabots par la fenêtre.

— Le docteur Borrow est un bon médecin, dit-elle. Il a étudié à la faculté de Montpellier. Une grande habileté pour la remise en place des os, l'extraction des dents. Il est capable de pratiquer des opérations délicates, de drainer des fluides du cerveau, d'ôter des cailloux du foie. Ses mains... sont si adroites, si sensibles. Des compétences rares, dit-on, même à Londres. Glastonbury a de la chance de l'avoir.

— Il ne peut pas gagner beaucoup d'argent ici.

— Non. Je...

Elle ferma les yeux un instant, mordilla sa lèvre inférieure, puis…

— Mon amitié avec Cate m'a amenée à assister Matthew dans son travail. Ce qui, après un temps, est devenu… difficile. Il avait une forte… présence. Une grande attractivité.

— Oh !

Je n'étais pas certain de savoir à quoi m'attendre, mais pas à ce genre d'explication.

— J'avais beaucoup de respect pour Cate, elle était très dévouée à Matthew et tout ce qu'il avait fait pour elle. Je ne voulais pas… Il s'est avéré que je ne pouvais plus rester auprès de lui.

— Et est-ce qu'il… ?

— Non. C'est un homme bien. Aux résolutions fermes. Un homme pieux.

— Mais…

— Alors, je suis retournée au pays de Galles, chez mon frère. Cela fait un an que je suis de retour ici, depuis son décès. C'est alors que j'ai appris ce qui était arrivé à Cate. Ce qu'elle était devenue. Quelle tragédie !

Le silence se fit dans la pièce. J'entendis des portes s'ouvrir et des voix résonner dans le couloir.

— Qu'essayez-vous de me dire, madame ?

— Les herbes qu'elle faisait pousser étaient bonnes. Je pense seulement qu'elle les a mélangées avec les mauvais ingrédients, et tout est allé de travers. Il a dû être extrêmement déçu par elle.

— Matthew Borrow ?

Elle m'observa un moment, choquée par la boîte de Pandore qu'elle venait d'ouvrir. Cependant, étant donné mon épuisement, je ne voyais pas ce qu'il y avait dedans.

— Et à présent sa fille prend le même chemin… J'aurais dû le voir en elle. Elle est devenue mon médecin à mon retour et je croyais qu'elle avait hérité des qualités de son père. Je n'avais pas compris…

— Vous… avez vu Matthew depuis votre retour ? Je veux dire… ?

— Non, je vous en prie.

Elle se leva.

— Pardonnez-moi. J'ai été heureuse de vous aider pour votre traduction.

Mon épuisement était inimaginable.

— Vous pensez que Cate… ? Vous êtes en train de me dire que toutes les deux… sont de vraies sorcières ?

— Je… ne suis pas sûre de savoir ce que je dis. Et en effet, je ne le dirais pas si Eleanor ne vivait pas le même destin. Je ne peux m'empêcher de croire que ce n'est pas une simple coïncidence. Je vous demande pardon, je dois partir.

J'aurais dû insister. Ne pas la laisser partir aussi facilement. Lui poser davantage de questions, mais j'entendais la voix de Joe Monger et j'étais impatient d'avoir des nouvelles de l'expédition de Butleigh.

— Merci, dis-je. Merci de votre aide.

Je lui ouvris la porte. C'était une petite femme toute menue, dont la silhouette n'avait pas été déformée par les grossesses.

— Oui, en effet, disait Monger à l'extérieur, maître Roberts a trouvé exactement ce qu'il cherchait.

LI

Récompense

La tâche n'avait, semblait-il, guère présenté de difficultés. Pas avec Lord Dudley vêtu de ses atours et un détachement d'hommes en armes. Sans oublier, à l'arrière-plan, Monger, le maréchal-ferrant, connu et reconnu par le vicaire, le forgeron, le meunier.

Un bois qui s'était étendu, de sorte que le cercle de chênes ne se trouvait plus en son centre. Oh oui, tout le monde savait qu'il y avait une tombe à cet endroit, un enterrement datant de plusieurs années, la nuit, que personne n'évoquait ni n'approchait par crainte des fantômes.

— Des branchages épais, dit Monger, excepté à un endroit, totalement vierge.

— Où rien ne pousse, dis-je. J'ai entendu parler de ce genre d'endroits. Souvent, c'est la tombe d'un meurtrier, comme si le sol avait été empoisonné.

— Lord Dudley a fait creuser les hommes, poursuivit le maréchal-ferrant. D'abord, à environ un mètre de profondeur, on a trouvé une croix. Un crucifix précieux, portant une figure du Christ. Ancienne, mais pas si ancienne que ça. Comme si elle provenait d'une église. Ensuite, un mètre plus loin… ce n'était pas un cercueil, mais plutôt une sorte de coffre de maison.

Monger avait suggéré de le rapporter à Glastonbury, mais Dudley avait réfléchi un moment et décidé que, non, il devait être ouvert au cas où ce ne serait pas ce qu'ils cherchaient.

— En fait, dit Monger, je pense que c'était vraiment un coffre de maison, rudimentaire et pas très ancien.

Comme les hommes étaient superstitieux, Dudley l'avait lui-même forcé à l'aide d'une épée. A l'intérieur se trouvait un autre coffre de chêne, bien plus ornementé, au couvercle de verre.

— Une fenêtre à petits carreaux, précisa Monger. Avec six vitres carrées. A travers, on pouvait voir les ossements. En fait, c'était un moment très solennel.

Ils avaient trouvé une inscription gravée dans le bois. Une simple légende : *Rex Arturus.*

Une légende, en effet. Certains hommes étaient vraiment effrayés, l'un d'eux s'était même signé comme autrefois, en tentant de masquer son geste.

— Alors, vous n'avez pas essayé d'ouvrir le coffre intérieur ?

— Pourquoi ? Comme Lord Dudley l'a dit, et j'étais plutôt d'accord, la mise au jour devrait être réalisée en grande cérémonie, devant un grand autel. Des reliques qui ont été déterrées devant Edouard Ier doivent renaître au grand jour devant le monarque de son époque.

Même si mon instinct m'avait soufflé que les ossements d'Arthur devaient se trouver là, il me semblait étrange que ce fût aussi rapide, comme si la destinée était en marche. Cela aurait été étrange, glorieux et mystique. Si je n'avais pas su ce que je savais. Monger ouvrit ses paumes encore maculées de terre.

— Lord Dudley a dit que nous devions remercier Dieu pour cela et est aussitôt tombé à genoux, comme le reste d'entre nous. Puis il m'a demandé de dire une prière convenable. Ce que j'ai fait. Nous sommes restés agenouillés deux minutes en silence avant que Lord Dudley ne se lève et nous ordonne de transporter le coffre sur la charrette.

Dudley a ôté son propre manteau pour couvrir la boîte. Puis d'autres prières ont été dites avant de reprendre la route.

Alors, la charrette, avec les ossements, a été conduite jusqu'à l'église où, pour prévenir tout commérage, une annonce a été faite : ce jour, les ossements du roi Arthur avaient été découverts par Lord Dudley, grand écuyer de la reine, et seraient immédiatement emportés à Londres. Des cavaliers ont été dépêchés au shérif de Bristol pour qu'une compagnie d'hommes à cheval les rejoigne.

Pas de cérémonie impromptue donc.

Monger m'observa en souriant.

— Quel dommage que nous n'ayez pas été avec Lord Dudley pour partager la gloire d'une telle découverte. Après tout, c'est le résultat de vos recherches.

— Lord Dudley vous a dit cela ?

— Il a dit que vous comprendriez.

— Oh oui. Parfaitement.

... un homme qui apporte à la reine un symbole irréfutable de son héritage royal..., qui confère à la monarchie une aura mystique..., un tel homme peut espérer une récompense.

— Les recherches sont une récompense en soi, répondis-je. Euh... Joe. Avant que la boîte ne soit recouverte, vous avez regardé dedans ? Vous avez vu les os... distinctement ?

— Assez, oui. La boîte était, j'imagine, plus un reliquaire qu'un cercueil et, placée dans un coffre de chêne, elle n'a pas beaucoup pris la poussière. Le verre était un peu laiteux, mais on voyait encore bien à travers.

— De grands os ? D'après vous ?

— Absolument. Les os des jambes étaient si grands que certains avaient été placés en diagonale. Le crâne était au centre.

— Un gros crâne ?

— Je dirais que oui.

— Avec des marques dessus ?

— Endommagé, c'est certain. Plusieurs entailles et un trou au-dessus, comme s'il avait été frappé par une épée ou une masse.

Cela correspondait à la description donnée par Giraldus Cambrensis à l'époque, et qui me revint aussitôt en mémoire.

... sur le crâne apparaissaient une douzaine de blessures qui avaient guéri en laissant des cicatrices, à l'exception de l'une d'elles, une crevasse qui semblait être la cause de la mort...

— Arthur, alors, conclus-je. Ou, du moins, l'Arthur que les moines ont prétendu avoir découvert au XIIe siècle.

— Jaunis par le temps, certainement, dit Monger. Mais honnêtement, comment pourrions-nous le prouver ? Les os ont dû être déplacés à la hâte par mes frères moines, avec déférence cependant, puis placés sur...

Il m'observa. L'espace d'un instant, j'eus l'impression que nous étions deux acteurs en train de jouer une scène, déclamant nos textes.

— Sur quoi ?

— Sur un matelas doux, dit Monger. Pour qu'ils ne souffrent pas du transport. En fait... une peau de mouton.

Un homme intelligent. Peut-être pensa-t-il aux implications possibles avant moi. Ou bien avait-il perçu mon scepticisme. Quoi qu'il en soit, nos regards étaient empreints de suspicion. Ainsi que d'une forme de crainte.

Entièrement justifiée.

— Aidez-moi, dis-je.

Nous y allâmes tous les deux et le trouvâmes en piteux état.

Tapi sur le sol, dans un tas d'ossements. Il avait enlevé les étagères, de sorte que les crânes sans mâchoires et les os jonchaient le sol comme sur le site d'un ancien massacre. Du sang frais sur certains d'entre eux. Il tenait une fiole brisée entre ses mains qu'il avait groupées et portées à sa gorge, toutes tremblantes. Il avait apparemment essayé de se trancher les veines avec, ce qui expliquait les filets de sang qui maculaient ses bras.

Les bougies brûlaient toujours, mais l'odeur de l'encens était teintée de relents d'urine. C'était sans doute la potion que Matthew Borrow avait donnée à Benlow.

— Trop faible, dit Monger en lui arrachant la fiole des mains et la jetant dans un coin de la cave. Trop faible pour le faire.

Des larmes dans les yeux de Benlow.

— Il faut faire venir Matthew ici, ajouta-t-il.

— Oui.

Moi aussi, pensais-je, je devais parler au Dr Borrow.

— Je vais le chercher. Vous pouvez rester avec Benlow ?

Il marqua une pause.

— Attendez.

De sa robe, il retira une croix de métal au bout d'une chaîne et la fit glisser autour du cou de Benlow.

— Dieu vous garde, murmura-t-il. Aujourd'hui et pour l'éternité.

— Enlevez ça…

Benlow roula sur le flanc, hoquetant, les mains à la gorge, déchirant son pourpoint élégant pour atteindre la chaîne. Il poussa une sorte de hoquet étranglé qui s'apparentait à un rire.

— J'ai laissé tomber Dieu.

— Alors, parlez à cet homme.

Monger s'éloigna.

— Trouvez la paix. N'emportez pas tout avec vous.

Agrippant les barreaux de l'échelle, il se tourna vers moi.

— Demandez-lui ce que vous avez besoin de savoir. Vous n'avez pas beaucoup de temps.

Je m'agenouillai sur le sol et écartai le crâne du roi Edgar ou d'un quelconque autre roi.

— Maître Benlow…

Il me sourit. Je crus qu'il s'agissait d'un sourire. Un filet de sang coulait entre ses petites dents pointues. Il avait dû essayer d'arracher de ses dents la peau de ses poignets avant de ne plus avoir la volonté ni la force de le faire.

— Ils m'ont terminé, murmura-t-il. N'est-ce pas ?

— Le médecin va venir.

— Enveloppez-moi dans une peau de mouton, mon seigneur. Mettez-moi dans la tombe… enroulé dans une bonne peau de mouton, comme ça mes os…

— Reposeront comme ceux du roi Arthur ?

Il n'y avait pas de temps à perdre. Pas une minute. J'attendis, soutenant son regard, devenu immobile et méfiant.

— Qu'est-ce que vous savez ?

— Je sais ce que vous avez enterré à Butleigh.

Il ouvrit la bouche toute grande, comme s'il voulait prendre une bouffée d'air, puis la referma, et les mots s'écoulèrent faiblement.

— Je ne vaux pas une peau de mouton, n'est-ce pas ?

— Une meilleure peau que celle d'Arthur.

— Je leur ai offert une peau. Une bonne peau. L'une des miennes.

— Mais ils ne voulaient pas d'une belle peau, n'est-ce pas ? répondis-je doucement. Il fallait qu'elle ait l'air vieille de vingt ans.

Il tenta de renifler, les yeux agrandis par l'angoisse.

— Dégoûtante…, cette vieille chose qu'ils m'ont trouvée.

— Où ?

— Les fondations de l'abbaye, derrière…, derrière la cuisine de l'abbé. Une vieille peau dégoûtante. J'avais honte…

— Ils vous ont apporté le coffre d'abord ? Quand était-ce ?

— Hier ? La veille ? L'avant-veille ? Quel jour sommes-nous aujourd'hui ?

— Lundi.

— Il y a une semaine, qui sait ? Le temps passe vite quand on meurt.

— Qui a apporté la peau de mouton, maître Benlow ?

— Aucune idée. Elle était juste là. Ils m'ont dit de venir la chercher.

— Qui ?

— Dites-moi des secrets.

— Vous connaissez tous mes secrets.

J'imaginai que la peau avait été dénichée dans une ferme où la maladie du charbon avait décimé le troupeau de moutons.

Et elle avait été emportée au milieu de la nuit, au bout d'une très longue pique.

Jusqu'à ce qu'elle embrasse les os du roi de tous les Bretons.

— A qui sont-ils ? murmurai-je. A qui appartiennent les ossements que vous avez posés sur la peau de mouton ? Ceux que vous avez enterrés à Butleigh ?

Je pensais l'avoir deviné. Mais je ne me rappelais pas le nom.

Benlow ne répondit pas. Je lui reposai la question, suffisamment près à présent pour distinguer les bubons de son cou, d'un centimètre de diamètre, au cœur noirci et troué.

— Un homme grand, dis-je. Le plus grand du cimetière.

— Arthur, croassa Benlow. Une centaine de saints dans le mur…, mais ils voulaient tous Arthur.

Il tenta de prendre une inspiration, mais n'y parvint pas, et une immense panique envahit son regard, avant qu'il ne s'affaissât contre un mur de morts émiettés.

— Aidez-moi, Benlow. Vous ne voulez pas faire le bien.

— Qu'est-ce que le bien ?

Ses paupières papillonnèrent telles des mites.

— Qu'est-ce que le mal ? Et entre les deux ? Ils mentent tous. Même Dieu ment.

— Et *aucun Dieu* ?

— Hein ?

— Vous avez dit… La dernière fois, vous m'avez dit que même *aucun Dieu* était un mensonge. De qui parliez-vous ? Du docteur Borrow peut-être ?

Je repensais à présent à ce que dame Cadwaladr avait dit. A mes propres sentiments, la première fois que j'avais quitté le cabinet de Borrow, quand mes pensées n'étaient pas inondées des rêves de Leland.

— Il me remplit de crainte, mon seigneur. J'étais attiré par lui.

— Vous l'avez suivi ?

— Comme le Messie.

— Vous dites que vous suivez des gens tout le temps.

— Les gens se rendent dans des lieux… inattendus.

— Que voulez-vous dire ? Où allait le docteur Borrow ?

— A l'église, une fois, la nuit, quand tout était calme. Le docteur est allé à l'église Saint-Bénigne, il a allumé un cierge et je…

Benlow agrippa brusquement mon bras, luttant pour respirer.

— Qu'avez-vous vu d'autre ?

— Entendu plutôt. Il a crié. Il était seul dans l'obscurité, devant l'autel, et il a crié, comme le Christ sur la croix. En colère.

— *Père, pourquoi m'as-tu abandonné ?*

— Hein ?

— C'est ce que le Christ a dit sur la croix.

— Je… je ne sais pas.

— Où est-il allé encore ? Où l'avez-vous suivi ?

— Il a marché jusqu'à la mer un jour, mais je… j'étais fatigué. Trop loin. Je suis rentré. Et un soir il est allé à Meadwell.

— Quand ?

Des pieds apparurent sur l'échelle.

— Quand, Benlow ?

— Deux fois, trois fois… dit-il, le regard perdu. Je suis fatigué de faire le bien. Ce n'est pas le bien, mon seigneur. Ce ne sont que des mensonges.

— Parti, déclara Monger en posant les pieds sur le sol. Il est parti.

Son visage luisait de sueur, son regard reflétait une perplexité que je ne lui avais jamais vue.

— Matthew… il n'est pas là. Peut-être qu'il fait sa tournée, je n'ai pas pu le trouver. Nous n'avons pas de médecin.

Benlow se déplaça. De sa gorge s'échappa un sifflement flûté, tel un chant d'oiseau lointain.

— Vous vous y attendiez ? me dit Monger.

J'acquiesçai.

— Allez-y et faites ce que vous avez à faire, dit-il. Je vais le nettoyer, l'installer confortablement. Je ne peux pas laisser un homme mourir comme cela.

— Il est en de bonnes mains, dis-je en me levant lentement, faisant attention à ne pas me cogner au plafond bas.

— Mieux vaut un soigneur de chevaux que…, Joe, il faut l'arrêter.

Benlow était bouche bée, comme l'un de ses crânes, et son doigt crochu me faisait signe.

— Dudley, dis-je, nous devons le faire revenir. Et les ossements. Les enterrer de nouveau. Dans un endroit où personne ne les trouvera.

— Alors, quelqu'un va devoir chevaucher au rythme du diable, dit Monger. Le dire à Cowdray. S'il envoie l'un de ses gamins… Avec une charrette, ils ne peuvent pas aller trop vite.

— Et nous devrions pouvoir les rattraper avant la nuit.

— Dieu vous entende.

Benlow essaya de se redresser, Monger vint à sa rescousse. Il ne cessait de me chercher du regard, fixant le lieu où je me trouvais quelques minutes auparavant, sans comprendre.

— On ne…

Sa gorge émit un croassement, qui n'avait plus rien d'un rire.

— On ne… l'appelait pas… le *grand* Jamey Hawkes pour rien, mon seigneur.

Nous regardâmes les cavaliers partir, Cowdray et moi. Le ciel était de plomb, la lumière du jour mourait sans véritablement avoir vécu.

Trois cavaliers s'étaient lancés à la poursuite de Dudley : le garçon d'écurie, le marmiton et un autre qui aurait pu être le fils de Cowdray. L'un d'eux avait pris mon cheval.

Chacun des messagers emportait une copie d'une missive que j'avais écrite à l'attention de Dudley, signée, en l'absence de sceau adéquat, du symbole des yeux que j'avais dessiné une fois pour la reine, par jeu.

Chaque lettre, écrite à l'encre, séchée à l'aide d'une poignée de sable et dûment cachetée, contenait le message suivant : si Dudley ne revenait pas immédiatement, avec le coffre contenant les ossements intacts, sa seule récompense serait la mort. La pire des morts. Difficile de trouver mieux pour exprimer ma pensée le mieux possible. *Le tombeau de l'amour*, avais-je finalement écrit. En le soulignant deux fois.

— Quel que soit le prix que vous comptiez me faire payer, dis-je à Cowdray, vous pouvez le doubler.

Il demeura silencieux un moment, puis secoua la tête.

— Je ne prendrai rien pour ceci.

Il ne savait pas. Ne pouvait pas savoir. Mais c'était un homme bon.

Je fis un signe de tête en direction du Tor et m'efforçai de parler normalement.

— Où Nel va-t-elle passer la nuit ?

— A Meadwell, je suppose. Il y a une ancienne geôle en ville, mais ils ne l'ont sûrement pas utilisée. Meadwell a des cachots. Cette maison est presque fortifiée. Enfin…, paraît-il. Je n'y suis jamais allé.

— Jamais ?

Pas depuis qu'elle a été reconstruite.

— Carew est-il là-bas ?

— Sûrement.

Il m'observa et cligna des yeux.

— Docteur John, vous avez vraiment besoin de sommeil. On dirait un mort vivant. Vous n'avez rien mangé… En fait, je me demande comment vous faites pour tenir encore debout.

J'aurais préféré m'adresser à Dudley, mais qui savait quand – ou *si* – Dudley reviendrait cette nuit. Je racontai donc à Cowdray ce que Benlow m'avait avoué à propos de Stephen Fyche et du meurtre de Martin Lythgoe.

— Laissez la rumeur se répandre, maître Cowdray. Criez-le haut et fort. Cela ne risque plus de nuire au pauvre Benlow.

L'incrédulité se peignit sur le visage de l'aubergiste.

— Vous pensez qu'ils ne le savent pas ? Quel gamin il est ? Les gens ont choisi de fermer les yeux sur les histoires de Fyche, préférant jouir de sa charité, mais ils ont vu de quoi était capable son fils livré à lui-même une nuit d'été, pris de boisson.

— Où est sa mère ?

— Partie depuis longtemps. Fyche et le gamin, il paraît qu'ils copulent ensemble à Meadwell.

— Carew est au courant de tout cela ?

— Vous croyez vraiment que cela l'inquiéterait ?

— Non, je suppose que non. Ecoutez, quel est le chemin le plus court pour Meadwell ? Je sais seulement que la propriété se trouve de l'autre côté du Tor.

— Non, docteur, répondit Cowdray en soupirant. Ce n'est de l'autre côté du Tor que lorsque vous êtes *sur* le Tor. La propriété de Meadwell se situe à environ un kilomètre en dehors de la ville. Suivez le chemin après le sentier qui mène au Tor, puis continuez vers l'est et vous atteindrez le portail.

Je hochai la tête. Je réfléchissais au sujet de Borrow, me demandais où il pouvait bien être. A l'endroit où il avait été élevé, il y a trente ans ou plus.

— Vous comptez y aller seul ?

— Avec qui d'autre ? Non, non…, dis-je en levant la main. Merci. Gardez votre auberge.

Il secoua la tête. J'avais envie de lui dire : *Cowdray, ils veulent tuer la reine. Ils ont empoisonné son héritage.* Mais il m'aurait demandé de qui je parlais, et je n'aurais pu lui répondre avec certitude.

— Je suppose… qu'il n'y a plus personne pour protéger mes arrières ici ? Les hommes de Carew ?

— Vous n'avez jamais été celui sur qui ils veillaient, sachez-le, dit Cowdray en posant la main sur mon épaule. Vous devrez faire attention à vous, d'accord ?

— Oui, merci.

Il fallait veiller à tant de choses. Le ciel avait pris une teinte verdâtre, comme la moisissure, et, alors que je marchais dans la rue, des éclairs aveuglants me vrillaient le cerveau. J'allais me rendre à Meadwell, mais pas tout de suite.

Je progressais vers l'église Saint-Bénigne. Plongée dans le silence, la ville s'obscurcissait, les rues étaient désertes, l'air chargé d'une fumée réconfortante. Le cabinet du médecin se noyait peu à peu dans le crépuscule naissant, et je n'étais qu'une ombre de plus en haut des marches du perron, où je saisis ma dague.

Je n'étais pas un expert de l'effraction, mais la serrure était vieille, et le bois se brisa sous la lame.

A l'intérieur, le feu mourait dans l'âtre, mais je réussis à allumer quelques bougies, que je posai sur la table à tréteaux. Je n'étais pas encore sûr de ce que je cherchais, mais je le saurais quand je l'aurais trouvé.

LII

Abominations

À quoi m'attendais-je ? Sans doute pas à la sévérité du lieu.

Pour les gens d'une certaine aisance matérielle, comme je l'ai dit, c'est le premier âge de la lumière. Les grandes demeures possèdent de grandes fenêtres.

Pas comme les meneaux de Meadwell. Debout devant le portail, je contemplai la maison qui se dressait devant moi, telle une falaise dans le crépuscule. Personne ne semblait être de service.

Les grilles étaient ouvertes. Je ne m'étais pas attendu à cela non plus. Je pensais qu'un domestique m'aurait accosté et que j'aurais envoyé un message à Carew qui, dans un moment de bonté, serait apparu devant moi, en colère ou sarcastique.

Mais je l'aurais forcé à m'écouter. Dieu du ciel, je l'aurais obligé à entendre ce que j'avais à dire. Et l'exécution aurait été, grâce à Dieu, suspendue, le temps de mener une enquête de plusieurs semaines qui se serait terminée par un certain nombre de nœuds coulants autour du cou.

Je voulais Carew, et non Fyche. Ici même.

Mais il n'y avait là que des chouettes. Elles hululaient dans le ciel qui, ironiquement après une telle journée, était clair.

Aucune étoile encore, cependant. Livré à moi-même, je poursuivis mon exploration des lieux.

Il ne m'était pas venu à l'esprit que Carew eût pu prendre part à tout ceci. Par nature, c'était un homme simple.

Oui, il avait servi différents rois en Europe et combattu de multiples armées. Mais, depuis son retour, il semblait uniquement attaché aux intérêts de l'Angleterre, un protestant jusqu'à la moelle, un aventurier, pas un conspirateur. Cela ne me le rendait pas pour autant sympathique. Mais il avait reçu l'abbaye des mains de la reine ou de Cecil, et le propriétaire de l'abbaye était aussi celui de cette triste ville.

Je pensai à appeler Carew, mais, finalement, je me contentai de m'avancer vers la maison, jusqu'à une porte de chêne vert encastrée dans un mur de pierre sans porche.

Ce n'était sans doute pas l'entrée principale. Je cognai du poing contre la porte, deux fois.

Pas de réponse. Pas d'écho à l'intérieur.

Un moment, je demeurai immobile, hésitant, puis je fis pivoter l'anneau de fer, comme si je trouvais normal que la porte ne fût pas verrouillée.

J'étais d'abord retourné à l'auberge. Personne n'en savait plus à propos d'une ville que son principal aubergiste, qui observait les allées et venues, à l'écoute de toutes les paroles inconsidérées qui sortaient des lèvres déliées par la boisson.

D'abord, j'avais pris les lettres que j'avais trouvées dans le cabinet de Borrow et les avais dissimulées sous une poutre, dans l'écurie des ânes. Ces bêtes pouvaient garder des secrets.

Puis j'avais demandé à Cowdray de me rejoindre à la taverne, à présent remplie de monde, et où les discussions sur l'exécution prévue le lendemain allaient bon train.

— Vous n'avez pas trouvé Meadwell, docteur John ?

— Je n'y suis pas encore allé. Nous n'avons pas beaucoup de temps. Cowdray, dites, le docteur Borrow, quand a-t-il quitté la ville, enfant ?

C'est ainsi que j'avais appris que le père de Borrow, un riche marchand de laine et éminent catholique, avait fait des affaires en France et trouvé les humeurs de ce pays plus proches de ses aspirations.

Cela se passait dans les années 1520, où il n'y avait pas de soupçons de Réforme et où le roi Henri avait épousé la veuve de son frère Arthur, Catherine – un mariage sûr et stable.

Seul Matthew était revenu à Avalon, une fois diplômé. Un médecin de valeur, comme il l'avait prouvé.

Glastonbury avait été reconnaissant de l'avoir. Et la plupart des riches marchands et propriétaires terriens de la région, d'après Cowdray, auraient été heureux de lui donner leur fille en mariage.

Mais, à la consternation des marchands et de leurs filles, Borrow avait choisi d'épouser une orpheline qui était devenue cuisinière à l'abbaye.

Elle était belle, remarquez, dit Cowdray, *mais à l'évidence, elle n'avait pas d'argent. Personne n'a compris son choix.*

Certaines maisons, quelle que fût la saison, sont plus froides que la bise hivernale. Sans manteau ni cape, ni aucune nourriture ce jour-là, je frissonnai dans la froidure de Meadwell.

Pas de chandelles ni de lampes, pas de feu ni d'odeur de fumée.

Seulement un couloir. Je restai immobile, incertain de la direction à prendre, tandis que le fol esprit inférieur empruntait déjà l'escalier descendant dans les donjons qui, bien sûr, n'étaient pas surveillés, et où un trousseau de clés pendait à un clou, à la vue de tous.

Et ensuite quoi ? S'enfuir avec Nel Borrow, main dans la main ? Quitter le pays ensemble ?

La vie ne serait jamais plus simple, jamais plus, pour personne. Je pris à gauche, un corridor où il y avait plus de lumière grâce aux hautes meurtrières. Assurément, je ne pouvais être seul ici et hésitai à appeler. Mais si Fyche m'entendait ? Ce qu'il me fallait, c'était un serviteur qui allât me chercher Carew.

Le couloir se terminait par un T et une porte face à moi. Que je poussai, tout bonnement. Mais je ne pus l'ouvrir grand et crus de prime abord que la résistance était due à une autre personne qui la poussait dans le sens contraire. En fait, la porte avait buté contre une pile d'objets qui s'effondrèrent, faisant un bruit familier que je reconnus aussitôt.

Des livres. Une immense pièce remplie de livres. Une odeur de cuir et d'humidité.

Cependant, ce n'était pas une bibliothèque. Tant de livres, mais pas sur des étagères. Des ouvrages empilés en tas instables à même le sol. De beaux livres, bien reliés, en quantité incroyable.

Tout au bout de la pièce, une fenêtre donnait sur une cour encadrée de murs hauts et, dans la faible luminosité, je parvins à déchiffrer un titre familier.

Euclidis Elementa Geometrica.

Mon Dieu.

En quelques minutes, je trébuchai sur *Alberti Magni Minerarium*, ensuite sur le *Quæstionum Disputartarum* de Thomas d'Aquin, puis sur divers autres ouvrages scientifiques et philosophiques, dont je possédais des copies dans mon humble bibliothèque de Mortlake.

Tout cela m'incitait à penser sans le moindre doute que j'avais découvert une grande partie de la bibliothèque qui avait éveillé crainte et stupeur chez Leland à l'abbaye de Glastonbury, à l'époque de l'abbé Richard Whiting.

Ni rangés ni catalogués. Abandonnés, pêle-mêle, négligés, certains couverts de poussière et abîmés par l'humidité. Une véritable maison close de la connaissance.

Avec tous ces livres, je ne vis pas tout de suite que la pièce recelait également du mobilier : des chaises, des paravents, des coffres, apparemment de facture ecclésiastique.

J'ouvris le coffre le plus proche et y découvris, enveloppés dans des tissus, deux plateaux d'argent et une coupe avec des anses.

Des livres, des meubles et des objets liturgiques.

Ces biens n'avaient pas été dérobés pour la décoration d'une demeure. C'était l'abbaye tout entière que Carew stockait ici.

Dans quel but ?

Son abbaye, sa propriété.

Peu probable. Alors que j'aurais moi-même pu passer cinq ans ici, aucun de ces ouvrages n'avait le moindre intérêt pour un brigand notoire qui, d'après la légende, avait menacé de sauter du haut des remparts d'Exeter plutôt que de retourner à l'école.

A présent, je me moquais de la direction à prendre. Je titubai d'un couloir à l'autre, passai sous des arches où le mortier paraissait à peine sec. Si cet endroit avait vocation de devenir une faculté, il ne ressemblait à aucune de ma connaissance.

Enfin, j'arrivai dans une impasse. Avec une porte de chaque côté. Celle de gauche avait une fenêtre à barreaux. Les cellules ? L'armurerie, plutôt.

La porte de droite ouvrait sur un corridor étroit, à peine éclairé, où je m'aventurai avec précaution, longeant le mur de gauche.

Des marches. Un escalier étroit qui descendait. Mon fantasme allait-il devenir réalité ? Je réprimai une bouffée d'excitation. Ce ne pouvait pas être aussi facile.

Puis, alors que je poursuivais lentement ma descente, une voix me parvint. Une voix seule, lointaine, un marmonnement bas et continu. Ce n'était pas un dialogue ; l'homme ne s'adressait pas à un interlocuteur, mais à… son Dieu ?

En latin, pensai-je, qui était ma seconde langue et la langue dans laquelle on s'adressait habituellement à Dieu.

Parfois, on se retrouvait dans des situations qui semblaient avoir été planifiées depuis longtemps par quelque instance supérieure.

J'ai déjà évoqué l'idée que j'étais un pion sur un échiquier, déplacé par un joueur dans un jeu plus grand dont je ne comprenais pas les règles.

Voilà le sentiment que j'avais à présent, celui de vivre un moment prédestiné, alors que je m'avançais lentement vers le son de la voix.

Et vers l'unique lumière. J'atteignis une arche de pierre, sous laquelle des bougies jetaient quelques rais sur ce qui semblait être un autel.

Dans une niche sous l'autel se trouvait une statue de la Vierge Marie. Le genre de statue qui, depuis peu, avait été arrachée des murs de toutes les églises du pays.

Un homme était agenouillé devant, les bras sur les côtés, la tête baissée, et son chant ne provenait pas du

Livre de prières commun, mais de quelque chose de plus ancien qui habitait son esprit.

Sa langue s'avérait en fait être non pas le latin, mais le français. Ma troisième langue, ou peut-être la quatrième.

J'observai et écoutai l'homme durant environ une minute. Puis, pour une raison indéterminée, je me sentis obligé de tousser.

C'est alors que l'individu se leva, lentement, et se tourna vers l'allée pavée, sans cesser de réciter.

Ce n'était pas une prière, et je n'avais jamais entendu cette voix.

Je n'aurais jamais cru entendre un jour, cela dit, la voix d'un moine muet.

LIII

Dans le jardin nocturne

Je ne fis pas un mouvement.

— Frère Michael, dis-je doucement.

— *Qu'est-ce qui se passe ?* répondit-il en français.

Il me regarda attentivement. Comme il avait fixé longuement les cierges de l'autel, je lui apparaissais comme une ombre floue, alors que je distinguais parfaitement ses traits. Ses yeux s'étaient dilatés légèrement sous ses paupières lourdes, sa lèvre inférieure tressauta sur sa barbe taillée en pointe.

Profitant de cet avantage momentané, je lui dis, en français, combien j'étais enchanté de la miraculeuse restauration de son sens de la parole et que j'étais persuadé que cela n'affecterait en rien ses célèbres dons de visionnaire.

Les paroles de Fyche me revinrent en mémoire, lors de notre rencontre sur le Tor.

… comme il n'y a personne pour le distraire, il n'entend plus que les voix des anges. C'est pourquoi, comme vous pouvez l'imaginer, son jugement moral et spirituel est… d'une valeur inestimable.

Frère Michael cligna des yeux. Sans cérémonie, il prit un cierge sur l'autel et le leva à hauteur de mes yeux.

Puis il hocha solennellement la tête.

— Pardonnez-moi, dis-je, quand nous nous sommes rencontrés sur le Tor, votre hôte n'a pas jugé bon de nous présenter.

Il ne répondit pas.

Son âge ? Oui, cela correspondait à peu près. Environ celui de ma mère, la soixantaine. Comme sa calotte avait glissé vers l'arrière, on devinait sa calvitie naissante.

— J'aurais dû me douter que je vous trouverais ici, repris-je. Apparemment, c'est un lieu digne d'intérêt, abritant les vestiges de l'une des plus extraordinaires bibliothèques d'Europe, après Londres ou Paris.

Je continuais de m'exprimer en français, car je n'étais pas certain qu'il connaissait l'anglais. Une bonne raison pour un homme dans sa position de passer pour sourd et muet.

— De plus, oui, de plus je connais, de par mes lectures, votre intérêt pour les monuments et les vestiges druidiques. Qui sont, je suppose, bien plus nombreux et plus impressionnants ici qu'en France. L'un des avantages de vivre sur une île.

Il tenait toujours son cierge en hauteur… et gardait le silence.

— L'un des désavantages, en revanche, est que les gens d'ici sont plus superstitieux et moins ouverts aux progrès de la connaissance. Une bonne raison de cacher votre présence, même si certains d'entre nous vous auraient accueilli avec chaleur. Toutes ces heures que nous aurions pu passer à discuter d'astrologie, d'alchimie, de la cabale…

Il me vint à l'esprit qu'il se disait peut-être que mes questions étaient spéculatives et cherchaient à établir son identité avec certitude.

C'est pourquoi il se taisait. En vérité, je bouillais d'impatience. Il était temps d'abattre mes cartes.

— Je ne pensais pas, au début, que vous aviez étudié à la faculté de Montpellier en même temps que Matthew Borrow - vous avez au moins dix ans de plus que lui. Puis je me suis rappelé, d'après mes recherches, que vous étiez un étudiant de médecine *mûr* - la trentaine environ ?

Je vis son regard se plisser pour la première fois à la mention de Matthew Borrow.

Aucune des deux lettres que j'avais volées dans le cabinet de Borrow n'était signée, mais la reconnaissance d'écritures était une matière que je trouvais divertissante. J'appréciais l'analyse des styles et les diverses approches calligraphiques de ce domaine.

— Votre écriture d'aujourd'hui est encore pire que celle des premiers manuscrits que j'ai de vous sur mes étagères.

Il esquissa un sourire. Enfin, je n'en étais pas sûr, car ce fut le moment qu'il choisit pour baisser son cierge.

— J'ai entendu dire que vous bâtissiez une bibliothèque, répondit-il.

— Ce ne sont que les prémices.

J'étais absurdement flatté qu'il eût entendu parler de ma bibliothèque - ou même de moi. Et content qu'il se décidât enfin à parler.

— Le jour où nous étions sur le Tor, saviez-vous… qui j'étais ?

Je le vis réfléchir à ma question, comme si elle contenait quelque sens caché.

— Non, à ce moment-là, non, répondit-il.

— Peut-être plus tard alors ? Peut-être après que le fils dégénéré de Fyche a extorqué cette information au serviteur de mon collègue ? Avant de juger nécessaire de le tuer ?

Pas de réponse. Je ne pouvais plus croiser son regard, mais je tins bon. Les lumières sauvages s'étaient de nouveau insinuées en moi, et maintenant elles dansaient.

— Qui a eu l'idée d'emporter son cadavre à l'abbaye et de maquiller le meurtre en un rituel satanique ? Je demande cela uniquement parce que – comme le procès d'Eleanor Borrow l'aurait établi, s'il avait eu lieu –, la mutilation du corps semble avoir requis certaines compétences chirurgicales. Le genre d'aptitudes que le jeune Michel de Nostredame possède, il me semble.

En prononçant son nom en entier pour la première fois, une légèreté mystique s'empara de tout mon être. Comme si j'étais brusquement revenu à la nuit de l'orage, quand la poussière de vision me faisait flotter tel un ange dans le jardin de la nuit. J'agrippai une corniche de pierre, comme si cela pouvait m'ancrer sur la terre ferme.

Enfin, une réponse.

— J'étais, et je suis toujours, un médecin. Un médecin ne tue pas. Enfin, dit-il en haussant les épaules, pas intentionnellement.

— Ce n'est pas toujours vrai, rétorquai-je.

Sur ces mots, il replaça le cierge sur l'autel de pierre.

Je regardai tout autour de moi. Sur le mur le plus proche de l'entrée où je me tenais, un crucifix et, dans des niches, de petites statues de saints présumés. Sur l'autel, un tabernacle. Dans l'air flottait une vague odeur d'encens.

— Vous avez l'air frigorifié, mon ami.

Il portait toujours sa robe de moine. Une tenue plutôt adaptée à cette demeure. Je m'en voulais de ne pas avoir fait le lien entre Nostradamus et le frère Michael muet avant de l'avoir entendu parler.

L'une des lettres de Borrow confirmait qu'il devait arriver en février et serait logé chez *notre ami commun du tribunal.* Le reste de la lettre n'ayant guère de sens, j'en avais déduit qu'elle devait être codée.

— J'ai quitté ma chambre précipitamment, répondis-je. Je venais de lire votre dernier quatrain prophétique. A propos de la reine d'Angleterre et des ossements du roi Arthur ? Je me demandais comment il s'était retrouvé entre les mains de Throckmorton.

J'allais trop loin. Son sourire tolérant me laissait clairement entendre que je jouais avec le feu.

— Docteur Dee, ce sont des questions auxquelles je ne peux répondre…

Il se toucha l'oreille.

— … des questions que je ne peux même pas entendre.

— Avez-vous reçu… des messages… au sujet de la reine d'Angleterre ?

— Je reçois ce que je reçois.

— Mais vous montrez forcément chacun d'eux à vos maîtres à la cour de France. Ils doivent tous être examinés avec soin avant d'être publiés… non ?

Il poussa un soupir patient.

— Docteur Dee, je ne sais pas pourquoi vous êtes venu ici ce soir, mais je suis heureux de vous recevoir en tant qu'homme de science… et serait vraiment enchanté de discuter avec vous de nos passions communes – l'astrologie, l'alchimie, la méditation, les matières scientifiques… La première règle étant que les affaires d'Etat ne sont pas de notre ressort.

Je trouvais cette idée cavalière à l'extrême, mais ne dis mot.

— Venez, dit-il en tendant le bras. Reposez-vous un moment. Nous ne serons pas dérangés, je vous le promets. Personne ne vient ici la nuit en dehors de moi.

Un banc de pierre saillait du mur près de l'autel. Je me laissai tomber dessus, déchargeant ainsi le poids sur mes pieds, engourdis et tremblants. Nostradamus s'installa dans un fauteuil de bois à bras et se plaça en face de moi. Il posa les mains sur ses genoux.

— Vous savez, cela m'attriste que, d'après ce que j'ai entendu dire, vos talents soient moins appréciés dans votre pays natal que les miens en France. Comme vous le suggériez : une triste déviance des valeurs anglaises.

— Je ne suis pas certain que nos talents soient identiques.

Il haussa les épaules, ouvrit les bras, et je me rappelai que sa tenue était trompeuse, peut-être délibérément. Ce n'était pas, et n'avait jamais été, un homme d'Eglise.

— Quelle est la raison réelle de votre présence ici ? demandai-je.

— Une question des plus logiques. A laquelle vous avez vous-même répondu. La fascination exercée par ces îles. Les portes sur le passé, plus ouvertes ici que partout ailleurs en Europe. Ce lieu, en particulier, recèle un sens de la continuité qui nous est dénié. Et, apparemment, une relation avec le cosmos qui paraît ailleurs… oubliée depuis longtemps.

— Ah !...

A présent, nous étions en phase.

— Vous parlez du zodiaque.

— Mon Dieu…, quand j'ai entendu parler de *cela*…

— Depuis combien de temps êtes-vous au courant ?

— Pas très longtemps.

— Et comment l'avez-vous découvert ?

— Ah ! ah !

Un Nostradamus souriant agita vers moi un doigt accusateur.

— Et vous ? Comment vous en avez eu connaissance, docteur Dee ?

Ainsi, il était au courant. Il dut percevoir mon malaise, car il se mit à rire.

— Mais que doit-on faire de la chose, reprit-il, voilà la grande question. Je suis tout à fait prêt à accepter que le zodiaque céleste a été remodelé, par quelque moyen que ce soit, sur la terre, mais dans quel but ?

Il ne le savait pas non plus, donc. Ou bien me mettait-il à l'épreuve ?

Je répondis doucement :

— S'il a été conçu par Dieu, c'est un miracle. S'il est de la main de l'homme, cela prouve que des civilisations bien plus avancées que les nôtres ont existé autrefois – comme vous l'avez suggéré – sur ces îles.

— Excellente déduction.

Nostradamus se pencha en avant et me pressa le bras d'un air alarmé, comme aurait pu le faire un proche parent.

— Vous êtes un homme de perception, docteur Dee. Etait-ce *cela*, le secret de Merlin ? Qu'en pensez-vous ?

Je perçus, enfin, une curiosité. Un avantage que je ne devais pas perdre. Il était clair à présent que ni Cate Borrow ni John Leland n'avaient découvert le secret final – comment le zodiaque terrestre pouvait-il être employé ? – que l'abbé avait emporté dans la tombe avec lui. Si aucun être en vie n'en avait la clé, il nous faudrait des années et des années pour le découvrir.

— Mes résultats, répondis-je prudemment, sont encore incomplets. J'étais davantage concerné, ces derniers temps, par la matière d'Arthur.

— Oh ! Est-ce qu'il n'est pas toujours vivant, comme le pensent les Bretons ?

Nostradamus croisa les bras, puis, plongé dans ses réflexions, baissa les yeux un moment avant de lever sur moi un sourire narquois.

— Ne continue-t-il pas de vivre en tant qu'esprit de la lignée des Tudor ? Bah ! s'écria-t-il en frappant sa propre main. J'ai enfreint ma propre règle en parlant d'affaires d'Etat.

— J'imagine que, dans votre position, c'est un sujet pratiquement impossible à éviter.

Pas de réponse.

— La matière d'Arthur, dis-je, et d'Avalon. En cherchant à… comprendre la prétention ancestrale de la lignée des Tudor au trône d'Angleterre et du pays de Galles, certaines personnes à la cour de France ont dû estimer que le rôle de Glastonbury devait être examiné de près.

— Vous flattez mon pays, docteur Dee.

— Je ne le pense pas, docteur de Nostredame. Voyons votre propre pays… Jusqu'à ce que le jeune François II soit en âge de gouverner seul, la France est protégée par la famille De Guise, dont le désir le plus profond est de voir sa fille Marie, reine des Ecossais, devenir reine d'Angleterre.

— Comme c'est son droit. Comme le pape lui-même…

— Ah !… le pape ! Tel est le cœur du problème. L'Angleterre étant de nouveau libérée de Rome, et même… presque *joyeusement* libérée.

— Vous vous trompez.

— Vous ne vivez pas ici. Considérez le bain de sang qui a suivi le schisme de Rome orchestré par Henri VIII. Et ensuite, le déchaînement, pire encore… le feu et le sang répandus sous le règne de Marie Tudor, quand le pape retrouva les grâces de la reine d'Angleterre. Après le départ de Marie, l'Angleterre était rongée en son cœur par la persécution religieuse, et la nouvelle reine l'a compris. Elle a l'espoir que les protestants et les catholiques puissent vivre ensemble, si ce n'est en harmonie, du moins dans une paix relative…

— Dans le *chaos*, mon ami ! Cette ville emplie de tristesse, avec toutes ses sorcières et ses charlatans, incarne l'Angleterre en microcosme. Londres ne vaut pas mieux. N'est-il pas vrai que Parker a été en quelque sorte *forcé* d'accepter le poste de Canterbury ?

— Le fait est que l'année où Elisabeth est devenue reine, aucun homme ni aucune femme n'a été exécuté pour ses croyances religieuses.

Je désignai l'autel de la main.

— Regardez-nous. Assis dans une chapelle catholique, entourés de tous ces objets liturgiques. Il y a des chapelles de ce genre dans de nombreuses demeures à travers toute l'Angleterre. Ont-elles été pillées ? Saccagées ?

— Très cher ami…

— Et c'est bien là le problème du pape, n'est-ce pas ? Quant à la France… La France n'est jamais rassasiée. Et avec Elisabeth pour reine, l'acquisition de l'Angleterre semble hautement improbable. La rébellion catholique tant attendue pour évincer Elisabeth et placer Marie de Guise sur le trône… d'où vient-elle ? Les gens aiment la paix, en particulier les catholiques. Pourquoi les évêques ont-ils prêté serment au pacte de suprématie ?

— Seuls les corrompus l'ont fait.

— Et, bien sûr, la reine n'a que vingt-sept ans. Elle pourrait régner un demi-siècle. La France… les De Guise… le pape… vous êtes tous damnés. A moins que…

Son visage demeura sans expression.

A moins que…

Lentement, les pièces du puzzle s'assemblaient.

Une chapelle catholique dans les caves de Meadwell démentait l'assertion de Fyche : *Tous nos fidèles ont rejeté la papauté et sont prêts à prêter allégeance à la reine.*

C'était plutôt le contraire. Fyche jouait un double jeu depuis le début. Il avait feint de changer de bord au moment de la Réforme, avait dénoncé son abbé à Cromwell pour de l'argent, des terres, un titre de chevalier et le statut de juge de paix. Une trahison peut-être considérée comme un sacrifice nécessaire, dans l'intérêt de la survie de l'Eglise romaine.

Non pas que le catholicisme fût cher au cœur de Fyche, d'après ce que j'avais pu constater. C'était un trésorier, un administrateur de biens, qui espérait devenir le prochain abbé… le lord suprême de Glastonbury et de toutes ses richesses.

Lui avait-on donné à penser que ceci, ou quelque chose d'approchant, pouvait encore se produire ? Je pensais à la longue pièce remplie de livres, de meubles, de trésors miniatures – l'abbaye en dépôt.

Cowdray m'avait dit, lors de notre première nuit ici, que de sévères sanctions seraient désormais infligées par Fyche à quiconque serait surpris en train de voler des pierres des ruines.

L'abbaye n'avait pas, contrairement à certaines espérances, été restaurée par Marie Tudor. *Mais elle pourrait retrouver son faste sous la souveraineté de la reine Marie d'Ecosse, avec toute la richesse de la France derrière elle.*

Qu'avait-on promis à Fyche en échange de son aide pour l'éviction précoce de la reine d'Angleterre ?

Quel était le rôle exact de Nostradamus dans tout cela ?

Et pourquoi, me demandais-je, soudain mal à l'aise, jetant un coup d'œil par-dessus mon épaule, avait-il l'air toujours aussi étrangement détendu ?

LIV

Froide inversion

Bien sûr, il n'avait aucune raison de m'expliquer quoi que ce soit. Au contraire du malheureux Benlow, il n'était même pas mourant. Je devais le tenter et, à ma connaissance, je ne pouvais lui offrir qu'un seul joyau : la clé des mystères de la Table ronde, le zodiaque de Glastonbury. Or je ne l'avais pas.

Chose qu'il ne savait pas.

— Qui est venu ici pour la grande messe ?

— Si vous me demandez de vous donner des noms, je vais devoir décliner…

— Pas la piétaille, j'imagine. Seulement des hommes d'influence. Qui pourraient également assister à des… réunions. Peut-être avec des invités venus d'Europe ? Des théologiens de renom ? Des hommes d'Etat ? Sans oublier des prophètes célèbres et des conseillers du monde des affaires.

Nostradamus sourit.

— Vous-même êtes venu à Glastonbury, dis-je, dans l'espoir de déchiffrer le secret qui se cache au cœur des notes de Leland ?

Il jouait avec la cordelette de sa robe, mais je sentais les rouages de son cerveau s'emballer. Il ne pouvait avoir eu accès aux notes de Leland, récemment déterrées, que d'une seule façon.

— Je suppose que Matthew Borrow vous a envoyé le carnet de Leland. Car, en dépit de ses multiples compétences, il n'a pas réussi à en retirer la moindre signification.

— Pas plus que maître Leland lui-même, répondit Nostradamus.

Sans doute vrai. Il avait laissé ses notes à Cate dans l'espoir qu'elle parviendrait un jour à les déchiffrer.

Comment Leland les avait-il rassemblées, à l'origine ? Peut-être grâce à l'un des moines – quelques mots discrètement échangés, dans les années 1530, pendant sa recherche des antiquités et des restes d'Arthur.

Quand enfin il avait trouvé le temps de mener son enquête, il y était retourné.

La plupart des moines étaient partis à l'époque, mais Cate Borrow était encore là et il était allé la trouver. *Je suis mon propre maître à présent.*

Cate Borrow avait-elle compris davantage de choses ? S'était-elle approchée de la signification et des intentions véritables du zodiaque ? Nous ne le saurons probablement jamais.

Elle n'avait pas eu beaucoup de temps, cela dit, entre le moment où elle avait reçu le carnet, longtemps après la mort de Leland, et sa propre arrestation pour meurtre et sorcellerie.

Après quoi le livre était tombé, inévitablement, dans les mains de Borrow. Le médecin en avait pressenti la signification possible et en avait alerté ou ses propres maîtres ou Nostradamus lui-même.

Combien de temps avait-il fallu à Michel de Nostredame, avec l'aide d'un traducteur, pour déchiffrer les notes de Leland ? Le célèbre astrologue avait-il découvert l'endroit où les ossements d'Arthur avaient été enterrés par les derniers moines fidèles de Glastonbury ? Les ossements d'Arthur avaient-ils été ensevelis dans Ursa Minor ? Si oui, où étaient-ils à présent ? En route pour la France ?

Il était clair que Nostradamus, étant donné sa fascination pour les vestiges, était venu à Glastonbury pour enquêter sur le zodiaque. Pour rendre le carnet à Borrow ? *Inepties*, nous avait dit Borrow, à Dudley et à moi. *Occultisme*, avait-il ajouté à dessein.

Il savait avec quelle rapidité ce dernier mot me persuaderait d'oser l'impensable – de mordre à l'hameçon, de tomber dans le piège.

Si notre périple pour retrouver les ossements d'Arthur avait été moins périlleux et douloureux, nous aurions plus volontiers remis en cause l'authenticité de ce que nous avions trouvé.

Matthew Borrow était un homme rusé.

— Quand étiez-vous à Montpellier ? Puis-je vous poser la question ?

Nostradamus haussa les épaules.

— Aux alentours de 1529. J'avais vingt-six ans.

Bien sûr, un étudiant mûr. Cela expliquait tout.

— Vous l'avez sans doute pris sous votre aile à l'époque. Le jeune Matthew Borrow.

— Il était parfaitement capable de s'occuper de lui-même, docteur Dee. Son éducation jésuite l'y avait préparé.

J'agrippai fermement le rebord du banc de pierre.

Enfer.

Un jésuite. Le fer de lance de l'Eglise catholique.

Je m'exhortai à ne pas cligner des yeux et me contentai de hocher la tête, comme si j'avais déjà connaissance de cette information. C'était tout à fait logique. La ville croyait que Borrow était non croyant, qu'il se rendait à l'église uniquement pour éviter des réprimandes.

En fait, il était moins dangereux de passer pour un incroyant que pour un fervent catholique. La cible du venin silencieux de Matthew Borrow était, dans son esprit, l'Eglise protestante. *Quand l'éradication de la papauté elle-même de ce pays, de la forteresse religieuse la plus puissante du monde, résulte non pas d'un esprit élevé..., mais d'une histoire de fesses...*

Cela expliquait également sa cruauté. La rugosité du zélé associée à la froide intelligence du jésuite et à une intuition presque mystique.

Une idée qui ne me faisait aucunement rire.

— Est-ce vous qui avez suggéré à la cour française qu'il ferait un parfait agent secret dans sa ville natale ?

Aucune réaction. Mais je savais pourquoi. Fyche avait fait de Meadwell le cœur potentiel de la rébellion catholique.

Mais jusqu'à quel point les Français pouvaient-ils lui faire confiance ? François de Guise et Charles, cardinal de Lorraine, avaient sans doute voulu placer leurs propres hommes à Avalon.

— Je me demande ce qu'il a obtenu en échange de ses bons et loyaux services pour la France – peut-être un revenu et la promesse d'une terre et d'un titre, quand la reine d'Ecosse et de France serait également reine d'Angleterre ?

— Docteur Dee... dit Nostradamus d'un air sombre, j'ai été assez tolérant pour...

— Une dernière question... avant que je ne vous offre, dans l'intérêt de la science, ma théorie pour au moins une utilisation du zodiaque. Que savez-vous de la maladie du charbon ?

Peut-être était-ce Matthew Borrow lui-même qui avait

pensé à se servir de la maladie du charbon, dont il était réputé être un expert.

Ou peut-être un espion proche de la cour française ou de la famille De Guise, un jeune Walsingham ambitieux, avait-il vu le carnet et réfléchi au moyen de l'utiliser.

Mais Nostradamus était-il réellement au courant de tout ceci ?

— En tant que médecin, vous avez soigné des malades de la peste ?

Je pensais à Aix-en-Provence, il y a quinze ans environ. Une ville tellement ravagée par la peste que d'innombrables maisons avaient été abandonnées, les églises fermées, les cimetières envahis.

Au cœur de cet enfer, Nostradamus, d'après un compte rendu que j'avais lu, avait fait office de médecin. Un acte de bravoure.

— Une expérience des plus atroces, dit-il. Cela dit, personne ne pouvait vraiment faire grand-chose, moi comme les autres, si ce n'est aider les survivants à éviter la contagion. Est-il bon pour l'immortalité de l'âme de risquer sa vie pour une telle cause ? Pardonnez-moi, mais si la maladie du charbon peut être comparée...

— Un homme en meurt en ville. Il doit être mort à l'heure qu'il est.

— Cela arrive. En particulier dans des régions comme celle-ci.

— Vous savez comment elle se répand ?

— Par la viande et la peau des animaux qui en sont morts, il me semble.

— Longtemps après leur mort ?

— Il vaut mieux les enterrer profondément.

— Oui.

— Pourquoi ces questions, docteur Dee ?

Je pris une inspiration et lui répétai le troisième

vers, à présent particulièrement effrayant, du quatrain prophétique qu'il avait écrit sur Elisabeth.

— *Jusqu'à ce qu'elle baise les os du roi de tous les Bretons.*

Vacillant, je m'adossai au mur de pierre. Nostradamus ne parut pas déstabilisé.

— Cela signifie-t-il qu'elle doit *physiquement* embrasser les ossements ?

— Je n'en ai aucune idée.

— C'est vous qui l'avez composé.

— Non, mon ami, c'est Dieu.

— Dieu compose en rime et en vers ?

L'un des cierges de l'autel s'éteignit. Un courant d'air venu de nulle part.

— Vous voyez ? dit Nostradamus. Vous voyez comment Il répond à votre impudence ?

Il prit la bougie fumante et la ralluma à la flamme de sa voisine.

— Cependant... dit-il en plaçant ses mains sur ses genoux et en se redressant, je vous le répète : *un médecin guérit seulement.*

— Mais vous savez sur quelle pente je suis.

— Non, docteur, je vous avoue que je suis dans la plus grande confusion.

— Et je reconnais être furieux, car quelqu'un cherche à me faire prendre part au complot qui vise à détruire ma reine.

Je voulus poursuivre, mais il leva la main en signe de refus et secoua vivement la tête.

— Laissez-moi en dehors de cela, docteur Dee.

Je me penchai vers lui.

J'étais au-delà de l'épuisement. Mon corps me semblait dépourvu de tout poids, et ma main tremblait. La chandelle s'éteignit.

— Où est-il ? Où est Borrow ?

— Matthew ? Pas ici.

Je regardai tout autour de moi. Le silence de Meadwell m'avait semblé un avantage quand j'étais arrivé ici. A présent, cette incongruité me frappait tel un coup au cœur.

— Pourquoi n'y a-t-il personne d'autre que vous ici ?

— Parce qu'ils sont tous sur la colline, répondit Nostradamus. Moi... j'ai assisté à trop d'exécutions.

— La colline ?

— Tous sauf Matthew, bien entendu. Personne, même en Angleterre, n'obligerait un homme à assister à la pendaison de sa propre fille.

LV

Souillure

J'avais déjà assisté à des pendaisons, comme tout le monde. Des pendaisons, des décapitations, des bûchers, le plus souvent d'innocents.

Celui qui m'avait le plus affecté était la mort de Barthlet Greene dans les flammes.

C'était seulement un type avec qui j'avais partagé une cellule de prison. Un homme doux et enjoué.

Brûlé.

Une mort plus dure que la pendaison. Paraît-il.

Mais comment le savoir ? Quelqu'un était-il jamais revenu du bûcher ou du nœud coulant ?

Un dernier rai de lumière immatérielle planait à l'ouest. Des stries blanches et ambrées, une aube en pleine nuit. A moitié dans ce monde malade, à moitié dans les enfers, le lettré que j'étais grimpa péniblement le flanc de la colline conique, les jambes engourdies, les mains déchirées par les ronces et les herbes piquantes, les yeux rougis plissés dans la pâle lueur qui entourait le sommet, comme si le mont tout entier s'était ouvert à la cour dorée du roi des fées. Quand, non loin du sommet, je m'affaissai sur les genoux, vaincu par la fatigue, les boyaux dans la boue, sa voix me revint, douce et aérienne.

Ne vous alarmez pas, docteur John, vous n'êtes pas le premier à perdre son équilibre ici.

Les larmes m'aveuglaient.

Pourquoi ne le feraient-ils pas discrètement ? avait demandé Dudley. Et voilà. L'aube s'était muée en crépuscule.

De fausses informations distillées pour empêcher toute rébellion des habitants, une exécution nocturne, un corps qui se balancerait au bout d'une corde jusqu'à ce que sa beauté disparût et que le lieu fût de nouveau souillé.

Un lieu souillé, encore et toujours. Une colline maudite. Je progressai avec peine dans un brouillard qui semblait sourdre de mon propre corps, comme si le Tor cherchait à se cacher, lui et ses méfaits, des hommes.

— *Puisse Dieu avoir pitié de cette ville pécheresse ! Puisse la lumière de Dieu briller sur ce lieu empoisonné !*

Tant d'indignité.

Le vicaire gras de Saint-Bénigne, avec sa robe sale et son livre de prières.

Je me hissai jusqu'au sommet, les mains en sang, tandis que des voix étouffées m'assommaient de lourds *amen.*

Mon corps tout entier se mit à trembler.

Une brume terreuse s'élevait du sommet, où des torches fixées sur des bâtons ramenaient la tour de Saint-Michel à une vie irréelle.

Des hommes armés de bâtons et de piques étaient présents, mais pas plus d'une douzaine. L'un d'eux était l'homme aux dents cassées et aux cheveux gris qui appréciait le spectacle des femmes pendues.

Le gibet, d'environ trois mètres de haut, était planté devant l'église, telle une embrasure de porte, les pieds noyés dans la brume et le sommet de sa charpente flottant dans un halo rosé, qui me faisait penser à du lait teinté de sang.

Se balançant doucement d'avant en arrière, l'air impatient, Carew se tenait à quelques mètres de là, en gilet sans manches et chapeau de cuir, les mains jointes dans le dos.

Quand je courus vers lui, sans même me regarder, il me lança d'une voix sourde :

— Au nom du ciel, Dee, est-ce que vous allez toujours me coller aux basques ?

Sir Peter, vous devez m'écouter.

Voilà ce que j'aurais voulu dire, mais la fumée des torches m'obstruait la gorge.

— Saleté de brouillard, dit Carew. J'aurais pris trois hommes pour le transporter jusqu'au sommet si j'avais su.

— Je dois vous dire…

— Je n'ai jamais été friand de vos leçons, docteur. Ce n'est pas votre genre, de toute façon.

Il se tourna, un rang de dents éclatantes trouant sa barbe fournie.

— Si vous pouvez user de votre magie pour éviter à cette garce de sorcière une mort douce, elle vous en serait sans doute reconnaissante.

Il renifla l'air.

— Plutôt une beauté. Je n'avais pas remarqué.

Il fit un signe de tête en direction du gibet, à présent entouré d'un groupe d'hommes.

Au moment même où on la fit venir, dans sa blouse bleue, souillée et tachée de boue, les cheveux apparemment peignés et tirés en arrière, le vicaire de Saint-Bénigne disait que nous n'avions pas à subir la vie d'une sorcière.

— Arrêtez-les…, s'il vous plaît…, pour l'amour de Dieu.

J'eus l'impression qu'elle avait regardé dans ma direction en reconnaissant ma voix, juste avant de détourner les yeux, alors que je jetais à Carew les seules paroles qui pouvaient le tirer de sa torpeur mentale.

— Cette exécution fait partie d'un complot papiste !

Il éclata de rire.

— Vous voyez des papistes ici ?

— Oui !

Enfin, j'avais éveillé son intérêt. Trop tard.

On oublie à quel point cela va vite.

Les flammes de la torche étaient devenues pâles comme la vapeur, et déjà elle était sur l'échelle, les mains liées dans le dos, la voix du vicaire flottant au-dessus d'elle dans le crépuscule.

— Puisse la mort de cette pécheresse nous donner l'expiation et laver pour toujours cette ville de l'obscénité, la sorcellerie, l'idolâtrie et l'adoration de tous les faux dieux.

Cet imbécile m'ennuie presque autant que vous, dit Carew.

Une main s'avança vers elle.

Je jure devant Dieu que si vous me touchez encore là, je mourrai en vous maudissant pour le restant de vos jours.

Des rires fusèrent dans la brume, puis un homme lui demanda si elle avait quelque chose à dire avant l'exécution de la sentence. Je l'entendis répondre avec mépris :

— A vous ?

L'homme d'Eglise laissa échapper quelques hoquets consternés dans l'air vacillant, tandis que l'échelle était jetée sur le sol.

Le groupe d'hommes s'écarta alors pour révéler le corps de Nel Borrow qui se balançait doucement, se découpant sur le ciel couleur sang, tandis que le vicaire, dos à la femme pendue, Bible en main, chantonnait :

— *La sorcière est partie rejoindre Satan. Puisse la lumière de Dieu nous illuminer tous.*

LVI

Couverture brune

Des hommes avaient formé un demi-cercle autour de nous, deux d'entre eux portaient les torches de part et d'autre du gibet, et dans un bref éclat de lumière, je reconnus Fyche et son fils, Stephen, ainsi que Sir Peter Carew, le regard pâle dans l'air épaissi. La voix de Carew s'éleva au-dessus du tumulte.

— Par les feux de l'enfer, laissez-le ! S'il veut lui briser le cou comme un poulet, soit. Le résultat sera le même.

Je la maintenais fermement, les bras serrés autour de ses jambes couvertes, la joue contre sa cuisse. Je sentais la corde qui lui liait les mains.

Des mains froides comme la mort. Je priai, comme je n'avais encore jamais prié, Dieu et les anges, et dans ma tête résonnait le fracas des cloches qui s'écrasaient dans la tour d'où elles avaient disparu depuis longtemps.

— En fait, donne-lui un coup de main, Simmons ! ordonna Carew.

L'homme aux dents cassées s'avança, écartant le vicaire, toujours plié en deux après le coup que je lui avais asséné à la gorge.

Puis il s'immobilisa.

— Eh bien, aide-le ! rugit Carew. Avant que sa colonne de moineau ne craque.

Je levai les yeux et compris ce que l'homme aux dents cassées avait vu.

— Des anges ! cria-t-il.

Ce que je vis, moi, ce n'était rien d'autre qu'un oiseau au plumage blanc doré s'élever des torches, dans le halo des flammes, et s'évanouir dans le brume.

Enfin, la corde lâcha, et Nel s'affaissa dans mes bras, son corps avachi sur ma tête et mes épaules. Un poids mort, que je ne laisserais pas partir, que je ne laisserais jamais partir.

— Dis-le ! hurla Dudley. Dis ce que tu as fait !

Stephen Fyche avait reculé contre l'une des jambes de la potence.

Apparemment sous l'emprise de l'alcool, il trébucha et jura. Son père se tourna et s'éloigna.

— Tu as planté un clou sous son ongle ! Et une fois qu'il t'a tout dit, tu lui as tranché la gorge !

Les hommes serraient fermement leurs piques, car ils ne connaissaient pas cet individu qui avait surgi du brouillard, l'épée au poing, pour trancher la corde de la pendue.

— Non… bredouilla Stephen en jetant des regards éperdus tout autour de lui, sans doute en quête de son père.

Il portait sa robe monastique, et sa barbe semblait avoir été soigneusement taillée pour l'occasion.

— … ce sont des conneries. Qui est ce putain de bâtard ?

Je demeurais silencieux, assis dans la boue sous la corde qui se balançait doucement, serrant dans mes bras le corps de Nel, à l'écoute de sa respiration saccadée. Une musique céleste.

Fyche était de retour. Quelqu'un avait dû lui révéler l'identité de Dudley, sans doute Carew.

— Mon seigneur, avant d'accuser mon fils…

— Qui lui a arraché les entrailles ? rugit Dudley à l'intention de Stephen Fyche. Qui a extrait son cœur avec des instruments de chirurgie ?

— Cette saleté de sorcière !

— Pourquoi pas le médecin lui-même ?

Un faible râle émana de la gorge étranglée de Nel.

— Parle, gamin !

— Hé ! intervint Carew. Peut-être que tu ferais mieux de tout nous dire.

— Comment… balbutia Stephen Fyche en se redressant, les jambes flageolantes.

Même moi, je pouvais sentir son haleine chargée d'alcool.

— Comment osez-vous accuser un homme de Dieu, monsieur ?

Et, me tournant légèrement, j'aperçus la dague qu'il serrait dans son poing.

Cela n'échappa pas non plus à Dudley, dont la main se porta aussitôt à sa ceinture.

— Pas de procès inutile dans ce cas, déclara Dudley.

— Non, intervint Carew en agrippant son poignet pour l'obliger à lâcher son épée. Ici, ce n'est pas votre territoire.

J'avais déjà assisté à ce genre de scène.

Carew se tourna à demi, tenant l'épée de Dudley à deux mains, puis la fit tournoyer, telle une langue de feu dans le halo distillé par les torches, et une expression mystérieuse se peignit sur le jeune visage de Stephen Fyche au moment où son corps s'affaissait sous lui. L'épée avait fendu l'air d'un coup sec, et la tête de Stephen sembla, l'espace d'une seconde, flotter dans la brume avant de tomber sur le sol et rouler dans l'herbe, à l'endroit où son corps gisait déjà, répandant son sang dans la terre.

— C'est *mon* territoire, conclut Carew.

Le silence sur le Tor paraissait éternel. Comme si cet acte avait été accompli par le mont lui-même. Comme si, privé d'une vie, il en avait pris une autre.

LVII

Le vide

La colline du poisson était l'endroit où Joseph d'Arimathie avait débarqué, plantant son bâton dans le bon sol d'Avalon. Un sol si bon, en vérité, que des bourgeons avaient germé du bâton, qui s'était mué en un buisson d'aubépine. Il avait perduré, lui ou ses descendants, et était toujours en fleurs le jour de Noël.

Joe Monger m'avait raconté cette légende. Un conte aux échos multiples, cette colline étant l'un des poissons du signe du zodiaque du Poisson, dont l'ère avait débuté avec le commencement de la chrétienté. Je m'étais déjà assis près de ce buisson d'aubépine, sans connaître la légende, et je m'installai de nouveau à côté, dans la douce brise, alors qu'approchait le jour anniversaire de la mort de saint David, à l'âge de cent ans, mille ans environ auparavant. Saint David ? Oh oui, lui aussi était venu ici. Comment aurait-il pu en être autrement ?

De là où j'étais assis, on voyait à la fois l'abbaye et le Tor. Peut-être était-ce la frontière entre les deux mondes, chrétien et païen, naturel et céleste. L'abbé Whiting savait ce qu'il faisait lorsque, dans un objectif de guérison, il avait donné ce bout de terre à Cate Borrow.

— L'abbé pensait, me dit Nel, que si les herbes médicinales traditionnellement associées à certains signes du zodiaque céleste étaient cultivées à l'intérieur des formations *terrestres* correspondantes..., alors leurs propriétés curatives en seraient incroyablement décuplées.

— Elle t'a dit cela ?

— Non, bien sûr. Cela m'est venu à l'esprit ce matin, quand je me suis réveillée. Je me suis rappelée que, lorsqu'une herbe spécifique poussait bien ici – l'achillée ou la camomille, je ne sais plus laquelle –, alors, elle disait : *Ah ! Cette plante répond au signe du Poisson.* Et je me rappelle qu'elle s'en allait avec l'abbé pour planter d'autres herbes dans des champs appartenant à l'abbaye... Voilà mon idée.

La logique de son raisonnement était indiscutable. Cate mise dans la confidence des moines de l'abbaye qui préservaient le secret du zodiaque. Elle avait travaillé avec eux sur une nouvelle forme de guérison astrologique. Une idée aux implications fascinantes.

Je suppose que ce n'est pas le seul secret du zodiaque, et sans doute pas le plus important, mais...

Elle sourit et me serra la main. Je la regardai, empli d'un réel espoir. Bien que nous eussions dormi ensemble quatre nuits d'affilée, je pressentais, dans la douceur de nos étreintes, une fin plutôt qu'un commencement.

Elle mit une semaine avant d'être capable de parler sans souffrir. C'était à cause des brûlures et des marques encore apparentes sur sa gorge, disait-elle, en dépit des baumes et des onguents que lui avait appliqués Joan Tyrre.

Mais je devinais qu'il s'agissait de plus que cela. A mon sens, elle n'avait pas voulu s'exprimer tant qu'elle n'avait pas recouvré ses esprits.

Elle portait sa robe bleue, ainsi qu'une étole de mousseline pour protéger sa gorge du froid. Je ne la touchai pas. Sous nos yeux, on apercevait la croix qui marquait l'emplacement de la tombe de Cate et, au-delà, l'abbaye, abandonnée telle une couronne d'or brisée.

— Tu es sûre de ne pas l'avoir vu ? demanda-t-elle. Il s'est tenu à côté de toi un long moment.

Je secouai la tête. Sans doute parlait-elle de l'abbé. Cowdray avait dit que le nombre de gens vus au sommet du Tor était plus grand que celui qui avait redescendu le mont cette nuit-là.

— Je n'ai vu que le phœnix né des flammes des torches, répondis-je. Je ne suis qu'un érudit ennuyeux qui n'a aucune vision.

Un rire émergea du plus profond de sa gorge, ce qui dut la faire souffrir.

Je me demandais encore quelle était la part de réalité, de rêve et d'imagination chez un homme qui jeûnait et n'avait pas dormi depuis bien trop longtemps.

Je n'avais mentionné à personne ma rencontre avec Nostradamus, qui était déjà parti quand les hommes de Carew étaient arrivés à Meadwell. Tout comme les statues et le tabernacle de la chapelle. Les preuves contre Fyche étaient bien maigres, avait affirmé Carew, mais Dudley soupçonnait Fyche d'en savoir trop sur Carew pour être traîné devant un tribunal. Cela dit, son statut de juge de paix semblait désormais menacé.

Son fils serait enterré sans cérémonie. *Menacer le grand écuyer de la reine avec une arme ?* avait simplement dit Carew. *Avais-je le choix ?*

Je ne pouvais m'empêcher de réfléchir aux raisons que Fyche aurait pu avoir de faire passer le malveillant Stephen pour un moine. Avait-il pensé que, lorsque Marie d'Ecosse serait reine d'Angleterre, le pape de nouveau à la tête de l'Eglise et l'abbaye reconstruite, celle-ci aurait pu être placée sous le contrôle de *Stephen* ?

Pure folie. Mais à une époque, nombre d'abbés et d'évêques étaient proches du diable…

Frère Michael était-il retourné en France en compagnie de son vieil ami, Matthew Borrow ? Si je cherchais une raison de croire que Michel de Nostredame fût coupable de tromperie, je n'aurais pas trouvé meilleure preuve que son amitié avec Borrow.

Qui était cet homme ? Pourquoi ni son épouse ni sa fille, même dans l'ombre du nœud coulant, n'avaient-elles élevé leur voix contre lui ? Depuis le départ de Dudley, une semaine auparavant, j'avais assisté à l'enterrement de Benlow, ainsi qu'au ré-enterrement, dans le champ des oies derrière l'église Saint-Jean, de tous les ossements de sa cave. Puis j'étais allé rendre visite à dame Cadwaladr. A présent que Borrow avait quitté la ville et que le statut de Fyche était remis en question, de nombreuses vérités émergeaient.

Monger m'avait rappelé comment, dans les années 1530, peu après que le roi se fut lui-même proclamé chef de l'Eglise, quelqu'un avait suggéré à l'abbé d'envoyer les trésors de l'abbaye en France, sous les bons auspices de l'Eglise catholique. Fyche, le trésorier ? Sans doute. Mais Richard Whiting, Anglais dans l'âme, n'était pas convaincu du bien-fondé de cette idée, croyant toujours, apparemment, que la main noire de Cromwell ne s'abattrait jamais sur le berceau de la chrétienté anglaise. Et, en effet, cinq années s'étaient écoulées avant la dissolution.

De dame Cadwaladr, j'obtins le récit de la première rencontre de Cate avec l'homme qui deviendrait bientôt son mari, un jour où il était venu à l'abbaye pour soigner un furoncle que l'abbé avait dans le cou. Une alliance invraisemblable, cette fille de cuisine illettrée avec un médecin de renom. Car si elle était incroyablement belle, elle portait aussi un enfant.

Une femme a-t-elle jamais été aussi reconnaissante envers son mari ? avait dit dame Cadwaladr. *Je jure qu'elle serait morte pour lui.*

En effet, elle avait donné sa vie pour lui.

D'après moi, Borrow savait dès le départ que sa mission serait de longue haleine. Il avait besoin d'une épouse qui garderait les autres femmes et leurs pères ambitieux à distance. S'il rejetait trop de demandes, il risquait d'éveiller les soupçons. Ou passer pour un homme étrange. Il cherchait une femme…

De peu d'éducation, avait dit dame Cadwaladr. Une épouse qui savait où était sa place. Et ne risquait pas de critiquer ses vues. Une servante avec un anneau de mariage.

Les choses étaient restées ainsi durant des années. Je suppose que le fait d'apprendre à lire a initié un changement en elle, mais ce fut une mutation lente, et bien des années s'écoulèrent avant qu'elle ne représentât une menace à ses yeux, étant donné son travail clandestin pour les Français.

Peut-être Cate, qui travaillait auprès de son mari, avait-elle commencé à le soupçonner de ne pas être ce qu'il paraissait ? Peut-être qu'un jour il avait prétendu rendre visite à un malade qu'elle avait rencontré le lendemain par hasard sur le marché, en pleine santé, et qui n'avait pas vu le médecin depuis des mois.

D'une manière ou d'une autre, elle avait fini par le percer à jour. Elle n'était plus la femme qu'il pensait avoir épousée. Et à partir de ce moment-là, elle avait été condamnée à mort.

L'inhumanité du religieux zélé. Que représentait la vie de deux femmes en regard du retour de l'hégémonie de Rome en Angleterre, la seule vraie Eglise à ses yeux ?

La poussière de vision et la haine de Fyche pour les sorcières avaient dû lui paraître opportunes. Et je parierais ma bibliothèque que le vol de la potion dans son cabinet, qui avait entraîné la mort du gamin de Somerton, avait été orchestré par Borrow lui-même.

Le vent fit frissonner le buisson d'aubépine né du bâton de Joseph. Le froid était plus vif à présent, me rappelant l'avertissement de Benlow, qui m'avait prédit que l'hiver était loin d'être terminé.

— Toute mon enfance, j'ai appris à admirer ses compétences et sa pieuse générosité, dit Nel. Et à ne pas le déranger avec des sujets infantiles.

Elle contemplait la ville au loin et parlait sans chaleur ni amertume. La voix d'une femme qui était revenue d'entre les morts, ou presque. Une Perséphone qui avait laissé une part d'elle-même dans les enfers. Je savais que certaines choses en elle demeureraient au-delà de toute compréhension, même pour un homme de science et un connaisseur des matières de l'Ombre.

— Elle ne t'a jamais dit que tu n'étais pas sa fille ?

— Elle ne l'a dit à personne.

— Quand l'as-tu découvert ?

— Ce ne fut pas par ma mère. Pas avant sa mort.

— Lorsque dame Cadwaladr est revenue à Glastonbury ?

— Elle était la seule à être au courant. La seule que cela intéressait vraiment.

Nel se tut un moment, puis elle se tourna vers moi, une immense douleur dans le regard.

— John, cela me donne seulement envie d'être plus proche de lui. J'étais fière d'être la fille de Matthew Borrow, le plus grand médecin de tout le Somerset.

Son regard se perdit sur les ruines de l'abbaye.

— Un jour, dit-elle, je le trouverai. J'ai tant de questions à lui poser.

Pour ma part, j'espérais de tout cœur qu'elle ne le retrouverait jamais.

— Ta mère… ne voyait-elle pas le vide qu'il avait à la place du cœur ?

— Elle lui devait sa vie. Tu ne comprends donc pas ?

Peu importe la raison, toutes les bonnes choses qui lui étaient arrivées dans la vie..., c'est à *lui* qu'elle les devait.

— Elle n'a pas voulu le regarder au tribunal. Elle a détourné les yeux.

— Peut-être qu'elle ne voulait pas regarder...

Elle baissa les yeux sur le champ où se dressait la croix de bois.

— ... elle ne voulait pas emporter cela dans la tombe.

Elle commença à pleurer et je la pris dans mes bras. Le temps passait, et j'essayais de comprendre, sans cependant y parvenir. Nous connaissions tous deux la question que je devais absolument lui poser, si je ne voulais pas être éternellement tourmenté.

Enfin, elle finit par dire :

— Elle a dû sentir le vent de la tempête. Pendant mes études de médecine à Bristol, je suis venue passer des vacances à la maison, et ma mère m'a dit - à peine une semaine avant son arrestation - que, lorsque je serais compétente, je devrais partir loin d'ici. Londres..., n'importe où. Dès que j'aurais quitté la faculté. Je ne pouvais supporter l'idée de ne plus la revoir, mais elle m'a demandé de lui en faire la promesse.

— Et tu lui as donné ta parole ?

Elle se raidit.

— Je n'ai pas pu. J'ai éclaté de rire. Et puis cette idée m'a hantée. L'idée qu'elle puisse penser que sa propre mort me permettrait de comprendre. Peut-être me croyait-elle plus intelligente que je ne l'étais. Quelque chose m'a toujours attirée chez lui. Cet... cet homme pieux qui...

Elle serra ma main si fort que j'en eus la circulation coupée.

— Quand j'ai été emmenée à Wells..., ils m'ont dit qu'il avait avoué pour me sauver.

— *Qui* ? Qui t'a dit cela ?

— Le geôlier. C'était une femme. Elle m'a dit qu'il avait avoué… qu'il avait menti. Il a dit que c'étaient ses instruments à *lui* qui étaient couverts de sang.

— Mais…, bon sang, c'étaient ses instruments !

— Je l'ai vu se battre quand ils sont venus me prendre. Ils l'ont frappé. Jeté à terre, traîné sur le sol…

Moi aussi, j'avais assisté à une partie de la scène, comme bon nombre d'habitants. Une comédie. Une mascarade. Il était doué pour cela. Quand je l'avais revu par la suite dans son cabinet, il travaillait en dépit de sa douleur et son chagrin, et moi et le reste de la ville avions admiré sa bravoure et son abnégation, comme les femmes qui pensaient qu'elles l'aimaient… si ce n'est pour lui-même, du moins pour ce qu'il était.

Elles pensaient qu'elles *devaient* l'aimer.

Un homme si froid et dépourvu de remords qu'il avait trahi son pays et ensuite, pour cacher sa traîtrise, avait disposé de sa femme à sa convenance. Une année plus tard, il avait senti une opportunité de se débarrasser de la jeune femme qui n'était pas sa fille.

— J'en ai pris conscience dans la prison de Wells… J'ai pris conscience que ce serait moi… ou lui, dit Nel en regardant à travers moi. Qu'ai-je fait pour qu'il souhaite ma mort ?

Je ne dis mot. Il avait saisi sa chance, voilà tout. On avait fait appel à lui pour tirer Stephen Fyche d'affaire, pour maquiller la torture en un sacrifice rituel, et ce fourbe sans cœur y avait vu une opportunité.

— Au moins, dis-je, maintenant tu sais qui est ton vrai père.

Elle balaya quelques brins d'herbe de sa robe.

— Il était venu dîner un soir à l'abbaye, avec le père supérieur. L'abbé avait fait préparer des mets fins. Saumon et truite. Apparemment, il est tombé sous le charme de la jeune serveuse.

— Et il n'était pas au courant… pour toi ? Je veux dire, quand il est revenu, après le saccage de l'abbaye ?

— Ma mère était une femme mariée respectable à l'époque, avec un enfant et une éducation. Leurs relations étaient bonnes…, mais d'une nature différente.

Je plongeai dans ses yeux verts. Elle repoussa ses cheveux balayés par le vent. Presque toute sa vie avait été un mensonge, et sa mort en aurait été un autre.

— Pauvre Leland, dit-elle.

LE MOT DE LA FIN

Septembre 1560

Je ne comprends pas les efforts
De certaines personnes pour
se dresser contre moi.

John Dee
Monas Heiroglyphica

Une nouvelle aube. J'étais assis à la table de ma mère, devant la fenêtre du salon, et lisais une lettre de mon ami accablé de chagrin.

Dieu me vienne en aide, John, mais je ne suis en rien responsable. Je te le dis, à toi qui as si peu de raisons de me croire. J'ai posé la main sur ma Bible et l'ai juré sur son pauvre corps mort, à travers mes larmes…

Je pus à peine dormir cette nuit-là après avoir lu cette lettre cinq fois, six fois…, encore et encore. Le vent soufflait sur le fleuve tumultueux tandis que je restais étendu, les yeux grands ouverts sur mon destin.

Si destin il y avait. Tout Londres ne parlait que de magie noire. Le clocher de Saint-Paul était parti en poussière deux mois auparavant, frappé par la foudre. Un tremblement de terre avait secoué récemment Londres, semant la panique dans les rues.

Deux jours auparavant, j'avais été invité à me rendre dans la demeure de Cecil sur le Strand, où il m'avait reçu dans son jardin privé bordé de hautes haies. Une après-midi étouffante, sans pourtant beaucoup de soleil.

— La fin des temps, dit-il. Tout le monde en parle.

— Excepté la nuit étoilée, le rassurai-je. Les étoiles n'ont *rien* à dire à propos de la fin des temps.

— Et la Seconde Venue. La reine fait mine de s'en moquer, mais elle est néanmoins perturbée.

— Et les étoiles n'annoncent pas non plus la venue d'un autre Christ.

— Qui parle de Christ ? Le conseiller de la reine m'a confié un pamphlet. Il vient de Paris.

Il était écrit en français. Je fus autorisé à m'asseoir à la table de jardin pour le lire. Au début, j'eus envie de rire, mais le visage de Cecil était sombre.

L'ANGLETERRE ATTEND
L'ENFANT DE SATAN

Le pamphlet disait que les magiciens en Angleterre affirmaient à présent que Londres, la ville à la croissance la plus rapide du monde, était la Nouvelle Jérusalem.

En fait, ce qui s'étendait à Londres était l'emprise du diable sur la ville, dont les rues froides et brumeuses étaient remplies de meurtriers, de voleurs, de prostituées et de toutes les maladies connues de l'homme.

Tout cela avait commencé avec le rejet de l'Eglise de Rome, les pillages de toutes les demeures de Dieu à travers le royaume, la tuerie des prêtres et l'occupation du trône par la fille repoussante née de l'union d'un homme qui avait assassiné sa femme et d'une sorcière.

Ce que racontait ensuite le pamphlet n'était pas étonnant : les étoiles prédisaient que Londres espérait bientôt accueillir un messie noir, dont la naissance devrait rester secrète tant que l'enfant n'aurait pas grandi.

La venue de l'incarnation de Satan.

Et si Londres était la Jérusalem satanique, alors la Bethléem noire, où l'enfant devait naître, était Glastonbury, célébré comme le berceau de la chrétienté en Angleterre jusqu'à ce que son abbaye, fondée par saint Joseph, l'oncle du Christ, fût démantelée et que la ville se gangrenât non pas de pèlerins, mais de sorcières et de sorciers.

Comme le premier Tudor qui avait usurpé le trône s'était assuré que son premier fils était né à Winchester et avait pris le nom du grand roi Arthur, cet enfant naîtrait dans la ville où le roi légendaire était mort.

Naquit ensuite Elisabeth, la reine et sorcière.

Le pamphlet indiquait que le sorcier noir le plus célèbre d'Angleterre, le « Dr » John Dee lui-même, venait de rentrer d'un voyage à Glastonbury où il avait retrouvé le cercle des sorcières pour préparer la naissance de l'enfant. Le sorcier avait séjourné à Glastonbury en compagnie du…

— … *père de l'enfant* ?...

Le papier me glissa des mains.

— Ce n'est pas le premier pamphlet qui fait courir la rumeur que la reine est déjà enceinte de Dudley, dit Cecil.

Décrit là comme *un sorcier renommé, instruit aux arts de la magie noire depuis l'enfance par le diabolique Dee.*

— Nous avons découvert qu'une campagne similaire était prévue pour Londres, continua Cecil. Pendant votre absence, Walsingham a fait fouiller les locaux d'un avocat peu recommandable dénommé Ferrers. Il a réquisitionné une presse. Des copies de pamphlets avec vos propres prédictions astrologiques. Et l'habituelle fin du monde. Ferrers, naturellement, nie toute connexion avec la France. Même Walsingham ne le voit que comme un hurluberlu de plus.

— J'ai… j'ai déjà eu affaire à cet homme, dis-je.

— Je sais.

— Il est sûrement énervé de ne pas avoir réussi à me faire brûler.

Mais il y avait sûrement plus que cette vieille haine derrière tout cela.

Cecil me prit le pamphlet en français des mains et le froissa.

— Nous ne sommes pas encore trop inquiets, mais un mot ou deux de votre part à la reine à propos de l'absence de mauvais présages dans le ciel seraient les bienvenus. Je vais vous obtenir une audience.

— Comment va-t-elle ?

— Bien, répondit-il. Plutôt bien.

En dépit de mon rapport écrit complet, il n'avait pas une seule fois mentionné les ossements d'Arthur ni le complot visant à infecter la reine de la maladie du charbon.

Elle avait dû entendre toute l'histoire de la bouche de Dudley, mais je souhaitais en discuter avec Cecil.

Je voulais savoir comment la reine avait accueilli les prédictions de Nostradamus et qui lui avait suggéré de les prendre au sérieux.

Mais il ne m'ouvrait aucune porte.

Les fils de Cowdray avaient rattrapé Dudley sur les monts Mendip, l'obligeant à faire demi-tour, et remercié Dieu pour cela. Deux fois, je m'étais réveillé en sueur, rêvant qu'il déposait les ossements empoisonnés devant la reine.

Et une fois, j'avais rêvé que la corde de Nel Borrow n'avait pas été tranchée, que je l'avais soulevée jusqu'à l'épuisement et que j'avais fini par voir le blanc de ses yeux révulsés et sa langue pendante.

Le grand Jamey Hawkes avait repris sa place dans son ancienne tombe de l'église Saint-Bénigne, un tas de gros rochers empilés sur son cercueil, afin que ses restes nocifs ne fussent plus profanés.

Cecil sourit.

— Vous voyez, vous avons pris grand soin de votre mère et votre bonne en votre absence.

— Vraiment ?

Comme Catherine Meadows était revenue et que son puritain de père ne la menaçait plus, je n'avais demandé aucune protection.

— L'endroit est plus sûr que lorsque vous y étiez, dit Cecil. Walsingham est apparemment un homme de confiance.

Il marqua une pause.

— Cela me fait penser à une chose, John : ne sont-elles pas plus en sécurité quand vous n'êtes pas là ?

— Vous avez une autre mission à me confier, n'est-ce pas, Sir William ?

— Pour la reine, renchérit Cecil.

Je l'avais quitté furieux, me promettant que, dès le lendemain, j'organiserais mon retour à Glastonbury pour entreprendre des recherches approfondies sur le zodiaque terrestre. Un jardin d'étoiles sur la terre.

Qu'est-ce qui pouvait bien être plus important que trouver la clé de ce mystère ?

Et revoir Nel, bien sûr. Pas une heure ne s'écoulait sans que j'eusse son image à l'esprit.

Un mois auparavant, j'avais reçu une lettre de Monger m'informant qu'elle poursuivait avec succès sa pratique de la médecine tout en cultivant son jardin d'herbes avec l'aide de Joan Tyrre et de l'aubergiste lui-même.

Elle paraissait heureuse. J'essayais de trouver un peu de réconfort dans les prédictions de Joan quant à mes futurs mariages.

Ce n'est que la veille, peu avant le crépuscule, que Blanche Parry arriva à Mortlake, avec la lettre de Dudley et un mot pour expliquer son contenu, ainsi que l'infernal et pitoyable scandale qui rongeait le cœur de mon ami.

Je pense vous avoir dit que sa femme souffrante, Amy, vivait à la campagne.

C'était la vérité, mais elle ne menait pas grand train. Même après dix années de mariage, Dudley avait différé ses projets d'installer son épouse dans une vaste demeure, et elle partageait son temps entre ses amis et sa famille, voyageant à l'occasion. Alors que Dudley se trouvait à Windsor avec la reine, Amy avait été retrouvée morte au pied d'une volée de marches dans l'Oxfordshire. La nuque brisée.

Dudley maintient qu'elle était malade depuis longtemps. Ce dont il ne m'a jamais parlé, ce sont les rumeurs selon lesquelles elle aurait été empoisonnée et qu'au moins un médecin avait refusé de la soigner, craignant pour sa propre vie.

L'escalier dans lequel Amy serait tombée n'était apparemment pas très haut.

Dudley me dit dans sa lettre que ses os étaient devenus fragiles à cause de sa maladie de poitrine.

Dieu me vienne en aide, John, je n'ai rien à voir avec cela. Je jure qu'elle était malade. Je jure que je l'aimais et que je l'aimerai toujours…

Pendant ce temps, les cauchemars de la reine avaient cessé.

— Que va-t-il se passer maintenant ? demandai-je à Blanche quand nous fûmes seuls.

— Elle a ordonné le recueillement de la cour, tout en étant dans un état de joliesse à peine voilée. Elle pense qu'ils vont se marier. J'ai quelques doutes à ce sujet.

Il y aurait une enquête. Dudley ne serait pas inquiété, non, si ce n'est dans l'esprit des gens à travers toute l'Europe.

Il est peu probable que l'enquête révèle l'histoire que j'avais entendue, non pas de Blanche, mais de ma mère, qui l'avait elle-même recueillie de la brave dame Faldo dont la sœur était la domestique d'une dame d'honneur.

Pour l'essentiel, il s'avère qu'il y avait quelques jours à peine, la reine avait dit à l'ambassadeur d'Espagne que Dudley serait bientôt libre de l'épouser, car sa femme allait mourir prochainement.

Nostradamus, de nouveau ?

Il est étrange de se dire qu'en des circonstances différentes, lui et moi aurions pu travailler ensemble pour découvrir les secrets de la Table ronde d'Arthur.

Des matières au-delà de la religion et des affaires d'Etat. Je me ferai un point d'honneur, désormais, de collecter tous les manuscrits de Leland que je peux m'offrir.

Un jour, si les limites de la science sont repoussées jusque-là, je pourrai même parler à l'abbé Whiting.

Il s'est tenu à côté de toi un long moment.

Inutile, dans le cas d'un lettré ennuyeux qui n'avait pas de vision.

Après avoir plié la lettre de Dudley, je sors de la maison de ma mère et fais quelques pas dans le verger, quand un lièvre bondit en travers de mon chemin.

Le Secret d'Argile

Julia Navarro

Dans la basilique Saint-Pierre, un homme se confesse : « Mon père, je m'apprête à commettre un crime… » Au même moment, l'archéologue Clara Tannenberg révèle l'existence de mystérieuses tablettes d'argile sur lesquelles figurerait l'histoire de la Genèse racontée par Abraham lui-même. Une découverte sans précédent.
Avec l'aide de son grand-père, homme au passé trouble, Clara parvient à mettre sur pied une mission pour retrouver cette incroyable Bible d'argile. Mais ils ne sont pas les seuls à vouloir mettre la main sur les tablettes. Entre trafiquants d'art et ennemis invisibles, la campagne archéologique se transforme en gigantesque jeu de piste et de faux-semblants…

Un grand thriller historique best-seller.

ISBN : 978-2-8246-0664-4